U1011141

青春之歌三部曲

马青柯　主编

芳菲之歌

杨沫　著

中国文史出版社

“青春之歌三部曲”编委会

主　　编： 马青柯

副 主 编： 刘俊杰

执行主编： 魏志国

编　　委： 马青柯　刘俊杰　魏志国　马　波
马徐然　高华程　张玉玲

小传

杨沫

我幼时曾用名杨成业；后改为杨君默、杨默；“七七事变”前，在上海《大晚报》、《中流》等报刊投稿时，曾用笔名小慧；抗日战争时改名杨沫至今。

我1914年阴历七月初五生于北京，父亲是私立新华大学校长，他在热河省滦平县买了大批清朝王爷“跑马占圈”的土地，从佃农身上榨取了大量财富，过起享乐生活，对办教育渐失兴趣。母亲怨恨父亲另有新欢，气愤中无心管家，也不管儿女，成天打麻将，过着懒散生活。我在五六岁时便生活在孤苦无依的环境中。我有一兄二妹。哥哥因看不惯家庭的离心离德，不等大学毕业，便出走自谋生计了。三妹白杨，三岁时寄养在北京附近农村的奶母家中，父母不闻不问，直到九岁时才接她回京读书。

我八岁才入北京第二十二小学，这之前因无人照管，我白天跑到街上和捡煤渣的孩子们一起玩，夜间和家里佣人睡在一条炕上。身上破衣长满了虱子，鞋袜破得露出脚后跟。我名为“大小姐”，实际上远不如有母爱、有温暖的穷人家孩子。悲惨的缺乏抚爱和无人照管的生活，却也养成了我的大胆、倔强、有耐性，并对一切邪恶自私愤懑憎恶的性格。这也和我九、十岁后，一头扎在书堆里，寻求安慰与快乐，从而爱好起文学和正义事业，颇有关系。

我在北京第十四小学读了高小，未毕业，为了离开家庭，我十四岁考入北京西山温泉女子中学。这时，从幼年嗜读武侠小说，转而喜读中外新小说。最早读的作品是郭沫若的小说《落叶》和诗集《女神》。以后读了不少郁达夫的小说，又读了日本芥川龙之介的小说，他们的悲观、消极思想，曾一度感染我，加上不幸的家庭生活，有几年我曾憧憬死，想以死来解脱人间痛苦。

少女杨成业

读至初中三年级的春季，一天，母亲突然打电话把我叫回家里对我说：父亲因躲债逃得不知去向了，她要我嫁给一个军官，好使家中生活有依靠。我当时已读了不少“五四”后反对包办婚姻、争取个性解放的小说，尤其是冯沅君的小说《隔绝》对我影响更深。我毅然回绝了母亲的安排。她勃然大怒，从此断绝了我的食宿供给。在几个同学的帮助下，我勉强读完初中三年级。暑假，我不得不回到家里，幻想母亲回心转意，还能叫我继续读书（我当时的思想是“万般皆下品，唯有读书高”）。可是母亲逼迫、威胁我更甚了。我大胆地逃出了家庭牢笼，一个人偷跑到北戴河，去找在那里教书的哥嫂，同时写了许多信托同学帮我找工作。在等待职业的日子里，我整日徘徊在北戴河的海滨（准确地说，是北戴河附近的南大寺村），曾多少次想跳进大海……暑假快结束时，同学帮我在河北省香河县立小学找到教书的职业，我在 1931 年 9 月初去了香河县。

教书不过两三个月，母亲病了。她知我下落后叫我回家，并答应以后还供我读书。我急忙回到家时，她已病重。父亲和哥哥都没有回来，只剩下我带着两个幼小的妹妹，守着贫困垂危的母亲，哪里还谈得到什么读书！不久母亲因癌症死去，我的家从此解体。小妹妹白杨只有十一岁，因生活无着，投考了联华电影公司演员养成所，当了小演员。我在去香河教书时，认识了一个北大国文系的大学生，我们相爱，我在失学失业、走投无路的情况下，和他同居了。但我不甘心做个洗衣做饭的家庭妇女，我喜欢读书，喜欢海阔天空的幻想。正当我生活空虚滞闷时，1933 年阴历除夕，我去白杨住的公寓里，和她共度除夕。在她那里，我认识了六七个进步青年——其中也有地下党员。他们向我宣传抗日，告诉我国民党的不抵抗主义丧失了东北三省，使三千万无辜父老沦为亡国奴隶的悲惨景况。他们介绍我读进步书籍。我又狂热地读起革命理论和苏联小说来。从这些书里我受到启发教育；满目漆黑、看不到光明的眼睛渐渐明亮起来，心灵也充实起来。从 1934 年起我就渴望参加共产党，但当时白区党组织几乎全部遭到破坏，直到 1936 年 12 月，北平党组织逐渐恢复后，我才参加了党。

青年地下共产党员杨沫

在寻找党的三年里，为了生活，我在北平当过家庭教师、书店店员，到河北定县铁路员工子弟小学当过几个月教师。1936 年初，我第二次到香河县立小学当教师时，认识了从北平逃到香河避难的地下党员马建民。我掩护他在香河落脚，为他回北平探听消息。该年 12 月，是他介绍我参加了党。

马建民、杨沫战友夫妻

我认识马建民后，决然离开了那个思想落后、阻我前进的北大学生，并与马建民结婚。

1937 年 7 月，“卢沟桥事变”爆发。北京失守前，我和哥嫂一同到了上海，投奔妹妹白杨。但不久，上海“八一三”战争爆发，哥嫂去金华，白杨去重庆，我抱着七个月的女儿徐然，回到河北深泽县马建民家中。这年12月，我扔下了正在吃奶的孩子，参加了党在冀中区开展的抗日游击战争。

马建民、杨沫夫妻与四个子女，从左至右：青波、徐然、青柯、豁然

我先在河北安国县妇救会任主任。1938年5月调到冀中区妇救会任宣传部长；1939年春到大清河北的十分区（今雄县、霸县、容城、新城一带）任妇救会宣传部长；以后改做十分区《黎明报》社编辑。

1938年冬，日寇回师冀中，抗日根据地情况紧张，尤其是我工作、战斗的十分区，地处北平、天津、保定三大城市的三角地带，1939年后斗争异常残酷，战斗更为频繁。偏在这时我又患了严重的黑热病，病中几次被敌人逼入地道，或被敌包围，都是农民群众挺身而出搭救了我。1941年到山区易县后方医院养病。病稍好后，我曾到从延安迁至敌后的华北联合大学中文系学习半年多。因为那些年不断写些短篇小说和散文，联大成立了“妇女文艺创作会”，选我当了主任。

1943年，我又回到十分区，担任分区“反攻建国同盟会”的秘书长，从事统战工作。在这黎明前的黑暗时刻，我所在的地区依然斗争残酷，许多战友几天前还在一起谈笑、工作，几天后就听到他们牺牲了的消息。这些人深深印在我的心头，成为我后来从事创作的源泉和动力。

1945年日本投降后，我离开十分区，调到《晋察冀日报》社担任编辑并主编过该报的文艺增刊。1949 年全国解放，我回到了阔别十二年的北京，先后在《人民日报》社和北京市妇联工作过一段时期，又病休了。在疗养中，我经常想起那些牺牲了的战友和多次救我脱离危险的群众。为了感念他们，我开始了《青春之歌》的写作。1952 年，《青春之歌》初稿完成后，我为了继续从事文艺创作，调至中央电影局剧本创作所任编剧，曾写出和改编十几个电影剧本，但都未被采用，这时我的主要精力仍投在《青春之歌》的修改上。我的底子薄，又从未写过长篇小说。在一些从事文艺工作的同志和朋友们的帮助下，我精心地将稿子改了又改，1956 年终于定稿。但是，它破土而出，并不容易，几经周折，1958 年初才由作家出版社出版。

写《青春之歌》的杨沫

《青春之歌》问世不久，《中国青年》杂志就发表了批判它的文章，说作者歌颂和美化了小资产阶级知识分子。在《中国青年》和《文艺报》上展开了长达数月的批判和反批判的辩论。最后茅盾和何其芳等同志写出结论性文章，认为《青春之歌》是本好书，这场争论才告结束。

1957 年，我又到北京电影制片厂担任编剧。1959 年初，我将《青春之歌》改编为电影剧本，电影于国庆节上映，作为建国十周年献礼片，成为当时优秀影片之一。

1960 年，我又患了严重的冠心病。原计划的《青春之歌》下部无法动笔。几年养病期间，只写了几篇短篇小说。

1963 年，我被调至北京市作家协会筹委会任副主席。

1965 年，我正准备写《青春之歌》下部时，“文化大革命”的前奏来临。

1966 年大劫难来了。我被定为“三名三高”黑线人物，什么

“假党员”、“埋藏很深的人”等帽子纷纷往我头上扣来。《青春之歌》被定为特大毒草，“为刘少奇树碑立传”，受到全国二百多种小报批判，并长期受到禁锢。

1973年，我开始写另一部长篇小说《东方欲晓》。费了四年的时间写了七十多万字。但是囿于“四人帮”文艺理论而失败，至今惋惜，痛感愚蠢。

杨沫看望文学界老前辈巴金

杨沫与白杨

“文革”后，为了挽回失去的时日，我仍如往昔，在与疾病和其他阻力斗争中，坚持写作，共写出《芳菲之歌》、《英华之歌》（《青春之歌》的下部）两部长篇小说，《自白——我的日记》、《不是日记的日记》、《杨沫散文集》和短篇小说集《红红的山丹花》等十余部作品。

1960年至1991年间，我曾两度被评为全国“三八红旗手”。历任第三、五、六、七届全国人大代表，第五届全国人大常委。我当选为第四届中国作家协会主席团成员。1989年第五届北京市文联理事会上，我当选为北京市文联主席。

目　录

第一部

第一章

永定河边的岸柳，碧绿葱茏。一阵清风吹过，绵长的柳丝轻袅地拂打着水面，泛起阵阵涟漪……

村里人正歇晌，一片静谧。空气中飘散着醉人的禾香。只有阵阵噪暑的蝉声，打破了田野的寂静。

一个十八九岁的女学生，顺着一条庄稼小道，走到河岸上的柳林里来。由于人声的惊动，蝉声停止了，一只鸟儿突地从林子里飞了出去。这女学生身材修长袅娜，漆黑的短发前，留着齐眉的刘海儿。身穿一件女学生们爱穿的月白竹布短旗袍，脚上是短袜套，圆口带袢儿的黑布鞋。模样儿朴素大方。她迈着轻捷的步子走到岸边，在一个沙丘上坐下，呆呆地望着河水凝神沉思。

永定河卷着泥沙奔腾咆哮的景象不见了，此刻，缓慢地潺潺地流着。静静的流水，淡淡的白云，多么像这位姑娘脸上宁静的沉思啊！她双眼凝视着不停逝去的流水，若有所思地许久没有动弹。

忽然，一双手蒙住了姑娘的眼睛。姑娘用手在上面打了一下，轻声笑道：

"苗苗，你怎么不睡午觉？"

苗苗放开手，咯咯地笑起来：

"明姐，那你怎么也不睡午觉？一个人偷着跑到河边来干嘛？是来欣赏风景呢？是来作诗呢？还是来……"

高个儿的柳明，对胖胖的苗虹微微一笑，歪着脑袋认真地说：

"苗苗，我什么时候想过作诗来？我现在真想安静地想点问题。早晨散步时，看中了这地方，晌午睡不着觉，就跑来了。"

苗虹孩子似的蹦跳了一下，挨着柳明坐下来。手臂搭在朋友的肩膀一上，睁大洋娃娃一般亮晶晶的圆眼睛，惊奇地问：

"明姐，你在想什么问题，想得这么神秘？还要找个安静的地方，还要望着河水出神……"

"傻丫头，什么都想问，总是多嘴多舌的！就是不告诉你。"

"不行！"苗虹手一甩，蹿到一棵柳树旁，跺着脚，佯作生气地喊道，"明姐，你要不告诉我呀，我可不饶你！"

柳明站起身，缓步走到苗虹身边，明亮的大眼睛依然沉思地望着河水。半天，才扭过头对身边的苗虹轻声说：

"苗苗，学校提前放了暑假。课停了，实验室的门全锁上了。进不了课堂的门，我着急呀……"

"哎呀呀……"苗虹没有等柳明说完，用力揪下一根柳条，向朋友的身上拂了一下，"瞧你，瞧你！一心想登医学的圣坛，都想迷了！你迷也不成，急也不成，还是跟白士吾玩玩乐乐，像我跟高雍雅——不是因为你，我可舍不得离开他……"

柳明瞟了苗虹一眼，细白的手指刮在腮边：

"脸皮有铜钱厚。你快回城里去吧，别叫高雍雅骂我。"

"他骂你，我不骂你。我可舍不得离开你。明姐，愁什么！咱们都该骂小日本——咱们有机会也去参加抗日活动好么？"苗虹抱住柳明的肩膀，一脸的孩子气。

"看你想得多简单。"柳明怔怔地盯着苗虹。她的眼睛没有苗虹大，可是清澈、明亮，好像湖水般荡漾着魅人的光泽。"苗苗，时局越来越紧张了，就像有的同学说，华北虽大，已经安放不下一张平静的书桌了。我是学医的，日夜都盼望着自己……可是，你看，不管报纸上怎么宣传，学校的重要仪器，暑假前就装箱南运了。没有仪器怎么做实验？学业停下来，一事无成，我怎么对得起省吃俭用供我上学的父亲？”

苗虹忽闪着大眼睛，好像没听懂似的，看着柳明忧心忡忡的神态，反而顽皮地笑了：

“明姐，瞧你！真是‘杞人忧天’。中国这么大，就算日本鬼子打来了，咱们照样也有地方上学呀！爸爸说过，如果日本人进攻华北，他就带全家上南方去。国民党里他认识人，到那边还照样可以当教授。我们和他一起到南方上大学，不是一样么？”

“不。”柳明摇头，“我留在北平，哪儿也不去。你想，我爸爸教小学挣那么点薪水，一家子糊口都困难。我现在上大学，还得靠教家馆挣几块钱补贴家用。到别处去，丢下父母弟弟，我怎么忍心？再说到别处去吃什么？更甭说上学了。”

苗虹睁大眼睛望着柳明，若有所思地说：

“明姐，你说得也许对。瞧我——我就从来没有想过生活上的困难……这样好吧？你不跟我上南方去，我就跟你留在北平。反正我不离开你——你到哪儿，我跟你到哪儿。”

柳明微微一笑：

“你说的不是真心话！你跟着我，那么——你的那位高雍雅呢？你一天不见他，就念叨他多少遍……你舍得离开他？”

苗虹轻轻打了柳明一下，瞪圆了眼睛：

“我跟他好的程度，可不如跟你。明姐，你相信他是在真心爱我么？”

“相信。他爱你，我知道——你也爱他……”说着露出洁白的牙齿和一个好看的小酒窝。柳明笑了。

柳明是北平医学院二年级的学生。父亲柳清泉是个贫苦的小学教员，本来供不起女儿上大学，可是柳明求学心切，一心想毕业后当个高明的医生，或者当个医学院的教授，所以当她十七岁高中毕业那年，就自己托同学找了个家馆，给有钱人家的孩子补习功课，每月挣几块钱来补助学费。艰难的生活，想当教授、学者的理想促使她刻苦用功、发奋学习。但是，随着“九·一八”事变，日本帝国主义入侵中国；尤其经过有名的“一二·九”学生运动之后，柳明除了仍旧用功学习外，也开始关心国家大事了。她和苗虹还一同参加过北平学联和二十九军进步军官一同举办的学生军事训练。

苗虹是柳明中学时的同学，在北平艺术专科学校声乐系学习声乐。父亲苗振宇是留学日本的医学博士，现在是北平医学院的教授。柳明经常向苗虹的父亲请教些医学上的问题，也就和苗虹更加要好。柳明学习努力，做事认真，性情温静，对苗虹总像个大姐姐。因此，天真热情的苗虹就非常喜爱起柳明来。

柳明的母亲是卢沟桥附近小柳庄一个农民家庭的女儿。学校提前放暑假后，柳明心里烦闷，就邀苗虹一同到姥姥家来住些天。苗虹在城市里呆腻了，也愿到农村见识见识。乍到乡村，那充满诗情画意的自然风光吸引着她，于是，热情的姑娘时常拉着要好的朋友，到河岸边、柳林里、沙丘上，散步呀，唱歌呀，沉迷在大自然的美景中。她的嗓子好、音域宽，好唱《松花江上》、《毕业歌》、《新女性》、《马赛曲》、《保卫马德里》和《渔光曲》这些悲壮的歌曲，常常高兴起来，就向邻居的姑娘们唱；有时也独自唱；或者两个朋友一同唱起来。过路的或下地的农民和小孩，常常用惊异的目光，看着这两个城市女学生的异常神态，可是她们却“我行我素”，毫不在乎。

今天，柳明怀着愁闷的心情，一个人跑到河边的沙丘上，苗虹也追了来。

正当她们坐下来，兴奋而又忧虑地漫谈时，远处蜿蜒在高粱、玉米叶子当中的一条小道上，一个十八九岁的农村大姑娘，背着打草的筐子，脑后甩着一条又粗又黑的大辫子，冲着她俩跑来，一边跑，一边用清脆的声音喊道：

“明姐姐，苗妹妹，你们在哪儿哪？石姥姥急着找你们哩！”

打草的姑娘身穿粉红色带花点的大襟单褂，浅月白色的布裤子，脚上一双扎花儿的黑布鞋。看看姑娘跑到河边，苗虹轻轻拉起柳明，两人躲到一棵大树后面藏了起来。

走近来的姑娘姓周，名香兰。她背着半筐青草在河边上东瞧西看了一阵，不见人影儿。忽然，听见苗虹咯咯的笑声，急忙放下草筐跑了过来，轻轻在苗虹细嫩白净的脸蛋上捏了一把，努着小嘴说：

“你们这两个丫头，真调皮！大热天叫我好找。你们躲藏起来干什么？不怕老猫把你们抓去喂了耗子？”

这个姑娘是柳明姥姥家的邻居，从小和柳明一起长大。柳明虽然成了大学生，但对这童年时代的伙伴，仍然怀着深厚的友情。苗虹因为和柳明要好，也就喜欢起聪明美丽的香兰来。

苗虹得意地摇晃着脑袋说：

“香兰，你石姥姥找我们有什么事儿呀？你明天就要当新娘子了，今天还不赶紧去准备嫁妆，背着个筐子打什么草呀！”

香兰霎时绯红了脸，捶着苗虹的脊背喘吁吁地说：

“石姥姥给你找了个好女婿，叫你去相看哩！快跟我回去，要不，人家走了就见不着了。”

听了香兰的话，苗虹反而用小手一下一下打着拍子笑嘻嘻地回答：

“给我找女婿呀？石姥姥还挺疼我哩！我爸爸妈妈替我找过好些个，我一个都不要。这个小女婿呀，得我自己相中了，喜欢他了才能算数。香兰姐，你那新郎王永泰，不也是你自己相中的么？明儿个，我跟明姐一定上你婆家去喝你的喜酒。你只有一个公公，没有婆婆对吧？”

大姑娘的脸突然像一朵刚刚绽开的红玫瑰花。一双灵活的大眼睛忽闪着，一边惊讶地望着苗虹和站在一旁只是微笑的柳明，一边轻轻用食指在自己的脸上向苗虹搔划着羞她。

“自个儿找爱人有什么可羞的，你这个封建大姑娘!”苗虹满不在乎地向香兰嘻嘻笑着。

“姥姥找我们有什么事?”柳明这才开口问香兰。

“石姥姥怕你们两个大姑娘在歇晌没人时候各处乱跑，万一碰着坏人，不放心，急得直转磨儿。我就忙着找你们来了。两位姑奶奶快跟我回家吧!”

“怕什么！你瞧这儿多安静，咱们再呆一会儿好么?”柳明央求起香兰来。

香兰点点头：“也好，我今儿个再多割点草，也好喂那一条驴腿①。”

苗虹没理会她们的谈话，却东一下西一下采摘起岸边盛开着的各色野花来。她一边摘，一边小声对柳明说：

“香兰姐明天就要当新娘子了。咱们给她编个美丽的花环，送给她戴好吧?”

柳明没理会苗虹，冲着正伏身在河边割草的香兰低声说：

“兰姐，这兵荒马乱的，干嘛这么快就成亲？你才十八岁，家里又没有爸爸——你妈多需要你帮着过日子……”

香兰听柳明说的是真心话，稍稍忧郁地低声回答：

“正因为兵荒马乱的，我妈留着大闺女在家不放心，这才愿意叫我快点过门去……明姐姐，我真舍不得你……”香兰说着，直起腰来，把流下的泪水用衣襟擦去。

柳明呆呆地望着香兰，心里涌起股股惜别之情：以后再回姥姥家，就难得再见这从小一起长大的伙伴了。

“那你就去吧！你不是说跟永泰挺有感情嘛，那，我祝愿你

---

① 注：贫苦农民四家合养一头毛驴，一家算一条驴腿。

们白头到老……”

香兰红着脸向柳明点点头，深情地感谢她的祝福。惜别的泪水又挂在腮边，柳明用洁白的手绢替她拭去。

柳枝随风荡漾着，永定河水无声地流着，歇晌的农村午后，除了蝉鸣就是花香，再就是香兰那握着镰刀的敏捷的手，在青草丛中发出的唰唰响声。

一个别致的小花环编成了。苗虹捧着花环，蹑手蹑脚地走到香兰身后，突然举起花环向她头上一戴。

香兰吓了一跳，跳起来扭过身子，把头上的花环拿下来，扔给苗虹：

“你这该死的丫头，又捣鬼了！”

苗虹举着花环左看右看，还用鼻子嗅着浓郁的香气。

“你明天就要当新娘子了，我给你编个花环，多好看哪！戴上它，比戴凤冠霞帔漂亮多了！”说着，苗虹举着花环又往香兰的头上戴。

香兰笑着、躲着，背起沉甸甸的青草筐扭身往回跑。

柳明一把拉住她，夺过她的草筐，背在自己身上，皱了皱眉头，瞅着苗虹说：

“苗苗，不要淘气了！人家心里都怪难过的，瞧你还这么开心。”

苗虹见柳明说她，一赌气把花环扔到河里，撅着嘴跟在她们身后走了一段路。忽然，咳嗽一声，一阵清脆的歌声传了过来：

美丽的新娘爱着你那年轻的新郎，
多少只眼睛向你们投去祝福的目光。
幸福啊，欢乐啊，像一道道温暖的阳光，
永远，永远照耀在你们那小小的茅屋顶上——
茅屋顶上……

“你这贫嘴丫头，什么茅屋顶上？”香兰不识字，不能完全听懂苗虹唱的歌词。但她明白这是为她祝福的歌儿。她心儿怦怦跳着，嫩秀的脸又变成了一朵玫瑰花。

“苗苗，你也做起诗歌来啦？一定是高雍雅教给你的……”

“不许你再说他！你不知道他在我心里是多么神圣……”

不等柳明说完，苗虹急忙用手捂住柳明的嘴。一刹那，她的脸也变成了一朵红玫瑰。

第二章

清晨，天阴沉沉的，像要下雨的样子。

一顶陈旧的小布轿，绣着凤凰、牡丹、红花绿叶的图案，在几个吹鼓手的前引下，吹吹打打地走上了卢沟桥。那雕刻在桥上的数不尽的石狮子，仿佛也带着惊喜的目光瞧着从它们身边走过的娶亲的人群。

小轿抬到小禹庄东头王永泰家门前停住了。他家没有院墙，只有一架丝瓜棚支在房前，算是一道门墙。小轿放在瓜棚下，吹鼓手被孩子们围着，在一片嘻嘻哈哈的喧笑声中，起劲地敲着大锣，鼓着腮帮子吹着唢呐，双手不停地擂着大鼓——“冬冬冬”、“锵锵锵”、“呜哇呜哇”的响声，给娶亲的人家增添了异常欢乐的气氛。

王永泰家的小板门紧闭着。迎亲的三婶挨着瓜棚下的小轿，拍着门板，按着传统习惯，拉着长声喊道：

“新娘子来啦！吉时吉刻到啦！开开门吧！”

“冬冬冬”、“锵锵锵”的镲鼓声，“呜哇呜哇”的唢呐声，“看新娘子呀”喊叫声，欢快地沸腾着，淹没了迎亲三婶的叫门声。

三婶看看吹鼓手们脸上、手上的汗珠，望望嬉笑着看热闹的孩子们，第二次拍着门板喊道：

“新娘子来啦！吉时吉刻到啦！快开门吧！”

站在屋门里的王永泰，浑身火辣辣的，早就忍不住了。他伸手就要开门，被旁边一位老奶奶一把拉住，气喘吁吁地说：

“孩子，等会儿！这是有说道的呀！不叫第三回门，不到吉时吉刻，可不能开门呀！”

新郎王永泰二十三岁，身材魁梧，宽肩细腰，是个诚实健壮的小伙子。在长辛店机车修配厂当学徒。因为上下班总打小柳庄过，时常看见一个梳着大辫子、扎着红头绳的大姑娘，在路边的碾子旁，抱着碾棍推碾子。渐渐的，他看中了这个俊俏的大姑娘。王永泰的父亲王福来，老伴早死，就这一个儿子，便千方百计托人说妥了这桩婚事。

花轿临门了。唢呐越吹越欢，锣鼓越敲越带劲。

永泰的心像小鹿似的乱蹦。香兰就在门外，只隔着一层门板——多少日子了，他想着她，盼着她来，她可来了，就要进来了……香兰的眼里，仿佛也已经看见了永泰。想到就要和自己看中的、有情有意的小伙子过日子了，坐在花轿里的香兰，心也扑通扑通地激跳着……

三婶第三次拍着门板，高声喊道：

“吉时吉刻到喽！”

屋门立刻打开了。永泰已经看见花轿了。三婶刚要伸手掀开轿帘——就在这人声笑闹、锣鼓喧天的顷刻间，突然，空中掠过一声惊人的呼啸，接着是一声霹雷般的巨响。冲天的火光，滚滚的硝烟腾空而起，一颗炮弹在人群中爆炸了！

炮弹落在娶亲的王永泰家的门前。

柳明和苗虹跑到王家门外附近，正并肩向前挤着，想挨近花轿。突然在一阵狂风似的呼啸声中，她们俩的脊背上，都像被一根大木棍狠狠地顶撞了一下，霎那间身不由己地都跌倒在地上。当听到炮弹惊人的爆炸声后，她俩互相望望，发现对方的脸上、头发上，都已被尘土涂抹得面目全非，像个土人。两个姑娘的心此刻都惊惶地蹦跳起来——这是怎么回事？怎么突然飞来炸弹？又是什么东西把她们俩突然推搡到地上？她们在地上愣怔了一会儿，再向王永泰家门前望去时，刚才吹吹打打、欢呼庆贺的人群都不见了，只有一个个倒在血泊中的人——不知是死人还是活人，横七竖八倒在那顶破碎的花轿前。

炮声停止。

柳明一跃而起，踉踉跄跄跑向花轿——香兰不见了。映入柳明眼帘的，只有一只惨白色的胳臂；连接在胳臂上的一只惨白色的手里，还捏着一条大红绸子手帕。她心里一惊，正想向碎轿旁边寻找香兰时，有人拉了她一下，她抬眼一望，一个满脸尘土的男人对她说：

“新媳妇已经没救了，咱们快去刨出王家父子要紧！”

柳明拉了一下跟在她身边的苗虹，二人紧跟着这个陌生的男人，扑向已经坍倒的废墟。那个男人一边用双手奋力扒着高高低低像坟堆似的土坯，一边喊着：“王大叔，王兄弟，你们在哪儿呀？快起来！快起来呀！”

“王永泰，你在哪儿？快出来呀……”柳明一边用手乱刨土堆，一边心慌意乱地跟着那个男人呼喊。苗虹也学着柳明的样子边刨土边喊叫。

废墟上一片沉寂，没有回声。

忽然，一阵哭喊声从村里涌了出来，倒在花轿旁边的死者、伤者的家属赶来了，一片呼儿喊娘的悲哭声，揪抓着柳明的心。但她顾不得多想，一心想帮助那个男人救出王家父子。这时，几个小伙子拿着铁铣镐头跑到王家的废墟上，他们正要抡镐刨土，那个满身满脸尘土的男人，发出了制止声：

“乡亲们，人埋在土里边，抡镐可不成。咱们大伙还是用手刨吧！”

人多了，不一会儿，王家父子俩被从土堆里刨了出来。他们都已经昏迷过去，直挺挺地躺在破碎的瓜棚下。

柳明把他们嘴里的土掏干净，要给他们做人工呼吸。那个刨土的男人也自告奋勇来帮助柳明。他的大手和柳明一样灵巧，不过比她更矫健。柳明心里有些惊异，也有些纳闷：这是个什么人呢？……刚才，像大木棍一样猛地把她和苗虹推倒的，莫非就是他？……柳明一下一下地推动着昏迷者，一边向旁边的人望了一眼。

王永泰先醒过来了，翻身坐了起来。他茫然四顾，却好像什么也没有看见。当他的目光停留在那顶破碎的花轿上时，他才真的苏醒过来，一个猛子跳起身来扑向花轿。炸毁了的花轿，只有几根木杆杂乱地横在地上，片片红红绿绿的碎布在风中颤抖。他搜寻着，当他的眼睛看到了那只白色的断臂，和那断臂的手中捏着的红绸手帕时，他纵身扑了过去，一下子把断臂紧紧地抱在怀里，紧紧地抱住。好像香兰还活着，这只惨白的手臂就是他心爱的姑娘……

柳明看见这情景，难过得伏在苗虹的肩膀上抽泣。苗虹也眼泪汪汪的。

“明姐，这是怎么回事？哪儿打来的炮弹炸死了香兰姐和这么多人？你看见了么，那个迎亲的三婶，还有几个吹鼓手也炸死啦……”

柳明紧紧抱住苗虹。看见那么多老乡嚎哭自己死去的亲人，看见王永泰紧紧抱住香兰的断臂那种痴呆失神的样子，终于放声大哭，泪如雨下。

“二位小姐，你们跟这老王家的新娘子认识，对不对?”

柳明从苗虹的肩上抬起头来。一个年轻英俊的小伙子站在她们身边，呵，这不就是刚才替昏迷者做人工呼吸的那个男人么！那会儿太紧张，看不清他的面貌。这会儿，也许他擦了脸，掸掉了身上的尘土，好像变了一个人——变成一个高高的俊气的大学生。柳明立刻想到自己和苗虹还是满身满脸的尘土，有点不好意思了，立刻止住了哭泣。苗虹却满不在乎地回答那个人：

“先生，您真是个好人！要不是您想到先去抢救王永泰父子，也许他们会叫土给憋死啦……噢，炮弹飞来那时候，我和明姐好像有人把我们一下子推倒在地上，这个人就是您吧？您大概打过仗，知道在战场上怎么趴下来躲避炮弹，是吗?”

柳明柔声补充：

“谢谢您，救了王家父子，也救了我们……”

那青年摇着头，严肃地长吁了一口气，却说着别的：

“很可能是日本人打出的炮弹。最近两天，他们在卢沟桥一带不断进行军事演习，似乎在找岔儿进攻中国……二位小姐，你们贵姓?”

“我叫苗虹——树苗的苗，长虹的虹。她叫柳明——柳树的柳，光明的明。她是北平医学院二年级的学生，我是学唱歌的。我们俩是好朋友。”

不等柳明开口，苗虹又对这青年人呱呱地说起来：“先生，您贵姓？一定是您推倒了我们，救了我们吧？您怎么这么客气，不肯承认呢？告诉我们，我们会永远感激您……”

那青年人说他名叫曹鸿远。至于是不是他推倒了两位姑娘，他既不承认，也没否认，使得柳明对这个陌生人更加产生了一种钦敬感。

“呀，瞧咱俩这模样！明姐，咱们赶快回你姥姥家洗脸、换衣服去吧。两个土猴子多叫人笑话——先生，呵，曹鸿远先生，您不笑话我们么？呵，您说这是日本人打的，是怎么一回事？”

曹鸿远微微一笑，并且向两位女大学生谦恭地鞠了一躬，用低沉的声音说：

“他们在军事演习中，借口丢失了一名日本兵，要求进入宛平城里搜查。我方没有答应，听说他们已经包围了宛平县城，说不定形势会很快紧张起来。他们打了第一炮，恐怕接着还会打第二炮、第三炮，你们还是离开这块地方好，赶快回城里去吧！”

柳明和苗虹都忘了去洗掉脸上的尘土，聚精会神地听着曹鸿远的叙述。这时一群老乡也围了过来，为首的就是刚从土里刨出来的王永泰的父亲王福来，他用大手一把紧攥住曹鸿远的胳臂，满脸的泪水混合着满脸的尘土，喘着粗气大声说：

“恩人，救命的恩人！请您留下个姓名吧！”

“他叫曹鸿远，好像是个大学生……”不等曹鸿远本人说话，快嘴的苗虹先替他说了，“他还知道刚才炮弹爆炸的原因，叫他给咱们大伙多说说好吧？”

曹鸿远摇摇头，只轻轻说：

“一定是日本鬼子打的炮。老乡亲们，快回家作点准备吧！不少人家都有伤亡，该料理料理后事……”说到这里，一扭头，看见仍然抱住惨白断臂的王永泰也站在他父亲身边，两眼直呆呆地瞪着曹鸿远，那样子很吓人。

曹鸿远立刻从人群中走出，来到王永泰身边，一双大而亮的眼睛紧盯在他怀中的断臂上。

“王兄弟，死的不是你媳妇一个人，心放宽点！以后咱们想法子报仇就是了。这只胳臂，你就放下它吧！”

“报仇？”王永泰一双血红的眼睛仍紧盯在曹鸿远的脸上，好像他就是杀害香兰的仇人。

“兄弟，中国人不是好欺负的。咱们一定要报仇！要报仇！”

“报仇！报仇……”不等曹鸿远说完，王永泰嚎叫般连声喊着。突然，他把香兰的断臂一扔，蹲在地上抱住脑袋呜呜地放声大哭起来。顿时，王福来，还有一些死了亲人的人也都放声大哭。小禹庄沉浸在一片沉痛的哀号声中。

柳明看呆了，又伏在苗虹的肩上低声啜泣起来。她的眼前闪过那个背着筐子、甩着辫子的美丽身影，跳过一双灵活的大眼睛，把头上的花环羞答答地摘了下来的玫瑰花样的脸，以及脸上绽开着的幸福的微笑……她刚才还活着啊！这个对未来、对人生、对幸福，正充满了美好憧憬的十八岁的姑娘——她的童年伙伴，一霎间，血肉横飞，消失了，从世界上永远消失了！多么不可思议，生和死竟如此地紧紧相连……忽然，她又想起那个陌生的男子，假如不是他靠近自己的身边，不是他在紧急中推倒了她和苗虹，也许她也和香兰一样，和其他死去的、受伤的乡亲一样消失了、残废了……她思绪沉重、又情思缭绕。当她抬起头来寻觅曹鸿远时，那个陌生的青年人已经不见了，只有他对王永泰激愤地连喊着“要报仇”的声音，还在她耳边回响。

“曹——鸿——远……”柳明在心里默念着，“鸿雁的鸿，远大的远。这名字倒有意思！”

第三章

自从在小禹庄目睹了那悲惨的一幕，第二天，柳明和苗虹就急忙由舅舅、表兄们护卫着，绕道回到了北平城里各自家中。柳明刚一进家门，她家那两间摆着一些破旧家具的阴暗小屋里，有个人正在等她。这是个年轻漂亮的大学生，白净的长脸上架着一副玳瑁眼镜，油亮的分头梳得整整齐齐。上身雪白的绸子衬衫，下身灰色派力司西装裤，脚上是白丝袜子和考究的白皮凉鞋。柳明一见他，先是愣了一下，接着向他点点头：

“白士吾，你来了。”不等白士吾答话，又扭头对父母沉痛地说，“爸爸，妈，香兰姐昨天上午叫日本人的炮弹给炸死啦——炸死在她结婚的花轿上……当时，我和苗虹赶着给她去道喜。可是只看见她剩下的一只胳臂……”柳明说着，簌簌地滴下泪来。

柳明妈，一个四十多岁胖胖的女人，听了女儿的话大吃一惊，一边抹着眼泪，一边顿着脚说：

“唉呀，香兰死啦！看，这怎么说的……我说你这不听话的丫头呀，放着现成的舒坦日子不过，偏要到乡下去散什么心！差点儿没把小命给散掉啦！这炮声一响，可把你爹妈急坏啦！还有，白少爷，也急得直转磨啦！——他听见你姥姥家那边炮响，就急忙赶到咱家来，一天两趟来打问你回家没有。这功夫你们俩谈谈吧！我给你们做饭去。”说着，柳明妈拐着两只缠过的小脚，到屋外小棚子里做饭去了。

柳明的爸爸柳清泉对那个衣着阔绰的白士吾并不甚热情，见女儿回来了，拉着女儿问起卢沟桥那边的情况。柳明对白士吾浅浅一笑，扭过头对爸爸学着曹鸿远跟她们说过的话：日本人在卢沟桥一带军事演习，借口丢了一名日本兵，就向那一带开起炮来。父亲听了连声叹息，用瘦削的拳头向桌子上轻轻一击，叹道：

"国亡无日了！唉，可耻可悲呀！孩子，国亡无日了呀！"

柳明愣愣地望着父亲那悲哀的神色，刚要向他学说王福来父子如何被埋在土里，自己和苗虹怎样被一个陌生人推倒才没有受害的情况，她的男友插进话来：

"小柳，你受惊了吧？我真为你担心——我还不知道你去了卢沟桥那边呢。小柳，多危险！你一定挨在香兰的花轿旁边，万一出了事，那、那——怎么得了呵！"白面少年说着，一双多情的眼睛，紧盯在柳明的脸上，是忧虑？是担心？是羡慕？那双眼睛闪烁着多少绵绵情意。

柳明不对父亲说话了，把头扭向白士吾。

见白士吾这么关怀自己，柳明心里怦然颤动，低下头来，不安地摆弄着洁白的手绡：

"小白，我知道你会惦记我——去看看姥姥，谁知道会碰到这种意外事。幸亏平安地回来了……"

白士吾一见柳明那温柔的带着几分少女娇羞妩媚的姿态，不知怎的，他也羞红了脸。怔怔地望了柳明一会儿，低声说："咱们出去谈谈好么？我有好些话想对你说。"

柳明望望坐在破藤椅上闭目低声吟哦着什么的父亲说：

"爸爸，我们出去一下。"又对围着围裙、一只手臂挎着买菜篮子的母亲说，"妈，我跟小白出去一下。"

父亲没有睁眼抬头；母亲却欢喜地拍打着手掌说：

"明儿，你们要出去？我正想给你们做点好吃的呢。白少爷，呆会儿回来，在家吃晚饭吧——我给您做您最爱吃的红焖肉，回家吃吧。”

白士吾随便点点头，说不要做饭了，他要请柳明在外面吃。柳明对妈妈勉强笑笑，就和白士吾紧挨着走出了屋门。

走在僻静的小巷里，柳明心绪缭乱，默默地许久不出声。

白士吾想握柳明的手，她轻轻躲开了。小白那张清秀的脸，又是一红。

“小柳，你怎么——这样？讨厌我啦？我可是——可是日夜在想念着你呀！夜晚，躺在床上，一闭眼就看见你……”

“小白，我知道你的感情——可是，我心里有好些难受的事，像压着一块铅板。”

“为什么难受？是想——想我么？要不，咱们结婚吧，我日日夜夜都在盼望着这个日子。”

“去你的。”柳明又推开了白士吾伸过来的手臂，“东三省沦亡，战争已经扩展到华北了！你听不见卢沟桥那边大炮又响起来了么？结婚？我早对你说过：大学不毕业，当不上主治医生，我决不结婚！”

“那、那——你太狠心了！等着你大学毕业？这几年的日子可怎么过啊！亲爱的……你太、太那个——冷静了……”

柳明迈着迟缓的步子，睨了白士吾一眼，沉思着什么，不再出声。

白士吾一边走，一边不住扭过头去，望着身边那张又熟悉、又陌生、又十分迷人的脸，魂儿似乎出了窍，迷迷糊糊的，也不出声了。

柳明的家离西单不远。时间不长，两人便走到北平繁华的西单大街上。突然，一幕惊人的景象，展现在他们的眼前：不知从哪里涌出的人流，正一队队、一群群，浩浩荡荡从他们眼前的马路上走过。人们高举着各色的标语旗帜，挥舞着铁锤似的拳头，声嘶力竭地呼喊着响亮的口号，在蓝天白云下，如此眩人眼目地闪耀在柳明的眼帘——

“打倒日本帝国主义！”

“中国人起来救中国！”

“卢沟桥战争爆发了！欢迎二十九军士兵英勇抗战！”

“向二十九军官兵致敬！”

“誓死保卫国土！决不当亡国奴隶！”

柳明拉住白士吾站到马路边沿上，一双大眼，目不转睛地盯着从她身边走过的男女青年们——绝大多数都是衣着朴素的中学生或大学生们。他们个个情绪激昂，不少人的眸子里闪动着晶莹的泪花。柳明鼻子一酸，急忙扭头瞅着身边的白士吾：

“小白，你看这场面多感人！比‘一·九’时候更加斗志昂扬——可惜，咱们没有参加进去——要不，咱们也走进队伍里去好么？”

白士吾惊异的目光，猛地把柳明的手臂紧紧抱住的姿态，似乎也被这动人的场面激动了似的。可是，他却轻声在柳明耳边说：

“不要参加了——咱们还是离开这地方吧。我带你到个安静的地方吃饭去——参加游行示威么，以后有的是机会。”

“你看那个人！”柳明没有回答男友的话，却惊异地指向游行的人群，“你看，他也在游行队伍里！”

“他是谁？”随着柳明的指点，白士吾看见不远的游行队伍中，一个五官端正的高个子年轻人，正把手中的小旗配合着游行的人群，向高处一伸一伸的。他神情庄严，愤慨，随着队伍，不断激昂地呼喊着口号。

白士吾没有听见那个人呼喊什么，却在心里陡地冒出了一个大问号，急忙把脸扭向女友：

“小柳，你什么时候认识了那个人？他是哪个学校的？你们认识很久了吗？他叫什么名字？”

柳明的脸色刹地沉了下来。双目直直地盯着那个游行队伍中的人，冷冷地回答：

“刚认识不到二十四小时。是他救了香兰的丈夫和公爹，也救了我和苗虹。”

白士吾有点儿失态了：

“小柳，怪不得你一见他就这么惊奇，他似乎有什么魔力吸引了你……呵，小柳，我说话不好听，你千万不要见怪……”

听了白士吾的话，柳明躲开白士吾，扭头就向人行道上走。但刚走了两步，又把头扭向喧嚣的街道，扭向潮水似的人群。眼前的曹鸿远，比上次见面时显得更清晰——他有一双浓浓的剑眉，有两只神采飞扬的大眼睛；他身材高大，却又匀称、挺拔。除此之外，他身上似乎还有那么一股不同于一般人的风采……她和他四目相视了。他似乎也认出了她，对她点点头，摇晃着小旗，和善的一笑。很快随着游行群众，消失在人潮中。

“东北大学！”柳明看出那小伙子所在的游行队伍擎起的大旗——“东北大学”的红底黑字赫然在目。

“小柳，这是怎么回事？他已经是你的好朋友了么？”白士吾气喘吁吁地追问，那双柔和的长眼里，闪着一种困兽似的光。

“去你的！”柳明推了白士吾一个趔趄，接着又款款一笑，“这个人的行动，非同常人。所以我——我好奇，而且我还忘不了他救了我们……瞧你，什么都多心。你想想，对这样的人，我能忘恩负义么？”

白士吾似乎也萌生了好奇心。他急忙跟在匆匆向家中走去的柳明的身边，用柔和、动听的北京话对女友说：

“小柳，没想到你这个医科大学生，对周围的新鲜事儿也这么敏感。莫非，你也在研究马克思的学说了？还是……”说着，白士吾莞尔一笑，薄薄的鲜红的嘴唇里，露出一颗并不难看的虎牙，“那个人究竟是干什么的？怎么会引起你这么浓厚的兴趣？我不信，你只是感激他救了你和苗虹。是怎么救的？”

柳明被白士吾纠缠不过，就把自己在小禹庄经历的那场凶险，向白士吾简略地叙述了一遍。

白士吾睁大黑白分明的长眼睛，一边听，一边“呵，呵”。听完了，似乎还不过瘾又追问了一句：

“就是这些么？你真的以为是他推倒你，救了你？这有什么稀罕，如果我遇到两个漂亮的姑娘有危险，也会这样做的。”

“说的比唱的还好听。到那时候，谁知道你是什么德行！”柳明的犟脾气上来了，把手一挥，对紧追不放的白士吾睨了一眼，“我回家去了。你也该回府歇歇了。怎么总是缠住我——不是早说过了么，现在，不恋爱，更不结婚！你别痴心妄想。”

“我陪你回家吃饭去。伯母不是给咱们做了好吃的红焖肉……”白士吾叹了一口气，赔着小心说，“小柳，别这么狠心吧！你又不上课了，咱们还不该多在一块儿玩玩么？离开你，我真难受——难受呀！”于是，这位颇喜旧诗词的白少爷，边走边吟哦起来：“我所思兮在桂林，欲往从之湘水深。侧身南望泪沾襟……”

“又是歪诗。你的精神都在这上头！”柳明见白士吾紧跟不放，站住了，歪着头想了一小会儿，就急步向另一个方向走去。

“我要上学校里看看去——形势紧张，同学们恐怕都到学校集合了。”

“小柳！小柳！你急什么？我有好多话要对你说——对你说呢……”白士吾说着，急忙追上柳明。

“你的话总是没完没了，要说，跟我到学校去说。”

白士吾无可奈何地傍着柳明走在一条安静的街上。望着那双迷人的眼睛——它越生气，越美。那里面似乎荡漾着清澈的湖水，又似乎飘忽着天上的彩霞。“唉，怎么办？它那么迷人……我，只好叫它迷住……”

白士吾尾巴似的跟着柳明匆匆走进了北平医学院的大门口。果然，学院已经放了暑假，平素十分寂静的校园里，今天却显得异常热闹，到处都进进出出地拥满了年轻的大学生们、老老少少的职工们。这里面有柳明认识的，更多的是她不认识的，她先走到学校的操场上，想看看聚在那儿众多的同学都在做什么。忽然，一阵激昂慷慨的声音传入她的耳廓，她急忙加快了脚步，奔向人声鼎沸处。

“同学们！同仁们！日本帝国主义大规模侵略中国的火山终于爆发啦！国民党当局先是跟日本签订了丧权辱国的‘何梅协定’，接着又让汉奸殷汝耕成立了‘冀东防共自治政府’。东北沦亡了，华北的广大土地也在一块块被日本鬼子吞并宰割。我们的华北，早已经是名存实亡……”

讲演者是一个美丽、朴素、神态飘洒的女大学生。柳明似乎在哪儿见过她，却又一下子想不起来。奇怪的是，她觉得这位年龄似乎比她稍大的女人，怎么跟自己的眉目、脸庞，甚至皮肤的颜色都有些相像？这是怎么回事？

“日本鬼子不断挑衅，在强占我卢沟桥之后，大炮、机枪又不断轰向咱们的宛平县城，驻守在卢沟桥附近的二十九军忍无可忍，已经全军奋起抗战了！吉星文团首当其冲，正在浴血争回交通枢纽的卢沟桥。他们的抗战是非常艰苦的，也是非常英勇的。尤其全军不分上下，一致抗战的行动，真是感天地，泣鬼神。这是神圣的抗战，伟大的抗战！同学们，同仁们，咱们不分师生员工，要团结起来，热烈拥护二十九军的坚决抗战！全体民众要做他们抗战的后盾。你们是医学院，北平学联建议你们马上组织战地救护队、医疗队，配合其他学校的师生员工组成的各种爱国组织，迅速赶赴卢沟桥附近的战场，去救护、去慰问伤员和爱国将士！大家赞成么？”

柳明两眼痴痴地望着那位站在大操场的一座台子上、口若悬河而又神态镇定的女大学生。讲演者的身边还围着几个男女学生——有柳明认识的本校同学，也有她不认识的人。她被讲演者的慷慨激昂的语言激励着，也被那个女大学生似乎带着某种魅力的神态、容貌吸引着……

身边的白士吾被她忘掉了。她感到有人不断揪她的胳臂，拉她的手，却都被她甩掉，只一心听着那动人的讲演，目不转睛地望着那翩若惊鸿的身姿。

一阵热烈呼喊，把柳明从梦寐似的意境中呼醒过来。

“好呀！好呀！立刻组织医疗队！”

“拥护！拥护！赞成！赞成立刻出发到卢沟桥去！”

“打倒日本帝国主义！”

“还我中华！”

人们大声呼喊着，应和着，甚至有人哭泣着。那悲愤激昂的吼叫声在大操场上空惊雷般地扩散着、滚动着……

柳明激动得心里怦怦乱跳，她很想跑到台子上向那个女大学生立刻报名参加战地救护队。可是，还没容她向前挪动，白士吾却一把拉住她的胳臂，焦急地在她耳边说：

“小柳，离开这儿吧，我真有要紧的话对你说。咱们到北海——要不上中山公园谈谈去！”

柳明猛地缩回自己的胳臂，按捺住心里的气恼，放低声音，瞪着白士吾说：

“小白，你们学校的抗日热潮也一定起来了，你快回去看看，也参加学校的抗日活动吧！有什么话，咱们以后有空再谈行不行？”

白士吾出身在一个清室皇族的富贵家庭。虽然已经没落，可是“瘦死的骆驼赛过马”，他还是在父母的娇养下，从小过着优裕的大少爷生活。他现在是朝阳大学法律系的学生。念小学时，他和柳明同过学，小学校长是白士吾的姑姑，她很喜欢柳明的聪慧用功，常把柳明带到她家里去。因此，柳明和白士吾从小就认识了。后来，两人都上了中学。虽然不同学了，但柳明的父亲恰好又在白公馆里给白士吾补习过语文、历史等功课，有时天气不好，这位十六七岁的大少爷，就骑着自行车到柳老师家中去补课，因此仍常和柳明见面。渐渐地，他爱上了这个出身贫寒却长得漂亮的柳明。柳明呢，一心读书，锐意上进，决心不早恋爱、结婚；对白士吾不过以朋友相待，既不远也不近，闹得小白心猿意马，七上八下，近又近不得，远又舍不得。这白士吾倒挺有耐心，一边加紧追着柳明，一边时常买些东西送到柳明家中，讨柳明妈的欢心——这位老太太见白士吾家里有钱，又是朝阳大学的学生，将来毕了业，准有官做，所以很愿意把柳明许配给他。只是柳明性情执拗，她认定的理，谁也说不动她。母亲几次劝她和白士吾订婚、结婚，都叫她堵搡回去了。有时说烦了，她就回答母亲说："您瞧上了白士吾，您嫁给他去！"闹得母亲无可奈何，只好由女儿去了。

卢沟桥战事一起，北平的大、中学校，在党的外围组织——民族解放先锋队的领导、动员下，众多热爱祖国的大、中学生，又一次掀起了抗日救亡的高潮。七月八日起，各校陆续开展了各种救亡活动。党提出了"拥护二十九军坚决抗日"的口号，接着动员了广大学生走上街头向市民们宣传抗日道理，也有的到市民家中进行募捐活动，以援助二十九军的抗战将士；更有不少学生组织了慰劳队、救护队，热血沸腾地亲临前线去慰问、鼓励二十九军的抗敌战士。一昼夜之间，北平学生的抗日救亡运动，就像火山爆发般炽热地燃烧起来！

医学院大操场上的人群渐渐散开了，那个使柳明惊异的女大学生也不见了。柳明身边站着身材高大的闻雪涛，她是医学院里民先队的成员。此刻，柳明忽然用力拉着他的手，小声说：

"闻先生，我做什么好？去参加救护队还是……"她瞟了一眼站在不远处的白士吾，生怕他又闯到身边来。

闻雪涛考虑了一下，亲切地小声说：

"柳明同学，听说你在卢沟桥那边有亲戚，啊，是外祖母家？那很好。你跟救护队一起去那边好么？还可以在那一带做点农民和工人的工作——宣传鼓励他们参加抗日活动。你看怎么样？可以办得到吧？"

柳明想了想，点点头说：

"好，把我的朋友苗虹也找了去。她会唱歌，可以用歌声去鼓舞群众。"

闻雪涛赞许地点点头："那太好了。"

"闻先生，请问你，刚才那个讲演的漂亮女学生叫什么？"

"她叫路芳，是北平学联的领导人之一。"

"唔，她真好……"柳明露出歆慕的微笑，"闻先生，你认识她么？有机会替我们介绍一下好么？"

闻雪涛笑着点头。因为忙，他转身走了。

被柳明十分注意的漂亮女大学生路芳，就是林道静。自从"一二·九"运动前她到北大工作后，就改名为路芳了。后来当她被派到西安去做东北军的工作时，仍用此名。

一九三六年张学良将军奉蒋介石之命，作为西北"剿匪"副总司令，围剿红军，他一方面忠心耿耿地效忠蒋介石；一方面，那颗抗日御侮、收复东北家园的爱国之心，使他对蒋介石"攘外必先安内"的政策，又产生了疑虑和不满。一九三六年初，林道静和江华奉组织之命到了西安。他们先在十七路军杨虎城将军属下做部队的抗日宣传工作，张学良的东北军进驻西北后，江华仍留在十七路军，而道静则配合东北大学学生领袖宋黎，以记者身份又去做东北军和张学良的工作。

有一次，一位名叫余宣的教授率领考察团会见张学良将军。林道静参加了这个团，从而见到了张学良。这次会见使她对张将军真诚坦率、光明磊落的性格，和他一片赤诚爱国之心，有了极为深刻的印象。她把这次会见的谈话内容，详细地做了记录：

> 考察团一位成员问张将军：“‘九·一八’事变后，全国舆论对将军提出指责，认为将军不抵抗，一溃千里，使东北三千万同胞沦为奴隶。请问将军对此有何感想？”
>
> 张学良将军心情沉重地垂下头来，沉默良久，最后流泪说：“这个责任要我张学良来负，可担负不起呵！要知道我是军人，是奉命撤退的。”停了一下张将军又说：“我个人是国仇家恨集于一身，从我自己的思想感情来说，哪能不抵抗呢。可是我东北将领屡次请战，却屡遭申斥。多年来我的部下强烈要求打回老家去，我也如是，否则对不起三千万东北父老同胞。至于舆论对我的指责，那是促我醒悟的动力，我不责怪他们。”

林道静作为跟随考察团的记者，按照事先准备好的问题，突然扬头向张学良发问道：“将军奉命调到西北来同共产党打仗，共产党越打反而越壮大，将军对此有何看法？”

张学良对这个问题似早有准备，他不假思索地回答说：“中国老百姓实在太贫苦了，许多人连饭都吃不上。这时候，只要有人说跟着他们就有饭吃，自然就会有许多人跟着他们……所以，我就很难……”说着，张将军摇摇头，神色痛苦，似有难言之隐。这时道静的胆子更大了，她接着问下去：“将军认为谋求中国的出路和前途，最重要的是解决什么问题呢？”张将军立刻斩钉截铁地回答：“我个人认为最重要的问题是国人团结一致，共同御侮。我愿为先锋，赴汤蹈火在所不辞……”张将军说到团结御侮，神情激昂，双目闪闪发光。

这一次会见，使林道静心头不时闪现出张将军深深痛苦的面容和他那坚决抗日的向往。她觉得党中央决定争取张将军，停止内战共同抗日的政策非常英明。杨虎城将军早就与共产党有联系，也坚决主张抗日。争取张杨联合与红军共同结成抗日民族统一战线，是有希望的。为此，道静兴奋得日夜忙于找东北军中、下级军官及其家属谈话、交朋友，做宣传抗日的工作。当震惊中外的“西安事变”猝然发生，张杨终于扣起蒋介石，逼蒋抗日时，从北平来到西安的一群东北大学及其他大学的学生们，高兴得奔走相告，手舞足蹈——这一“事变”也有他们的一份心血啊！但是，“事变”解决，张学良执意、甚至背着周恩来、杨虎城亲自送蒋介石回到南京，接着被蒋囚禁后，人们悲观了，学生们丧气了。此后不久，东北军被蒋介石分化、瓦解。同时日寇对华北步步紧逼，形势危急，林道静和其他在东北军中工作的同志，于一九三七年初又陆续回到了北平。她被分配帮助地下党的领导张怡，做北平学联的工作。

“七·七”事变后，柳明遇见了路芳——即林道静，就是在这中华民族处于生死存亡的紧急关头。

第四章

卢沟桥的炮声，因为蒋介石主张与日本和谈，已经停止一天多了。一望无际的绿野，一片沉寂。

天阴沉，好像要下雨。

忽然，一阵嘹亮的歌声打破了沉寂的原野，像一阵雄风吹散了满天阴霾。

工农兵学商，
一齐来救亡！
拿起我们的武器——刀枪
大刀向鬼子们的头上砍去——
抗战的一天来到了！
抗战的一天来到了……
……

在小柳庄村边的一片场院上，苗虹站在一只大碌碡上，正在用她甜润、柔美的歌喉大声唱着抗日歌曲。许多学生打扮的男女青年，围着她，和着她，给她伴唱似的一齐在放声歌唱。这歌唱者当中有柳明，还有苗虹的男朋友——一个蓄长发、戴眼镜、西服穿得随随便便的高雍雅。此外，便是一群群、一堆堆或远或近地围着学生们听唱的农民群众——有男有女，有老有少，更多的是小孩子。个个瞪大惊奇的眼睛，盯着苗虹那鲜红的、像一颗熟透了的樱桃船的小嘴巴。

渐渐地，孩子们跟着学生们用高低不齐的声音也唱起了抗日歌曲；接着农民青年们也唱了起来——

工农兵学商，
一起来救亡……

歌声似有一种魔力，把学生们炽热的心，和农民们彷徨的心连结在一起。雨点淅淅沥沥落了下来，打湿了人们的衣服、草帽。可是，人们并不知觉，场院上仍围着一群群、一堆堆忧虑惶惑又兴奋激昂的群众。

“唉，我说，小姐们，公子哥儿们，你们唱的真比说的好听呵！有这瞎唱的工夫，怎么不去拿枪打日本鬼子呵？”

歌声戛然停止。

人们都惊异地把头转向这喊叫“小姐”、“公子”的人——这个人扛着一根粗木棍，两只眼睛布满血丝，一副凶相。

“原来是他——王永泰！”柳明心里暗暗喊着，跑到王永泰身边去，“您也来了！我们在宣传抗日——用歌声宣传，比用嘴演讲，效果有时候更好。”

“哎呀，你不是香兰姐的女婿吗？没想到，你也到这儿来了。”苗虹的歌声被打断，皱着眉头，跳到王永泰身边，两只大眼睛滴溜溜地朝他转动，像埋怨，又像同情。

王永泰不理柳明、苗虹，扛着木棍只顾自己大声叫嚷：

“抗日，抗日，谁不会嘴里喊叫几句！要真抗日，就拿起刀枪——来真格的。在这儿卖膏药谁不会！”

“这个人怎么这样粗野？”柳明轻轻摇着头，向一个领队的青年说，“吴华林先生，咱们还唱么？这个人我认识，他叫王永泰。他的新娘子在娶亲的轿子上就被日本人的大炮炸死了。所以，他仇恨……”

吴华林二十五六岁，中等身个，欢眉大眼，姿态潇洒。他看看王永泰那似乎疯癫的模样，又看看被激忿包围的群众和学生们，忽然，跳到碌碡上，挥舞着手臂，大声呼起口号来：

“为王永泰先生的新娘子报仇！”

“打倒日本帝国主义！”

“中国人决不当亡国奴！”

……

王永泰怔怔地望望吴华林，望望柳明，又望望那些围观他的人群。忽然，把木棍狠狠地向地上一扔，掉头跑走了。

夜晚，柳明躺在姥姥家的炕上，累得浑身酸痛。看看身边已经熟睡的苗虹，也累得打起了轻微的鼾声。她微微叹了一口气，回忆着这一天的活动：她和苗虹、高雍雅随着吴华林的慰劳队转了几个村庄，也转了不少战壕，去慰问二十九军的抗战将士。他们不停地歌唱——歌唱。常常唱着唱着，战士们、下级军官们就和他们一起唱起来；也一起挥洒着悲痛而又昂奋的泪水。

这一天，在柳明的生活中，似乎有某些异样，某些稀罕。“一二·九”运动时，她才上大学一年级，由于同学的鼓动，她也参加了一次游行示威。但那时，她的心都放在学业上，对这些“政治”运动，并不甚感兴趣。这次，当“七·七”抗战爆发后，也许由于目睹了香兰的惨死，也许由于敌人对中国公开进行了大规模的武装侵犯，她那颗平静的心，蓦地被骚扰了，时时涌起一股难以抑制的激动。所以，她才拉着苗虹随着大队学生出入在战壕中，出入在村庄和阡陌间……

忽然她想到白士吾。他口口声声说多么爱她，为她愿意牺牲一切，不绝地海誓山盟。可是，当她又一次要到卢沟桥附近来时，他竟借口父母不同意，没有跟她一起走，还不如苗苗的男友高雍雅——那位“诗人”为了苗虹竟离开了诗斋……想到这儿，柳明不由得感到失望和惆怅。这时，她才发觉自己对这个青梅竹马的伙伴，还是有一种超乎寻常的感情。这感情是什么？爱吗？她觉得自己的脸颊有点儿发烧，心头怦怦乱跳……一会儿，她又想起白天王永泰那种疯癫的形状，他为香兰，心一定都痛碎了。多么不幸的人啊，他多么爱香兰姐！可是她死了……那个梳着一根大辫子、背着草筐的美丽村姑，又在她眼前晃动了。不知怎的，村姑忽然又变成了一个英俊的、高高的小伙子，他奋力扒着王家废墟的土块……西单大街上，在浩浩荡荡的人群中举着小旗振臂高呼……她无论如何不能入睡了，索性任想象的翅膀飞翔起来——

“他是个什么人呢？怎么那样气宇不凡，那么鹤立鸡群似的……”

“嘭、嘭——嘭！”姥姥家的街门，声音不大，却清晰地响了起来。

舅母惊醒了，从对面屋里很快走到外屋地上。姥姥也听见了喊门声，惊悸地压低声音说：

“呀！有人叫门啦——这半夜三更的……”

柳明的心立刻狂跳起来。战事一起，兵痞、流氓、土匪，还有鬼子、汉奸随时可能闯到姥姥家里来。这深黑夜，什么人来叫门？是不是坏人？……柳明急忙翻身爬起，趴在小窗玻璃上，向大门口观望——舅舅去开门了，他站在大门里面低声向门外问了几句什么，稍停一下，两扇小街门吱呀开了，匆匆闯进两个人来。就着昏暗的月色，柳明看见一个庄稼汉打扮的男人，背着另一个庄稼汉……柳明的心又擂鼓似的跳动起来，他们是什么人？怎么人背人跑到姥姥家来了？当她听到背人的那个男人向舅舅问到柳明的名字时，她吓得用力一推熟睡的苗虹，惊惶地小声说：“苗苗快醒！出了事了！”

苗虹一骨碌从炕上蹿起身来：

“明姐，明姐！怎么啦？什么事——出了什么事？”

柳明刚要回答什么，舅舅在门帘外喊起姥姥来：

“妈，妈！香兰女婿受了伤，要找明丫头给治治。”

姥姥早吓得在被单下面筛糠似的哆嗦着。一听“香兰女婿”几个字，立刻一边连声“啊，啊”，一边拿起枕边的火柴划亮了，点上了小煤油灯。

等到王永泰被安放在炕上，柳明已经穿好了鞋子。这时，听到一声呼唤，她又吃了一惊。

“柳明小姐，真对不起，半夜三更来打扰您了。您看，王家兄弟腿部受了伤，想求您帮助给他检查一下，治一治伤。”

这声音有点儿熟悉。柳明抬头向说话的人仔细一望，愣住了。这不是曹鸿远么？不是在西单游行队伍中的那个大学生么？怎么——他忽然又变成了农夫，还把香兰的女婿背了进来……还没容柳明说话，苗苗先张了嘴：

“这位背王永泰的先生，我认识您。您不是曹鸿远先生么？”

“对，我就是曹鸿远。”高个儿擦着头上的汗水，似乎还在喘气。

“曹先生，您先不说什么，现在检查伤口要紧。”柳明说着，叫苗虹端着煤油灯，自己拿出听诊器，先听了一下王永泰的心音，扭头向那位满脸焦虑神色的背人者说，“不要紧，没有生命危险。”接着，麻利地、毫无忸怩之态地脱下了王永泰的破单裤，从腿根一点点向下部仔细检查，终于停留在膝盖下面的伤口上。那伤口还在汩汩地流出殷红的鲜血。柳明用手向伤口周围的骨头轻轻摸了一会儿，苍白的脸上露出欣喜的笑容，“子弹没有伤着骨头，这太好了！”她又亲自拿过灯来，向王永泰微闭双目的脸上照了照，然后把灯递给苗虹，用两只同样有些苍白的灵巧的手指，翻开伤者的眼皮看了看，这才长舒了一口气，转脸对曹鸿远轻声说，“您放心，他因为流血过多，有轻度昏迷。现在，我马上给他止血、包扎，一会儿他就会醒过来的。”

柳明把随身带来的止血钳、酒精、碘酒、药棉、纱布等战地救护用品，变戏法似的，在指尖不停地闪动中，伤口止住了血，包扎好了。她刚刚喘了一口气，王永泰猛地一个鲤鱼打挺坐了起来，他红着两眼，环顾四周，然后，把眼睛停在那个背他的年轻人身上，声音颤抖着：

“曹大哥，是您救我的吧？您干嘛冒那么大凶险救我?！叫我拿铡刀多砍死几个鬼子，报了仇，好跟香兰一块儿走了算了！”

“啊，你杀鬼子受的伤呀？”苗虹歪头一伸大拇指，又高兴，又钦佩，又十分好奇，“香兰女婿王永泰，您是怎么杀的鬼子呀？

这位曹先生您又是怎么救出王永泰的呀？我想，准是王永泰半夜跑到鬼子军营里去劫寨——砍鬼子。他杀死了几个鬼子，鬼子一放枪，他受伤了。这时您从暗处一打枪，也许又打死了几个鬼子。您打完就跑。鬼子冲着枪声追下去，您又绕过弯曲的小道，把王永泰抢救下来，立刻把他背到小柳庄来找我明姐。是吧？”苗虹凭着她看小说和电影的一点知识，信口猜测起一场惊险有趣的故事情节。

王永泰躺在炕上瞪眼盯着苗虹的嘴巴，神志似乎还有些迷糊。曹鸿远刚要说什么，又叫苗虹把话抢了去：

“我说，勇敢的、见义勇为的曹先生，那天在小禹庄看见您的时候，我记得您是个挺帅的大学生呵！怎么今天忽然又变成农夫模样了呀？”

柳明揪了揪苗虹的衣袖：

“苗苗，画眉鸟也没有你这么多嘴。歇歇吧，现在请曹先生对咱们介绍一下他救王先生的经过好么？”

“好！好极了……”苗虹拍着手又要说什么，却又把嘴唇一咬，不说了。

那位救人者只对柳明、苗虹极有礼貌地“嗯、嗯”着，并不谈他怎么救王永泰的事。经苗虹一再催促，他才不慌不忙地岔开话：“这灯光是目标，还是管制一下好。”说罢，一口吹灭了油灯。屋里顿时黑洞洞的，只听得曹鸿远又说，“二位小姐，如果我没有记错的话，你们一位是柳明小姐，北平医学院二年级的学生；一位是苗虹小姐，是位歌唱家……”

“哎呀，曹先生，您的记性真好！您知道我喜欢唱什么歌么？这几天，我们来卢沟桥前线唱歌、宣传，我的嗓子都哑了，可是，我还是要唱——要唱！”昏黑中，苗虹偎在柳明的怀里，探出头，冲着端坐在板凳上的曹鸿远，不住地说这说那。

柳明睁大惊异的眼睛，在黑暗中望着曹鸿远，她也想问他一些事，但不知怎么问好，终于低声说道：

“曹先生，认识您真高兴！您勇敢的精神真使我们……”她说不下去了，飘动着两只熠熠闪光的大眼睛，望望躺在炕上闭目不语的王永泰，声音更低了，“您放心，王永泰的伤我来治。当然也要负责对他的护理。他可以住在我姥姥这里么？这样治起来方便些。”柳明的声音又恬静、又温和，给人一种十分善良、文雅的感觉。

“对，叫香兰女婿就住在咱家养伤吧。这小门小户的不显眼。”姥姥是个心地善良的老太太，她正为香兰的惨死暗暗伤心。帮助受了伤的香兰女婿自然是她心甘情愿的了，何况还有香兰的母亲，也可以过来照顾她可怜的女婿呢！

曹鸿远挪坐在永泰脚边的炕沿上，对姥姥点点头，又转过脸对柳明说：

“柳小姐，您的医术很不错——内科、外科全拿得起来。能让王家兄弟住下由您给他治伤，那太好了。这儿是前线，还得提防敌人报复啊——所以，我才把伤号背到您这儿来。当然，我的举动有点冒昧，实在是不得已，请原谅。”

“曹先生，您怎么知道我明姐医术好？也知道她住在小柳庄她姥姥家里？您可真是个神奇人物……”苗虹心直口快，脑子一闪念的事，一张口，就像喷泉似的冒了出来。

曹鸿远仍然避而不答。借着窗外透进来的月色，只见他双手拉住柳明姥姥的手，微笑着对老太太说：

“姥姥，您真好！……永泰在您家养几天比他回家去好。在您这儿，柳小姐可以每天给他换药，他的伤很快就会好的。”说着，向躺在炕上的王永泰看了一眼——只见他在高度紧张和疲劳之后，已经安静地睡着了，就又转过脸对柳明说，“我这就去给王福来大叔送信去——他一定急坏了。我在城里还有事，天亮就进城去。你们在城里有什么事需要我去做么？”

柳明听说曹鸿远要走，在昏暗的、浮动着一层薄雾似的微光下，望着他柔声说道：

“曹先生，我家住在西单背阴胡同三十号。我爸爸叫柳清泉。以后您如果有功夫，盼望您到我家去——我爸爸是个爱国的教书先生，他会欢迎您的。”

“您也到我家去！”苗虹抢过话头，“我家住东城裱褙胡同十三号。爸爸名叫苗振宇，是北平医学院的教授。他支持我参加救亡运动——中国人有几个不爱国的呢？有几个愿意当汉奸卖国贼的呢……呵，曹先生，我想起来了！您在北平医学院里做过事对么？怪不得我们都看着您眼熟呢。”

“你们两位家里的住址我都记住了。以后有机会，一定登门拜访。”曹鸿远还是不正面回答苗虹的问话。他彬彬有礼地向两位女学生微微鞠了一躬，又向柳明姥姥鞠躬告别，就转身向门外走去。

曹鸿远走得快，柳明、苗虹也快步把这位陌生人送到大门外。这时天快亮了，灰蓝色的天空中，有几颗亮晶晶的小星在闪烁。两个女青年目送着矫健的身影，箭似的飞向被墨绿色的庄稼簇拥着的原野。转眼远了——不见了。一种从未经历过的激越的喜悦之情，蓦地涌上柳明的心头。她倚在门框上，仰头望着静静的夜空，望着灰蒙蒙天空上缀着的几颗小星，又向无尽的墨绿色的原野望去——她笑了。

“明姐，你笑什么？”

柳明突地抱住苗虹的肩膀，头俯在好友的肩上，喘吁吁地不出声。苗虹感到有一颗心在激烈地跳动，惊异地问：“明姐，你怎么啦？”

“你听，公鸡打鸣了，咱们快进屋睡觉吧。”

第五章

柳明刚进家门，白士吾又坐在她家里等她。他不能下乡去找，就每天往柳明家里跑——一天至少两次看她回来没有。这一天，终于等到柳明回来了。这个白净少年，激动得一把拉住女友的手，眼里闪动着晶莹的泪花：

“我的勇士，小柳，你终于回来了！你知道不？我一天两三趟来家看你；要不，就在家无数次地念《聊斋》里的——欧，那算是词，还是曲呢——‘望穿秋水；不见还家。又是想他，又是恨他，手拿着红绣鞋儿占龟卦’……”

见白士吾当着父母亲的面和她拉扯，又背念那些爱情的词曲，柳明晒黑了的瓜子脸，一下子变成了一块红布……她急忙把手抽回来，不知是佯恼呢，还是真的生气，嗔着白士吾道：

“白士吾，不许你这样放肆！规矩点，坐在这凳子上说话。”白士吾乖乖地坐在一只油漆剥落的、破旧的小凳上，仰脸望着柳明，想说什么却不敢张口。

“哎呀，妈的傻丫头呵，你可回来了！这些天，你跑到哪儿去啦？可把妈急死啦！也把白少爷——你看，他为你都掉了一圈肉。这大热天一天两三趟往咱家跑，这都是为你呀……丫头，告诉你，往后，可不许你再上那个凶险地方去了！天塌了压众人，你这大姑娘往那前线上跑哪门子差事呵？消消停停在家——要不，跟白少爷溜达溜达——青春少年玩玩乐乐……”

“妈，您还有完没完呵？我是做贼去啦？还是当汉奸去啦？”柳明被妈妈娇惯，从来对妈说话都爱带刺儿，“前线打仗那么紧，我是个中国青年，中国学生，人家有的都当兵打日本去了；我不过去卢沟桥附近——干脆说吧，多半在姥姥家照顾一下伤号，瞧你们这急的！你们不抗日，也不叫别人抗日！”

“小柳，你别这么说。这些天，我也做了不少抗日工作呵！”白士吾急忙表白自己。

“你都做什么抗日工作了？”柳明把目光从母亲的脸上，转移到白士吾的脸上，“你不是说，你一天两三趟往我家跑，又成天在你府上占你的龟卦，你还有时间去参加抗日工作？我不信！”

“有，有，有时间！”白少爷精神振奋了，话也滔滔了，“小柳，向你报告：第一，我参加了学校的募捐队，我领着同学到我那些阔亲戚、朋友家里去捐款。我自己也单独募捐，光我一个人就募了上千块大洋，全交给学联的捐款部门了。我带同学去募的还不算数……”白士吾说到这儿，似乎被什么事情打乱了思路，怔怔地瞅着柳明不说了。

“你那第二、第三呢？说下去呀！”柳明忍不住追问。

“我在写文章宣传抗日呀。”白士吾还想说什么，柳明妈见女儿对自己十分崇敬的白少爷像先生考小学生般不客气，就急忙岔开话说：

“我说丫头，跑得这么风风火火的，还不去洗洗脸、换身衣裳。这哪儿像个大学生呀！浑身的尘土，满脸的油泥，敢明儿怎么当阔少奶奶呀……”

“妈，您的嘴真该拿封条封住！”柳明生气了，站起身就向屋外跑。

“小柳！小柳！你要上哪儿去呀？”白士吾急忙追出屋来。

“我去洗脸。”柳明回过头对白士吾莞尔一笑。

皎洁的月色，照得北海五龙亭一片银光。水上波光粼粼、雾气氤氲；岸边花香阵阵、绿树葱茏，这一切仿佛梦幻中的朦胧世界，浑然组合成一种幽静的美。白士吾紧挨着柳明坐在亭边的长椅上，金丝眼镜后面的一双眼睛，紧盯在柳明的脸上，似乎要捕捉她面部流露出的每一瞬间的表情。

“小柳，让我握一握你的手好么？别这么‘冷若冰霜’——对，前面还得加上‘艳如桃李’四个字——对，艳如桃李，冷若冰霜，就是你的写照。小柳，你对着水面想些什么呢？跟我谈谈心好么？你知道人家有多少、多少心里话要对你说呵！”

柳明感到两只温热柔软的手，紧紧地握住了自己的一只手。对着这样的美景，对着这样热恋着自己、多情而又漂亮的男子，她的心软了，意动了，她再也无力抽回自己的手。

这样默坐了半晌。

“小白，你把手放松。我也有心里话要对你说。”

小白的手立刻松开，脸儿几乎挨到了柳明的脸上。

“小柳，快说！我早就盼望——日夜地盼望你对我说——说说你对我的——心……”

柳明把脸一扭，离开白士吾的脸，却又沉默着。她的脸在月光下，在河水边，更显出一种静穆纯净的美。

“你这个骄傲的公主！我对你真是无可奈何……说吧，你的心事不对我说，又对谁说呢？”

柳明俯身捡起一块石子，用力向水面扔去——潋滟的波光，被击成无数金色的涟漪，又像无数条闪光的鱼儿在水面翩翩浮泳。

“小白，你看这景致多美！可是，我的眼前总看见香兰的断臂，看见那些流着鲜血缺肢断腿的兵士——蒋介石想和谈，可是卢沟桥的战争越来越紧了。你听说了么？英勇无畏的赵登禹将军，在一次激烈的战斗里牺牲了。战场上抬下那么多伤号，我们救护队日夜抢救，许多男同学还冒着炮火跑到战壕里去抬伤员……”

“哎呀，我以为你有什么心事要对我说呢，原来是这些。”白士吾掩饰不住失望的神色，一下子又把柳明的手紧握住，“花前月下只应当卿卿我我。可是，你却在令人陶醉的月光下，跟我谈你的伤员。小柳，我知道你一片爱国之情，我和你一样，何尝不关心战事，不关心国家的命运呢！可是，我们已经尽了我们的一份力量，也算可以了。咱俩好不容易相聚在今宵，还不该谈点个人的事么?”

“我——是想和你谈点个人的事。”

“什么事？我洗耳恭听!”白士吾说起话来又活跃了，眼里闪射出希望的光。

“我在发愁我的前途。学校停课了，说不定哪天才能开学。而且看样子，北平很有沦陷的可能。到那时候，我该怎么办呢……”

“唉，唉！原来你的心事仍是这些。这还不好办——跟着我，咱们到天涯海角去。有钱哪儿都能去!”

“又是跟着你！想拿我当你的附属品么？小白，你真不了解我的心。”柳明的声音哽咽了，她无限愁思，此刻再也无法抑制地流露出来。

白士吾不由自主地把手臂搭在柳明的肩膀上，柔声在她的耳边说：

“MyDear，为了你，我什么都愿意牺牲。你信么？只要咱俩能在一起，你说怎么办都行。”

柳明猛地警觉到：白士吾的手臂把她搂得越来越紧。她一下子跳起身来，盯着那张抹上神秘月色的年轻漂亮的脸，喘了几口气，连连摇起头来：

“你呀，漂亮话都叫你说尽了。你说愿意为我牺牲，可是，我到卢沟桥去，你怎么就不去？还不如苗苗的男朋友呢，他都去前线了。你怎么就不肯离开你家王府的高台阶一步……”

“小柳，你冤枉死我了！我要在你的石榴裙下当屈死鬼了。我天天想着你，一时一刻想着你，怎么不愿意跟在你身边？可是，我那阿爹阿妈，好像两把老虎钳子左右开弓，把我卡得紧紧的。别说上卢沟桥，连上你家找你，他们都派了王升李顺两个当差的紧跟着我——我进你家门，这两个差人就守候在门外。我哪有一点儿行动自由呀！”

“那你怎么募捐的？不是还带着同学募捐了么？”

“我那阿爹阿妈一看大势如此，也得顾顾面子呀！我去募捐，王升李顺照样跟着我去的。”

柳明吓了一跳，急忙抬眼四处望去——

白士吾露出虎牙笑了。他说，今天是跟柳明逛公园，两个差人明白他俩的关系，就没有跟着。

“我的小柳，你放心，现在他们再敢跟着我，看我不打掉他们的狗牙！来，咱们一边走着一边谈好么？不过，有个条件——你要允许我们拉着手走。”

沿着北海五龙亭向前门走去的湖边小路上，夏夜的暖风，吹来阵阵沁人心脾的花香——清淡的、浓郁的花香，在少男少女的身边，渗透出一种迷人的气息。他们走一会儿，倚着绿色的栏杆站一会儿，柳明一只灵巧的小手，始终握在白士吾柔嫩光滑的手里。

夜十点钟了，柳明回到家里，刚进屋门，父亲柳清泉正躺在小铺上读报纸。见女儿进门了，从床上站起身来，举着一张报纸，满面怒色地瞪着女儿说：

“又跟那位王孙公子逛去啦？什么时候了，还有这份闲情！给你，看看报上这篇文章！”说着，老头儿把报纸扔了过来。

柳明带着羞愧的心情，急忙打开父亲圈着红圈的那篇文章，原来是名记者范长江写的《卢沟桥畔》。是一篇战地通讯。

柳明站在昏黄的电灯光下，急忙轻声读了起来。

“中国对外一次次的小冲突，逐渐证明了中国一天天的抬头。人家一贯的方针，是要打击破坏中国的统一和强壮的趋向，他们这种希望和我们求存的本质相反，这一个基本的不相容，说明中国必然会和他们不断的冲突。

“去年我们军队饮泣退出我平汉、北宁、平绥三路联络要点的丰台，今年在我北方和中部唯一交通要道平汉路的卢沟桥，又发生重大事件，这真是‘理从哪儿说起’?

“日军于七月七日夜间攻击我卢沟桥。卢沟桥乃以东西方向跨永定河，石桥之北有平汉线，与铁桥平行而立，石桥之东，紧接宛平县城。那时城内仅有二十九军一营，负着守两桥之责。日军七日夜间，进入铁桥东端，我军一面奉命守桥，一面又奉命对于日军非其开枪不得还击。这太难实行的双重命令，加到守护卢沟桥的我军，眼看人家在城活动不能出击，现在他们已黑夜袭到桥上来，当然要打了！……桥西五六里长辛店驻的吉星文团，他眼看桥一失守，怒不可当，……他本于军人卫国的天职，率领他部下悲愤痛哭的官兵，决定前进。八日夜间，阴森的永定河面，隐蔽了数百卫国英雄之潜行，一刹那间，雪亮的大刀从皮鞘中解脱，但听喊声与刀声交响于永定河上。九日清晨，河岸居民见桥上桥下尸横如垒，而守桥的人已换我忠勇的二十九军武装同志了……”

“不用都看了！”柳清泉夺过女儿手中的报纸，又指着同文的另一段——他已加了红点的地方说，“看看这个！”

“地方民众为国牺牲之精神，此次在长辛店一带充分表现。民工多日夜工作，既无报酬，又不能得一好休息处。我们要追问，为什么国家对外抗战，要令宛平县第六区独当接应前线之责？

“我们看到五六十岁的民伕，他们经不起日夜不停地工作，肢体发肿……有一个六十五岁的脚伕，家里只有两个小孩和一头毛驴，他被征到前方服务，日夜搬运，几天还不能回去。他放心不下他的家庭，有一天他趁着送饭的机会，绕道十余里，回家看望一趟，然后赶快回到民伕本部来。管理警士认为他私自潜逃，罚他十天继续工作。他对我说，‘做十天倒也没什么，要说打外国的时候，说我潜逃，我真有点不服气’……”

读到这里，柳明读不下去了。她捏着报纸，一把抓住父亲瘦削的手，声音颤抖：

“爸爸，我——对不起您，您这么关心国家大事……我、我一个青年还不如您……”

“又叫那公子哥儿拉去玩啦？”父亲多皱的脸上有了一丝笑容。

“去北海了。”柳明不会说谎，如实地告诉父亲，“他真像条长虫把我缠得紧紧的。”

“不能光怪别人，主意得你自己拿。以后，看时局这么紧张，别总跟那花花公子花前月下的了，咱们怎么能够还不如一个赶脚的驴伕呢。”

柳明不怕好吵架的母亲，却有点怕很少说话的父亲。父亲叫她读了这段报纸，好像给她心里重重地扔下一块石头。倒在床上，她想着时局，想着和白士吾的关系，心里乱糟糟。忽然飞机马达声，在空中轰隆隆震响。弟弟柳放刚躺下还没睡着，一个猛子跳起身来，打开屋门蹦跳到院里，这时院里同时有许多声音嚷嚷，喊叫，甚至欢呼：

“国军飞机来啦！咱们的飞机来啦！太好啦！中国的飞机来啦……”

“不对！不对！你看那还是小日本的膏药飞机！”

“看飞机屁股后面冒烟啦！冒烟啦……看！传单又撒下来了，他们又撒传单了……”

过了一会儿，柳放拿着一张纸片走到姐姐屋里，咕嘟着小嘴，瞪着姐姐说：

“姐，你看，又是日本飞机撒的传单——真气死人！怎么咱们中国的飞机都掉到大海里喂王八啦？”

柳明接过传单草草一看：一份已经撒过几次的日本宣传品，什么“华北救国会”宣言。里面说什么日本无侵略中国领土的野心；说中国政府冷淡华北；说二十九军决无力作战；还说什么华北人民应当“自立”，像满蒙那样……柳明一把将这传单狠狠撕掉，向地上一扔，气忿地瞪着弟弟：

“捡这玩意儿干什么！全是骗人的鬼话！”

“姐，你生气，大伙儿也生气呵！怎么中国四万万同胞，都打不过一个东洋小日本？大伙儿都骂街哩！有骂日本的，也有骂蒋介石的。大家伙盼着青天白日旗的飞机飞过来，可是在咱们头顶上飞来飞去的，全是那个大红蛋。”柳放不说太阳旗，蔑视地叫它“大红蛋”。

“烦死人了……”柳明刚扭过头去，炮声夹杂着机关枪声，猛烈地轰鸣起来，震得窗纸哗哗作响，连外间屋里的茶壶茶碗也被震得丁当响，哗啦地掉落地上。母亲吓得大喊起来：“我说，你姐儿俩呀，快钻到床底下去……快到床底下去呀！大难临头，可不得了啦……”

柳明把弟弟搂在怀里，咬紧嘴唇默不作声。

第六章

阴云密布。阵阵雷声轰响在北平的上空。

卢沟桥边的炮声一阵激烈，一阵沉寂。众多的市民都变成了热锅上的蚂蚁。粮价飞涨，各种必需物品也跟着涨价。然而，当冀察政务委员会的委员长宋哲元号召市民募集麻袋、运送沙土、筑建街垒时，人们却顶着三伏天的烈日，踊跃出动。没几天，北平的重要街头都筑起了准备巷战的堡垒。

北平宣武门内大街的街垒旁，有两个青年人在溜达着，观望着。他们抚摸着那些垒起有半人高的沙包，眼睛流露出忧郁的神情。其中一个戴着眼镜、年岁稍大的人，对另一个身穿洁净竹布大褂、一副小职员打扮的青年说：

“国民党里的汪精卫还在高喊，‘牺牲未到最后关头，绝不轻言牺牲’。蒋介石在七月九号那天，就命令南京外交部去向日本求和——去商量什么‘撤兵办法’，还梦想‘和平解决华北战事’……”

“我们这边呢?”另一个焦灼地向四处瞥了一眼，见附近没人，轻声说，

“老师，好几天没见到您，当前形势变化很快，我知道的太少。您给我讲讲吧!”

“靠近点儿，”戴眼镜的拉了对方一把，“卢沟桥事变第二天，

党就在陕北向全国各界同胞发出了紧急通电，坚决主张抵抗日本帝国主义的进攻，提出武装保卫华北，保卫全中国——形势严重呵，中国已到生死存亡的关头了！二十九军的抗战很艰苦，很不容易——我看这些街垒不会用得上了……”

“老师，我也看到了形势的严重性。几天几夜睡不好，吃不下——北平的市民也是如此……老师，您说这些街垒用不上了，难道二十九军会撤退么？他们抗战热情很高，打得很英勇啊！”

“国民党迟迟不发兵；而日本兵却源源不断从山海关外大批开到华北各地来。看这形势，二十九军孤军奋战，再英勇也扭转不了敌众我寡、敌强我弱的局面啊！”

两人都不说话了，望着那些孤零零地仿佛在风中战栗的、新新旧旧好好坏坏地堆起的麻袋，轻轻地摇头叹息。

“咱们谈别的吧。公司的买卖，这几天可有进展？”戴眼镜的人关切地问道。

“买到手的货物都已由火车托运走了，还剩下一笔款子没有买成现货，因为卢沟桥战事一起，商家都不肯卖货了。再说火车，从十一号起北平市对外的一切交通都断绝了。我正发愁买卖没有进展，才找您商量办法。”

“我知道你的处境困难……但这笔买卖怎么也得做成呵！”

“对，我也是这么想。”小职员打扮的青年点点头，两人默然无声地又向前走了一会儿，来到一座电影院门前，墙上一幅外国金发女郎的招贴画和旁边的两行大字，赫然映入他们的眼帘：

光芒万丈的歌坛新彗星狄安娜杜萍主演《满庭芳》

十年来第一部真善美的音乐爱情细腻浪漫名片

看着这张大得占满一面墙壁的电影广告画，他们不由得皱紧眉头，沉郁的脸上露出一丝苦笑。想起几天来北平街头年老的、年少的、男的、女的、各行各业的市民们，冒着炎热酷暑，汗流满面地用装满沙土的麻袋筑着街垒，在准备和日本帝国主义者决一死战的情景，再一看电影院还在歌舞升平地演着浪漫名片，小职员打扮的青年深深地叹了一口气：

“这就是‘商女不知亡国恨’吧？老师，我真恨不得立刻回到妈妈身边去。可事情没有办妥，怎么走呢？”

“别着急，小曹，妈妈那边恐怕一下回不去了。其他事情嘛，咱们共同想办法。”

被称做小曹的青年正是曹鸿远，他是从延安由组织上派到北平来购买药品的。他的同行者张怡，既是他过去的老师和朋友，也是他来到北平后的党的领导者。他们现在正在接头，商量着买药的工作。

“小曹，卢沟桥战事一起，中国人民的抗日热情更加高涨了，这一点，你一定看得很清楚吧？”张怡走着，拿出手帕擦去眼镜片上的尘土和汗水。

“老师，您问我这个问题，一定有它的用意，对不对？”聪明的曹鸿远一听张怡提出这个问题，已经意识到这里面有文章。

张怡笑了笑：

“你说得很对。你提出来的困难，怎么解决呢？我看，只有依靠你说的那些热爱祖国的群众去解决。只有依靠人民群众才能赢得战争的胜利，这个道理你是清楚的。”

听了张怡的话，鸿远没有立时回答，默默地沉思着。想了一会儿，想明白了，想透彻了，于是，站住脚，紧紧握住张怡的手，眼睛里流露出激动的神色。

“老师，有办法了！我新认识的柳明和苗虹都和医药界有关系，我可以通过她们想办法去完成——”说到这儿，曹鸿远停顿了一下，向左右看了看，微微一笑说，“利用这些关系去完成咱们这桩买卖，您说对不对？”

“对，你应当通过那些爱国的朋友——不管新认识的、早认识的，去买那些还没买到手的东西。我有个表弟名叫华兴，在西单裕丰西药房当伙计，可以介绍你去找找他，叫他帮助你去买。趁现在二十九军还在抗战，咱们就说买药去救护伤员和难民。有这样合法的理由去办事，事情不是好办一些么!”

张怡的话，使鸿远的心情舒畅豁亮起来。当他们走到西四牌楼前，张怡在一个小胡同口站住了，握住鸿远的手，关切地说：

“小曹，看你瘦多了，一定是发疟疾的缘故。你手里不是还有些钱么，应当用一点在治病和加强营养上，应当把你买到手中的金鸡纳霜吃一点治一治你的疟疾——这是为了更好地工作嘛!”

鸿远笑了，感激地望着张怡：

“老师，您放心，我这点病不算什么，请不必惦记。下回，咱们还在原来的地方碰头吧？我希望那时候您这位经理能够满意我这个小雇员的工作。”

张怡轻轻点点头。看看四处无人，就拍着鸿远的肩头，低声说道：

“我相信你——可你一定要爱护自己的身体。最好搬到城里来住，比较方便。要不，你就先住在我表弟华兴家里——我姑妈是个很好的老太太，表弟华兴是从东北关外逃难来北平的，他热爱祖国，也有头脑——以后，有了适当的地方再搬家。你住的地方得经常变动，要随时提高警惕——虽然日本目前成了我们的头号敌人，可是……”张怡摇摇头，没有说下去。

“老师，您放心，我已经从长辛店搬到城里来了……今天，您的谈话叫我又领会了一个真理……”

“什么真理?”

“这就是依靠群众!”鸿远调皮地一笑，“我大概也沾上了知识分子的毛病——理论脱离实际。理论上我也懂得这个道理，但是一遇到实际工作，我就把它忘在脖子后头了。”

“那你就赶快把它搬到脖子前头来。这样，你每天都望着它，念叨它几遍，理论就不会脱离实际了。”

张怡说话风趣。这些天来，心头总像压着块重石的鸿远，不由得微微笑了。

“你说说，你新认识的柳明和苗虹是两个怎么样的人？”他俩又向阜成门方向缓步走着。

“这两个人都是大学生，也都热心抗战……”接着，鸿远把他如何认识柳明、苗虹的经过向张怡叙述着，同时，把怎样认识王福来父子的事也说了。

张怡仔细听完鸿远的叙述，最后对鸿远笑笑说：

“你新结识的这几个人都很不错，而且你对他们还有点恩情，要多做他们的工作，多培养他们——你会明白，无论何时，你不能光当个买卖人、小雇员，得同时做些发动群众的工作。刚才你已经明白这个‘理论’了，可是，得把他们搬到脖子前头来——”

“老师您说得对，我一定照办。您会相信我的，对不对？”

“不过我还得说说你，你做事情还有点不够稳当，还带着一股传奇式的英雄味道——你没有对王永泰多做细致的思想工作，却听任他拿着铡刀去杀日本人；又紧跟着冒险去救他……你这些做法，是不是有点儿欠妥当？”

曹鸿远的脸刷地红了。从十几岁起，每当他的工作出了差错，犯了毛病，张怡总是毫不留情地批评他、纠正他。他也能接受批评，努力改正自己的缺点。想不到今天说了王永泰的事情，又受到批评了。他红着脸，沉思了一阵，觉得张怡批评得有道理——自己是肩负党的重任来北平采购药品的，那种到处出头露面的英雄式的行为不仅会毁掉自己，还会给党带来巨大的损失……

“老师，我明白了自己的毛病了。小时候，看了那些侠义小说，挺受影响。一遇见某种场合，就忍不住挺身而出，拔刀相助……相信我吧，老师，我会改正的。”

“好，今天就谈到这儿，三天后，我带你去见华兴。”

第七章

这是一所简陋的医院。门诊部和病房都相当阴暗潮湿。有些地方粉壁剥落，露出白灰涂抹过的土墙；有的房顶上还能漏进几丝阳光。这就是北平最大的医学院——国立北平医学院附属医院。自从卢沟桥战事一起，这所医院便收容了大量从战场上抬下来的伤员——超过了它能够容纳伤病员的几倍数量。医学院的那些同学、老师、职员、工人，在战争突起之后，都忘掉了个人的处境，整日不离医院和病房。他们对待英勇抗战的二十九军的负伤战士，迸发出多时来蕴蓄在心底深处的热烈情感。尽管医院简陋破旧，条件恶劣：到处是血腥气、粪尿气、汗臭气和苍蝇飞来飞去的嗡嗡声，简直像个难民收容所，但医生、学生、护士、职员、工人，却都在这么多的伤员中间穿梭似的忙着。手术室里一个接一个地往外推出动完了手术的伤员；守候在外边的人们又小心翼翼地把他们推到病房里，再轻轻地把他们抬到一张紧挨一张的病床上。

柳明回到医学院已经三天了。在这三天中，她日夜不停地忙得不可开交——一会儿做医生，一会儿做护士，一会儿又替伤员接屎、接尿、喂饭、倒痰盂，做起勤杂工来。看着那些缺胳臂断腿的年轻战士，一种混和着激愤、悲痛和怜悯的情感，掀动着她的心。就在她倾注全副心思去为伤员服务的时候，白士吾却常常油头粉面地跑到她身边，一会儿问问这个，一会儿又要拉她出去说说那个。这三天，可把个柳明腻烦透了！不过，她不愿在这儿和他争吵，只得耐着性子对他微笑着说：

"白士吾，你快帮我把这个伤号翻翻身。不然，总这么躺着不动，要生褥疮的。"

白士吾倒也乖乖地听柳明的话，帮助女友做点这个那个的。可是，时间一长，他就烦了，一屁股坐在小凳上，掏出绸子手绢擦去脸上的汗水，不耐烦地瞅着正忙着的柳明：

"小柳，不累么？歇歇好不好？咱们到外面透透新鲜空气，吃杯冰淇淋去。"

"你就知道冰淇淋!"柳明瞪了白士吾一眼，放低了声音，"人家为国家出生入死，性命都难保。你倒好，总想吃什么冰淇淋。要吃，你自己去吃。我不去!"忽然她又加了一句，"你还不如我爸爸呢！我不卖力气，连老头儿都瞧不起我……"

白士吾无可奈何地望着那张严峻而又美丽的脸，叹了口气，打开折扇扇了几下，无精打采地走出去。可是没过一两个钟头，这个白士吾又溜回柳明的身边，手里托着一盒包装精致的洋点心，另外还有一包绿色的苹果。他伸手把这些东西递到柳明的嘴边：

"这么没死没活地干，你连饿都忘了……看，我给你买来了好吃的东西。你，你，我最……"白士吾想说"我最亲爱的"，可没敢说出嘴，只说了句"你快吃吧"，就瞅着柳明不出声了。

柳明把点心和水果都接了过来。打开盒子看了看，转脸望望身边那个刚量完血压的伤员，拿起一块点心、一个苹果，放在伤员的枕边，小声说：

"您吃了这个。"说完，她又拿起点心和苹果一份一份分给了病房里另外几个重伤员。

白士吾看呆了，心里十分气恼，但又不敢拦阻，只好站起身到水管子边去洗手，好像要给伤员做什么似的。一边洗，一边冲着身边的柳明小声说：

“你呀，叫我怎么说你！他们伤兵是人，你也是人呀，怎么就一点儿也不顾自己的身体呢？咱们走吧，你已经三天三夜没休息了，歇一会儿去吧！”

“你要顾自己，就别到这个地方来！我不累，用不着歇。”柳明睁大熬红了的眼睛，终于不耐烦地和白士吾顶撞起来。

白士吾讪讪地刚要走开，忽然，一个高大英俊的小伙走到柳明身边来。一见是新相识的曹鸿远来了，柳明赶快把手里的汤匙交到白士吾手里：

“白士吾，你喂喂这位弟兄，我有点事情一会儿就来。”说着，扭头对鸿远点头笑道，“曹先生，您怎么找到我了？走，这儿太乱，咱们到外边说话去。”

鸿远也含笑点头，跟着柳明走过一条满地都躺着伤兵的走廊，开了一道小门，来到一座疏疏落落长着几棵小树的院子里。

这里有一条长凳闲着，两人一同坐下。鸿远望望柳明那双因过度劳累布满血丝的眼睛，低声说：

“柳小姐，你还在做救护工作？挺累吧？二十九军浴血奋战，宛平一带，仗打得好凶呵！前天，连佟麟阁军长也牺牲了……”

柳明的眼圈立刻红了，意识到曹鸿远找她一定有事，扭头望着他，那双含着悲痛的泪水的眼睛好像在说：

“有什么话，您尽管说吧。”

曹鸿远知道柳明很忙，于是，直截了当地说：

“柳小姐，你是医学院的学生，现在又在医院工作，能够帮助我们买一些药品么？现在市面上的药房也像别的行业一样——囤积居奇，都不肯多卖药了。”

“呵，药品？”柳明惊疑地重复了一句，“给什么人买药品？

要买多少?,”

“你看战争进行得越来越激烈，今后，恐怕还要更激烈。我们募捐到一笔款子，准备给浴血抗战的军队买下些药品——这在战争时期是件十分重要的事情，你能够帮帮忙么？我这样不客气地要求你，你不会见怪的，对不对?”

柳明本来已经十分疲乏的身体，顿时觉得精力充沛起来。她抬头一甩漆黑的短发，掏出手绢擦了擦脸上的汗渍和尘土——她已经记不清有几天没有洗脸了。

“为了抗战买药，我一定尽力去做。我可以休息一两天帮您去买药——我和医院的司药挺熟；另外，我们有许多同学也会帮助您的。您找了苗虹么？她也一定会热心帮助您——这几天，她和几位声乐系的同学到各个医院去给伤员们唱歌，嗓子都唱哑了。您找她么？她现在就在这个医院里，我领您去找她……”说着，柳明站起身来，鸿远随着也站起来。当她一扭头时，却见白士吾站在不远的一棵小树下，正探头向柳明和鸿远这边紧盯着。柳明一阵气恼，但又不便说什么，只向跟在他们身后的白士吾睨了一眼，领着曹鸿远向楼上的病房走去。

这时，已经是下午六点多了。在一间散发着各种气味的闷热的大病房里，一排排紧挨着的病床上，伤员们有的微仰起头，有的睁大了眼睛，有的紧闭双目，腮边挂着泪珠……六七个男女青年，正站在病房中央激昂慷慨地演唱着抗战歌曲。这里面，就有小苗虹。她的红润细嫩的圆脸瘦了，变得有些苍白。她正用充满激情、但已沙哑的声音唱着《慰劳歌》：

你们为了我们老百姓，
负了光荣的伤，躺在这病院的床上——
飞机还在不断地扔炸弹，
大炮还在隆隆地响！

拚着我们——最后的一滴血
守住——我们的家乡——家乡……

唱到“守住我们的家乡”几个字，曲调高昂，然后逐渐减弱，终于消失了。这时，整个病房沉浸在一片寂静里，仿佛这动人的歌声仍在每个伤员耳中回旋。苗虹圆圆的大眼睛里闪烁着晶莹的泪光，掏出手绢一边擦额上的汗，一边擦眼中的泪。负伤的战士们有的用大巴掌抹掉腮边的泪水，有的一边落泪一边举起无力的双臂鼓起掌来。掌声虽然稀落，但这是出自身负重伤的伤员的手掌呵！他们的掌声却又反过来感动了前来慰劳演唱的青年学生们，他们也都掏出手绢来——人们的心，紧紧地拧结在一起，熊熊地燃烧在一起……

站在门边的柳明和鸿远也一边鼓掌，一边落泪。敌人大举向中国进攻了！大炮、飞机正在北平城郊的上空日夜不停地震响着。这歌声和炮声混合在一起，如此明晰地映现了当时的真实景象；而那句“拚着我们最后的一滴血，守住我们的家乡”的歌词，又是如此确切地道出了人们誓死保卫国土的意志、情感和决心。因此，当苗虹的歌子唱完后，人们的感情就这样被掀动起来，被激荡起来……许久工夫，病房里除了唏嘘的哭声，就是伤员们“他奶奶的”一类愤怒的骂声。

激荡的波涛刚刚平静一些，一个男学生用悲怆而昂扬的男高音，唱起了《九·一八小调》：

高粱叶子青又青，
九月十八来了日本兵，
先占火药库，
后占北大营！
杀人放火真是凶——

杀人放火真是凶……
中国的军队有好几十万，
恭恭敬敬让出了沈阳城……

病房里，人们的心随着歌声，又一次像潮水随着风声，情感的激流更加汹涌起来……

“妈的！老子有口气，就得跟你这小日本拚到底！”

“中央军都死绝啦？怎么就不来支援俺二十九军啊？”

正当这个男学生高声唱着、战士们愤恨地骂着的时候，苗虹一回头，望见了站在病房门口的柳明和曹鸿远。她急忙跑到门口，一边拉住柳明的手，一边对曹鸿远说：

“您也上这儿来啦？您跟伤病员们讲几句鼓励他们的话吧！——他们这些二十九军的弟兄们和军官们抗战的热情可高哩！他们……”

“瞧你，一讲起话来就没完！”柳明打断了苗虹，指着曹鸿远，“曹先生找你有点事情，你出来一会儿。

“我出去一下——”苗虹冲着病房当中一个女青年用手向外一指，表示她要出去。接着，拉起柳明跟着曹鸿远离开了大病房。

尾随而来的白士吾，睁大了眼睛，惊疑地盯着他们的背影。

第八章

柳明拉着苗虹，一连几天跑到北平大大小小的西药房里去买药。她们拿着曹鸿远给她们的八百元法币和一张药单子，走了一家又一家。可是，不论到哪家药房，那些往常对顾客笑脸相迎的掌柜或伙计，个个没精打采地坐在柜台里的板凳上，动也不动地皱着眉头嘎声嘎气地问道：

“买什么药？”

“我们要买五万片阿司匹林，一万瓶红汞，一百镑药棉……”苗虹总是抢先说话。可是，没等她说完，掌柜就大惊失色地喊道：

“要买这么多药？干什么用呀？我们可没有！”

碰了钉子，她们只好又走进另一家。一进门，柳明慢声细气地对柜台里的人解释说：

“卢沟桥战事打得吃紧呵！前方下来那么多的伤兵，需要大批药品。我们是救护队的，向各界募捐了一笔款子，要为抗战负伤的士兵买药品。咱们都是中国人，请你们尽量把这些最需要的药品卖给我们吧！

“二十九军的军需处存的药品多着呢！干嘛用你们这些学生来募捐买药？”柜台里的掌柜先生不紧不慢地反驳着。

苗虹急了，连珠炮似的向那个扇着大蒲扇、穿着一身白绸裤褂的商人开了火：

“二十九军有药没有药，你怎么知道得那么清楚？他们军需处能知道日本鬼子在七月七号突然进攻卢沟桥么？能知道二十九军的士兵不怕死、跟鬼子拚得那么勇敢，牺牲的、受伤的有这么多么？你们做商人的也是中国人，你们存着这么多药品不卖给打日本的人，打算卖给什么人呀？你们商界也组织了慰问团，好些人还捐了款。我们买你们的药又不是白要你的，你们要多少钱，我们照数给你们还不行呀！”

扇着蒲扇的掌柜也火了，站起身子把蒲扇向柜台上一扔，圆瞪着两只眼珠子，飞溅着唾沫星子说：

“我说，你们这些爱国的学生，要有气，跟卢沟桥上的日本人去发，干嘛平白无故找到我这门脸上发起火来啦？我当然抗日！可是，我一家老小能喝西北风去抗么？我问你们拿什么钱来买药？——法币对不对？法币，这钱——跟你们实说吧，我们信不着啦！谁知道哪一天日本人进了北平城，这法币立刻就变成一堆废纸。可我的药品没了！我一家老小要吃窝头咸菜呀！呵，呵，二位小姐……”

苗虹一看那劲儿，火气更加上来了。

“凭你这么大的西药房，卖给我们这么点儿药就会成了吃窝头咸菜的穷光蛋？你别没理找理！不管怎么着，今天你就得卖给我们！不然，你们就是……”下面的“汉奸”两个字还没说出口来，忽然，一个声音把她的话打断了。

“掌柜先生，爱国人人有份。您这位先生也是不甘心当亡国奴的吧？囤积药品如今也不保险呀！”

柳明、苗虹同时回过头来——原来是曹鸿远。他提着一个手提包也走进这家药房来了。两个女孩子好像得救了似的。苗虹急忙对曹鸿远说：

“曹先生，您来得正好。您跟这些见利忘义的人去讲道理吧！我可实在……”她想说“气死了”，柳明拉了她一下，她才把话咽了回去。

鸿远和气地跟药房掌柜又讲了一些抗日道理，这个掌柜的总算卖给了他们一千片阿司匹林、五磅红汞还有一点别的药品，还要了高价。三个人走到药房门外，个个累得满头大汗、口干舌燥。忽然，苗虹看到了什么，对着门外墙上的几个大字努着嘴巴，气冲冲地：

“你们看，这药房墙上写着什么？”

本店出售花柳病第一灵药——
淋病的福音——天下驰名只此一家。

柳明看了这些字样，像吃了苍蝇的一阵恶心。她把头一扭，捶了苗虹一下：“小家伙，你倒眼尖，看这些干什么！”

“妈的！救抗战伤员的药他不卖，可治花柳、淋病的药，你要是大批去买，他准保拱手送上门来。”

柳明看苗虹那么放荡不羁，不由得扭头看了鸿远一眼，好像是她自己胡说了什么似的，脸绯红了。鸿远没有注意这些，只轻声对身边的两个女孩子说：

“药很难买吧？”

柳明点点头，从手提包里拿出几个白纸包着的药包和几个药瓶，递给鸿远：

“你看，常常说了半天好话，药房才卖给我们五百片阿司匹林。像这样，我们手里的钱什么时候才能花完呢？”

鸿远接过柳明手里的药包和药瓶，笑笑说：

“我遇到的情况跟你们差不多。有的铺子也只卖给我几百片阿司匹林和不多的红汞。不过，有些有爱国热情的店伙，倒偷偷多卖给一点。看来只好请你们再辛苦点，继续零星买一些；另外，最好再转托你们的熟人帮助给买一批……”

“那，我托我爸爸帮忙给买可以么？他这位医学博士总比咱们这些毛孩子办法多一点。还有……”苗虹向柳明一指，“你那个尾巴白士吾，听说他有个亲戚开西药店，你也可以托他给咱们去买嘛。”

苗虹一说白士吾，柳明的脸刷地红了，扭转头说：

“什么尾巴——绿头苍蝇！我不愿求他办事。”

曹鸿远听苗虹一说，意识到柳明说的“苍蝇”可能就是他在医院里碰见过的那个年轻大学生，于是问柳明：

“白先生是哪个学校的？他对抗战的态度怎么样？对不起，我也许不该这样问。”

苗虹咯咯笑了，看柳明红着脸迟迟不说话，就推着她，笑道：“人家问，你倒是回答呀！”

柳明才边走边说：“他是朝阳大学法律系的学生，和我是小学同学。后来，他上了中学，我爸爸还给他补习过功课……他倒也有点爱国思想，不过——”底下的话柳明没办法说了，快嘴的苗虹立刻接茬发挥起来：

“不过什么？不过在爱情飞奔的时候，他就顾不得爱国了——他就变成一条尾巴——一头苍蝇，总在你身边飞来飞去。”

柳明睨了苗虹一眼：“你那个高雍雅也不亚于白士吾。”

“我看高雍雅比白士吾强得多！”

看两个女孩子边走边逗嘴，曹鸿远笑了。默默同行了一段路，将要分手的时候，他站住脚说：

“你们两位的意见都很好。那位白先生可以托他买些，反正我们是为了支援二十九军抗战嘛。至于苗教授，我知道这是位爱国、正直、有头脑的先生。前两年，我在医学院当练习生的时候，还听过他讲的课——不过，别为这些事去麻烦他吧……”

“那有什么关系！”苗虹打断曹鸿远的话，急急地说，“我去跟爸爸说，他肯定会帮助你的。呵，原来你真的在医学院做过事，还听过课？怪不得我和柳明都看你面熟哩。”

鸿远笑笑，没有回答。三人就此分手。

柳明买了一天药品，一个小手提包还没有装满。当她带着浑身的尘土和汗渍，又渴又饿又累地回到家里，洗把脸，刚向床上一倒，白士吾风度翩翩、衣着入时地又来了。他一进门，柳明妈招呼着，赶紧到屋旁一间小棚子里去烧开水。柳清泉却戴上老花眼镜拿张报纸举在鼻子上看起来。这位老先生一向对白士吾很冷淡。

白士吾走到柳明床边，找把椅子坐下。柳明立刻从床上坐起身，无精打采地向白士吾招呼一下：

“你又光临敝舍了。”

“小柳，你不愿意我来找你么？为什么？”白士吾细皮嫩肉的白脸上露出惶惑不安的神色。

柳明站起身把桌上一杯茶一饮而尽。

“咱们是从小同学，你肯来寒舍赏光，我有什么不愿意的！不过，小白，别怪我又问你——你这几天都为抗战做了些什么事情？”

白士吾摇摇头，懊丧地叹了口气：

“小柳，你见了我就没别的话好说么？总是——你为抗战做了什么？你为抗战做了什么？……难道你没见那些街垒，刚垒好又都拆除啦！听说南苑、丰台、卢沟桥一带，刚修好的工事，二十九军还没捞着进去，就叫日本人先钻进去了。抗战——抗战，那些丘八都顶不住，咱们这些‘丘九’① 乱喊一阵子，能顶个什么用！小柳，我知道你的脾气，干什么都是一个心眼。你应当……”

柳明蹙着修长的眉毛，闪动着长睫毛，打断白士吾的话：

---

① 注：丘八指士兵，丘九指学生

“这么说，你准备恭恭敬敬地静候日本人光临北平城了？这么紧张的形势，你不想着怎么替祖国效点力，老是，老是……”

“小柳，你误解我了。我哪儿会欢迎日本人来——我可没有这意思……”白士吾急忙分辩，“我当然想爱国。可是……我说小柳，咱俩今天莫谈国事好不好？我想跟你谈点咱俩……”一见柳明那严峻而冷漠的神情，白士吾把底下的话咽了回去。

这时，柳明妈拿着一把瓷茶壶和两个洗得干干净净的小茶杯走进屋里来，一边走一边喊着：

“明儿，小白对你，对咱家那可是一百一——好得没法子说啦！丫头，你干嘛总是狗咬吕洞宾——不识好歹人！”

“妈，您少说两句行不行？这跟您有什么相干！”柳明执拗的性子上来了，抢白着母亲。母亲无奈，嘟嘟囔囔地走出门外去了。忽然，柳明想起曹鸿远叫她委托白士吾帮忙买药的事情，于是，她立刻改变了态度，对白士吾笑笑说：

“不管怎么着，咱们是中国的青年，对危难中的祖国总应当尽自己的一份力量。小白，你嘴里说爱国，可行动不一致。你可不能总这么吊儿郎当的，你应该做点有益于国家、民族的事情。”

“你叫我做什么呢？”白士吾翻着眼皮咬着嘴唇愁眉苦脸地说，“只要你吩咐，我一定听从你的命令——这样吧，这是我的零用钱二百元，拿给你，也做为我向抗日军的捐献。你替我转交好吧？”

柳明接过钱来放在小桌上，高兴地说：

“钱可以替你转交。不过，我还得求你帮助办一件事——就是替伤员们买些药品。你不是有个亲戚开着一家大西药房么，请你帮助我们买一万克雷弗奴尔、一千克黄碘、三十磅红汞，还有……”

“呵，‘我们’，‘我们’？这个‘我们’是谁……”不等柳明说完，白士吾打断她的话，“你那个‘们’，是不是就是那个在你护理伤兵的时候，把你叫出去的小伙子？就是在大街上游行时候相遇的人？没想到，你倒真听他的话，为他这般卖力……”白士吾的脸色突然变了。

听到白士吾这些带刺儿的话，柳明霍地站起身来，把短发一甩：

“白士吾，你干么说这些无聊话！告诉你，这个‘我们’就是人民大众！我是替人民大众而买药，是为了抗战而买药。你干什么乱扯？不肯帮忙就拉倒！”平日对白士吾有点傲慢的柳明，此刻甚至变得凌厉起来，一下子把白士吾吓坏了。他赶忙站起身来，想拉柳明的手，可刚把手伸出来又急忙缩了回去——因为他不敢。这时，他的声音变柔和了，抬起头，用脉脉含情的目光看着柳明：

“我的小柳，别生气，别生气！我这就为‘人民大众’效劳买药还不成么？你要买多少药，开个单子给我，我一定想办法替你去买。而且，我还愿意为了你——支付所有的药款。”

“谁要你白给买！”柳明的口气变和缓了，叹口气说，“这里有张单子，你照着单子上的药品，尽量帮我们买来。用多少钱，我这里有。”

“好吧，一定照办——可是，得有个条件。”

“什么条件？”

“我知道你为买药跑了一天，又饿又渴。走，我请你去吃馆子——西餐还是中餐随你挑。我知道你爱吃冰淇淋，凉凉甜甜地吃两杯消消暑再吃饭。你可得好好保养身体。看你，近来瘦多了。”

白士吾的关切和柔情又把柳明感动了。她脉脉含情地向男友投去动人的一瞥，嘴角含着一丝甜甜的微笑：

“小白，别怪我，我知道你对我——心好……”

“小柳，你听，你听——我念给你听——‘花自飘零水自流，一种相思，两处闲愁，此情无计可消除，才下眉头，又上心头。’我的心你明白么？每天我一想念你，就念这首词……”

柳明微微点头，脸上又是一阵红潮。

看看父母都不在屋，她对白士吾笑道：“我饿了，现在跟你一块儿吃饭去。”

白士吾笑逐颜开：

“好，好，咱们饱饱地去吃一顿。别看有些饭馆前边没有好菜吃了，咱们可以到后头去吃。许多开饭馆的都跟我家不是沾亲就是带故。你想吃什么，包你满意。”

黄昏过后，月上梢头。出了柳家的大门口，白士吾挨着柳明没走几步，忽然扭过头笑嘻嘻问道：

“小柳，问你句话，可别恼。那个托你买药的小伙子，是你新交上的朋友么?”

一句话又惹恼了柳明。

“你如果不愿意帮忙，那就拉倒！想不到你这么不了解人!”说着，柳明返身就往自家的门口跑。

“小柳，小柳！别生气！我只不过信口开河……走，快吃饭去，你一定饿坏了。”白士吾赶上去拉住柳明，急得脑门子上直冒汗珠。

柳明转过身来，不理白士吾，径直朝胡同口走去。

白士吾高兴了，诚惶诚恐地追在她的身后，几步赶上了她。并肩走了一阵，忽然长长叹了口气，带着悲怆的音调又低声地吟哦起来：

“‘曾经沧海难为水，除却巫山不是云。’……小柳，知道这诗的意思么？——这诗真好像是形容我的心境——我在为你受尽煎熬，你能领会么?”

沉沉暮色中，柳明听到白士吾为她诵吟的诗句，心里又是一动——一股怜悯的情感蓦地涌上心头。她的眼睛潮湿了。侧过头，看了白士吾一眼，那对美丽的酒窝微微颤动了一下，望望一弯斜月，没有出声。

第九章

在北平西城靠近中国大学的地方，新开张不久的大成公寓里，二十多个小房间住满了各式各样的客人——有来北平考大学因发生战事交通断绝回不了家的青年；有没能住上宿舍的、或者带着妻子来北平上学的大学生；间或也有失业青年和商人们住在这里。

张怡临时住在这个公寓里。一间不大的房间，只有一张木板床、一张小二屉桌、一个小书架。傍晚时分，曹鸿远来了。两人就挨着小桌，头碰头地低声谈起话来。

张怡眉清目秀，两只眼睛因为近视，显得特别细长。他用沉重低哑的声音在鸿远耳边说：

“国民党还在侈谈和平。不出兵抗战，也不支持二十九军抗战。北平人民和二十九军都想死守住这座孤城，不过事实上恐怕很难守住。听说宋哲元将要离开北平，留下张自忠去和日寇周旋。这样一来，北平的沦亡更要加快了……”

张怡沉痛的声调感染了曹鸿远。他凝视着张怡清秀的脸，一字一句地说：

“老师，北平如果沦亡，我的工作怎么办？我本应当赶快完成任务回延安去。可是药品、交通……”

"听说你动员了不少人帮你买药。这药还没有买够么?"张怡的态度总是从容不迫。他不提回延安的事,只问买药的情况,"你又找过华兴了么?"

鸿远苦笑了一下:"找过了。他答应再设法买一些。可是一般药房,你说了半天好话,一次也只肯卖给你几百片阿司匹林,这些药行商人还说这是'爱国'呢!所以,药品到现在还没有买够。"

"你新认识的那两个女大学生,她们帮你买得怎样了?"

"她们确实很热心。柳明还动员了她的一个男朋友——那人有个亲戚开西药房,她已经委托他多给买一些。我看如果一次买得多,就叫药房收了款后开个提货单,免得把大批药品提来提去的,目标大,又麻烦。我已经对柳明嘱咐过了。华兴也赞成这样做。"说到这儿,鸿远稍稍蹙起浓黑的剑眉,看着张怡的眼睛,若有所思地说,"苗虹是个热情的、心直口快的姑娘,她叫我去找她爸爸苗振宇教授帮忙——这样,可能买得多些、快些。不过,我不愿意去找这样的高级人物……"

"为什么不可以去找这样的高级人物?"张怡一反常态地打断了鸿远的话,脸上露出惊讶的神气,"去年春天,我就代表东北学生到西安去找过张学良。难道苗教授比张学良这个人物还高级么?"

鸿远脸红了。张怡没有正面批评他、责备他,可是,却使他感到一种比受到批评、责备更深的不安。他想了一会儿,轻声地说:

"接近工农或者一般的学生,我还不大为难。要去接近那些大人物——就像苗教授这样的高级知识分子吧,我就觉得没把握,不知道谈什么好了。"

"今天的形势还有什么别的可谈?谈抗日救国嘛。"张怡拍着曹鸿远的肩膀笑着说,"张学良、杨虎城那样的高级将领,而且是奉蒋介石之命去‘剿共’的高级将领，我们党都能够影响他们发动‘双十二事变’，逼蒋抗日。当前，日本帝国主义的加紧侵略，正在促使全中国人民觉醒，团结起来一致抗日。苗振宇是东北人，家乡的沦丧，祖国的危亡，他会有很深的感触。而且，他又是个日本留学生。咱们正应当去做他的工作，促使他走进抗日的行列。”

曹鸿远紧紧握住张怡的手，一种发自内心的感激的波浪冲激着他。他想起七年前，那时，他才十六岁。一个寒冬的夜晚，在前门车站扛完了大个，他已经累得东倒西歪，几乎站不住脚。天又下着大雪。他一边啃着窝头，一边走向他当时的宿处——天桥一带的“鸡毛小店”。可是，因为天冷，下雪，那天店里的住客特别多。鸿远想挤个地方，却怎么也挤不下。他跑了几个小店，全是这情况。他又不愿跟别的——和他一样的穷哥们打架争地盘，于是咬咬牙，冒着寒风、顶着大雪跑到张怡的公寓里。这时天都快半夜了，张怡还在灯下读书。他一见鸿远冻得抖抖瑟瑟的样子，赶紧帮他脱掉打湿了的破棉衣，叫他钻进自己的被窝里，把两条被子全盖在他身上。他太乏了，头一沾枕就睡熟了。热乎乎的一觉醒来，天已大亮。睁眼一看，张怡还坐在小桌前读书——为了让他美美地睡上一夜，他的张老师竟一夜没有合眼。当时，鸿远跳下床来，抱住张怡的脖子哭了……而今天，张怡的话又像是一把神奇的钥匙，打开了鸿远头脑中那扇狭隘的小门，使他的心胸顿时开阔起来。

“老师，我去找苗教授，争取他加入抗日的行列。”

“要大胆地开展抗日民族统一战线的工作，尽力把一切愿意抗日的人都团结到我们的周围来，这是党当前的战略方针。你不能光想着买药。要通过买药，多做人的工作。小曹，你说对不对？嗯！‘对不对’三个字可是你的口头禅呵！”

鸿远连连点头：

“对！对！现在我可不再问您对不对了。”

两个朋友互相望着，会意地笑了。

鸿远准备走了，张怡忽然小声在他耳边说：

“东北那边有一支游击队开到了北平附近，在妙峰山、十三陵一带活动。他们缺枪，缺人。有可靠的人，你可以介绍去参加，越多越好。如果能够帮助他们弄到一些枪支就更好了。怎么样？你不嫌肩膀上的担子越来越重吧？”

“呵，有游击队过来啦？老师，您能叫我去参加么？我在延安‘红大’学过点军事，也参加过战斗。叫我去吧！”

“那你就不买药了？不做苗教授的工作了？嗯！”

鸿远低头不语了。沉默了一会儿，他抬起头来，果决地说：

“我又心血来潮了。刚才的话收回。我该做什么仍做什么。”

“对，批准你收回。我看你还是先去拜访苗教授，可以拉着柳明一同去。争取好这个人，这对于我们今后的工作肯定会大有好处。”

曹鸿远离开大成公寓，立刻到医学院附属医院去找柳明。这些天，在卢沟桥炮声时紧时松、战争打打停停的情况下，有些重伤员已经从北平转移出去，但医院里仍然拥塞着不断从前线抬下来的伤员和老百姓。柳明自从父亲叫她读了范长江的那篇通讯，还受到他的批评，就更加把全副心思放在救护伤员上，尽量少见白士吾，更不肯跟他花前月下地逛公园了。她把买药的事托给白士吾之后，又回到医院里来。

跑了几个病房，鸿远才找到柳明。听说叫她陪着一同去看苗教授，柳明二话没说，向另一个同学交待了几句，利索地脱下身上的白罩衣，摘下白帽子。她那乌黑的短发和裹着素花布旗袍的袅娜身材，立刻使这个热情、纯洁的少女露出一股典雅、温柔的美来。两个人出了医院，并肩走在黑黑的马路上，彼此都很少说话。当他们走了半个多小时，来到苗教授的客厅，已经八点钟了。

客厅不很大，有新式沙发，有几个玻璃书橱，里面装满了精装的英文、日文和德文书籍。在靠近窗户旁边，还有一架半旧的钢琴。苗虹这时正在弹着一支外国曲子。一个长头发、白净脸、戴着一副深度近视眼镜的男青年倚在一旁，聚精会神地听着。屋里没有别人。

鸿远随着柳明刚一进屋，首先看到的就是那个长头发青年。他低声问柳明："那是高雍雅，对不对？"

柳明点点头，向屋里的两个人提高了嗓音：

"苗虹，高雍雅，你们的雅兴真不小呀！大炮隆隆地响，还有钢琴来伴奏……"

没等柳明说完，苗虹从小凳子上跳了过来，红着脸，喘着气，拉着柳明说：

"明姐，战争打得这么不利，我心里难受死啦！可是他……"她用手一指高雍雅，撅着嘴巴，"他非叫我给他弹个舒伯特的小夜曲不可。说这可以唤起他的诗兴，解除他的烦闷……"

高雍雅也离开了钢琴，向走进屋来的柳明打招呼：

"密斯柳，你怎么肯离开医院那个神圣的场所，来看苗虹？"说着，又用近视眼瞟了一下曹鸿远，向他傲然地微微一点头。

苗虹急忙替他们介绍：

"小高，他就是我向你说过的那位救了我们的传奇式的人物曹鸿远先生。"又指着高雍雅，"他就是高雍雅。爱写诗，特别喜欢波特莱尔的

诗。燕京大学英语系的。这个人自高自大，曹先生，您别见怪他。"

曹鸿远立刻伸出手去握住了高雍雅的手：

"爱写诗？那太好啦！在这风云突变的伟大时代，你的诗将对垂危的祖国起到唤起民众的作用。你们说对不对？"他转脸望

着柳明和苗虹，露着洁白的牙齿笑了。

“我叫他写歌颂抗战的诗，可是他——他——”苗虹脸又红了，不好意思说了，急忙转了话题，“明姐，你是带曹先生来找我爸爸的吧？我已经跟他说过啦，他很欢迎曹先生来。”苗苗说着，跑向北屋。不一会儿，个子高大、满面红光、戴着一副黑框眼镜、稍稍肥胖的苗教授被女儿拉着拽着走进客厅里来。

苗教授一见曹鸿远，立刻拉住他的手，端详起他的脸来。看了几秒钟，才用宏亮的声音大声笑道：

“小伙子，看你好面熟啊！三年前，你在我们医学院当过练习生。我的记忆力不错吧？不过，你这个练习生跟别的练习生大大不同——在我讲课的时候，我常发现你来偷听我的课，当时，我心里感到很诧异。但你的好学精神感动了我，给我留下了深刻的印象。哈哈，所以我从来没有把你赶出课堂去，是这样的吧？”

苗教授穿着白绸衬衫，灰色料子短裤，红红胖胖的圆脸上，留着一撮仁丹小胡。一看就知道是个豪爽、热情、心胸开朗的人。对着这位谈笑风生的教授先生，鸿远拘束不安之感立刻消失了，向苗教授鞠了一躬，微笑着说：

“苗教授，您的记忆力真好！这几年了，您还记得我这个小练习生听过您的课。我确实很喜欢学习，只是家境困难，上不起学——只能偷着上一些学校去听点课……”

苗教授不等鸿远说完，一把拉他坐到沙发上，两只圆眼透过眼镜片儿，露出一副赞许、同情的神色：

“你叫曹鸿远是不是？我就叫你小曹吧。小曹，古今中外，许多有成就的科学家、文学家、发明家，不一定都是从正规大学里毕业出来的。有没有成就，有没有出息，关键在于自己的刻苦努力，不断钻研——像爱迪生，穷得连学校都进不起，却给人类发明了电灯，创造了上千种科学成果……”

“爸爸，人家曹先生是找你有事来的，瞧你的话匣子一开，就没完没了啦!”苗虹打断了爸爸的话，急着想叫曹鸿远把买药的事向苗教授提出来。

苗教授对于眼前这个神态稳重、气度不凡的青年，似乎产生了异常的好感。他拍拍女儿的手，摸摸自己的小胡子，对鸿远说道：

“你找我有事？我已经知道是什么事了。你想，我有这么一个跟我一样心直口快的女儿，她能不对我说么？不过，我很难过，我已经尽了我微薄的力量——你也许不知道，我虽然教的是内科学，不料这次卢沟桥战事一起，我就像投笔从戎似的，把内科学一丢，日日夜夜呆在手术台上帮助外科大夫们为伤员动手术，几天几夜没回家，可把我的老伴儿急坏了。可是结果又如何呢？……”苗教授忽然沉默了，两眼直直地盯在鸿远的脸上，似乎有什么痛苦折磨着他。停了一下，才轻声继续说下去，“唉，我不懂什么政治，成天钻在实验室和课堂里……不过后来，情况不同啦——东北沦亡之后，我带着家眷逃到北平。原以为在这里可以躲避风险，不当亡国之奴。哪里想到，日本的魔掌，如今竟又伸向华北——不，它们还要伸向全中国。有的进步教授告诉我，他们正在一步步实行‘田中奏折’中的毒辣阴谋——先占东北满蒙，而后侵占全中国。小曹，不瞒你说，我对蒋介石不出兵援助二十九军，还一味向国联求援的软弱无能，已经感到失望了，所以，我现在要问你一个问题，请你一定直率地告诉我。不然，我就要……”说到这里，苗教授长叹一声，连连摇起头来。屋里的空气，骤然变得沉闷起来，连喜鹊似的苗虹也不再喳喳了。只有小茶几上的电风扇，呼啦呼啦地，发出一种令人烦躁的单调声响。

鸿远对于这位爱国老教授的心境已经有所理解。

“苗教授，您的一片爱国之心，很使我感动，也使我钦佩。有什么问题，您说吧，我一定尽我所知，直率地说出来，然后向您求教。”

“共产党方面现时对于抗战的态度如何？他们可以担当起抵抗日本——即坚决抗日到底的重担么？”

苗教授提的问题，是当时一般爱国民主人士和众多知识分子急于了解的问题，也是鸿远意料中的问题。国民党十年来热衷于打内战，对外则一味退让求和。所以，当时不少有头脑的人，不得不把领导抗战的希望，从国民党转到共产党方面来。

鸿远还没有张嘴，进来一位体态端庄、面庞白嫩、穿着可体旗袍的女人。这女人长得和苗虹非常相像——圆脸、大眼、漆黑的眉毛和红红的嘴唇。不知道的还会以为是苗虹的姐姐呢。只是她的头发长长地卷曲地披在肩上，这才像个“太太”。她手里端着一个花漆托盘，走进门来，向柳明和鸿远亲切地点了一下头：

“小柳，你来了……这位先生？”她向鸿远一摆手，表示请问他的姓名。

“妈妈，他是曹鸿远先生。”苗虹抢先跳到妈妈身边，笑着替鸿远介绍，“这位先生可好呢！就是那天在小禹庄救了王家父子，也救了我和明姐的人。”

鸿远笑着看了苗虹一眼，站起身向苗夫人鞠躬：

“伯母，您好！今天特来拜望伯父和您——多打扰了。”

苗夫人见鸿远面容英俊，彬彬有礼，心里喜欢。她把手一摆，让鸿远坐下，说：

“曹先生，见到您很高兴。苗虹几次跟我们提到过您。今天见到您，怎么感谢您好呢？您挺身救了苗虹和柳明，太感谢了！”说着，苗夫人把托盘里的茶壶、茶杯拿出来，给屋里的人倒起茶来。

“妈妈，我来倒。”苗虹夺过妈妈手里的茶壶，一面倒茶，一面向鸿远说，“我妈妈叫杨雪梅，是日本东京高级护校毕业的。在日本留学时，她就和爸爸结婚了，生了我哥哥和我。我哥哥现在还在日本留学……我还有个舅舅叫杨非，是个画家，在北平艺专教油画——他在巴黎学的画。”并没有人问，苗虹却自个儿哗啦啦地介绍起妈妈和舅舅来，惹得一屋子人都笑了。柳明轻轻拍了苗虹一下，笑道：

“小喜鹊，喳喳喳！苗虹，你怎么长了这么一张巧嘴呵？”

“高兴了，话就多。曹先生来了，你不高兴么？”

柳明的脸微微一红，不再出声。

苗教授向妻子一招手：

“雪梅，你快坐下听听。我们正同这位小曹讨论国家大事呢，你来了把我们的话打断了。小曹，请说吧。”

“伯父，您太过谦了。我才识疏浅，只能给您们讲点故事——不知您们可愿意听？”

“快讲！快讲！讲故事更好……”苗虹忍不住又插了话。

“讲故事？那也好。”苗教授有些迷惑地应和着。

等苗教授表了态，鸿远才开始说：

“你们都听说过红军二万五千里长征吧？我就说个红军过草地的故事。草地在西康境内，那儿茫茫无际，渺无人烟。行军时只能踏着长在水里的青草走，没有长草的地方就是泥潭。这些泥潭很奇怪，个个都是无底洞。无论人或者牲畜，一不留神，掉在表面上是平地的泥潭里，就会越陷越深，谁也没法子去搭救。直到完全没了顶，人和马全都不见了，这些泥潭才又恢复原状。红军吃什么呢？开始大家身上还带着些炒麦子、炒麦面。后来，这些吃完了，就吃青草、野菜、草根、树皮，甚至有的人把皮带都煮着吃了。有些红军因为得了病，再加上缺乏食物，走着走着就在草地上倒下了，永远停止了呼吸……活着的人，拿起死者的枪，含着眼泪又继续前进……你们都知道周恩来先生吧——‘双十二事变’和平解决，就是共产党中央派他去说服张学良、杨虎城二位将领，不杀蒋介石，从而赢得今天第二次国共合作的局面。长征时，红军渡过大渡河不久，周先生得了重病，整天高烧不退。当时红军药品非常缺乏，连一些最普通的药品都很难得到。周先生的看护员名叫刘江萍，急得心里火烧火燎，她和医生商量，想到各个部队去找点药来给周先生治病。可是，得了肝脓疡病的周先生，虽然肝区剧烈地疼痛不止，却坚决制止说：'战士们比我更需要药品，决不能到部队上去找药！'当时中共中央批准给他一副担架，可他从来不用，让其他伤病员用。直到病情严重得实在走不动了，他才坐上去。不久病好了一点，他就又繁忙地工作起来。医务人员为了让他吃得好一点，有一次设法煮了一小缸子稀饭给他送去。周先生却说：'我们革命的队伍官兵一致。战士吃什么，我也吃什么！'他坚决不吃这碗稀饭，仍然和战士们一样吃野菜……"

"呵，红军！红军——周恩来！周恩来……"听了鸿远讲的故事，苗虹激动得喊了起来，"世界上有这样艰苦的生活，我还是第一次听说。世界上有这么好的人——像周恩来先生那样的人物，我也是第一次听说。现在，他们都很好吧？"

"嗯，小苗。红军已经到达了陕北。我问你，他们冲破蒋介石的重重封锁，历尽千辛万苦到陕北去是为了什么？你能够回答这个问题么？"鸿远喝了一口茶水，扭头笑着问苗虹。

苗虹把头摇得货郎鼓似的，吐吐舌头笑了：

"我交白卷——还是你说吧。"

"就是为了北上抗日呀。"鸿远面容严肃了，"为了北上打击日本侵略者，红军才付出那么大的代价，作出重大的牺牲，进行了二万五千里的长征。最近，'卢沟桥事变'的第二天，共产党中央就在陕北向全国各界发出了紧急号召。号召说：'全国同胞们，平、津危急！华北危急……武装保卫平津！保卫华北！不让日本帝国主义占领中国寸土。这个号召是多么急切！多么诚恳！多么明确！可是蒋介石呢，还在跟日本商量什么撤兵办法。日本正好利用蒋介石的和平幻想，大量向中国各地增兵——你们已经看见了吧，现在每天从山海关外开到平、津各地的日本军车一列接着一列……伯父，您提的问题，我还用再回答么？”

苗教授双眼望着鸿远，沉思着。额上的皱纹，凸了出来，他在苦苦思索着什么。

“哎呀，曹先生，难道咱们就这样等待亡国么？”苗虹喊了起来。

柳明的眼里忽然泪水盈盈，心里激动地想：“这个曹——他也许就是红军吧？多么不平凡的人物……”

听鸿远不再开口，苗虹忽然用手捂着双眼又喊起来：“不！不！我决不当亡国奴！为了中华民族的解放，我、我愿意……”

“你愿意什么？”高雍雅急忙扯开她的手，掏出一条手绢，像要替她擦眼泪似的喃喃着，“苗苗，你愿意什么呀？……”

“去你的！总这么动手动脚的，也不看个时候。”苗虹从高雍雅手里抽回自己的手，她的眼睛是潮红的。

曹鸿远说的故事和对抗战形势的简略描绘，给人们的心头压上了一层愁云，同时又仿佛给人们带来一线希望。

“小苗，你没有听懂我的故事吧！干么绝望悲伤？中国是有希望的！”鸿远见屋里的几个人都忧形于色，坐在沙发上轻声解释着。

“我明白了！”苗教授忽然把肥厚的手掌用力一拍，爽朗地笑了起来，“小曹讲的这个故事含义很深——它说明红军在那样艰苦绝伦的处境下，还能战胜国民党军队的‘围剿’，北上抗日，到达陕北；它还告诉我们，红军和共产党的领导人——像周恩来先生那样，身患重病却和士兵共甘苦……呵，苗苗，你还愁什么？小曹告诉咱们——共产党是可以办救国大事的！孩子们，呵！呵……”苗教授涨红着脸，激动得喊了起来。这位年高的人情绪一变，整个客厅的空气也变了——人们的脸上有了喜色。又是苗虹第一个跳起来，用力抱住柳明的脖子，笑着说：

“曹先生的话我全相信！明姐，你相信么?”

柳明用力点了点头：“我也相信。”

苗教授站起高大的身躯，把呼呼响动的电风扇关掉。然后，转过身，用两只大手紧紧握住曹鸿远的双手，带着浓重的东北口音说：

“小曹，过去你听过我讲课，我算是你的半个先生；今天，你又来当了我们大家的先生，来给我们上了很好的一课——我希望它不是《最后的一课》……好吧，你要我办的事，为了中华民族的生存，为了那些英勇抗战的将士，我一定竭尽绵薄之力。这样吧，五天之后，你来取发货单。那一百片、一百片的阿司匹林哪一辈子才能买够数啊！”

听了爸爸的话，苗虹活像个装着弹簧的洋娃娃，一下子蹦了起来——紧紧搂住爸爸的脖子，发出了惊喜的呼喊声：

“爸爸！爸爸！你真是个好爸爸！”

苗教授也动了感情，低下头抱起女儿美丽的脸蛋，在额头上亲了一下，呓语似的喃喃道：

“孩子！苗苗，你真是我的好女儿！”

柳明坐在椅子上高兴地笑了。她一笑，左腮边上的一个小酒窝，又微微颤动起来。

第十章

夜将阑，曹鸿远答应苗教授夫妇送柳明回家，苗虹这才拉着柳明一同走出大门外，走着，叨着：

“曹先生，您可一定得把我明姐送到家呵！听说趁着打仗，汉奸、流氓、坏蛋还有日本间谍都在街上活动着呢。我明姐要是有什么差错，我可要找您……”说到这儿，苗虹吐了下舌头，不说了。

柳明搂着苗苗的肩膀，低声说：

“操心老得快。回去吧——明天你还到我们医院去唱歌吗？”

“不去了。明天我要给演《放下你的鞭子》的崔嵬伴唱——同学介绍的。明姐，你看过这出戏么？好极了！群众看了都感动得掉泪——就在街头演的。”

柳明点点头：“是好，我已经看过了。”

苗教授夫妇亲自把鸿远、柳明送到大门口外；高雍雅也出来走上另一条路。苗家三口人目送他们走了一段路，才关好街门走进去。

这时已经是晚上十点多钟了，出了胡同口，曹鸿远对走在身边的柳明轻声说：

“对不起！柳小姐，把你拉来找苗教授，这么晚了才回家。令尊、令堂一定很不放心——真的，今晚要是戒严就麻烦了。真是抱歉！”

“不是晚十一点以后才戒严么。”柳明有点心慌了，偏过头望着鸿远，“要是不让过去，回不了家——怎么办?”

“柳小姐，不要慌。你有医学院的徽章，遇见巡逻队，就说到苗教授家里商量救护二十九军伤员的事，谈晚了。他们如果不信，可给教授打电话。”

柳明瞥了一下曹鸿远，在路灯下，那张英姿焕发的脸，沉稳、安详，没有丝毫慌悚的表现。柳明受了感染，立刻安静下来，却又为身边的人担心了。

“曹先生，那您呢？您自己要是遇见巡逻队什么的，怎么办呢？您不要送我了，这条路我常走，很熟。您赶快回家吧。”

“小姐，请不要多说了。苗教授的嘱托，我怎么能不守约？我一定要送你到家。至于我自己——没关系。我在你家附近有朋友，今晚就住在朋友那儿。柳小姐，你的安全，今晚我要负全责，对不对?”

柳明自尊心极强，看曹鸿远那种若无其事的样子，就不再说什么。虽然她心里还是有些怕——怕遇见坏人，怕被巡逻队拦阻；她也怕身边这个高大俊气的小伙子。平生除了跟白士吾一起在晚间逛公园、看电影，每次都由他送回家之外，柳明可从未跟任何男子夜里同行。现在，天色黑黑的，街头冷冷清清的，这个曹——究竟是个什么人呢？是侠客？是共产党？还是一个伪装的……她怕起来了，不住偷偷拿眼望望身边的人。“不，绝对不是的!”她想起了在小禹庄时的一幕，那是个多么不平凡的人，跟这样的人在一起，不应当怕……绝对不应当！当她又一次向身边的人一瞥时，她立刻感到羞惭和歉疚了——那双眼睛善良、睿智、深邃、镇定……坏人怎会有这种眼睛？他在向自己微笑——含蓄地微笑呢。在笑我的惶悚不安吧？笑我的幼稚浅薄吧……不能叫他轻视自己，即使遇见危险也不能慌。他——这个身边的人一定会挺身而出……

柳明镇定了，虽然两个人走得都很快，却步履整齐，从容不迫了。

这时柳明的意念又转到另一个人的身上，转到有段时间几乎每天都相见的白士吾身上。他像个影子，随时随地都跟着他心爱的姑娘。今天傍晚，他说过要到医院来的。但曹鸿远先找来了，她顾不得等他，就急忙陪曹鸿远来找苗教授。白士吾到医院不见她，这个晚上，他会多么焦急，多么记挂，说不定又在各处找她了。柳明抬眼四顾，她忽然希望对面匆匆走来白士吾，这就不必劳烦这个还不太了解的高个儿送自己了。小白可以送她回家，还可以一路握着她的手……姑娘心思缭乱了。原来自己不见白士吾时也是想念他的。他们两个的关系，好像越来越深了。

为了打破路上的岑寂，曹鸿远问柳明一些事，最后问道：

"柳小姐，我想问一下，你说有位朋友可以帮助买药，不知是否已经托办了？"

柳明似从梦幻中惊醒，扭头看看身边的人，不好意思地笑了笑：

"您放心！我已经托付他了。他会办到的。"

"噢，现在的药很不好买啊！"鸿远不便多说什么，转了话题。他向柳明讲起北平的大中学生，还有全国的大中学生在大敌当前的情况下，如何奋发激扬，如何投笔从戎的一些情形。他的声音不高，却感情真挚，铿锵有力，材料丰富，有根有据。柳明的心思立刻离开了白士吾，专心致志地听着曹鸿远的讲话。柳明表面沉静，心里却敏锐、富于情感。她对身边这个人，经过今天傍晚，直到目前的一番谈话，心里终于涌起一股异常的敬意，"呵——多好的人……"她又在心头感叹了。

曹鸿远似乎对北平的地理很熟，东绕西绕、拐弯抹角，尽走一些小胡同。他们终于避开巡逻队的巡查，走到柳明所住的背阴胡同里。这时，柳明心里忽然又涌上一股少有的感激之情。她为自己曾怀疑曹鸿远也许是个坏人而自责；又想，他身上总洋溢着一股青春的气息，他一定是个不一般的人，也许还是个英雄吧？认识这样的人真是幸运……正当柳明思潮起伏，对曹鸿远作着种种猜测的时候，一根电线杆子后面猛地蹿出一个人影来。柳明吓了一跳；曹鸿远把柳明向身后一推，也站住了。

那个人蹿上前来，一把揪住柳明的胳臂，瞪眼望着曹鸿远大喊一声：

“你是什么东西！怎么敢欺辱我的、我的——未婚妻！”

曹鸿远望着那个戴着眼镜、声嘶力竭地狂喊着的白士吾，自己仍稳稳地站着，望着，脸上仍含着淡淡的笑容，没有出声。

白士吾的这种举动把柳明气坏了。她用力甩开白士吾的手，歪着脑袋，忿忿地说：

“白士吾，你疯啦？要不要我送你到脑系科去检查一下？你怎么可以对曹先生这样无礼！是苗教授请他送我回家的。你不知道，现在北平正处在战争的动乱时期么？”

白士吾听了柳明的话，仍然不相信。瞪着曹鸿远，咬着嘴唇，昏暗的街灯照着他的白脸，显得更加苍白。他把头转向柳明，带着哭声：

“今天傍晚是这个人把你拉走的，我知道！柳明，你不要被他欺骗——他不是好人……”

曹鸿远不理白士吾，沉默了半分钟，含笑对柳明缓缓地说：

“柳小姐，苗教授委托我办的事，我已经办完了。你已经平安到家了。现在告辞。”说着，对柳明点点头，转身大步走了。

柳明站在冷清昏暗的街灯下怔住了。

白士吾站在他身边也怔住了。

晚风轻飘飘、凉嗖嗖的。天上的星星缀在锦缎般的流云上，一闪一闪的。不时，枪炮声像闷雷似的在寂寥的夜空中滚滚响过。美丽的夏夜，被笼罩在一片凄清、沉郁的气氛中。

柳明终于从惊惶激忿中醒转来，她看都不看白士吾，几步闯进自己的家门。不意一头撞歪了一个人——原来是母亲正站在街门口观望着女儿。她把母亲往门里一推，砰地一声插上街门，拉住母亲就往屋里跑。

门外响起了敲门声。砰、砰、砰——一声接一声。

柳明倒在自己的小床上，拉住母亲，流着眼泪说："妈，不许给那个阔公子开门！"

"好丫头，别生白少爷的气。他今儿晚上为你快把腿跑细啦——跑了好些个地方找你……"

"他跑断了腿，活该，自找！妈，你要给他开门，我马上就走！"

可是，门还是开了。白士吾还是慌惊地站到柳明的床前。

柳明妈急忙退了出去。

白士吾见柳明用被单紧紧裹住头，不理他，慌了神，一下子双腿跪在床前拉扯被单，嘴里不住喃喃地乞求：

"小柳，原谅我！饶恕我！我错怪了你们——不，我错怪了你。你是多么纯洁正派的好姑娘，我知道你爱我。我该死，该死！你打我一顿吧！可千万别不理我——别不理我呀！不然，我跪在你床前一夜不起来——永远不起来……"

眼泪鼻涕流了白士吾一脸，这个美貌男子真的伤心了。

柳明蒙着被单抽泣着，仍然不理白士吾。

母亲进屋劝解了。她为白士吾说了许多好话，最后说，如果女儿还不理白少爷，她也要跪在女儿的床前。

柳明把被单一掀，翻身坐在床上。

白士吾见柳明坐起来了，虽然把头扭向墙壁，他还是欢喜得一跃而起，拉住女友的胳臂，颤声地吟哦起来：

"……花自飘零水自流。一种相思，两处闲愁。此情无计可消除，才下眉头，又上心头……"

"又是那首歪词！别卖弄了！还不快回府去——你爸妈该急

坏了。”

见柳明说了话，白士吾抹着脸上的泪水笑嘻嘻地说：

“我早打电话告诉阿妈今夜不回家了——我准备寻找你一个通宵呢！伯母已经为我在外屋搭了一个小铺，你不信，去看看。”说着，拉住柳明就向外屋扯。

“你快回府吧！叫你家王升李顺来接你。我家又脏又窄，别脏了你白少爷的娇贵身子。”

白士吾用手捂住柳明的嘴，多情的眼睛，脉脉地注视着那双生气时更见黑白分明的眸子，笑嘻嘻地说：

“伯母已经答应我住在你家了。你赶我走，半路上出了危险，你不后悔么？”

她蓦然想起了曹鸿远——他一个人深夜走回住处，不是已经很冒险了么？

这问题把柳明难住了。一种对朋友的责任感，促使她冷静下来。有意把话锋一转，严肃地问：

“小白，托你买药的事，你想着没有？你要不认真办好，以后我就不理你了。”

“办！办！办！小姐的命令如同圣旨，我肝脑涂地，敢不办呀！”

柳明终于又被他逗笑了。

第十一章

柳明家只有两间南房。外间屋放着一大一小两张床，大床父母睡，小床弟弟睡。里间屋里柳明一人住。这个夜晚白士吾住在她家里，弟弟睡在父亲的床上，把小床让给白士吾睡；母亲就和柳明挤在里间屋里的小床上。

柳明怎么睡得着呢—她的男朋友就睡在咫尺外，中间只隔着一层板壁。他从来没有在柳明家住过，这次因为战争时期的戒严，她只好允许他住在自己家里。但这却引起她的忐忑不安——他家那么阔，地毯、席梦思床、雪洞似的屋子。而自己家，两间破旧的小屋，比他家佣人住的房子还要差。他睡在硬邦邦的板床上能够入睡么？蚊子不会咬他么？他为了寻找自己，奔波了一个夜晚，太累了，也许立刻睡去了。那好！只要他能睡着觉就好。她忽然想起唐伯虎为了秋香去当奴仆的故事。这故事是动人的，她心头立刻涌上一泓清泉似的甜丝丝的感觉。因为白士吾为了她，也有点像唐怕虎——不断地往她家跑；不断地对她低声下气；甚至对一个目不识丁的小脚老太太也不断地巴结、讨好……不知怎的，柳明的眼睛潮湿了。她第一次为自己对白士吾过于冷漠而感到内疚。这个人虽然有些阔公子的毛病、习气，但对爱情——柳明第一次在心头用起爱情这个字眼——是热烈的、执着的。他爱自己，从小青梅竹马就爱着自己。只是由于自己以学业为上，不愿意被爱情羁绊罢了。如今，自己学也不能上了，想用功也用不成了，那么，应当和他……和他……和他怎么样呢？姑娘害羞得想不下去了。是的，她除了允许小白握住她的手，摸摸她的头发之外，无论用多少柔情打动她，她决不允许他越雷池半步。她是个自信的、固执的、又有些骄傲的姑娘。在她心目中，白士吾固然漂亮、多情，但他身上似乎缺少点什么，使她感到不满。究竟缺少点什么呢？她挨着母亲睡着，母亲累了一天，已经熟睡了；伴随着母亲的鼾声，她反复地想：他身上缺少点什么呢？他攻读法律，也还算用功；他还喜欢中国的旧诗词，不时用些缠绵悱侧的诗句来打动她；他长得漂亮又对她关怀备至——不如说是无微不至。将来，他还有条件出洋留学，成为一个法律专家，登上中国法坛的宝座……这样的男子也许不是容易找到的。可是——柳明又在心头自问了：他身上到底缺少点什么呢？缺少点什么呢？……这时，一个影子蓦地跳到她眼前。虽然在黑洞洞的小屋里，除了纸糊的窗格有微微的光亮外，什么也难辨认，柳明却清晰地看见一个高高的个子，含着温和的笑容站到她面前来——他就是新认识不久的曹鸿远。啊，对了！小白缺少的也许正是曹鸿远的那股劲——他挺身而出救王福来父子，又救苗苗和自己，后来还在敌人群里抢救出王永泰。想起来了，那天，他身上还沾着片片血迹，是舅舅拿件布褂给他换了，他才走的。他为了给抗战的士兵买药，找自己、找苗教授，劳累奔波却总是那么高高兴兴的。而白士吾呢，除了爱自己，追自己，为自己受点累外，没有见他做出过什么有价值的事情来——尤其在这国难当头的危急时刻。对了，他缺少的，正是曹鸿远的勇敢、无私……想到这里，柳明喟然叹了口气，世界上的事总是不能十全十美，小白要是像他那样……她不能想下去了。这时，里屋窗纸忽然簌簌响了起来。柳明立刻竖起耳朵："这是什么声音？"她轻轻坐起身来朝窗纸望去——

"小柳，你睡着了么？我睡不着——你出来一下，咱俩在院子里聊聊。"

柳明一阵恼火。这半夜三更的，院里还有那么多邻居！她轻轻走到窗户前，想叱责白士吾几句，可是，她没有张口，又急忙返回床上。

"不能跟他说话——叫人听了多不好意思。"柳明倒在枕上，用被单蒙起头不理白士吾，心却像小鹿般突突跳起来。

窗纸还在轻轻地响。柳明从被单缝隙中，望见窗纸被戳破了一个洞，她更加恼火了。这算什么，偷香窃玉之流！她读过《西厢》，这白士吾不就像那个偷越粉墙的张生么！仿佛人格受了侮辱，她狠狠地推了母亲一下子，提高声首，说：

“妈，你听！外面有贼！……”

“什么！什么？哪儿来的贼？”母亲翻身坐起，拉亮了电灯，睡眼惺忪地东张西望。

窗纸不响了，什么声响也没有了。母亲怔了一会儿，一下把灯拉灭，躺下身，用手拍着柳明——像当年拍着襁褓中的女儿：“丫头，别疑神疑鬼的。外边几个男子大汉，怕什么呀！快睡吧，别吵醒了白少爷。”

柳明不出声了，眼泪却滴在枕头上。她的心受着煎熬。扪心自问，白士吾在她心里是占着一个位置的。过去，她只是希望埋头读书，学出本领，不愿意和他多接近。但自从“七·七”抗战爆发后，学校停了课，她只得放下学业，投身到救护伤员的工作上。这样，倒有利于白士吾日夜追随她、包围她。接近多了，她那感情的闸门便开始关闭不住了……“对这个人怎么办，怎么办呢？”柳明默默地问着自己。同时，她却侧着耳朵听起外间屋里的动静。他睡着了么？他一定睡不着。刚才喊醒妈妈说有贼，他听了会不会生气呢——他并不是贼，如果他想偷香窃玉，又何必把心上人叫出屋去呢？在院子里除了说说话，又能怎样呢……想到这儿，柳明被一种负疚的心情攫住了。当她听到外间屋里白士吾不住地长吁短叹时，她更加不安了。她知道他也在受着煎熬。他从来没有在这种地方睡过觉，他和她更从来没有挨得这么近地睡在一个屋檐下。今夜他们两个谁也不会睡着觉的。他多次向她求婚，也许有一天，他们两个真的睡在一间屋里……柳明的脸忽然变得热辣辣的，心激烈地怦跳着。呵，少女的初恋，少女的梦想，少女美妙而又单纯的憧憬……天快亮了，窗纸变成鱼肚白了，柳明正想拂去灰尘似的拂去似梦似真的幻觉，蓦然，她看见窗户上有一个碗口似的大洞，洞里冒出熊熊燃烧的火焰。那红色的火焰扑向她，她惊悸地喊了一声，急忙逃走。一霎间，火焰不见了，那个窗上的碗口又哗哗地往屋里喷水——喷得她满身满脸，晕头转向。一下子她仿佛被大水包围，她一口口喝着水，快被淹死了。这时，一个人一下子从水中抱起了她，抱她跳出水面——她的呼吸匀和了，人也清醒了。睁眼一看，原来救她的人不是白士吾，却是曹鸿远。他的身上——衣服上、脸上、胳臂上到处沾满了殷红的斑斑血迹……柳明突然醒来，已经红日满窗。身边的母亲不见了，站在她床头的却是白士吾。他的脸洗得白白净净，头发梳得光光溜溜，他对她微笑，那双脉脉含情的眼睛眯缝着……

“小白!”她向他伸出手去，“你睡好了么？我们这个又破又烂的地方，你一定睡不惯——快回家睡觉去吧!”

“不，小柳，我睡着了。我做梦，梦见有人喊有贼——你看见这个贼了么?”

柳明噗哧一笑，用手一指窗纸上的小洞：

“你看，这就是那个贼戳的——我看见了。”

“愿在花下死，做鬼也风流。”白士吾嘿嘿笑着，拉着柳明的手，“小柳，咱们到外面吃早点去——西餐的早点最好吃。”

轰！轰！轰隆——轰隆！突然几声巨响掠过上空，震得柳明家的窗纸簌簌作响。白士吾和柳明全吓愣了。躺在床上的柳明脸孔煞白；白士吾的脸更像张白纸。他突然抱着自己的脑袋惊慌地四处张望——

“小、小柳，又打炮了！咱们钻个洞——钻到这床底下吧!”

柳明镇定了一下，咬着嘴唇摇着头：

“夜里钻小洞，白天钻大洞——你钻吧！我听惯了枪炮响，没有那么多洞给我钻。”

白士吾放下双手，歪着脑袋谛听嗯哨着掠过空中的枪炮声，哆哆嗦嗦地说：“这可怎么得了！日本人的大炮都打到北平城里来了。小柳，MyDear，咱们快找个安全的地方——走吧!”

柳明翻身站起来，把乌黑的短发一甩："全中国要都响起了日本人的枪炮声，看你往哪儿逃……以后，不许你 Dear、Dear 的，谁还不知你念过几天洋文。"

"车到山前自有路呵！"白士吾一边回答，一边东瞧西看，似乎还在找什么保险的地方。

"我家连个老鼠洞都没有，别找了。你家不是有大保险柜么，快回家钻到保险柜里去！"柳明对别人——除了妈妈，说话都是温和文静的，唯独对待白士吾，说话就带刺儿。白士吾以为这就是女人的"娇嗔"，不以为意，反而顺耳。炮声沉寂了，半晌不响了，白士吾的脸色转了过来，把眼镜片擦了擦，望着柳明，柔声说道：

"尊贵的小姐，该梳妆打扮啦，也该去填饱肚子啦！叫鄙人奉陪好么？"

柳明打来一盆洗脸水，擦了两把脸，漱漱口，转身就向门外走。

母亲愣愣地望着她；白士吾用手拉住她：

"我送给你的那些巴黎化妆品，你怎么一样也不用？年轻漂亮的姑娘，还不该打扮打扮，一打扮起来你准是天姿国色的绝代佳人——保准六宫粉黛无颜色……"

"去你的，又动手动脚了。我要到医院去——那儿还有许多伤员等着我哩。在一群流着鲜血的战士面前，我能浑身散发着巴黎香水的味道？小白，亏你想得出……"柳明忽闪着水汪汪的大眼睛，望着白士吾浅浅一笑，"对了，小白，你可不许忘了，我托你买的药——一定快买来！要几天？可不许拖延！"

"三天之后吧！"白士吾一提买药的事，脸上立刻显出不快的神色，"我送你走，咱们先吃早点去。我肚子早饿得咕咕叫了。"

"哎呀，白少爷，咱家没好吃的。那就叫丫头陪你外边吃吧；要不，给你们在家里弄点吃的，凑合着吃点？"母亲歉疚地说。

柳清泉一拉老婆子，厚厚的镜片后面，露出愠怒的神色：

“咱们是窝头脑袋！吃天鹅蛋的主儿，会啃窝头？”

柳明的脸微微一红，白士吾也有点儿不好意思。柳明妈却拍打着手掌和老头子嚷了起来：

“你这老东西呀，就是啃窝头的命！白少爷哪点儿对不起你啦？不是他，咱们的日子更难过啦！不是有这门子好亲戚——你、你、你早就披着麻袋片在街上喝西北风去啦！”

柳明对母亲把她和白士吾看成未婚的一对儿，有点不高兴，扭头对母亲瞪了一眼，噔噔地跑出大门去。

第十二章

柳明托白士吾买药，三天过去了，没见小白的面，药也不见买来，心里有些着急，便在中午休息时间到东城白士吾的家中去找他。

白士吾的家是一座油漆一新、有几个跨院的大宅院。大红的漆门外，有两个大石狮子虎视眈眈地蹲在大门的两边。走进两重院落，经过月亮门才进到花砖漫地的正院，这儿还搭着高高的席凉棚。院子里有两个一模一样的大花瓷盆，里面套着泥做的大金鱼缸，整齐地排列在正屋两旁的窗下。开着红花的石榴树和粉红花的夹竹桃，顺着甬路两旁，一排排从月亮门一直伸展到北屋的石阶下。柳明望望白士吾父母所住的一大溜房间，寂然无声——大概睡午觉了，就从屋旁边的一条小 M 走进后院去找白士吾。

白士吾住在后院一溜三间北屋里。两明一暗，油漆得又红又亮，大玻璃窗上挂着白绸子窗帘。柳明走进开着的屋门——外屋只有几个大玻璃书橱和一套皮沙发，并没有人。只有里屋的留声机传出轻轻的唱声。她想，白士吾可能在里屋睡觉了；因为他有个习惯，必须放着留声机或收音机听着京戏才能入睡。柳明站在关着的里屋门外，轻轻喊了一声：

“白士吾，在家没有？”

躺在席梦思床上正在翻着照片的白士吾，懒洋洋地捏着照片，没好气地吼道：

“李妈，我正在睡觉。你这时候干么来了？”

柳明一听喊“李妈”，知道白士吾不是冲她来的火。可她心里也没好气，一下子把屋门拉开，闯到白士吾床边睨着他：

“谁是你的李妈？就是对下人也不该这么大声喊叫呀！真是个大少爷……”说着，把留声机的机头挪到一边，一个女人正娇媚地说着“这厢有礼”的声音戛然而止。

白士吾一见是柳明，顿时慌了神，急忙把手里捏着的一张大照片往枕头底下一塞，跳下床来，慌慌张张地说：

“呵，小柳是你呀！我当是李妈给我送水来了呢。”说着，又把床上的照片也往枕头下边塞。

柳明眼尖，早看见白士吾先往枕下塞的照片是一个年轻女人的放大头像，而后塞在枕下的照片里还有一张是她的。她盯着白士吾的脸，冷冷地说：

“白士吾，怎么我的照片忽然飞到贵府里来了？我并没有送过你照片呀！”

“那、那是……”白士吾嗫嚅着，白脸有点发红了。

“那是什么？我的照片怎么会飞到你这儿来了？还和别人的照片掺在一起，你得说实话！”

“小柳，你请坐。”白士吾冷静下来，一边让柳明坐在一把藤椅上，自己坐在她旁边的软椅上，笑嘻嘻地说，“这是你妈妈送给我的。我找你要照片，你总不给我，我只得向你妈妈求援了。她给了我一张，我把它放大了……小柳，你不知道吧？我很喜欢照相，也会冲洗。所以，我能把你的照片翻成底片，又把它放大——你看……”他刚想把枕下那张柳明的照片拿给她看，好显示他高超的照相技术。忽然，又觉得不妥——枕下还有几张别的女人的照片呢，叫她看了，岂不糟糕！于是缩回了手，改变了话题：“小柳，你轻易不登寒舍，怎么今天太阳打西边出来，居然大驾光临了？真是蓬荜生辉呀！”

“你这阔气的公馆，清朝王爷孙少爷的寝室，还自称‘寒舍’，真有点谦虚得过分了吧？我那个破家，叫做‘寒舍’倒还合适一些……小白，我还有事，不跟你闲扯。你要我的照片干嘛？那不是我给你的，你应当还给我！”柳明说着，抬头望望米黄色的墙上悬挂着几张电影明星的照片——有中国的，也有外国的。她感到有些不快，但不便说，只拿眼瞅着白士吾，看他说什么。

“还给你？”白士吾微微一笑，“还给你这一张，我再放大它十张，反正底片在我这儿。小柳，怨不得有人说你牛顿脾气——叫大猫走大洞，小猫走小洞，就是不叫两只猫儿走一个洞。”白士吾说着，哈哈笑了起来。

柳明想了想也对，妈妈巴结白士吾，看上他家有钱，总想叫自己跟他好，送给他照片也没什么。只是怎么还有那些年轻女人的照片……柳明压住心头的疑惑，强打精神问：

“小白，托你买药的事怎样了？卢沟桥战事这么紧，各医院都缺药，你快些给我买吧！”

“怎么又是医院缺药了？不是你那位朋友托你买药么？倒是谁买药？你必须说清楚了，我才给你买。”

听白士吾这些挑刺儿的话，柳明真想斥责他两句。但她忽然想起曹鸿远——虽然年纪也不大，可那种稳重、沉着、不惧不忙的劲头，跟自己一比……自己这么容易激动——尤其是对这个“影子”。她双眼望着窗外一棵长满了翠绿叶子的海棠树，沉了一会儿，说：

“小白，上次是你亲口答应我很快能买到药的，还说三天就可以买到。今天已经三天了，怎么说话不算数呢？‘国家兴亡，匹夫有责’。你还是快点给我买来吧！今天，我是特为这个来找你的。医院里一大堆事情我都放下了。”

“不为买药你就不肯来看看我是不是？”白士吾盯着柳明的脸，露出愁闷的神色。因为有许多亲戚、朋友正在给他介绍女朋友，并且拿来了她们的照片。他把这些照片一一放大，今天中午正躺在床上仔细看着，也把柳明的放大照片拿来放在一起，一个个地端详比较着。看来看去，比较来比较去，他觉得还是柳明最漂亮：她那两只大眼睛虽然是在照片上，也好像乌亮乌亮的，放着妩媚的光彩。于是，他决定先不要别的女人，还是得先追柳明。他的朋友们对他说过，多么强硬的女人，你只要耐心地用柔情、用眼泪，或者用金钱追上两年，准保追到手。可是追这个现在一心扑在抗日工作上的女人呢，却又不是那么简单易行的。她似乎爱他，又似乎不爱——若即若离。“落花有意，流水无情”，可怎么办好呢？白士吾坐在椅子上正痴痴地胡思乱想的时候，柳明又一本正经地发了话：

“你好好的，又没有生病，又没有负伤，我哪有时间来看你……时局这样紧张，白士吾，你还是多参加点抗日活动，少在家里相看女人的照片……”话没说完，柳明一阵羞涩，脸绯红了。

白士吾两眼紧盯着柳明的脸，见她忽然两颊绯红，不由得神魂飘荡。他把椅子向柳明身旁挪了挪，也红着脸，讪讪地说：

“小柳，我是在看女人的照片。这都是一些亲戚、朋友们帮我提亲送来的。不瞒你说，我拿这些照片和你的照片来比较，觉得她们哪一个也比不上你……”

“别乱扯行不行？”柳明红着脸打断了白士吾的话，“小白，我和你同过学，你姑姑又是咱们小学的校长，她为人正派，对学生好，对我也不错，所以我才和你常来往。可是，你干嘛老是胡思乱想？我和苗虹，还有千百个同学、千万个不愿当奴隶的中国人——包括苗虹的爸妈苗教授夫妇，想起国亡无日，中国的前途不知将会变成什么样儿，大家心里都非常难受。唯独你，一点儿不关心国家大事，就知道——就知道关心你那些密斯……快说，你给我们买的药，倒是给买不给买？要是不行，你痛痛快快地说明白，我立刻就走！”说着，柳明当真站了起来。

“看你，又是我‘们’上来了！冲这‘们’字，我就不管买；没有‘们’，只有你，我就管。”

柳明一听白士吾这些话，又想发火。可当曹鸿远那沉静的目光在她心上一闪时，她克制了自己，放低了声音：

“小白，不要总在字眼上挑刺儿了。买这些药难道是给我一个人用的么？当然是给许多人买、许多人用的，那当然就得用‘们’字了……你快说，到底买好了没有？医院里还有许多事——你不知道吧？从前天起，我已经转到北大三院那边去了。那儿安置了许多伤兵，新成立了一个伤兵收容站，我在那儿日夜都不回家。”

“哦，你又挪到北大三院的伤兵收容站去啦？怨不得我找不着你了呢。连你爸爸、妈妈、弟弟都不知道你的去向。好吧，明天上午我到北大三院去找你，给你送去发货票——药是买了，就是人家不肯开发货票，怕有人知道一下子卖了这么多药不好交待。怎么样？我的女神，明天我去找你行不行？”白士吾说着，温存地握着柳明的手，眉目含情地望着柳明的脸，柳明不好意思地低下头来，沉默一会儿，轻声说：

“行！”她看了看白士吾，站起身就往外走。一边走，一边对紧挨在身边的男友说，“你去了，别光跟在我身边瞎转悠，这不但耽误我的工作，别人看了也不好。你去了就当是救护伤员的学生，也干点实事儿。要是明天你骗我，不把药品的提货单交给我，那——咱们以后就一刀两断。”

白士吾仍然扭头盯着柳明的脸，走着，望着她那双魅人的大眼睛。一直等到把她送出自家的红漆大门外，这才有点儿伤感地低声说：

“小柳，你放心！我也是有爱国之心的。只是近来——近来为了你……我这才心神不安……怎么样？咱俩现在到北海去玩玩，散散心好么？小柳，我心里很苦恼，有好些话想跟你说……”

柳明摇摇头：

“我实在没有工夫。有什么话以后再说好不？可你明天上午一定得把提货单给我送去，不然……”柳明没有把话说完，拔脚就向胡同口走去。

白士吾站在自家大门外的石狮子前，望着柳明的背影，直到她出了胡同口望不见背影了，才怏怏地叹了口气，没精打采地迈进大门里。

第十三章

曹鸿远拿着一份报纸，坐在王福来父子临时借住的小屋炕沿上，仔细地读着。这是宋哲元向蒋介石及全国的通电。“时局已届最后关头”的大字标题，使他悚目惊心。他暗自猜测，尽管宋哲元表示要“自卫守土”，北平的失守，恐怕还是避免不了，这“最后关头”就要到了吧？……

两天前，曹鸿远又来到长辛店一带。他已经和王福来父子成了要好的朋友。王家父子家破人亡没处居住，临时住到王永泰同厂的师傅魏斌家里。鸿远到长辛店后也住到魏斌家。这时，王家父子和魏师傅都先后出去了，只剩下鸿远一个人，坐在炕沿对着油灯默默沉思。

他心里很烦闷，走出屋门，到四野全是菜园子的井台边站住了。凉风习习，送来淡淡菜香，但仍然吹不散他心头的烦恼。附近的南苑和卢沟桥一带，炮声不绝于耳。他手里仍然拿着那张一天前的报纸，听着炮声，想着心事：“抗战”——中国新时代的伟大使命似乎来到了，党的一切工作都似乎向这个方向转移。“抗日民族统一战线”，这个口号的强调提出，显示了党领导艺术的高超一他忽然想起苗教授，一个魁伟爽朗的高级知识分子的形象矗立在面前。这位教授很快帮助买到了一批药品，不正体现着党的政策的感召力么？

战争风云，形势咄咄逼人地变化着：“七·七”事变以来，国民党一味退让求和。就在蒋介石命令宋哲元和日本谈判退兵的日子里，日本利用时间调兵遣将，顺利地完成了向中国腹地大举进攻的准备工作。

七月二十六日，日寇悍然占领了平津路上的廊坊，并向宋哲元提出最后通牒——限令退军。二十八日，日寇在完成了占领北平的准备工作之后，开始大规模攻击北平的南苑、北苑和西苑。眼看北平广大群众就要陷于敌寇统治下的水深火热中，曹鸿远独自站在井台边，举目四顾，暗夜的苍宇，大团乌云正在灰暗的天际滚滚翻动，雷声和炮声混在一起，不停地轰隆隆响过。流弹不时一闪一闪的呼啸着，发出炫目的光亮。他用力吸了几口凉气，睁大眼睛，扭过头向西北方的天空凝望——眼前恍惚出现了延安宝塔山的雄姿，耳边也听见了延河流水的淙淙声响，那些熟悉的首长，熟悉的同志，个个音容笑貌如在面前……

一道划破长空的闪电，蓦地照亮了广袤的大地。

“小曹，炮弹一个劲儿乱炸，你还是进屋去吧——你看，外边哪有人敢露头啊！”王福来悄悄走到鸿远身边，关心地劝他。

“大叔，这是吓唬人的空炮、流弹。我打过仗，知道什么样的炮声有危险，什么样的炮声没关系。您放心。只是魏师傅和永泰到现在还没回来，您看，他们是没进得城去，还是进了城出不来了？”

近日由于战事紧张，北平四门每天只开放一两个小时，让四郊农民送菜进城。市民出入城门早就被限制了。

王福来蹲在井台上，望着北平方向，低声说：

“说的是哩！他们到这早晚还不回来，我也有点不放心。看这样儿，小曹，这北平城是完啦……往后，这日子可怎么过呵？”

没等鸿远回答，一个激愤的声音接着说：

“抗战！抗战！北平城算是抗完啦！”

曹鸿远伸手拉住说话人的胳膊——他正是王永泰。跟王永泰一同来到井台上的还有魏斌，和十几个衣衫褴褛的青年工人、农民。

在夹杂着电闪雷鸣的隆隆炮声中，魏斌喘着粗气说：

“你说这叫什么人头吧！一看日本人炮火紧了，这大头儿宋哲元跟北平市长秦德纯都偷偷地先逃跑了。扔下上百万老百姓，成了没娘的孩子，就等日本人他妈来管制吧！”

“您这个消息可靠么？”曹鸿远急忙问魏斌。他手里还拿着宋哲元通电“自卫守土”的报纸，有点儿不相信魏斌的话。

“没错儿！”魏斌回答，“傍黑天，我们上永定门城根一个工友家里去打听消息。这工友的哥哥在前门车站上当搬运工，他亲眼看见宋哲元、秦德纯还有他们的大太太、少奶奶、姑老爷、姨少爷，亲戚、朋友一大堆，在昨儿个半夜里悄悄地上了火车，溜出了北平城。说是上保定那边继续抗战——抗他妈的蛋吧……听说，天津也悬乎，日本人也在那边进攻哪！”

“他妈的，蒋介石不真心打日本，这不是存心叫中国人当亡国奴么！曹大哥，咱不能眼睁睁地看着日本人大摇大摆地开进北平城——咱是中国人，可咽不下这口窝囊气！”王永泰气冲冲地拍着胸脯，“曹大哥，您就领着我们这些穷哥儿们干他一家伙吧！”

“抗战就能生存，妥协只有亡国。曹先生，您看，在这严重的情况下，咱们怎么办才好啊？”说话的是个妇女。鸿远稍稍惊异地向她望了一眼——黑沉沉的夜色，看不清模样，但可以看出瓜子形的脸庞上有两只动人的闪闪发光的大眼睛。因为这个妇女戴宽沿草帽，穿着对襟的男人短衫，所以曹鸿远和王福来都没认出她是个女人来。

魏斌向鸿远介绍：

“这位小姐叫路芳，在城里教育界做事儿。她有个亲戚住在附近的村子。这两天，她到亲戚家来了，联络了不少人。小曹，听说您在这儿，她今夜就叫我带着找您来了。”

曹鸿远和路芳握了手，笑着说：

“路先生，我听说过您……北平就要失守了，我正要向您请教，咱们这些热爱祖国的穷弟兄们，怎么办才好？”

原来，曹鸿远听张怡向他介绍过北平学联负责人之一的路芳，也知道她将要到长辛店一带做发动群众的工作。

路芳对鸿远似乎也有所了解。她把草帽摘下来，露出乌黑的短发，笑笑说：

“咱们这些工农弟兄一听说宋哲元逃走了——虽说张自忠还没有走，替宋哲元当起冀察政务委员会的主席，可二十九军已经溃散，日本人就要占领北平城了。他们都着急、气愤，有劲不知怎么使……我来、我来这儿是……”路芳稍稍踌躇地转脸看看围在她身边的几个衣衫褴楼的年轻人，接着说下去，“卢沟桥的战争算是结束了。为了继续抗战，需要枪支、弹药。听说二十九军丢在这一带的枪支武器不算少。我想，咱们可以多找点热心抗日的乡亲们到河边、水坑、苇塘一些背静地方寻找寻找看。有了枪，以后谁愿意抗日，就可以参加到抗日的队伍里去。”

听了路芳的话，鸿远心想，原来她是动员群众搞枪来的——不谋而合！

“好哇！你们看这是什么？”一个小伙子从怀里掏出一支驳壳枪，高高地举起，向众人晃了几晃。

“啊！啊！枪……”几个小伙子要去夺那个小伙子的枪。

“行啊！咱们就先去找枪。找了来，就拿着它打他妈日本鬼！”另几个小伙子同声说，“你们别抢人家的，有能耐自己去找来！”

“对了，就该这么办！”路芳用清脆好听的声音对小伙子们笑笑说。

曹鸿远拍拍王永泰的肩膀：

“兄弟，你打算怎么办？”

“您说吧，我什么都听您的。”王永泰对拯救了他生命的人，变得温顺了。

“我说也是先找散在这一带的枪支弹药。听说殷汝耕的伪冀东防共自治政府，有个保安团要反正抗日，叫日本人给打散了，也有不少武器散失在乡村各处。咱们大伙就赶快去找枪。谁找了来，就到魏斌师傅这儿来报告登记。然后，谁愿意参加游击队，就带着去参加——当然找不着枪，有愿意参加的，我们也可以介绍他去。您看，这么办可以么？”鸿远说着，扭头看看正睁大眼睛凝视着他的路芳。看样子曹鸿远也是奉了组织的指示而来弄枪的。路芳这么一想，顿时对曹鸿远感到十分亲切。

“曹先生，您不是来买药品的么？怎么？……对了，您刚才说的办法很好。这件事情大伙就分头去办吧。”

“好，好，就这么办！”小伙子们个个面带喜色。正要分散的时候，有个小伙子忽然从怀里掏出一个白纸包拿着，掂着，把胳膊往鸿远眼前一伸：

“给您，这是我买来的。”

“这是什么？”曹鸿远有点儿诧异。

“药呀！您不是要买药品么？我听说了，变着法儿买了这一包阿——司——匹——林……”小伙子对这个药名记不太清，就一个字、一个字地念出来。

“给您，这是金——鸡——纳——霜……”另一小伙子也从怀里掏出一个白纸包交到曹鸿远的手里。

“给您……”

“给您……”

十几个小伙子，每个人都从怀里或者衣袋里掏出一包一包用白纸包着的药品塞到曹鸿远手里。鸿远两只手都拿不住了，路芳赶忙帮他拿了一些放在自己的衣襟里。

鸿远用深情的目光，仔细打量着这些并不熟悉的、穿着破衣短衫的工农兄弟，心激跳着，眼睛潮湿了。

“你们怎么知道我要买药？你们生活这么苦，不能白要你们的，多少钱，明天请魏师傅给你们送去。”

“我们听人说您要给抗日的军队买药，我们打心眼里赞成。药不好买，只买到这点儿。”

“这是我们的一点儿心意——送给抗日的军队打日本去。可不要钱……”

说着，一个个大步流星地走了。

雷声停了，炮声也停了。天空滚动着大块乌黑的云朵，黯淡的星光下，只有王家父子、魏斌、曹鸿远和路芳几个人留在井台上。

“曹先生，听说您在买药品，不知现在买够了没有？”暗夜中，路芳睁大熠熠闪光的大眼睛，用温和的低声问。

“还没有买够……”鸿远微微叹了口气。

“您不是还托了苗虹的父亲苗教授么？”

曹鸿远惊奇地望着路芳：

“您怎么知道的？苗教授已经给买成了。但是还缺少一部分。如果我托的另一位医学院的同学能够帮助买成就好了。”鸿远没有说出柳明的名字。

“我已经替您买到一部分药品。明天下午您可以到医学院的学生会去找我么？我把提货单交给您。”

鸿远喜出望外。他盯着路芳那件男人穿的白色对襟短衫，笑着说：

“那太好了！苗教授替买的，加上您买的，再加上刚才那些小伙子给买的这一包包的，如果另一位同学再给买成，就可以超额完成任务了。路先生，谢谢您的帮助……”鸿远想和路芳握握手，因为两个人手里都捏着药包，只好向她点点头。

看着渐渐放明的天色，魏斌让鸿远和路芳都到屋里去说话。

道静和鸿远二人走进魏斌家的小屋，刚坐定，鸿远一双惊异的眼睛盯在道静的脸上，忽闪了一会儿，有些不好意思地张口问：

“路芳小姐，我想向您打听一个人。”

“说吧。怎么这么客气，我知道的一定告诉您。”

“林道静。您认识她么？有个朋友托我打听她。”道静微微惊讶：“谁托您打听她？”

“我的一位领导，也曾经是林小姐的领导。在延安时托我到了北平后打听她的下落。”鸿远仍然双目盯在道静的脸上，但神情严肃，似乎猜测着什么。

道静怦然心动。谁在延安打听我？这个人还领导过我——卢嘉川？不可能！他早已牺牲了。但她还是坦率地回答：

"曹先生，您问对人了。我就是林道静……"

"好像有预感。我见到您以后，就觉得您很可能就是林道静。"曹鸿远急切地、兴奋地插话，"这太好了！我终于不负朋友之托……"

"您的朋友是谁？叫什么名字？"道静也急切地打断了曹鸿远的话。不知怎的，她的心竟怦怦跳了起来。

"他叫卢嘉川。喔，——他现在改名叫岩烽，是我在延安红军大学时的老师……"

"啊，他还活着！"道静又打断了曹鸿远的话，几乎惊呼，"他真的活着？他真的在延安?！说着，掩饰不住内心的激荡，泪水盈眶，双目直直地盯着鸿远，仿佛他就是卢嘉川。

曹鸿远惊诧地说：

"怎么，您以为卢大队长牺牲了?！这真是误传！他虽然和我关系不错，但从没有对我说过过去的经历。只是我要来北平执行买药任务时，他才托我打听您。叫我务必费些心打听到您的下落。他说，您多半在做学生方面的工作。当我听柳明说，您在北平是做学生工作的，一见到您，我就猜，也许您就是林道静。果然我猜对了。要是能很快地告诉卢大队长，他一定会很高兴……呵，您怎么啦？"

在窗纸微微透明的晨曦中，道静坐在板凳上，忽然周身微微颤抖，扭身伏在方桌上轻轻啜泣起来。她太激动了，在生人面前，竟也顾不得许多了。

鸿远仿佛明白了道静此刻的心境，他不再出声，只是盯住道静的全身——假如有什么意外，他好去救护。

但林道静很快地平静下来，她转身抬起头，用洁白的手帕擦干眼泪，对鸿远笑笑说：

“人太高兴了，反而想哭。您别见笑。您能详细告诉我卢嘉川的生活情况么？我们已经四年多断绝了音信。因为我听说他已经在南京雨花台牺牲了，自然就没有再打听他的下落。您能够多和我谈谈他的情况么？”

“我能够找到您，也叫您知道了卢大队长的消息，我很高兴。不过，对不起，现在快天亮了，情况很紧张，我要和王永泰赶到城里去。关于卢大队长的情况，我以后有机会再和您谈，请原谅！”鸿远说着，见魏斌正好进屋来，就转对魏斌说：

“我这就要挑着菜挑子进城去了。您就留在家里等着登记和收藏枪支吧。谁弄来多少支，什么枪，您都用本子登记上。”说到这儿，扭头冲着站在身边的王家父子笑了笑，“王大叔，永泰，跟我一块儿进城去，有件活儿非您父子不可。带上点衣裳、铺盖，咱们一块儿走。”

王家父子觉得有点儿稀罕：这功夫进城去做什么呢？

曹鸿远不说，他们也不好问。去就去吧，反正这是个好人，跟着他走准没错儿。

天亮了，鸿远挑起满满一挑青菜正要动身时，一抬头，看见路芳还站在魏师傅家的门口，他的心微微一动，这个虽然男装，却依然掩盖不住的美丽的脸庞，多么像柳明！她们好像孪生姐妹——路芳姐姐，柳明妹妹……

道静留在魏师傅家没有走，独自一人坐在小方桌旁，眼睛直直地凝视窗外。天上彩云经过洞开的门窗，在她眼前不停地闪烁、飘动。卢嘉川——卢兄就是那美丽的云，美丽的彩。那云彩就是他潇洒、端庄的面容……微风吹进屋里，吹拂到她发热的面颊上，风仿佛就是他的声音——“打听林道静——打听林的下落……”他没有忘掉她，他在设法打听她，他心里还装着她……她忍不住落泪了，一条手帕变得湿漉漉的。直到此刻，她才明白自己对他怀着多么深挚的情感。虽然以为他不在人世了，可是，她的心并不曾离开他，他仍然占据着她的全部心灵。除了事业，能够给她慰借的，还是一直活在心灵里的他……他没有死，她太高兴了！可是，何时能够见到他呢？他也许早就结婚了……她忽然想起江华，不知不觉轻轻地叹了一口气。爱他么？她不知道。她和江华与其说是夫妻，不如说更像朋友。她尊敬他，也关心他，但她心底里却矗立着一尊荡魂消魄的神明。每当风清月白、独自一人的夜晚，这尊神明便冉冉来到她身边，慰借她，鼓舞她，和她悄悄细语，相互诉说他们之间超世绝尘的情感。这时，她孤苦，却又感到幸福。如今，乍听到他还活着，还在延安工作，她高兴，却又产生了一种恐惧感，一种幻灭似的悲哀。“今后怎么办？”她浑身一阵颤栗，无可奈何地把眼睛从窗外的云霭中扭进屋里来。沉思，仿佛心在随风飘荡地沉思……

第十四章

柳明几乎一夜没有睡着。

一是为北平的即将失守。枪炮声虽然停了，但她感到从未有过的痛苦与压抑。

二是为白士吾始终没有替她买到药品。她觉得言而无信，对不起曹鸿远。

于是，她决定去找曹鸿远。

鸿远曾告诉柳明，他住在西单大成公寓里，有事可以上那儿找他。她去找了两次，这个晚上才在一间简陋的小屋里找到了他。一见面，柳明好像做了见不得人的事，瞅着曹鸿远想说什么，却又张不开嘴。弄得鸿远有些莫名其妙，和她脸对脸愣了一会儿，这才笑道：

“柳小姐，发生什么事了？是买药的事没成功，对不对？”

柳明长长地出了一口气，嫣然一笑。多么聪明的人，他一猜就着。

“真对不起您，曹先生。那个人骗了我，一片药也没给您买到。我真惭愧……”

“这不怪你。”曹鸿远微笑着，“在这战争的非常时期办这件事就是很不容易的。北平有五十三家西药房，连最大的五洲大药房、健身大药房，和记、裕丰一些中小药房，我全跑过，甚至跟他们帐房里的人都熟识了，他们也都不肯再卖药。这不怪你。我这药贩子都没了办法，何况你呢！你别难过，我们再另想别的办法。”

一股暖流缓缓流过柳明的心头。她羞涩地望了鸿远一眼，心渐渐宁静下来，坐在桌边小木凳上，低头小声说：

“听苗虹说，苗教授已经如期买到了药品。现在您买的药品中，就差我这一份了吧？曹先生，我真是——真是……”她想骂自己，也想骂白士吾，却绯红着脸什么也说不出来。停了半晌才抬头问道，“曹先生，怎么好呢？我真担心，北平眼看失守了，那些法币要是很快失效了，您还怎么买药呢？”

鸿远还是那副洒脱的姿态，在昏黄的电灯光下，倚靠在门边的墙壁上，摸着自己浓黑的头发，说：

“柳小姐，不必为这件事过于着急了，急也没有用。愿意抗日的人多得很，总会有办法的。我还要问一声，为这件事，你是不是恼了没帮你买到药品的那位朋友？”

柳明吓了一跳。怎么，这位眼前的人好像能掐会算似的，连她恼了白士吾都猜到了。

她似乎进一步了解了这个新相识的人——聪明、干练、善于体会人的心理；又豁然大度，不像白士吾那样心胸狭窄，什么事都爱猜忌。一想到白士吾，一幕令她十分懊恼的情景涌上心头，感到一阵阵难以言说的困惑……

白士吾答应柳明，第二天到伤兵收容站给她送去提货单。午后，他果真去了。一见面，愁眉苦脸地对她说：

“小柳，真对不起你……那个亲戚——我的姑父，一片药也不肯卖给我……你看，你看，这可怎么好？……你，你别生气……”

柳明打了个寒颤。接着，额上沁出了大粒汗珠。她又气愤、又焦急地瞪着白士吾白净的脸，抿紧了嘴唇，过了几秒钟，才张嘴说话：

“你答应得好好的，今天一定把提货单给我送来。怎么——怎么说话不算话?！你……你！”她把手里的听诊器往桌上一扔，坐在小凳上瞅着窗外发起愣来。

白士吾不知所措地站在她身边。这是一间临时作为医生办公室的小房子，屋里没有别人。白士吾尴尬地站了一会儿，终于低声下气地说：

“小柳，我亲爱的，饶恕我！不是我想叫你不高兴，是我父母听我姑父说，我要给抗日的人买那么多的药品，父母就千叮咛、万嘱咐，叫我姑父一片药也不许卖给我。姑父就这么变了卦……小柳，饶恕我！这叫我有什么办法呢?”白士吾说着，掏出一条花条子手帕擦起眼泪来。

柳明的气渐渐消了。她知道白士吾的父亲是满清郑亲王的儿子，母亲还是个郡主之类的娇贵妇人。现在眼看日本人就要占领北平城了，怎肯叫儿子去冒险帮助抗日的人？而且他们一向反对儿子找柳明这个穷教书匠的女儿当媳妇。不过儿子大了，不听他们的，他们也无可奈何。但对儿子帮助柳明买药这件事，他们却破坏成功了。

“白士吾，你真叫我为难死了！我答应人家了，怎么好意思张嘴又说不成啦……”这回轮到柳明落泪了。

“小柳，我怎么对你说‘不成了’，你也对那个人——唔，那个人算是你的朋友吧？你就对他说，买不到，不就算了……”

“看你说得多轻巧！谁像你这样——言而无信，还不以为耻！”柳明又恼了，黑亮的大眼睛冒出两颗红红的火花，狠狠盯在白士吾苍白的脸上，“算了！从此咱们一刀两断！你走你的阳关道，我走我的独木桥！”

“不！不……”白士吾的一条腿像外国电影里的求爱镜头——弯曲了，跪下来了。柳明却站起身来，头也不回地跳出屋门外，把个白士吾独自甩在寂静的小屋里。

见柳明呆坐着不说话，鸿远坐在柳明身边的凳子上，轻声说：

“白先生对你很好。我看他不是故意不帮忙，而是有困难。”鸿远又说，“不管怎么样，你还是应当尽量团结他。他也是个青年嘛。你要把他争取到抗日阵营里来，多一个人多一份抗战的力量。”

“曹先生，您的意见倒是不错。可是，我费了老大的劲争取他半天，结果连答应替伤兵买点药品都说了不算。我、我再也不想理他……”

“为这个你就不理人家了，这不太好吧？比如，这次你没有替我买成药，我也从此不理你了。你想想，我这样做对不对？”

几句话说得柳明低头笑了。过一会儿，抬起头来认真地说：

“您打通了我的思想，我很感谢您。这次我没有替您办好这件事，以后，您还信任我么？还叫我帮助您做事么？”

“当然！当然！”鸿远连说了两个“当然”，然后摆着手笑道，

“请你继续帮助的事多着哩。为了抗日，我们还要做许多事情。”

“为了抗日……”柳明低下头喃喃地说，“可是，怎么去抗呢？”她抬起头，掠了掠头发，眼里闪烁着热烈的光焰——那光焰像团火，又像星光似的凄凉、悲伤。

鸿远的一双剑眉稍稍耸动了一下，内心似乎也涌起了和柳明同样的忧思。他也低头沉默了。

“国民党不抗日，也不发动广大民众起来抗日；可是，还有中国共产党——共产党是坚决抗日的。青年人投身抗日疆场，把青春献给伟大的民族解放事业，已经成了当前唯一的出路。至于怎么抗法……不知你是想留在北平，还是……”曹鸿远没有往下说，微微一笑打住了话头。

“我很想参加抗日，可是……”她的眼前立刻跳出了俊秀的白士吾，也跳出了沉默的爹爹和多嘴的妈妈。蓦地眼睛潮湿了，怕生人笑话，她急忙扭转头去。一会儿回过头来，用悲戚的低声说，“曹先生，我原来的理想是找个安静的地方继续求学深造，现在，我的希望似乎要破灭了，可是，我仍希望在医学上为国家效力，最好还是求学。”

“你的理想是可以理解的。不过目前抗战事业也十分需要医生。柳小姐，听说你很用功，医术已经不错。希望你把这份力量现在就献给危亡的祖国。”

“您的话给了我很大的鼓励。谢谢您。以后，您不要叫我‘小姐’，就叫我‘小柳’好吧？”

“好，从现在起，我就叫你小柳。”鸿远说话干脆、爽利，“小柳，看，说了半天话，连杯水都没给你喝，真对不起。”柳明站起身来，向鸿远微微点头：

“曹先生，没有帮您买成药，是我对不起您。”柳明说到这儿，顿了一下，望着鸿远的脸色，“曹先生，您是不是身体不大好？有病吧？您应当瞧一瞧……”

鸿远摇头一笑：

“看，咱们有点儿不平等了。你叫我不要称呼你‘小姐’，可是，你一口一个‘先生’，而且‘您、您’的，这么客气。是不是我也得改口——”

柳明笑笑，露出可爱的小酒窝：

“我改口——称你‘老曹’好么？老曹，我看你的面色不好，要不要我帮你检查一下？”

“不用。我身体很好。谢谢。”

“那我走了。有事情还到这个地方找你可以么？”

“暂时可以。小柳，现在我必须送你回家。冀察政务委员会名存实亡了，日本人虽然还没有进城，可是，国民党的官员警察，逃的逃，躲的躲，这座北平城，已无人负责治安。夜晚，你一个女孩子走在街上是不方便的。”

柳明确实有些胆怯。不过，又要麻烦这位新朋友送她，有些不好意思。

“曹先生——不，老曹，又得麻烦你了。我知道你很忙……你肯送送我，那太好了。”

“用不着客气。我只是有点儿怕又遇见那位白先生一他如果又在你家门前表演那出滑稽戏，你一定不要恼他！这个条件可以答应吗？”

柳明一阵不安，一阵羞愧。这个人多么敏感、细心，她忘掉了的事情，他还记住。柳明默默地咬着嘴唇，瞟了鸿远一眼：

“咱们就走好么？小白决不敢再那样无礼。老曹，请多原谅……”柳明低下头，微微叹了口气。

曹鸿远锁上屋门，和柳明一同走在昏黑暗淡的胡同里。他们谁也没有说话，两个人的心都被当前严重的形势苦恼着；都感到大好河山即将变色而引起深深的忧虑与悲伤。

街上冷清，行人稀少。只有枪炮声偶尔远远地传来，使这座行将沦亡的城市更显凄凉。

“我们也在上《最后的一课》。老曹，你有这种感觉么?”半小时后，走到柳明的家门外了，她停住脚步，忽然抬起头来，哀愁的大眼睛直直地盯在曹鸿远的脸上。

鸿远轻轻握了一下柳明的手，点点头，什么话也没说，转身向来路走去。

第十五章

好像到了秋末，大地一片肃杀。

卢沟桥炮声停止，日本人将要开进北平城里之际，柳明像个刚刚跑完了长跑之后的运动员，突然软弱得没有一丝力气了，疲倦得几乎不能动弹了。战争停止了，伤兵都陆续转移，再也没有伤号来叫她动手术，叫她照顾。她也不再去医院，去病房。她吃不下、睡不好。一闭眼，一张张年轻的、血肉模糊的脸，就在眼前浮动。半个多月来，她几乎日夜和这些浴血奋战的人相处。如今，一切消失了——炮声、伤员、止血钳、手术刀、便盆、尿壶……一切突然都消失得无踪无影了。炮声激烈的时候，她有时也有些胆怯，但她知道这是和日本人在打仗，心里虽然担惊，却似有种希望，有种安慰。当她听到二十九军军长佟麟阁牺牲在卢沟桥的战场上时，她忍不住滴下热泪，同时又有种自豪感冲激心头。这是中华民族的骄傲呵！敌众我寡，军官们个个身先士卒，义无返顾，这鼓舞是巨大的。在紧张的战事中，伤兵不断从前线抬到医院里来，她的手术越做越熟练；她和受伤士兵的心，也似乎越来越贴近。常常几天几夜，她留在医院里，兴奋、苦干，忘了疲倦，忘了一切……如今，曾几何时，血与火的抗击沉寂下来了。她不由得感到异样空虚。仿佛一座堆砌起来的美丽的冰山，突然坍塌了、消融了。她没有事可做了，心里空落落、惨凄凄。她像睡在坟墓般成天睡倒在自己那间小屋的板床上……

与此同时，卢沟桥事变前，曾经使她苦恼过的问题，又跑出来苦恼着她——以后，做什么去？还能继续读书么？还能登上医学的殿堂么……

柳明整日想着这些揪心的事，白士吾来找她。她无情无绪，无精打采。男友一说邀她出去溜溜、玩玩，她就嗔目相待："商女不知亡国恨——亏你还有这份心思!"

柳明家的小屋没有沙发，没有电扇；闷热、窒气，白士吾受不住，只有挨近柳明，悄悄握住她的手坐一会儿便走了。

柳清泉和女儿的脾性近似：孤高、自傲，不愿依附权贵——像白士吾这样的阔少，老婆子虽然喜欢他，百般奉承他；老头子却瞧不上这个"纨袴子弟"（他心里是这么称呼）。他知道女儿和白士吾好，是出于情感——儿女之情嘛。不像老婆子看上的是白家的钱。因之，他从不叱斥女儿。只是瞪着深度的近视眼睛，时不时地小声斥骂几声老婆子的浅见。自从情况突变，北平沦陷在即——只等日本人进城接收，他的神情也和柳明相仿——愁闷得一言不发，连成天放在鼻子尖上的报纸也扔在一边不看了，总躺在破木床上不住地长吁短叹。

柳明妈也是一肚子闷气。她不敢向女儿发作，却冲着倒在床铺上的老头子，嚷嚷着，喊叫着。一说话还要先拍打手巴掌，嘴里的唾沫星子四处飞溅：

"我说，你们这爷俩——我说，你这死不了的糟老头子。倒是怎么回事呵？天塌了压众人。北平这块宝地，任谁外国人占了也长不了，也得归化咱中国。大清国的满洲鞑子进了关，坐了金銮殿不也成了咱中国人了么？鬼子占了，也是兔子尾巴——长不了。你爷俩愁的是哪门子官司呵！饭不吃，茶不想，觉不睡，是叫狐仙爷迷住了，还是中了哪门子邪气呀……”

柳明妈拐着两只小脚，手拿一件补缀的破衣裳，在屋里走来走去——一会儿在外屋冲着老头子喊叫两句，一会儿又颠到女儿床前，发表她自己认为的高见。

这父女俩谁也闷声不哼，任她说长道短。她坐在女儿身边，有时更长篇大套地叨叨起来，一边说，一边“心肝”、“宝贝”地喊：

“我说，丫头，我那心上的肉呵，你怎么金口玉言，连句话也不跟你妈说呵？仗不打啦，你还不养养养身子，跟白少爷玩玩逛逛，散散心。宝贝儿呵，怎么成天价丢了魂似的，一趟趟叫白少爷大老远的白跑……日本人来了，你就是愁死，不也是白搭上小命一条、一条……”老太太嘟囔起来就没完没了。

柳明实在忍受不住，猛地坐起身来，冲着窗户（她不爱看母亲那种风风火火煞有介事的样子），咬着嘴唇，狠狠吐出四个字来：

“都是废话！”说完，又一头倒下。

弟弟柳放总是站在姐姐一边。他也嫌母亲多嘴多舌。这时，他也探着小脑袋对母亲说：

“妈，我长大了也跟姐姐一样，学着动手术。可不学您要贫嘴。”

“小兔崽子，不许你多嘴！你不是大了要当军官么？学着动手术干么！血里糊拉的，有什么干头！”

“我动手术，好给您把舌头切下一块，再给您缝上。您的话就不能这么多了。”

“你这忘恩负义的小杂种！”母亲恼了，抄起身边的扫炕扫帚，举手就向儿子的头上打去。儿子向外跑，老太太一边追打，一边喊叫：

“全反了你们啦！你们老少三条浑虫，都照准老娘身上咬来啦！”

弟弟做着鬼脸，冲着母亲嘻嘻笑着。母亲又喊又叫，举着扫帚疙瘩追打着儿子。

正在这吵吵嚷嚷、乱乱糟糟的时候，白士吾服装整洁、风度翩翩地推着自行车进了院子。

在柳家，除了喜欢柳明，其他人，白士吾一个也瞧不上眼。只不过为了柳明，他才勉强对她家人应酬一下。

白士吾一来，屋里立刻安静了。柳明妈急忙去给白士吾张罗茶水。小白进到柳明屋里，把屋门一关，把一包点心水果向桌子上一放，转身走到柳明床前，紧拉住姑娘的手：

“小柳，今天精神好一点吗？看你这几天瘦多了——我心里真着急……”白士吾坐在床前小凳上，深情地望着那张晶莹得透明的脸，“我今天给你送来好消息——”

“什么好消息？”

“你猜猜，一定叫你非常非常高兴的消息。”

“猜不着，别卖关子——快说吧。”

白士吾且不说，却从桌上拿过一块高级奶油蛋糕，把它送到柳明的嘴边，歪着头，像哄小孩似的：

“小柳，快吃了它——它就是我的心。吃到你的肚子里，我的心也就跟你的心连在一块儿了。”

柳明睨着小白，一丝甜蜜的柔情，驱赶着连日愁苦的心绪。她对他笑笑，接过蛋糕吃着。

“你别故弄玄虚，快说给我什么好消息——你知道不，这些天我真苦恼极了。”

白士吾一下抱住柳明的肩膀，在她耳边低声说：

“你有好前途了！我也有了。而且咱俩永远不分离……”

“什么好前途?”柳明把白士吾的两只手推开，翻身坐在床边，疑惑地忽闪着大眼睛、长睫毛。

“你不是为中断了学业，不能在医学上深造，老是烦恼么?这次，一切都准备好啦——咱俩走——咱俩到一个科学发达、医学也发达的国家去学习深造。小柳，这一回你可有希望登上医学大师的宝座啦……亲爱的，高兴不高兴?”白士吾每见柳明脸色温和，就立刻把“Dear”、“亲爱的”这类字眼喊了出来。

“你是说，出国去留学?”

“是呀，船票都定好啦，就在七天之后。你不知道，中日一开仗，有钱人家都纷纷要到外国去避难。这英国怡和洋行的轮船票都预定到一个半月之后了。是我爸托了人，这才用双倍的价钱定了两张船票。”

“到外国去——到外国去?”柳明自语似的喃喃着，似乎还没有听懂这意味着什么意思。

“是呀，小柳，咱们到外国去呀！那儿不打仗，没有危险；而且，咱俩都还可以继续求学。尤其是你这位高材生，太应该去了！在国外过不了多少年，柳明博士很有可能成为诺贝尔奖金获得者。”白士吾眉飞色舞地说着，不由自主地又把手搭在柳明的肩膀上。

柳明忘了推开他的手，只是怔怔地自言自语：“到外国去留学——去留学……”她忽然苏醒过来似的问：“小白，到外国去?你说是到哪一个国家呢?”

“到日本。阿爸那里熟人多。咱们去了，吃穿享用，一切不成问题。况且日本的医学在当前世界上是数一数二的。”

柳明眨巴着大眼睛，忽上忽下地打量着白士吾，好像不认识他似的。这时，她心里亦喜亦忧，拿不定主意——去日本吧，那里确实医学发达，世界上除了德国就数日本了。到那儿可以继续求学，可以进一步深造，而且身边还有白士吾……一切费用呢，他爱自己，和他结了婚，自然……想到这儿，柳明心里惊然一惊，怎么，这不成了卖身求学……此刻那张秀美的瓜子脸，突地涨成了紫红色的鸡冠花。仿佛受到了污辱，她的自尊心隐隐在作痛。她突然缄默了，眼里浮上泪水。

“怎么啦？小柳，说得好好的，怎么又发起呆来啦？没想到这么大好的消息，这么叫人高兴的消息，你倒难受起来！”白士吾一脸惶悚，说着，掏出手帕要给柳明拭泪。

“去你的！”柳明拨开小白的手，瞅着他轻声说，“你不了解我，跟你说不清。这是件大事，你怎么不跟我商量一下就自作决定呢！等我再考虑几天回答你行不行？”

“那怎么行呵！”白士吾立刻又说了一大篇去日本留学的好处。他说他的父母原先不大同意他和柳明好，后来知道柳明是个用功的好学生——人品好，长得好，如果她同意和白士吾结婚，成了白家的少奶奶，他们就同意送他俩去日本留学。这是他和父母经过几次争吵才取得的结果。柳明要是不去，怎么对得起他的一片痴情，也对不起他为她深造而作出的苦心安排，说着，说着，这位少爷也滴下泪来。

柳明的心乱极了。对这突然发生的奇迹——将要走上这样一条道路的奇迹，她一下子还分析不清，决断不了。她只下意识地感觉到：去，这对她自己的生活，对她的学业长进肯定大有好处。可是，那个国家是个正在侵略中国的敌国，为了个人的成就卑躬屈膝到敌国去；而且还要以和白士吾结婚作为先决条件——她不想结婚，却逼着要结婚。一种出卖自己的羞耻心，一种自幼形成的自尊、要强的心理，像一只无形的手，眼看就要把柳明眼前闪闪发光的火苗捺灭下去。

她把白士吾赶走了，一个人关上屋门，陷入苦苦的思索中……

第十六章

“丫头！丫头，快开门！”妈妈在门外连连拍门喊叫。

“又是什么事？您总是呼儿喊叫的。”柳明在自己屋里懒懒地说。

母亲进到屋里且不开口，仰着白胖的圆脸，双目炯炯地盯在女儿的脸上，仔细审视着她的表情。半晌，才打了一串连珠炮：

“丫头，这是老天爷睁眼，天上掉下馅饼来啦！天大的好事啊！人家白少爷对待你，我的傻丫头，真是天上少有，地下全无。一百一的真情——用个新词儿，叫它爱情吧。这么爱情你的人，家里有钱，长得又俊，咱中国的仗打败了，他要带上你到日本国去留学——搁在别的姑娘身上，烧高香还烧不来埋！怎么，怎么我刚才听说你还不大愿意，还要过几天才给白少爷回信儿。傻、傻，我的傻丫头呀，怎么长着这么一颗榆木疙瘩的脑袋，跟你那老爹可真是一根筋连在一块儿了！你、你要把老娘我急死啦！”

“妈，您说够了没有？我并没有说一定不去呵，这是件大事，我得好好考虑考虑。这，您也容不得么？要着急，您跟着他去！”

一句话，又把妈妈呛了个大筋斗。柳明妈白了女儿一眼，刚露怒容，立刻又满脸是笑：

“那好！闺女、宝贝儿，那是得多算计算计，也得多准备准备。可是话又说回来，算计什么呀？跟着阔女婿留洋，这年头不是常有的事儿么？当年赛金花不是还跟着她那状元男人到德国去当大官太太……”

“放屁！不懂的事，少胡说八道！”没容柳明生气，父亲柳清泉蹿到里屋来，冲着老婆子瞪眼吼道，“赛金花是个什么东西！婊子！妓女！知道么？她是给人当姨太太出洋的。不嫌丢人现眼！为了出洋，你这糊涂虫，怎么要把闺女当下三烂卖了呵？”

见老头儿生了大气，女儿也气得满脸涨红，这位多嘴的柳明妈，才扭过头不出声了。半天，她拉住女儿的手，赔起不是：“好丫头，别生气。怪妈大字不识，没知识，说错了话。丫头别怪——大人不见小人怪嘛。”

柳明噗哧笑出声来，把手一甩：

“什么大人小人的！妈，您这张嘴真该找两个把门的，要不，我用手术针给您缝起来……现在，不跟您费唇舌了，我这就去找苗虹，好几天不见她了。”

“欧，你是跟她商量你留洋的事吧？是得跟好朋友说一声。丫头，外边街上乱糟糟的，叫人不放心，叫你兄弟陪你去吧！早去早回。”

柳明没出声，拉着弟弟的手就走。

高雍雅在苗虹家。当年北京大学学生南下示威的领导人之一的罗大方——现在改名吴华林的，也在苗虹家的客厅里。

他们见柳明进来，三个人的表情不一样，苗虹先跳起来，搂住柳明的脖子，低声说：

“北平完了——明姐，你怎么也跟着倒下啦？你那个小白脸怎么样啦？”

高雍雅站起来，和柳明握手寒暄：

“密斯柳，未来的医学博士，少见了！身体还好么？”

只有吴华林，活泼潇洒，又很严肃：

“柳明同学，卢沟桥头，你很勇敢——我知道你抢救了一些伤员，很能干的。可是，北平的枪声一停，就难得见到你了。”

柳明的脸微微一红，拉住苗虹并肩坐在沙发上，睇视一下三个人，轻声说：

“北平要失守了，我好像也要失业了。心里不舒服，只好躲在家里。……

苗虹抢着对在座的两个朋友说：

“我去看明姐，拉她出来看看，转转，可是，真怪，她变得足不出户了。连小脸都拉她不动。明姐，究竟是怎么回事？怎么一下子变得这样消沉？”

“消沉？”柳明听到这两个字很刺耳。可是一想，几天前听到宋哲元逃离北平，北平沦亡在即的消息之后，她确实足不出户了。“消沉？难道自己真的消沉了……”柳明胡乱地思忖着，竟忘掉屋里的三个年轻人都在望着她。

“明姐，刚才听吴华林说，现在北平还不算真沦陷，大批的青年学生——多半都是各大院校的大学生，不愿意当亡国奴，都纷纷离开北平去找抗日的路了。当然，也有剃了光头——怕是知识分子，准备留下来的。明姐，咱们怎么办呢？我也愁起来啦！也不知道怎么是好啦！咱们以后怎么办呢？”

听了苗虹的话，柳明的心，狠狠地动了一下。不愿当亡国奴的大学生们，都纷纷离开北平去找抗日的路了，可是自己——“到日本去学习——深造——医学博士……”这几个字眼在心上一跳，一蹦，好像一根根钢针，狠狠地扎着什么地方。她的脸色由红转白，一句话也说不出来。

“明姐，你脸色怎么这么难看？病了么？我跟小高正商量着，要不，咱们都到南方去。我爸爸认识国民党里的人；小高爸爸在那边也有不少熟朋友。我们就跟着国民党抗日去好么？”

柳明仍然沉默着，这时，一个熟悉的影子蓦然跳到眼前来——曹鸿远。他是抗日的，但他绝不是国民党。二十九军为什么打败仗？他不是说蒋介石不肯出兵支援么？是这样的！如果国民党开来大批军队，和二十九军一起坚决抵抗日本侵略者，佟麟阁、赵登禹这些二十九军的高级将领，何至于牺牲……柳明想着，对苗虹他们想去南方的主意，有点儿不以为然。然而，她又感到羞惭，自己还准备去日本呢，有什么资格去评论别人的短长！

“柳明同学，你准备到哪里去？”吴华林含着微笑，单刀直入地打断了柳明的思路。

“不知道。”柳明摇摇头，脸又红了。

“北平沦陷在即，天津也岌岌可危。日本侵略者野心很大，正准备向全中国伸出战争的魔爪。逃出北平，是个办法；但不是彻底的办法。”吴华林温和地说着，没有一点激昂慷慨的语气，“咱们青年是国家的栋梁，是祖国的未来。在这面临十字路口的关键时刻，选择走哪一条路，可是关键的关键！”

“关键的关键！”柳明在心里狠狠地重复着这句话。有些问题她还闹不太清，想问吴华林，但和这个人仅仅在卢沟桥慰劳、救护二十九军时稍有接触……此刻，她心绪缭乱，更不想张口了。

“明姐，咱们一定一起走！爸爸妈妈都想到南方去。带着我，当然也可以带着你。你舍不得那个小白脸么，叫他也跟咱们一起走！”

“满嘴胡说！”柳明最不爱听苗虹把白士吾叫“小白脸”，可是，任性的苗苗，偏爱这么叫。有时气得柳明擂她几下，可也没用。她一高兴，还是这么叫。“苗苗，国民党抗日并不积极，二十九军怎么失败了？北平怎么就要失守了？你知道这原因么？”柳明板起脸来，像问苗虹，又像问其他人。

“你考不住我，我知道一点。可是要想抗日，要想不当亡国奴，不向南走往哪儿走呵……啊，想起来了，那位曹鸿远好像是西边的——延安那边的人。延安抗日是比国民党坚决。可是，这乱糟糟的，怎么去延安呢？又到哪儿去找那个曹先生呢？自从爸爸替他买了药——”说到这里，苗虹把舌头一吐，知道自己说走了嘴，急忙刹车，苹果样的圆脸涨得绯红。

屋里的几个人沉默着。

柳明也想到，如果曹鸿远在这里，他会给大家出些好主意。可是，一想到自己有心和白士吾去日本——那，这个人——这个人——似乎曹鸿远这个人又有些可怕了。

她怏怏地回到家中。白士吾又在家里等她。他知道柳明去了苗虹家，但他有点怕苗虹那张嘴，没去追她，却在等她。

一见柳明，他立刻捧起一个大哈密瓜送到她跟前：

“小柳，我等着你呢，你一回来咱们就打开瓜。我特别爱吃新疆的这种瓜——我喜欢，当然，你也会喜欢。”

“我不喜欢——我吃不起。六七毛大洋一斤，够穷人吃一个月的棒子面了。”

“瞧你，丫头，怎么回事，吃了枪药啦？怎么对白少爷说话这么不客气呀？他为了你，大热天好不容易买来这个瓜。怎么还跟人家摔脸子！你也太狂啦，官儿还不打送礼的呢……再说，你就要跟着他上日本去了，还不高高兴兴地准备准备。往后，可不许你再出去瞎跑了。”

柳明妈自顾自地唠唠叨叨，小白拉着柳明早进到里间屋里。

那双闪亮的十分柔情的大眼睛，盯在柳明的脸上转了转，然后坐在她身边轻声说：

“小柳，什么事这么不痛快？苗虹那位快嘴姑娘又说了些什么吧？”

柳明直率地告诉白士吾，苗虹他们要想去南方，也叫她一同去的事。白士吾立刻大吃一惊，声音都变了：

“小柳，你也想去南方么？那可不成！咱们的船票都定好了呵！至迟不能超过八月十号……”

“我并没答应跟他们去呵，瞧你急什么。”

白士吾长吁了一口气：

“那就好了，我就放心了。咱们快吃瓜，吃完了，我带你上瑞蚨祥绸缎庄去扯料子。你要多做几件漂亮的绸缎旗袍——平日，你太朴素了，以后出了国，又是一位少夫人，一定要打扮得——不打扮，你已经出人头地了；再一打扮，那还不倾城倾国……”说着，从自己的裤袋里，掏出一个雪白手帕包着的小包，打开小包，现出一个金光闪闪的首饰盒子。再打开盒子，又现出一颗晶莹碧绿的发着耀眼光芒的宝石戒指。戒指捧在白士吾的手上，闪烁在柳明的眼前。她还闹不清是怎么回事，白士吾已经把宝石戒指戴在柳明的右手食指上。他满脸喜色，还在那只戴着戒指的手指上吻了一下，“亲爱的，你答应我一起走吧！这是咱们的订婚戒指——它是我外祖父庆亲王送给我母亲陪嫁的礼物——猫儿眼，无价之宝呵！”

柳明突然像在梦寐中。怎么回事？又是宝石戒指，又是猫儿眼，又是庆亲王，又是陪嫁……生在穷教书匠家中的她，对这些物品，毫无知识，也毫无兴趣。她迷糊地想：去日本就要成为他的妻子，就要穿绸缎衣服、戴宝石戒指，以后说不定还要跟着这位阔少过起荣华富贵、纸醉金迷的生活。什么医学博士，什么科学的金字塔会不会全成为泡影？柳明忽然感到一阵难言的怅惘，她仰头望望白士吾喘吁吁地愣了一会儿，接着把戒指摘下来，放在白士吾的手心里，冷冷地说：

“我要这个有什么用！还给你母亲吧。”

“那、那，订婚戒指一定要有的呵！”

“我们有好些同学，两个人恋爱了，就一起同居。全部嫁妆不过是公寓里的一间破房，一张破床，一条被子，什么值钱的东西也没有。他们不是也很幸福么？”

“那是他们没有钱，不得不如此呵！小柳，你的拗劲又上来了。我阿爸阿妈现在都很喜欢你了。阿妈就我这一个儿子，她知道你是个好姑娘，就把她戴了五十年的这只珍宝送给你。不说它价值连城，也是稀世珍宝。你怎能不要呢？这一来，不但我伤心，我阿妈也要伤心的呀！小柳，你就戴上吧！”说着，白士吾拉过柳明的手，又要把宝石戒指往她手上戴。

柳明手一缩，又一甩，戒指几乎掉在地上。白士吾一把接住，白脸变红了：

“小柳，你、你、你怎么这样？你是不是不跟我好——不想跟我出国了？你打算干什么去!?”

“我并没有答应一定跟你走呵！干么这么性急，就先要订婚，先要用金银财宝把我拴住！我跟你说过，学业没有成就，我绝不订婚，更不结婚。这一点，跟你说过无数遍了，你怎么就是听不见！三军可夺帅也，匹夫不可夺志也。真是燕雀安知鸿鹄之志！”柳明说着，说着，忍不住提高了声音。

白士吾愣住了，他没有料到柳明竟然说了这番话。

这时，母亲在外屋咳嗽敲门：

“丫头呵，快开门！该吃瓜啦。全切好等着你们呢……怎么，又吵嘴啦？明丫头，十回吵嘴，八回该你的不是！你这犟脾气，什么时候才能改改呵！”

白士吾开了门，柳明妈端进一大瓷盘切好的哈密瓜。

柳明不说话，白士吾也不出声。二人闷闷地吃着瓜。

忽然，老太太怀里抱来一大堆颜色鲜艳、质地轻柔的上好的绫罗绸缎，里面还有考究的印度绸和乔其纱，一撒手全放柳明的小床上。床上立刻五颜六色、光彩夺目，像一座花团锦簇的小山。

“明丫头，往后你也该打扮打扮啦！这都是白少爷前些时陆续给你买的，他叫我给你积攒着。现在，你们快出国了，赶快拿到裁缝店里去做吧！晚了，就赶不上趟了。听说，外国做衣裳手工钱可贵哩！再说，他们也不会做咱中国的旗袍呵。”

柳明望着一床的漂亮衣料，有些腻烦，有些好奇，也有些感动。买这些东西，白士吾花了许多钱不用说，他还要花费多少心思挑选呵……她坐在床沿，一边看着，一边把衣料一块块地叠了起来，最后都叠得整整齐齐了，这才望着白士吾微微一笑：

“小白，别怪我，你给我买这些高级玩意，我不感兴趣。有这些钱，你还不如替我装备一个实验室，或者买一架X光仪机……”

百无聊赖的白士吾，用打火机点燃一根纸烟吸起来。他仰在椅子上，看着一圈圈吐出的烟圈，心里堆满了失望的愁云。

第十七章

清早五点多钟，柳明妈正在升火炉、打扫院子的时候，突然听到街门砰砰敲响。

“谁呀？这大早就叫门来啦？”

“我找柳小姐——柳明。劳驾，请您开开门。”门外答话的是个青年男子，嗓音有点儿嘶哑，但很和蔼。

大清早上，来找女儿的又是个陌生男人，柳明妈不禁大吃一惊！宋哲元逃走了，二十九军叫日本人打散了，鬼子就要占领北平城了……在这兵荒马乱的时候，大清早就有人来找女儿——莫非她参加救护伤兵的事叫日本人知道了？莫非日本人派汉奸来整治她？……老太太吓得心里怦怦乱跳，不去开门，径直跑到女儿正在睡觉的里屋床边，风风火火地压低嗓门喊道：

“丫头！闺女……明儿！明儿！赶快起来！有人抓你来啦！”

柳明一骨碌从小床上坐了起来，皱起眉头盯着母亲：

“妈，您见了什么人，这么蝎虎？抓我的人在哪儿？”

“就在咱家的街门外，点着名儿要找你……”老太太拍着巴掌，急得满脸冒汗。

柳明跳下床，穿上鞋，从头顶套上月白色洋布短旗袍，系好钮扣，站在当屋地上想了一下。听听门外还在喊她的名字。她一狠心，也不顾母亲的拦阻，几步就跑到大门口，门闩一拉，门杠一放，把两扇街门呼啦一下子打开——原来站在门外的是面色苍白、推着自行车的曹鸿远。

柳明十分意外。怎么这个人，突然找到自己家里来了。她不大自然地堆起笑容，心里竟突突地跳了起来。

“您来了……请进来坐吧！”柳明满脸绯红，站在冷清的街门口，想让曹鸿远进屋去。

曹鸿远看了柳明一眼。这个平日文雅、沉静的女孩子，今天怎么显得那么慌张、不安？他有点儿奇怪，但又不好多问。只淡淡地说：

“小柳，你出来一下，咱们谈点事情。”

“好，那您不进来啦？”

“我不进去了，你出来吧！”

柳明刚要迈腿走出门去。突然，母亲一把拉住她的胳膊，像两把老虎钳子把她紧紧挟住：

“丫头，你上哪儿去？这么大清早，外边又那么乱……”

柳明看了母亲一眼，指着曹鸿远说：

“这位曹先生是熟人，他找我有点事情，一会儿就回来。”

柳明妈使劲看了曹鸿远几眼——看他沉静、和蔼，笑吟吟的不像是坏人，这才放开柳明的胳膊，拐着两只小脚，急步迈出街门外。在这儿，她又对着曹鸿远上上下下打量起来。打量够了，看出这是个挺文雅稳重的小伙子，便放下心，睨着柳明说：

“日本人快进城啦，你可得快点儿回家来呀！往后呵，我可不许你这个大姑娘家到处乱跑了！”

柳明没搭理母亲，推着曹鸿远的车把就想走。鸿远却没立时走，他望着这位对自己打量不休的老太太，笑笑说：

“伯母，早上好！我找柳明有点事，她一会儿就回来。您放心吧！”

“去吧！去吧！”柳明妈对曹鸿远那种谦恭有礼的神态挺满意，脸上露出了笑容。

太阳刚露头，晨雾还没有消散，柳明随着曹鸿远走在寂寥冷清的小胡同里，心里惊奇、纳闷，再加上一种自己也说不清的感觉，以致心头不住地怦怦乱跳。走出胡同口，转了一会儿，来到一个小湖边上，看看四处无人，鸿远这才停住脚步对她说：

“小柳，今天下午一点钟，你尽量打扮得漂亮阔气点，还要打一把十分鲜艳的洋伞，跟我去办一件重要的事情，可以么？”

“啊！什么重要的事情？还要打扮？还要打洋伞？”柳明一听鸿远的话，更加惊奇、纳闷了，不禁露出疑惑的神色。

“什么事现在先不告诉你。只告诉你，今天下午日本人就要正式开进北平城。北平也就沦陷了。你肯去么？”

“好，我一定去！”柳明意识到事情的重要，满口答应下来。

“中午十二点钟，你必须打扮好，在天桥大街上，路东双义饭馆门前等我。千万不能延误一点时间，也千万不能告诉任何人！”

“好，您放心好了！我一定准时到。”

鸿远又盯问一句：“你妈妈真疼你，她能让你去么？”

“放心，她可扯不住我的腿！什么人也扯不住我的腿！”柳明高兴地一甩短发，那双黑亮的大眼睛，蓦然荡漾起明媚的春光。

从西北天际升起的乌云，遮住了七月末的骄阳。晴朗的天空逐渐灰暗起来。空气中蒸发的热气，混合着街道上的滚滚尘埃，像浓雾样笼罩在昏沉的上空，似乎要把整个北平城窒息、闷死。

象征着中华民族几千年文明历史的永定门城楼，像个被人凌辱的老人，颤颤巍巍地蹲在逐渐灰暗的天空下，他的口里——巨大的门洞里，似乎发出了沉重的叹息：“唉……”

它怎么能够不叹息呢？

看，在它——门楼的两侧各插上了一面临时挂起的太阳旗，多么像两把利剑插进了老人的腰间。不仅如此，门楼上还出现了这类奇怪的大布告：

大日本华北派遣军司令部布告

大日本天皇陛下，为振兴东亚，扫除共党；为日中亲善，拯救中国；大日本皇军兹定于今日午后进驻北平。仰北平全体市民、工商各界届时勿惊，特此知照。

此布

大日本华北派遣军

司令官佐佐木正雄

昭和十二年七月三十一日

民国二十六年七月三十一日

随着许多围观群众的叹息声，一些用木盒装着、挂在城墙上和各处大街上的播音喇叭，也在反复播送着日本军队举行入城式的布告。一个女报告员娇滴滴的声音，发出了一阵阵令人肉麻的尖叫：

“北平广播电台——P、P、B、C——下面播送大日本华北派遣军司令部布告：大日本天皇陛下，为振兴东亚——为扫除共党——为日中亲善——为拯救中国……兹定于今日午后，举行北平入城式……”这撕裂人心的广播声时时被喧嚣的人声所打断。广播新闻刚结束，流行歌曲立刻发出靡靡的刺耳尖声，响在街头的上空：

卖夜来香呵！
卖夜来香呵！
花儿好，不久长，
有钱的人儿快来买，
莫等人老珠黄花不香……

柳明按时在中午十二点到达天桥南边的双义饭馆门前。她穿着淡绿色绸子旗袍，肉色长筒丝袜，白色半高跟皮鞋。一手打着一把漂亮的绿花绸子洋伞，一手提着一只带金边的绿漆皮包。她一打扮，更显出她那修长窈窕的身材，好像一棵袅娜的青青杨柳，又像衬着碧绿荷叶的芙蓉。她刚站在双义饭馆门前没有两分钟，鸿远身穿一身米色料子西装、头戴崭新的巴拿马草帽，脚上着一双白漆皮鞋——像一个时髦的阔少，又像一个有钱的大学生，风度翩翩地走到她身边，微微一笑：

“进去吃饭吧。看电影的时间还早着呢！”

“呵，你来啦……”柳明对鸿远笑着点头。一扭头，只见一辆人力车停在不远的马路旁，那个洋车夫正擦着汗——不是别人，原来是王永泰。

“就在这儿吃饭？”她向王永泰一努嘴，“你的车夫怎么办？”

“给他称两斤大饼就行了。咱们进去吧!”

天桥南边，永定门里，数这个饭馆最大。柳明随着曹鸿远穿过楼下只有几个零落顾客的饭堂，进到楼上一间临街的雅座里。这是个小单间，门上挂着半截白布帘，两个人挨着一张八仙桌子靠窗刚坐下，跟着进来的伙计，肩搭一块白毛巾，满面带笑，恭敬地问道：

“少爷，小姐，二位吃什么?还是先沏壶茶喝?”

鸿远望着这二十多岁的店伙，熟谙而气派地说：

“沏壶茶，要上好香片。随后再上饭菜。”

伙计诺诺连声地下楼去了。

鸿远对柳明挤挤眼，故意提高了声音：

“你听见广播了吗?今天午后日本人要举行入城式啦!听说从南苑、丰台一带开过来，就从永定门入城。”

柳明咬着嘴唇，睁大眼睛使劲点了一下头。她不明白曹鸿远说这些话是什么用意，用迷茫的目光看着那张苍白的脸，低声说：

“开就开进来吧。咱们有什么办法不叫他们进来呢?”

“千载难逢!咱们吃饱了，闲着没事看看热闹吧。”说着，鸿远站起身，走到开着的纱窗前，向街上各处扫了一眼，然后，仍旧回到座位上。

伙计端着一壶茶水和两个小茶杯上楼来了。一边往茶杯里斟着刚沏的茶水，一边搭言说：

“日本人今天要进北平城啦!二位没听见广播么?城门上还贴着入城大布告呢。”

鸿远和柳明只望着他点头，没有出声。伙计估计这是一对情侣，不再多说什么，转身下楼去了。

鸿远起身到楼上各个单间雅座都掀开帘子望了一下，见没有别的顾客，整个楼上就只有他和柳明两个人。他走回来坐下，在柳明耳边低声说：

“下午四点钟日本人进永定门。城墙上，咱们的游击队已经准备好给他们一顿点心吃。咱们两个跟王家父子的任务是在城里城外这一带负责侦察情况。吃过饭咱们就混到人群当中去。日本人进城以前，他们一定会先在城墙上侦察的，咱们游击队等日本人侦察过后，就埋伏到城墙上。当日本人进城的时候，如果没有发觉城墙上的点心——就是埋伏，你就把洋伞撑开，举起来连着晃三晃，然后收拢来。完了咱们就上陶然亭去。万一情况有变化，你就不必撑伞、晃伞，立刻坐上王永泰的洋车快走。其他的事你就不必管了。”鸿远说到这里，忽然提高了声音，“密斯李，喝水吧！看这天气多闷热……”

柳明听着这低低的好像下达命令的声音，像战士听到战斗的号角，心里又喜又惊，跳个不停。她兴奋，自己终于加入到战斗的行列里来了。却又有些担心，自己能够很好地完成任务么？那洋伞怎么撑起来晃三晃、收拢来？什么时候晃三晃、收拢来……她瞅着鸿远轻声说：

“那您可别离开我——我不知道什么时候撑开、收拢……”

鸿远点点头，没出声。他喝着茶，悠然地哼起那支流行歌曲：

卖夜来香呵！
卖夜来香呵！
花儿好，不久长……

看着鸿远那风流倜傥、镇定自若的神态，柳明忍不住抿嘴笑了。一种异常新奇的感觉冲击着她的心房——呵，多么有趣的、神秘的、神话般的生活呵！和他这样的人在一起真有意思！

吃罢饭已经午后二时了。出了饭馆，柳明撑开洋伞，两人并肩走在马路旁的人行便道上。喧嚣、杂乱的天桥一带今天变得冷清起来，那些唱曲般的叫卖声、吆喊声听不到了，马路上熙熙攘攘穿梭似的人群、车辆也看不见了。人们都涌到永定门里外的便道上，怀着惊慌而又好奇的心情去观看日军入城式。

“他妈的，养兵千日，用兵一时，二十九军抵挡不住，你姓蒋的为什么不出兵来打打日本……”

“别看这些畜类耀武扬威，兔子尾巴——长不了！”

人群里不断发出怒骂声、悲叹声，有的年轻人和妇女的眼里还含着泪水……

午后三时，空旷的马路上，行人和车辆全部断绝了。只有奉命维持秩序的国民党警察，仍穿着那套黑色制服，手上举着木棒，跑来跑去向拥到马路边上的人群吆喝着：

“日本皇军快进城啦！戒严！都上胡同口里去欢迎！”

有人怒视着警察，慢慢退到胡同口去。

有人边走边骂：“这可找着后爹啦——当汉奸倒挺卖劲儿！”

警察刚要去追骂他的人，一个撑着粉红绸洋伞的姑娘把他拦住了：

“我说，警察先生，你们辛苦啦！”

警察见是个穿着花绸子旗袍、细长身材、而且十分美貌的姑娘跟他说话，怒气立刻消了，忙趋到姑娘身边笑着说：

“我说小姐，您还不赶快回府？这日本人马上就要过来了，您这年轻小姐……”

听了警察的话，那姑娘并不惊恐，也不生气，俊秀的瓜子脸上，露出淡漠的神情说：

“日本人有什么可怕！？可怕的倒是中国人自己不争气——我就是要站在这儿，看看日本鬼子能把我怎么样！”

“对！这位小姐说得对！”人群里发出赞许声，又一拥向前。

那个警察刚要举棒驱赶人群，一个挎着破篮子、身材高大的老太太，猛然呼叫起来：

"老天爷呀，你真要我这苦老婆子的命啦！鬼子占了东三省，我一家五口死了三口，好不容易才拉扯着小儿子从虎口里逃生出来——今儿个、今儿个，鬼子又要占领北平城啦！我，我们往哪儿逃呵？我们可怎么活下去呵……"说着，摇晃几下，咕冬向道边一栽——老人晕过去了。

鸿远站在不远处，认出这晕倒的老太太正是张怡介绍他认识的裕丰药房的小伙计华兴的母亲。他心里一惊，很想跑过去扶起她。但一看自己这身衣服，再一想到紧急任务，只得忍住，像看热闹似的站在一边。

拿粉红洋伞的姑娘急忙把伞挟在腋窝里，一把抱住老人喊道：

"中国不会亡！您老人家会活下去的！"

随着姑娘的声音，人群也应和着喊起来：

"中国不会亡！"

"中国不会亡！"

人们呐喊着、悲呼着，把老人搀扶到路旁一家店铺里去。

柳明和曹鸿远并肩站在路旁，被群众激愤悲痛的情绪感染着，互相望望没有出声。使他们惊异的是，那个拿着粉红洋伞在群众中进行宣传的竟是他俩都见过的路芳。柳明想挤上去和自己钦慕的女性打个招呼，曹鸿远轻轻一碰她的胳臂，她会意，立刻止住步子，扭头看着他。两个人慢慢地向空旷的永定门前走去。

警察看他们衣着阔绰，互相挽着臂膀，像一对情侣，瞪了一眼，也没理会他们。

他们漫步出了永定门。这儿路旁也围着等候观看日军入城式的人群，喇叭里也在播送日军入城式的布告。柳明一眼发现人群里面还有王福来——只见他头戴破草帽，身穿灰布旧长衫，肩挑两只破竹筐，手里还拿着一只银元大小的小皮鼓敲打着，吆喊着。原来，他化装成了个"打鼓的"。柳明扭头对身边的鸿远微微一笑，轻声说：

“他怎么到这儿收买破烂来了？”

鸿远摇摇头，暗示柳明不要出声。他呢，不慌不忙，既不看人群，也不看王福来，只静静地站在一堵粉墙前，观看一张贴在上面的红红绿绿的招贴画。画上印着一个西洋金发美人的半身像。

金喉歌后葛雷丝摩亚主演《鸟语花香》——
特请参加英王加冕典礼——
“绝代佳人”不可不看……

这张电影美人的画像旁，贴着一张报纸。上面的赫然大字触人眼帘——

津昨竟日发生激战。河北一带悉成焦土……

“焦土——一片焦土……”鸿远轻声呼出这令人心酸的字眼。可是表面上他神色自若，挽着柳明的胳臂，一派悠然。

柳明心里暗暗想道：应当像他那样沉着、冷静……可我为什么总是这么心慌意乱的……正想着，听见王福来打着小鼓，拉着长声，在人群里大声吆喊起来：

“破烂我买——有破衣烂裳、旧鞋、旧袜子我买……”

人群中有人嫌他嚷嚷，冲着他喝道：

“我说打鼓的，你做买卖也不看个时候——这是什么功夫呵？日本鬼子眼看就到了，你还……”

“知道！知道！”王福来和善地说，“北平立时就要归日本占领啦！亡国大祸就要临头啦！我是个中国人，怎么能不知道！可是，不打鼓做点买卖，今儿个的窝头就混不到肚子里呵……”

人们用同情的目光望着这个有爱国心的小贩，任由他来来回回地吆喊，不再说什么。

四点钟了，天气更加闷热。太阳有时露一下头，有时又被浓厚的乌云遮盖着。

永定门外的人群，突然骚动起来，有人尖声喊道：

“看！那边日本人过来了……”

“日军进城了，大家欢迎！”几个警察一边跑着，一边向街道两旁的市民吆喝着，举着棍子把人们向胡同里驱赶着。

这之前，柳明跟着曹鸿远又从永定门走进城里来了。挨着城墙里边有一片开阔的空地，过了空地才是街道。两旁有些店铺和住家。他俩好像一对故意躲避着人群的情侣，曹鸿远仍然挽着柳明的胳臂，双双走在这空旷的城墙边上。柳明虽然一直脸红心跳，不好意思，但她知道这是在执行任务，一种隐隐的幸福感，反而阵阵冲击着她。

下午四时正，当人群惊喊着日军就要进城的时候，他俩已经混在人群中站在马路旁的一个胡同口上——这儿离城墙门洞不过二百多米。日军入城式开始了。

先是一队军用的黄色摩托车，缓缓地从南边开了过来。前边的两轮摩托，由单个日本宪兵驾驶着。宪兵们左肩斜挎着装上皮套的“安兜式”手枪，皮带左侧吊着战刀；左臂戴着白布袖章，上面印着拳头大的“宪兵”两个红字，显得十分刺目、耀眼。接着是三轮摩托过来了。它的挎斗里，坐着日本宪兵的下级军官和戴着红箍大沿帽的日本陆军特务机关的下级军官。摩托车开进永定门之后，接着开过来的是两辆黄色吉普车，帆布车篷都折叠在汽车后部。第一辆车里站着四个大鼻子洋人：一个穿着德国军服，一个穿着意大利军服，两人腰间都挂着手枪。这是两个随军记者。另外两个穿西装的则是英国“路透社”和美国“合众社”的特派记者。他们都是准备采访这次日本进驻北平的惊人新闻的。这四个记者都脸朝后站着，个个手里举着摄影机。第二辆汽车上则站着四个日本记者——两个随军记者，两个《朝日新闻》和《读卖新闻》的特派记者，四个人也都举着摄影机脸朝后站在车上，准备随时拍摄这次进入北平、显示日军赫赫战果的精采镜头。

跟在这两辆汽车后面的是骑兵部队。疲惫的军马垂着头，喷着响鼻，马身上散发出一股刺鼻的骚腥气味。骑兵过去了，紧接着是炮兵。由十几匹或五六匹马牵引的木轮炮车，驮载着不同类型、不同口径的火炮。军马上还骑着炮手。这些由轻型、重型火炮构成的队列，一眼便可看出不属于同一个建制，而是临时拼凑起来向中国人炫耀武力的。

炮兵队伍后面是步兵。它的先导，是一面由一个威风、骄横的旗手举着的日本军旗。步兵分成四路纵队向城里行进。他们的的卡其布军服被汗水渍透，泛出了一圈圈白色的汗斑。他们的战斗帽后面飘垂着几块布条条，活像正在忽扇着的两只猪耳朵。

步兵进城不久，出现了一辆指挥车。车子里坐着一个五十岁左右、留着一撇胡子的日本高级军官——入城式的指挥官。他笔挺的军服前面挂着两枚“军功”勋章，肩上挎着黄色绶带，戴着白色手套的手里握着高级军刀。他神色严峻，目不斜视，一副典型的日本军人的骄横神气。两边座位上，还有两名日本军官陪同着。汽车缓缓地行驶着，尾随车子后面的又是源源不断的步兵，每队步兵都挑着日本军旗……

军马杂乱的蹄声，炮车木轮的吱呀声，士兵军靴上的铁钉和路面的摩擦声……在这些刺耳的噪音中仿佛轰响着一种撕裂人心的惨痛呼声：“北平——我们的文化古都，今天，你沦亡了——沦亡了……”

日本兵摆出一副胜利者的姿态，旁若无人地穿过城门洞继续向城里行进着。他们既没有看见街道两旁的北平市民，也没有看见那些维持秩序的警察向他们立正敬礼的卑恭动作；对那一小撮手拿纸糊的太阳旗、臂戴日本旗图案袖章向他们鼓掌致敬，表示欢迎的中国顺民，似乎也并不感兴趣。一双双眼睛活像镶嵌的鱼眼，瞬也不瞬、动也不动地直视着前面……

“至圣的主呵，眼前的这些人是救世主呢，还是魔鬼？请给我以启示！我好回答您的可怜的有罪的孩子们。阿门！”一个教士，铁青着枯木般没有表情的长脸，在胸前画着十字。

周围的人厌恶地望着这个喃喃自语的教士。柳明也望了这个教士一眼，她刚要说什么，曹鸿远却紧紧捏了一下她的手——这是叫她撑开洋伞、举起来连晃三晃的暗号。

柳明的心立刻激跳起来。她把洋伞一下子撑开了，接着，高高地举起来，连晃三晃。

就在同一个时间，忽见那个美丽的路芳也在马路对面撑开了洋伞，高高地连晃三晃。

也在这同一时间，城外面，紧挨城墙挑着挑子的王福来忽然用力敲起响亮的小鼓，高声喊道：

“日本人进城啦！我这买卖做不成啦……”说着，喊着，疾速地溜进了一条小胡同。于是，就在那辆指挥官的汽车刚刚穿过城门洞、开到那片开阔地时——突然，轰隆隆！仿佛从天地之间发出了一阵惊人的巨响。

轰！轰！轰……随着手榴弹爆炸的巨响，随着升起的冲天烟柱，正襟危坐的日本指挥官和他身旁的两个少佐被炸得七零八碎地抛出了车外。指挥车也被炸瘫了，狼狈地停在一些被炸死的日军尸体旁。

一面耀眼的军旗被气浪吹向空中，在空中旋转了几下，然后斜刺里飘落下来。黄澄澄的旗枪头插在城根前一座公共厕所的墙头上，和厕所墙上贴着的“专治花柳”、“专治五淋白浊”之类乱七八糟的广告奇妙地混和在一起。

已经开到前面的那辆德、意、英、美记者乘坐的汽车，听见了爆炸声，立刻开足马力，左弯右转地越过摩托群，向前门内的东交民巷飞驰而去。

当市民们怀着惊喜的心情，匆匆离开马路奔向各自的家门时，曹鸿远拉着柳明急步走向路西的一条胡同——胡同口上停着王永泰的洋车。鸿远把柳明往洋车上一推，随即自己也登上车去，挤在柳明的身边。站在车旁满脸喜色地向城墙那边张望着的王永泰，一见他们上车了，急忙说：

“呵，老主顾来了！上哪儿去？”说着，他抄起车把，对曹鸿远咧嘴一笑。立刻，像一辆开足马力的摩托，如飞般跑进了另一条小胡同口。

第十八章

日本人进城后，北平的市面秩序逐渐安定。店铺已照常营业，马路上也人来熙往。在许多街道和胡同里，都可以见到日本太阳旗——它代替了国民党的青天白日旗，而且显得更多、更耀眼。

柳明不再出门。白士吾却在听差王升李顺保驾下，几乎每天都要去看她。这天，他强拉柳明去逛故宫，好叫她散散心。柳明打电话，约苗虹和高雍雅一起去。上午八点多钟，四个年轻人，走进了故宫后门——神武门。

八月初，北平的天气炎热难当。午后，人们更热得不愿出门。只有在上午，故宫的神武门前才出现少数游人——有中国人，也有一些日本军人或商人带着他们穿着和服、花枝招展的妻女，大摇大摆地来逛故宫。

柳明和白士吾、苗虹和高雍雅走进故宫里，顺着东墙根，缓步向南面太和殿一路走去。

这是个大晴天。上午九点，故宫的黄色琉璃瓦顶，在阳光照耀下，闪射出晶莹却又有些刺目的光芒。宫墙和一座座相连的殿宇，在朝阳斜射下，掩映出一片片闪动着树影的阴凉。由于无人修理，一段段宫墙根前长出了丛丛杂草和各种颜色的小野花。成群的麻雀扑在野草丛中唧唧喳喳地捕捉昆虫。时或，什么声响惊动了它们，忽地一声，成群地飞落到宫墙上。窥伺一阵，见没有什么，一只只仍又唧唧喳喳地扑落在草丛中。

今天，白士吾打扮得分外漂亮：一身笔挺的白色料子西装，还把白绸衬衫的领子翻到外面，脚上的白漆皮鞋和一头打了发蜡的黑发互相映衬，显得风度翩翩，潇洒自如。走在他身旁的柳明，却身穿短袖的、下襟开到膝头的白洋布旗袍，脚着白线短袜、白皮凉鞋，和身旁的白士吾一比较，显得格外朴素而又动人。

她不声不响地走在白士吾身旁，对那些褪了红色、一派颓败景象的殿堂和游廊，好像不曾看见一般，两眼直直地望着前面。白士吾却眉飞色舞地想逗她说话：

“你看，苗虹今天打扮得多漂亮！她穿着绸衬衫纱裙子，可比穿旗袍好看——这可以露出一种活泼、健康的美貌来。我可不喜欢高雍雅那副扮相：留着老长的头发，戴着深度的近视眼镜，连皮鞋的带子都没有系好。上等料子的西服穿到他老先生身上，总是皱皱巴巴的……小柳，你今天为什么不打扮得漂亮一点呢？我托人从上海给你买来的那些料子，你为什么全退还给我了？为什么不做几件漂亮的衣服穿穿？”白士吾自言自语似的说到这里，话头一停，双眼紧紧盯在柳明的脸上，“小柳，今天你好像很不高兴，为什么？不过你不高兴倒反而更加好看了——眉蹙春山，愁含眼底，真像林黛玉——小柳，我背诵一首词给你听听——不，我就背最后几句吧：‘墙里秋千墙外道，墙外行人，墙里佳人笑。笑渐不闻声渐悄，多情却被无情恼……’小柳，你知道这是谁的词么？”

“瞧你瞎扯什么！我没有心情听你这些玩意儿！”柳明白了白士吾一眼，愁闷地说，“白士吾，你瞧瞧那些人！”她用嘴巴轻轻朝着前边不远处的几个日本男女一努，微微叹了一口气，“当了被奴役者，难道还该庆贺么？瞧你这么兴致勃勃地打扮自己，还念起什么多情的诗词，真是‘商女不知亡国恨！’——我真替你害羞！”

“小柳，请原谅！”白士吾也瞟了那几个趾高气扬的日本人一眼，轻轻摇摇头，“已经是既成事实，我们手无寸铁的学生之流，又能怎么样？小柳，我很担心你的情绪，所以今天特地约你出来散散心。怎么，你把小苗他们俩带来干什么？这样咱们谈话多不方便……”

“人多点热闹。心烦死了，不是你拉着我，我根本不想来。”

“我真不明白，什么事叫你这样儿愁苦？告诉我，小柳，告诉我！有什么事你不该瞒着我呀！”

“你不理解。对你说了，也没用。”

真的，这几天，柳明是陷到一种难言的矛盾中了。

自从曹鸿远拉着柳明参加了一次颇有戏剧性的永定门狙击战之后，柳明回到家里忽然变得更加沉闷、更加忧郁。一个人时常坐在小凳上看着窗外的一棵小枣树出神——一出神就是半天。母亲拉她吃饭，她不动，不吃；有时拉急了，她才勉强吃上几口。白士吾来找她，百般温存地问她为什么这样，她不回答，也不说话。白士吾慌了，问柳明妈出了什么事，是什么原因，叫小柳成了这个样子。柳明妈拍打着两只手掌，气喘吁吁地说了半天，也说不上原因。后来，她忽然想起那个大清早，一个年轻的男人来找过柳明，打那以后，女儿的样儿就变了。可是，女儿再三叮嘱过她，曹鸿远找上门来的事，谁也不能告诉。她这才咽回了已经冒到嘴边的话，改口对白士吾说："别是中了邪吧，是狐仙爷，还是刺猬精把我那丫头附上了体？白少爷，要不要请个下神的（巫婆）给她治治呀？"

白士吾忧心忡忡地摇摇头，附在柳明耳边小声说：

"小柳，出了什么事？你再不告诉我，我就不离开你——我就不回家了。"

"没什么事。"柳明淡淡地说，"我在考虑跟你去日本还是不去的事。"

柳明说的是真话。

当她刚听到白士吾要带她去日本留学的时候，她确有几分动心。在国内，战争打起来了，没有办法继续求学了。她从小就立定志向，一定要刻苦用功；一定要大学毕业；一定要争取出国深造。她很钦佩居里夫人，常在内心以她为榜样——做一个出色的医学家。可是卢沟桥战争爆发了，她的学业中断了，她的理想摇摇欲坠。为此她感到非常苦恼。当她激于爱国热情，有一阵子全力投入到救护伤员工作中的时候，她暂时忘掉了自己的烦恼；但当卢沟桥战事一停止，更大的战争眼看就要爆发，这些苦恼又把她紧紧地缠绕住。这时候，白士吾提出和她一起去日本留学，而且船票都已经买到，这是多好的机会！开始，她心中的砝码是倾向走的。她打算：不和白士吾结婚，不当少奶奶，但可以和他做朋友，花他的钱，算是借他的。待她学有所成后，自己有了钱可以偿还他。不管将来和不和他结婚，自己一定要做个自食其力的人，绝不依附丈夫去享受……自从和曹鸿远一起参加了一场狙击战后，敌人的猖狂和那些英勇动人的场面和情景，时时在她眼前闪耀，使她朦胧地意识到自己的渺小、自私——祖国正在受难，那么多人流血牺牲，万千人家妻离子散。而自己却要逃避这苦难，这危险，去到敌国的教室里安静地埋头读书。即使不去日本，同白士吾一起去其他国家，但这不同样是逃避么？这几天，她沉闷、忧郁，不愿说话的原因，正是这“逃避”两个字在啃啮她的心。她反复思索，走呢，不走呢？不走，学业怎么办？又到哪里去抗日？如果去抗日——自己又能发挥多大作用？加紧学到高深的医学，再来效力祖国也可以吧？不，不行！那太晚了，太迟了！远水解不了近渴。个个青年人要是都这样想，那中国只有亡国了。就为这矛盾的心情，为这矛盾的抉择，柳明陷到从未有过的极端痛苦中。这些矛盾心理，她不能对白士吾讲，也不能对家里人讲。她多次想找好友苗虹商量，可这是个孩子气十足的幼稚姑娘，和她商量没有用。她也想过去找曹鸿远——这个相识虽然不久，却给她印象极深，令她钦佩的人去商量。无奈又没有这种勇气。她虽不了解他的身世，但从她和他共处的几件事中，她感到他是个高尚的人，无私的人，准备为祖国献身的人。跟这样的人商量自己想去敌国求学的事，她感到无法张口，感到羞惭……没有一个可以谈心、可以商量的人，她便只有苦恼，便只有不断地自我斗争——有时和白士吾走的念头占上风；有时，走的念头又被眷恋祖国的感情打了下去。

白士吾每天都来催她准备行装——催她做衣服、置办行李。被白士吾催急了，她只有淡淡地说：

“急什么？我还没有肯定地回答你去——还是不去呢。”

白士吾的白脸涨得通红，苦苦地哀求柳明：

“小柳，这是个千载难逢的好机会呀！船票多难买呀！失掉这次机会，你会后悔的！我的好妹妹，我求你——咱们一块儿走！快走！咱们同去伊甸园中——快乐无穷——美妙无比……”

“那是你的伊甸园，却不是我的！”柳明说话又带刺儿了，“你不要老是纠缠我，叫我好好地——仔细地考虑考虑行不行？”

“时间不等人呀。船票我跟人换了，至迟不能超过八月二十号了。再晚，咱们就走不成了。你还考虑什么！舍不得谁呀？难道你又有了新朋友？”

柳明痴呆呆的，并不曾听见白士吾后面的话。她不回答，又陷入一种难言的苦恼中。

在方砖漫地的宏伟的宫殿当中，苗虹和高雍雅走在前面，柳明走得慢，白士吾就陪她缓步走着。

白士吾又提起去日本的事，哀求柳明一定和他一起走。柳明只是不出声，她的脸色苍白，像生了病，似乎连说话的力气都没有了。

“呵，明姐，你们两个怎么这么多的话呵！迈着方步，斯斯文文，都谈什么哪？快点，咱们一块儿走，一块儿看看这也许再也见不到了的美丽的地方。”

柳明真的用眼扫向宏阔、庄严、金碧辉煌的四周，她心头更加涌起无限感慨。被苗虹拉拽着，她的步子快了，跑了几步，竟喘吁吁的。当然，白士吾也紧跟着她，加快了步子，并且又拉住柳明的另一只手。

她们走近了当年皇帝临朝接见百官的太和殿。苗虹看见太和殿前冰凌般的汉白玉石的雕砌栏杆，拉住柳明的手忽然不动了。她睁大圆圆的双眼，向那雕刻着龙飞凤舞的栏杆呆呆地望着、望着，嘴里忽然喃喃地低声吟咏起来：

“雕栏玉砌应犹在，只是朱颜改——问君能有几——多——愁？……恰似一江春水向东流……”念着，念着，苗虹的泪水顺着腮边滚了下来。站在她身边的高雍雅急忙掏出自己的手绢。苗虹用手一把抹去泪水，把高雍雅的手一推：“用不着你这么殷勤！咱们立刻离开这个地方吧！这么美丽壮观的故宫，只能挑起——挑起我心里的痛苦……”

柳明不由得睨了白士吾一眼，一字一句，好似从牙缝里往外蹦着说：

“都是白士吾出的好主意！咱们赶快离开这里——我也要走！”

“我不走！”白士吾瞪着苗虹说，“你们这些大艺术家都这么多愁善感——看见民国二十六年八月九号的故宫白玉栏杆，立刻想到了一千多年前的亡国之君李后主。佩服！佩服！你们的想象力真够丰富的！”

苗虹瞪圆大眼睛，气呼呼地反驳着白士吾：

“看见太和殿前的玉石栏杆归了异邦主子，难道我应当欢笑吗？……”

苗虹的话还没说完，忽见几个日本军官——那样儿顶多不过是个少尉之流，带着身边的妻女，径直向太和殿里闯去——要进到里面去。门外站着守殿的中国人，一个约莫五十多岁的小职员，上前拦住他们说：

“先生，这殿里有中国皇帝的宝座，游人在外面观光一下就可以了……”

“八格牙路！混蛋！这地方已经属于吾们大日本国了！”军官中有会讲中国话的，一边讲，一边用手把那个职员推开，大摇大摆地直奔那巍峨堂皇的皇帝宝座——上面铺着绣着团龙的黄缎座垫。这垫子还是崭新的，锦缎和黄色丝线在昏暗的大殿中闪闪发光。

一看日本人迈过了拦住游人不得进入的红绳子，摇头晃脑地奔到了皇帝宝座下，小职员急了，追过去用双臂拦住第一个要登上皇帝宝座的日本军官，用哀求的声调说：

“先生！先生！这个地方只供观看，宝座是不能上去的！皇帝的宝座是不能登上去的！”

“啪，啪……”几个耳光狠狠地打在小职员的脸颊上。立刻，鼻孔里涌出殷红色的鲜血，他踉踉跄跄地一句话也说不出来了。

一个日本军官，显出一副不可一世的睥睨神气，坐到过去清朝皇帝临朝视事的宝座上。他刚坐定，一个手持照相机、穿着西服的日本人，立刻对准这个人“咔”地拍了个照。一群围在旁边的日本人高兴地哈哈大笑。

照相完毕，这个日本军官好像过足了“皇帝”瘾，带着胜利的微笑走下了宝座。

这时，站在大殿门外、一直目不转睛地看着这一幕的苗虹和柳明，紧咬着嘴唇，红涨着面孔。苗虹看着第一个日本人从宝座上走下来后，一拉柳明：

“走吧，不看这些了……”

“不，得看看他们还要怎么样耀武扬威。”柳明的声音很低，看得出，她在极力压抑着心头的愤恨和悲痛。

苗虹听从柳明的话，没有挪动身子。那两位“男士”也仍然跟在她们的身后。

这时，又一个日本军官，正正他的帽子，摸摸腰间的指挥刀，还抚弄了一下胡子，这才大摇大摆地坐上了皇帝的宝座。俨然南面称王的威风了一番，似乎还不满足，忽然在宝座上冲着殿外的中国人尖声喊道：“跪下！跪下！支那人跪下！……”

他的一声喊叫，殿外的中国人都面面相觑。有的惊慌，有的愤怒。一些人转身就走。白士吾拉着柳明，高雍雅抱住苗虹的胳臂也要走。可柳明却把白士吾的手一甩，咬着牙齿，说：

“不走！我还得看看！”

看柳明坚决不肯走，苗虹也不走了。于是，四个青年人仍然站在太和殿的白玉石阶上观看着。

听宝座上的日本军官一喊叫，下面的日本人中，就有两个跑到殿外来，正巧看见两个乡下来的老年人——一男一女，可能是老两口子，他们瞪着惊疑的眼睛，正要转身走开。那两个日本人左右开弓，一边一个，把两个老人拉拽到大殿内的丹墀下，猛可的，在老人们的后腰上狠狠地踢了一脚。两个老人身不由已地跪下了。接着，两个日本人又按住这两个乡下老人的脖颈，把他们的头使劲往下按——两个老人不得不现出向宝座上的日本人跪下磕头的姿势……

日本人都开心地哈哈大笑，有人又照起相来。

“老天爷呀！这是哪儿来的灾祸呀？”这对老夫妇悲惨地呼唤着。

看到这里，柳明突然感到阳光阴暗下来，眼前一阵雾蒙蒙的东西，像毒瓦斯，使她憋得喘不上气，似乎就要窒息。她用力拉住苗虹的胳臂，有点儿站立不稳，晃悠着要倒下去。

“明姐，你怎么啦？”苗虹惊呼起来，“白士吾，快来扶住——她要倒……”

一刹间，柳明倒在白士吾的怀里，什么也不知道了。

第十九章

“瞧，瞧那朵花儿多美！多好看呀！我要它，我要捧着它—那样，我也跟花儿一样美了……”

“我去给你摘来，那是玫瑰——不，是凌霄花，真好看！你要么？我去摘来，给你插在辫子上。你头上戴着这好看的花儿，你就是新娘子，我是新郎。我回家去换上一套西服，系上一条跟花儿一样鲜红的领带——我还去拿来表姐的大红绸子手绢，给你蒙在头上，那咱们就在这棵大树底下拜天地，好么？”

“不好，不好！我不！我要上学念书，我不当新娘子。一当新娘子就要做饭洗衣裳——侍候公公婆婆……”

“我家有钱，雇老妈子，你是少奶奶，不做饭，不侍候人。如果一定要侍候爹娘，我就替你去侍候……”

“呵，小白子，那天上的云彩多好看呀！白的，蓝的，还有红的。它飞呀，飞呀，一会儿就飞得没影儿了。咱俩也飞，快飞！一块儿飞在云彩上，到天上去。天上有仙女，还有王母娘娘。你看见过仙女么？她好看极了，身上的飘带就像这些云彩，飘呀飘，我真想当仙女去。那多美呀！”

“当仙女不好，你当天上的织女吧，我当牛郎。牛郎织女是一对儿夫妻，两人可好呢。他们后来还有一对小孩儿。”

“不，不好！牛郎织女叫王母娘娘划了一道天河给拦住了。他们一年才见一回面。七月七那天，你在藤萝架下面听见过他们的哭声么？我去听过，可是没听见哭——当牛郎织女不好，总是分离——我不当！”

那飘飘荡荡在天上飞奔的白云，那摇摇曳曳在云中翩翩拂舞的彩带，那些一眼望不尽的美极了的凌霄花，全在柳明的眼前晃动、闪烁……她想扑向白云、彩带、鲜花，但她的全身像被什么东西捆绑住了，动弹不得。喊叫、呼唤，也没有人答应。云飞远了，美丽的彩带不见了，花儿也变成朦胧的雾气，看不清了……

“小白！小白！你在哪儿？”猛一挣扎，柳明终于喊出声来，同时睁开了眼睛。

“哎呀，小柳，你可醒过来啦！”一只温软的手，立刻紧紧握住柳明的手。她看清楚了，这是白士吾。他俯在头前眼泪汪汪地凝视着自己。

“丫头呀，你这是怎么啦？逛着逛着故宫，怎么就晕过去啦？可把小白——白少爷急坏了！把一家子人也全急坏了！”

这是母亲的声音。柳明听着却似一个陌生妇人的呼叫，震得耳朵嗡响。

苗虹紧抱住柳明的脖子，用自己的脸贴在病人的脸上。她不出声了，却含着泪。

屋子是雪白的，窗户是明亮的，太阳斜照在柳明的脸上，那灿烂的粉色光霞，多么像梦中的白云、彩带和鲜花……

“呵，我是在医院里么?”柳明完全清醒了，她微微侧过头问苗虹。

苗虹仍然抱住柳明的脑袋不出声。

白士吾坐在床边，紧紧握住柳明的手。他轻声对她说，她晕倒在太和殿门外，是他找来汽车，背着她，送她上了车，然后住到协和医院来的。

“我是什么病要住医院?”

这时，站在病房角落里的父亲，拉着弟弟挨近到床边。他把白士吾的手从女儿的手上推开，憔悴的脸上露出焦灼的神色，望着女儿小声说：

“医生说是什么中暑。我看是你这些天饥饿劳碌，加上心里郁闷，才出此意外。丫头，咱住不起这高等病房，回头，你好点儿了，我雇辆洋车拉你回家。”

柳明凝视着父亲多皱的脸，轻轻点了点头。

“那可不行!”母亲冲着父亲嚷了起来，“你这个老不死的!女儿刚醒过来，才捡了一条小命，你就叫她回家。到家再要有个好歹，你、你拿八条老命也偿不起我闺女的一条命……再说，花钱住院，也不叫你掏腰包——卖了你这条老命也不值一天的住院费。白少爷全包全管啦!你老家伙回家喘气去吧，少在这儿惹人讨厌。”

柳清泉气得嘴唇哆嗦，很想扇老婆子几个耳光。可是，在医院里，屋里又那么多人——还有医生护士站在旁边，他忍耐住，愣怔一会儿，瞪了老婆一眼，又望望女儿苍白的脸，轻轻抚摸一下那头柔软的黑发，二话不说，拉住儿子转身走出了病房。

柳明听了父亲的话，真想马上出院。可是，母亲和白士吾联合在一起，怎么也不干。她感到浑身没有一丝力气，人似乎还在发烧，就只好仍住在医院里。

别人都走了，只有白士吾和母亲轮流守护着她。

她倒在病床上，看见洁白整齐的单间病房里，有一大束白色的玫瑰花放在床头几上，一只淡蓝色的古瓷花瓶衬着白玫瑰，更显得典雅、诱人，沁人心脾的幽香，还不时散发在她的枕头边，扑向她的脸上。她向坐在床头的白士吾微笑一下，向花儿努努嘴，似乎在感谢他的关切。

“小柳，这是我刚才叫李顺专门给你买来的。‘人面桃花相映红’，现在是‘人面玫瑰相映白’——漂亮极了！你的脸比这玫瑰还漂亮……”

柳明摇摇头，忽然说：

“小白，我刚才不是晕厥，我是在做梦——我梦见咱们俩小时候的好些事。”

白士吾高兴得溢出了喜泪，扶扶眼镜，一把紧攥住柳明的一只手：

“你梦见咱俩小时候的什么事？快告诉我！”

“不告诉你，那是梦。”

“梦？那我也猜得出。”

“你猜吧。咱俩小时候常在一起，经过的事情可多哩，看你猜出那件来。”

“我给你买了一个大洋娃娃，你高兴极了。可是，你怕爸爸骂你，不敢拿回家去。就把洋娃娃藏在我姑姑屋里——你还记得吗？就是常年住在学校里的女校长。下了课，你就跑到我姑姑屋里去抱那个洋娃娃，亲那个洋娃娃。我在旁边看着都吃醋了——我撅着嘴说，你对洋娃娃比对我还亲。”

“不对！不对！我没有做这个梦。我的梦不能告诉你！”

“不能告诉我？那是不是梦见你当新娘，我当新郎，咱们俩要在大树底下拜天地那件事？”

唰的一下，柳明苍白的脸变得绯红，从两颊红到颈脖。真奇怪，他怎么一下子就猜到这件事上啦？难道他也常常想起这件儿时的往事么？一泓泪水忍不住从姑娘的眼里涌了出来，她急忙扭过脸，过了一会儿才回过脸来，微笑着说：

“那个事么，我早忘了。我记着的是，你在那个大雪天大清早往我家送点心的事。”

“送点心的事？我倒忘了。”

柳明说，这件事她可记得清。她说她家每天早晨都喝棒子面粥吃窝头就咸菜。一天叫白士吾看见了，他说，你家怎么总吃这个呀？他家里天天早晨都吃面包、黄油、果子酱；另外还有好些好吃的点心。从那时起，这位小少爷便经常背着一个大书包——里面装满了好吃的奶油点心，送到柳明家里来。一天，下着大雪，一大早小少爷冻得两颊和鼻子都通红，又把一大书包点心送了来……

“这件事我可忘不了。我感谢你心眼好。”柳明结束了她的话。

“小柳，瞧，从小儿我就喜欢你，从小儿咱俩就想一个当新郎，一个当新娘。现在咱们俩都长大成人了，你已经长成更加可爱的少女，咱们的事——你还有什么可犹豫的呢？”

白士吾说到这儿，护士进来给柳明试温度打针，他们的谈话，就此打住。

夜晚，白士吾回家去了，留下母亲守着女儿。母亲坐在病房的沙发上打瞌睡；柳明却睡不着，在昏暗的灯光下，她想起病中的梦幻，霎时间仿佛又回到朦胧的梦境中——那是遥远遥远的过去？还是刚刚发生不久的现在？她闹不清了，她只是感到凄迷、感到怅惘、感到若有所失……儿时的故事多么美，多么迷人！可是逝去了，再也不会回来了……她睁大陷下去的眼窝，凝视着小几上的那束白玫瑰。美丽、芬芳，那阵阵幽香又使她想起白士吾，想起他们的多少往事……如今，理智似乎胜利了，但感情上的痛苦余波，却还在拍击着她的心——

"小柳，都是那些天你没命地照顾伤员，积劳成疾，把身体累坏了。现在，我能在病床边照顾你，我感到非常非常的幸福！小柳，Dear，你幸福么？我爱你，从小儿就爱你，我们结婚吧，赶快一起到日本去吧……"白天，屋里没有人的时候，白士吾握住她的手吻着，轻轻地温柔地说了这番话。此刻，这些话又在她心上浮起，在耳边缭绕。"他是真爱我的，真爱我……怎么办？去日本还是不去……可以离开他么？有勇气离开他么……他有许多可爱的地方，他是难得的呀！"柳明流泪了。可是，当她蓦地想起故宫太和殿前的那幕——中国人受尽凌辱的惨剧，她抹去泪水，在心里狠狠地骂起自己来——"儿女私情，决不能叫它胜过对祖国的爱——决不能……"

第二天下午柳明出院了。白士吾到医院接她，雇了两辆人力车送她回家。

柳明还把那束淡雅美丽的白玫瑰捧回家中来，注满清水，仍插在那只古瓷花瓶里，摆在自己的床头。

柳明躺在床上，白士吾坐在床边。他用手抚摸着她洁白的手指柔声说：

"小柳，你的病好了，我必须又得提那件紧迫的事了，只有八九天的时间啦，你赶快准备准备，咱们动身去日本吧！"

沉默。柳明的双眼直直地盯在棚顶上的角落里，半天没有回声。

"说话呀，你怎么不回答——我亲爱的，回答呀！"

还是没有回声。柳明的双目好像两颗钉子钉在棚顶的角落上。

沉默，仍是沉默。柳明的双眼好像已经不是她的——它似乎已经不存在了。

白士吾慌悚起来了。怎么回事？是她又犯了病？还是她——他不敢想下去。

渐渐，柳明的眼角有了滚滚的泪珠。过了一会儿，她忽然翻身坐起，用一种白士吾从来没有听到过的坚毅沉重的语调，一字一板地对她身边的人说：

“白士吾，我已经——下定决心，我决——决定不去日本。这是真话，经过反复考虑的真心话。”

白士吾一下子又愣住了。他已完全了解柳明刚才发呆的原因。经过沉重的思考，她说的确实是真心话。

第二十章

早早地母亲就带着弟弟出门去了。待母亲回来时，一只大菜篮子装得满满的：有鸡、有大块猪肉、有鱼虾青菜之类，另外还有一瓶二锅头和一些熟肉、肠子等。柳明奇怪极了：

“妈，您发财啦？今天怎么这么大吃——要请客么？”

“丫头，今儿个可不许你总躺着了。帮妈把鸡、鱼、肉都拾掇拾掇，咱家今天有客。”

“什么人来？您舍得这么破费？”

“动手收拾吧，待一会子你就知道了。”母亲手脚不闲，也招呼女儿跟她一起在鸡、鱼、肉上下了些功夫。柳明只得帮母亲干活，心里却纳闷，不知这位老太太又要出什么点子。

炖了鸡，炖了肉，切好了肉丝、肉片，佳肴大体就绪了。柳明刚刚洗完手，想回自己屋里去念英文——这些天，她呆在家，除了睡觉就是念英文。忽然从大门口外蜂拥着进来不下八九个人——为首的是姥姥，后面跟着二姨石美、大舅石富、大舅妈、大表哥、表嫂、表侄，还有姥姥的干女儿——一个文静的小学教师。柳明家许久没有这么红火了，一时间里外两间小屋都坐得满满的。沏茶，倒水，你推我让，问好，寒暄，加上六岁的小表侄儿东蹿西看，几乎把两间小屋给抬起来了。柳明心中更加奇怪：日本人刚进城不久，这么慌慌乱乱的年月，姥姥七十岁了，这么大的年纪，一大家子人，忽然都跑到这儿来干什么？但她不好问，默默地紧挨着姥姥，坐在母亲的大床边。从小儿姥姥就疼爱柳明；外孙女儿也依恋姥姥——她不大招呼别人，只偎在姥姥身边，小声探问卢沟桥打仗激烈的时候，姥姥一家人都逃到什么地方去了……正说着话，舅妈、二姨、表嫂不知什么时候已经帮助母亲将两桌饭菜七碟子八碗地摆到桌上来。向邻居家借来了凳子，大桌、小桌都坐满了人。亲人们高高兴兴地喝酒、吃菜。父亲向来是沉默寡言的，他只跟姥姥、舅舅说上三两句话，以后就闷头喝酒、吃菜，不再说话。母亲见这么多娘家人都来了，乐得白圆脸上泛着红光，额头上的汗珠不住地向下淌。她用大襟擦上一把，又高高兴兴地去招呼姥姥吃菜，招呼大舅喝酒，招呼小侄孙来块红焖大虾……柳明虽然挨着姥姥也吃点东西，但她心里忐忑不安——她忽然预感到这是场鸿门宴。母亲平日省吃俭用，她长这么大，从不曾见家中如此大吃大喝过。今天是怎么回事？大摆筵席为了什么？她恨不得这桌饭快点吃完，好见分晓。

果然，残肴杯盏刚撤下去，一屋子人各就各位喝起茶水，大舅妈——一个能说会道的四十多岁的农村妇人便摸着头上光滑的发髻，满脸带笑地对着柳明说了起来：

“明姑娘呀，今儿个这顿饭，是我自打到老石家二十多年来最高兴、最痛快的一顿饭呀！痛快不在这吃喝上，在咱明姑娘找了一个好婆家、好女婿——听说是大清国王爷的孙子，大学生呀，长得一表人材，好俊的模样儿，如今又要带着咱明姑娘一块儿去留洋。这一留洋呵，将来夫荣妻贵，小两口儿不都得当上大官儿，住上高楼大厦呀！咱姑奶奶家，咱老石家也都跟上沾光呵——常言说，一人得道，鸡犬升天。昨个，听姑奶奶说了，今个，咱老石家一家子老老少少全赶来给明姑娘道喜来啦！给柳姑爷、姑奶奶道喜来啦！这真是有福之人不用忙……”

柳明还没有听完大舅妈念的那套喜歌儿，脑袋瓜轰轰隆隆好像就要炸开了。怎么昨天才正式通知白士吾她不去日本了，当然也谈不到结婚了。今天老石家一家人，就真的摆上了鸿门宴……她一下子明白了：一定是昨天白士吾告诉了妈妈，柳明不结婚，不去日本的消息，于是一心想叫女儿嫁给白士吾的母亲，就想了这么个办法——急如星火地请了她的全体亲戚来包围柳明，说服柳明，说不定还要威胁柳明，叫柳明听从他们……想到这里，柳明没有看大舅妈，却把眼睛盯在母亲那张颇带喜色的圆脸上。她想戳穿她，也想反驳口若悬河的大舅妈。但她却绷着脸，咬着嘴唇一言不发。

大舅妈刚说个开头，大表嫂和大表哥也跟着说开了。什么白士吾性情儿好呵；长的实在俊气呵；家里又那么有钱，就这么个独生子呵；又是学法律的大学生，将来要是官运亨通，说不定能当上外交部长或者行政院长呵；跟这样的漂亮小伙子结婚，留洋，一辈子享不尽的荣华富贵呵！……

柳明听得耳朵嗡嗡乱响，心里怦怦乱跳。她恨不得一下子跑出屋外去，躲开这些“好心”的说客。可是，姥姥紧紧攥住她的两只手，看她的脸色不大对劲，就一个劲在她耳边安慰说：“丫头，我那好丫头！听着，听着！这都是为的你好呀！像白——白少爷那样的大少爷，咱石家、柳家打着灯笼上哪儿找去呀……”

屋里正在七嘴八舌地议论着白士吾，议论着柳明的好福气，母亲忽然从破衣柜里捧出一只不很大的精致匣子来。这匣子金光闪闪，表面上镶嵌着的珠玉贝壳，发出了五颜六色的光亮。“呵，这是首饰匣子呀！”大舅妈首先惊讶地喊了一声，立刻奔向这奇珍宝物。

母亲把首饰匣子打开，把里面的首饰一件件往外拿——拿一件高高地举起来抖擞着、晃动着，好叫大家伙看清楚，欣赏一番，然后把宝物放在事前已经铺好的一块缎子桌布上。接着又拿出第二件、第三件……

呵，看，这是24K的真金项链，上面还镶着一块鸡心红宝石——看，这是一对赤金镯子，黄澄澄、光闪闪，足有三两重。再看，那是一对白玉手镯，晶莹夺目——那是一副珍珠耳环，玲珑剔透的白色珠子要戴在明丫头的两耳上，那她的模样儿更谁也比不上啦！——这儿还有两只戒指，上面镶着的红宝石好像带血色的明珠……母亲把这些宝物一边举起来叫众人观着，一边像个叫卖的商人，啧啧称赞它的价值：“呵，亲人哪，这可全是无价之宝呵——无价之宝呵！叫咱老石家人全开开眼界吧！白少爷祖上留下了无数的珍珠宝贝，前两天他才拿来这几件，说是给咱丫头做定礼。这不，今儿个请诸位至亲来，大家伙看看，劝劝，咱们就把明丫头跟白少爷这头亲事定下来吧！”

“哎呀！咱乡村子人，哪一辈子见过这些珍宝呵，这都是大清皇上赏给王爷的宝物吧？该着咱柳、石两家人风光风光……”

“柳明姑娘太有福气了！”那位姥姥的干女儿也艳羡地说。

“也抖抖洋劲！”不知是哪位亲戚还加上了这样一句赞语。

一屋子人，除了柳清泉和柳放之外，都在睁大放光的眼睛观赏这些宝物，比刘姥姥进了大观园还要惊奇赞叹。这时柳明坐在小凳上，看着母亲的这些行为，看着亲戚们贪婪的眼色，她忽然浑身发抖，脸色变得像紫茄子。她咬着嘴唇憋了半天，终于憋不住了，一下子站起身来，冲着一屋子人颤声喊道：

“你们这是想干什么呀？想拿这些玩意儿卖了我么？我跟姓白的好不好，结婚不结婚，你们用不着操这份心！”说着，转身就往门外走。

大舅妈和大舅面面相觑；大表哥和大表嫂面面相觑；母亲看着姥姥——这老娘俩全流下了眼泪。

柳明不顾表嫂的拦阻，把手一甩，扔下姥姥，噔噔地跑到屋外去了。弟弟关心姐姐，急忙跟了出去。

晚间，当弟弟跟着姐姐回家以后，又爆发了一场意外——

柳明刚一进屋，客人已经走光了，只剩下母亲和父亲两个人在外间屋闷坐着。柳明刚走进自己的里间屋，就听得外面屋里，乒乒、乓乓响起一阵打碎东西的响声。姑娘吓了一跳，不知怎么回事，急忙掀开门帘向外屋一看——只见母亲正把茶壶、茶碗、暖壶、玻璃缸子、胆瓶之类的东西狠命地向地上摔着、打着；一边摔打，一边跳着脚大骂：

“给脸不要脸！打着不走，赶着后退的东西！你活活要把老娘气死呀！老天爷呀，你怎么不睁睁眼，早点把我这老婆子收回去呀？谁家闺女不听爹娘的话，谁家闺女不愿寻个有财有貌的女婿呀！就是我这老婆子，哪辈子没做好事，这辈子修下这么个忤逆不孝的女儿，活活地要把老娘气死啦——老天爷呀，睁睁眼吧！我不活了！我找阎王爷说理去！叫我早点死了再托生吧……”

母亲又哭、又骂、又摔。柳明长这么大，还没见妈妈生过这大的气，发过这大的火。她吓坏了，急得眼泪涮涮地流。想去劝劝，一想，她之所以这样大动肝火全是因为自己不同意和白士吾订婚，劝也没用。她的执拗脾气上来了：随她骂去！看她能把自己怎么样……

母亲见哭骂了一阵，女儿不声不响，若无其事。于是更加恼火了，她忽地蹿到里屋，一把揪住女儿的头发，狠狠的几巴掌打在柳明细嫩的脸颊上。

“你这贱货，天生受穷的命！白家这头婚事，你答应也得答应，不答应也得答应，你要是不答应，老娘我就一头撞死在你这祖奶奶的跟前……”说着、哭喊着，母亲果然披头散发地向墙上一头撞去——

柳明急忙扶住母亲，又气又急，流着泪什么话也说不出来。这时，柳清泉跑进里屋来，一把揪着老婆子的头发，狠狠地吼道：

“泼妇！泼妇！你想卖了女儿发财呀！见利忘义、见利忘义的小人，真正的‘唯女子与小人难养也’！”

父亲、弟弟还有柳明一家三口人拉着，推着，最后才把气急败坏了的母亲扶到外间屋的大床上躺下了。

外间屋里母亲哭着。

里间屋里女儿哭着。

柳明这一夜怎么睡得着？她回忆着白天的一切情景，想着母亲的悲伤、失望；也想着白士吾的一片心意。对于她和白士吾的关系，对于要不要和小白一同出国留学去，这时候，她又有些动摇了。

第二十一章

入夜，一条黑漆漆的胡同里，家家都关紧了大门。

胡同中间却有一座红漆大门敞开着。两只贴着“欢迎”二字的大红纱灯，垂着黄丝穗子，发出了炫目的光亮，挂在门洞外的两边房檐下。

两个全副武装的日本宪兵，挺立在大门两侧的两个石狮子旁边。大门里的门房，临时改成了卫兵室。室外的一张桌子旁，一个日本军曹模样的警卫人员，端坐在一只小凳上。他虽然坐着，却两手垂直，挺直了身子，动也不动地保持着立正的姿势。院子里还有一个日本宪兵来来回回地迈着正步走动着——巡视着。

不仅宅子里面警卫森严，就是在宅子墙外的四周，每隔十几步，也都站着一个日本宪兵。甚至还有穿着西装的日本便衣，也在这胡同里来回地巡游。

今夜，中国的警察、伪军只能在这条长长的胡同口外站岗放哨，或者，两人一组巡逻在冷清的马路上和附近的胡同里。

什么大人物将要来临？为什么呈现出如临大敌的威严气派？

原来，老牌亲日派——也曾是国民党里的要员李汝民，今夜要为侵占华北的派遣军最高指挥官佐佐木正雄接风洗尘，欢迎他们胜利地进驻北平。日本人对中国人是不放心的，所以，才有如此众多的日本宪兵，为他们的最高指挥官的安全警戒。

李汝民多年在北平做“寓公”，他家大门口，从来没有像今夜这样张灯结彩地大开过。为欢迎进占北平的日军官佐们，他不住地来到大门口外，躬身亲迎“贵宾”的来临。

坐着汽车陆续来到这个大门前的，多半都是肩章上有几道金色杠杠、腰挎指挥刀的日本高级军官。他们进门时，门旁立正站着的两个日本宪兵向他们毕恭毕敬地敬过礼后，就在主人陪同下，向那个坐在警卫室门前的日本军曹打过招呼，迈着傲慢的步子走进后院去了。可是当穿着西装革履，或者袍子马褂的中国人到来时，那两个站在门洞里的宪兵则傲然不动，也不敬礼，而这些中国客人——不论老少男女，却反而要向这两个门神似的宪兵点头哈腰，满脸谄笑地通报自己的姓名。两个宪兵绷紧了脸，眼睛动也不动，只把嘴巴向坐在警卫室外的军曹一努。这些中国人便如同奉到圣旨一般，赶紧迈步进了高大的门槛，趋身来到那个木头桩子似的军曹面前，又一次通报自己的姓名。

那军曹的身子依然动也不动，伸手拿过桌上的名单核对一下，然后也是一努嘴，算是对这些中国宾客放行。

正当车水马龙、门庭若市的时候，忽然一个烫了卷发、穿着日本军装、约摸三十岁上下的女人，从一辆汽车里走了出来。她穿着黑亮的高跟皮鞋，手上还提着一只女人用的漆黑闪光的皮包，扭摆着腰肢，旁若无人地格登格登径直走进大门里。

那些宪兵、军曹见了这个女人，都像见了日本高级军官一样，点头哈腰，恭敬行礼，什么也没问，就放她进去了。

七时正，一辆崭新的福特牌黑色轿车开到李宅的大门前，跟随这辆轿车的还有两辆担任保卫的摩托车和一辆坐着几个宪兵的军用指挥车。福特牌轿车刚一停下，站在门前的宪兵立刻跑到车前，躬身开了车门。走下车来的军官，蓄着一字胡，戴着金丝眼镜，挎着高级将领的指挥刀，年纪约摸五十多岁。他就是华北派遣军最高指挥官佐佐木正雄。这个人下了车，眼皮也不抬，径直朝门里走去。

迎在门前的李汝民，跟在佐佐木和一群宪兵和军官后面，亦步亦趋地一直跟到宴会厅外。这时，从屋里迎出来大批日本军官，还有蹒蹒跚跚的几个七老八十、穿着绸袍子纱马褂、留着长辫子的清朝遗老。他们躬身站在门前，挡住了指挥官的去路。李汝民抢步向前，仰头望着佐佐木，满脸谄笑地用日语介绍说："这位是进驻华北的最高指挥官佐佐木中将先生。这几位都是满清皇族——亲王殿下和北平工商各界首领。他们渴望今日已久了……"

佐佐木抬了一下眼皮，向这几个糟老头子略动一下挺直的脖子，算是承认看见了他们。于是，李汝民在前给佐佐木领路，后面跟着一帮日本军官，最后才是那些汉奸、遗老，一个个拿着样儿，端肃地、鱼贯地走进了灯红酒绿的宴会厅里。

人们一进来，一阵日本三味弦乐器声骤然响了起来。淡淡哀愁的东方曲调，发出靡靡的低徊声音，仿佛在迎接这伙人。

军官们都摘下帽子和指挥刀，由跟随的副官们挂好。各就各位，宴会开始了。

这个宴会厅是日本式的。崇拜日本的老牌亲日派李汝民，在自己阔气的住宅里，早就修建了这个“料理”式的宴会厅，专为接待各色的日本客人。一则，可以表示他仰慕日本之忱；二则，可以使远离家国的日本人好像回到了自己的故土上。

这时，用彩绸糊上的许多隔扇全被打开了。宽敞的“榻榻米”上，有秩序地摆好了一张张一尺五见方的考究的方漆盘。漆盘放在精巧的小漆桌上，桌旁放着绸面坐垫。“本膳”① 已经端了出来，“烤、煮、蒸、烩、汤”一应俱全。每张小漆桌上还有一把细长的日本式酒壶，精致的日本酒杯里注满了日本清酒。

客人都已按照排好的座位跪坐在坐垫上。李汝民挨着司令官佐佐木跪坐着。他今天特地脱下西装，穿上和服，加上他早就留着仁丹胡子，又是满嘴的日本话，俨然是个十足的日本人。这时，他扭过头去，带着卑微恭顺的神气向这个指挥官望了一下，然后深深地低下头来，表示请问：“一切都已就绪，宴会可以开始了么?”佐佐木轻轻点了一下头。李汝民立刻如奉圣旨。他那枯瘦的黄蜡般的脸上，皱纹顿时舒展开来，小眼睛里露出十分得意的神色。他轻轻清了一下喉咙，笔直地跪在坐垫上，挺着脖子，用熟练的日本话道出开场白：

---

① 日本“料理”头一次端出来的是“本膳”，又称“一之膳”；其次端出来的是“二之膳”……

“鄙人——汝民早年留学日本，和贵国有着深远的渊源。我爱日本帝国更甚于爱我的……敝邦。”说到这里，他的八字眉皱了一下，脸上露出鄙夷的神情，“这个敝邦，确是贫病交加、破败不堪，无法救治了！今得天皇陛下、近卫首相、杉山元陆军大臣派来义师远征敝国，此乃日中亲善的体现，是协助中国、共存共荣的义举，鄙人不胜感激钦佩之至……”他拉长声音说到这里，带着感激涕零的神情，向佐佐木，也向其他几个日本军官深深地鞠了一躬，然后猛地把头一抬，两只小眼露出一种诡谲、奸诈的神色，“诸君体现了‘田中奏折’的高贵精神——此即为‘要征服世界，必先征服中国；要征服中国，必先征服满蒙’之英明高见。鄙人深有体会，大和民族是世界上最优秀之民族。如今急需这个民族向世界上各个劣等民族伸出援助之手。今天，贵军义师不到一个月就击溃了腐败无能的支那军队，进占平、津。鄙人谨代表平、津父老兄弟向贵华北最高指挥官、向贵军兵佐表示万分的感激与欢迎！”说到这里，他又躬下身来，向佐佐木，向各个日本军官，也向那个穿着军装的女人深深地鞠了几个躬，然后举起酒杯，轻声喊道：

“请饮一杯祝捷酒！”

日本军官们和汉奸们都同时举起酒杯，一饮而尽。

接着，由佐佐木指挥官讲话。

他在讲话前，先把头发、衣领、勋章、指挥刀甚至军服上的皱折全部整了整，摸了摸。然后，咳嗽两下，把身子跪直了，冲着东北方向深深地鞠了一躬——向天皇做了遥拜。然后才以一种高级侵略者特有的骄横、自负、目空一切的威严神态讲起话来：

“攻陷平、津，特此庆祝！为勇敢牺牲的日本军士，为助战的支那士兵哀悼！”说到这里，他把头猛地一低。接着，跪满“榻榻米”上的人也全一下子低下头来。过了两秒钟，佐佐木脑袋一扬。那些人随着也脑袋一扬。默哀算是完毕。佐佐木重又挺直脖子说："大东亚圣战刚刚开始，华北各线我军仍在增兵，有劳各位继续前进——前进！"说到这里，他突然提高了声音，并把手猛地向前一指。

接着，全体跪着的日本军官和汉奸们同时拉长声音"哈依"了一声，算是对佐佐木的回答。

喝酒开始了。酒过三巡，李汝民跪直了身子向佐佐木旁边的副官说了句什么，副官向佐佐木请示说：

"现在可以开始'无讲'了么？"

佐佐木庄严地把头一点。立刻，藏在隔扇后面的十几个穿着艳色和服、梳着乌黑高髻、鬓边插着花朵的日本女人一拥而出，妖妖娆娆地走到日本军官的身边。她们有的手拿三味弦，有的拿着纸扇，有的曼声唱着，一个个挨着那些日本军官坐了下来。客人连同主人也全都坐了下来。刚才那种一本正经的姿态顿时不见了，军官们露出贪婪的笑容，一手拿着酒杯，一手去拥抱女人……

那个奇怪的穿着日本军装的女人，也去拥抱一个漂亮的歌伎——仿佛男人似的。她在歌伎的耳边小声说着什么，歌伎摇摇头，那个穿军装的女人突然哈哈大笑起来。她的笑声冲破了三味弦轻靡的音乐声，把那些日本军官吓了一跳。当他们回过头来，看到是那个女人在大笑时，仿佛受到感染，也歇斯底里地放声大笑起来。就在这阵阵疯狂的笑声中，佐佐木和挨他坐着的李汝民低声用日语谈起话来。

佐佐木仍带着那副威严神态，一本正经地直着脖子：

"李先生，华北政局你要出面维持呀！这是杉山元陆相和大本营的意思。吾们要带兵打下去，要先打南口与平、绥沿线，尔后进攻山西、太原。南方也要进攻上海。吾们根据既定国策，决定要在三个月之内，通通的打垮全部支那军队的抵抗。明白吗？三个月内要彻底占领全支那！华北是本军后方，也是门户。你要配合吾军巩固华北后方。李先生，可以的吧?”

李汝民目不转睛地望着佐佐木那张阴森的脸，一边恭顺地听他谈话，一边轻轻地点头。然后闭目沉思一下，突然睁大混浊的眼睛，点头鞠躬说：

“最高指挥官阁下，鄙人效忠天皇，为东亚圣战尽瘁，此乃平生宿愿，鄙人必不遗余力。但值此战乱纷纭之际，是否还是由军人出面更为妥当呢?”

佐佐木不耐烦地摆了摆手：

“李先生不必再说了，这是东京的命令！军人有军人的使命，你是文官，今天更有作用。”

李汝民还要说什么，那个穿军服的女人跑到他们身边来了。她咯咯地笑着，用手拍了佐佐木的肩膀一下，又转过身对李汝民用流畅的中国话说：

“老朋友，你这个失意政客，今天到了飞黄腾达的时刻，怎么倒拿起架子来啦？来——”这时，她暗暗向佐佐木点头招呼一下，就把瘦骨嶙峋的李汝民一把拉了起来，一同走到隔壁一间摆着硬木家具的中式房间里。

李汝民一离开佐佐木，好像老鼠离了猫，立刻自在多了。他紧挨着这个女人同坐在一张大理石镶面的长条靠椅上，张大嘴巴嘻嘻地笑着，把手往她肩膀上搭去。女人把李汝民的手推开，并在那只枯槁的手上轻轻打了一下，笑着说：

“放老实点！和你谈正经的呢。”

“梅村小姐，你有什么正经的？谈吧。”李汝民意识到有重要事和他谈，就收敛起刚才的那副嘴脸。

这个所谓梅村小姐，看表面约摸三十岁左右，但从那脂粉间隙中露出的皱纹看，也许有四十开外了。但她步履轻盈，行动敏捷，咯咯笑起来的声音简直像个少女。这就是那种直到六十岁以前都很难捉摸年岁的女人。

她板着面孔严肃地说：

“你知道近卫内阁对蒋介石提出的‘不扩大主义’和‘局部解决’的用意么？”

李汝民点点：

“鄙人略有所知。能不用武力而一举得中国——像得满蒙那样，此乃上策也。”

梅村笑着点头：

“不愧是个老牌亲日派、老狐狸。行，有你的！那么，你看国民党方面的意向如何呢？”

李汝民点燃一支三炮台香烟递给梅村，自己也吸着一支。看着袅袅的烟圈，慢条斯理地说：

“国民党直到今天还没有对日宣战——这里面大有文章。老蒋在庐山发表卢沟桥事变的谈话中说过‘和平根本绝望之前一秒钟，我们还是希望和平’。汪精卫也说‘一面交涉，一面抵抗’。所以以鄙人之见，战事不一定需要打到底。”

梅村扭过头去在李汝民的肩上拍了一下，又咯咯地笑起来：

“老家伙，行啊！英雄所见略同。这一来，阁下的任务就重了。东京不单将要委任阁下做华北政务委员会的委员长——这只是个头衔，且是后说。现在是要派你去上海、南京活动，要你想办法帮助东京——一面进攻，一面搞‘和平’运动。当然，也还要邀请别的国家帮助‘调停’。”

“哪个国家？”李汝民马上叮了一句。

“这个你就不要操心啦！”梅村咯咯地笑着说，“那方面你的老关系多，就大大地利用一下吧！我们对蒋、汪都要拉，能拉多少就拉多少。反正其中必有跟我们走的……现在平、津已攻陷，太原不久会和平、津一样，上海也即将吃紧。新近晋升为关东军参谋长的东条英机中将率领的察哈尔作战兵团，也已由承德出发到达多伦，逼近张北……在日军如此猛烈进攻的形势下，国民党里的军政大员一定会有许多人像你李汝民一样的归降日本……”

李汝民哈哈大笑起来：

“也一定有许多人会像你梅村津子小姐一样——既是女人，又是男人；既是中国人，又是日本人……”

梅村在李汝民的脸颊上轻轻捏了一把，瞟着他说：

“说正经的……现在我们先对付国民党，以后恐怕还要用更多的力量对付共产党。今天，我想跟你谈的第二个问题就是——七月三十一号下午，日军开进北平城里时，在永定门遭到狙击，田中联队长被炸死，还牺牲了几十名士兵，太可怕了！详细情况你还不了解吧？你估计是什么人干的？”

“那还不是共产党干的！除了他们，不会有人计划得加此周密，选在这个时刻，又如此地勇敢。”李汝民接着梅村的话滔滔地说起来，“我正要向小姐报告这件事呢，据了解，北平战争一起，共产党就在北平城里城外各地大肆活动起来。他们的救亡运动搞得不算不凶啊！他们还组织工农民众起来救亡图存，借此扩大宣传毛泽东的抗日民族统一战线……可是，万万没有想到他们竟敢在皇军入城的时刻动起武来——”

梅村津子摇了摇头，两只大眼睛紧盯着李汝民枯瘦的脸：

“共产党军队打的？他们的红军远在陕北，怎么忽然来到了北平？他们的发展能够这么迅速？……”

“小姐，你手下的人难道还没有向你报告？德胜门监狱被一股化装成日本人的游击队以查看监狱为名骗开大门，上千的政治犯、刑事犯全逃了出去；而且得到了许多步枪。听说不少犯人当时就参加了那支砸狱的抗日游击队……梅村小姐，你这个东京大本营派来的特遣组，难道连这些都……”李汝民感到自己的话说得过于直率了，急忙改口说，“当然，梅村小姐早已得到了详细情报，也许鄙人多嘴了。”

“我看未必是共产党干的。谁干的，你就不必管了。等北平的特务机关长松崎少将到了，我找他去商量，一定要重重打击这伙亡命之徒。你呢，李公，你现在官运亨通，东京很赏识你，你还是赶快到南京、上海一行，找找蒋介石、汪精卫如何？”

李汝民点了点头：

“南京、上海之行可以斟酌。但是北平的剿共之举，我也得参加——因为，我怕他们再重演永定门之举，这对皇军巩固北平的治安可是大为不利……，”

梅村津子打断了李汝民的话，有些不耐烦地说：

“你是想争权、争位对吧？好吧，让你一步，等你从南方回来，我们再一起开始大搜捕——永定门事件的罪魁祸首一定要找出来！一定要狠狠镇压那些不怕死的暴徒！”

“对！对！这样办好，这样办好！”李汝民探着脑袋连连点头。

梅村津子走出了这个房间，又回到宴会厅里。她坐在一张小凳子上，打开皮包拿出粉盒、口红，对着小镜子细细地涂抹几下，然后又把军帽摘下，梳了梳烫卷的黑发，仍又把军帽戴好。整妆完毕，抬起头来，忽然，她发现在对面的角落里，在淡绿色的隔扇旁边，坐着一个穿着黑色夜礼服、打着鲜红领带、面貌清秀的青年男子。她有点儿吃惊似的，用一双妖媚的眼睛在这个青年男子身上转了几转，然后，站起身来，扭着细腰走到这个青年的面前，伸出手去微微笑道：

“先生贵姓？”

那个青年男子见这个穿着军服的日本女人用中国话问自己，似乎吃了一惊，连忙站起身来，鞠躬回答：

“鄙姓白——名叫白士吾。”他伸出白白的手向一个穿着袍子马褂的老头子一指，“那是家父。今天他叫我跟随他来见见世面。”看见梅村津子那双水汪汪的大眼睛盯着自己看个不停，白士吾不由得脸一红，心怦怦跳着，不知再说些什么好了。

梅村津子望着老头子微微点点头，紧挨在白士吾身边坐下来，款款笑道：

“白先生，认识你很高兴。我们可以谈谈么?”

“可，可——以……”白士吾从来没见过这种场面，没有接触过这样的女人，说话竟有些结巴起来。

他们谈起来了。而且谈了很长时间。直到所有的日本人和中国人全都辞别主人，醉醺醺地走了，白士吾才和梅村津子道了别，跟着老朽的父亲走出李汝民的住宅。

第二十二章

柳明仍然哪里也不去，成天躺在里间屋的小木床上。

母亲气消了，不时从外间屋的门缝中探头望望女儿。一看她醒着，就赶忙走进屋，坐到床头劝道：

“我说丫头啊，你这是怎么啦?怎么成天价掉了魂似的!‘天塌了压众人’，日本人既然来了，你就是愁死了管个啥用啊?干脆，还是跟小白上日本去算了，不就省心了么?”

“妈，您懂得什么!”柳明不耐烦地把身子一扭，头朝里，不再理她。

母亲吓得急忙去找老头子。她一路拍打着手掌，跑到外间屋的床边，拉起正躺在床上看报纸的丈夫，喊道：

“我说——老头子你呀，你就知道跟破报纸亲!整天把它们搁在鼻子上看哪、看哪——看那个管什么用呀?棒子面要没啦，明丫头呀，成天价愁人儿似的，你也不管，我好心好意地劝她，她倒丧谤起我来啦。照这样茶不思、饭不想，成天价犯愁，咱这颗掌上明珠不就完了么？那——我这个老婆子还活个什么劲呵！"母亲心疼女儿，拍打着手掌，嚎啕大哭起来。

柳清泉是个性情固执的老头儿。自从日本人占了北平城，他也成天躺在外间屋的床上，先是丢了报纸不看了，以后烦闷得又翻起旧报纸，还不时地摇头叹气。只不过柳明妈对丈夫不像对女儿那样注意就是了。此刻，被妻子一闹，他用手扶住鼻梁上的眼镜，手拿报纸，咕哝着说：

"你拍手打掌乱嚷嚷什么！什么'天塌了压众人'，真是妇人之见！你如何不知——'覆巢之下安得完卵'。你看，你看，范长江的文章里说，有个东北青年刘琪，一看卢沟桥打了败仗，他就愤而自杀了。这都是爱国，为国而死呀！你懂得么?"

"我不懂什么完卵不完卵！我就知道没有棒子面，肚子饿得慌！"柳明妈听老头子也丧谤她，捶胸顿足地喊叫起来，"好啊，你们爸爸、女儿都是一样的东西！光知道饭来张口、衣来伸手，这一家子里里外外，吃饭穿衣，哪一样不是我一个人来张罗侍候？可是闹了半天，还闹个都来丧谤我……"

忽然，一个清脆的声音打断了柳明妈的喊叫。

"伯母，您没睡午觉？听您说得好热闹啊！"

"啊，苗虹是你！"柳明妈立刻改变了声调，和蔼地拉住苗虹的手，笑盈盈地说，"你可来啦！你明姐这几天哪——就像得了大病似的愁眉不展呀！我心想，小苗这孩子怎么不来劝劝她姐姐呢？正想着，你就来了。"

柳明妈正说得高兴，不想女儿突然从后面跑了过来，一把把苗虹拉到里间屋，"砰"地一声关上了屋门。

柳明妈站在外屋当地，瞪着紧闭着的隔扇门。同时，侧着耳朵，听女儿和苗虹在说些什么话。

“明姐，日本鬼子进城这些天了，我的感想可多啦！多想找你聊聊哇。可是，爸爸妈妈总看着我，叫我少出门。”

“唉，苗苗，聊什么呀，聊不聊也是那样儿……我问你，咱们就这样叫父母看着呆下去么？成天吃了睡，睡了吃，都快变成行尸走肉啦！”

“什么行尸走肉，你别瞎说啦！我心里比你还着急。爸爸说走又走不成；要走，咱们一块儿走！每逢走到街上，看见日本人那个耀武扬威的劲儿，真恨得我牙根发痒……要有人再像他们进城那天一样，狠狠地揍狗东西们一顿，那才解气哩……”

“砰、砰、砰！”没等苗虹说完，柳明妈在屋门外使劲地敲起门来，“开门！开门！快开门！”

苗虹开了门，柳明妈一头闯了进来，紧张地左顾右盼了一阵，然后压低嗓门，附在两个女孩子的耳边说：

“你们俩可别说这些国事啦！日本人正在大搜捕呢。咱们家东隔壁昨天就抓走两个年轻人……叫、叫日本人听见了你们的话，这可——可了不得呀！”

苗虹转着两只滴溜圆的黑眼珠，咬着红红的嘴唇，瞪着柳明妈不说话了。柳明也用黑黑的大眼睛瞪着母亲，半天才说：

“妈，您不是说‘天塌了压众人’么？怎么就一定会压在我们头上呢……您出去吧，我还要跟苗虹好好聊聊，您总来打岔干什么！”

柳明妈满不在乎地往小凳上一坐，双手叉腰说：

“我不出去！你们聊你们的，我听听也长长见识。”

两个女孩子无可奈何，只好并坐在床沿上小声说着话。

“明姐，北平沦陷了，学校开学没日子了。咱们就这样干等着？……你还想学医么？我可是非学唱歌不行！现在，我还在家里成天练声。可是，我一唱，就把我妈妈吓得要死……”

“你唱什么把你妈妈吓得那样儿？”

“我唱《保卫马德里》，唱《松花江上》，唱《毕业歌》，唱……”苗虹说到这里，情不自禁地用婉转悲亢的声音唱了起来：

……
同学们！快拿出力量——
担负起天下的——兴亡……

柳明妈一下子跳到苗虹身边，捂着她的嘴，惊慌地喊道：

“姑娘，姑娘！可、可别唱这些个呀！”

苗虹咯咯地笑了起来：

“伯母，您比我妈还胆小——我妈听见我唱，只关窗户，关门；您却来捂我的嘴。怕什么呀？鬼子听不见的。”

“要是听见了可就不得了哇！”柳明妈连连摆着手，喘着气坐回小凳上，用衣襟擦额上的汗珠。

柳明睨着母亲，咬着嘴唇生了一阵气，过了好一会儿才说：

“苗苗，你还记得在小禹庄遇见的那个人么？”柳明想起了曹鸿远，绕着弯子说。自从参加狙击日寇入城式的战斗之后，柳明就再也没有见过他。“要是能够找到他，咱们就有办法了。”

“记得，怎么不记得。那个人人品好，他说的那些话，可给我开了心窍……我也常想，如果能找到他，叫他帮助咱们，咱俩一定……”说到这儿，见柳明妈直愣着眼，又探过脑袋来——苗虹吐了吐舌头，赶忙刹住话头。

“你们说的那个人是个什么人呀？”柳明妈似乎听出了些门道，“那个人是干什么的呀？”

还没等柳明和苗虹回答，只见柳清泉迈着大步撞进里间屋来，一把抓住柳明妈的衣领：“那些畜生是你的什么亲娘祖奶奶呀？你竟在此地给他们当起义务侦探来！滚！快给我滚出来……”说着，老头子一把拽走了老婆子。

战场转到了外间屋——老两口一句顶一句地吵了起来。

柳明妈受了委屈，冲着老头子喊道：

“啊！就你们知道爱国呀？你姑奶奶我也是中国人，爱国的心气比你们一点也不差！老家伙，你还记得么？卢沟桥打仗打得正紧的时候，那些工人、学生来咱家募捐麻袋，我不是一下子就把两条麻袋全都捐献出去啦！”

“我要把三个面口袋也捐出去，你忘了，你是怎么跟我吵架的？”

“哼！你口口声声地爱国、爱国！要爱国你倒拿起枪杆儿干他一气呀！怎么就会倒在小床上唉声叹气？你这个女儿呀，你还是劝她趁早别胡思乱想啦！国民党里有个大头儿叫——”说到这里，柳明妈皱起眉头、拍打着脑门子想了想说，“唉！看我这记性——对了，那个大头儿叫汪精卫。他不是说过么，‘战也亡国，不战也亡国’。咱中国这个烂摊子，你们就别指望它好起来啦……你们趁早死了那条抗日的心吧！咱们哪，只要棒子面能凑合吃饱了肚子，就烧高香啦。”

“胡言乱语，小人之见！”柳清泉捶胸呼喊，“我不能为吃饱肚子，就甘当亡国奴……”

这时，门帘外面传来了朗朗的声音：

“柳明同学在家么？”

柳明和苗虹急忙从屋里跑出门外。一见来人，两个女孩子都愣住了。

苗虹抢先说道：

“曹先生，是您呀！我们正说到您，您就来了——您没有想到我在这儿吧？”

柳明一见是鸿远，蓦地，心怦怦跳了起来。定定神，扭头向屋里喊道：

“爸爸，妈妈，有客人来啦！”

曹鸿远跟着苗虹、柳明走进屋里。

柳明妈打量来客：这个年轻英俊的大学生有点儿面熟，可一下子又想不起在什么地方见过。

柳明向父母介绍了曹鸿远的姓名。

“请坐，请坐！我去给你们沏茶。”说着，柳明妈到屋外小棚子烧开水去了。

鸿远坐在一把旧藤椅上，彬彬有礼地笑着对柳明和苗虹说：

“我早就想来看看你们，总是不得机会。今天，不会嫌我冒昧吧？”他把脸转向柳清泉，“伯父，打扰您了。”

柳明不好意思地红了脸：

“您太见外了。我和苗虹常念叨您，刚才还在说您……”

“哦，刚才还在说我？”鸿远有些惊异，“情况变化很快啊，你们一定更觉得苦闷了吧？”

苗虹连连点头说：

“您猜得太对了！自从北平一沦陷，柳明连大门都很少出去了，成天倒在床上。她自己说——都快变成行尸走肉啦。我有时倒还想出门，可是一出门就生气。我们过不了这痛苦的生活……眼看许多青年都纷纷离开北平去找出路，可我们俩还没想出办法。”

柳明妈把水壶在炉子上坐好，又急忙回到屋子里，叉手坐在小凳上，不住向柳明和苗虹这边瞅着——像要制止她们说话，又没好意思张嘴。

曹鸿远立刻看出了问题。改变了态度，转而和一对老夫妇聊起天来。

“伯父，伯母，北平沦陷了，物价不断飞涨，日子不大好过吧？”

柳明妈听着这话对心思，立刻接茬说：

“曹先生，您说得对呀，咱小户人家的日子，就是越来越不好过啦。早先两块钱一袋白面，日本人一来，一打仗，一下子涨到五六块一袋了，穷人就甭想再尝白面的滋味啦。这还不算，穷人吃的棒子面也是一个劲地往上涨价呀——一天一个价，一时一个价，真叫人犯愁啊！……不怕您笑话，我这老头子是个穷教书匠，几个月不发薪水了，一家四口就仗着我东挪西借，求亲告友的——我这闺女上大学可不易呀！她是下了课教个家馆，这才挣出学费来……”

“妈，您少说几句行不行？”柳明打断母亲的唠叨，“人家有好些事要说呢，可您总叨叨个没完！曹先生是我们学校的老师，他来商量给我补课的事。您上街买点菜去，留曹先生在咱家吃顿饭。别总向人家哭穷了，也不怕人家笑话！”

母亲事事都顺从女儿惯了。见女儿对这位曹先生很恭敬，还真以为是她的老师，就急忙挎上买菜篮子，扭头对老头子说：

“火上烧着水呢，开了，给曹先生沏茶，别忘了把火再封上。”

鸿远急忙起身拦住：

“伯母，外边菜不好买，不必费心了。我坐一会儿就走。”

“那可不行！”柳明妈又嚷嚷起来，“小苗也别走，都在这儿吃晚饭。别看你大妈穷，我可不能叫你们受屈！”

鸿远还要说什么，柳明向他偷着摆摆手，意思是让她快走算了。鸿远会意，不再说什么。柳明妈这才兴冲冲地挎着竹篮走了。

第二十三章

柳明妈一走，苗虹立刻提出一连串问题来：

“曹先生，现在战事进行得怎么样啦？有人说红军开到华北打日本来了，是真的么？我们怎么办好呵？”

柳明也接着说：

“曹先生，不，老曹，我就这样称呼你吧。我们学校的人都走散了，开学的日子遥遥无期。而且，我们也不甘心在敌人统治下去上学……可是，不上学，我们能做什么呢？所以，这些天来真苦闷……”柳明说着，眼圈红了，不好意思地低下头去。

柳清泉坐在他们旁边的木椅上，瘦骨嶙峋的脸上露出了惊愕的神情——这个青年是个什么人呢？为什么女儿和苗虹都对他这样尊敬和信任？

鸿远注意听着苗虹和柳明的话，不时点点头。但不回答他们，却转过头来对柳清泉微笑着说：

“伯父，您老人家对于当前时局是怎么看的？您经验多，阅历广，我很想听听您的意见。”

看这位青年如此谦虚地向他请教，老头儿感到很高兴。他扶着深度的近视眼镜，皱着双眉，想了一会儿，慢吞吞地说：

“贤侄，不瞒你说，我是个忠心爱国的读书人，对咱们中国的历史也还有点儿研究。我很敬佩屈原、文天祥以及顾炎武先生的精神，他们叫我心往神驰……为祖国的前途，为百姓的生计，我是忧心忡忡、寝食不安呀！……可是，国家已经叫那些当政者弄得山河破碎，民众陷于水火之中，奈何？奈何？生逢乱世，庶民罹罪，我也只好苟目偷生吧！”

“爸爸，我不赞成您这种绝望态度。中国是有希望的，中国绝不会亡国！”

“对，伯父！明姐说得对。您应该看到光明！”

两个女孩子反驳着柳清泉。老人瞠目望着她们，嘴唇哆嗦着，想说什么却没有说出来。

鸿远没有反驳老人。他端着茶杯喝了几口水，继续说：

“伯父，我看您压在心里的话很多，现在痛痛快快地跟我们说一说吧！是的，目前日本人正在大搜捕——不过，他们的反动气焰越凶，咱们抗日人民的勇气也越大。和平、幸福、美好的生活都是斗争得来的。您大概还不相信吧？”

苗虹兴奋地重复着：

“和平、幸福、美好的生活都是斗争得来的。对，我们就该去斗争！”

柳清泉望望苗虹的快嘴巴，苦笑了一下，转脸看着鸿远说：

“贤侄，多蒙你看得起我这老朽。我是得把心里话向你抖一抖……我爱看个报纸，想从中了解一点国家大事。可是，常常越看越糊涂。比如说吧，上个月‘七·七’事变后，第二十九军第三十七师的第二百一十九团在卢沟桥打起日本来了，这是大好事！蒋介石也说要坚决抵御外侮，还说‘如果战端一开，那就地无分南北，人无分老幼，无论何人皆有守土抗战之责任’。可是，平、津战事打得那样激烈，他为什么不派中央军来援助呢？国民党说的做的，像只万花筒——一会儿一变，我这脑筋被他们搅得糊糊涂涂……”

“伯父，这是您对国民党蒋介石抱的希望太大了，所以感到失望。”

“此地无黄金，黄土便为贵呀！”不等鸿远说完，老人激动地从椅子上站了起来，“贤侄，我要驳你啦——国民党手掌着中国大权，又拥有几百万大军，中国的抗战大业不指望他们能指望谁呢……正是这些掌握国家命脉的人腐败无能，抵抗不力，连连弃城失地、丢盔卸甲，我这才打心眼里难受呀！看看北平这座自明朝以来的堂堂古都，历代修建何等不易。如今，竟轻易地沦丧于异邦之手，全城之人成了亡国之民！我、我……”老人说到这里眼圈红了，喘吁吁地扭过头去。少顷，回过头来接着说，“前些时，一位刘琪君还以身殉难。我、我恨我不死……”

听了老人的话，苗虹和柳明跑到屋角，动情地紧抱在一起……

鸿远的心情也很沉重，但他极力保持着镇静。沉默了一会儿，看老人又坐回到椅子上轻轻叹气；柳明和苗虹也坐回到原处来，都用眼盯视着他，他才开口：

“伯父，您心里的话还没有说完，继续说吧！”鸿远仍想多听听这位老教师的心里话。

老人受到鼓舞，暗黄的脸上掠过一阵淡淡的红色，想了一下，清清嗓子，说：

“贤侄，我是要把憋在心里的话全说给你。不过，我要先问一声——咱中国有胜利的希望么？”

“您说呢？”鸿远不回答，仍叫老人说。

“不瞒你说，贤侄，我看不行啊。阿比西尼亚①的前途摆在我们面前啦——”老人的语气十分沉重。

“爸爸，您根据什么理由这么说？”柳明盯着父亲不满地插了一句。

---

① 阿比西尼亚即今之埃塞俄比亚，当时曾英勇地抗击意大利的侵略，但失败了。

柳清泉好像没听见女儿的话，对着鸿远长叹一声，顿了顿：“我看呀，有这般几个理由，中国是难得胜利的。第一，中国人一盘散沙私心重；第二，中国军队的武器比着日本人的差得远；第三，中国的政府，官僚腐化已极，东亚病夫怎能抵挡世界强国的日本；第四，国民党、蒋介石的抗战呀，又是三心二意没有决断。凡此种种，碰到强敌压境，咱们中国还能有什么希望呢？”

苗虹听着不顺耳，急着说：

“伯父，照您这样说，中国非亡国不可啦！我不同意您的看法。失败是暂时的，也许很快就会胜利。”

“姑娘，我知道你跟柳明一样的心思。可是，事实如此呀！我说些好听话来安慰你们能有什么用处呢？”柳清泉有气无力地看了看苗虹。

“反正我不同意——不同意您的看法！”苗虹急得挥着手臂连声喊着“不同意”，但又说不出什么理由来反驳老人。

“爸爸，您总是这样固执、悲观，一点也不向前看……”

柳明按捺不住了，望着父亲红着脸说，“爸爸，我不相信中国会亡国！”

“唉！唉……”老人望着女儿，只是叹气摇头，不再说什么。

两个女孩子求救似的望着鸿远。

鸿远把坐着的破藤椅向柳清泉身边挪了挪，靠近老人的耳边说：

“伯父，您什么不利因素都看到了，就是没有看到咱们国家的有利因素——决定的因素。”

“什么决定因素？有利因素？”老人吃惊地瞪着近视眼，大惑不解。

“伯父，我和您的意见正相反——我认为中国的前途是光明的，中国的抗战一定可以胜利。这是由当前中国存在的几个基本因素决定的。一，因为现在有了坚持抗战的中国共产党。二，因为有了英勇善战的红军，他们经过二万五千里长征，已经胜利地到了陕北。中共中央在‘七·七’事变一个星期后，就发布了关于红军开赴前线的命令。所以，要不了多久，红军就会开到华北前线来打日本的。三，共产党提出的抗日民族统一战线政策深得人民拥护，它逼得蒋介石不得不停止内战，宣布一致抗日。我看这个统一战线政策在今后还会发生更大的作用。四，中国的抗日战争是反侵略的正义战争，它将得到全世界各国人民的支持。在日本大举进攻面前，全国人民要求抗战的热情空前高涨——人心向背，这是决定战争胜负的非常重要的条件。您当然熟悉‘得民者昌，失民者亡’这句古训……以上这些，就是中国的抗日战争一定能够取得胜利的决定因素。可您呢，您的眼里只有当权的国民党——所以，您对抗战的前途就难免悲观失望了。我想，伯父，如果您把注意的目标转换一下角度——转到中国共产党方面来，您就不会这么悲观了。您说对不对?”鸿远说得兴奋了，一双大眼睛熠熠地闪着热情的光焰，微笑着凝视着老人。那目光似乎还在说着许多新颖的、激动人心的话。

“呵，他说得多么清楚呵！我还从来没有听过这么精辟的话……”柳明睁大眼睛听着，但她没有出声。苗虹也一反常态，没有开口。

老人却似乎更加茫然了。

“蒋介石、国民党几百万大军都打不过日本人，红军才几万之数就能打败日本？……至于全国人民都有爱国之心这倒是真的。但是，他们赤手空拳，又能有多少作为呢？那满清入关后的‘扬州十日’、‘嘉定三屠’怎么样？堂堂的大汉族、大明朝还不是叫小小的女真族给灭亡了……说到统一战线、国共合作——十几年前不是也有过么？后来，共产党还不是叫老蒋给暗算了。红军要开到华北前线来，蒋介石一定不会让他们过来。就是让过来，那也不过是老蒋惯用的借刀杀人计——借日本之刀来消灭红军。所以，我看呀，中国指望共产党来拯救，恐怕也是镜花水月。”说到这里，老人又连声叹起气来。

苗虹见老人这么固执，绞着手绢一迭声地喊道：“真是，真是……”柳明红涨着脸，也想说什么。可鸿远用眼色把她们制止住。

“伯父，您承认世界上的一切事物都在发展变化么？十年前的旧黄历现在还能再用么？”

不知什么时候，柳明妈已经买菜回来了，在小棚子里喊了起来：

“唉，我说，老头子——客人来了，你倒是来帮我做做饭呀！怎么说起话来没完没了啦？”

柳清泉向鸿远招招手，表水歉意，摇着头弓着背走出屋门去。

老人刚一出门，苗虹高兴得跳起身，拍起手：

“好啦，可清静一会儿啦！曹先生，你总爱跟老头儿说话，而且没完没了的。快跟我们说说吧——我们心里急得像着了火！”

“瞧你……”柳明推了苗虹一下，“老曹，我们不愿意在北平当顺民。可是到哪儿去，又不得门路。您能给我们指一条出路么？”

“我可不愿意在北平当亡国奴！我也决不在这儿继续学声乐。我爸爸说带我们到南方去——可您说，国民党抗日不起劲，我们不去了。我跟着我明姐，她到哪儿我也跟她到哪儿。您把我们带走吧！”

“你们二位抗日的热情可嘉。可是，离开北平，离开父母、亲人，到艰苦的乡村去，或者说打游击去，你们能够有这个决心么？这可不是件简单的事。你们两位仔细考虑过没有？”

两个姑娘你看我，我看你，都不出声了。

“去，咱们还是决心去抗日！”柳明对苗虹耳语，苗虹连连点头。

这时，柳明的心头忽然闪出了白士吾：“如果走——打游击去，那白士吾……”

苗虹也在这时想起了高雍雅。心里嘀咕：“我如果走，一定带他一起走!”

饭后，柳明妈叫上老头子一同去收拾家伙。苗虹又把曹鸿远拉到里间屋里，柳明也跟着进了屋。三个人又继续饭前的谈话。

苗虹忽然改了话题：

“曹先生，我想问问您——您究竟是个工人呢？是个农民呢？还是个大学生呢？怎么您对所有刚见面的人都能一见如故……”

天色黑下来了，柳明放下布窗帘，打开一盏昏暗的电灯。

鸿远坐在小凳上轻声回答：

“小苗，你说得不对，我并不是对所有的人都一见如故。对于资本家、地主，我就不一见如故；对于当前的敌人——日本鬼子、汉奸，我更不能一见如故。因为王家父子是工人、农民，你们两位是学生，小柳的父母是城市贫民，所以我才和你们一见如故……怎么样，小苗，你说对不对?”

“曹先生，不，老曹，”柳明接过话，“我们刚才向您提出想参加抗日的事，您还没有明确地回答我们。”

“参加抗日这个问题，依我看，你们二位还是得多考虑考虑。抗日战争会是长期的、艰苦的。离开大城市，离开父母、亲人，去过完全不同的生活，而且是出生入死地去战斗……所有这些，你们有精神准备么？不知我问得对不对?”

苗虹和柳明一时都无言以对。是的，她们过去把抗日救国、驱逐敌寇、奔赴疆场都想得太容易、太美妙，根本没有想到要过什么艰难困苦的生活。经鸿远这么一说，她们的心思乱起来了，对着黄昏的窗纸默默地思考着。

“我说要有精神准备，并不是给你们泼冷水。”沉默了一会，鸿远轻声说，“我知道，你们两位热爱祖国的精神是真诚的。论心情，我和你们一样，也希望赶快离开这个敌人统治下的大城市去找红军、去找共产党，奔赴抗日前线。但是，目前交通断绝，消息阻塞，我们不能盲目行动。我正在想办法打听消息。如果你们决心离开北平，那么，等有了线索，我一定来告诉你们，而且希望你们多动员一些爱国的同学、朋友一起走。”

苗虹听罢，娃娃似的拍起手来：

“那太好了！太好了！我去，我一定去！决不三心二意！我还要拉着高雍雅一起去……明姐，嗯，你也拉上小白一起走吧。呵！幻想，幻想！他想到日本去呢，怎么会跟咱们去抗日……”

柳明蹙起长长的眉毛，她想：日本是彻底去不成了，也许还将永远离开小白……霎时间，一种犹豫、留恋之感浮上心头。

“我们一定一块去！曹先生，到时候您可一定带我们走呀！”苗虹再次表了决心。

鸿远点点头：“你们的决心很好。我也决不食言。不过，这件事要保守秘密，先不要告诉任何人。因为最近敌人正在大肆搜捕抗日民众——他们叫做搜查共产党。今天，我到你们这儿来之前，才甩掉一条尾巴。”

“什么叫尾巴？”苗虹睁大惊奇的圆眼。

“就是日本特务、侦探。他们刚站住脚，就逮起人来了。”

“那您就不要走啦！就住在我家吧。我看，我爸妈对您的印象挺好……”柳明关切地想挽留曹鸿远。

鸿远摇摇头：“不必了，我还有事情。现在，我还住在西单大成公寓里。王家父子就在那个公寓里当夫役。有事你们可以去找我。另外，你们自己的行动千万要小心。尤其小苗爱激动，爱咋呼……这不太好，要改一改。小苗，我这么说，你不生气吧？”

苗虹的脸蓦地红了，半天才说：

“您说得对，我不生气。”

“那好。现在天黑了，我可以走了。”鸿远说着，从裤袋里掏出一本薄薄的小册子交到柳明手里，“有些道理，这会儿没时间细谈，而且我的水平低，也谈不清楚。前几天，我抽空把带来的一本非常好的小册子复写了一些，它会告诉你们怎样去抗日。”

苗虹急着从柳明手里抢过小册子一看，惊喜地小声喊道：

“啊，毛泽东——《论反对日本帝国主义的策略》。呵……这太好啦！”

柳明立刻从苗虹手里抢过小册子放在枕头下面。

两个人送鸿远走出了大门口。刚一出门，正巧白士吾衣冠楚楚地来找柳明。

“小柳，你不出门吧？我特地来看你……”白士吾一边说，一边使劲打量着站在昏黑中的鸿远。心里暗想，这不是那个托柳明买药的家伙么？怎么他又找柳明来啦？一种似恼似恨的酸溜溜的滋味涌上心头，他忽然拉住柳明的胳臂，生怕她跑了似的，想把她拉进门里去。

“小白，你怎么这样！”柳明气忿地抽回自己的胳臂，推了白士吾一下子，“你等一会儿再来找我——不，明天再来吧，我今天和苗苗有事儿。”说着，拉起苗虹急步向前就走。

苗虹回过头来，对呆呆站在柳家大门口发怔的白士吾喊道：“小白，回家去吧。明姐心里不痛快，我拉她上我家住两天——你要高兴，明天上我家去看看高雍雅吧，他还总提起你哩！”

白士吾没有出声。淡淡的月色，照出他惨白的脸上挂着一丝苦笑。

第二十四章

曹鸿远根据张怡的指示，暂时留在北平工作。为了给活动在北平郊区一带的游击队输送人力和枪支，忙了些天，工作告一段落后，张怡才指示他，可以找一个适当时机，争取带柳明这样一批青年学生离开北平去参加华北的游击战争。

敌人搜捕的风声越来越紧。他曾几次在街头被敌探跟踪，虽然每次都被他机智地甩掉了，但不能不提高警惕。因此，他出外时，行踪变化不定，服装也时常变换。他又把公寓房间里的一些文件、刊物、书籍、信件等查了又查，烧了又烧，以防敌人的突然搜查。

这天，他患了感冒，吃了药，蒙头睡了半天。晚上精神好了些，便拿出那本唯一保留下来的小册子——《论反对日本帝国主义的策略》，坐在小桌子前聚精会神地读起来。这本小册子，是他从延安带来的。“七·七”事变爆发后，他请示了张怡，抽时间把它复写了许多份，像撒播火种般把它们悄悄分发给许多要求抗日的青年人。

夜深了，他仍捧着这本小册子，毫无倦意地读着，思考着抗日战争当中可能出现的各种问题。直到上床睡觉前，才把手里这份唯一的文件烧毁掉。

鸿远住的大成公寓东山墙靠门洞，北山墙临大街。他睡觉一向很警醒，天还没有亮，忽然醒来——听见不远的大门外有窃窃私语的声音，急忙跃身下床，把耳朵贴到小后窗上：

“先把住大门。宪兵队的那个人还没来，等一会儿再叫门搜查……”

鸿远不由得一怔——敌人果然来这里搜查了！这时，他忽然想到邻屋那个名叫常里平的人来。

鸿远每天都通过送茶水、打扫房间的王永泰了解公寓里来往房客的情况——他希望从这里了解公寓里有无敌人的活动；希望能听到他日夜关心的延安方面的消息；他也愿意了解一般房客的思想情况，以便就地适当做些工作。这里住着三十多个房客，大部分是从外地来北平投考大学的学生，小部分是商人或失业的知识分子。

五天前，王永泰告诉他，隔壁房间住进来一个姓常的，很像是个革命的人——他一来就成天趴在桌子上刻蜡板。王永泰偷偷看出来，刻的是共产党的什么文件。后来，蜡板不刻了，床底下的柳条包上，却出现了一包油印的东西。鸿远听说后，又惊又喜。惊的是，这个人如果是个党员，这样马虎大意太危险了；喜的是，这个人可能知道一些有关党的最近消息，通过他可以了解红军当前的动向。自从北平沦陷后，张怡更加忙了，鸿远难得和他见面，就是见了面，也只匆匆谈些当前的具体工作任务。于是，鸿远就像闲串门似的来到隔壁看望常里平。

常里平二十六七岁，身材矮矮的，方脸阔颐，双眼却炯炯有神。他对鸿远非常热情、和蔼，谈起抗日的话题也很投机。谈到后来，他带着踌躇满志的口吻说：

“共产党和国民党的统一战线建立了，日本帝国主义这个三岛之国能有多大力量？朋友，抗战情况不久就会大大改观的！”

“听说红军准备开到华北前线来抗日，他们现在开到什么地方了？你能告诉我一点这方面的情况么？”

“是呀，这消息实在令人高兴啊！”常里平答非所问地说，

“国民党在抗战问题上已经大有进步——他们在七月十七日就表示承认陕甘宁边区政府了；八月二十二日又把西北的红军改编成十八集团军——也就是国民革命军第八路军了。真是好得很！而且还允许八路军开来华北前线对日作战。这太好了！另外，听说国共两党目前正在谈判一些其他的抗日步骤……总之，国民党人大有进步，国共合作打败日本是不成问题的。”

听到常里平对国民党的进步评价那么高，鸿远沉思了一下，说：

“国民党抗日这么坚决，那卢沟桥打得那么艰苦时，他们怎么不派援支援呢？”

常里平笑着回答：

“我看你很关心国共合作和抗战前途的大事。朋友，实话对你说吧，我是北平市的地下党员。现在是统一战线高于一切的时代，除了汉奸全是我们的朋友——这种变化了的情况，我看，你也应该看到啊！”

听到常里平炫耀自己是个共产党员，说话又带着训人的味道，鸿远感到这个人太高傲、太麻痹，也实在太轻率，太缺乏革命警惕性了。他并不了解对方是个什么人，哪能第一次见面就暴露出自己的政治面目呢？但鸿远不便批评他，只是轻轻说：

“老常，听说敌人正在全城疯狂搜捕共产党员和抗日的人民，咱们都要加倍小心才好。”

常里平哈哈笑了起来。他掀开褥子，拿出一小卷油印的东西，又从里面抽出一张递到鸿远手里：

“敌人是在找永定门打他们的那支游击队，所以我们无须多虑。日本人对一般市民不会太刁难——因为他们还要以此收买人心呢。没事儿！老弟，我相信你是个要求抗日的青年，所以，对你不用保密。这份油印的东西是我们北平市地下党《告人民群众书》，你看看吧。”

鸿远接过文件略微看了一下，拿到自己的房间里，看过后，很快把它烧掉了。

这是中午的事。吃过晚饭后，鸿远感到常里平把那些文件随便放在褥子下面，实在太危险。便又到隔壁房里来劝告常里平，希望他赶快把这些东西处理掉。

常里平仍然不介意地说：

“这是等着一位同志来取的。小曹，谢谢你的关心。怕什么！没事儿。”

“不管怎样，你不要把它们放在褥子底下。掀起块砖把它们藏在地下，或者藏在墙缝、顶棚里都要好一点……”

“我知道，我知道！”不等鸿远说完，常里平笑呵呵地打断了他话。

鸿远无可奈何，快快地走出了常里平的房间。

这会儿，鸿远在小后窗上听到敌人就要进来搜查，他首先想到常里平这位麻痹大意的邻居。他的文件很可能没有藏好，而他又是个与北平市地下党有关系的党员，如果一旦被捕，情况是严重的……怎么办？鸿远紧张地思索着。

“不，决不能叫他被捕……”鸿远想着，把屋门轻轻打开一点，先探头向黎明前的院子审视一下——小院没有一点声息，灰蒙蒙、静悄悄的，房客们还都在熟睡。他又仰头望望周围的房上——那上面也没有敌人。于是，他一闪身来到常里平的房门前——房门根本没有插，鸿远只一碰，门就开了一道缝。他一侧身，闪进屋，急步走到常里平的床边，轻声呼唤道：

“老常！情况不好——公寓已经被敌人堵住了大门。你那些东西藏好了么？”

“什么？敌人堵住大门啦？”常里平从床上一跃而起，迷迷糊糊地好像还在做梦。

“那些文件还在褥子底下吧？”鸿远也顾不得征求常里平的同

意，伸手就把褥子掀开——果然，昨天那包油印的文件还照样儿摆在下面。他一把把文件抱在怀里，又问：

“除了这些，还有么？”

“没有了。”

“那些蜡纸、钢板呢？”

“已经送走了。”

鸿远这才放下心来，拿起那包文件出了常里平的房门。一跃身来到斜对面的跨院厨房门口——这里堆着大堆的煤球，旁边还有一把大煤铲。鸿远用煤铲在煤球堆上轻轻扒了一个坑，迅速把那包文件埋了起来。天色放明些了，他又仔细地看了看，一切照旧，没有破绽。然后，转身向自己的屋子走去。

走过常里平的门口，常里平忽然迈出门槛拦住他，轻声在他耳边说：

“糟糕！刚才我又找出另外一包来。小曹，你看怎么办好？”

鸿远皱了皱眉，二话没说就把常里平手里的一包东西拿到自己的手上。就在这时，大门外“砰！砰！砰！”地响起了粗暴的敲门声，而且一迭连声地吼叫着：

“查户口！快他妈开门——开门！”

再到跨院里去埋藏来不及了。鸿远把常里平向屋里一推，敏捷地拿着那包东西闪进了自己的屋门。

鸿远刚把屋门插好，大街门就打开了。蜂拥进来二十多个警察，由一个头戴考究的巴拿马平顶草帽、身穿灰纺绸长衫的特务带领着，先到老板的帐房里去查看房客簿子。

鸿远拿着那包东西蹲在窗户根下，翻开一张一看——还是那份北平地下市委《告人民群众书》……他顾不得责备常里平，心里迅急地转着各种念头——这么一大包子，吞是吞不下去的；烧掉，会冒出油烟来，再说时间也来不及了……怎么办？他放下那包东西，站起身从门缝里向外张望：天色已经大亮，那个特务正手拿房客登记簿站在院子里，命令警察把住外院各个房屋的门口；然后，他自己带着四五个警察走进里院去了。看来，敌人是准备从里向外普遍地搜查各个房间。鸿远从这一点断定，敌人并没有什么目标，更没有发觉他这个“永定门事件”的参与者就住在这个院里。这使他稍稍放了心。但是，这些抗日宣传品怎么办呢？自己的门前已经有警察站上岗，把它们拿出去是不可能了。藏在顶棚上？可那又是个灰顶棚。设法弄开砖地埋起来呢，也不保险……怎么办？鸿远焦虑地想，这样呆下去，等一会特务来到他的房间里肯定会发现这包东西。后果……焦虑中，他想到自己是个从小受党培养教育的共产党员，今天为解救革命同志脱险，为了北平市的党组织免遭破坏，为了广大党员的安全，自己就是牺牲了，也是值得的……想到这里，他的心反而宁静下来了。他像平时收拾东西一样，把宣传品包得整整齐齐的，轻轻地把它们放到床底下，然后站起身来，又把自己的衣袋仔细搜索了一遍。

这时，已约摸上午八时多，忽然有人敲他的屋门。鸿远不免一怔：特务这么快就来了么？……但他无暇多想，走近门边，不慌不忙地问道：

“谁呀？”

“我……”一个女人的声音。

鸿远打开屋门，进来的却是柳明。这大大出乎他的意料。敌人正在大搜查，柳明却闯进来了，这是怎么回事？

没等鸿远开口，柳明神色慌张地小声问：

“我来找你打听什么时候可以走。怎么回事？怎么你们这儿的房间门口都站着警察？”

鸿远望着柳明，轻轻回答：

“你算来巧了——日本特务正在这里搜查每一个房间。你在大门外怎么不留神看看呢？一看情况有变化，应该赶快脱身才好。”

“大门敞开着，我完全没有想到……”柳明不安地低下头来。

鸿远觉得柳明缺乏地下工作经验，不能怪她，想了想，附在她耳边说：

“既然放你进来了，不搜查完，他们是不会叫你出去的。你千万要冷静、沉着，可装做我的表妹，咱们要做出关系亲密的样子。敌人如果问到你政治方面的事，你一概回答不知道，只说是来看我的……”说到这里，他向窗外望了一下——鸿远住到公寓后，为了随时能够看到外面的情况，他在窗玻璃上拄上纱布当窗帘。这样，白天在外边看不见屋里的情况，屋里却可以看见外边。这时，他望见房门外的警察懒洋洋地站在门洞边阴凉的地方，并没有注意听屋里人说什么话。鸿远笑了一下，让柳明和他并肩坐在床边。

两人沉默着——自从柳明一迈进屋，鸿远的心情就更加紧张沉重了，又为她的安全担忧起来。但他却不能把他们目前所处的极端危险的情况告诉她。他默默地思索着，如何能使柳明既保持沉着、镇定，又表现出天真幼稚、什么也不知道的样子。终于，他打破了沉默，小声说：

“小柳，我今天有点感冒，想躺一躺。你坐在床边小凳上，咱们说说话好吧？”说着，鸿远倒在枕上，身上盖上一条旧薄被，装做发汗的样子。柳明顺从地坐在他身边的小凳上。自从迈进这个门槛，自从明白了她和她所尊敬的这个人，他们的生死、命运已经紧紧地联结在一起，她的内心涌起某种非常复杂的情感——既感到恐惧与忧虑，又感到幸运与厄运的混和……

两个人轻声说起话来。柳明常常答非所问。鸿远以为她是惊惶的缘故，就又极力安慰、鼓励她。越是这样，柳明的心反而越发跳得厉害。

鸿远沉默了。过了一会儿，他忽然睁开眼睛对柳明笑笑说，他们来往不少了，柳明还不知道他的身世。趁这工夫，他正好向小柳讲讲他的家世和他过去的生活。柳明精神一振，她也正想多了解这个人呢。于是，鸿远讲起他的身世来。他说，小时他家是个佃户，租种地主的几亩薄地维持一家的生活。兄弟四个，数他大，也数他嘎气。家里人都叫他“嘎子”。一年秋后，地主赶着毛驴来收租，家里仅有的二斗粮叫地主搜去了，几斗糠也搜去了，连几把干菜也装进地主的小毛驴的驮子上。母亲指着一帮红虫儿似的光着身子、冷得瑟瑟发抖的孩子。对地主说：“孩子没得吃，留下点吧！”地主把眼睛一瞪：“欠我的租就得给！都不交租，我一家子吃什么?”看看屋里除了一条破烂不堪的破被，再也没有什么东西可拿了，地主这才赶着毛驴“得儿、得”地走了。曹鸿远那年十二岁，看地主那么狠毒，肺都气炸了。他想出口气，报报仇，就拿着几块石头子儿，爬到路边的一棵大树上，等地主赶着毛驴从树下经过时，他攥着石头瞄准，像他平日给地主放羊打头羊那样，狠狠地一块接一块地照准地主的脑袋打去。被打得鼻青脸肿、懵头转向的地主发现是佃户曹家的嘎子打他时，小嘎子已经跑得没影儿了。这下可把老地主气坏了！他又跑回曹家的茅草房里，疯了似的用棍子把锅盆碗罐、家三货四全给打得粉碎。接着，又把嘎子妈毒打了一顿，还嚷着：“等捉到了嘎子，非要他的小命不可！”小嘎子知道惹了祸，不敢回家，在深山里整整藏了两天。后来实在饿得不行，才在第三天深夜里偷偷地回家来。妈妈赶紧塞给他几个糠馍馍，哭着说：“孩子呀，快逃活命吧！那老地主要捉住你，就没你的活命啦……快——快到大同煤矿去找你的二叔去吧！”小嘎子一把抱住妈妈的大腿，流着眼泪，“妈妈，我走！你别难过……”他忍着揪心的悲痛，怀揣几个糠馍馍，离开了妈妈和弟弟，一路讨饭来到大同。他不知道叔叔在哪个矿上做工，就每天在几个煤矿外面转悠。终于有一天，听一个老矿工说，叔叔和他爸爸一样，也在煤矿里被砸死了……后来，还是这位老矿工把他介绍到一家小矿上当了背煤的童工。他才十二岁，个头又瘦小，一背就是七八十斤，匍匐着身子，一步步爬着陡坡，攀着窑梯，随时都会摔下来……吃不饱、穿不暖，还经常挨打受气，这牛马般的生活，一个孩子怎么受得了！……小嘎子心里燃烧起对那个吃人的世道深深的仇恨，终于和一个小伙伴一同逃到了北平。他讨过饭，卖过报。后来，大些了，就在火车站上扛大个——当搬运夫。这个时候，他已经十五六岁了，偶然遇到了一个同乡，是北平法学院的大学生，姓张。他叫他老师。他同情小嘎子，时常把小嘎子领到自己住的公寓里，教他文化知识，教他做个有理想的人。从此，小嘎子开始发奋读书——读文化书，也读政治书。他甚至在扛大个休息时，还拿着一本唐诗来背诵。后来，张老师把他介绍到北平医学院去当工友和练习生。他喜欢学习，还到北大旁听过哲学、文学课，也抽空在医学院听些医药学的课程。因为他长得端正，一些学校剧团，还常找他去演话剧。从此，他接触了更多的知识分子和大学生们。

一九三五年十二月，“一二·九”学生运动爆发了。曹鸿远跟着张老师一起参加了这个运动——在浩浩荡荡的游行队伍中，他骑着自行车来回跑着担任交通员。以后，又由张老师介绍去了延安。“七·七”事变前，延安派他到北平来买药。但碰到战事，他回不去延安了，所以留在北平……

“老曹，原来你有这么坎坷的经历——怪不得你是这样……”柳明专注地听着鸿远的叙述，忘了当前的险境，沉浸在一片安谧、新奇的喜悦中。她本想说，“怪不得你是这样好”；但“好”字没有出口，被鸿远用嘴“嘘”了一声：

“你听——外边……”

柳明立刻住口，心里又怦怦地乱跳起来。

第二十五章

公寓里还有另外两个人的心里也十分着急——那就是王福来和王永泰。

经鸿远介绍，王福来不久前当了公寓厨房的大师傅，管烧水做饭。王永泰是跑堂的伙计，干着给房客打扫房间、送开水等杂务。这时，他们心里火烧火燎地为曹鸿远、为柳明，也为常里平捏着一把汗。怎么办？连他们父子俩也被困在厨房里不许出门。

在闷热的屋子里，王永泰两眼忽闪忽闪地望着父亲额上堆起的皱纹，似乎要从那里想出什么办法来。他心想，曹大哥昨儿个又在看什么重要文件，要是没有收藏好，出了事可不得了！又想，那个常里平，马马虎虎的，他屋里准得有东西没有藏好。偏偏这工夫又闯进来一个柳明，怎么才能够帮助他们脱险呢？……

王福来也十分焦急。他手里拿着大铁通条，好像要找人打架似的挥上挥下，心里乱糟糟地想：小曹是我们的恩人，这么好的小伙子可不能出事啊……半老头儿心里忧虑着，眼睛愣愣地望着门外——见那些警察一个个直棍似的站在各个房间的门外，监视着每个房客。他不由得泄愤似的抡起大通条，一会儿捅捅炉火，一会儿捅捅炉坑——大通条上下飞舞。要是这时候有特务走进来，他也许会猛地给他一下子！

不过，厨房门口并没有警察看守。王福来抬眼望望里院——特务带着警察还在那里搜查着。他们进入每一个房间都是一阵翻箱倒柜、大声呵叱，半天才出来。再一看，外院各个屋门口的警察已经站得疲乏了，有的打着哈欠，有的露出倦怠厌烦的神色——这些国民党留下的警察，连日来，被日本特务差遣着，起早趟黑不停地各处搜查。这份苦差事，使他们恼火透了。王福来仔细观察着——看着，看着，终于看出门道来了！事不宜迟，他立刻从炉子上拿下早就烧得剩下小半壶水的大水壶递到儿子手里，附耳对他说了几句什么。然后，又沏了一瓷壶茶水，拿了几个茶碗步出厨房。

他先来到鸿远的屋门外，对站在那里的一个小头目样的警察笑嘻嘻地说：

"辛苦啦！你们站着怪累的，喝碗茶吧，新沏的。"

那警察正口渴，果然接过了茶碗。

就在这时，跟在王福来身后的王永泰，提着还在冒气的大水壶，指指鸿远的屋门说：

"这里的客人病着，发了两天烧啦。昨晚上就要水吃药，封了火，没开水了，现在给他送点水吧？"

喝茶的警察点了点头，算是默许。

"先生，病好点了么？送水来了。"王永泰一边推门，一边小声喊着。

鸿远一听是王永泰的声音，向柳明努努嘴，指指门口。柳明会意，站起身开了屋门。

王永泰提着水壶闪身进了房里。

柳明把门一插，用自己的脊背靠在门上——觉得不对，立刻又转过脸来，侧身望着窗外。

鸿远一见王永泰，立刻跳下床来，双手紧紧握住他的一只手，像见了久别的亲人，激动地低声说：

"这么危险的时候，你怎么来了!?"

王永泰指指大水壶。一边向桌上的瓷壶里高高地倒水，让水发出哗哗的响声，一边附在鸿远的耳边说：

“就这点水，倒完了。有什么东西，快装在这水壶里带出去！”说完，故意提高了嗓音，“先生，您发烧好点了吧？您不是要开水吃药么？给您送来了。”

鸿远的心怦怦跳着。刚才，当他往床下放那包危险的宣传品时他的心是平静的。可现在，当他看到王永泰这个青年工人，冒着生命危险来到屋里解救自己，眼睛不由得湿润了……时间紧迫，不容多想。他立刻从床底下拿出常里平的那包宣传品，迅速地打开包。王永泰一把抢过来，一叠一叠往空了的大水壶里装——几下子就把水壶装得快要满了。还剩下一小叠子，他们正要向壶里塞进去时，站在门边放哨的柳明，忽然扭过头向他们紧张地摆摆手；同时，门外的警察也喊了起来：

“我说伙计，怎么这水送个没完没了啦？”

怕警察走进屋来看出破绽，鸿远果决地轻轻把壶盖盖好，又一努嘴，示意王永泰快走。

王永泰转身走出了屋门。

警察已经站到了屋门口，正要推门进来。

王永泰沉住气，一边笑着向警察点头致谢，一边说：

“这屋的先生病可不轻。我打听打听，给他找个大夫瞧瞧……警察先生，这壶里还剩点水，我也给这位先生——”他指指常里平的房间，“也给他送点水喝吧？”

“快回厨房去！哪儿也不许送水了！”这个警察怕里边的特务出来看见，会怪罪下来，眉头一皱，命令王永泰立刻回到厨房去。

“是，是……”王永泰一边点头，一边快步走向厨房。

厨房里，王福来烧好了一大锅开水，故意敞着锅盖，让水蒸气把个厨房弄得雾气腾腾，什么也看不清楚。加上又闷又热，谁也没法进来。

王永泰走回厨房，刚摸到炉台前，王福来一把抢过水壶，打开盖子，往外掏那些宣传品。

王永泰就势蹲在灶前，用铲子在炉坑里掏了个坑，伸手接过父亲手里的宣传品往坑里埋。偶然间，他发现那些宣传品正是常里平屋里的东西——这些东西怎么落到了曹大哥手里？王永泰心里不禁有些纳闷。忽然，他想起来，大清早在特务、警察打门的时候，曹大哥正跟常里平在门口说着什么话，而且手里拿着什么东西走回他自己的屋里。

“原来，这些都是那位姓常的东西呀……”王永泰向灶坑里填着炉灰，泪水涮地流了下来。

鸿远又倒在床上，柳明仍挨在他身边坐着。他又轻声向她谈起他在红军里当过侦察员的历史。这时，柳明见他用手掀动了一下紧靠墙壁的铺板——掀得那么轻，那么随便。可是她觉察到他在藏东西。她想到刚才王永泰的机智、勇敢，心里一阵羞愧，立刻弯腰伏在鸿远的耳边，急促地小声说：

“还有什么东西？放在我身上吧！我是女的，也许……”

鸿远摇摇头：“没有了。你放心！”

柳明闪动着迷惑的大眼睛，满脸绯红地说：

“老曹，请相信我，不要瞒我！当真还有危险的东西没有？现在，咱们是患难与共的时候，我并不是那种胆小鬼……”

“真没有了。你不是看见都给小王拿走了么？”

其实，鸿远在和柳明说话的时候，一边听着屋外的动静，一边在思索怎么处理手中剩下的宣传品；他关心着王永泰把那些东西收藏好了没有；同时也在牵挂着常里平的屋里会不会还留下什么危险的东西……在这些纷繁、悬心的思缕中，他估计着、准备着一切可能发生的后果，以及怎样补救的办法……

鸿远决定把剩下的一小叠宣传品塞到床铺最里边靠墙的那块铺板下面去——这是一张几块铺板搭成的床铺，下面有两条窄板凳。他把宣传品从裤兜里摸出来后，轻轻地塞压在铺板和板凳当中——好像铺板不平，有人用破纸把它垫平了似的。他想，如果敌人翻出这些东西来，他可以说，他刚搬来不久，不知道是什么人塞的，这样也许可以搪塞过去。

当他把剩下的宣传品完全藏好之后，心里踏实了，就和柳明轻声谈起别的话来。他躺在床铺上装病人，柳明守在床头挨近他，好像一对情人在密谈，守在外面的警察是听不清他们说什么的。

“伯父近来情绪怎么样？伯母还那么成天吵吵么？”

柳明心绪不宁地说：

“我爸爸还在唱那个亡国论调……嗯，他唉声叹气好像比以前少些了。我妈成天价为一家人吃喝发愁，已经顾不得吵嚷了。”说到这里，一双焦灼的眼睛使劲地盯着鸿远的脸——那里面蕴藏着忧虑、企望和期待：“老曹，咱们就这么等着受欺负么？日子真是难过呀！”说着，她转眼望着窗外，气愤地努着嘴巴，“奴才的奴才！正因为有了这帮人，中国才闹成这个样！”

鸿远点了点头，明亮的眼睛闪烁着：

“小柳，最近的形势听说了么？”

鸿远的镇静感染了柳明，她扬起下颏，说：

“听到一点儿，也是零乱的。你趁这时候给我讲讲吧。”

“最近，敌人占领了咱们的河北、察哈尔、绥远三省后，山西也在危急中。国民党抗战消极，处处被动挨打。南京、上海不要多少日子也会失守……，”

“真糟糕！”柳明插了一句，“要这样下去，中国真不堪设想了！”

可是在鸿远的眼色里，反倒有一种似乎喜悦、兴奋的神采。他把头从枕上向外凑了凑，对柳明抱歉似的一笑——意思是请她原谅他不得不这样靠近和她说话。

“柳明，你说错了！你还没有听说吧？就在南口、张家口先后沦陷之后，鬼子更加不可一世地向山西进攻的时候，已经有一支红军改编的八路军开到了华北前线。柳明，你相信么？八路军一开到华北，华北敌后的游击战争一展开，咱们的抗战形势就会改观的。”

“八路军？”柳明似乎是第一次听到这个名词，微微显出了惊讶，“国民党拚命向南逃；共产党八路军却向北开——开到敌人占领的地方。真是怪事！”

“一点不奇怪。”鸿远的声音低得使她刚刚能够听清，但这声音又是那么铿锵有力，在柳明耳边轰响，“哪里困难，哪里艰苦，哪里需要，共产党就会向哪里去！”

“太好了！中国真能得救就好了！”柳明的眼里露出喜色，“战争快点结束吧！那时，我还可以继续读书……”

“读书？”鸿远打断柳明的话，笑笑说，“你可把战争想得太容易了！战争是要流血牺牲的，这场仗可能还要打很长时间。现在，柳明，我想给你念一首诗——我知道你喜欢文学，也喜欢诗，你愿意听么？”

“诗？”柳明惊奇地盯着鸿远，“这个时刻你要念诗？——那就念吧！”

“‘恨不抗日死，留作今日羞。国破尚如此，我何惜此头’……这诗表达了一位爱国者多么崇高的精神世界！”

“这诗是谁写的？我好像见过似的。”

“这是共产党员吉鸿昌将军被蒋介石逮捕后，在他生命的最后一刻写的。他恨自己没有死在抗日的前线上，却死在中国人——也就是蒋介石的屠刀下。为了危难的祖国，他是愿意牺牲自己的……当走向刑场时，他披上斗篷，好像出门散步。快到刑场了，他突然停下来，用小树枝在地上写了这四句诗。然后，对旁边的特务说：“我为抗日而死，不能跪下挨枪，死了也不能倒下。去！给我搬把椅子来！”特务只好给他搬来椅子。他又说：

“我为抗日而死，要死得光明正大，不能叫你们这些刽子手从我背后打枪。你们就在我眼前开枪吧——我要亲眼看看反动派的枪弹是怎么射入一个坚决抗日者的胸膛的！’特务无法，只好按他说的，从他的前面开了枪。他高喊着‘中国共产党万岁！抗日胜利万岁！’英勇地牺牲在那把椅子上……他就是那种‘宁可站着死，绝不跪着生’的人！”鸿远低声地娓娓地向柳明讲着这动人的故事。

“宁可站着死，绝不跪着生……”柳明小声重复着这两句活。她为吉鸿昌将军的崇高精神所鼓舞；也为鸿远——这个近在咫尺的人的品质所激励。在这万分危险的紧急时刻，他却安详地向她讲他的出身历史，讲抗日，讲吉鸿昌的英雄故事，好像两个朋友在围炉谈心……有生以来，柳明第一次从心坎深处被深深地感动了……

就在这时，鸿远的房门砰地被踢开了。这是全公寓最后被搜查的房间。天色已过午，那个领头的特务已经疲乏，他的巴拿马草帽歪向一边，灰色绸长衫沾上了许多尘土，到处是皱折。他先不迈进门槛，小眼睛在门外滴溜溜转着，两道警犬般的凶光冲着鸿远、柳明的脸上身上直射过来——探照灯似的照了一阵。直到鸿远慢慢地从铺上下了地，和柳明并肩站在当屋地上，他这才迈腿进了门槛。一边瞟着柳明，一边歪着脑袋瓮声瓮气地向鸿远问道：

“叫什么名字?”

“曹仲平。”

“从哪里来?”

“察哈尔。”

“干什么来了?”

“考大学。”

“考完了怎么还不走？住到这里干什么?”好像钓鱼的人发现

鱼儿上了钩，特务微微一笑，露出一只虎牙，越发显得那黄蜡般的瘦脸阴森森的。

鸿远也笑了一下，不慌不忙的：

“等着发榜呀。榜到现在还没发下来。”

特务像捉到了把柄，猛一下子抓住鸿远的衣领，吼叫着：

“胡说！发什么榜呀？大日本已经进了中国，他妈的，中国人考的那套还算数？快说！住在这里干什么？准是共产党、抗日分子！‘永定门事件’就是你这小子干的吧？”

鸿远用力拨拉特务一下子，提高了声音：

“有话好说，干嘛动手动脚！是日本人叫你这么发横的么——我就是等着发榜！谁知道你们还发不发呀！你们下过通知说不发了么？再说，我就是想回家，回得了么？日本正在那边进攻，交通断了，难道你们这些人能不知道？”

几句话把个特务说得哑口无言。他的两只小眼只露白的，不露黑的，使劲盯在鸿远的脸上足有一分钟。鸿远若无其事，静静地和特务对脸站着，渐渐露出了不耐烦的神色。

一阵僵持。双方似乎是用眼睛在搏斗。终于，特务无可奈何地转脸问起柳明来：

“干什么的？”他没敢向女人身上动手。

“中国大学的学生。”柳明说着，一下子紧挨在鸿远的身边。

“住在哪里？”

“学生宿舍。”

“到这儿干什么？”

柳明按捺住心头的厌恶和不安，极力用平静的低声说：

“曹仲平是我表哥。他病了，来看他呗。”

特务见柳明是个漂亮女学生，睨着她乜斜眼睛笑了一下：

“是真表哥还是假表哥？啊？”

柳明把头一歪，冲了一句：

"是真是假随你们说！现在不是你们这些人说了算么！"

特务瞪了柳明一眼。也许忽然感到肚子饿了，也许是累坏了，不再和柳明纠缠。他猛一下子打开两个抽屉——里面空空的，什么也没有。他扭过头问鸿远：

"怎么什么东西也没有？"

"刚搬来，穷学生能有什么呀！"鸿远冷冷回答，一拉柳明，两个人紧挨着在小凳上坐下来。

特务又转脸看书架——这个破书架上只放着一本《辞源》。特务拿起《辞源》翻了又翻，看里面什么也没有，就咔嚓一声，一撕两半，把厚厚的《辞源》扔到地上。接着，一脚踢翻了书架，看看下面还是什么也没有，就转向床铺开刀了。

特务已经掀掉了铺上的铺盖。这时，柳明的心止不住怦怦跳了起来。鸿远虽然没有告诉她，但她知道紧靠墙壁的铺板下面放了东西——如果搜出来，他肯定会被逮捕，自己也难免……

哐当一声，最外面的那块窄窄的铺板被特务一脚踢到地上，接着第二块、第三块又被踢了下来……这时，不但柳明紧张，鸿远也有些紧张了。这个十分忠于日本鬼子的特务，仔细搜查着每个房间的每样物件，眼看最里边的那块铺板就要被踢开了——只要踢开那块铺板，下面的宣传品肯定就要露出来，特务肯定要查看，那么，那么……柳明不敢再往下想了。

空气仿佛凝滞了。

就在第三块铺板踢到地上以后，特务的脚酸麻了，显得有点儿上气不接下气。忽然，他瞥见鸿远对着柳明偷偷一笑——特务立刻以为，这里不会翻出什么东西来。于是一脚踢开房门，悻悻地走出鸿远的房间。

屋里的两个人长长地出了一口气。柳明一下子拉住鸿远的手，因为过分激动，过分高兴，她的脸突然变得通红通红，红得好像一朵红玫瑰。

特务从公寓里抓走了两个贩卖鸦片烟的男人，和一个据说是“永定门事件”的指挥者——头上戴着红发卡子、屋里有把阳伞的女人，一场搜查风暴算是过去了。

特务、警察刚走，王福来立刻走进房间对鸿远和柳明说：

“你们快走！他们一会儿还得来。”说着，一把拉住鸿远的手，露出十分焦急的神色，“小曹，你不能回这儿来了，我就去告诉老常，叫他也赶紧离开这儿——我听见他们说了，还要来蹲什么坑……”

王永泰也进来了。八只眼睛你望着我，我望着你，那里面蕴蓄着多么真挚的同呼吸、共命运的深情啊！

鸿远附耳对王福来说了几句什么后，就和柳明走出了公寓。他们一块儿拐进一条弯曲的小胡同里。

“柳明，你不是想要离开北平么？现在还这么想么？”鸿远愉快地睐着眼，好像不曾发生过刚才的风险。

“老曹，你快带我们去找八路军参加游击队吧！”

鸿远扭过头，调皮地一笑：

“你不久前还在想读书，想留洋，想当医学博士。要是去打游击，还怎么当博士呢？”

柳明不好意思地说：“过去，我是有过那种想法——直到你刚才给我念那首诗之前，我还在希望暂时抗日，以后上学深造……但是，爱国志士为了抗日连头都在所不惜，我还惜什么上学深造？老曹，你一定想办法带我们走吧！苗虹，还有她那个男朋友高雍雅也都想走。”

“可是，现在还有些知识分子情愿在敌人鼻子底下讨生活，还在做学者专家的美梦。确实，去抗战，不是一件容易的事。”

柳明明白鸿远是在试探她的决心。她低头想了想，忽然把头发一甩，头高高地一扬：

“老曹，请相信我——国破尚如此，我何惜此头！”

鸿远微微一笑，说："你也把你的男朋友白先生一起动员走好么？这个人很聪明，不过，动员他你可要耐心点。"

柳明的脸又红了：

"这是个阔少爷，吃不了苦，肯定不会跟我们走的。"

"现在讲抗日民族统一战线，尽量争取吧——不过，柳明，如果他不走，你还走么？"

"当然走！"柳明把短发一甩表示决心。

"那，咱们三天后动身可以么？在这期间你尽量多动员同学、朋友一起走。不过先不要露出我的名字。"曹鸿远之所以这样说，是因为组织上已和各方面联系好，决定送一批爱国群众先去根据地，由他带队。

"嗯，我知道。"

沉默了一会。鸿远停下脚步，又对柳明说：

"你就去通知他们准备好。三天后上午八点在西直门外护城河沿聚齐。有人问，你们就说上香山看红叶去。"

柳明的心由于喜悦，怦怦地跳个不停。一双眼睛燃烧似的放射着兴奋的光。

"我这就去找小苗，通知她——她和我一样，也急着离开这罪恶的地方。"说着，刚要走开，忽然又转回头来，怔怔地看着鸿远苍白的脸，低着头说：

"你身体不好——疟疾还发吧？这回又要走许多路了，受得了么？"

鸿远笑笑：

"没事儿，你放心。怎么也比你们女士们能走路……"

"给你！"柳明扔给鸿远一个纸包，扭头就走。

鸿远一看，纸包上面写着"奎宁"二字，并写着"发作前两小时服下"。他把纸包装进口袋里，柳明回过头来，对他加了一句话："我就去找苗苗，有事你到我家找我吧！"

鸿远对她点头微笑，直到望不见她的影子了，才大步离去。

第二十六章

柳明对曹鸿远说要立刻去找苗虹，脚步却不知不觉迈向东城李广桥白士吾的家里。

她有几天不见他了。他也不像过去那样天天去看她。而且，两人见了面，都似乎没有多少话好说——他不再催着柳明跟他一起出国留学；柳明因为决心不走，更不愿提这件事。白士吾每次来，照样坐在柳明的小屋里。有时，他拉住她的手，好像有好多话要对她说；有时，突然红了脸，低下头，什么也不说，常常相对无言。柳明心头也有一种似歉疚、似负情的感觉。想起姥姥一家老小来劝她和白士吾好，她那样奚落了他们的情景，又觉得有点对不住母亲和姥姥一家人—他们为什么？不全是白士吾爱她至深造成的吗？当她冷静下来时思前想后——他那么狂热地爱着自己，自己怎么对他就是缺乏那种热烈的爱呢？这回，她决心要离开从没有离开过的家，离开自己从小生长的北平城，心头忍不住冒出一股热望——找小白，拉着他一起走，一起参加抗日去。如果他不肯去，她就动之以情……高雍雅思想并不进步，怎么也可以和苗虹一同走呢？白士吾如果真爱她，他也应当和她一起离开北平的。

进了白士吾的后院，柳明忽然觉得他那个院子和一排房子很像怡红院贾宝玉的住室，豪华旖丽，香气氤氲。她的心又立刻有点儿发凉了。白士吾大概没事可干，屋檐下挂上了三个金丝笼子，里面养着几只色彩斑斓的鹦鹉——那闪亮的锦缎似的羽毛，欢蹦乱跳的舞姿，倒很惹人喜爱；可是，却使柳明一阵心烦，像见了什么可厌的东西。她不知不觉地轻轻叹了一口气，缓步走到里间屋门外，轻轻叩了一下门：

“小白，我找你来了。”

屋里寂然无声。她进来时，李妈说少爷是在屋里的，怎么现在没人回声？她去推门，门从里面扣上了。她又敲了一阵，白士吾才睡眼惺忪地开了门。一见是柳明，感到意外，打着哈欠说：

“啊——小柳，难得玉人赏光，小生有礼!”

“大白天睡觉，晚上准是去看电影——要不就是看戏、跳舞去了！你可真会享乐……”

白士吾不回答。把柳明让进屋，坐在一张靠床的小沙发上。他长长的头发，苍白的脸，穿着一身花绸子睡衣，和柳明朴素的竹布旗袍一比，显得更像个女人。

“你怎么好几天不到我家去了？在忙什么?”白士吾向床上一倒，有气无力地说：“去，去，我已经去了两年了。可是……‘东边日出西边雨，道是无情却有情’——我猜不透小姐的心，去——不去，都是痛苦……”

柳明轻轻握住白士吾的手，低着头说：

“小白，我脾气犟，有点自负，对不起你——你能原谅我么?”

从来还没有见柳明这般温存、这般谦虚地对自己说话，白士吾高兴得一把抱住柳明的肩膀。他很想把她抱住、搂住——抱得紧紧的，搂得紧紧的。但是，他不敢。他碰过钉子不止一次了。每次他的行为稍稍过火些，她，这个矜持、执拗的姑娘就要好几天不理他、冷漠他。可是，人也怪，你越是高傲、自尊，越是不肯把爱情轻易外露，那么，爱你的人就会越爱——越追，越依恋不舍。老百姓常说“妻不如妾，妾不如偷，偷还不如摸不着”呢。越摸不着，神秘感越大，吸引力也越强。白士吾所以如此死命追柳明，也许有这么一点道理吧！

柳明还是轻轻地把肩膀上那双熟悉的手挪开，仰着头对白士吾莞尔一笑：

“小白，你知道我今天为什么找你来？”

“我不是刘伯温——能掐会算呀！什么事有劳我的小姐亲自登门……”

“别开玩笑，说真的。小白，我要离开北平了，我希望你跟我一起走。”又加重一句，“咱们一起走多好！”

白士吾吃了一惊，忙问到哪里去？去干什么？还有谁一起走？

柳明笑笑：

“人多着呢！都是青年人，都是不愿当亡国奴的中国人。苗苗跟高雍雅都去呢，你也去吧！”柳明忽闪着长睫毛，注视着白士吾，眼里放射着热烈的希望之光。

白士吾翻着两只大眼睛，不戴眼镜时，他的大双眼皮特别明显，别有一种魅力。

“你这个决定太突然——好像哀的美顿书！我得好好考虑考虑，还得和父母亲商量……”

“一商量准走不成。我就不跟父母商量。青年人说走就走呗！四海为家，而且——我真希望你跟我一起离开北平……”说到这儿，柳明的脸微微一红，不好意思说下去了。

一张娇羞的脸，两朵鲜丽的迷人的红晕，白士吾呆呆地望着——望着，心旌摇荡，又激起心头上的阵阵涟漪。他一把把柳明的胳臂抱在怀里，颤声说：

“小柳，我知道你的心了！咱们还是结婚吧！结了婚再谈走的事好么？”

柳明急忙把胳臂抽回，态度变得严肃起来：

“又是结婚！我来找你是约你一同去参加抗日的。现在哪有闲心去谈个人婚事……小白，你的生活条件太优裕了。我刚才一进你的院子，看见屋檐下那些鹦鹉，那些金丝笼子，真有点像进了大观园的怡红院，心里真替你害怕。我记得一句古语‘生于忧患，死于安乐’。你应当作个顺乎潮流的有为青年，千万不要死在安乐窝里！”

“哎呀，小柳，你受了什么新思潮的影响，忽然向我布起道来了！人生一世，草木一秋，谁不希望过安逸、舒服的生活！你这个姑娘真是少见，长得这么漂亮——从中学起，你就是‘校花’，到了大学，大伙儿又推举你当‘皇后’，可你偏是个书呆子，一心只钻书本，钻实验室，现在又迷上了抗日……唉，叫我怎么说你好呢？你走，也想拉我走。我感谢你的一片心意。可是，你睁大眼睛看看这个现实——卢沟桥抗日的结果怎么样了？国民党养着几百万军队，我看也难抵挡日军的长驱直入——小柳，算了，我还是劝你，不要胡思乱想，不要受那些亡命之徒的蛊惑了！咱们还是想办法到国外去吧！你不愿意去日本，那么，美国、英国……随你挑选，咱们都可以想办法去——到了国外，大不了花上三年时间，你柳明的医学博士头衔就稳拿到手了；我把我家藏的那些珍珠宝物拿到国外，保准你我可以过一辈子富富裕裕的舒服日子。你别那么讨厌怡红院，到了国外，我也给你盖一座潇湘馆……”

柳明的心里似乎有了变化：过去她对白士吾虽然也有某些不满，还常抢白他，但谈起医学、文学，两人还可以谈得来，见了面总有许多话好说。但是，自从形势急剧变化，抗日热潮风起云涌以来，柳明觉得和他可谈的话越来越少，终于，只有相对无言。现在，白士吾的一席话，又撩拨起柳明的怅恼——这个人，别说要动员他跟自己走了；自己不被他打动，不跟着他走就算万幸啦。柳明知道白士吾那把“出洋留学”的金钥匙，是他借以赢得芳心的一大法宝；它确有一股魔力，常使得柳明几乎不能自持。此刻，她终于清醒地意识到：白士吾拿出这把钥匙去触动她心中渴望求学的锁，也许就是最后一次了。看看越谈越不对头，柳明用痛苦的眼睛望着白士吾，慢慢站起身来，低着头说：

“小白，你真的不跟我们走？那——以后我们恐怕难得再见面了……”

白士吾也低着头，半晌才说：“小柳，我最后劝你一次，为了我俩的——爱情，也为了我俩的事业前途，你还是暂时留在北平，不要去做那些铤而走险的事好吧？我请求你……”

柳明不再说话。她的心很乱，头脑昏沉沉，无力再开口。想到还要赶快去通知苗虹，她咬咬牙，离开了白士吾的“怡红院”。白士吾没有送她。临出院门，她向那几个金丝笼子又望了一眼，眼泪不知不觉流了下来。

苗虹早就准备参加抗日去，高雍雅也决定跟她一起走。和苗苗说准动身的时间之后，柳明就急忙回家了。

夜晚，她悄悄收拾好了要带走的东西——她最心爱的《内科学》、《战场救护》两本书，虽然厚，还是放在手提包里。此外便是几件换洗的衣服和一件毛衣。书里夹着一张白士吾的照片，她也带走了。

第二天白天，她没有出门，和父母亲小弟弟坐在一起谈这谈那；因为她知道明天大早一走，就不知哪年哪月才能和父母亲人再相聚了，不由得依恋地想和他们在一起多待待。但她不敢把自己的秘密向他们明说，生怕母亲的泼劲上来，她就走不成了。

白士吾白天没有再来看她，显然是对她的失望和不满。忽然，她想起一件事，问母亲道：

“妈，姥姥、舅舅来咱们家那天，白家那匣子首饰你退还给人家没有？”

母亲瞠目盯着女儿：

“丫头，那是给你订婚的礼物呀！婚事虽然还没有订妥，就是现时不结婚，也不能退给人家呀！”

柳明灵机一动：

“妈，把这匣子首饰给我看看。那天净顾瞎嚷嚷了，我什么也没看见。人家给我的，我总该仔细瞧瞧。”

母亲高兴地把首饰匣子拿给女儿：

“丫头，早知道你这么顺当，你老娘何至于急得撞南墙呵！”

柳明笑笑，抱回首饰匣子回到自己屋里，插上门。她真的打开匣子，略略看了看那些闪闪发光的金玉珠宝，摇摇头苦笑了一下，仍又把匣子盖好放在小桌上。

她坐在床沿考虑起来：叫母亲给白士吾退回去？老太太爱财，一定不肯。叫小弟弟送去呢，又怕路上丢了，终于，柳明决定自己给白士吾送去。

不知怎的，平日，白士吾像个影子般总跟着她时，她并不怎么动情。此刻，当她就要走了，就要离开——也许永远离开白士吾的时候，心中忽然充溢着一种复杂难言的情感——有惜别，有厌憎，又有依恋。她犹豫着……害怕再见到白士吾之后，自己会失掉出走的勇气……但她终于还是把首饰匣子装在书包里，提着它走出了大门。

一路上，她的眼前不断闪过白士吾深情、幽怨的目光。可是当曹鸿远那镇定坚毅的面容一出现时，白士吾立刻变成了金丝笼子里的鹦鹉……一边走，一边不断反复出现这些变化的映像，一会儿是白士吾，一会儿又是曹鸿远。她仿佛站在十字街头，被两股力量在拉扯——在争夺，浩茫的心事，像潮水般忽涨忽落……

进了白士吾的房间，见他坐在桌子边正埋头用扑克牌算卦，柳明不声不响地站在他的背后。过了一会儿，才轻轻推了他一下：

“手拿着红绣鞋儿占龟卦——给谁算命哪?”

白士吾霎地一惊，见是柳明，立刻把桌上的一张用娟秀的笔体写的字纸，递到柳明手里。柳明拿起一看，是一首词：

雨横风狂三月暮，门掩黄昏，无计留春住。泪眼问花花不语，乱红飞过秋千去。

柳明看罢，一种惆怅之情又盈塞心头。她拿着那张纸，呆立着，半晌无言。

白士吾双臂抱头在桌子边，只轻轻说了句：

“这是欧阳修的《蝶恋花》，我抄了想送给你——留个纪念吧!”

柳明收起那张纸。从书包里拿出首饰匣子放在桌上。

“小白，你不要难过……这只首饰匣子我从母亲手里要回来，一件不少，请代退还你的母亲吧!”

“呵，首饰退回来了?”白士吾倏地抬起头来，一副奇异的目光盯住柳明的脸，“你真的视金钱如粪土，不愿封万户侯?”说完，他又用双手抱住头，把头伏在桌子上。

柳明心乱如麻。她不愿再在这种气氛中呆下去。拿起书包，不再说话，转身就向门外走。

刚走到屋檐下，忽然鹦鹉伊呀细语，发出声来：

“少爷——少爷——送客——送客……”

柳明一回头，原来白士吾紧跟在她身边送她来了。他们慢慢走着，走着，谁也不开口，快到大门口了，柳明伸出手来，轻轻握住白士吾的手：

“小白，多保重——后会有期……”

白士吾瞟着柳明，忽然，狠狠地推了她一下子，转身大步走回院里。

第二部

第二十七章

巍巍太行山，起伏连绵，耸立云霄。

群山中，云雾笼罩着壑谷、峰峦，远远望去，宛如万马奔腾的海水，上下缭绕，左右翻腾，显现出各种奇妙的景色。

太阳升高了，云雾渐渐消散。山峰又把它重峦叠嶂、峥嵘雄伟的本来面目展现在人们眼前，给人一种气象万千、胸襟开阔的愉快感觉。

曹鸿远带领着一小群穿着各式服装的男女青年，走在这些山间的崎岖小路上。他们的身影不时出没在奇妙的云海中，也不时挺立在高高的山巅上。

他们艰难地走过了一座高山又一座高山。

山傲然挺立在蓝天下，人奋力绕行在山径中……

曹鸿远带领的人，在北平城里就分成了几个小组——每组两三个人，分头奔向门头沟山区。在那里集合后，就开始跋山涉水奔向太行山区。因为那支曾活动在北平周围的游击队，已经向太行山区转移了。曹鸿远他们只好径直去太行山区，寻找由红军改编的八路军。

他们这一行，除了柳明、苗虹、高雍雅等十几个青年学生外，还有王福来父子、医学院的闻雪涛和几个工人。

开始过一种新的生活，人们的兴致都很高。十几个青年学生尤其活跃。在杳无人烟的深山密林中，曹鸿远常叫苗虹领着人们唱起来：

工农兵学商，
一齐来救亡，
拿起我们的武器——刀枪！
走出工厂田庄课堂，
到前线去啊，
走向民族解放的战场……

他们放声歌唱，唱了一支又一支。

歌声缭绕在飞奔的白云中，歌声回荡在灿烂的阳光下。歌声使他们振奋，使他们勇敢，也使他们忘掉疲劳。

他们爬山过河，朝着群众指引的道路走去。这些知识分子多数都从来没有到过山区的农村，看见什么都觉得新奇。

在高高的崖畔，红红的山丹花娇艳、挺拔地摇曳在萧劲的秋风中。苗虹远远一见，禁不住欣喜地喊叫起来：

"看哪，多美的花儿呀……我去摘下来！"她不顾疲劳，向乱草丛生的崖畔跑过去。

大姐姐般的闻雪涛赶上去，一把拉回她，像哄小孩似的：

"苗虹，那地方只有猴子才能爬得上去。要是失足摔坏了，咱们还怎么去找八路军、打日本呢？"

苗虹瞪着圆眼，看看闻雪涛，小嘴撅起老高。

高雍雅对山区特有的核桃树、柿子树、栗子树发生了兴趣，他看见一棵棵树上结满了翠绿的圆球球、桔黄色的圆砣砣或毛茸茸的刺猬样的果实，不禁惊讶地左顾右盼。想用手去摘，被曹鸿远制止住了：

"小高，咱们不能摘群众的东西。"

有一次，看见农民靠窗的土炕。他眯起近视眼镜后面的两只眼珠子凝视了一会儿，发出奇怪的询问：

“这个大块头是什么？”

人群爆发出一阵大笑，算是对他询问的回答。

傍晚走过一个山村旁，引起了一场小小的风波。

戴着深度近视眼镜的高雍雅，看见山村外的碾子旁，一个穿着红布褂子、梳着一条大辫子的姑娘，正迈着轻捷的小步推碾子。霎时，他诗兴大发。尽管这支小小的队伍已过了山村，向岭后的山道攀登过去，他却坐在碾子旁的一块石头上，掏出钢笔、小本子写起诗来。推碾子的姑娘看着这个陌生人忽然坐下，对着她写起什么来，一赌气收拾起要碾的粮食走开了。可是高雍雅仍痴痴地对着碾子——仿佛那个红衣姑娘还在推碾，并在小本子上兴致勃勃地写下几句诗来：

好像一只红蝴蝶，
她翻翻地飞舞在云霞上。
这滚动的巨石呀，
像磁石吸住了她娇嫩的翅膀。

高雍雅还在凝神搜寻着诗句，冷不防有人在他背后推了一下，一个声音冷冷地吹到他耳边：

“喂，走哇！你这是干什么呀？”

高雍雅一回头，原来是王永泰站在他身边。队伍走了一段路，不见了高雍雅，鸿远叫王永泰回来找他。

高雍雅被打断了诗兴，不高兴地皱起眉头：

“不要干涉别人的自由——我在写诗！”

王永泰看见高雍雅那股酸溜溜的味儿，火爆脾气上来了。但他还是抑制住自己，催高雍雅说：

“什么诗不诗的——天晚了，快走吧！大伙都在等你一个人哪！”

高雍雅无可奈何地站起身来，跟在王永泰身后向山道走去。一边走一边咕哝：

“只知道打断别人的烟士披里纯①——什么也不懂！不懂！”

王永泰的火压不住了，猛一回头盯住高雍雅：

“什么不懂！不懂！你说说什么不懂吧？”

高雍雅得意地摇晃着脑袋，眯缝起小眼睛，冲着王永泰似笑非笑地问：

“你知道波特莱尔、普希金、莱蒙托夫是谁么？你知道莎士比亚是干什么的么？”

王永泰见高雍雅那种得意的挑战神态，火更大了，他对着快要落山的太阳大声喊道：

“我就知道农民不种地你就得挨饿！工人不织布你就得冻着！别的呀，我看知道不知道全是那么回事！”

高雍雅也伸着脖子嚷道：

“不吃饭不穿衣可以！不叫我做诗就是不可以！王永泰，让我告诉你——‘无知是智慧的黑夜，是没有月亮、没有星星的黑夜’……你懂么？”

“我不懂又怎么着？”

“不懂就是无知。”

两个人正嚷着，曹鸿远转回身来找他们，两个人都不出声了。

鸿远拉住高雍雅的胳臂向前赶着路，边走边说：

“小高，你很喜欢做诗是吧？以后到了目的地，你来教我写诗好么？”

一句话说到高雍雅的心坎上，怒气立刻消失了。他歪过头露

---

① 音译，英语中灵感之意。

出惊奇的神气：

“你们讲政治的也喜欢诗?”

鸿远欢快的大眼睛，热情地瞥了高雍雅一眼，点点头：

“怎么不喜欢！马克思、列宁、毛泽东都很喜欢诗。毛泽东的诗就写得非常好，你读过么?”

高雍雅摇摇头，表示没读过。

“到了地方我给你抄一些下来。我还背得出几首。”

高雍雅扭过头，惊奇地盯住鸿远看个不停。心里想：这个平凡的、没有文化的人，竟能背诗词?

曹鸿远望着高雍雅疑惑的眼神，不经意地说：“小高，你看，咱们头上是飞奔的白云，脚下是起伏的群山——多么美！真是诗情画意……”说到这里，他停了一下，眺望着远方，竟满怀激情地朗诵起来：

天高云淡，
望断南飞雁。
不到长城非好汉，
屈指行程二万。

六盘山上高峰，
红旗漫卷西风。
今日长缨在手，
何时缚住苍龙?

高雍雅歪着脑袋听完了，惊愕地用右手扶着眼镜框，连声说：

“好！很好！想不到你竟有这么高妙的朗诵才能……有了时间，你给我抄几首好吧！”

“我演过话剧，所以会一点……”曹鸿远点点头，拉着高雍雅的胳膊，急急向山上走去。

这支小小的队伍，晓行夜宿继续前进。

走了几天，除了有时遇见逃跑的国民党散兵，却找不到八路军的踪影。人们着急起来。几个人走路开始一拐一拐的，不像头两天那么精神了……

这天黄昏，队伍走到一个村子，因为找不到村里办公的人，没人给他们安排食宿，鸿远就领着人们来到一座古庙里。

山中的古庙，破烂、荒凉。除了几尊泥菩萨，大殿里空荡荡的什么也没有。鸿远各处察看了一下，见东、西两座偏殿也是空着的——没有龇牙咧嘴的泥像，也没有任何家具、杂物，就和王永泰一起把屋地上的砖瓦石块捡了捡，然后两个人匆匆走出庙门去。工夫不大，他们每人背上一大捆沉重的茅草踏着荒径走了回来。刚走到庙门外，就听见高雍雅像哨子一样的声音在院子里喊叫：

“要饭吃没有饭吃，要床铺没有床铺，这哪里是什么富有诗意的战斗生活，简直成了一群叫化子……”

“小高，瞧你……”苗虹瞅见曹鸿远背着草已经走到了庙门口，赶快朝高雍雅摆手。

曹鸿远好像什么也没听见，把草背到东边偏殿的地上。几个男同学帮他摊开来，这些干草立刻变成了松软的地铺。

曹鸿远抹着汗，冲着院子里喊道：

“高雍雅，吴华林，你们都走累了。快来！倒在这地铺上休息休息。这是羊胡子草，可暖和了。”说着，他又转脸对站在屋门口撅着嘴的王永泰说，“把你那些草放到对面偏殿的地上，叫柳明、苗虹她们也去休息一下。今晚，咱们大伙都睡草铺——这比老乡的热炕还暖和哩！”

王永泰瞪了一眼已经倒在草铺上的高雍雅，转身把草送到对面偏殿。

曹鸿远和王永泰拿着绳子、镰刀，又走出庙门去。不过，这次他们身后多了一个大学生吴华林——他是北京大学哲学系的学生，开朗爽快，瘦瘦的高个子，爱开玩笑。

天色不早了，王福来从后殿一个角落里走了出来。昏黑中，只见他张着两只手笑呵呵地站在院里大声说：

“饭熟了，今儿个大伙吃顿新鲜饭吧！”

“王大叔，什么新鲜饭呀？”苗虹饿极了，急忙从地铺上爬起来，跑到院里，拉住王福来的胳膊就向后面去找饭锅。转眼又跑回来喊道，“好新鲜的饭呀！热腾腾、香喷喷的，大家快来吃吧！”

人们带着各自的搪瓷缸子和筷子——也有带着小勺的，来到后殿的灶房里。在昏沉沉的松明子火光前，闻雪涛满头大汗地站在一口热气腾腾的大铁锅旁。她一边给每个人盛了满满一缸子饭，一边笑盈盈地说：“这种饭营养价值可高，很解饿，趁热吃了，出身透汗还解乏。”

柳明走得两脚打了泡，动一动，疼得钻心。但她忍住，一瘸一拐走到厨房门前，问闻雪涛：

“什么饭这么好吃呀？你给老曹、小王、小吴他们留了么？他们饿着肚子去打草，咱们应当叫他们多吃一点。”

闻雪涛笑着说：

“这还用你担心么！保准叫他们吃得饱饱的。”

大家坐在大殿前面的台阶上吃起饭来。因为饿了，都吃得挺香。

高雍雅和苗虹并坐在离人群稍远的台阶上。他用一把精致的小勺子在缸子里搅来搅去，见里面除了北瓜、豆角和山药蛋外，只有不多的小米粒儿。他不往嘴里送，却皱着眉头对苗虹说：

“小苗，你看看，这是人吃的么……”

“少说点吧！”苗虹推了高雍雅一下，“就你事儿多。”蹲在他们不远处的王福来，听见高雍雅的牢骚话，站起身来大声说：

“今儿个这顿饭叫大伙受屈，都是我的不是。咱们前几天到村里都能找到办公的，他们给咱们号房、张罗饭食。今儿个住的这个村子，前两天叫一群土匪抢劫了一场，老百姓都吓得逃跑了，办公的一个也找不着……”

“王大叔给咱们做的这顿饭可是不易呀！”闻雪涛手里拿着饭勺子接过话来，“在村里找不到办公的人，又找不到老百姓，王大叔就拉着我山上山下的转悠起来。好不容易才在一个山坳坳里找到一家人家。王大叔费了多少话呀，那家老乡总算答应卖给咱们这些瓜菜——因为老乡的日子也苦呀！把这些东西背回来以后，他又忙着去弄水，拾柴禾，又忙着洗、切。做熟了，大伙才能够吃上这顿饭。”

好像接力赛似的，不等闻雪涛说完，背着大捆茅草走到院子里的王永泰大声喊道：

“叫我说呀，要抗日就不能怕吃苦！怕吃苦、怕受累，趁早住在公馆、洋楼里当少爷小姐，别出来……”

“小王，大家都很累，不要说了！”月光下，曹鸿远出现在庙门口。他背着大捆茅草，背压得弯弯的，仰着头对王永泰命令似的说。

“哼，听您的，不说就不说！”王永泰果真不再出声。

正在吃饭的人们，见曹鸿远、王永泰、吴华林背着柴草回来了，就扔下饭碗拥到他们身边，急忙帮着解下套在他们肩上的绳子，抢着把草抬到殿里去。苗虹拉住鸿远被荆棘刺破了的手指，难过地说：

“曹大哥，走了一天够累的了，可你又一趟趟地去给大伙打草铺地……这么晚了还没吃上一口东西，听说你还生病刚好……”说着，眼泪就要滚下来。好像有点不好意思，她急忙跑向灶房给鸿远他们端饭去了。

站在旁边的柳明，看鸿远的手伤痕累累，便低下头，轻轻把他的手拉过来。也不知是什么时候准备下的红药水和棉花棍，她仔细地往鸿远的手上涂着红药水。给他涂完了，又去给王永泰涂。永泰笑着说："用不着!"一扭身走开了。

这支小队伍，都倒在偏殿里松软的茅草上睡熟了。

睡了不久，王福来醒来。皎洁的月光下，他发现有一个人坐在门槛上，面朝外做着什么。从那儿还发出一种轻微的响声。

王福来悄悄爬起来，悄悄走到这个人的身边。

原来是曹鸿远。

他的身边放着几根木棍，枝枝杈杈的，显然是刚从树上砍下来的。他的手里拿着一把镰刀，正就着月光，一根一根地削着这些木棍儿。

王福来蹲在他身边，小声说：

"小曹，你怎么不去睡一会儿呀？削这些棍子干什么？"

鸿远仰脸望着王福来，压低嗓门说：

"您看，大伙都走累了，有的人脚上还打了泡。我想给咱们每个人准备根拐棍，拄着爬山，走路，会轻快点儿。大叔，您睡去吧，我一会儿就削完了。"

"你睡去吧，我来削——这点活儿我会干。"王福来要抢鸿远手里的镰刀。

鸿远推开王福来：

"您年纪大，又劳累一天了——晚上这顿饭要不是您，可真成问题了。以后，咱们也得学着红军的样子——背上个干粮袋子，对不对？"

王福来仍然不走，又要去抢鸿远手中的镰刀。

"大叔，您看，这深山野庙地方，豺狼虎豹的，说不定什么都有。这破庙连大门、殿门都没有了，万一有野牲口——或者坏人来了，咱们都睡着了怎么行！我在这儿一边削拐棍，一边还可以站岗放哨呢。”说着，他拍拍掖在腰间的手枪，笑了。

柳明倒在地铺上，睡了一会儿就醒来了。她想起白士吾，心里有点难过；也有点儿庆幸——他幸亏没有来，要来了，也许一天也受不了。她心神不安，悄悄爬起身，坐在殿门口。忽然发现对面偏殿门口，曹鸿远和王福来在争着削拐杖。想起他那双伤痕累累的手，如今还在为大家废寝干活，她的心像被什么狠狠搅了一下——眼前忽然闪过白士吾家的金丝笼子、花斑鹦鹉；也响起了那首诗：“曾经沧海难为水，除却巫山不是云。”——他并不是真爱我，他爱的是他自己——他还不如高雍雅……柳明呆呆地注视着曹鸿远的双手……她怅惘地长长地叹了口气，久久不能入睡。

第二十八章

离开北平第十天的下午，约莫四五点钟的时候，曹鸿远领着队伍路过一个村庄，忽然从街里拥出二十来个歪戴着军帽的国民党兵。这些人有的牵着毛驴，有的斜背着包袱，匆匆忙忙地从村里奔出来。他们身后跟着一群老头、老太太，其中还有一个青年妇女。老太太们哭天抢地地一迭连声喊叫着：

“老总！老总！你们不能牵走俺家的毛驴啊！俺一家老小全仗它活命哪！”

“俺的包袱！俺的包袱！老总，老总，还给俺吧！”

国民党兵瞪眼大骂：

“他妈的，不想活啦！老子抗日，你们不慰劳——想拿这些东西去慰劳日本、汉奸么？”

那个青年妇女始终没有出声，只用愤怒的目光盯住其中一个国民党兵。忽然，她猛地扑了过去，从那个兵的背上夺下自己的包袱。

那个兵急了，一扭身，用枪托向女人的腰上一戳。那女人“啊呀”一声，倒在地上，一摊鲜血染红了厚厚的尘土。

看见国民党兵拥出村来，曹鸿远机警地一挥手，走在村边树林子里的一行人顺从他的指挥，迅捷闪身藏在树后。从树木的间隙里，他们清楚地看见了刚才发生的一切。

这时，一个老头指着一个矮胖的军官，抖抖索索地喊道：“还说抗日呢！为啥你们见了日本人那个松蛋劲？对老百姓倒这么狠……”

不等老头说完，胖军官勃然大怒，举起手里的盒子枪照准老头的头部砸去。

老头咕冬一声倒在地上晕过去了。一个白发苍苍的老太太立刻趴在老头身上，嚎啕大哭起来：

“我那亲人哪！你、你快醒醒呀！……你、你可不能这么屈死啊……”

王永泰再也忍耐不住了，猛一耸身，急箭离弦般的从树林里跳了出来。他气呼呼地蹿到胖军官面前，把手里的木棍向那家伙一指，怒声喝道：

“为什么抢东西，打人？你们还是中国人么？”

“呸！你是干什么的？”胖军官有点惊慌地望着突然蹿出来的王永泰，急忙去掏腰里的手枪。

曹鸿远立时跳出了树林。王福来、吴华林也随着跑了出来。

呼啦一下子，那二十多个国民党兵同时端起大枪，对准这几个突然出现的人的胸口。

鸿远看了看抵在胸前的枪口，不慌不忙地对着这二十多个国民党兵大声说道：

“你们不是国民革命军么？你们既然自称是抗日的队伍，那就应当把力量用来打击日本帝国主义。可是，你们不上前线去打日本，倒来这儿欺压老百姓。这些老百姓有什么罪过？你们为什么抢他们？打他们？”鸿远用眼睛扫视这些大兵一下，提高嗓门，用命令的口气喝道，“快把东西还给老百姓！”

鸿远镇定的神态，义正词严颇有说服力的言语，使胖军官和他手下的兵们个个目瞪口呆。看面前的这几个人——非军、非民、非商，是什么人呢？胖军官没有开口，瞪着两只布满血丝的眼睛，上下审视着这几个人。当他发现这些人身上并没带武器，每人手里不过有根木棍的时候，突然把眼珠一转，凶相毕露地骂道：

“老子就是为了抗日才到这穷地方来的！他妈的，你们是什么东西？汉奸，准他妈的是汉奸！弟兄们，还愣着干什么！快把他们给我绑起来，活埋了！”

几个大个子国民党兵从腰间掏出绳子，上前就要来捆绑鸿远他们。这时，从树林里忽然又跳出了闻雪涛，后面还跟着柳明、苗虹和好几个青年学生。这几个人的突然出现，又叫国民党军吃了一惊。但当他们看清楚这些跳出来的人，不过是几个年轻姑娘和文弱书生时，那个胖军官露出满嘴金牙笑了：

“唉，我说，小姐们，你们到这穷山沟里干什么来啦？要不要护送你们到个好地方去逛一逛呀？”

柳明、苗虹气得满脸涨红，说不出一句话。闻雪涛严峻地盯住胖军官，大声说道：

“你们应当听说了，八路军已经开到华北前线——我们就是从北平城里出来抗日的！你们要是抗日的军队，就不应当毒打老百姓，不应当欺压抗日的群众，更不应当这样下流和无耻！”

王永泰接着闻雪涛的话喊道：

“把抗日的人说成是汉奸，那你们是什么人？叫我看哪，你们做的事比汉奸还不如！”

“好啊！你敢说我们比汉奸还不如！”胖军官蹦到王永泰的身边，气急败坏地一把揪住他的衣领喊叫着，“先宰了你小子再说……”

胖军官一扣扳机，一梭子子弹砰砰打了出去。可是，他的手腕被王永泰攥住了，枪口朝了天。

情况危急了——国民党军都蹿过来，把他们团团包围在当中。

散在四周的群众和柳明、苗虹等女青年，连同王福来、吴华林等人都惊呆了。

这时，曹鸿远一个箭步冲到王永泰和胖军官的身边，嘴里喊着：“小王，快撒手！”好像拉架似的，用力把王永泰推到一边去，自己却站在王永泰原来的位置，和胖军官面对面地对峙着。

“弟兄们，快动手把这些狗男女全都给我绑起来！拉到树林子里勒死他们！”

“住嘴！”没等胖军官的话说完，鸿远敏捷地绕到胖军官的背后，掏出藏在裤腰里的盒子枪，一下子顶住胖军官的后心。他目视着那些端着大枪的国民党兵，厉声喝道：“快放下武器！不然，我一枪先打死你们这个当官的！”

那个胖军官感觉有一支硬邦邦的枪管顶在脊梁上，立刻颜色大变，结结巴巴地说：

“弟、弟兄们，快、快放下家伙吧！快，快……”

柳明从来没有见过这种激烈的搏斗。她见曹鸿远那么机敏地从劣势转为优势，一下把枪抵住了胖军官的背部，扣紧了的心弦变得轻松了——“一个传奇式的人物！”她想起了苗虹称赞鸿远的话，斜眼看了苗虹一眼，又把目光转到鸿远身上。他那副威严、凛不可犯的神态；那副只有军人临战才有的镇定自若、临危不惧的英姿，都使柳明涌起一股不能自制的钦慕之情。

那些国民党兵并没有放下武器，两军对峙着。

时近黄昏，周围山上暮霭沉沉。

突然，从南面山谷里传来一阵马蹄声。胖军官和他的兵们都顿时愣住了。曹鸿远这边的人也愣住了。

“嗒、嗒”的马蹄声，铿锵有节奏地由远处奔驰而来。

听清楚由南向北奔来的马蹄声，鸿远立刻放下手枪欢呼起来：

“同志们！我们要找的八路军开到这儿来啦！”

青年们——连同四十多岁的王福来，一看曹鸿远的欢快神情，也跟着欢呼起来：

“八路军来了！咱们的八路军骑兵过来啦！”

“打倒日本帝国主义！”

“打倒汉奸卖国贼！”

“…………”

鸿远怎么会知道是八路军过来了？因为国民党军队正在往南逃跑，没等日本人到来，有些部队早就跑过了黄河。这时候就是往回飞也飞不到这里。日本人呢，天色快黑了，他们驻扎在城里，离山区很远，更不可能来。加上鸿远听惯了红军骑兵策马驰骋的声音，他从这整齐有力的马蹄声里，马上断定是八路军的一支骑兵，正在向他们这个方向奔来。

马蹄声越来越近。胖军官和他的兵们也知道，这时往北方前线上开过来的只有八路军。听着这越来越近的马蹄声，看着周围人们欢呼的情景，他们个个像霜打的树叶子，无精打采地蔫了下来。

鸿远满怀喜悦地举起手枪对空放了一枪。

工夫不大，一队长长的骑兵已经在树林后面隐约可见。胖军官急忙向手下人使了个眼色，意思是“快跑”……

鸿远识破了胖军官的意图，立刻向群众、向自己带领的人，也向国民党大兵们把手一挥，喊道：

“谁也不要走！热烈欢迎咱们抗日的八路军啊！”说着将身一纵，伸出双臂拦住了要逃走的国民党军。

人们呼啦一下子，把国民党军团团围住。

一队以红旗为指引，身穿整齐的灰色军装，头戴灰军帽，佩着“八路”臂章的骑兵在苍茫暮色中出现了。战士们敏捷地跳下健壮的大马，勒住缰绳，来到人们的面前。

一个年轻的军官，器宇轩昂、步履矫健地走了过来。他手抚挎在腰间的驳壳枪，审视了一下这个奇怪的包围圈，威严地问道：

“你们都是干什么的？”

鸿远朝这个年轻军官看去，忽然愣住了——原来这个人他认识。鸿远满是灰尘的脸上露出异常兴奋的笑容，快步走到这个年轻军官的面前，敬了一个举手礼。

“你不就是大队长——岩烽同志吗？！”

“啊，你是小曹——曹鸿远呀！想不到，咱们在这里碰面了！”这位名叫岩烽的八路军军官，紧紧握着鸿远的手。接着，用手一指那些国民党军，“怎么回事？这些国民党溃军怎么被你们包围了？”

鸿远把经过情形简单地叙述了一下。然后，说明他们十几人怎样从北平出来，找八路军部队的经过。

岩烽看了看这些年轻人，和面前的几个青年握了手，线条分明的嘴角露着亲切的笑容：

“危险呀，你们受惊了！你们各位的去向回头再谈。现在先把这些国民党溃军处理一下。”

说着，岩烽走到那些面面相觑的国民党大兵面前，先问胖军官：

“你们是哪部分的?”

“国民革命军第、第……军……”胖军官低着头结结巴巴、惊惶不安地答不上来。

“你什么名字?”

“我叫、叫魏宝善……”

“哦，看来你们是国民党的嫡系部队了。现在，你们的蒋委员长不是也主张抗日了么？怎么你们不到前线去打日本，却跑到这一带地方来抢老百姓的东西？说说，你们为什么要这样做?”

胖军官低着脑袋支支吾吾地说：

“我们的部队还没、没见日本鬼子的面，就、就跑起来了。都跑散了……弟兄们没有盘缠回家，所以……”

被抢去毛驴的老太太，这时胆壮了，指着胖军官忿忿地喊道：

“呸！没有盘缠，就抢，就打骂老百姓呀?！你们还说是国军哪，简直是老抢!”

岩烽皱紧眉头，精明锐利的目光严厉地盯住那些耷拉着脑袋像俘虏般的国民党兵。

“军人嘛，应当讲纪律。不打日本、望风而逃已经很可耻了，还要抢劫欺压老百姓，那不是土匪行为么？现在，敌人正大举进攻我们神圣的国土，八路军向前线开——向敌人的后方挺进；而你们却纷纷逃跑，而且趁火打劫——抢掠、毒打自己的同胞。你们的行为，必须受到制裁!”

胖军官魏宝善低着头，眼珠子左右一溜，见自己的人已被八路军骑兵四面包围，又听见说要制裁他们，吓得脸色焦黄，连连点头哈腰，语无伦次地说：“兄弟不敢了！不敢了！今后一定改邪归正，回家为民——不，不！也要抗日——抗日！一定请长官宽大、开恩——开恩……”

岩烽盯住这伙溃兵看了一会儿，把视线转向围在四周的群众，声音洪亮地说：

“老乡们，同志们，按照共产党抗日民族统一战线的政策，当前咱们中国最大的敌人是日本帝国主义者。这些国民党军队不打日本却来扰害百姓，是有罪的。不过，刚才经过教育，他们表示要改邪归正去打日本。咱们还是给他们一个参加抗日阵营，立功赎罪的机会——我提议放他们走，大家同意不同意？”

“狗改不了吃屎，不放他们！”那个被打倒在地的老人，忿忿地喊着。

王福来一直没有说话。当他看见终日盼望的红军终于来到面前时，脸上粗粗的皱纹舒展开了。听了八路军队长的讲话，他觉得说得有理，很有气魄，立刻伸出两只大手大声说：

“咱们听红军队长的话，就放走这伙国民党的残兵败将吧！不过得把抢走的东西还给老百姓，还得把他们的枪缴下，不能让他们拿着枪再去糟害老百姓！”

柳明心潮激荡着——多少个日夜的向往呵！终于看到了可敬可爱的红军——八路军了。这些仿佛天兵天将一般的人物，就在这个特殊的时刻奇迹般地出现在面前了！她望着英俊威武的岩烽，想起在复杂危乱中显得大义凛然的曹鸿远，他们的英雄气概从何而来？或许是坚定的革命者特有的一种基因使然吧？忽然，她又想到白士吾——他现在干什么呢？在“怡红院”的屋檐下逗鹦鹉玩，还是躺在床上欣赏女人的照片……这么一想，她的心情黯淡了，似有一缕细丝牵在心上，牵得她隐隐作痛。她自己也觉得奇怪：为什么一看见曹鸿远的为人行事，就很自然地会想起白士吾来。这是为什么？为什么总要把两个人放在一起来比较？他们两个有什么必然的联系呢……柳明又有点茫然了。

富于幻想的苗虹更是激动。她抓住柳明的臂膀，咬着鲜红的嘴唇，左顾右盼——惊喜地注视着这神话般的场面。

在听岩烽讲话的时候，鸿远的双眼一直盯着这位在红军大学学习时的大队长——他的直接领导。几乎克制不住地想冲去拥抱他……但是，此刻的情势却使他不能这样做。看看同来的人，除了王福来谁都不说话，似乎都在等待他发表意见。于是，他向前迈了两步，朝岩烽微笑着点点头，表示完全同意首长的提议。

胖军官惟恐事态有变，一味诺诺连声地说：

“我们一定改邪归正！以后保证不、不做坏事了！”

“把武器放下，把抢来的东西全部归还群众。如果没有路费，我们可以发给你们路费；愿意回家的都可以回家。”

岩烽用命令的口气说罢，国民党兵像从睡梦中惊醒似的，连忙把枪支子弹和抢来的东西放在地上，嘴里喊着：“不要路费，不要路费！”惊惶地从人群闪开的一条夹缝中间溜走了。

暮色笼罩着山村，炊烟袅袅地从村屋顶上升了起来。一轮银白色的明月也从山峰后面露出半个脸儿，挂在黯灰色的空中。

群众都散了，岩烽忽然把目光向人群中的柳明望了一下，一种惊异的神情，掠过他的脸上。

“小曹，这位同志姓什么？”他指着柳明问。

“她叫柳明。是我们一同从北平出来的大学生。”曹鸿远立即想到岩烽之所以注意柳明，是因为柳明长得很像林道静。他善解人意地悄声对岩烽说，“大队长，您托我打听的人，我不光打听到了，而且还见到了。她现在改名叫路芳，是北平学联负责人之一……”

“呵，小曹，太感激你了——感谢你带给我这样好的消息。”岩烽炯炯的双目放着异彩。他转过头去，望着队伍正在列队，轻轻一拉曹鸿远，“出发了。以后有机会我再听你详谈。现在，你们的人跟我们一起走吧。累了的同志有会骑马的么？叫战士们把马让给他们骑。”

“呵，骑马！骑马！”不等鸿远回答，走得疲惫不堪的苗虹，高兴得喊叫起来。

第二十九章

鸿远带着柳明、苗虹一行人，又走了三天，来到太行山区一个稍大的村庄——吴家湾。这里是北方局和军区政治部训练干部的所在地。他们这支以十几个青年学生为主的小队伍，被分配到民运一队学习。曹鸿远当了中队长兼指导员，闻雪涛和吴华林都当了小队长。

吴家湾，在柳明、苗虹眼中，是一个全新的世界。整个村庄的墙壁上，都用白灰写上了赫然醒目的“打倒日本帝国主义！”“打倒汉奸卖国贼！”“拥护中国共产党！”“拥护抗日民族统一战线！”一类的大标语。她们住在老乡家。晚上家家全不关街门、屋门。这对到个陌生地方上厕所都要两个人作伴的城市姑娘来说，既十分稀罕，又很不习惯——不会有坏人么？难道这儿已经没有小偷了？但这“夜不闭户”又确是真实的。使她们更加感到新鲜的是：那些素不相识的老太太、大姑娘、小媳妇，见她们来了，都像来了亲人似的急忙把炕给她们打扫干净，给她们烧开水，沏枣茶，还捧来大捧的红枣、核桃给她们吃，不吃还不行。

“闺女，你们离开家，离开爹娘来抗日，可不易呀！吃大娘一口枣儿，咱就是一家人啦！你们就不想家啦！”

“这是一种什么样的感情呢？怎么老乡一见面就对我们像亲人一样呢？”见曹鸿远到班上来了，苗虹迫不及待地拉着他问起来，“指导员，快告诉我们吧！还有，为什么家家户户全‘夜不闭户’？难道这儿是大同世界了么？”

“这些问题，你们自个儿好好想一想就会明白，用不着指导员回答。”王永泰打断苗虹的话，指着手里的油印小册子，嘻嘻地问鸿远，“曹大——”又急忙改口，“指导员，您看这几个字怎么念？为什么社会主义是共产主义的初级阶段？我跟爸爸王福来同志成天成夜赶着学文化，学政治，可总跟不上大家伙，这可怎么办呀？”

“哈！哈！哈！”苗虹突然大笑起来，“好一个爸爸王福来同志！干嘛这么噜嗦？干脆就叫‘爸爸同志’好啦！”

“爸爸来抗日，当然是同志！这有什么可稀罕的。真是老……”永泰本想说苗虹“老娘们少见多怪”，觉得不合适，赶快把话咽了回去。

在一间小学校的课堂里，人声鼎沸，笑语喧哗，大家探讨着，学习着，有时还辩论各种问题。鸿远总是耐心细致地回答每个学员提出的问题。他善于启发提问题的人，尽量叫他自己先解答，实在答不上来，他才讲解。这样一来，提问题的人就可以留下更深的印象，理解得也比较透彻。

民运队的学员也要学习军事。为了锻炼学员们的胆量，还轮流站岗放哨，以适应战斗环境。

这一夜，轮到柳明放单人哨。晚间九点以后，她来到村边小山下的树林边，手持三八步枪，束紧军装上的皮腰带，昂然站立在一棵大树旁。一弯下弦月斜挂在天边，几颗稀疏的小星，眨巴着眼睛在月亮旁调皮地闪动。中秋节后，山间柿子树的叶子已经变红、变稀疏了，萧瑟的秋风刮得树叶沙沙作响，飘然落下。柳明生平第一次在这寂静的山村旁独自站岗放哨。虽然她明知在距她二三百米以外还另有岗哨，但她仍不免惶恐不安——自己刚学会放枪，枪法不准，如果突然来了坏人怎么办？如果突然出现豺狼虎豹怎么办？……这么一想，原来那种浮荡心头的、对于山村夜景的美感霎时消失了。她睁大眼睛，透过婆娑的树影，紧紧盯视着前方——不远处的灌木丛中似乎有什么东西在响动，那嶙峋的山岩后面仿佛也隐藏着什么东西……突然，不远处，两颗磷火般的东西一闪一闪，还发出了"嗞嗞"的响声。柳明的心激跳起来。她用微微颤抖的手臂端起了步枪，指头放到了扳机上……

"这是什么？"她咬紧嘴唇，盯着那闪动的磷光。渐渐地，眼睛适应了夜间景物：这是一条细长的大蛇和一只肥大的狸猫搏斗哩！猫把蛇颈咬住了，蛇蜷动着身躯缠在猫头上，猛然嗖地一声，一团翻绕在一起的蛇和猫从柳明的身旁蹿了过去……"呵，蛇！蛇！"柳明惊悸地喊出了声。她的心怦怦乱跳，几乎想要弃枪逃跑——但双腿软软的挪动不了；双手颤抖着也丢不下枪……呵，天呵！吓死人了！

突然连续几声枪响，刺耳的尖啸声就从柳明的头顶上呼啸而过。柳明更加吓坏了。她要喊，喊不出声；她要哭，没有眼泪。她战战兢兢地站着，四下环顾着……

忽然，一双明亮的眼睛在她眼前一闪，她高兴得几乎要喊出来："曹——你要在这里该多好呵！那、那我就什么也不怕了……"然而，这只是她的幻觉。除了秋风落叶的簌簌声，什么也没有。此刻，四周的山，变成了黑魆魆的怪物，房屋、树木、山石全成了怪物身上的鳞爪。那美丽的月亮和星星也一点儿不美了，它们只增加了她的惊恐、空虚和不安。一种从未有过的孤独感向她袭来。好冷呀——牙齿竟不由自主地打起架来了……呵，时间过得多慢！这两个小时竟像两年似的……

"谁？口令！"正当柳明咬着嘴唇忍受煎熬时，传来了沙沙的脚步声。她猛地一怔，问起口令。

“抗日。”听来人回答口令的声音，柳明长长地吁出了一口气，长时间端着大枪以致麻木酸痛的双臂，顿时松软无力地垂了下来。

“救国!”柳明回对了口令。

来人穿着整齐的军装，迈着轻捷的大步，来到柳明身旁，轻轻说道：

“柳明，害怕了吧?”

“呵，老曹，你可来了!”柳明激动得几乎要哭了。但她强作镇静，小声问道，“刚才放枪是怎么回事?我还以为是敌人来了呢!”

“那是邻村的‘军事队’在进行夜间演习。领导故意不告诉同志们，正好对‘民运队’也是个锻炼——大家听见了枪响，都做了战斗准备。”

柳明抬头望望天边的星星、月亮，它们悠然地浮游在浩茫的太空中。秋风阵阵，婆娑的树影在轻轻摇动……她的心境忽然变得轻松起来。

“老曹——别人叫你指导员，我叫不惯，总叫老曹，你不见怪吧?我这第一次一个人站岗放哨，可有意思呢——我体会到一种生平从来没有体会过的滋味……”

“体会到了什么滋味?说说好不好?”鸿远站在岗哨旁边，眯着眼睛笑。

看鸿远没有立刻要走的意思，柳明高兴地说：

“我体会到，军人对于夜景的感受和诗人对于夜景的感受完全不一样。军人对于夜景的感受是，隐蔽自己，注视敌人，是搏斗，是枪声……”

“那么，诗人又该是什么样的感受呢?”鸿远看柳明持枪挺立的飒爽英姿——虽然在说闲话，却注意警戒四周情况的那种认真神气，一丝满意的微笑浮上嘴角。看她扭头四望没有说下去，便坐在她身边的一块石头上，仰头朝她望着。

柳明听听四周没有动静，才回过头来继续说道：

“诗人呀，包括像我这样喜欢诗、却不会做诗的‘诗同路人’在内，对于夜景的观察，无非是夜莺的歌唱呀，明月的清辉呀，小溪淙淙的流水呀，落叶飘然落下的细微响声呀……凡是那些美妙的事物，全会收入眼底……”

“不见得吧？”鸿远打断了柳明的话，顽皮地眨着眼皮，“你没有注意猫和蛇的搏斗？没有吓得喊了起来，端着枪瞄准这些‘假想敌’？甚至有点失魂落魄？”

“老曹，原来你早就到这儿了！”柳明惊讶地睁大眼睛盯着鸿远，“我怎么没有发现你呢？”说着，想起刚才自己的那副窘态，不好意思地低下了头。

“如果叫你发现，我怎么当的侦察兵呢。说真的，柳明，你确实还缺乏锻炼——我不放心你第一次一个人站岗，所以来看看。现在，离你下岗只有半小时多一点，我可以走了么？”

“不！最好你留下来等我下岗——平常时候，许多人都向你提问题，问这问那，看你忙成那个样儿，我有许多问题都没有问你。现在，我可以向你提些问题么？……”

“你很用功，政治课都答一百分；文化嘛，又是大学生——你还问我什么问题？我恐怕回答不了你。”

柳明看看鸿远，没有出声。抬头望着隐在云端渐渐暗淡的一轮落月，心潮汹涌，宛如翻滚的波浪。她有多少话要对鸿远讲呵！这个领她走上革命道路的人，随着彼此的熟悉、理解，他用他的言谈——不，更多的是用他的行动，感动着她，教育着她。她对他是尊敬的。可是，他对自己的印象如何呢？这些，他从来没有透露过一点点。比如就在这个站岗放哨的夜晚，当她感到恐惧不安时，他出现了。但这种出现，是由于对她个人的关切呢？

还是由于工作上的需要？他是指导员，他应当关心每一个新战士……柳明的这些心思，忽然想对鸿远说出来，也想问问他。然而，却感到难以开口。

鸿远有些奇怪：刚才，她还在向他说这说那，兴致勃勃，怎么忽然缄默不语了？等了一下，他站起来，走近柳明，望着她那双略带愁思的大眼睛，温和地说：

“柳明，要像个战士的样子，勇敢些！我先回去一步，连里有些事还要料理。有人来接岗，你回去就赶快睡觉吧，不必回到你们班上去了。”

“多么关切，多么真诚……”柳明凝视着鸿远高大的背影消失在灌木丛后的阴影里。她努力按照战士的样子，警惕地谛听着四周的动静。心里踏实了，陡然增长了战斗的经验和勇气，她平静地坚持站完了这班岗。

然而，回到老乡的炕上，她却睡不着了。趁着苗虹熟睡，她悄悄拿出了白士吾的照片，斜靠在小油灯下望着、睇视着。她又想起，他现在在干什么呢？也许早把我忘了吧？蓦然，另一个英俊的影子，站在白士吾的照片上，把他的影像全蒙住了。她心中暗暗吃惊——这是怎么回事？……

第三十章

一种意想不到的喜悦占据了柳明的心头。午后，柳明从课堂走回自己的宿舍——一家军属的家里时，路上遇到鸿远。苗虹到高雍雅的宿舍找他去了，没在她身边。鸿远靠近柳明在村街上并肩走了几步，小声说：

“晚饭后，到你那天站岗的树林里去一下可以么？有点事要和你谈一下。”

“啊？”柳明的心一颤，他为什么约我一个人去树林里？他要对我说什么话呢？不知怎的，柳明的脸绯红了，她虽然努力按捺，仍然心慌意乱，几乎不敢相信自己的耳朵。

见柳明脸红红的不作回答，鸿远迟疑一下，又低声说了一句：

“晚饭后去吧！有要紧事对你说。”

柳明点了一下头：

“我——一定去。”

回到军属家里，柳明坐在院里一只小凳上，手上拿着一本《社会发展史》，却一个字也看不下去。她望着啄食的母鸡微笑一下，望着牲口棚里一头不断踢腿的小毛驴也微笑一下，抬头望着屋后的山头，她又笑了……就在那个山头下面，一片黄叶满地的树林边，在那星月暗淡的黑夜里，当她惊惶、恐惧的时刻，鸿远轻轻责备了她，但却给了她更大的力量和勇气……她心绪纷乱地回忆着那个夜晚的情景。

“他今天将要对我说什么呢？——他要对我说些什么？有什么话要到没人的树林里去说呢？”

她不停地琢磨着，猜度着。房东大娘手捧两块红红的大白薯，对她笑着说了两次：“闺女，快趁热吃了这个吧！”她这才扭过头，连连摆手说：

“大娘，我不吃——我不饿。”

“吃了吧，吃了吧！这是大娘的一点心意呀！穷人家没好的吃。你要吃了，就当是我那在外头抗日的孩儿吃了……”大娘说着，想起当八路军的小儿子许久没有信来，眼圈红了。

柳明感动了，接过白薯来，大娘这才高兴地转身干别的活计去。柳明手里捧着两块大白薯，眼睛却仍旧痴痴地望着村边的树林——虽然这树林被院墙挡住了，可那红红的大柿子，那矮墩墩的灌木丛——甚至那晚上的月亮和眨眼的星星，全不停地在她眼前晃动……

“明姐，你怎么啦？怎么不看书，瞪着那边看什么哪？”苗虹兴冲冲地跑进门来，一眼就发现柳明的神色有点儿异常。

柳明站起身，把书本和白薯都放在小凳上，用力抱住苗虹的脖子。她的心仍然怦怦跳着。她多么想对苗虹说出心里的激动呵！然而她说不出口。只吃吃地傻笑着，两只大眼睛里闪动着一种奇异的兴奋的光芒。

苗虹惊奇极了。平日那么斯文、稳重的明姐，今天怎么啦？怎么像喝醉了酒似的，脸颊红红的？

“明姐，有什么喜事呀？你可得告诉我！”

柳明放开苗虹，打了她一下：

“我有什么喜事？你别胡说！”

苗虹也推了柳明一下：

“你要没有事那才怪哩。不管喜事悲事，反正我跟高雍雅的事你得去管！”苗虹把话题转开，说起她的心事来了。

“又跟小高争吵啦？这次为什么？”

“他说他不爱听政治课。说什么马克思、列宁，他早知道了。还说他是来抗日的，用不着再给他灌输这些老生常谈的大理论。我不赞成他的看法，就跟他争起来。明姐，对这个人，我真有点儿头痛了——我怎么偏偏跟他好起来了？”苗虹说着，紧紧搂着柳明的脖子，几滴湿湿的东西，落到柳明的脖颈上。

柳明拉过苗虹，同情地小声说：

“苗苗，我理解你。在咱们来找八路军的路上，我就感觉到你们俩有分歧了。忍耐点，多帮助他，要珍惜你们的感情……你说对不对？”不知怎的，她近来说话也有点儿像曹鸿远的腔调，爱说“对不对”了。

“我怎么不珍惜我们的感情？是他在毁坏我们的爱情！”苗虹抹着眼泪，拉起柳明就走，“该吃晚饭了，你怎么不去吃饭？我特地来找你一块儿吃饭去的。”

柳明胡乱地吃了几口，把自己的碗筷洗干净放好，趁苗虹不注意，就急忙赶到村边树林里去了。来到那片柿子林，鸿远还没有来。她到一块岩石后面看看，再向通往村里的小道望望——都不见曹鸿远的踪影。她只好找块石头坐下来。

等人的时间是最难熬的。暮霭沉沉，秋风瑟瑟，当夕阳只剩下最后一抹残红的时候，鸿远才大步流星地从村路上走了过来。柳明急忙迎向前去。

“对不起，我来晚了。你等我有一会儿了吧？”鸿远的态度也有些异样，“来，咱们坐在这块石头上谈好么？”

两个人挨近坐在树林里的一块大石头上。西风径自刮着，他们都还没有穿棉衣，但谁都好像没有感觉到寒意。

柳明盼着鸿远能先对她说点什么，微微仰起头，并不出声。可是，奇怪，鸿远却遥望着云天渺茫的远方——好像那里有什么东西吸引着他，好一会儿也不出声。

终于，还是鸿远先开口，而且单刀直入：

“柳明，有一件你意想不到的事，组织上叫我告诉你：你是学医的，又有苗教授和白士吾一些人的关系，本来领导上考虑，让你仍回北平去，继续给咱们部队去进行买药的工作。可是，没有想到，那个白士吾已经变成了日本大特务梅村津子手下的红人……”

“呵，真的么?！你们说的是真的么？”柳明的脸突然煞白，颤声打断了曹鸿远的话。

“真的，一点不假。这是从内部得到的可靠消息。”

柳明仍然执拗地问：

“当真的？我们才离开北平一个多月，白士吾就变成日本特务了？这可能吗？他怕吃苦，但他也还有点爱国之心……呵。老曹，这确是事实么？你们没有弄错吧？”柳明似乎不相信曹鸿远的话，喃喃地像自语，又像诘问。她的额头沁出了汗珠，眼睛里蕴含着泪水。

曹鸿远坐在一旁，默然看着柳明那种遭受意外打击的激动神色，看她不说了，他才轻声回答：

“人——是会变化的。事物总是会转化——或者向好转，或者向坏转，一个人怎么会永远凝固在一个地方不变呢！柳明，你不是舍掉了一般人都羡慕的荣华富贵的安逸生活，投身到艰苦的抗日斗争里来了么？白士吾没有跟你走，留在北平，他在那种家庭、那种环境下，被日本特务用威胁利诱种种手段拉去当了特务，也毫不稀奇呵……柳明，我看你很难受，不过他这种人已经是我们的敌人了，你——一个革命者，应当忘掉你们的过去，多想想自己的未来，你说对不对？”

一席话，把柳明心上的阴霾，冲淡了，消融了。那个温柔、漂亮的白士吾，忽然在眼前变成了狰狞可怖的厉鬼。这时，她把短发一甩，阴郁的目光盯在鸿远的脸上，声调也变得镇定坚决：

“有什么事需要我去做，请说吧！我永远不会做白士吾那种没有骨气的人！”

“柳明，因为我们这里缺乏医务人才，你不能去北平，边区卫生部决定调你去作后方医院的医务主任……”

这又是一个意外！

柳明急忙分辩：她年纪轻，学历浅，又没经验，怎能当医务主任！能当个普通医生，她就满意了。

鸿远说服她：说我们有许多司令员，也不过二十岁左右，就带上千军万马到前方打仗了。柳明懂技术，完全可以胜任医务主任的职务。他劝她服从组织的决定，过几天就走马上任去。

“那，老曹，你还留在这儿么？”柳明默认了她的工作，转而问起曹鸿远。

“柳明，我一说，你准要惊奇——我要开小差了！”

“什么？什么？”柳明像刚才听到白士吾当了特务一样，一听到“开小差”三个字，又大大出乎意外，跳起身来问曹鸿远。

鸿远微微一笑：

“我不是真开小差，是要到北平去执行一项新的任务。为了以后工作的方便，也为了迷惑敌人，我只得冒着、顶着臭名走了……柳明，我相信你会理解我，相信我的……”

“你一说开小差，真把我吓坏了！我想，我怎么这么倒霉呢？老曹，你有什么事情要我帮忙么，我一定尽力而为。”

“正是要请你帮忙，我才把你找到这个没人的地方来的。组织上叫我代替你到北平去，是因为估计到这场战争的长期性和艰巨性，我们自己还没办法生产药品和医疗器械，只好到沦陷区去购买。北平有苗教授这个重要关系，通过他可以解决很大问题。这件事，你和苗虹谈一下——除她和你之外，不能叫任何人知道。明白么？这是纪律！”

“这是纪律？”

“对，这是纪律。绝对不能告诉除你和苗虹以外的任何人！现在，需要苗虹写一封信给苗教授，请他多帮助。还有，你也该给你父母写封信，我一定设法帮你带到。”说到这里，鸿远沉默了。

山间的夜风越发凛冽。柳明在昏暗的树林中，在朦胧的月光下，望着一棵叶子快要落尽的柿子树的阴影，好像自己问自己：

“老曹，你还回来么？什么时候可以回来？”

“也许很快，也许永远不能回来了。”

“什么?！永远不能回来？那么，你是说，你有可能牺牲？”

“在敌人巢穴里工作，牺牲是常事。不过，一个共产党员，为了革命的需要去牺牲，这是一种幸福。你说对不对？……柳明，请为我祝福吧！对了，你和苗虹最近不是都照了穿着军装的照片么，每人给我一张带给你们的父母可以吧？”

“嗯。”柳明的情绪稍稍好转些，“老曹，我去医院工作，就靠你常常寄回药品来支持了。”

“那没说的……你今夜就跟苗虹谈好，写好信，准备好照片，明天上午我来取。好，现在，你先回去吧，我随后再走。”

柳明好像掉在冰窟里，浑身一阵寒颤。她默然有顷，忍住哀愁，用低低的声音说：

“你什么时候走？我送送你行么？”

“不必了。我明天傍晚出发。你可不能送我——你应当和别的同志一样骂我，你说对不对？”

这个夜里，柳明回到老乡的炕上，又偷偷取出了白士吾的照片。她不再看它了，它变成一块烧红了的烙铁，在烫炙她的手。她几下子就把照片撕得粉碎；还把带出的两封白士吾写给她的信和诗也撕碎了。她内心痛苦，似又感幸运。她在后怕——假如那时候自己被感情俘虏，做了白士吾的少奶奶，甚至跟他一起出洋当了洋博士，那过的不是一种出卖灵魂和肉体的生活么？白士吾那种阔少，会很快抛弃她的。她会变成一个什么人？一个可怜的弃妇，一个陈白露式的女人？还是在洋专家门下，当一名仰人鼻息的小医生？而现在，她似乎感到自己的灵魂飞跃了，升华了。她就要当上医务主任——说不定还有马骑，有警卫员跟着呢。在这里，人们是很重视人才的。这个想法一泛起，她的眼前立刻闪出许多年轻的脸，有男有女，甚至还有比她年龄大一倍的医生、护士们，簇拥着她，向她投来尊敬的目光……在隐隐的失落感中，又混和着某些欢快、庆幸。今天，她第一次明显地感到，她和苗虹的路子走对了。自己决心不和白士吾去国外，不和这样的人结婚，倒是塞翁失马……接着，她又想到曹鸿远——呵，这是多么好的一个人！能够认识他，实在幸运！否则，真不知命运将会把自己抛向何处去……因为感激曹鸿远，对于他即将远走，她又感到一种难以言说的怅惘……

第二天，黄昏快要降临时，刮起了呼啸的西北风。曹鸿远骑着一匹棕黄色的大马，在寒风中疾驰着奔向山口。当他快要跑出狭隘的山口，就要驰骋在较平坦的丘陵地带时，忽然，从路边的一块巨石后面跳出了一个轻盈的身影，一下子拦住了马头：

“老曹，你停一下！”

这是柳明。她气喘吁吁，脸色惨白地站在马身旁。

鸿远吃了一惊，忙勒住缰绳。他没想到天色已近黄昏，柳明却孤身跑到这离村庄十几里路远的山口来送他。他的心一阵不安，还有一种说不出的滋味。但他不下马，也不望柳明。

“柳明，你赶到这里有什么事么？”他神色冷淡地问。

柳明怔怔地低头站了一会儿。忽然，把一张纸片递到鸿远手里，什么也没说，扭头就向山上跑去。

山谷里响着飒飒的风声、落叶声，朵朵灰云急速地在苍茫的天际飞驰。这里空无人迹，一片沉寂。鸿远不由自主地回头望了望柳明的背影，然后，骑在马上看起柳明交给他的纸片来。这是从练习簿上撕下的一张有格子的白纸，上面用秀丽的字体写着一首诗。鸿远凝神读着：

与君短相聚，
与君长别离。
关山多险阻，
别梦自依依。
国破山河碎，
衷情秋风里。

凝眸祝云天，
逢险化为夷。

鸿远在马上把这首诗读了两遍。一种从未经历过的情感——复杂的、微妙的情感，使得他捧着纸片的手微微颤抖。他抿紧嘴唇，又一次回头望着柳明渐渐远去的背影，轻轻地吁了一口气。想到不能把诗带到敌区去，于是，立即把这张纸片撕碎——撕了又撕，撕成极小的碎片，然后向空中一撒——碎纸片立刻像雪花般随风飘散。

站在山岗上的柳明，远远望着鸿远在读她的诗，接着，又见他把纸撕碎，让它随风飘散，她再也抑制不住内心的愁怀，趴在一块大石头上哭了。但不一会儿，她又克制不住地跳起身来，在暮色中，站在山岗上，遥望着那一匹正在起伏的丘陵上疾驰着的骏马。那马越来越小，骑在马上的人，也越来越小，终于，什么也望不见了——望不见了……

"今生还能再见么?"柳明睁大红红的眼睛，向秋风发问似的独自喃喃。

马不见了，人也不见了，只有朔风在砭着柳明的骨——不，在砭着她的心。活了十九岁，第一次遇见这么值得敬爱的人，他有时似乎也隐隐露出一丝热情的火花，可是，更多的时候，他却是那么冷静，那么难以理解地莫测高深……他走了，走了！何时还能再见到他呢？柳明向回村的路上走着，走着，好像曹鸿远还在山脚下，她三步一回头地向昏黑的山下张望着……

第三十一章

民运队传出一条“爆炸性新闻”，人们交头接耳，窃窃私议——吃饭议，上课议，小组会上也在议；回到住处，你找我、我找你，聚成团，似乎怕房东听见，个个放低嗓门也在议：

“怎么回事？指导员会逃跑——会开小差？太奇怪了！”

“他可不像这种人呀！敌情还没有太严重，逃跑干什么呀？”

“真是朝秦暮楚！”

苗虹把柳明拉到无人处，把嘴巴放在好友的耳朵上，神秘而又略带惊惶地说：

“明姐，坏事了！你听到了么？那个人逃走了啊！”

“那个人是谁？我什么也不知道！”柳明严肃地盯着苗苗的脸，轻轻摇头。

“你别装傻。昨天你还叫我写信给爸爸妈妈，还要了我的照片。今天，他就逃跑了——大伙儿都这么说他，我不信。我心里明白他是去执行任务，去买药的——昨天不是叫我写信给爸爸说这件事了么？可是，他为什么不公开走，却落个逃跑——开小差的罪名？大家都在耻笑他呢，连高雍雅都在幸灾乐祸……”

“别说了，苗苗。你心里明白就是了。你这快嘴巴，可千万不要说出他是去北平买药，听清了么？千万别泄露！你也跟着大伙说他开小差算了。”

苗虹长长地叹了一口气一她还从来没有表现得这么大人气。

想了一下，撅起嘴巴说：

“那，明姐，你的眼睛为什么都红了？是不是昨晚上哭了一夜？为什么？舍不得他，还是想白士吾呀？”

柳明一把捂住苗苗的嘴，“他”——代替了曹鸿远。这个“他”字一提，她心里就有一种异常复杂的、自己也说不清的感情在起伏。尤其是前夜听到白士吾投敌的消息后，仿佛天上突起的乌云——大片大片的、浓黑浓黑的乌云在她心上翻腾飚滚……她恨——恨不得狠狠打这个家伙几个嘴巴；她恨——恨不得破口大骂他，也骂自己……可是，她不能打，也不能骂，只能咬紧嘴唇，吞咽着无声的泪水。她想从此永远忘掉这个人，叫这个人永远从她的记忆里消失。然而，这个夜晚，白士吾时而翩翩美貌少年、时而狰狞魔鬼的面影，却总在她心上晃动、盘旋；在一度庆幸自己没有跟白士吾走的情绪过去后，他又闯入她的眼帘。她心里痛楚：是为那永远逝去了的不幸的初恋么？为那青梅竹马耳鬓厮磨的纯洁的童年么？为那曾经梦想他能和自己走上同一道路而终于破灭了的希望么？……不管多少思绪缠绕心头，柳明终究没有懊悔，没有抱怨，反而感到像身上的一个毒瘤被割去了似的——虽不免疼痛，却带来了轻松；然而，她还是悄悄地哭了。是让簌簌的泪水，冲刷掉粘在身上的污泥吗……

看柳明怔怔地不出声，苗虹急了。拉住她的胳膊，一定要问她为什么哭，为什么眼圈儿都发黑了？柳明觉得白士吾当了日本特务的事无需对她隐瞒，便如实告诉了她。

不等柳明说完，苗虹忽然紧紧抱住柳明的肩膀，哇哇地哭出声来。

柳明不知所措，扳起苗虹的脸，替她拭着泪，哄小孩似的说：

“苗苗，好苗苗！白士吾那个家伙又不是高雍雅，他叛变投敌就随他去吧，我都没有你这么……你为什么……这么大哭？”

“明姐！明姐！我替你难受；我、我也替我自己难受呀……你不知道，高、高——他后悔跟我——来了，他——他会成为第二个白士吾的……我们——女人的命运，为什么都这样悲惨呵……”

柳明说不出话来。她轻轻替苗虹擦着泪，嘴唇哆嗦着，浑身也不住地颤抖。

幸亏房东一家子都到地里干活去了，家中无人。苗虹抱住柳明痛痛快快地哭了一阵，渐渐冷静下来，抽抽嗒嗒地对柳明说：

“明姐，高雍雅吃不了我们这儿的苦，情绪很不好。他说，他要不是为了我，这个穷地方他一天也呆不下去……我劝他，安慰他，叫他立志为国效劳，不要光拴在爱情的枷锁上，他有时还好，也听我几句。有时，又动摇……”

“苗苗，你一定要拉住他！一定不要叫他再回北平去！你想，那个姓白的狗东西，要知道他回去了，能够饶得了他吗？要不是他叛变投敌了，本来这次是准备叫我去北平买药的。”

苗虹又吃了一惊，两只圆圆的眼睛比洋娃娃瞪得还大：

“明姐，你走？你可不能走！白士吾一定会把你抢去当压寨夫人的。明姐，你感觉到了么？我越来越感觉咱们的路子走对了。在这民族危亡、风云突变的大时代，鱼龙混杂，东南西北，走什么样的路的青年人都有。我们要是听了白士吾或者高雍雅的话——他也是主张我跟他去国外或者到国民党那边去的，哪里还会有抗日根据地里这么美妙浪漫的愉快生活呀！别看吃的不好，可我的心呀，一到了夜不闭户、路不拾遗的抗日根据地里，就像基督教徒上了天堂——尽管高雍雅使我有时不痛快，可是，我渐渐懂得了什么是真理，什么是人生最有价值的东西……呵，我的青春是美丽的——是美丽的呀！”苗虹滔滔说到这里，把眼泪一抹，忽然唱了起来，而且抱住柳明的脖子又嘻嘻笑了。可一看，柳明却还红着眼睛痴呆呆的。苗虹的小嘴巴一鼓，不高兴地推着柳明：

“还是明姐姐呢，比我还软弱！”

“高雍雅如果逃走了，你不难过么？”

“欧，我明白了。你也在为曹鸿远难过对吧？我看你对他——他对你都挺有好感……明姐，这样好吧？忘掉那个真叛徒，跟这个假叛徒好吧。这个人可真不错，别看他没有上过大学，可是，他非常好学，学识渊博，也和咱们一样，喜欢文艺。听说他过去演过话剧——扮演《雷雨》里的大少爷，演得挺不错呢。”

柳明歪过头，看着苗虹小小的樱桃似的红唇不住地蠕动，她像听懂了她的话，又像没有懂，茫然地重复着：

“你说他用功？你说他会演戏？这个、这个，和我有什么关系呢？”

“明姐，你怎么失魂落魄了？我主张你跟这样的人好——他是好人，是革命的人，绝不是叛徒！”

“请问，柳明同志在这儿么？”窗外有人说话。

两个姑娘的对话戛然止住。外面有人在找柳明。

进来的是一个穿着八路军军装、打着绑腿的小战士，旁边还跟着一个军官模样的青年人。

“请问，您就是柳明同志？”那个军官倒有眼力，一眼看出两个姑娘中谁是柳明。

柳明点点头，问他们有什么事。

青年军官说，他们是边区卫生部的。卫生部张部长请柳明去一趟，有事谈。外面备有马，请她马上就走。

柳明想起曹鸿远那晚对她说的话，她将要当边区医院医务主任的事，忽然绯红着脸对来人不安地小声说：

“不用骑马。我走着去吧。”

“部长派来的马，您不骑可不行。路又不近，请上马吧！”

苗虹拉住柳明的胳膊，慌张地问：

“明姐，卫生部找你干什么去？你在民运队还没有毕业呢，是叫你去工作么？”

柳明勉强笑笑，没有说话就跟着两个八路军骑马走了。

三十里外的一个大村子里，住着卫生部的一部分干部和一些医疗供给单位。柳明见了戴着眼镜、仪态文雅的张部长，有些局促地坐在一把椅子上，只点头，不开口。

“你就是柳明同志？真很年轻呵，还不到二十岁吧？好呵，咱们卫生部十分缺乏医务人员——卫生员当护士用；护士当医生用；实在没有办法呵！真正上过正规大学、系统懂得医药学的，实在不多。最近几天才听说，从北平出来的一批学生当中，有你这位上过北平医学院的大学生，而且还是位高才生——在卢沟桥战斗中，听说你还参加过抢救伤员，亲自为他们做手术……很不容易呵！在我们这里已经是难得的人才了……”说到这里，三十多岁、操着东北口音的张部长又对柳明打量一眼，微微一笑，“柳明同志，经卫生部党委讨论，决定任命你担任边区医院的医务主任，你同意吧？这副担子很重，不光是医务行政工作很麻烦，各种问题多，而且，你还要办培训班，要备课，要给咱们边区快速培养出一批医护人员来。怎么样？请挑起这副沉重的担子吧！”

“张部长，我年轻，资历、经验都很浅，实在不胜任。……”柳明又红了脸，心里激动得怦怦乱跳。

“现在，都是矮子里面拔将军嘛。拿出年轻人的干劲来，大胆放手地干去！我们支持你，有什么困难来找我。”

这个夜晚，柳明就住到卫生部所在的那个陌生的大村子里。她的心情陡然改变：昨夜的悲伤，变成了今夜的喜悦。似乎多少年的梦想、憧憬——登上医学宝座的梦想、憧憬，忽然一下子实现了——实现得那么意外。她有点像做梦，可是展现在她眼前的，又是真实的事儿。她激动地想给爸爸、妈妈和弟弟写信，告诉他们：多少大学生毕了业，从住院医生熬到医务主任，常常熬白了头也未必能攀得上呀！而今，她刚到共产党领导下的根据地里，还没到一个月，才十九岁就当上了医务主任——这是她自从考上了医学院后，几年当中梦寐以求的呵！那时，希望是渺茫的、空洞的。如今却实实在在成为事实了。这里生活虽然艰苦，物质条件、医院设备虽然都很简陋，但是，这是多么神圣的事业呵！为了中华民族的生存、解放，为了驱逐入侵的敌人，争取抗日战争的胜利，她投身到这个行列中，生命在飞腾，生命在放光彩！这是幸福！呵，超越一切的幸福！苗虹说的，我们像基督教徒上了天堂——天堂，多么美妙的天堂呵！天堂，这只是人们虚构的幻想，只有现在——柳明用牙齿咬咬自己的手指，很痛。那么这一切都是真实的了，她当真当了医务主任——边区大医院的医务主任，确是真实的了。她的心头泛涌的喜悦，驱逐了白士吾带给她的失望和痛苦。蓦然，一个高高的英俊的人在她眼前一闪——在黑黑的小屋里，一盏明灯似的一闪，立刻，一丝甜甜的感觉涌上心头。苗苗的话响在耳边——忘掉那个真叛徒，跟这个假叛徒好吧……不，他绝不是叛徒，永远不是！他是高尚的，他正在支援我们的医院，正在为我们的医院，为广大的伤病员赴汤蹈火，深入到龙潭虎穴……窗外的风声呼啸，发出阵阵肃杀之气；然而现在响在柳明耳边的，却是春天的鸟儿在啁啾，是溪水淙淙悦耳的声响。

“人类的义务是要把世界变成乐园。”柳明躺在炕上，忽然默默地念出法国启蒙思想家狄德罗的这句话来。她喜欢读书，除了医学上的书，当她疲乏时，也常拿起各种文艺、哲学、心理学方面的书来翻看。书中的一些警句，她还记在小本子上，并且能背诵下来。“人类只有在实现自己美好理想的过程中才能前进”……她忽然想起了这句话。这是谁说的呢？她一下想不起了。但她觉得这句话很适合于她现在的心境：她前进了，她是在前进。但这美好的理想是谁激励她，谁给予她的呢？曹鸿一远——那个从延安来的革命者；那个使她从心底景仰的人。他把她从白士吾的金丝笼子里，引到了这广阔的、美好的世界……是他，是他！假如他能知道我现在的心情该有多好。然而，他不在！柳明的心，不知不觉又被一种新的思念扰动了。

第三十二章

一列客车在平汉铁路上飞驰。当车快到北平时，一阵汽笛长鸣，车速减慢了。列车上的旅客都站起身，拿起自己的行李包裹，准备下车。

曹鸿远穿着新的灰色哔叽长袍，头戴灰呢子礼帽，脚穿黑呢子鞋，鼻子上架着金丝细边茶色眼镜，一副阔少打扮。他提着一个考究的棕色小皮箱走下二等客车厢，车站上情况大变：站牌已经加上了白色的日文；铁路职工的制服，也换成了日本式的；连播音员的说明，都先要用日语讲一遍……一句话，这儿成了伪满洲国第二。一派沦亡景象。

鸿远提着皮箱随着人流大步走着。那些伪警察和日本宪兵看他大模大样的派头，都没有理会他；而对一些穷苦的工人、农民，又翻口袋，又解包袱，还伸手要钱，给少了，噼啪就是几个嘴巴子。有的铁路警察，一刺刀捅破了那些小贩或农民肩上的粮袋，小米、豆子撒得满地都是……人们面容愁苦、悲忿，有的说好话告饶，有的默然无语……鸿远看看他们，痛苦地扭过头去，夹在拥挤的人群中走向车站的大门口。

鸿远虽然好像漫不经心地走着，暗中却在注意观察前后左右的人。突然，在离他约几十米的一个查票口附近，站着一个歪戴礼帽、身穿一件密扣子对襟短袄的男人。这男人看去不过三十岁出头，圆脸大眼，蒜头鼻子，大嘴叉子，鸿远觉得好像在什么地方见过。忽然，想起来了：两个多月前，他曾骑着自行车去过一趟十三陵给驻在那里的游击队送药，因为发疟疾，身体虚弱，又过于劳累，晕过去了。这不是那个把他背到长陵殿去的岗哨吴永么？他怎么没有跟着游击队一起走，却在这车站上东张西望……

"叛徒！"这个字样刚在他心上一闪，鸿远立刻加快了脚步，从另一个查票口走出了车站外。

车站外，停着一些三轮车和小汽车。鸿远径直上了一辆小汽车。

那个吴永也发现了曹鸿远。等他追出车站时，却早已不见鸿远的踪影。

鸿远首先去找张怡——他仍留在北平担任地下党的领导工作。

张怡住在一座阔气的公馆里，鸿远和他在后花园的一间花厅里见了面。张怡穿着讲究的料子西服、黑亮的皮鞋，脸上仍挂着镇定、纯朴的笑意。见了鸿远，高兴地拉着他的手，连声说：

"你又回来了！又回来了……你那些同去的人都好么？"

"老师，又见到你，我真高兴！同去的人都很好。"鸿远高兴地望着张怡，从皮箱特制的夹层里取出北方局的介绍信，双手递给张怡，信里说明了鸿远这次来北平的任务。

张怡看罢，抬头对鸿远微微一笑："小曹，你现在唱起'二进宫'来啦！这出戏可真有点不大好唱呢……"

鸿远脸上焕发着光采——他在根据地心情舒畅，疟疾已经好了，年轻俊逸的脸变得黑中透红。

“为什么‘二进宫’这出戏不好唱？还求老师多多指教！”鸿远在张怡面前，常常露出一股调皮的孩子气。

张怡说：“你此行不是准备主要依靠苗教授，并通过他再联系其他爱国人士么？现在情况有了变化。那个阔少白士吾已被东京大本营特遣组的大特务梅村津子收买，成了敌人的鹰犬。他很注意柳明和苗虹的去向，几次到他们两家去探问，他更注意你——他对你似乎恨之入骨，不共戴天……”

“这两家老人可好？”鸿远没有打听白士吾怎么恨自己，却先问起柳明和苗虹家中的情况。

“柳明的父母说女儿跟着几个同学到南方上大学去了；苗虹的父母说女儿到东京去找他哥哥，在那儿学声乐，或者转道去巴黎上音乐学院……总之，这两家老人对白士吾倒还有所警惕。尽管这家伙不大相信，但又抓不住什么把柄。小曹，你这次回到北平，行动要特别小心——尽可能少在街头露面。和苗教授见面，也不能在他家里，我设法找人和他联系，另约个地方谈。”

鸿远把下火车后遇到吴永的情况向张怡汇报了。没有想到，张怡对吴永的情况早有所了解。

“吴永这家伙当过国民党军队的排长，以后又参加了在永定门打击敌人的那支抗日游击队。他在北平有家，在北郊和敌人的一次遭遇战中负伤后，借口回家养伤就脱离了游击队。根据我们掌握的情况，他可能被捕后就立刻叛变了。只是还没弄清，他是和白士吾在一个系统——是梅村津子的部下呢，还是在北平特务机关长松崎的手下。现在北平的特务系统有这么两大派系。不管怎么样，这家伙认识你，这对你的处境很不利。关于这一点，你也要有精神准备。”

“老师，我明白你的心意。可是，‘不入虎穴，焉得虎子’。您可以相信，我不怕这些卖国贼，怕的是完不成党交给我的任务。我一路上就担忧，我能完成这艰巨的任务么？”鸿远说到这儿，两只眼睛瞬也不瞬地盯在张怡清秀的脸上，“老师，您情况熟悉。我想，您指挥，我行动，也许这艰巨的任务，才有完成的希望。”

张怡坐在一只小转椅上，望着花园里盛开着的、绮丽多姿的各色菊花，过了一会儿，才转过头来：

“小曹，你的担忧有道理。要在日本人的眼皮子底下完成这项任务，谈何容易！不但有叛徒和特务认识你，而且更艰巨、更困难的是，你前来寻找的苗教授，他肯不肯帮我们这样大的忙？他有没有勇气和觉悟敢于承担这样大的风险……”

“不，我认为他会帮助我们的。第一，因为他有爱国心；第二，因为他的女儿苗虹已经参加了八路军，而且写信来叫她父亲务必帮助咱们。”

张怡听了鸿远的分析，忽然笑起来。他这突然的笑，使鸿远感到有些惊讶。他眯缝着眼睛盯住张怡，也笑了：

“老师，您这一笑，把我笑毛了，浑身直起鸡皮疙瘩。难道有什么意外的情况么……”他还想说什么，没有说下去。

张怡慢条斯理地说：

“小曹，一切事物有它的一般规律，也有它的特殊规律。我们不能只看到一般，而忽视特殊。苗教授有爱国心是肯定的；他女儿的信会起作用，这也是肯定的。但是，你忽视了特殊情况——现在的北平，已经不同于沦陷前的北平了。日本法西斯加紧了对北平的控制，从事抗日活动的人随时都有被杀头的危险。苗教授是一个高级知识分子，他当然要考虑到身家性命。再说，咱们要他帮的忙，并不是一件简单易行的事——长期为华北的八路军大批购买药品，而且要分别从各条铁路线上运输出去，不论哪个环节出了一点点毛病，那就一切都完了！所以，他是不会轻易答应我们的要求的。”

张怡的一席话，说得鸿远哑口无言，仿佛一下子掉在深井里，冰冷的水，浸漫着他的全身，浸透到他的心底。他默默望着大玻璃窗外，那些稳稳挂在茎上的菊花，五颜六色，姿态各异，烂漫喜人。可是，鸿远视而不见。他的心飞得远远的，远得好像抓不回来，又像已经离开了腔子，空落落的，虚飘飘的。他沉默好一会儿才张口：

“我总觉得苗教授不是那种胆小怕事的人。而且，听说他有个朋友、同学——佐佐木正义，是华北派遣军最高司令官的弟弟。有这么个有力量的日本人做靠山，他要帮助我们不是方便多了，老师，您说对不对？”

谈到这里，从花园石子铺成的甬道上，姗姗走来一个少妇。浅紫色花绸夹旗袍，棕色高跟皮鞋，烫着长长的卷发，模样儿挺标致。她进到屋里，向鸿远微微一点头，放下手腕上金光闪闪的手提包，笑着问张怡：“你们吃饭了么？现在已经午后一点了。”

张怡笑着向鸿远介绍：

“假如你喜欢叫我老师，那么你就管这位方芳小姐叫师母吧。”随即向妻子介绍，“他——这个棒小伙子，就是我常对你说的曹鸿远。他——年方二十四岁，尚未娶亲。”

一阵愉快爽朗的笑声，弥漫在这间陈设富丽雅致的房间里。鸿远受到感染，情绪开始转换了。

方芳不过二十五六岁，叫她师母，鸿远张不开嘴。只是讪讪地望着她微笑。心里想，她一定也是地下党员，可能因为和张怡一同“住机关”而结合的。他为张怡能够找到这么一位文雅漂亮、爽朗热情的同志做妻子感到高兴。他忘掉了刚才的烦恼，脱口而出：

“老师，恭喜您找到这么一位好师母！可是师母，我饿得很呀！老师又不肯给我饭吃。求求您给我弄点饭来，应付应付这咕咕叫的肚子行吧？”

方芳睨了张怡一眼，露着整齐洁白的牙齿，笑着对鸿远说：

“你这个老师呀，就是个书呆子！他自己肚子饿了都不知道，更不用说别人的肚子咕咕叫了。”

方芳说罢，轻盈地走出屋门去。过了十几分钟，她用托盘端来了一些米饭和几样荤素菜肴。三个人饱餐一顿。方芳又端走了托盘，就没有再回来。看来，她是很忙的。

饭后，张怡对鸿远说：

“这个地方是保密的，不到万不得已，你别来这里找我。我尽早约苗教授和你见面，让你去碰碰运气。你可以暂时住在我表弟华兴家里，我再另外给你安置住处。”张怡用手轻轻敲着桌子，沉思一下，又抬起头来望着鸿远，那声音低而沉重，“小曹，我发现你一门心思都扑在买药上，却忽略了一件更重要的事情……”

“什么更重要的事情?”

“你先自己想一想看。我想，在你动身来北平的时候，领导同志应该嘱咐过你的。”

鸿远的脸微微一红：“老师，您真说着了！和我谈话的领导同志确实叮嘱过我——到了北平，不要把眼睛只盯在买药上。他说，在地下党的领导下，买药的任务要完成，但同样重要的是通过买药来发动群众，要唤起民众，要扩大抗日民族统一战线，而且，也只有动员了群众，我们的买药任务才可能完成……可是，我对买药的事想得多，而对发动群众却想得少——或者说，简直没有去想。老师，感谢您提醒了我。”

张怡用细长的手指在鸿远的脑门上敲了两下。

“你这个脑袋呀，有时候挺灵，有时候却发死。你想想，这次买药——数量大、时间长，这么艰巨的任务，不发动许多人来帮助我们，怎么可能完成呢？你的眼睛一门盯在苗教授身上，好像除了他，我们的任务就不能完成似的。而且，作为一个党员，一个来到敌占区工作的党员，你的眼光应当看得广阔一点，看得长远一点——要面向广大的敌占区人民。除了团结苗教授那些高级知识分子，你的眼光还得挪动一下——要向下挪，向下！像柳明父母那样贫苦的知识分子家庭，像华兴母子那样贫苦的工人家庭，也要十分耐心地做点工作。”

张怡和鸿远说话时，从不疾言厉色，可常常比疾言厉色的话更有效果。鸿远就在这位严厉而又和善的老师培育下，逐渐成长起来。

每当发现自己身上有了毛病，鸿远心里总是非常惭愧和难过。现在，他又怀着这种心情，用灼热的双眼望着张怡：

“老师，您说得非常对！我会记住您的话，用行动来证明——我接受了您的意见。”

张怡很了解鸿远的特点——除非不理解，一旦理解了，就会用行动来证明这种理解。他微微一笑，说：

“好啦，你不谈买药了，我可还得谈买药。苗教授那里当然要尽力争取，可也得防备争取不成……这样吧，我另外替你想了一条路：华兴所在药房的经理陈裕贤，是个正派并有点爱国心的商人。我想办法托人跟他拉上关系，咱们把钱交给他算入股。这个人正要扩大营业做批发买卖，咱们就通过这个药房，通过各种关系，向边区后勤部输送药品，不也是个办法么！小曹，你以为怎样？做工作应当准备几种方案——好的、坏的、中等的。你说对不对？对不起，恕我借用了你的口头禅——我发现你这个口头禅已经用得够多了。我就来借用一下吧！”

鸿远的心热乎乎的，紧握住张怡的手：

“老师的计划太好了！我通过华兴就去找陈裕贤商谈。”

“没这么简单。我还得安排有力量的人找陈裕贤，事情才有把握。”

“我一定服从您的安排。有您这样一位经验丰富的领导人，我还有什么可发愁的！”

“好了，好了！工作事现在告一段落。”张怡笑出了声音，“闲话少说，书归正传——现在，我命令你在这张床上美美地睡上一觉，晚上我再安排你去找华兴。”

“老师……”鸿远平静了，心里暖烘烘、喜滋滋的。窗外，那些争奇斗艳的大朵菊花，似乎在向他弄姿微笑，他禁不住向张怡露出一张孩子般的笑脸。

第三十三章

自从柳明出走之后，白士吾的情绪愈加颓唐。他对柳明的行动非常惊讶——不可理解。说她爱上那个姓曹的吧，她为什么又要拉自己同走？说她不是另有所爱，而是爱国，就更加难解：跟他白士吾荣华富贵，出国留洋不干，却去颠沛流离，自找苦吃……他想起最后一次去看柳明时，见她和苗虹正送曹鸿远出来——她们同那个姓曹的男人那么亲切，谈笑风生，而对他白士吾却如此冷漠……白士吾当时恼恨、悲伤地回到家里，一气之下，把柳明的照片扯得粉碎。似乎还不解恨，又把她写给他的几封虽然平常、过去他却看得如同无价之宝的信件也扯得粉碎，而且用一根火柴把它们烧成灰烬。看那些纸灰在风中四散飘扬而去，他这才出了口闷气。

那些天，梅村津子常常在晚上请他去跳舞，他去了，跳了，疯狂地跳……

一个晚上，发生了这样的事：

“大少爷，您的电话。”这是李妈在门外呼唤他的声音。

“我的电话？”白士吾惊异地自言自语，“现在快十一点了，谁还找我？”说着，走到前院父亲的书房里去接电话。

“喂，白少爷么？您猜我是谁？”电话里传出一个娇滴滴的女人声音。

白士吾的心猛然一动，颤声说道：

“您是梅村小姐吧？两天不见了，您好么？”

“您到我这儿来玩玩好么？我这就派车去接您。”

“请您等一下，我要请问家父一声一家父一向对我管束很严……”就在对方咯咯的笑声中，白士吾慌悚地捂住电话筒，回过头来，冲着正在躺椅上闭目养神的父亲说：

“爸爸，您看怎么办？在李汝民先生举行的宴会上认识的那个日本女高级军官，现在都这么晚了，还要我到她家……”

没等白士吾说出“去”字，他的父亲立刻从躺椅上一跃而起，瞪大双眼，盯着儿子的脸说：

“你说什么？那个梅村小姐要找你去呀？快去！快去！这回你的鸿运到了！我看连日本你也不必去了……你不知道吧？她的势力可大哩，日本天皇接见过她，连那个华北最高司令官都得对她甘拜下风！”

白士吾犹豫了一下。他想，过去在大厅跳舞还可以，现在深夜一个人去她家，他有些怕。可是，在父亲的催促下，他还是去了。

他穿上一套咖啡色西装，西装上衣套在米黄色料子衬衣的外面，打上一条玫瑰色领带，头发梳得光亮亮，还往身上洒了些巴黎香水。这才坐上梅村津子派来接他的汽车。

一路上，耳旁响着飒飒的风声，他心里却像喝醉酒般晕乎乎的。那一对柔软如绵的臂膀，那一双妖媚惑人的眼睛，不时交替地浮现在眼前，颇像街上三三两两的灯光，神秘地一闪一闪……

汽车驰进了东交民巷，开到“卢沟桥事变”前的一座大使馆门前。喇叭一响，大铁栅栏门吱呀开了，汽车顺着两旁花木扶疏的甬道一直开到一座漂亮的楼房前。白士吾迷迷糊糊地下了汽车，由一个便衣宪兵把他领进一间灯光明亮、摆着阔气的丝绒沙发的客厅里。客厅里空无一人。白士吾仿佛机器人似的刚刚坐到沙发上，却又跳了起来。原来，从一道旁门里，走出一个袅袅婷婷、穿着粉红色大绿团花的艳丽和服、头上披散着光可鉴人的卷发的女人。这女人鲜红的嘴唇上带着迷人的微笑，还未走近身边，一阵香气已经扑进了白士吾的鼻孔。他镇定自己，急忙站好，刚要向这个女人鞠躬致敬，这女人却把手一挥，意思是叫他跟着她走进旁门去。白士吾顺从地跟在女人身后。两个人刚走进另一个房间，身后的旁门好像有自动开关——立刻悄无声息地关上了。

这间屋子跟门外的富丽堂皇的客厅大不相同——这是间不大不小的起居室，拉起的厚厚的绿丝绒窗帘，几盏立柱式的台灯，罩着淡绿色或梧黄色的薄纱灯罩，使这间散发着暗香的房间，光线幽淡柔和。一张铺着绣花台布的小几上，小留声机正在放送着一曲哀婉忧伤的日本乐曲。白士吾一进到这间四面墙壁上全镶嵌着大镜子，好像绣房、又像迷宫似的房间里，立刻如堕梦境，更加迷离恍惚。

女人忽然拉住他的手，和他紧挨着并坐在沙发上。然后，一双画着黑眼圈的大眼睛盯在白士吾的脸上，睇视着，咯咯地笑着，用流畅的北京话，轻飘飘地说：

“白少爷，很失敬。以前咱们只在北京饭店一起跳舞，没有请您到舍下来玩……白少爷，您喜欢音乐么？您听这首歌子好听吧？您喜欢不喜欢？”

白士吾满脸通红，倏地从沙发上站了起来，低低地垂下头，说：

“梅村小姐，谢谢您的关照。我很感谢您……我不懂音乐。

这是首日本歌子吧？我觉得它有点儿忧伤……”

女人又把他拉坐在沙发上。白皙的长圆脸上，画着弯弯的两道细眉，脖颈上一串雪白的珍珠项链，在昏暗的屋子里，闪闪地发出耀眼的光芒……这一切，白士吾都是在第二次被拉坐到沙发上才看清的。于是，他大着胆子，掩饰着心里的忐忑不安，扭脸问女人道：

“梅村小姐，您找我有什么事么？我很冒昧……”说着，又站起来，向这位权势很大的女人鞠躬致敬。

女人身子不动，只轻轻一拉，仍把白士吾拉回到她的身旁，款款一笑：

“白少爷，您真是个雏儿。您喜欢这唱片么？我很喜欢这支歌子——它叫《樱花之泪》。”

“‘樱花之泪’？是什么意思？”白士吾随便些了，小声地问梅村津子。

梅村津子在五颜六色而又颇为柔淡的灯光下，在留声机里反复放送着《樱花之泪》的靡靡之声中，把眉毛稍稍一皱，带点儿感伤的音调，说：

“这是一个女人被她的情人抛弃了，从她心里发出的哀伤……哦，白少爷，听说您也有位女朋友，长得很漂亮吧？您很爱她是不是？”

经梅村津子一提，白士吾想起了柳明。自己仿佛变成了“樱花之泪”里那个被抛弃的女人，眼睛忽然潮湿了。梅村津子此时成了唯一同情他、关怀他的痛苦的人。他感激地盯着那张敷着厚厚脂粉的脸，低声说：

“她不——爱我——了。我找不着她了……”

“她到什么地方去了？您为什么找不着她了？”

“她——她很可能离开北平城出去抗——日了……”白士吾话刚出口，又有些懊悔——说柳明抗日，梅村不会怀疑自己跟抗日的人有关系么？这么一想，他又忐忑起来。

梅村似乎一点没有介意，睁大黑黑的大眼睛，脉脉含情地望着白士吾：

“白少爷，您太不幸了，您也应该喜欢这支《樱花之泪》了！为了给您消愁，我来陪您跳跳舞好么？您跳得很好，我喜欢跟您跳——咱们跳探戈怎么样……好！等一下，我去换件衣服——穿和服跳舞太不灵便了。”说着，梅村走了出去。不一会儿，她换上粉红色紧身旗袍和白高跟皮鞋，轻盈地回到白士吾的身边。

唱片换成了舞曲。就在这间香气氤氲、光线柔淡的房间里，白士吾轻轻地搂着梅村津子的细腰，两个人在打过蜡的光滑的地板上缓缓地跳起舞来。

梅村把脸紧靠在白士吾的肩头，不时用那双妖媚的眼睛向白士吾频送秋波。一会儿，又用低低的娇柔的声音在白士吾的耳边说：

“搂紧点！白少爷。您长得挺漂亮——把我的腰搂紧点儿——搂得再紧点儿好吧……”

白士吾像喝了醇酒般昏昏欲醉了。他飘飘然，好像走进了另一个迷离醉人的奇异世界……

他沉醉在这个女人的怀抱里。

早晨，阳光从窗幔的缝隙中照到一张华丽的席梦思大床上。白士吾从酣睡中醒来，睁开惺忪的睡眼——怎么？他身边睡着一个并不年轻的女人，脸上的脂粉褪去后，额头、眼角全露出了浅浅的皱纹，脸色也变得这么苍白、灰黄……他睁大眼睛，望着枕上还搂着他的脖子熟睡的女人，惊愕地想：怎么昨晚上那么漂亮迷人的年轻女人，一夜间，却变苍老、丑陋了……他轻轻拿掉了那只虽然白嫩、却已经肌肉松弛的胳臂，挣扎着想坐起身来。突然，那女人的眼睛大大睁开，接着纵身跳下床来，狠狠地瞪着白士吾，用手一指，叽哩呱啦用日本话讲了几句什么。白士吾念过点日语，听那女人讲的好像是：

“你是什么人？怎么睡到我的床上来了？”

白士吾吃了一惊。他刚想说：“不是您叫我睡在这里的么？”

还没等他张嘴，女人跳上前来，啪啪——左右开弓两个巴掌狠狠地打在他的脸上。接着，瞪着两只凶光毕露的眼睛，猛地一脚把白士吾踢倒在床前的地毯上，从枕边掏出一支勃朗宁手枪，用中国话说：

“你这个狗东西！为什么偷跑到我的房间里来？你知道这里是什么地方么？”

白士吾吓得浑身颤抖——他知道梅村津子是个了不起的人物。可昨夜他却忘了这些，只觉得她是那么风流多情……

“……小姐，我、我……我……不知……道……”白士吾直着眼，怔怔地望着那支逼在自己胸口的黑色枪筒——假如扳机一动，那么，一切全完了！

“起来！穿好衣服，坐到那把椅子上去！”梅村收回手枪，指着小几旁边的一把转椅。看白士吾顺从地坐下了，她才半裸着身体到旁边的盥洗室里去了。

白士吾呆呆地坐在转椅上，吓得似乎失掉了知觉。他什么也不想，也不会想。约摸半个小时后，门开了，进来的是一个穿着日本军装、戴着军帽的女人——那次李汝民举行宴会上的梅村津子就是这个样子。见她一进来，白士吾马上毕恭毕敬地站起身来，吓得连头也不敢抬。

“去，到盥洗室把脸洗干净再出来！”

白士吾急忙到旁边的洗澡间解了一下手，随便擦一把脸，梳了梳头发，就赶紧出来了。一看，梅村津子的卧室，忽然变成了一间简单而又阔气的大办公室。一张镶着大玻璃板的大写字台横在屋子当中，周围全是书橱和皮沙发。

梅村坐在写字台前，正在批阅什么文件。抬头见白士吾站在门边不敢往前迈步，把手一挥，示意要他到写字台前来。

白士吾走到写字台前，低首垂立。

梅村又把手一挥，示意叫他坐在自己对面的一把椅子上。白士吾机器人似的坐下了。

梅村并不理他，只顾批阅什么公文。约摸过了半个多小时，白士吾如坐针毡，好像过了好几年。之后，梅村似乎累了，打了个哈欠，把一张印好了的卡片似的纸块往白士吾眼前一推，盯着他看了几秒钟，说：

“白先生，请您看看这个，在上面签个字。”

白士吾拿起纸片一看，大惊失色，霎时满头都是冷汗。

他呆呆地望着写字台对面的梅村津子，想摇头不干——不干，那会丧命的！签上字干吧，从此自己就变成了一个出卖祖国、出卖灵魂的汉奸特务……这时候，他的眼前忽然出现了一个亭亭玉立的影像，心里一阵战栗——难过极了。呵，柳明，柳明，你多么纯朴，多么可爱！你多么圣洁，多么纯真！你有头脑，你在上进……可是，我、我——我完了！……白士吾再一睁眼看看对面的梅村时，不由得又打了个冷战——那双可怕的眼睛正凶狠地紧盯着自己。毒蛇，一条毒蛇！从今以后，再也不能摆脱这条毒蛇的缠绕了……

“怎么样，白先生。您在迟疑什么？又在怀念您那位参加了抗日的女朋友么？要不要我再为您放送一遍《樱花之泪》？”

汗水从脸颊往下流，白士吾急忙低下头来把它拭去。他咬了咬牙，二话没说，拿起梅村津子递给他的一支钢笔，在卡片上签上了自己的名字。

第三十四章

苗振宇教授的夫人杨雪梅，是日本东京高级护校毕业生，在日本当过护士。和苗教授结婚后，就主持家务不再工作了。她的弟弟杨非，在巴黎学过绘画，现在北平艺专美术系任教。这个人性情很怪，快四十岁了，还不结婚，喜欢带着画板到处旅行。他独居一处有几间洋式房子的小院落——房子不多，院子却很大。院落里，他自己劳作经营，种满了花草树木。房子前有几棵高大的法国梧桐。院子四周全是果树。院子当中则是图案式的一排排、一格格、纵横错杂各式各样的花草。这时节，一般花草都枯萎了，可颜色鲜丽缤纷的西番莲，红红的像火一样的美人蕉，却依然在小庭中繁茂地盛开着。

杨非教授的家里，只有一个老佣人替他掌管家务。他经常不在，就委托姐姐来替他照料心爱的花木。杨雪梅也喜欢花草，替弟弟侍弄这些，成了她生活中的一桩乐趣。

秋高气爽，阳光洒满了三面都是玻璃窗子的画室。午后三时，曹鸿远如约来到杨非教授的家门口，女佣人问明姓氏，立刻把他领了进去。当他刚走到房门口，苗教授和夫人已经从室内迎了出来。鸿远这天穿着一身灰色哔叽西装，头发梳得整洁黑亮，脸上总带着一种从容不迫的笑容。苗教授紧紧握住鸿远的手，连声说道：

“小曹，你胖了，胖多了。好！好！难得又见面了。”

走进室内，这间琳琅满目、四面墙壁上悬挂着各式各样油画的大画室立刻引起了鸿远的兴趣。一幅模拟《蒙娜丽莎》的油画旁，还有同样大小的一幅，却是苹果般的圆脸上，闪烁着黑亮的眸子、露着欢乐的甜笑的苗虹的画像。鸿远一见，不由得笑了。

“这是内弟杨非教授的得意杰作。你看如何？”苗教授见鸿远注视着苗虹的画像，解释了一句。

“当真把苗虹的神态、特点和她的精神境界都表现出来了。画得好。”

鸿远的赞扬，使苗夫人很高兴。她亲自端来一壶清茶、几样糖果点心，三个人就关着屋门谈起话来。

“小曹，柳明、苗虹是你带她们找到八路军抗日去的吧？苗虹走的时候，只留下张条子，一看那上面的语气，就知道她们准定跟你走了。她妈妈——”苗教授用手一指妻子，“还眼泪不干地哭了好几天呢。我呢，同样呵，英雄气短，儿女情长……唉，孩子有自己的意志，父母也无奈之何。”

苗夫人听丈夫一说，眼圈红了，痴痴地望着鸿远：

“苗虹她们现在情况怎么样？走了一个多月了，一点音信也没有。我不止一次地梦见她——有时候娃娃般围在我身前身后蹦蹦跳跳；有时候还在我怀里撒娇……”说着，苗夫人的眼泪簌簌落下，赶快扭转身用手帕擦泪。

苗教授见妻子哭了，神情也很悲怅，不过没叫眼泪流下来。

鸿远同情地望着两位老人，用沉重的声调说：

“伯父、伯母想念女儿的情感是可以想见的。但是一旦‘国破’，相跟而来的必然是‘家亡’。苗虹、柳明，还有高雍雅这些热血青年都是激于爱国热情，不甘心在敌人的统治下过亡国奴的生活，才一再要求我带他们去找八路军参加抗日的。我们终于找到了八路军。现在，他们生活得很好，您二位可以放心……”

“你们路上吃了很多苦吧？是在哪里找到八路军的？”不等鸿

远说完，苗教授着急地插问了一句。

鸿远微微一笑，从内衣口袋里掏出一个薄纸包，拿出一张照片、一封信。他把照片和信双手递到苗教授手上。

苗教授站起身来接信，双手抖动着。女儿熟悉的笔体，在一个发黄的粗纸信封上写着——“给亲爱的爸爸、妈妈”。

教授和夫人一面读着信，一面不时望着苗虹的照片——好像要用照片来印证信中的话是否确实。果然，穿着八路军军装的苗虹，神采动人，那双大大的圆眼睛，好像会说话似的流露出发自内心的喜悦。看完了信，夫妇俩都不自觉地举着苗虹的照片，和墙上苗虹的画像比较——墙上的苗虹，天真烂漫，含着对人生无限憧憬的微笑；而手中的苗虹呢，同样也笑着，却带上似乎已经获得人生真褅，胸中澎湃着美妙理想的欢快。

“苗虹把你们的生活描写得真美妙呀——好像已经到了大同世界。这是她的幻觉吧？现实哪里可能……”

“她们上学也要发毕业文凭的吧？几年毕业呢？”

鸿远站在一旁，听着教授夫妇亦喜亦悲的问话，沉了一会儿，他才告诉他们：

“为了培养大批干部去开辟敌后抗日根据地，苗虹他们的学习时间不会很长的。现在战争形势很紧张，敌人正向正面战场长驱直入。八路军根据毛泽东的战略思想——开赴敌后，开展敌后抗日游击战争，以打击和牵制正面战场的敌人。要开展游击战争，就得有根据地，有干部。没有根据地的流寇式的战争是不可能取得胜利的。”

“为什么没有根据地就不能取得战争的胜利呢？我老朽了，不明白。小曹，你讲讲看。”

于是，曹鸿远又慢慢地向二位老人解释起来。他说中国是弱国，虽然地大人多，但武器、装备、训练，远远不如日本军队。这一点就决定咱们的战争必须依靠广大民众，打全民族的战争，才能战胜敌人。而只有建立了根据地，才能发动民众、组织民众、武装民众。一句话，八路军是依靠民众来打仗的。不过，要建立根据地，发动人民群众，首先得有一批骨干。所以，苗虹、柳明、高雍雅和一些知识分子都参加了民运训练。学习是为了把思想武装起来，好去做发动群众、建立抗日根据地的地方工作。接着，他还讲了一些如何发动群众、训练干部的方式方法。

鸿远的话和许多名词，在教授夫妇听来都很陌生，似懂非懂。他们又向鸿远提了一些生活上的问题——如每天吃的什么饭，喝的什么水；既然是民运干部，不当兵打仗，为什么却又穿着军装等等。

当鸿远说到大家的主食是小米干饭的时候，苗教授夫妇都大为吃惊。教授指着苗虹的照片，摇晃着脑袋说：

"你看她才走了一个多月，怎么小米干饭能使人这么胖了？奇怪！奇怪！在家里她每天牛奶、黄油、鸡蛋、面包，也没有吃得这样胖呀！"

"伯父，您们都是学医的，只注重了物质的营养价值，却忽视了另一种营养——精神的营养价值。有时，它们比物质营养价值要高出许多倍。您也许想象不到苗虹、柳明到了抗日根据地以后那种精神焕发、心情愉快的情况。再说，小米本身的营养价值确实也很高。她们现在虽然喝不上牛奶，吃不上面包，却变得又红又胖。照片上只能照出人胖了，可是，她们脸上那种健康的红色，您们却没办法看见——可惜根据地还没有油画家。"鸿远说着，望着墙上苗虹的油画像遗憾似的笑了。

"看起来，小米的营养价值确实不低。怪不得北方女人坐了月子都要喝一个月的小米稀饭呢。小曹，你去看了柳明的父母没有？他们想念柳明和我们一样……"

鸿远喝了几口清茶，把茶杯放下，轻轻握住苗夫人的手：

"我就要去看他们。柳明也捎来了照片和信……不过，我回到北平这件事，除了你们两家知道，请您们谁也不必告诉。”

苗夫人轻轻点点头，转身出去准备晚饭。

苗教授又向鸿远问了一些事情。这时，日影西斜，黄昏冉冉降临。鸿远心里嘀咕起来：苗虹的信上明明说到请她父亲帮助筹办为八路军购买药品、器械的事，可这位教授问这问那，说东道西，就是不谈这桩事。

又谈了几句别的，鸿远忍不住问道：

“伯父，我此来的目的，苗虹的信上已经谈到了。您怎样看待这件事情呢？说实在的，八路军的有关领导人，知道我认识您这位正直、爱国的教授，所以才派我来找您，希望求得您的大力帮助……”鸿远说到这儿，把话打住了。他看苗教授虽然睁大眼睛似乎在专注地听他讲话，可却又不住地东瞧西看，好像隔墙有耳，随时会有人闯进来似的。鸿远不禁有些失望。这时，他缄默了，想看看苗教授到底是个什么态度。

好一会儿，苗教授又拿起苗虹的信看了一遍，咳嗽几声，才对鸿远放低声音说：

“小曹，你们的事情我完全明白。我很感激你们八路军的领导人对我如此器重……不过——你知道柳明的男朋友白士吾吧？这个人变坏了，可能在日本人那里干上什么秘密差事。他几次找到我家，问苗虹和柳明到什么地方去了？是不是跟着一个姓曹的——当然指的是你，找共产党抗日去了？我回答他说：苗虹到日本找她哥哥去了；柳明呢，听说跟同学到南方上大学去了……可这家伙不相信，甚至威胁我——我发觉我被人跟踪过，家门口也常有不三不四的人转悠……所以，我没有请你到我家里去……我实在惭愧——你们希望我帮助的事，从我心里说，我是个堂堂的中国人，堂堂的大学教授，理当见义勇为，更何况苗虹现在又是八路军里的一员……不过、不过，小曹，你的处境十分危险，你不该再回北平办这件事——危险！白士吾是不会放过你的……”

说到这里，苗教授说不下去了。看起来，他顾虑重重，已经不像北平沦陷前那么锐气十足了。

鸿远虽然感到失望，却不能不暗暗佩服张怡的敏锐眼光和考虑问题的稳妥周到。看样子，这件事一时还不能够勉强。

“伯父，听说华北派遣军最高司令官的弟弟佐佐木正义博士和您在日本是同学。这个人在学校时表现得怎么样？听说他对您很器重。您们的友谊是怎么建立起来的呢？”鸿远故意转了话题。

说到佐佐木正义，苗教授顿时恢复了豪爽气概，好像要驱赶心头的郁闷，滔滔地说起来：

“别看这个人出身在日本贵族和军阀门第，可他母亲却是一个穷苦的使女，偶然被他父亲看中了，强娶过来，生下了佐佐木正义。因为母亲的缘故，他从小就同情穷苦人，还好打抱不平。所以，他在学校时就和别的阔人子弟大不一样。日本的学校歧视中国人，有些课程是不许中国留学生听的。他对此大为不平。因为他和我同班，就对我这个中国人十分同情。我听不到的课程，他都转告我，或者把笔记本偷偷借给我抄。就这样，我们俩成了莫逆之交。我回国后，书信往返一直不断。佐佐木正雄——这位华北派遣军最高司令官，是他的异母哥哥，但他一点也不喜欢他哥哥。前些日子，他来到中国，佐佐木正雄想叫他担任华北医药卫生方面的最高顾问，他坚决不干。虽然他哥哥对此很不满，他却毫不动摇——他对我说，他绝不做侵略中国的帮凶。目前，只在协和医学院作一名教授，专门研究传染病学。他想以此帮助中国人和打仗的军队摆脱传染病的疾苦。真是个难得的好人呵！他常来看我，爱喝中国的茅台酒。酒后，有时还大骂日本军阀侵略中国的罪过……”苗教授说到这里，嗓子沙哑了，双眼流露出沉痛的感情。

“伯父说得很对。我们中国人民正在遭受空前的浩劫，每天每天，都有无数无辜者流着鲜血……我们八路军英勇抗击敌人负了伤，非常缺少必要的药品。常常，一条绷带要洗了又洗，一用再用；许多战士负了伤，手术的时候，没有麻醉药，就忍着难忍的剧痛进行手术……”说到这里，鸿远声音喑哑，难过得低头说不出声了。

苗教授看到鸿远的表情，忽然想到了女儿。如果她也受了伤，要动手术，没有麻醉药怎么办？想着想着，仿佛苗虹真的负了伤，躺倒在他身边……他不由得摘下眼镜擦起泪来。许久工夫沉默无言。

当苗夫人和女佣人端来了饭菜和一瓶白兰地，苗教授的情绪才转换过来。他给鸿远满满斟了一杯酒，双手递到他面前：“小曹，干这一杯！为你们的崇高事业，为你途中的辛苦，也为你送来了苗虹的家书和照片，我和雪梅共同敬你一杯！”

“谢谢伯父、伯母。我也敬伯父、伯母一杯！”鸿远把教授的敬酒一饮而尽，拿起酒瓶给苗教授夫妇和自己各斟了一杯。

喝了酒，吃了菜，三个人的情绪渐渐兴奋起来。鸿远放下酒杯和筷子，对苗教授夫妇说：

“我来给两位长辈唱一支歌子好吧？这是苗虹新学会的、也是我们大家伙儿最爱唱的一支歌子。”鸿远的拘谨消失了，又恢复了他那活泼、潇洒的风度。

“呵，苗虹新学的歌子？那，你们根据地里，有音乐教授教她唱歌么？我猜想，就是没人教，她也会自己练唱的。她唱的受欢迎么？”教授夫人紧张地问。

“太受欢迎啦！在根据地里，大伙都爱听她唱歌——以后可能会把她分配到文工团里去。”

“文工团是个什么地方？”苗夫人又惊奇地追问。

“唉，雪梅，等一会儿再叫小曹回答你的问题好不好？现在，请他趁着酒兴，给咱们唱一支苗虹爱唱的歌子吧！”

苗夫人瞅着丈夫莞尔一笑：“小曹，欢迎你唱。”

“好，我来唱。”鸿远参加过演剧，也很会唱歌。他用低沉而激昂的声调唱了起来：

黄河之滨，
集合着一群——
中华民族优秀的子孙！
人类的解放，
救国的责任，
全靠我们自己来担承……

鸿远唱的声音不大，却饱含着激情。那慷慨昂扬的音调，把教授夫妇深深打动了。苗教授听鸿远唱罢，用微微发颤的声音问道：

“这是支什么歌子？”

“抗大校歌。”

“抗大的全称是什么？你们说话简称太多啦，好像时间那么宝贵，一个字的时间也要节省，是这样吧？文工团也是简称吧？”

鸿远忽闪着闪亮的眼睛，点头回答：

“抗大——是抗日军政大学的简称；文工团——是文艺工作团的简称。在根据地，大家习惯了这些简称——倒也不完全是为了节约时间。”这时，苗夫人忽然问道：

“现在苗虹跟高雍雅的关系怎么样啦？不知为什么，我总替他们担心……，”

“担心什么！妇人之见。”不等鸿远回答，苗教授打断了妻子的话，“他们俩现在还很要好么？”不叫妻子问，他自己却问起来了。

苗夫人咯咯地笑了起来：

“你说我妇人之见，你不是也在问他们俩好不好么？小曹，请告诉我们，他俩现在怎么样了？”

“好是还好，不过好像常常有点小纠纷。”

“这就是我常常担心的呵！苗苗很任性，小高又是个书呆子……”

“担心有什么用。”教授打断了妻子的话，“你们八路军里可允许谈恋爱么？”

“看情况吧，反正没有禁止。”鸿远说着笑了起来。

“不禁止谈恋爱？”苗夫人似乎有些惊异地重复着。

说到这儿，三个人都吃了一点饭。饭后，当鸿远告辞要走时，教授拉住他的手，那双鼓鼓的圆眼睛，在眼镜后面凝视着他的脸，有一会儿没有出声。看得出来，教授有话要说，却又说不出来。虽然他痛恨日本的侵略行为，但却没有答应帮八路军买药，没有勇气采取行动。

“小曹，原谅我！我有难言之隐呵……你要给苗虹写信么？我们可以给她写回信么？”

“伯父，您现在还不能给苗虹写信，我也不准备给她写信。您的处境我很理解，我们不会强人所难的。”

听到鸿远不给苗虹写信，苗教授如释重负般长长地出了一口气：

“小曹，谢谢你冒着危险捎来了苗苗的信——还有她的照片，以后有空常来谈谈。你还不离开北平吧？”

“暂时不离开。我也希望常见到你们。”说到这儿，鸿远觉得身后有人来了，一回头，只见一个穿着旧西装、留着长发、不修边幅的中年男子站在苗夫人身边。苗夫人急忙替鸿远介绍：

“这是舍弟杨非——这个画室的主人。这位是苗虹的朋友——曹……先生。”她犹豫了一下，终于没有说出鸿远的名字。

“见到阁下很高兴！”杨非眯着眼睛盯住鸿远的脸，审视似的说出一句稀罕的话。

“见到您，我也很高兴。”鸿远嘴里应着，眼睛也在审视着这位画家。

“好啦，都不是外人。你们能够见见面，我们也很高兴……”看得出来，教授说的“高兴”二字是勉强的，他的圆眼睛里流露着忧郁与烦闷。

鸿远和屋里的三个人一一握了手，走出了杨非家的大门。

天色已漆黑，鸿远只穿着一套夹西装，走到胡同里，蓦然感到一阵寒意。他加快脚步走着，心里焦灼地想：下一步怎么办？没有把他们动员起来；买药——也没有谈成……他抬头望望灰蒙蒙的天空，闪烁的星星似乎在对他眨眼嘲笑……那嘲笑的眼睛忽然变成了一双动人的、也像星星一样含情的大眼睛——那是她——是柳明……

第三十五章

曹鸿远住到张怡的表弟华兴家里。地址在前门外大街一条僻静的小胡同里。华兴二十岁，一个诚笃忠厚而又机灵的小伙子，见鸿远来和他同住在一间小屋里，非常高兴。他们也装作表亲，小伙子一口一个“表哥”，对鸿远又恭敬又亲热。华兴的妈妈华老太太，高大个子，大手大脚，为人爽朗，做事麻利。她对鸿远的到来也异常欢迎。这母子俩在张怡的教育启发下，都帮助张怡做着地下工作。

鸿远一来，华兴就在裕丰药房内帮助他做各种了解情况的工作；华妈妈就当了鸿远的交通员，什么事都由她先去联系。她先联系了苗教授，使他们见了面；接着，她又去联系柳明的父母。

那天天黑后，华妈妈领着曹鸿远到宣外方壶斋一条偏僻的小胡同，指着一道油漆剥落的小院门，努努嘴，就返身往回走了。

鸿远刚走近西厢房门口，柳明妈刚巧从屋里走出来，拉长脸儿，冷冷地说：

"曹先生，您来啦！进屋暖和暖和吧！"

鸿远见到柳明妈，一张白白的脸，两只似嗔似喜、秋水般的大眼睛，立刻在他眼前闪现出来……像要拂去灰尘似的，他摇了摇头，使自己冷静下来，快步跟在柳明妈身后走进屋里。

迈进门槛，柳清泉已经站在门里等候他。老头儿一把拉住鸿远的手，声音抖颤颤的：

"你来了。好，好！请坐，请坐！"

"伯父，伯母，您两位老人家好！"鸿远并不落座，首先向两位老人轻轻鞠了一躬，微笑着问候。

柳明妈答应着。忽然，拍打着手掌，哭丧着脸说：

"曹先生，我那明丫头叫你们拐到什么地方去啦？她还活着么……"说着，往椅子上一坐，呜呜咽咽地抽泣起来。

"瞧你这妇道人家！"柳清泉瞪了妻子一眼，可是他的声音也是哽咽的。

鸿远一看这光景，急忙把柳明的家信掏出来，郑重地交到柳老先生的手中。

一盏只有十五瓦的电灯亮着。柳明爸用颤抖的手换了一副眼镜，又用颤抖的手把用粗糙的黄纸写的信笺挪到鼻子底下。柳明妈也急忙凑到丈夫身边，把脸挨在信纸上。虽然她不认识字，却像也要读一读。这时，鸿远站起身打开一道门缝，向院子里张望一下——邻居们都已关紧了屋门。他回头向柳明爸招了招手。老先生点点头，却支持不住似的浑身发着抖。鸿远急忙搬过一把椅子让他坐在电灯光下面，柳清泉这才哆哆嗦嗦地小声念起女儿的信来。

最亲爱的爸爸妈妈：

你们接到我这封信，一定又气，又悲，又喜……爸爸，妈妈，你们不要气，也不要悲，只应当喜！因为你们的女儿走的是一条光明之路。国破山河碎，女儿不甘心当顺民，不甘心去仰仗敌人的鼻息过活，所以，毅然不辞而别——不是不愿意告诉你们，只是怕你们拦阻。这次，我是和苗苗、小高还有其他一些不愿当亡国奴的青年人一起走的。我知道你们会悲伤，会惦念我，会为我担惊受怕，所以，每当想到年迈的父母和弟弟，我心里也很难受，多少次曾梦见你们……但是，爸爸，妈妈，你们相信么？悲伤、难受都是一忽儿就过去了，我心里更多的是愉快、欢乐和幸福。我庆幸自己遇见了曹先生这个好人，是他把我们领到了一条光明大道上。

我们在这里吃的是小米干饭白菜汤，很少有肉吃。糖和点心更没有了。可是，我和小苗都胖了，而且是又红又胖又结实。我们在民运训练班里学政治，也学点军事，有时，还学唱歌——我们站在高高的太行山巅放声唱着抗日的歌曲……爸爸，妈妈，还有我那亲爱的小弟弟，你们有什么可为我发愁的呢？愁我放弃了医学，不能成为学者、专家么？愁我会被枪炮打伤而牺牲么？不要怕！被侵略者蹂躏的中国大地在战火中燃烧，每天都有成千上万的中国同胞在死亡。我——一个小小的生命又算得了什么！爸爸，妈妈，弟弟，你们不要再为我发愁，我生活得很好——从来没有这样好过。

关于我在这里更详细的情况，你们可以向曹先生打听。他是好人，也是我衷心敬佩的人。你们不能埋怨他把我们带走了，因为是我们一再求他，他才带走我们的。他做的是为国为民的事，可千万千万不要恼！

临书依依，不尽欲言。愿亲爱的爸爸妈妈健康长寿。并问我亲爱的弟弟小放安好。

女儿明手书

一九三七年十月二十三日

柳清泉用沙哑的声音读着女儿的信，读到后来，声音哽咽，有些读不下去了。好容易把信读完了，柳明妈一把把信抢在手里，好像它就是女儿，紧紧抱在怀里。这时，柳明的弟弟——十五岁的柳放跑进屋里来，一把从妈妈怀里抢过姐姐的信，在昏暗的电灯光下也读了起来，一边读一边又笑又哭。

鸿远坐在小凳上，把一切都看在眼里，心头不禁涌上一种惆怅的思绪——他想起了自己的妈妈，那满脸皱纹、头发花白的妈妈。十年了，自从十二岁逃离故乡，因为怕地主报复，也因为总是忙忙碌碌，他再也没有回过家乡，再也没有见过妈妈和弟弟。通过几封信，也都是托亲戚代转的。现在，妈妈还活在世上么？弟弟们也该长大成人了……想到这儿，他觉得眼里有泪水在浮动，赶快扭过头去，把一腔思亲的情绪压住，才转脸对两位老人笑道：

“您们二位该放心了吧，柳明的一切都很好，苗虹她们也都很好。打败了日本，胜利了，她们都会回来的……”他说着，不自主地想起柳明来——在信里，字里行间，她多么信任自己，关心自己，生怕自己挨她父母的埋怨……

“哎呀！那要等到哪一天呀？”柳明妈打断鸿远的话，急得拍打着巴掌，“曹先生，您怎么能回北平来的呀？怎么，我那丫头就不许她回来呀？这么大个闺女了，离开爹妈，在外头胡转悠，叫我跟她老爹怎么放心得下呀！”说着，老太太跳起身来，双手叉腰，把眼睛一瞪，冲着鸿远喊道，“不行，你得赶紧把我那闺女叫回来！”

鸿远没有想到柳明妈会摆出这副架势，不禁有些气恼。但也只好耐心地做思想工作，瞧着柳明妈笑道：

“伯母，您想念柳明的心思我知道。现在，让我变个法儿把她给您找出来好吧！”说着，笑着，鸿远从内衣口袋里掏出用硬纸片装着的柳明的照片——这张照片他一直贴身放着，而没有放在信封里面。一种隐秘的、自己也说不清楚的情感，使他愿意这照片多在身上停留一些时候，有空时，还禁不住偷偷拿出来看上一会儿……

“呵，还有像片呀！”一家人几乎同时伸出手来抢照片。

照片上，柳明穿着军装，戴着军帽，几绺短发，飘在额头。长长的瓜子脸上，一双顾盼有神的大眼睛，充满了发自内心的喜悦。

柳清泉把照片翻过来、掉过去地看了好一会儿，这才摘下眼镜，满脸带笑地对妻子说：

“这不是明儿回来了么？小曹带回这信跟相片多不容易呀！要叫鬼子查出来还不丧了命！我说，老婆子，你知足了吧，咱们应当谢谢小曹才对。”说着，柳老先生用他瘦骨嶙峋的手一把握住鸿远的手，“小曹，谢谢你，我们全家谢谢你啦！”

柳明妈含着眼泪盯着捧在手上的照片。她抬起头望望老头子，又望望鸿远，还是唠叨：“相片不是真人！你还得把真人给我找回来！”

“伯父，您在沦亡的北平已经生活三个月了，有什么感想？度日很不容易吧？”为了转移目标，鸿远不理柳明妈，却和柳父说起来。

一听鸿远问这个，柳清泉跌坐在一把旧太师椅上，举着眼镜在空中晃了几晃，然后长叹一声：

“岁月蹉跎，徒增感慨！亡国之恨，哪得不悲！可是，一介书生，手无缚鸡之力——苟且偷生吧！我现时是什么也不想了，什么也不想了……”

看老先生连连摇头的绝望神色，鸿远用同情的目光望望他，又望望他身边的柳放。

“伯父，您还是这么悲观呵！柳明的行动和她的信，应当给您一点儿鼓舞，增加您一点儿信心才好。历史上那些忠君爱国之士，他们不论在什么困难环境下，也从不悲观、不泄气。我记得陆放翁在他八十多岁临死的时候，还叮嘱他的儿孙：‘王师北定中原日，家祭无忘告乃翁’……”

柳清泉把眼镜举在手中，瞪目望着鸿远，愣怔了一阵，发出了嘶哑的声音：

“你说得对！对呀！可是，弱肉强食，古来定理。所以我没有信心——没有胜利的信心……”

鸿远有点儿失望。他望着老头儿，他、他是柳明的父亲？那个庸俗的有点像泼妇似的女人是柳明的母亲？……鸿远扭头望了一下正在看着女儿照片的柳明妈，心想：怎样才能说服柳明父母去关心抗战，相信抗战会胜利呢？蓦地，他想起了什么，眨巴几下眼睛，把已经到了嘴边的一些抗日道理咽了回去。

“要用事实，要用行动去说服……光说大道理——对这个成见已深的老人奏效不会大……”于是，鸿远转变了话题，关心地问起他们的生活情况来。顿时，柳明妈的话匣子打开了：

“唉，穷教书匠本来就穷。这下子倒好，那些四条腿的人一来，就更穷上加穷啦！这老头子嘴里念念叨叨地什么亡国之恨呀，不想去教书啦……不教书，哪来的棒子面吃，还活不活呵？唉，这年头凑合着活呗！看，这不，我成天缝穷，给人家挑补花……”说着，柳明妈随手拿起一个绷着白洋布的竹圈——上面已经挑了些花花草草。戴上老花镜，就着微弱的灯光，她又细针密线地挑起花来。

鸿远隐隐为这一对老夫妇愁闷着。他站到柳明妈身后，端详她挑着什么。柳明妈一边挑花一边又叨叨起来：

“我说，小曹，咱那明丫头跟小苗、小高他们当真都这么结实、这么高兴哇？不是你愣叫她这么写、这么照的像片吧？唉，多少天，天天夜里睡不着觉呵！睡着了，想梦见我那丫头都梦不见……”说到这儿，老太太把手里的活计一搁，又抹起眼泪来，“我说，小曹，你行行好，叫咱丫头回北平来吧！你不是回北平来了么？叫咱丫头也回家抗战不行么？”

鸿远对老夫妇瞧了一忽儿，忽然笑着说：

“您们想叫柳明回来？可您们想过没有，她现在如果回来，那个白士吾饶得了她么？他已经当了特务、汉奸，您们知道了吧？您们愿意叫女儿下大狱？”

“那个王八蛋当了狗汉奸！”鸿远刚说完，老先生忿忿地骂了起来，“认贼作父的狗东西，他还有脸到我家找柳明哩！他认了一个臭婊子——大特务梅村津子当干娘，就耀武扬威地找我们要柳明。无耻！无耻！下流！下流！……”柳清泉激动地扯着自己的衣领，浑身颤抖，说不下去了。

“您怎么回答他的？”鸿远急忙问。

“怎么回答的？”柳明妈抢过话来，摆着手说，“我们都是这么说的呀：她有个舅舅在重庆混事儿，柳明找她舅舅上大学去啦。现在还没有信儿来，究竟到了重庆没有，我们也说不上来。哎呀，知人知面不知心啊，没想到那么有钱的阔少爷，也去当了汉奸给日本人做事儿——小曹呵，你可小心别碰上他，他还打听你呢！”

“白士吾一共来找过几趟？”

柳清泉坐在一把旧木椅上，皱起眉头敲着脑门说：

“总有四五趟吧。把我们找烦了，一赌气，我们就离开老街坊偷着搬到这个地方来了。我叫学校跟街坊别告诉人我们搬到什么地方去了。这小子才没再来过……唉，小曹，你说得对——咱那丫头是不能回来呀！一回来，哪有她的好！去吧，抗战去吧！胜利了再回来——也许再也回不来了……”

“伯父、伯母，你们不要伤心，其实应当高兴才对——我还没有告诉你们，柳明一到那边不久，领导上就叫她当了一个大医院的医务主任……”

“呵？咱那丫头当了医务主任？哎呀，小曹，你怎么不早说！这是她从小的志向呀，大学毕了业也未必能当上主任呵，这一去抗日——可念阿弥陀佛了！老头子，你听说了么？咱丫头当了主任啦……”

柳明妈一改刚才的愁眉苦脸，马上喜笑颜开。

“这些事，您们心里明白，可千万别往外说。”

“不说，不说，你就一百个放心吧！”柳明妈高兴得连声答应。

“好，伯父、伯母，我走了。有机会再来看望您们。”说着，鸿远快步走出门外去。

刚走出柳明家不远，斜刺里一个黑影闪了过来，吓了鸿远一跳。“孩子，你可出来了！”

“您？华妈妈——姑姑……”鸿远一把拉住华妈妈冰冷的手，“这么晚了，您这是……”

“不放心呵。咱家那小胡同八道弯，怕你找不着家呵！”

一股激越的情感蓦地涌上鸿远的心头——人民，呵，多么好的人民！他连连地深深地呼吸几下。夜是那么静，灰蓝色的天空是那么美，连他身边的老太太也那么令人喜爱。

第三十六章

果不出张怡所料，苗教授没有答应替八路军买药。这位地下党领导人便果断地开辟了另一条渠道——通过关系，找裕丰药房的经理陈裕贤。这个商人看药市行情上涨，正想筹集盗金扩大营业，于是曹鸿远化名萧慕杰，以一个满清遗老的阔少身份和陈裕贤挂上钩。不久，裕丰药房就扩张营业了。

陈裕贤是个诚实、爽快的山东人。双方的合作一开始便很融洽。曹鸿远以股东身份谈妥，可以由他直接介绍买主，并多向外地批发药品，以赚大利。这一来，党交给他来北平买药的任务，总算有眉目了。

开业那天，裕丰药房门前张灯结彩，洋鼓洋号吹吹打打，十分热闹。曹鸿远在华妈妈家中呆不住了，仿佛鼓号声不停地在耳旁震响。他想看看这个药房的崭新面貌，就像小伙子想去看看未见面的新娘一样。他换上一套漂亮的西装，戴上礼帽，足登锃亮的皮鞋，还戴上一副茶色墨镜，信步走到西单路西裕丰药房的大门外，只见几幅鲜艳的招贴画贴在药房的大玻璃橱窗内，十分醒目。鸿远被吸引着，站在橱窗前的人群中观看起来——

又白又胖的洋娃娃招贴画旁，印着醒目的大字："您要您的孩子肥而壮么？请用本店出售的'娃娃宁'、'肥儿粉'。"

另一幅画的是一个老人，身边的红字是："君欲长寿乎？君欲寿且康乎？请用本店独家经营的'益寿片'。"

更加新鲜的是，一个化学制作和真人一样的妙龄美人，身披白纱，坐在橱窗内，白纱上缀着艳丽的红字："妙龄女郎哪个不愿娇艳无双、永葆青春。本店独家经营德国最新进口药品——'妙汝龄'。"女郎身上还披着另一条粉纱，上面也缀着字："'妙汝龄'进货不多，速购！速购！迟则不及！"

鸿远看了一下，觉得陈裕贤这个人做买卖真有一套，以后的任务可能会比较顺利……他怀着喜悦，怀着希望，刚要转身时，忽然一个十分面熟的青年男子引起了他的注意——在裕丰药房的大门外，在拥在门前的人群一边，一个西装革履的男子，手里举着一架照相机，似乎已经照完了相，背起相机正要转身走开。鸿远的心陡地一动！这个白白瘦瘦、鼻梁上架着一副金丝眼镜的人，不正是那个追过柳明的白士吾么？唔，他已经当了日本人的特务……这么一想，鸿远立刻闪身走进一条紧挨身边的小胡同里。走了几步，身子一扭站在一家门洞里，又朝胡同外的马路上望了一下——白士吾已经不见了。他是不是已经发现了自己？是不是已经偷偷给自己拍了照片？鸿远心头蓦然升起一种恼恨自己的情绪：麻痹！太麻痹了！自己怎么这样粗心大意，任凭一时情绪所左右呢！

怕白士吾跟踪下来，鸿远疾步走着。一扭头，发现胡同里有一家小公寓，破旧的门墙上，挂着一块油漆剥落的招牌："迎来公寓"。鸿远回头望了一下，见没人追上来，就摘下头上的呢帽摇晃着，大摇大摆地走进了这个空寂无人的小院。

"先生，您找哪一位呀？"看是一位衣着阔绰的年轻人走进院里来，房东太太急忙从院角的一间小屋里迎了出来。

"您这院里有闲房么？我想租间房子，要大一点的。"鸿远面带微笑，向房东太太一点头。

"有！有！您看这间大北屋怎么样？"房东太太说着，从短夹袄里掏出钥匙，领着鸿远走进一间较大的北房。

站在当屋地上，鸿远对着这间摆着简陋家具的房子东瞧瞧，西看看，一边看，一边向房东太太有一搭、没一搭的问起话来：

“这间屋子要多少钱一个月？哦，五块钱？贵倒不贵，就是有点儿——家具有点儿太旧了。您这公寓还代包伙食么？每天开几顿饭？一个月多少饭钱……哦，一个人一个月十二元？贵倒不贵，就是——就是鱼肉不多吧？……您这院里一共住着多少位房客？都是学生么？我是朝阳大学的学生。家里虽然有房子，可我新近交了一位漂亮的女朋友……”

“哦，我明白啦，您这位先生有外家啦！因此上，才想找个好地方……哦，行，行！您就带着她来吧！我保准招待周到，要水有水、要茶有茶，叫你们两位相好的事事满意……”房东太太说话老是哦、哦的，不时摸着头上松了下来的发髻，满面带笑地想把鸿远这个“有钱”的房客留住在自己的公寓里。

鸿远心里虽然异常懊丧不安，脸上却是一副春风得意的神色。他一屁股坐在一张破旧的木椅上，歪着脑袋，轻轻用手指敲着身边的三屉桌，继续向这位坐在小凳上的房东太太拉起闲话：

“您这公寓里有几位伙计？哦，没有伙计。就是您一家子——们老当家的、一个儿子、一个女儿连您自己，一共四位——照顾全公寓二十多口人的吃喝？行！够能耐的，有本事！这年头开个公寓可不容易是不是？又要照顾好各位房客，又要应酬好官面上的人——日本宪兵队常上您这儿盘问么？”

一听问到日本宪兵队，房东太太的长脸拉得更长了。她透过玻璃窗向院子里瞥了一眼，扭过头来，啐了一口唾沫，愤愤地说：

“别提那些个该千刀万剐的啦！中国人算倒了大霉啦！咱这本小利薄的小买卖，他们也饶不了你……”

听到这儿，鸿远调皮地吐了一下舌头，做了个鬼脸，连连摆手说：

"大婶子，您别往下说啦！防备隔墙有耳——您的心思我明白，您是个真正的中国人！"

鸿远的关切和警告，一下子感动了房东太太。当鸿远仿佛嫌房子不够体面，没有放下定钱，准备告辞的时候，热心肠的房东太太却怎么也不放鸿远走：

"您是个好人，您可先别走！不嫌咱家寒酸，您就到咱小屋里喝口一再走。"

鸿远也不客气，跟着房东太太走进她的屋里去。

就在这时，白士吾已经找到吴永，还有手下另一个小特务，一同追进这条小胡同。他们几个经过"迎来公寓"的大门口，却没有进去。因为前面不远就是一个拐弯的地方，白士吾以为曹鸿远一定拐弯逃进了另一条小胡同里。于是，和吴永分开，他自己带着小特务，兵分两路冲着东面的两条小胡同追去……

第三十七章

自从各国大使馆迁到南京以后，东交民巷里那些外国使馆的房子大多空着。日军占领了北平城，这里便做了日本特务机关或日本高级官员的住宅。梅村津子就住在一所很大的带有花园和草坪的楼房里。

在这座深灰色装着电网的高墙里，除了住着东京大本营特遣组的特工人员外，还驻有由北平日军司令部拨来担任守卫的宪兵小队。阴森森的黑漆大门总是紧闭着，来往人员都由旁边一条小胡同里的旁门出入。这旁门只有一个值勤的宪兵穿着军服守在门里，其他人员出入一律都是便衣。不知底细的人从这儿经过，望着那高墙、电网和紧闭着的黑漆大门，都怀着惊惧的心理猜测：这是个什么地方？外面没有门岗，里面却常常传出凄厉的惨叫声……

晚上八点，天已经漆黑了。白士吾穿着一套时髦的咖啡色西装，外加一件咖啡色哔叽夹大衣，黑亮的、打着发蜡的头上，歪戴着一顶上等呢料的礼帽。一辆崭新的三轮车把他拉到这所楼房的旁门前。他从车上跳下来，对用毛巾擦汗的车伕说：

“等到十二点我还不出来，你就可以回去了。”说着，扭过头去，轻轻按了一下门上的电铃。

“什么人？口令！”一个日本宪兵用中国话在门里问。

“圣战。”白士吾用谦卑和悦的音调轻声回答。

门开了。白士吾闪身走进门里。他正想直奔梅村住的那幢楼，日本宪兵拦住了他：

“在传达室等一等，我打电话请示一下。”

白士吾有些气恼。他急于见到梅村，向她报告今天的收获，却被这个日本宪兵拦住了。

“我有急事，每次见梅村小姐，都是直接进去的。”说着，他掏出了自己的“派司”——出入证。

“不行！梅村小姐有令，无论什么人要见她，都要先请示。”

白士吾只好走进传达室，坐在一把硬木椅子上，两眼呆呆地望着窗外。一只手不自觉地摸摸西装口袋里的硬纸袋——这里面有他刚冲洗出来的两张照片。他带着好像猎人捕到了珍奇的猎物，将要卖到大价钱那种欣然自得的心理，也带着一种仇人即将被消灭的惬意。坐在车上时，就不时摸着衣袋中的猎物。此刻，又一次摸着——他的财神爷安然无恙地躺在里面，他白中带青的脸上，顿时浮起一种掩饰不住的笑意……

警卫通知他可以去梅村小姐的起居室后，白士吾三步并作两步，穿过花木扶疏的院落，急忙走到一幢楼房的二层楼上。在一间雕着花纹，闪着栗色亮光的房门外，他停住脚步，屏息静气地在门上轻轻叩了三下。

“白少爷么？进来吧。”屋子里响着轻飘飘的乐曲声。透过乐曲，传出那熟悉的娇滴滴的声音。

白士吾轻轻扭开门，闪身走进了梅村的起居室，向正坐在留声机旁的小沙发上听着唱片的梅村深深鞠了一躬。

“白少爷，请坐。”梅村向白士吾点点头，努努嘴，示意叫他坐在留声机旁的软椅上。自己仍凝神听她的唱片——还是那支哀婉凄凉的《樱花之泪》。

白士吾心不在焉，一动不动地陪着主人听完了这支歌曲。梅村站起身来，伸了个懒腰，随手关了唱机。然后，扭过头，对白士吾嫣然一笑：

“白少爷，我记得上次你听过这支歌子——你喜欢听么？我最爱听这支歌子，不知放送过多少遍了。”

“我的日语程度很浅，虽然也很喜欢这支歌儿，可听不懂它唱的词句。”

“一个被情人抛弃的女人，在哀诉她的不幸……白少爷，你真的喜欢这支歌么？”

白士吾不敢正面回答。抬起眼皮，扶扶眼镜，向梅村微微一笑：

“梅村小姐，这曲子的哀伤情调，倒是打动了我的心。”

“呵，打动了你的心？它也打动了我的心——所以我非常喜欢这支歌子。一听这歌子，我就想起我少女时代爱过的一个人……可是，现在，我觉得那个失恋的女人未免太软弱——太软弱啦！既然男人玩弄了她，她也可以去玩弄男人嘛！唉，日本女人真是世界上最温存、最驯顺的女人……”说着，梅村的眼里似乎闪着泪光。这时，那雪白细嫩的面庞，那粉红色底淡绿花朵的和服，那一头蓬松黑亮的卷发，在白士吾的眼里突然变得异常温柔美丽，他真想蹿上去紧紧搂抱这个并不年轻的女人……但没有得到她的允许，他不敢。就在他神思恍惚的当儿，梅村突然改变了腔调，半倒在丝绒沙发上，叼着纸烟，对白士吾发问道：

“你今天来，有什么事情要报告？”

白士吾即刻冷静下来，连忙从西装口袋里掏出硬纸袋，拿在梅村眼前晃了两晃，笑嘻嘻地说：

“梅村小姐，您看见这两张照片一定很高兴！您猜猜——照片上的人是谁？”说着，双手递了过去。

梅村不声不响地从硬纸袋里掏出照片——这是两张六寸大小的照片。一张半身照片上的侧面人头，很年轻，穿着西服，戴着呢帽，帽檐下架着有色眼镜，虽然看不清眼睛，但从眼镜下面露出的笔直的悬胆鼻子，一张微微张开、线条分明的嘴角，稍露着的一排整齐的牙齿，全显示出这是个年轻、矫健、英俊的人。

梅村把这张照片放在写字台上，又拿起另一张端详起来——这是张挺直而又洒脱的全身背影。从背影看，这是个身材高大的年轻小伙子。它和那张侧面人头像，一看就是一个人。

两张照片都看过了，梅村把第二张照片也往写字台上随便一扔，转身问白士吾：

“这两张照片是一个人吧？他是谁？”

白士吾俯下身，贴着梅村耳边神秘地小声说：

“他么？他叫曹鸿远——就是那个狙击日军入城式的首要共产分子；也是给八路买药的共产党……”

“那么，你碰见他了？怎么只拿来照片——人呢？”

“我偶然在西单大街上发现了他。他正张望着，好像在找什么铺子，又对一个新开张的裕丰药房很感兴趣的样子。这当儿，我藏在一根电线杆子后边，赶紧拍下了他的侧面照片；等他转过身走进胡同口的时候，我又拍了一张他的全身背影。”梅村突然举起手来向桌上狠狠一击，怒声吼道：

“我问你！人哪里去了？你们把他逮住了没有?!”

白士吾脸上的喜色霎时消失了。灰暗、惨白、失神的眼里，露出了乞怜的神气：

“小姐，我们去追他，可这小子十分狡猾，我们没有追着，让他跑掉了……”

“啪！啪！”两个响亮的嘴巴，狠狠地抽在白士吾瘦削的脸颊上。立刻，一缕殷红的血水顺着嘴角流下来，那副金丝眼镜也一下子掉到了地毯上。

“蠢货！笨蛋！你们是干什么吃的?！上次吴永在火车站碰上了他，叫他溜走了；这回你们又在西单大街上碰上他，又放他逃走了……”梅村瞪着眼睛，张大涂着浓浓口红的嘴巴——刚才还是个美女，蓦地变成了凶狠可怕的母夜叉！白士吾眼里冒着金星，迷迷糊糊地望着梅村，只觉得一阵心慌，一阵恶心，冷汗禁不住从额角涔涔流下……

“小姐，您请息怒……不是我们——是他——是他太狡猾了……”

“啪！啪！”又是两个嘴巴重重地打在白士吾细皮嫩肉的脸颊上。梅村津子是受过特殊训练的，她的手腕很有力，打得白士吾趔趔趄趄，站立不稳，几乎歪倒在身边的茶几上。

当白士吾刚刚勉强站直身子，低首垂立，又听得一声吓人的吼叫，像雷鸣般轰响在耳边：

“你这草包、废物！抬起你的脑袋来！”

白士吾弯腰拾起眼镜，戴好后，抬起了头。他的目光和两道利剑般的目光相遇了——这目光是那样凶残、那样狠毒……他忽然想起梅村对他讲过的话：“干特工的要判断被抓捕的人是否亲手杀死过人，就看这个人的眼睛里是不是有一种特殊的光。”他发现梅村此时的眼里，就有这种特殊的光。白士吾和梅村睡觉后的那个早晨，就曾被这种特殊的光吓得打了个冷战——那么，她杀死的人该是很多很多的了！……想到这儿，白士吾身不由己地浑身瑟瑟发起抖来……

“白士吾，瞧你这个德行！你的嘴巴叫封条封住啦？”梅村坐在沙发上用打火机点燃一支香烟，吸了几口，睨着呆若木鸡、像根棍儿戳在地毯上的白士吾，又开口了。不过，这次的口气和缓些，那声音又有了一点娇滴滴的味道。

白士吾壮着胆子抬起头来。一看梅村的脸色变过来了——刚才那股阴森怕人的凶光不见了，这才赶快掏出衣袋里的白绸手绢，去擦嘴角边的血水。再一看，那件崭新的西服上衣的胸前，也被斑斑点点的血水染脏了。

梅村斜靠在沙发上吸着纸烟，漫不经意地看着白士吾把鲜血擦干后，这才用手一指——指着身边的沙发，懒洋洋地说：

“坐在这儿。你该休息一下了。”

说着，梅村又伸手从茶几上的精美烟盒里取出一支日本香烟，随手扔给白士吾。白士吾急忙伸手接过香烟。梅村又打燃打火机亲自递到白士吾的面前，白士吾谦卑地俯下身就着打火机吸燃了香烟。然后，低头不语，拘谨地吸起烟来。

“今天你的行动很有成绩。”

白士吾抬起头来，几乎不敢相信自己的耳朵，惶惑不解地望着梅村。

梅村继续曼声说道：

“你能够发现曹鸿远，拍下了他的照片，而且急忙跟踪上他——这次虽然没有抓住他，可今后抓他就容易多了。这些，我要报告大本营，给你记上一功。那个姓曹的，我看不光是个给共产党买药的角色，而且正像你说的，恐怕跟大日本皇军的入城式遭到袭击大有关系。小白，白少爷，你说是么？可是，那个讨厌的老松崎，却不这么看……”

梅村的声音越来越柔和了。说到后来，甚至把手搭在白士吾的肩上，咯咯地笑了起来。

白士吾的胆子大了起来，阴郁的脸也渐渐转露出喜色。他摸着自己被打痛了的脸颊，扭过身子问梅村：

“梅村小姐，那么，刚才您为什么这么狠狠地打我呢？您看看，我这条手绢……”他指指扔在字纸篓里的手绢，眼圈红了。

“哈！哈！哈！”梅村从沙发上一跃而起，放声大笑起来。白士吾瞠目不知所措地望着梅村——这个蛇蝎美人，不知又要耍什么花招。

“哈哈！雏儿，你真是个小雏儿！打你呀，正是训练你的忍性、耐性和韧性——这是干我们这种职业必不可少的。这还不够，你的训练还差得远呢。以后有机会，我还要把你送到东京去受受专门的训练呢。所以，现在我不能对你松劲儿。像你说的，你没有能够把那个你爱过的医科大学生柳明弄到手，而且让她跑了，这是你第一个无能的表现；你也没有想法子打入共产党或者抗日的组织里头去，这是你第二个无能——不过，这也不能怪你，谁叫你跟我认识晚了呢！你呀，各方面都还不是那个曹鸿远的对手。他不但比你能干、精明，而且比你长得更漂亮……”说着，梅村拿起写字台上鸿远的照片看了一眼，又随手把它往桌子上一扔，瞅着脸上一红一白的白士吾，微微一笑，“怎么，白少爷，还有点酸溜溜的醋劲么？这又是你缺乏训练的表现啦！从照片上看，他就是比你健壮、英俊呀！”

“怎么？您喜欢上这个共产分子了？”

梅村妩媚地一笑，并不回答白士吾的问话，扭身走向内室去。走到门边，回过头对愣在沙发上的白士吾说：

“我去换换衣裳，回来陪你跳舞。”说着，梅村忽然提高嗓门，颠狂地喊道，“小白，我要权力！权力！支配一切的权力！

我也要享乐！享乐！尽情地享乐……芳子，快去给我准备衣裳。”

“小姐，已经给您准备好了。”一个年轻的日本女人在旁边屋里答应着——这是梅村的使女小吉芳子的声音。

梅村从内室出来时，换了一套服装，也换了一个人。她穿的浅粉色纱质连衣裙，裙子很长，长长地拖在地毯上。袒露着的雪白的胸脯和颈脖，一条贵重的、闪烁着金光的项链，微微颤动地挂在上面。细腰上束着一条猩红色的化学腰带，脚上的一双高跟白皮鞋，刚好露出大脚趾上涂着的蔻丹。脸重新洗过了，敷着厚厚的脂粉，涂着鲜艳的口红。一股名贵的巴黎香水的浓郁香气，弥漫在这间起居室里。

她慢慢走近白士吾的身边，把白士吾的胳臂一拉：

“走，咱们到隔壁屋里去。”

梅村打开屋里的另一道门。白士吾机械地跟在后面。忽然，他好像进入迷离恍惚的梦境——这屋子摆着一圈富丽贵重的沙发，嵌在墙壁上的红、黄、蓝、绿各色低压灯泡，发着一闪、一闪好像霓虹灯似的跳跃光焰。这光焰投在光滑锃亮的地板上，反映出一串串变幻不定的奇异光圈。同时，一种不知发自何处的乐曲声，低低地呜咽似的掀动着白士吾的心。他惊愕地望望被他搂在胳臂上的梅村津子，随着灯光的变幻不定——一刹那，她像个妖精；一刹那，她又变成美女……被打得有些发肿的脸颊，此刻，忽然感到异常的疼痛……他真想赶快逃出这魔窟般的地方，倒在自己的席梦思床上好好地睡上一觉。

不料，梅村一头倒在他的怀里，仰着脸在他耳边柔声说道：

“搂住我的腰——搂紧点！再搂紧点！你喜欢探戈是不是？可是你的舞跳得并不算好，这个也得我来训练你……懂么？你也应当学好这个课目。”

当白士吾搂紧了那柔软、纤细的腰肢，当那种浓郁的香气好像醇酒般不息地灌入他的鼻孔，渐渐，他又变得有些飘飘然了。

“我说，小白，你爱柳明，那你为什么不去占有她呢?”

梅村轻盈地随着音乐的节奏跳着探戈，低低地挨着白士吾的肩膀向他发问。

“我不好意思——也不敢。她可一本正经呢。”

“那你为什么敢和——我呢?”

“因为你太——美了！太会迷人了……”白士吾低声回答。他的心脏突然激烈地跳动起来，双手不由自主地把梅村搂得更紧了。

“这样好，这样热烈！不过，你没有把柳明弄到手，太有点可惜了……小白，你看，那个曹鸿远不会离开北平吧？这是个重要人物，我们一定要想办法逮住他。你说，他好像对那个新开张的药房很感兴趣——他是不是会跟这个药房有点什么关系呢？你说过，他前几个月还托你跟柳明买药……”梅村一边跳舞，一边和白士吾漫不经意似的谈着话。

“他行踪诡秘，是个不大好对付的人物。还请您——梅村小姐多加指教。”

梅村咯咯地笑着，在白士吾的脸蛋上捏了一把：“疼不疼？小白，还得我用力打你么？我看这样吧……”她俯在白士吾的耳边轻声说了几句什么。

白士吾连连点头笑道：

“怪不得东京大本营赏识您——您确实精明过人!”

“干好了，也有你的一份功劳呢！以后，我要替你找一个比柳明还漂亮的妻子——你喜欢日本姑娘么？她们可真是又温顺，又多情。”

白士吾高兴得嘻嘻笑着，不敢回答梅村的问话，小声嗫嚅着：

“有您——我有您就——就很满足了……”

梅村跳累了，从白士吾的怀抱里挣脱出来，喘吁吁地睨着他，娇媚地笑道：

“为了犒赏你今天的成绩，今夜你可以睡在我的床上——在这方面，你也得好好学着点!”说着，这个女特务突然发出一阵歇斯底里的大笑。这下，白士吾又吓得耗子似的，摸着疼痛的脸颊，不知所措。

“瞧你那松蛋样！你明白么？你是满族皇室的后代，我也是——一个郡主。咱们都有复兴大清山河的心愿。所以，我才特别器重你……也爱上了你这个小阿哥……”梅村说着，脸上一红，仿佛动了真情似的紧紧抱住白士吾，在他脸上狂吻着，“小白——我的小白，你这脸蛋还痛么？还痛么？别恼我，我是爱你的呀!”

第三十八章

苗振宇教授半躺在卧室里的躺椅上，两手托着后脑勺，眼睛呆呆地凝视着对面墙上苗虹的放大照片一那天真的微笑，那逗人喜爱的圆脸，那仿佛在喊着“爸爸”的会说话的眼睛……这张照片，教授虽然每天都要看上几眼，今天却像第一次看见它，一种沉痛的情感，不时地扰乱他的心，撕裂他的肺腑……

苗夫人手里织着毛线活。多年的家庭主妇生活养成了习惯：只要坐着，哪怕是陪客人说话，也要编织些什么，做点活计。她坐在椅子上，手里的毛线针不停地晃动着，双眼却紧紧盯在丈夫的脸上。

“振宇，你怎么啦？怎么刚出去一会儿，回来就变成这个模样啦？”

教授好像不曾听见妻子的问话，仍然呆呆地望着女儿的照片。也许他并不是看它，只是把目光停留在那上面凝然不动罢了。

苗夫人急了，把毛线一扔，跑到丈夫身边，摇晃着他的肩膀。

“振宇，怎么回事呀？发生了什么事——你要告诉我！”苗夫人的眼里浮上了泪光。

苗教授侧过头去，一反平常洪亮的声调，用低哑的、刚刚可以听见的声音说：“梅，我没脸见人了……”

“怎么，怎么回事？”苗夫人大惊失色，紧紧地握住丈夫的手。

苗教授又不说话了。好一会儿，才回过头来，用沉痛的目光盯在妻子的脸上，说：“梅，你到大门口外的墙上看看去——有人给我画了一幅漫画……”

杨雪梅丢开丈夫的手，转身走出门外去。不过两三分钟，她又回到屋里来。好像她也做了什么见不得人的事，坐在丈夫身边，低低地垂下了头。

“梅，我只不过请佐佐木到家里来过两次，邻居们就在我们的墙上画了这样的画，还送给我一个汉奸头衔……今后，我苗振宇还有何面目见列祖列宗，还有何面目见那些爱国的仁人志士，还有咱们的苗苗……”教授说着说着，眼泪忍不住簌簌滚落，“梅，不要怪我，我只有一死以明区区之心了——与其这样被人鄙视苟活下去，倒不如一死！”

“什么！你说什么？”苗夫人猛地站起身，双手抱住丈夫的头，“振宇，你说什么？你胡说什么呀？!”

苗教授扳开妻子的手，凄然一笑：“没有什么。我一时心血来潮……”

“不，我知道你在想什么！你可不能胡思乱想——你有这个绝念，那还不如用实际行为来证明你的真心实意……”

“梅，你、你说什么实际行为?”苗教授霍地跳起身来，双目炯炯地望着妻子。

“你呀，真是糊涂了！小曹找了你几次，为了什么?”

教授把手向脑门上一拍，吁了一口气：

“糊涂了！我真糊涂了！韩信胯下受辱而置之不顾，因为他有雄心大志。难道我苗振宇就这么……”他又躺倒在躺椅上不出声了。

屋子里暖洋洋的，刚添上的煤块在炉膛里发着噼噼啪啪的响声。临窗，放着一盆葳蕤的茉莉花，白色的小花朵发出浓郁、清冽的香气。它不知人世的复杂、忧愁，兀自向人们送来喜盈盈的笑意。

“振宇，你素有爱国之心——本来，咱们在日本做事还顺利，生活也很不错。‘九·一八’事变一发生，你立刻带着我跟孩子们奔回国来……大哥在沈阳当医学院院长，叫你去沈阳——你本来可以立刻当起教授，过起安定的生活。可是你不！你带着一家四口东奔西走、颠沛流离，直到前两年才在北平找到现在这个职位。可是现在，你又……”

“我说，我的夫人，请你不要说这些叫人难受的话了!”

自从曹鸿远带着苗虹的亲笔信找过教授之后，苗教授的内心就陷入激烈、复杂的矛盾中。他虽然想抗日，想为八路军做点事情。但一想到白士吾那帮特务，想到日本法西斯的残暴，却又动摇了。再加上曹鸿远要叫他做的事情，是这么重大，这么复杂——稍一不慎，身家性命难保……因此，一个多月来，苗教授一直举棋不定。虽然曹鸿远对他始终没有强人之所难。可是，他却不得安宁——他感到惭愧，感到良心的谴责。每当望到墙上苗虹那张照片，他就更加坐卧不宁。有时，他甚至想把这张照片摘下来……

已经中午时分，冬日的太阳照进了明亮的大玻璃窗，屋里温暖如春。苗教授默默地沉思着，苗夫人则用忧郁的眼睛望着他。忽然，苗教授从摇动的躺椅上一跃而起，盯着妻子说："你知道小曹昨天又跟我见面了么?"苗夫人点了点头，手里的毛线针又拨动起来。

"梅，我来给你讲个故事……"苗振宇的脸色，像阴霾的天空忽然有一线阳光闪射出来，嘴角还带出一点笑意。他忽悲忽喜，很像个大孩子。

"有一位年轻的骑兵战士，他骑着的马上，驮了不少药品——给什么人运去的你自然明白。可是，骑兵战士要过一道百十里路宽的敌人封锁线，才能把药品送到目的地。当这位战士通过封锁线的时候，被敌人发现了，子弹像雨点似的向他身上射击过来。战士负伤了，在马上摇摇欲坠，有点儿支持不住啦！这时候，他想起前方多少负伤的战士正急需药品来抢救，就咬了咬牙，对身旁的同伴说——你们快突围出去！我随后就到……天大亮了，别的战士都突围到了目的地，却不见这位负伤的战士回来……直到中午时分，才远远地看见一匹马向村子边慢慢走来。大家伙高兴地迎上前去。可是，可是……"苗教授说到这里停住了。

"可是什么？那位战士怎么样了?"苗夫人停止了手中的编织，两眼盯在丈夫的脸上。

"大家发现，那个战士已经死在马上了——可他的双手还紧紧地、紧紧地攥住缰绳。大家把战士的双手掰开，把他抱下马来，只见他的鲜血把马上的药品都染红了——我想，他死了还坚持骑在马上，是为了不叫马失掉了主人，是为了马能够把药品驮回到目的地……"说到这里，苗教授的话戛然而止。

沉默了好一会儿，苗教授才又张口：

“梅，还有，连那匹马也像战士一样——它的肚子负了伤，肠子都流了出来。可是，它还是把主人和药品驮回到目的地，这才倒下死去……”

苗夫人把双手贴在脸上，她被感动得流下泪来。

“这是小曹给你讲的故事吧？是真的么？”好一会儿，苗夫人抬起头擦干眼泪问丈夫，“世上真有这样稀奇的事情么？”

“这样的事你奇怪，我也奇怪。但是出自那些不怕死——不知死为何物的人中间，我又觉得不奇怪了。我相信它是真实的。”

“是真实的！”杨雪梅神思恍惚地重复着。

“雪梅，你看我怎么办好呀？那大门外的漫画……”教授痛苦地摇着头，又倒在躺椅上不出声了。

屋里静下来，静得连一根针掉到地上都仿佛可以听见。

“振宇，这些天来，我早就看出你心绪不宁。我跟你一样，也很苦恼……咱们不能总这样下去呀！昨天，你跟小曹见面都谈了些什么？你不要瞒着我，这不是你一个人的事，我、我跟你一样……”苗夫人两只圆圆的大眼瞅着丈夫，半是劝慰，半是探询。

苗教授紧闭着眼睛，有气无力地回答：

“他要我利用和佐佐木正义的关系，开一个从日本直接进货的药品代销店——日本那两家大制药厂，就是兵库长制药株式会社和盐野义制药株式会社。佐佐木正义可以利用他哥哥的关系，从这两家制药厂定购大批药品来华北。我和佐佐木正义就以筹措研究经费的名义开一个华北代销店。这样，他——小曹有办法把这些药品转运给华北的八路军，而且可以叫日本人抓不住咱们的把柄。小曹还说，日本制药商正想借此机会挤掉英、美在中国的医药市场，药品来源不成问题。”

“那——振宇，你同意了么？”

“我、我说的是活话——说要同佐佐木商议，看看他的态度如何，才能决定。”

苗夫人长长地出了一口气。两个人又沉默了。

又过了一阵，苗教授下了决心似的说：

“梅，今天晚上我就约请佐佐木正义来咱家吃饭商谈怎么样？梅，你不会反对吧？”

不知怎的，听了丈夫的话，望着丈夫求援似的目光，苗夫人的眼泪刷刷地顺着腮边滚落下来。她忽然像个小姑娘般紧紧握住丈夫的一只手，握得那么紧。半天，才轻声说：

“振宇，你真的要和佐佐木开药店？那人们更要骂你是汉奸了！”

“哈！哈！哈！”苗教授挣脱妻子的手，从躺椅上一跃而起，爽朗地大声笑道，“怎么？你又后悔啦？刚才，你还鼓励我——哦，原来是个小小的花招呵！你是害怕当寡妇吗？所以……”

“去你的！怎么一下子又这么高兴啦？”苗夫人嗔了丈夫一眼，“我真担心，你跟佐佐木再多接近起来，恐怕骂你、耻笑你的人会更多——做人真难啊！”

“我已经想通了。叫邻居或者同行们骂我更好——不是可以更有利于我的行动么……”

“什么行动？你真下决心啦？”

“对，决心已下，义无返顾！”

佐佐木正义博士是个颇有特色的日本人：医道精湛，心地善良。虽然，他是日本侵略中国的高级将领——华北派遣军最高司令官佐佐木正雄的异母弟弟，却反对日本的侵华战争。他的哥哥把他找到中国来，叫他担任华北最高的医务顾问，他坚决不肯干。看到战争中会有大批人死亡，会流行疫病，他就留在北平协和医学院里挂了个教授的名，专心一意地研究起传染病学来。他想针对将在中国大地上发生的疫病，把他的研究心得，贡献给中国的苦难民众和中日双方的士兵。他和他飞黄腾达而又十分残暴的哥哥很少见面。他不羡慕荣华富贵，却只想洁身自好，做一个正直的、有良心的人。

他的夫人菊子一时还没有来到中国，他就一个人住在协和医院附近一所中国式的四合院里。有一个看门的中国老头，既为他看门，还为他做一点简单的饭菜。他的哥哥虽然不喜欢这个书呆子弟弟，但对他也还关心——怕他遭到中国人的袭击，派了几个日本兵，经常荷枪实弹在他的住宅外面巡逻。虽然弟弟一再拒绝，哥哥却坚持自己的主张。

这天午后，他接到大学时代的挚友苗振宇的电话，邀他晚上六点到家里吃晚饭。他很高兴。在中国，除了苗振宇，他没有别的熟人。他很喜欢这个性格爽朗热情、潜心钻研医学、却又关心祖国命运的好朋友。当他们在日本同学时，两人已经无话不谈。

记得那时候，苗振宇时常用他的大手握住佐佐木纤细的手指，摇晃着说：

“我的好朋友，我们不像两国人……”

每当这时，腼腆柔和的佐佐木，像个大姑娘，也紧握住苗振宇的双手，害羞似的低声说：

“真的！真的！苗桑[①]，我们真的不像两国人……”

“愿我们的友谊，像富士山，像扬子江，永远地、永远地……”苗振宇激动得说不下去了。

“永远地不变！”佐佐木用细长而明亮的眼睛，凝视着他的好朋友，补充完这句话。

苗振宇大学毕业后，一度在仙台医学专科学校任教。而佐佐木则在东京。见面的机会虽然少了，书信往返，两个朋友依旧情谊深长。

苗振宇在中学读书时，目睹列强对中国的侵略、蚕食，心中就激愤不平。“五四”运动时，为反对卖国的二十一条，他参加

① 日语中的一种尊称，相当于中国话里先生的意思。

过火烧“赵家楼”，痛打卖国贼章宗祥、陆宗舆……后来，他到日本留学——虽有一段时间，他埋头医学，不大过问国事，但他对祖国命运的关心却不曾减退，因之，“九·一八”事变一发生，得悉日本帝国主义者侵占了我国东北四省，他立即愤而离开了日本，回到灾难深重的祖国。

苗振宇这个人的思想，佐佐木深为了解。他尊敬他的朋友，也受了朋友的不少影响。对日本侵略中国的行为，他由怀疑进而发展成为强烈的不满。

这次来中国后，尽管离别多年——两个人都已从相识时的青春少年，变成了两鬓斑白、将近半百的人。佐佐木一见苗振宇，仍然立刻倾吐心曲：“苗桑，这次见到你，我是又欢喜又惭愧呵！”说着，深深地向苗振宇，又向杨雪梅弯下腰鞠了一躬。

“我的好朋友，你的话从何而起？你惭愧什么呀？”苗教授还礼之后，握住佐佐木的手，惊疑地问。

“你看，我们日本在进攻中国——中国人太不幸了！”苗教授心里一动，愣了一下，笑笑说：“我的好朋友，这能够怪你么……我明白你的心——富士山和扬子江是永远、永远不会改变的呀！”

佐佐木轻轻吁了一口气，用沉痛的目光久久地凝视着好朋友的脸。

从此，两人不断见面。佐佐木曾要求苗振宇参加他的研究工作。苗振宇却因心绪不宁，借口教学任务忙而推辞了。佐佐木很能体贴朋友的心境，并不介意。

五点刚过，苗教授家的门铃“铃铃”地响了。

原来，没等到钟点，焦急的客人就坐着小轿车来了。

佐佐木正义五十岁上下，细长个子，眉目俊秀。穿着半旧的灰色西装，雪白的衬衫，却没有打领带。文质彬彬地迈着不紧不慢的步子，刚走进这个中国式的小四合院，就轻声笑道：“苗桑，我的朋友！我等不到晚上，就着急要来吃嫂夫人亲手做的鱼香肉丝了。”

苗教授把佐佐木领进他的书房兼客室的南屋里。两个人互相深深鞠了一躬，又互相紧紧握手，这才挨着并坐在沙发上。

苗夫人把一壶清茶、两只茶杯用茶盘端到沙发边的茶几上。半中国式、半日本式地向佐佐木鞠了一躬，微微含笑用日语说道："佐佐木桑，振宇刚才还在念叨您。您怎么这么多天——大概有两个星期了吧，不到我们家里来了？"

佐佐木也站起身来向苗夫人鞠躬还礼。风度诚恳、潇洒，还稍稍带着几分腼腆：

"嫂夫人，你们的家就是我的家，我怎会不想常常来看望你们呢！不过，苗桑知道的，我忙得很——除了整天忙于实验，还因为人手少，经费又困难，得想办法筹措研究的经费。"

苗教授接口说道："我这个家能做你的家，我和雪梅自然荣幸。不过，你在北平还有另一个家——令兄佐佐木正雄的家比我们这个小院可要豪华多啦！"

佐佐木端起茶杯刚要喝水，又把茶杯放回茶几上。睁大眼睛盯着苗教授看了几秒钟，又扭头看看坐在一边的苗夫人，然后，皱着眉头，摸着唇髭轻声说道：

"请不要提他。我和他没有话可说。不奉他的命令，我从来不去看他的。"

苗夫人出去准备款待客人的饭菜了。屋里的两个老同学、老朋友就品着茶、吸着烟，随便聊起来。

苗教授念念不忘他们当年在日本同学时的一些往事。一谈话，他总要先说说这些——而且感情激动，滔滔不绝：

"佐佐木桑，别看如今我们都老之将至了，可我总忘不了我们当年同学时候的一些事——你这个人呀，不爱说话，成天就知道闷头读书。我呢，呱啦呱啦又爱说又爱逗。虽然，贵国有不少人瞧不起我们中国人——当然也瞧不起我这个穷留学生。我心里虽然生气，可偏要又笑又逗，旁若无人……我这种心情，只有你了解，只有你同情。本来，你可以住在你家阔气的公馆里，你父亲是一位高级军官嘛。可是，你偏偏要搬到我的寓所来，跟我一起住，跟我一同吃便宜的饭菜。老弟，我永远不会忘记：医学院里有些课程不让中国留学生听讲，你就拿回这些课程的笔记给我，替我讲解，还叫我偷偷抄上——你是我的同学，也是我的老师……”

“更是你的朋友!”没等苗教授讲完，佐佐木兴奋地打断了他的话，“苗桑，一见到你，我常常会想起那件事来——你还记得歌伎枝子吧？她善于表演江户时代的古典歌舞剧。她虽不是上流社会的人，却弹得一手优美的三弦和筝。她多才多艺简直可以入‘艺术院’当会员呢……只因为她家里贫困，就被人轻视……我爱她，她也爱我。可是，我这个封建的贵族家庭，怎么能够允许我们相爱？更不能允许我去娶这样一个女子为妻……那时候，我真是痛苦！真恨我自己为什么不生在平民家庭里！当时，只有你同情我，替我们传递书信，还不断安慰她，也安慰我……以后，我不得不狠心和她断绝了……兄长，我的好朋友，你知道么？你可能不知道——因为我把这个痛苦深深埋在心底，对谁也没有诉说过……现在，我来告诉你——后来听说，她为了我，悲伤、绝望，终于抱着三弦投海自杀了……”说到这里，佐佐木两眼呆呆地盯在昏暗的窗纸上，那眼里没有泪，也没有恨，像两只不动的玻璃球，没有一丝表情——人只有痛苦到极点的时候，才有这种表情。

沉默了好一阵，佐佐木又说：

“兄长，让我把心里话都向你说了吧！三十年了，我是怕触动这块伤痕的。今天，我忍不住了——她送给我的一条仙台平裙裤，直到今天我还珍藏着。三十年过去了，我然忘不了她！虽然我又取了妻子，也生了孩子，可是，在这个世界上，我的爱情只属于她一个人——属于一个已经离开了这个世界、但却活在我心里的她……”

苗教授被佐佐木的这段爱情悲剧深深打动了。他好像忽然了解到他的朋友为什么那么同情穷苦人、为什么对他那尊贵的家庭毫无情感的原因——他窥探到了他朋友的内心秘密。于是，对他说话更少戒备了：

“佐佐木桑，你的痛苦，我完全了解。可那是过去的事，再也无法挽回了。现在，你应当回到现实中来。”

“是的，回到现实中来。我现在搞实验，这不是现实么？”

“我的意思是，你应当把心思转移到当前的战争局势上来——你看看，每天，每天，这个战争要使多少中国人和日本人丧失生命呵！”

“是呵……”佐佐木稍稍惊异地低声应着。听得出来，他心里充满了痛苦和不安。接着，两个朋友都沉默了。

“我说，朋友，你是不是还在想念枝子？”为了打破沉默，苗教授半认真、半玩笑地问。

“不，不是！瞧你……”佐佐木苦笑了一下。

屋里渐渐黑下来，苗教授扭亮了天花板上的白色吊灯。这时，似乎心上的阴霾消散了，他又露着笑容说：

“佐佐木桑，最近你的研究工作还顺利吧？有困难没有？”

佐佐木面容严肃，摸了一下唇髭，摇摇头说：

“缺少经费呵。我的长兄因为我不听他的话——不肯在中国做官，就不支持我；我呢，又不愿去求那些阔人……而且，我也缺少像你这样有经验的合作者。”

“我来跟你合作如何？”苗教授立刻接过话头，“我原来不大知道你有这么多困难。以为日本是胜利者，你又是华北最高司令官的弟弟，做什么事还能够不顺利嘛！如今，既然你遇到困难，我理应协助。从明天起，我就可以参加你的研究项目。最近，我在学校里的课程减少了些，可以助你一臂之力。至于缺少经费的问题嘛……”

“啊，苗桑，你太好了！太够朋友了！”佐佐木兴奋得站起身来，紧握住苗教授的大手，“因为战争，我对你抱愧，所以不敢再三恳请你参加我的研究——其实，这个研究也将对中国人有益……明天就请来吧！我向你致谢了。”说着，佐佐木当真向苗教授深深鞠了一躬。

苗教授也急忙鞠躬还礼。两个老朋友客气地礼让着，对着鞠完躬，却又都忍不住哈哈笑了。

“苗桑，你说缺少经费的事情，有什么办法可想么？要是能解决了这个问题，我们的事业就可以大步前进了。”苗教授听完佐佐木的问话，故意停了一会儿：“佐佐木桑，你愿意做点生意，赚点钱来作为我们研究的经费么?”

“做生意?”佐佐木吃惊地望着苗教授。

“是呀，做生意——也就是做买卖。这个战乱时代，不兼做点生意，怎么能筹措到大笔经费呢？除非你去做官——可是，老弟你又不愿意……”

“哦，做点生意?”佐佐木摸着唇髭自言自语，“可是，怎么个做法呢？我对做生意一窍不通。”

苗教授顺水推舟，说他最近听到日本兵库长和盐野义两家大制药株式会社的董事长们想独占中国医药市场——先华北，而后全中国。如能在北平替这两家制药厂设个支店——代销药品，这可以从中赢利，拿来作为研究的经费。

佐佐木沉思起来。他木讷寡言，只因苗教授是他的好朋友，他才说了心里话：

“苗桑，销售药品不是援助敝国的侵略军了么?”

这个提问有点儿出乎苗教授的意料。但他又为佐佐木是个真正反对日本军国主义的朋友而高兴。于是，摇摇头，说：

“日本的士兵被驱赶来华从事侵略战争，他们都有父母妻子，他们也是不幸的……况且，军方自有供应药品的机关。我们如果开设支店，主要还是民用——中国人在战争当中伤亡很重，我们代销药品兼营些医疗器械，这是济世救人的义举，这是好事啊，佐佐木桑！”

佐佐木仍然低头沉思。当他抬起头来时，苍白的脸上有了一丝红晕：

“苗桑，我同意你的高见——我愿意和你一起做这笔生意。不过，怎么去和那两家制药株式会社谈判呢？这些事，我一窍不通。前些天，这两家企业确实还托人找过我呢，但被我拒绝了。”

“既然他们主动来找你，这件事更好办了——一切由我去办。你只要对你哥哥——还有北平宪兵司令松崎先生说一下，取得他们的同意就可以了。这样一来，我们既救了被害者，又有了研究经费——这样好事谁要不干，才是傻瓜！”

“好，一言为定！我们两人就兼做个赚钱的商人吧。”佐佐木说着，笑了起来，“可是，要做生意总得有点本钱吧？这本钱又从何而来呢？”

“这个嘛？”苗教授没有料到和佐佐木商谈成立代销药店的事情会这么顺利——他一再考虑的只是如何说服佐佐木，至于做生意的本钱，他却还没顾得上考虑。

“这不是本钱么！”不知什么时候，杨雪梅已经站在他们身边，手里拿着一个精致的楠木盒子。她把盒子往两个男人身边的茶几上一放，笑吟吟地说：“你们的话我都听见了，做生意当然需要本钱。这是我出嫁时，有钱的外祖母送给我的一些陪嫁珠宝，放着它没什么用处。你们就卖掉它，用作开店的本钱吧！”说着，打开盒子，立刻有一堆钻石、翡翠之类的东西，发出耀眼的光芒。

苗教授像初恋时候那样——两只大眼睛露出深情、喜悦的光，一动不动地凝视着妻子的脸。

佐佐木也被感动了，站起身向苗夫人尊敬地一躬身：

“嫂夫人，您——真使我感动……这些珠宝是纪念品，不要卖掉它们。菊子带着孩子过几天就要到了。我已经叫她卖掉名古屋的一处房屋，想把它用作在中国进行研究的经费。现在，这笔钱正好用来作开药店的本钱。”

“不!”杨雪梅白白的、仍然颇有风韵的脸上，露出坚决的神态，“振宇是这笔生意的发起人，理应由我们拿出开办经费。”

“这……”佐佐木望着这位又熟悉、又不熟悉的中国妇人，有点儿不知所措了。

苗教授从中调解，说：“兄弟，这样好吧？先用我们的。如果不够，再用你的——或者说，再加上你的。可以了吧？”佐佐木仍然摇着头，但不知再说什么好。

聪明的苗夫人立刻说：

“好了，两位先生不必争执了。饭菜已经齐备，还准备下佐佐木桑喜欢喝的茅台酒。现在，请二位入席，共同庆祝你们事业的开展!”

“好，好！请，请！今晚一定要开怀畅饮!”

“好，好，一定开怀畅饮!”

两位男人说罢，连同苗夫人一齐笑了起来。

第三十九章

一辆灰色汽车开进一条偏僻但不算狭窄的小胡同里。在胡同尽头一块凹进去的小空地上停住了。车门开了，从车里走出一个穿着皇协军军服的青年军官。大平顶军帽下，一副茶色墨镜戴在蓄着一撮小胡子的长圆脸上。皇协军军官来到一扇绿色小门前，还没容他按电铃，门吱呀开了——苗夫人一见是个皇协军军官站在门外，吃了一惊，刚要问“您找谁”，却一下子改变了音调：“呵！是你……”她没有再多说，一把把来人拉进了门里。接着，那扇绿门又轻轻关闭了。

苗教授穿着一件棕色厚毛线衣，戴着一顶深棕色的毛线睡帽，站在院里的一棵叶子已经落尽、枝干挺直的梧桐树下。一见进来个皇协军，不由得瞪大眼睛吃惊地瞅着。当这个皇协军摘下了墨镜向他快步走来时，他才急忙趋步向前，紧紧握住来人的双手，笑道：

“小曹，你化装得很成功！我简直认不出是你了。”

苗夫人在旁边加了一句：

“刚才，把我也吓了一跳呢！”

鸿远向四周打量了一下：幽静的小院，竹子、松柏仍然渲染着葱茏的绿色在寒风中排排挺立，仿佛向冬天挑战般傲指天空。

苗教授用肥厚的大手拉着鸿远，一同来到阳光灿烂的北屋里。这儿仍是杨雪梅的弟弟杨非的画室。这个单身汉总喜欢出外写生，今天，他又一个人背着画箱去了八达岭。于是，经过华妈妈联系，约好今天下午鸿远和苗教授夫妇在杨非家里见面。

苗教授站在屋地上，还没等鸿远坐定，就稍带神秘地探着脑袋对鸿远小声说：

“我要郑重地向你声明，我已经同意你的建议——也说服了佐佐木正义先生，决定要在北平开设一个销售日本药品的支店。小曹，我决心要做个商人啦！”

“不，您不是商人！”鸿远一步蹿到苗教授的身边，抓住他的大手，声音微微颤抖，“不，您不是商人，您是战士！”

“呵，我是战士？”苗教授的声音也颤抖起来，连连摇晃着戴着睡帽的圆脑袋，“小曹呵，我这老朽也能成为战士么？”他似乎有点不相信“战士”两个字竟能和他苗振宇的名字联系在一起。于是，侧着脑袋，惊喜地一再重复着：“小曹，难道我也能像你说的那个人——那个为运送药品而牺牲生命的战士一样——我也配称作一个战士?”

鸿远把教授按坐在一只小沙发上，挨在他身边轻声说：

“虽然您没有拿起枪来和敌人战斗，但您在敌人的心脏里将要从事的事业，正是一个战士的神圣的事业！您能下这样的决心，我感到非常高兴！我要代表我军——”鸿远笑着，指指他那身皇协军服，“可不是这张护身皮，而是我们的八路军，向您表示真诚的谢意!”

“谢什么！谢什么！你说远了，说远了。”苗教授涨红了脸，又连连摇起头来，“咱们不说这些了。书归正传，我还要跟你商量许多事情呢——这些事情全得听从你的指挥。”

“请说吧，我先听听您的意见。不过，您不要再说什么‘指挥’了。”

“小曹，不瞒你说，我经过反复考虑——也可以说是斗争，好不容易才冲出了个人的牢笼，决心去做这件事……佐佐木正义这个人很崇拜我国的陶渊明，清高自持，本来是绝不作商人去营利的。可是，昨天经过我跟他一谈……”苗教授把他如何说服佐佐木一同开办支店的经过，仔细对鸿远叙述了一番，最后，他笑着说：“真没想到，世界上还有这么多善良的、有正义感的好人。作为一个日本人，能够打破国界，如此真心实意地同情中国抗战，反对日本军国主义，也反对他的哥哥，实在不容易！尽管他们弟兄之间的思想完全不同，可他们终究是亲兄弟呀！凭这一张灵验的护身符，就可以……”

“教授，有护身符是好事，可是，也还要想到有破符箓的魔鬼正在旁边。‘道高一尺，魔高一丈’，这一点，您一定想到了。”教授正兴致勃勃地说着，鸿远打断了他的话，“日本大本营特遣组的女特务梅村津子，您知道吧？前几天，与我们有关系的一个药店就被她破坏了。”

裕丰药房扩张营业后，鸿远替他们介绍了几宗买卖——辗转向根据地批发了部分药品和医疗器械。这些事全委托在该药房工作的华兴去办，本来进行得还顺利。可是，梅村津子叫白士吾很快在裕丰药房的对面开了个古玩店，他住在二楼上，日夜秘密监视着这个药房——特务头子的嗅觉是灵敏的，她一听说曹鸿远在药店开张那天出现在橱窗前面，就怀疑起这个药店与八路军有关，或者干脆说与曹鸿远有关。白士吾暗中窥探了些日子，却没再见到曹鸿远的踪影，药店的一切活动也都正常，更没有露出丝毫破绽。终于，梅村忍耐不住了，她改变了主意，先抓起经理陈裕贤再说；接着，又把店伙中有过抗日言论的华兴也抓了起来。这样，曹鸿远再也无法与裕丰药店联系，也没法再利用这块阵地向根据地输送药品了。

鸿远之所以打断苗教授的话，是要把一切困难和危险说在前面，以便他和佐佐木正义的事业在今后遭到艰难险阻时，不至于没有精神准备。

“以后，您可得十分小心梅村这个人——她时常化装成美人儿出现在她需要的地方。然后，突然置人于死地。另外，北平的特务机关长——就是北平宪兵司令部的那个司令松崎三郎，也是您今后应当小心的人物。这个人老奸巨猾，同样心毒手狠，也不是好对付的。”

“不过，听说松崎跟佐佐木正雄的私人关系很不错，所以佐佐木正义跟他也认识。小曹，经你一说，倒使我的头脑清醒了。你不知道，昨夜我高兴得一夜都没有睡觉——我和雪梅商量着今后开设支店的事情，她也和我一样的高兴……小曹，别看我们都已年过半百，说真的，在抗日这件事情上，我们还都是个生手，只有请你多加指教了。咱们俩演一出双簧吧——你在后面指挥，我在前面比划，怎么样？”

鸿远笑了：

“教授，您太谦虚了。您有丰富的社会阅历和人生经验，只要提高警惕，处处留神，做好可能发生意外的一切准备——不久后，您在这场斗争中也一定会成为教授的。……噢！教授，您需要多少开办支店的经费呢？”

苗教授连连摇头，说：

“建立一个支店的款子嘛，我可以垫付出来。等以后赚了钱再归还我就行了。至于药品、医疗器械的货款，我已经同佐佐木正义商量好了，叫制药厂先发货后付款。这些大资本家为了招揽生意，他们会答应的……小曹，你就只管发货的地方吧，这一部分全是你的势力范围了。”

“叫您先垫款？这怎么行！我们绝不能再多麻烦您了。租房、开张营业等费用，一定要给您留下。不过，我听说，如果要先进货、后付款，需要一个有力量的保证人。这一点，不知您考虑了没有？”

苗教授坐在沙发上，一手夹着雪茄烟，一手敲着自己已有皱纹的脑门：

“这一点，我们两个书呆子真还没有想到过……谁能当这个保证人呢？哪里去找一个有力量的保证人呢？小曹，还是你来出主意吧。”

鸿远沉思片刻，用探询的目光望着苗教授：“您看，由佐佐木正义博士去邀请松崎三郎当支店的保证人怎么样？如果能够成功，不但进货的事可以十分顺利，对今后保证这个支店的安全，以及同梅村津子的斗争都大有好处。教授，您说呢？”

“松崎这老家伙，你不是说他老奸巨猾么？他肯出面做保证人么？”苗教授扶扶眼镜，疑惑地皱起了浓眉。

“这些高级特务都是爱财如命的——金钱，美女，或者美男，最能打动他们的心。由佐佐木出面，一方面靠情面，另一方面还需要送一份厚礼……不过，不必用佐佐木的名义出面送礼。应当通过日本那两家制药厂在华北的代理人设法给松崎送礼。这样，我看老松崎会答应的。”

苗教授想了一会儿，说：

“那么，这件事还得去劝说佐佐木博士同意，才能办得到。这位博士孤芳自赏，从不肯去乞求人——就连他那当了大官的哥哥，他都很少理会。”

“这件事，只有请您多费心了……听说松崎这个人很喜欢戴高帽子，又喜欢吃中国菜，还喜欢年轻漂亮的女人……”

鸿远把从张怡那儿听来的有关松崎的特点详细告诉了苗教授。苗教授听着，一会儿摇头，一会儿点头。最后，望着画室墙上苗虹的另一张笑盈盈的画像，苦笑着说：

“没有别的办法，只好跟这些乱臣贼子打交道了！”说着，长长地叹了一口气。

鸿远指指自己身上那套皇协军的少佐军服，摆着手笑道：

“您看我这个装扮，中国人见了谁不骂呢？在目前这种形势下，咱们得有孙悟空七十二变的本领，只有忍辱负重，才能赢得胜利……”

苗教授忽然想起了什么，打断鸿远的话：

“小曹，苗虹真的还是不停地唱歌么？你离开那边的时候，她最喜欢唱的还有什么歌子？”教授心里蓦然涌起一股思念女儿的情感。他想——今生也许再也不能看见心爱的女儿了……战争，残酷的战争，很可能夺去女儿年轻的生命。而且不久后，连他自己也说不定会牺牲在敌人的屠刀下……

鸿远觉察出了苗教授的心事，立刻换上一种轻松愉快的声调笑着说：“那些天，我们大家还常唱一支新歌子——《在太行山上》。苗虹最喜欢这支歌。她一有工夫就唱呀唱的。尤其当她站在高高的山上大声唱起来的时候——好像整座太行山都回荡着这雄壮动人的歌声。”

“你来教我这老头儿唱唱好吧？小曹，我知道你也是很喜欢唱歌的。”

经苗教授一说，鸿远心头也涌起一股深深怀念的情感——他想起了许多战友，也想起了柳明。

红日照遍了东方，
自由之神在纵情歌唱。
看吧——
千山万壑、铜壁铁墙，
抗日的烽火燃烧在太行山上
气焰千万丈！
听吧——
母亲叫儿打东洋；
妻子送郎上战场。
我们在太行山上，
我们在太行山上……

鸿远带着激越的感情低声地唱着、唱着。不知什么时候，苗教授的眼里已经盈满了泪水。

第四十章

苗夫人杨雪梅虽然已经五十岁，但苗条丰满的体态，白里透红的面庞，看上去仍然像个三十多岁的美丽妇人。这天傍晚，她坐在梳妆台前，对着镜子着意梳理刚烫过的卷发，朝脸上薄施脂粉，还淡淡地抹上一点口红。整装待毕，只见苗教授穿着一身崭新的黑色西装，系着一条紫红色领带，头上打了发蜡，光溜溜的。人还没有迈进卧室的门槛，洪亮的声音先传了进来：

“雪梅，怎么打扮起来没完没了啦？今天是请松崎吃饭，又不是你去做新娘……”

苗夫人回头嗔了丈夫一眼：

“你这老家伙，怎么说话这么没分寸！得意忘形了吧？”

“夫人，说得对！说得对！”苗教授拍打着自己的脸颊，摇头晃脑地笑道，“我高兴得糊涂了，糊涂了……梅，你这么年轻漂亮，当新娘真是可以……”

苗夫人佯怒地跳起身来，跑到教授身边轻轻给了他一拳头：

“你这个人呀，怎么越说越上劲啦？要不是为了你们那个支店，我才不跟你上那鬼地方去呢！看你打扮得这么漂亮，难道是要跟哪位小姐去举行婚礼怎么的？”

教授哈哈笑了：

“好了，夫人，不必多说了。一会儿佐佐木正义夫妇就要来接咱们，快换衣服吧——呵，你穿这件黑丝绒旗袍？好，好极了！

衬着你那雪白的脸蛋儿，就更加显得年轻漂亮了。不过，松崎那老特务可是喜欢漂亮女人的——听说他玩弄过不少女人。每跟一个新的女人睡一次觉，就在一个特制的本子里，记上一个符号。”

苗夫人穿上一件长到脚面的黑丝绒旗袍，换了一双半高跟黑漆皮鞋。一边换衣服，一边扭头瞅着丈夫轻声笑道：

“我一个五十岁的老太婆了，才不怕那个狗东西呢！……你不是说今晚还要跳舞么？我要像个叫花子似的，不给你这位教授先生丢脸么？”

“对了，对了，夫人说得对！”苗教授又连连摇晃着他那大大的圆脑袋，“今天晚上还要请你这位贤内助助我们一臂之力哪！我和佐佐木都是书呆子，那些吃喝应酬之类的事，都是外行——外行。今晚上，就请你和菊子夫人偏劳吧——真巧得很，菊子前天才带着两个孩子从日本来。这位夫人也和你一样，又能干，又关心丈夫的事业……”

“别唠叨了。你听，外面有汽车喇叭响，想是佐佐木来接咱们了。”

果然，电铃响过，正是佐佐木正义和他的夫人山本菊子来了。

菊子是个四十开外、端庄和善的女人。他们四个人坐在汽车里，用日语谈论起今天晚上的宴会来。今晚请的客人除了北平特务机关长松崎三郎和他的参谋长河边正一外，还有日本兵库长和盐野义两大制药株式会社派驻北平的全权代表。中国人呢，请了华北政务委员会的委员长李汝民和夫人，佐佐木研究所的副所长和夫人，苗教授所在的医学院的院长和夫人……共摆了三桌筵席，在北京饭店的小餐厅里吃中式大菜。

苗教授夫妇和佐佐木夫妇来到餐厅时，六点刚过，客人们还都没有来。他们以主人的身份来到餐厅，坐在沙发上互相问好后，谈起了药店筹备的情况。

佐佐木对苗教授说：

“我已经登门拜访了松崎。说起为了筹措传染病研究所的经费，准备在北平开个‘兵库长’和‘盐野义’的支店。他忽然问我的研究是不是和满洲的石井部队①有关？我含糊其词地笑了笑。他呢，却像大彻大悟一般，马上答应同意当我们的保证人。苗桑，你看，这里面是不是有什么奥妙？”

因为鸿远没有和他谈过石井部队，苗教授不知这个部队是干什么的。

出一口雪茄烟，对佐佐木笑道：

“管它什么石井、木井呢，只要松崎答应当我们的保证人就好。不过‘兵库长’和‘盐野义’是两家互相竞争的制药株式会社，我们同时替他们两家开设代销支店，他们是否要对我们有看法呢？”

佐佐木正义摸着唇髭，微微笑道：

“苗桑，这两家制药株式会社生产的药品各有所长。我们的店虽然名为支店，其实是独立的自负盈亏的药店。从他们两家同时进货，到时和他们两家各自结账。如此去办，又有何不可？”

苗教授很同意这个见解，他高兴地向佐佐木点点头，就转身按铃叫饭店的管事人来。

管事人进来了，谦卑地一鞠躬：“请教授、夫人吩咐！”

苗教授对管事人点点头，转而向苗夫人一扬手：

“雪梅，菊子夫人刚来，对中国菜不如你熟悉，就请你向这位管事先生问一下菜肴的准备情况吧！”

苗夫人站起身，从穿着白色上衣的管事人手里，接过用毛笔写的菜单一看，各色名贵的中国菜——如上等大冷拼盘、红烧熊

---

① 一个设在我国东北，专门实验杀害中国人的细菌学研究机构的代号。

掌、清炖燕窝，以及鱼翅、烤鸭、香酥鸡等等，应有尽有。苗夫人把菜单放在小桌上，轻声说道：

“我看这些菜尽够了。喝什么酒，等客人来了自己拣吧——无论中国的茅台、善酿，外国的白兰地、香槟……他们这里都有。”说着，苗夫人又向管事人问道，“吃过饭还要跳舞——请几位漂亮的伴舞小姐，不知安排妥当没有？”

管事人向苗夫人又躬身鞠了一躬：

“请问夫人，舞女倒是有。只不知是只要中国姑娘呢？还是也要请日本姑娘或者欧洲姑娘？”

苗夫人用日语把管事人的话转达给佐佐木，佐佐木笑道：

“跳舞嘛，管它哪国的！找七八位漂亮的小姐就可以了。苗桑，你看如何？”

“好，很好！”苗教授随口回答。

苗夫人用中国话对管事人复述了佐佐木的意见，管事人满脸谄笑地点着头退了下去。

这时，客人们陆续到来。佐佐木夫妇和苗教授夫妇站起身来，走出餐厅门外去迎接客人。

第一个到来的就是那个枯瘦的面如土色的华北政务委员会委员长李汝民。他今天穿着一身灰色上等料子的西装，胳臂上挎着一个浓装艳抹的少妇——这个六十多岁老头儿的原配夫人年老多病，见不得世面了，陪他出来应酬就成了这位善于交际的三姨太太的专职。今天，因为是日本华北派遣军最高指挥官的弟弟请客，他便要三姨太太打扮得格外妖艳，早早就带着她来赴宴。

佐佐木和苗教授都不认识这个大汉奸，但却猜到了——只见他除了挎着年轻的姨太太外，身后还跟着几个全副武装的护兵马弁。于是，佐佐木和夫人，苗教授和夫人都按捺住心头的厌恶，彬彬有礼地把他们迎进门来。

“鄙人李汝民……”李汝民抱着拳，满面春风地自我介绍着。

他一看佐佐木身边站着一位身穿锦缎和服、头梳高髻的日本妇人，就猜到她是今天宴会的主妇。于是，赶忙低下头来——他身边的三姨太太和他协同动作，也深深低下头来。这一对父女般的夫妇，同时向佐佐木夫妇深深鞠了一躬：

“今天承蒙邀请，鄙人深感荣幸！”李汝民用日语念念有词地说着，又搬出他那套熟悉的行话，“中日提携，共存共荣。鄙人决心为日满华的和睦共处，竭尽绵薄之力。”

佐佐木夫妇躬身还礼。出于礼貌，佐佐木指指苗教授夫妇，向李汝民介绍说：

“这位是苗振宇教授和他的夫人。今晚是我和他一起请诸君光临的。”

“呵，教授！今日能够相会，十分荣幸！”李汝民并不知苗教授和佐佐木是同窗好友，还当他们结了儿女亲家，今天才共同出面请客。不料苗教授却用熟练的日语对他说：

“恭喜李先生荣任华北最高行政长官。今日能够拜识，有幸！有幸！”

苗教授装腔作势、煞有介事的姿态，差点使深知底蕴的苗夫人笑了出来。可是，李汝民听了，却高兴得眉飞色舞，连连抱拳笑道：

“承教授谬奖，汝民实在不敢当，不敢当！今后还望教授多多指教，多多指教！”一听苗教授会日语，而且和佐佐木正义关系密切，李汝民立刻对苗教授也用日语说了一套阿谀之词。

客人差不多到齐了。佐佐木把手向里一让，佐佐木夫人拍拍那位三姨太太的肩膀，也举手向里一让——李汝民便又挎上姨太太的胳臂，做出一副潇洒自如的姿态，缓步走进餐厅，找了张地位显要的沙发坐下了。其他一些客人也依次坐下。

客人们寒暄着，交谈着。又等了好一会儿，那位最重要的客人——日本驻北平的宪兵司令松崎三郎却还没见到来。佐佐木有点儿气恼了，想走进餐厅开始摆宴。这时，苗夫人婉转地劝他：“佐佐木桑，去打个电话请他快点来——有的客人总是得一请再请呢。”

佐佐木顺从地给松崎打了个电话。果然，不过十分钟，松崎就到了。

这个人约摸五十多岁，一身笔挺的西装，身子矮墩墩的，两条腿短短的，还似乎有点儿罗圈。黑胖的脸上，两道刷子似的浓眉，一双小而圆的眼睛，唇上一道“一”字形的浓黑小胡子。除了他的参谋长，他没有公开带随从，见主人迎出餐厅门外，就急忙趋身走到佐佐木身边，握住他的手，低低地垂头说道：

“佐佐木桑，对不起得很！公事繁忙，故此来迟一步，请多多原谅！”说到这儿，扭头看了佐佐木夫人一眼，含笑问道，“这位是尊夫人么？今日幸会！”说着，也向佐佐木夫人深深弯下腰去鞠了一躬。

菊子夫人向松崎鞠躬还礼，口里轻轻说道：

“欢迎您来，十分荣幸。”

佐佐木立刻就把苗教授夫妇介绍给松崎：

“这位是我在东京时的老同学，也是同行，又是支店的同事苗振宇教授——这位是他的夫人杨……”没等佐佐木介绍完毕，松崎立刻拉起苗教授的大手，两眼却灼灼地瞅着苗夫人：

“认识教授和夫人，鄙人深感荣幸。”

佐佐木夫妇和苗教授夫妇陪着松崎一起走进餐厅，所有坐在沙发上的客人全都恭敬地站起身来。李汝民尤其殷勤，一拉他身边的三姨太太，急步赶到松崎身边，两个脑袋同时深深一鞠躬：

“在这里欣逢司令官，荣幸之至！司令官近来贵体安好？这是小妾红喜。记得司令官是见过她的。”

松崎好像没有听见李汝民的话，却把眼睛盯在红喜那张虽然涂着脂粉，倒也十分俊俏的脸蛋上——那对长长的、亮晶晶的白色珠子耳环，在粉面上一摇一摆，更增加了迷人的魅力。他色迷迷地瞅着红喜看了一会儿，才扭头对李汝民用中国话哈哈笑道：

“李先生，你的姨太太很漂亮呀！中国允许阔人娶姨太太，这倒是件好事——好事！”说着，笑着，露出了嘴里那颗耀眼的金牙。

菊子和苗夫人听了松崎的话，都不禁有些气愤。可是，那个红喜，却扭摆着细腰，一双大眼睛瞟着松崎说：

“司令官，您别说笑话了！您这位日本阔人不是也有的是……”她没有说完要说的话，却吃吃地笑了起来。

终于，各就各位。宴会开始了。第一桌上，由佐佐木和夫人陪同：有松崎——他为了自己在中国玩弄女人方便，没有把妻子带到中国来；有李汝民和他的三姨太；还有松崎的参谋长等高级日本军人。苗教授夫妇则坐在另一桌筵席上，陪着“兵库长”和“盐野义”两个制药厂的代理人，还有几位医学界的名流和朋友。第三桌则是一些跟随长官来赴宴的副官、参谋、秘书之流——他们的席位摆在另一间小屋里。

佐佐木和苗教授谁都不提今天请客的真正目的。就连那些有关的人，如松崎、“兵库长”和“盐野义”的代理人、甚至佐佐木研究所的副所长，谁都绝口不谈有关开设药店的事。好像人们到这里来，只是为了尽情吃喝中国的上等名菜和名酒。当人们酒足饭饱、十分惬意之后，就都相继离开了杯盘狼籍的餐桌，来到舞厅里。

这里，墙壁上闪烁着五颜六色暗淡柔和的灯光，照在光滑的镜子般的地板上，反出一条条光怪陆离的人影。坐在屋子一角的管弦乐队奏起了舞曲，立刻，从一个侧门里走出来——不，是扭出来一群穿着艳色薄纱衣裙的舞女，她们立刻被拥抱在一些年轻官佐的臂弯里。松崎没有找舞女，却先搂着红喜，跳起慢步的狐步舞。苗教授和夫人也跳起舞来——别看苗夫人年近半百，但此刻却仿佛是个袅娜多姿、轻盈柔曼的活泼少女。佐佐木不跳舞，只和菊子夫人坐在供客人休息的小桌旁，皱着眉头似看不看地望着那一对对随着音乐旋转的人们……

一场完毕，跳舞的人们刚坐下喝了几口咖啡、可口可乐或桔子汁，音乐又响起来了。这次，松崎忽然走到苗夫人身边，对她弯腰鞠躬，张开双臂，客气地说："请夫人赏光，陪鄙人跳一场可以么？我看夫人的舞跳得很好。"

苗夫人微笑点头，大方地站起身来，又回头对坐在桌边的丈夫饱含深情地瞥了一眼。松崎立刻抱住了她的腰肢。

外边朔风阵阵，天寒地冻；这个华丽的舞厅里却香气氤氲，温暖如春。苗夫人随着松崎笨拙的步子一边跳着，一边用流利的日本话和松崎攀谈起来："松崎先生，您有几个孩子？听说尊夫人还没有到中国来？"

松崎彬彬有礼地回答："承夫人询问，十分感谢。我有三个孩子，都很大了。大儿子已经结婚。我的妻子因为将要做祖母了，所以不愿到中国来……那么，请问夫人，您有几个孩子？现在都在做什么？"

苗夫人轻盈地跳着，不慌不忙地回答：

"我有两个孩子——一男一女。大儿子在三年前就到日本早稻田大学去学法律。一个女儿喜欢唱歌，几个月前到巴黎音乐学院学声乐去了……"说到这儿，她忽然看到一个熟悉的人影在身边一闪，一扭头——原来是白士吾搂着一个装扮得十分华丽的女人，正在他们旁边随着音乐跳着舞。苗夫人心里一动：怎么这家伙也来了？那个搂在他怀里的女人是谁？她正疑惑着，只见白士吾怀里的那个女人迅速转到松崎的身边，嫣然一笑，娇声娇气地说："松崎先生，晚上好呀？想不到在这里和您幸会了。"

"梅村小姐，您也来了？"松崎一边向梅村点头招呼，一边仍跟苗夫人继续谈话，"夫人，看您这么年轻，原来都有能够出洋留学的大孩子了。福气！福气！”

苗夫人却在想，白士吾跟梅村并没有得到邀请，怎么忽然自己跑到这个舞厅来了？他们来干什么？……她猜测着，考虑着，看看离白士吾和梅村远了，就轻轻挨近松崎的耳边，小声说：

“那个跟梅村小姐一起跳舞的男人您认识么？他原来认识小女。不知什么缘故，自从小女去了法国，这个人就三番两次来找我们的岔子，非说小女抗日去了不可——真是恶意中伤，仗势欺人！”

听苗夫人一说，松崎就用眼睛在人群里搜寻起白士吾来，脚步也放慢了。本来，他一发现梅村突然不请自来，心里就十分恼火——这个臭婊子，带着她那个姘头到这里来干什么？可嘴里却若无其事地对苗夫人笑道：

“夫人难道不知道，那个姓白的可是梅村小姐手下的红人。请夫人不必介意。中国有句俗话，一条小泥鳅翻不起大浪。”松崎这个中国通，不仅说得一口流畅的中国话，连中国的村俗俚语都懂得不少。

音乐一停，苗夫人趁势赶快回到丈夫身边，用眼睛瞥瞥坐在李汝民身边的梅村津子，悄悄问丈夫：

“怎么回事？怎么那个梅村和白士吾也跑来了？”

苗教授皱着眉头：“他们向佐佐木正义和我递了名片，说来祝贺，也来参加舞会。既然来了——我和佐佐木商量一下，就请他们进来了。”

“噢，这样呵！不速之客……”苗夫人没有说完，只见梅村津子姗姗向这边走来。走到苗夫人身边，伸出纤细、白嫩的手，微微鞠了一躬，用中国话说：

“您是苗夫人吧？刚才已经认识了苗教授，现在能够认识夫人，很荣幸！”

“谢谢！您是梅村小姐吧？刚才松崎先生已经向我介绍了

您。”苗夫人伸出手和梅村握了握。仿佛不知道她是中国人，故意用日语和她说话。

“谢谢！您说的是松崎司令官么？我们认识，很熟识！呵，教授夫妇原来和佐佐木正义先生很熟识，是在日本的老同学？那太好了！太好了……”梅村娓娓地说着。蓦地，好像刚刚发现佐佐木正义就在旁边，她轻盈地扭过身子，对坐在沙发上的佐佐木点头含笑说：“佐佐木先生，打扰了！您的研究工作还顺利么？我和令兄佐佐木正雄将军是老朋友了，今天和您这位博士幸会，光荣！非常光荣！”说着，笑着，款款地挨着佐佐木正义坐下，用手绢擦去脸上的汗水，打开皮包，拿出小粉盒就着小镜子轻轻在脸上敷了一点粉。整容完了，总共没用一分钟。她又冲着身边的佐佐木和苗教授笑道：“二位先生怎么不说话呀？难道对我前来祝贺你们——不高兴么？”

“哪里！哪里！”苗教授随口回答，“十分欢迎梅村小姐光临这个舞会。不知道您这么空闲，不然一定请您前来赴宴了。”

“梅村小姐，没有想到您有空前来参加这个舞会。欢迎！我哥哥近来还好么？您一定常和他见面的。”佐佐木也说了话。

“怎么，你们弟兄不常见面么？这是为什么？”

“不为什么，大家都忙。”佐佐木淡淡地回答。

这时，音乐又响起。梅村扭着裹在绿缎旗袍里的身子，摆动着惹人注目的翡翠耳环，伸出胳臂，对菊子夫人微微一笑：

“夫人不跳舞么？那么，不客气，我想邀请佐佐木先生跳一曲。可以么？”

“小姐，我从来不跳舞的。”佐佐木摸着小胡子，摇着头。

“既然这样，不勉强了。”梅村说毕，轻轻鞠了一躬，就走到不远处的白士吾身边去。一边跳着舞，一边在白士吾的耳边说：“注意姓苗的。跟他谈谈话，看他说什么。”

白士吾轻轻点头。音乐一停，他立刻走到苗教授夫妇身边，先向他们恭敬地鞠躬，然后坐在他们旁边，点了一根纸烟吸着，随便问道：

“伯父，伯母，许久不见了。近来，您们二位身体还好吧？”

“很好，很好。谢谢白先生的关注。”苗教授好像嗓子里憋着一口痰，冷冷地嘎声回答。

“我很惦记着柳明和苗虹，我们过去都是好朋友——现在她们在什么地方？有信来么？”

苗教授再也忍不住了，霍地站起身来，瞪着白士吾那张苍白的脸，大声咳嗽一下，问道：“白先生，是谁给了您这样一个高贵的职务——专门来打听我女儿的下落？”

“白先生，我们不是早告诉您了么，苗虹去法国巴黎学声乐去了……”一看丈夫恼火了，怕惹出是非，苗夫人急忙推了丈夫一下，岔开话说，“白先生，您近来可好？怎么您好像比过去瘦了一点，是操劳过度了吧？有时间请到我家去玩。”

“好！好！有空一定去拜望。”白士吾一看苗教授火了，只好悻悻走开去。脸上露出一丝冷笑，好像挨了什么人的一个嘴巴。

乐声再起，苗教授不再跳舞，吸着雪茄烟，望着那些浓妆艳抹的女人在暗淡的灯光下扭来扭去的身影，尤其当他看到梅村被搂在李汝民的怀抱里，两个人抱得那么紧的一副丑态，忿忿地对身边的妻子低声说：

“一点不错——魔窟！魔窟！群魔乱舞——乱舞！乱舞！群魔乱舞！”

苗夫人扯了丈夫的衣袖一下，斜眼望着那些跳舞的人，轻声说：唐三藏到西天取经，不是也要经过许多魔窟，要跟许多妖精打交道么？”

第四十一章

村街的夜不像夜。放了学的男孩子们，满街巷地追逐着驻在村里的战士们，要求战士教他们唱歌子、讲故事；要不，就教他们怎么端起步枪射击，怎么投掷手榴弹。十岁左右的孩子们，个个欢腾得像过新年——跟在八路军身边跑上跑下，比过新年更欢快、更开心。有的孩子连晚饭都忘了回家吃，凡是驻着部队的院子，街门是无法关闭的。

每当黄昏时候，街头总响起一阵阵焦急的喊叫声："小狗子呀！回家吃饭来呵！""小栓子呵，你跑到哪儿去啦？快家来吃饭哪！"吆喊声高高低低，此起彼落，给原来寂静的山村，添上一种热烈、愉快的气氛。

沸腾的山村，也使柳明的心沸腾了。她仿佛置身一个新奇的世界，这世界粗犷、简陋、古朴，却又蕴蓄着一种她从未感受过的热烈而奇特的力量。这力量包围着她，感染着她，冲击着她。她也像村子里的孩子们一样，被吸引，被鼓舞，成天跑上跑下，忙得不可开交。

"医务主任"——这个名词时时在她心上撼动："当了医务主任了，责任重大，才十九岁，也光荣……"她有些沾沾自喜。

没有经验，她不知道怎么开始她的工作。甚至怎么召开一个医务会议，她也不懂得。可是，这个实心眼的姑娘，睡觉捉摸，吃饭捉摸，平时更捉摸，连走路、跑步也在捉摸一她的工作怎么做得出色，怎么当好这个医务主任，怎么叫同事们钦佩，叫伤病员，包括院长、政委、医护同志都尊敬她？为此，她从早忙到晚——上午和医生们一起查房（有时要跑两三个村庄）；午后，要研究病人的情况；有时，还要动手术。晚上，她把没有受过正规训练，甚至连小学都没有毕业的医生、护士，集中在一起，给他们讲业务课。

她讲课认真。可是，她准备的全是书本上、城市大医院里那一套诊断和护理的办法，拿到根据地医院一套——有不少地方套不上。比如，有的病要用X光检查，这个医院却还没有X光。有的病要检复杂类型的血液，这里的设备又办不到。为此她又常常感到压抑、苦闷——而且有些人不像她想象的那么尊敬她、服从她。护士长，一个二十多岁、从延安来的小靳，常常把伤员换下的绷带、纱布、药棉，拿到河水里冲洗干净，然后放在老乡的大柴锅里煮一阵就算消了毒；卷好了，又再拿给伤员用。为这个，柳明向她正式提出意见，说这种消毒法，许多细菌根本杀不死，再用在伤员身上，会感染新的细菌或病毒。

靳护士长不和柳明争辩，只是微笑着说：

“柳主任，你说的道理我也懂，我也学过一点医药常识。可是，咱们这儿是什么地方？是艰苦的敌后抗日根据地呀！绷带、纱布，甚至药棉，都不得不洗了又洗，用了又用。用一次就扔掉完全换新的，事实上办不到！”

“办不到也应当办。已经感染了细菌的纱布、绷带绝不能再用！”说着，柳明就去找卫生部长，请他多供给些必需的医药用品。不然，她这个医务主任负不起责任。

张部长总是安慰柳明，鼓励柳明。而靳护士长还是领着几个卫生员经常洗这些沾满血迹的，甚至发着气味的脏绷带。

云雀要飞，飞不起来；凤凰展翅，翅膀不硬——医院里还有位四十多岁的老中医徐一文，会切脉，还会针灸。有病的同志，不少人找徐医生看病、针灸。柳明知道后，也不以为然。她不信任中医，认为中医看病不科学。徐医生针灸不但不肯把针消毒，连衣服也不叫病人脱，隔着衣服就扎。这种扎法，病人感染了怎么办？一种责任感，使柳明找徐医生谈过几次。开头这位老医生支支吾吾，后来说了实话：

"柳主任，您是从大城市、大医院里出来的，讲的是一套洋科学。可是咱中国也有咱自己祖祖辈辈传下来的土科学呀，我这中医针灸祖传八辈了。辈辈全是我这个扎法——脱了衣裳才能看准穴位扎针，那不叫本事。我隔着衣裳一摸，病人哪怕穿着棉裤、棉袄呢，我都能摸准哪个穴位，一针进去毫厘不差。这个扎法，省工夫省事，病人也不痛苦。这祖传八辈了，一二百年了，还没听说给病人扎坏了的；也没听说什么细菌感染了的。要不，别说传它八辈儿了，我老徐家的针法一辈儿也传不下来呀——您要不信，我给您隔着棉袄扎一针中脘，保准您胃口大开……"

"您这个办法在农村给老乡治病或许能行，到咱们医院来工作，就应当遵守医疗守则。"柳明驳不倒徐医生的土科学，只好拿出医院守则来行使职权。

徐医生忽然哈哈笑了起来：

"柳主任，您还不知道吧？我这一套土科学，还救了一位得了急腹病首长的命呢。是这位首长再三动员我出来济世救人——就是嘛，我徐一文也有一片忠心保国之志，这才出来抗日的。

我不图名，不图利，柳主任，别看您当了几天医务主任，您不该小瞧我这土包子医生——要看我不行，我可以回家抱孩子去……"

柳明的脸刷地红了。愣愣地望着徐一文那张瘦削的黄脸，心里说不上是什么滋味。她沉默有顷，低声地恳求了："徐医生，您可不能回家。我没有工作经验，请您原谅！我绝没有叫您回家的意思。可是，我还是要说，您应当学点西医的科学方法，要注意卫生……”

徐医生噌地站起身来，这个斯文的乡村医生，竟向柳明喊叫起来：

“卫生！卫生！什么是卫生？我看，给人治病能治好，就是卫生！黑猫白猫，能逮住耗子就是好猫。别看您是个主任，给伤号开刀我不如您；可是您念过《伤寒》、《内经》么？要说给人治内经的病，还得我姓徐的！不信，您往后瞧！”说着，徐一文转身走出了柳明的办公室兼卧室。

柳明心里难过极了。她想象中的主任原来是这样的——呵，生活，生活是这样复杂！她曾经有许许多多幻想，像一朵朵尚未绽蕾的花朵，美妙、迷人。然而，它却是雾中的花，是高山上的雪莲，是朦胧的晓月……她的心由冷变热，又由热变冷。主任，医务主任，她曾经为之狂喜的心情陡地落漠了。

“柳主任，您还没有吃晚饭呢，吃吧。我放在老乡锅里给您温着呢。”一个十六七岁的男孩子当了柳明的警卫员。现在躬身站在门边，低声呼唤她吃饭。

柳明抬起头，愣愣地望着这名叫艾拴儿的男孩子，答非所问：

“小艾，你怎么还没有回部队去？我说过多少次了，我不需要警卫员。”

“柳主任，这是上级的命令呀！我是军人必得服从，您赶我走也没有用。瞧您，老说这话，往后别说了！”

艾栓儿，个头不高，有两只水灵灵的大眼睛，长得清秀。开始，连长叫他给一个年轻的女主任去当警卫员，他非常不高兴，许多战士也开他的玩笑。后来不得不来了，他又舍不得走了。柳明对他态度和蔼，什么事情也不叫他做，反而像个大姐姐似的常常照顾他。更叫他高兴的是，她有一点空就教他认字，还给他改作业。柳明曾经几次要求上级把艾栓儿调走，她不要警卫员。可是，上级按建制非给她不可。艾栓儿也不想走——他除了每天给主任打两次开水，有时她忙得顾不上吃饭，就给她打了饭留在老乡的锅里。其他事情很少。艾栓儿挺爱学习，跟着这位有文化的姐姐（他心里这么叫，嘴里可不能不叫“主任”），多学点文化，怎不高兴呢！

小艾端上饭来——一大碗小米干饭，一碗白菜炖豆腐。柳明随便吃了一点，站起身就往外走。

“主任，主任，您今晚不要出门了。”

“为什么？我要给同志们上课去。”

“部长已经通知下来，今晚的课不上了。有位首长——好像官儿不小，要来找您看病，部长的警卫员送了信来，叫您等着。”

什么首长，上午门诊时候不来看病，偏偏晚上来，耽误那么多人的学习。柳明心里别扭，十分不快。她以为共产党里人人平等，没有职位的高低，全是一样的待遇。不料，还有这么多的等级制度，像她一个十九岁的医务主任，年轻、结实，用警卫员干什么，可是上面又非给她不可，说这是制度。这种制度合适么？……

上灯时分，首长终于带着警卫员来到柳明的房间——一铺大炕，一张八仙桌，两张木制圈手椅，再就是炕上一条叠得整整齐齐的绿色棉被和墙上挂着的一只大挎包、一个听诊器。这就是柳主任办公室兼卧室的全部装饰和家当。

这个首长姓江名怀，三十岁上下，戴着一副黑色玳瑁眼镜，长长的削瘦脸，两只眯缝眼，动作缓慢，举止斯文。柳明曾经给他看过病，这次，不知为什么他忽然跑到宿舍来找柳明。是真看病，还是有其他事？她心里不安起来……

“很对不起，柳主任，打扰你了。”江怀一进门坐下就点着纸烟，然后，把小眼睛向站在旁边的警卫员一扫，两个小鬼全一齐退了出去。剩下江怀和柳明，他不说看病的事，忽然问起柳明到根据地来的经过，问她的家庭出身、父母情况。他的声音低沉，一字一板，好像很有修养，很有学问。柳明只得——作答。她说得简单扼要，心里不快地想，问这些干么？干部登记表上不是都已填上了？她勉强应付着这位首长，心里却总在想她今天应当讲的课——战场救护、如何止血、如何抢救大出血……

“柳主任，直率地说——我们共产党的队伍都是心胸坦荡、忠诚老实的。我想问一问，你曾经有过一位要好的男朋友——或者说是未婚夫，你和他现在的关系怎么样了？恕我这样直率地问，因为这是工作。”

呵，白士吾，那个跑到敌人营垒里的叛徒！她已经和他一刀两断，过去的一切不过是场噩梦——涂着粉红色的噩梦！这位首长怎么会忽然问起他来?！关于他的情况，她还是经过指导员曹鸿远才了解的。过去的已经消逝了；现在的，她除了知道他拜倒在梅村津子的门下，别的一无所知……对于这个在她心里已经死去的人，除了悔恨，她能说什么呢？于是，她摇摇头，说了一句“我什么也不知道”，就不再出声。

“柳主任，听说你们从小就要好，怎么现在关于他的情况什么也不知道呢？是不知道，还是不愿意说？”

“首长，我真的没有什么可说的。关于他，过去的已经消失了，现在的，我还是听你们告诉我，才知道他变成了特务。我离开北平的时候，他还不是叛徒、特务。难道，他在我离开后变坏了，我也有责任么？”柳明的倔劲上来了，她不管什么首长不首长，心里憋着气，嘴里就敢说出。

江怀老练沉着，又点着纸烟，慢慢吸着，不慌不忙地说：

“柳主任，你误会了。不是叫你对白士吾的叛变负责，而是想向你了解一下这个人的来龙去脉——据说，你们从小青梅竹马……”

“什么青梅竹马！好像我认识一个病人，跟他有过来往。后来，这个人突然死了，因为我认识过他，也要叫我对他的死负责么？”

江怀歪着头听着，望着柳明一副激动的神色——那清秀的眉毛耸动着，那长长的睫毛眨闪着，那白白的脸儿布满了红霞……这位首长似乎也被这副美丽的姿容打动了，他叼着纸烟，细眯着眼睛对女医生出起神来。

“首长，您今晚不是要来找我看病么？我连课都没有去讲，专门等着您。您还看病不看？”

“柳主任，我看你情绪不大好，为什么一提那个姓白的，你就如此激动呢？你不是说他已经在你心里死去了么？啊，看病嘛，我没什么大病，只是有点儿咳嗽。”

“您少抽点烟，咳嗽就会好了。吸烟易得气管炎，甚至还会得肺心病。少抽些烟，您的那些毛病，就会不治而愈。”

江怀笑笑，黑框眼镜后面的眼睛，似乎仔细地审视着柳明。呆了一会儿，他把烟蒂扔掉后，站起身向柳明伸出手来，严肃地微笑道：

“柳明同志，你这个人很有个性欧，确实是个知识分子的典型。关于白士吾的问题，今天没有谈出结果来，你好好想想，这件事嘛，以后你应当向组织上交待清楚。”

江怀说毕，慢悠悠地走了。

“交待！交待！什么叫‘交待’？”柳明躺在炕上惊讶地反复念叨着这两个字。什么叫“交待”？有什么可“交待”的？一度春风得意的柳明，现在忽然感到呼吸迫促起来。这时，她禁不住想到了曹鸿远，一种渴望，一种期待，使她的心头闪现出一缕纯净的阳光——如果这时候有他带来的温暖，她的处境就会好得多了……

正当她独自躺在炕上思绪纷纭的时候，小艾喊了一声“报告”，又跑进屋里来。小圆脸上带点儿神秘的调皮神色：

“柳主任，又有位姓李的首长找您来了。骑着马，挎着枪，后边还跟着警卫员。”

“找我？怎么又有人找我？”柳明不胜惊奇。

小艾吐吐舌头说：

“您不知道，我没告诉您。这几天找您的官儿可多哩！我说您不在，他们也要进到您屋里东瞧瞧西看看。我说您给医院讲课去了，回来早着呢，他们这才走了。这位李——司令，是第三次来找您了。见不见他？您快说！”

“请他进来吧。”柳明无可奈何地叹了口气。

李司令员二十六七岁，中等个子，白白的长圆脸上，一副突出的尖下颏，不大的长眼睛，久经征战，炯炯有神。他一进到柳明的屋里，首先自我介绍：

“我是李彦祥。听说柳主任是从北平出来的大学生，很想认识你。我还有点病，想请你替我治治，所以，冒昧地来拜访。”柳明听过李彦祥这个名字。像是红军长征途中的一员勇将。见他来访，医生脸上露出了尊敬的笑容：

“欢迎您。我是学生，医术水平还很差。您如果治病，我可以和院长商量，尽量帮您治疗。”

李彦祥呵呵两声，红着脸不说话。两只饱含感情的眼睛只在柳明身上转来转去，弄得柳明很不好意思。站起身喊小艾弄水来。小艾进来了，李司令员的警卫员也进来了。李彦祥不好意思地看着柳明，摆着手说不必弄水，他先来认识认识，挂个号，接着就起身告辞走了。

屋里只剩下柳明一人，独自望着窗纸发呆（她有个习惯，一个人待在屋里，总喜欢看着窗纸出神）。调皮的小艾又悄悄站到柳明的身边，小声说：

“柳主任，我看这些首长呵，哪儿来的这么多病，是不是来看您——看您这个洋大学生来了!?”

柳明扭过头去，对小艾亲切地笑了：

“你这个小家伙，真鬼头！以后再有找我看病的，你就请他们到门诊去。别找到住处来……”柳明想不起搪塞的理由，随口说，“我晚上要学习外文，不见客人。”

“这倒不假，您也真用功。白天累了一天，晚上还念半夜外国文——叽哩咕噜的，我像个小聋子，半句也听不懂您念的是哪国洋文。”

“以后，我教你念A、B、C、D。慢慢的，你也就会外文了。念外文——英文要先学字母——A、B、C、D。”

“A、B、C、D，A、B、C、D!”小艾立刻学着柳明高兴地念起洋文来，“柳主任，您有了空，也教我念洋文……阿、巴、西、地，是这样念么?”

柳明噗嗤笑了：

“小鬼，英文有二十六个字母，你这么‘阿、巴、西、地’的，哪一辈子才学会呀？不说洋文了，你把饭给我热热，我刚才没有吃饱。”

小艾吐了一下舌头，转身飞跑到房东屋里去。

第四十二章

夕阳照在空寂无人的山峦上，落叶满地的山间林木，映现出五颜六色的绚丽色彩。柳明走在一条不大熟悉的小路上。她穿着灰布军装，打着绑腿，腰间系着一根宽宽的棕色皮带，背上背着用一块灰布包起来、打得整整齐齐的背包，合着轻缓的步子，小声地哼起歌儿。

忽然，传来一阵动听的鸟鸣。她不由得停住脚步，向身边的山谷探头望了一下——看不见鸟儿的影子，只听见对语似的啁啁啾啾的鸣啭声。

“空山鸟语……”她的脑际蓦地浮现了这个不知从哪儿听来的字句。一股说不出是什么滋味的思绪，不禁油然而生——白士吾——交待——买药……人间事怎么像天上的云彩，瞬息万变？白——他变得那么坏；而我，而他——这是个多么好的人……在这寂无人声的山间小路上，她又想起了曹鸿远，独自喃喃着：他买药去了——买药去了，他好么？

“嗷！嗷……”不远处突然传来两声粗犷的嗥叫声。柳明吓了一跳，立刻停住脚步，略带惊慌地东张西望。

“这山上会不会有老虎和狼？……”这么一想，她的心吓得怦怦跳了起来。她向落叶将尽的树木望了一眼，想起有人为躲避虎狼的袭击爬到树上的说法——自己从小没爬过树，到时候能爬得上去么？她忽然回手摸了摸身后的背包……“呵，有办法了！狼来了，就取下背包，这个样儿……”记得到抗日根据地后，当地干部对她说过：狼怕火也怕圆圈——所以村边许多后墙上，都涂着大白圆圈，用以防止狼来吃猪羊。人走山路遇见狼时，可以摘下背包甩着圆圈，一边走一边甩——狼心眼最多，不知人是啥意思，即使跟着走，也不敢靠近来……想到这儿，柳明好像得救般心里一喜。她刚要摘下背包准备着，忽然一个粗粗的声音从身后传来，又把她吓了一跳。她立刻转过身去——“呵，是人……”柳明笑了。

这个人快步顺着山坡走了上来。走到柳明身边，含着温和的微笑，说：“柳明同志，你受惊了吧？是听见狼嚎了么？”

柳明没有搭话，定睛望着面前的人。这人约摸二十六七岁。

圆圆的脸上，有一双圆圆的眼睛。眉毛很浓，刷子似的横在眼上。嘴唇有点厚，耳朵有点大。不过眼睛是亮的、有神的。他也穿着一身灰布军装，也打着绑腿，脚上也是一双圆口黑布鞋。

“呵，同志，你?”柳明停住脚步，不知所措地望着面前的陌生男人。

“你不认识我？我可早就认识你了——你叫柳明，是从北平出来的大学生，而且是医学院的高材生。”

柳明听罢来人的话，更加惊讶了。他对自己的情况怎么知道得这么清楚？可是，自己并不认识这个人呀!

这个人又用流畅的北平话滔滔地说：

“小柳同志，我叫常里平。三个多月前，在北平大成公寓，特务来搜查，你不是在曹鸿远的屋里么？你救了他，也救了我。你的出现，真好像仙女下凡……”常里平瞟了柳明一眼，不好意思地打住了话头，见柳明仍闪烁着一双惊疑的大眼睛打量自己，又伸出手来，做了个让客的姿势：

“走吧，天不早了，为了防备万一，我可以送你到目的地。”

“谢谢!”

柳明犹豫地随着常里平顺山路走着。这时，她想起来了：公寓遭到搜捕那天，特务走后，她和鸿远走到院子里时，似乎见过这个人在曹鸿远住处的屋门口站着，还和鸿远打过招呼。看样子他不会是坏人。她顿时放心了，回头对常里平微微一笑：

“常同志，咱们见过面。真对不起，我才想起来。没有料到，你也到根据地来了。”

“我早就离开北平了。小柳同志，你们是什么时候离开北平的？那么，大学是上不成了。”

“您怎么会知道我是个大学生呢?”

“唉，中国有多少女子能够上大学？像你这样苦学的，就更是凤毛麟角了。”

“哦……”柳明对常里平这么了解自己的情况感到十分惊异，“你到哪里去？我不用你送，可以自己走去的。”她扭过脸望了常里平一下。

“你是到清水村去吧？”常里平没有回答，反而问起柳明来。

“呵……”柳明更加诧异了，心里暗想——自己到清水村去，他怎么也知道呢？那边也有个部队医院。刚打过仗，下来不少伤号。她要去那里帮助工作。

“我说对了，是吗？”常里平颇有点自鸣得意的样子，“小柳，这里是英雄用武之地！你一定可以大显身手。我要到琅讶山去，正好从清水村过，可以顺路送你到村。”

柳明没话说了，两个人同行起来。

一路上，踏着荒草，沐着夕阳——两个人有时平行，有时一前一后。常里平几次要拿过柳明的背包，柳明执拗不肯。走到一座大山顶上，歇息的时候，常里平说：

“今天真不巧，通信员送信去了。我正在村边散步，看见你上了山，就跟着你来了。不然，可以把我的马给你骑，也省得你走这么远的路，爬这么高的山，而且又是一个人……”

“常同志，你不是到琅讶山去。你是专来送我的。”柳明惊讶地停住脚步不走了，“你回去吧！我自己可以走到的——我也有马，有通信员，我不叫他们跟着。我要锻炼。您就请回吧，这条路我走过。”她坚决要常里平回去。看样子，常里平不回，她就不走了。

可是常里平却说：

“小柳，柳主任，我真是要到琅讶山去看个同志。要不是看见你，我原准备明天去的。既然今天已经快走到了，难道还返回去，待明天再跑一趟不成？”

柳明又没话说了，只好迈步向山下走去。她默默不语。常里平在她身后有一搭没一搭地说些什么，她也没听见。她心里嘀咕着：这个常里平真是神通广大，我的情况他怎么知道得这么清楚？他干嘛这么关心我？嗯，也许这是个热心肠的同志，看我一个人走山道，来送一送，也是革命同志的关怀嘛！这么一想，柳明安下心来。不过，一直走到清水村，她都没有再说一句话。

一到村，柳明和医院院长联系后，立刻就到病房去了。

所谓病房，实际是老百姓腾出来的住房。病床呢，是一条大炕，坑上并排躺着六七个伤员。伤重的似乎已经动了手术，在迷糊中轻轻呻吟着；伤轻的也躺在炕上，黄昏的微光透过窗纸，照出一张张失血的苍白的脸。

柳明站在大炕前，望着那一张张年轻、纯朴的脸，心里忽然涌上一股慈母般的凄然、怜悯：

“他们都有妈妈……可是为了祖国——他们拼死战斗……”

“柳明同志，你还没有吃饭吧？常政委已经替你安顿好了。”一个暗哑的声音响在耳边，柳明猛然回过头去——原来是身材瘦削的医院院长站在身边。

“嗯？”柳明莫名其妙地望着院长——什么常政委？刚才到了村口，当常里平提出还要送她到医院时，柳明什么也没说，一扭头走掉了。这时，她早就忘掉了常里平。

“饭准备好了。你跟常政委一起吃去吧！”

“我不饿。”柳明摇摇头，“这些伤号应当给他们输血。至少，也得输液——输生理盐水加葡萄糖液。您这里都有么？”

院长小小的眼睛对着柳明望了一下，轻声说：

“生理盐水输过一点，伤重的才500CC……”

“怎么？才500CC？重伤号应当日夜不停地输液才成呵！”

院长摇摇头苦笑了一下：

“药缺呀！连着几次大的战斗，伤号多，把咱们后勤部所有的储存药品全用完了。”

柳明双眼燃烧似的望着院长那张已有皱纹的脸，吁了一口气，自言自语的：

“呵，药没有了，没有药了……怎么办?”

“药品很缺，敌人又封锁……柳明同志，你去吃饭吧，常政委在等你哩。”

“什么政委？我不认识他呀!”柳明的神情显得有些烦躁不安。

“怎么？你不认识他？他是我们分区卫生部的政委呀!”

“我们是路上偶然碰见的……院长，我没有战场救护的经验。听说你的经验多，我这次来，正好向你学习。”

院长显然被感动了，黑瘦的脸上浮上一丝慈祥的微笑。他向炕上的一排伤号一指：“这间屋里的七个伤号，怎么抢救、护理的经过，回头咱们谈。小柳同志，不，您是医务主任——柳主任，还是先吃饭去吧!”柳明想了一下，把头发一甩，就跟着院长走出了这间病房。

院长室里，一张八仙桌上摆了几样炒菜——有炒肉片，有摊鸡蛋，还有什么，柳明没再看。常里平一见柳明走进来，高兴地从桌旁站起身来让客：

“小柳，快来吃吧！走了四个小时、六十里路，你一定累了——也饿了。快来吃吧！现在到了我的属地，我应该招待你这位高明的大夫……只是农村地方，没什么好吃的。”

柳明轻轻点了一下头：

“这就够好的了。政委，您怎么刚才不告诉我您是分区卫生部的？我还以为您是战斗部队的人呢。”

常里平向身材瘦削的院长睐了一下眼，哈哈笑道：

“我这个外行可不配在卫生部门工作，滥竽充数，不值一提嘛！小柳，快坐下吃吧。”

柳明心神不安地坐了下来。她心里反复翻腾着院长刚才的话：伤号多，后勤部所有的储存药品全用完了——没有药品，怎么办？

常里平又在她耳边说些什么，她全然没有听见。

“呵，小柳，你怎么啦？怎么那么不高兴？”常里平的这句话，她总算听清了，不好意思地微微一笑：

“常政委，咱们的药品什么时候可以补充上来？您看，这么多重伤员连生理盐水都没有，伤怎么能治好呢？”

“小柳，我和你一样，也为补充不上药品、器械在发愁哩！昨天我还找了后勤部长，可是咱们自己不能生产，敌占区的又买不来。我这个当政委的眼看那么多伤号缺医少药，心里也着急得很哪！”

常里平的话勾起柳明的心事来。她刚想张嘴问什么，又把话咽了回去。她想起曹鸿远临别时一再叮嘱过她——他去北平买药的事谁也不能告诉。于是，愣愣地望望常里平，轻轻地吁了一口气。

“不要杞人忧天。小柳，愁什么？药总会来的。听说咱们已经派人到一些大城市里去采购药品了。”

“到哪个大城市？派什么人去了？您知道么？”

“这我可就不知道了。这是北方局直接领导的事。”常里平说到这里，忽然想起了什么，“哦，小柳，曹鸿远真的开小差回家了么？我觉得他不是那种人。莫非是组织上派他上北平采购药品去了？他在北平很熟，听说上回就是派他去买药的。”

柳明极力按捺着内心的慌乱，也不知道是否脸红了。她把夹着青菜的筷子悬在空中，愣愣地说：

“我也不清楚——反正我听说他开小差了……”说到这儿，柳明的眼睛潮湿了——他、他忍受了多么大的耻辱和误解！为了这些伤病员，他战斗在敌人的心脏里——也许，说不定现在已经不在人世……

好容易吃罢这顿晚饭，当她回到病房时，才忘掉这些烦恼的事。她蹲在大炕上，轻轻解开每个伤员的上衣，用听诊器仔细地听着。她的手是那么灵巧，她的心是那么纤细。哪一个的心脏有一点点杂音，她都能够听得出来；哪一个伤员肠子咕咕响，她也能分辨清楚：是气体，是肠子蠕动，还是饥饿……接着，开始测量血压。忽然，她扭转身，对身边一个年轻的男护士急促地说：

“快去请老院长！这个伤号——”她用手指指仍捆在伤员臂上的血压计，“他可能就要休克了！”

老院长是本县人，姓杜名平顺，曾在县医院做过外科主任。抗战爆发后，他被动员参加了八路军。因为医术不错，工作负责，很快就被提升为战地医院的院长。

老院长赶来了。柳明迅速取掉血压计，把听诊器放在伤号的心脏部位，听见那颗心脏还在微弱地跳动。她抬起惊悸不安的眼睛，看着院长说：

“您来听听，他的心音很微弱。要赶快抢救才行！他叫张德胜，是个英勇的排长……”

老院长脱鞋上了炕，蹲在柳明蹲过的地方，接过柳明的听诊器仔细听了一会儿，又用血压计在臂上测量了一下，接着把血压计和听诊器交到柳明手里，缓缓跳下炕来。他站在炕边沉默了一会儿，忧形于色地低说：

“张排长是要抢救。可是，用什么药呢？”

“要是需要输血，用我的血行么？我是O型的，请您现在就输！”柳明态度坚决，好像在下命令。

“伤员这么多，你一个人的血能有多少？不行！先给他输液吧。生理盐水加葡萄糖——不多了。药品这么缺乏，可怎么办？”院长摇着头，自言自语似的叹了一口气。

护士拿来了吊瓶，开始给张德胜输液。院长一直站在炕边观察着他的动静。柳明也站在炕边，仰头看着院长，轻声说：

“我到药房看看有什么强心剂，给张排长打一针也好。我听他的心脏跳得不规则……药房在哪儿？”她扭头问刚给伤号做完静脉点滴的男护士小卜。

“也在这个院子里。柳主任，我领你去……不过，强心针已经没有了——连一针樟脑都没有了。”

“你是司药员？”柳明擦擦脸上由于焦急而沁出的汗珠，微微惊奇地望着男护士。

“对，我也兼着司药。”小卜领着柳明走过黑魆魆的院子，压低了声音，“这个司药好当，因为没有什么药。所以，我主要的工作还是护士。”

小卜进了屋，把原来暗暗的煤油灯捻亮了，拿在手里，高高举着：

“柳主任，你关心下边医院的工作，太好了。可是全部药品都在这张方桌上，你看吧。”

柳明就着灯光，先把一盒盒针剂看了一遍——没有她要找的强心剂。她又拿起一瓶瓶片剂药品——药瓶都是小的，每瓶只有一百片或二、三十片。当她看着那些药名时，同时也扫了一眼印在下面的出品地点——有天津的，有石家庄的，有保定的……“哦，咱们就剩这么一点阿司匹林、这么一点二百二了？这可是大量需要的普通药品呀！还有葛洛芳也只剩这么一点了？那怎么动手术呢？”柳明的眼睛在昏暗的屋子里熠熠闪光，盯着小卜的眼睛询问着。

“也许快来了，咱们已经向分区后勤部催过几次了。”

“如果药品不来呢？这么多伤员……哪个重伤员需要一针樟脑，我们都没有——这怎么成！”说着，柳明轻轻叹了口气，没等小卜回答，急步走出了药房。

这一夜，柳明没有睡觉。杜平顺老院长、几个医生和小卜也都没有睡觉。他们轮流着抢救重伤员，忘掉了疲劳，忘掉了瞌睡。

天将明时，柳明觉得有些头昏脑胀。屋里人多，怕伤员感冒又关上了窗户，屋里空气凝滞腐臭。她看看伤员都安静地睡着了，便走到院里轻轻伸展一下胳臂，顿觉山间的寒风、清新的空气，甘美宜人。柳明踮起脚尖用力深呼吸几下，心肺开朗了，精神振奋起来。她掠掠短发，紧紧腰带，面向嵌在北面天宇上的一颗亮晶晶的星星，眼里闪烁着热情的光芒：

"星星，请你捎个信儿给他——告诉他，他的工作可重要呀！早一点儿把药品买到，快一点儿运到抗日根据地来！这里的战斗频繁，多少伤员的健康和生命，都急切地等待他买来的药品呵！"

第四十三章

红日在东方冉冉升起，映得西边山上彩云缭绕，宛如无数条赤色游龙在翩翩飞舞……柳明出了村，望见不远处有一条明晃晃的小河在山石间曲曲折折地流着，流水穿过山石，发出欢快悦耳的淙淙响声。这时，村里的牧童也开始赶着牛群、羊群顺着河岸向上游缓缓走去。

柳明已经学会在河里洗衣服。山村缺水，即使有井也很深，打点水很困难。所以，这儿的妇女们都用篮子盛着要洗的衣服，拿到河边来洗。她们总带着一根木棒槌——因为缺少肥皂，就把衣服放在平滑的石块上，浇点滤过的柴草灰水、或皂角浸过的水，抡起棒槌在衣服上轻轻捶一阵，然后放在河水里冲洗干净。柳明也学会了这个方法。今天清晨，她拣了满满一筐子绷带——

还有几件伤员的血衣，来到了小河边。药品缺，绷带、纱布也缺，柳明终于明白不用旧绷带不行了。看护士们、卫生员们都很疲倦，她就不声不响地一个人来洗衣服和绷带。

她先把衣服和绷带用几块石头压住，在河水里浸泡着。不一会儿，绷带和衣服渗出殷红的血迹，就在水里慢慢扩散开去，一片、两片，一圈、两圈，渐渐地，河水变红了，大片大片地变红了！柳明睁大眼睛望着飘浮在水里的红色一血，那是从我们战士身上流出的血！那是从母亲体内流出的血！那是从妻子眼里流出的血！柳明望着想着，眼睛里全是血、血。像血库的闸门开了，涌流的全是血——血，红色的血……

"呵，柳主任，你怎么啦?"一个女孩子的声音，把柳明从迷惘中惊醒来。

"小屈，是你……"柳明急忙擦去泪珠，对来到身边的护士小屈羞赧地笑了笑。

"吃早饭了，哪儿也找不到你。我一看脏绷带全不见了，就猜着你来河边了。柳主任，咱们俩一块儿洗，一会儿就可以洗好。"

"伤员都醒来没有？没什么事吧?"柳明问，"没什么事吧!"她指的是伤员中有没有出现危急的情形。

"没有。柳主任，你放心吧！看你，一来就急着去照顾伤员——老院长都说你……"

"说我什么?"柳明一边搓着绷带上的血迹，一边歪着头问。

"说你不像个洋学生。"小屈细皮嫩肉，只有十六七岁，是个本地农村的初中生。

"我是中国人，怎么会是洋学生？再说，我也没有出洋留过学。"

"嘻，上了大学就是洋学生呗。像俺们这些在山沟子里上学的，就是土学生。"小屈满脸孩子气，说着，还伸出舌头冲柳明做了个鬼脸。

两个姑娘亲昵地笑了。

正当她们快把绷带和衣服洗干净的时候，“嗒！嗒！嗒！”一阵急骤的马蹄声疾驰而来。

“呵，这马跑得真急！”柳明站到石头上，不安地眯着眼睛望去。

骑马的人跑到河边，见有两个穿军装的女同志在洗东西，便把笼头一勒，冲着她们喊道：“同志，快回村去！有紧急情况！”

“什么紧急情况呀？我说同志，你说清楚点呀！”小屈举着湿绷带跳起身来。

“敌人要对这一带进行扫荡啦！分区领导通知立即做好战斗准备。”说完，这个穿灰色军装的年轻战士一打马，直奔村里去了。

柳明和小屈回村后，急忙去找老院长——他参加紧急会议去了。她们抓紧空隙，就着老咸菜吃了块玉米饼子，喝了碗小米粥，就立刻去给伤员检查伤口、换药。柳明知道，如果敌人开始扫荡，这些伤员一定得转移到安全的地方去。这个清水村在大路边，地势冲要，是不能让伤员留在这里的。于是，她急忙为伤员们做起转移的准备。

果然，不到一小时，老院长迈着沉重的步子走进病房来。他告诉柳明：九月，咱们一一五师在平型关战斗中狠揍了板垣师团的精锐部队，取得抗战以来第一次大胜利。日寇声称要采取报复性行动，现在果然进攻咱们根据地来了。老院长还说，领导上有指示，让柳明仍旧留在这儿帮助医疗工作；一会儿担架和马匹来了，就迅速把伤员转移到深山里去。

在抗日根据地里，柳明还是第一次看见伤员转移的情景。只见那些抬担架的壮汉——他们的名称叫自卫队员，好像从天而降似的，黑压压地拥挤在院子的门里门外。一张张黑黝黝的脸上，露出焦急、关切的神情。

“同志，你是医生吧？我问你，这里的伤员多吧？他们的伤重吧？重伤号就坐我这副担架——我和二顺子抬得又轻、又稳，走起山道不晃悠的……”

“同志，这些伤号都是前儿个从独流那场战斗下来的吧？要不是你们八路军同志狠狠打击了鬼子兵，俺们那个村子的人可就一个不剩啦！”

“同志，同志……坐俺们的担架……”

柳明左顾右盼不知回答哪个的问话好。正在这时，一个伤员摇摇晃晃地走到门口来。他的脸黄得没有一点血色，嘴唇紧闭着，眼睛却睁得大。

“柳主任，我的腿没病。我不骑牲口，更不用坐担架。我能走！”

柳明望着这张脸——原来他就是昨夜才抢救过来的张排长。

“张排长，那怎么行。你要坐担架。”柳明用坚毅的声调，命令似的说。

“张排长，快上我们这副担架！”那个自夸担架抬得好的老乡，抢上前，一把拉住了张排长的胳膊。

已经半夜了，深山老林中寒风凛冽，树上挂着一层厚厚的雪似的白霜。柳明从一个大洞里蹒跚地向洞口爬行着。

走了七十里路，翻过了两座大山，将近晚上十点钟，医院才转移到目的地。那是一个天然山洞，伤员到来前，本地老乡已经把这约摸两丈见方的洞身清扫干净，铺上了厚厚的干草。

柳明把伤员安顿好后，走出洞外。清冷的空气，满天的星斗，枝头的白霜，层层叠叠笼罩在一片模糊暗影中的山峦，全在她心头引起一种惆怅和迷茫之感——

午后，当浩浩荡荡的担架和马匹穿行在曲曲弯弯的山道上，柳明背着装有药品、注射器和她自己全部家当的挎包，正奋力登上一座大山时，忽然，从身后传来她熟悉的声音：“明姐！明姐……等一等呀！”

柳明转过身去——正是小苗虹。身后还跟着高雍雅和王福来。

苗虹双手攥住柳明的双手，转着身子，打着秋千，撅起小嘴说：

“明姐，你一个人离开我们了！看你，刚十多天不见，就瘦多了！累吧？干嘛学得好好的，又调你去当什么医务主任？还是回到训练班里，咱们在一块儿吧！”

王福来用巴掌擦着脸上的汗水，笑呵呵的：

“小苗姑娘一见你明姐就变成小喜鹊了——唧唧喳喳地够唱一台戏哩！你明姐才不回去呢。她是学医的，正好当大夫，对吧？小柳同志？”王福来把身子转向柳明，手里还拿着一杆农民常用的旱烟袋。

柳明路遇苗虹和王福来也很高兴：

“你们怎么也到这大山里来了？王永泰和闻雪涛他们呢？班上的其他同志们呢？”

“敌人就要进行大扫荡，领导机关都转移了。训练班也暂时分散转移。永泰、雪涛这些年轻力壮的人到前方去了，剩下我们这些老弱残兵到后边来帮助地方工作。没想到会在这地方碰见你。小柳，你可真是瘦了。”王福来一边说，一边和柳明等人闪过一旁，让后边的人走上前去。

“呵，小柳，你的那位朋友有消息么？你知道么？有的人又说他不是开小差，说他是有任务走了……你一定会知道的！”一直抬头望天的高雍雅，这时候忽然转过身，眼镜后面的两只眼睛直勾勾地逼着人，那样子非要叫柳明立刻回答不可。

“我怎么会知道！一定是苗虹胡说八道了吧？”柳明瞪了苗虹一眼，美丽的大眼睛霎地变了颜色。

苗虹白白的脸刷地红了。她斜睨了高雍雅一下，说：

“别听他胡说八道！他总讥诮老曹，我气不过，说了一句‘也许老曹有其他任务’，就叫他逮住了话柄，死啃住不放……”知道自己做错了事，苗虹向柳明解释着。

王福来站在一旁默默不语。然而，看得出来，为了鸿远的异常行动，他也感到迷惑，感到痛苦。

柳明忽然想到，如果不是鸿远把他的真实去向亲口告诉了她，那、那她将会是怎样一种心情呢？

柳明在夜半时分回想起白天碰见苗虹、王福来、高雍雅等人的情景。此刻，她又在为鸿远被人误解、嘲弄而痛心。

想到鸿远，她立刻又想到了药，一颗心跟着紧缩起来。救急的药、麻醉的药、输液的药……几乎全没有了。战斗是不可避免的，再来伤员该怎么办？怎么办呢？忽然，清晨河水里殷红的血——飘在河面顺水流去的血，红红的、火把似的在她眼前燃烧起来。她的眼睛不禁也燃烧起……

“应当去看看我的伤号了。”想到这件事，柳明立刻挺起身来，转身钻进洞里。

洞里还是黑森森的。突然，几声大炮轰鸣，把所有的人都惊醒了。

“鬼子离这不远了？”一个伤势较轻的战士，猛地从草铺上坐了起。

小卜急忙站起身来，揉着眼睛对柳明说：

“我到外边看看去。”

柳明望着这个男护士的背影，沉默着。她心里有些慌乱——这里没有战斗部队，万一敌人来搜山怎么办？她记不得在哪里听到过“搜山”这个词，这时候用上了。“如果敌人来搜山呢？……”她的脑际执拗地回旋着这个意念，眼睛不由得停在那个受伤最重的张排长身上。

正当柳明心神不安的时候，老院长爬进洞里来了。就着洞口射进来的微光，那张瘦削的脸显得又黑又黄。他站在洞口边，向一个个伤员注视了约摸半分钟，那目光饱含着焦虑、怜惜……接着，他把柳明叫到洞口外，对着女医生的脸望了几秒钟，说：“柳主任，情况更加紧张了。刚才后勤部送来消息说，敌人似乎知道了这一带有后方机关和伤员，已经分兵向我们这边移动。咱们要准备敌人来，要准备他们搜山。我们已经把大部分伤员立刻转移到别的大山里去了。现在，这个山头只剩下你这个组的十四个伤员和另外一个组的九个伤员。委屈你，你就负责这十四个伤员吧！先把伤轻的、能动的，搀扶到这山上的其他岩洞里，要不，草棵子里也行。这山上草长得茂盛，老乡还没顾上割，正好给咱们做青纱帐……总之，越分散越好。”老院长的话打住了。他望着柳明越来越紧皱的眉头，放低了声音，“柳主任，有什么困难么？”

怎么说呢？十四个伤号没有几个是轻的，集中在一起还好照顾些。要是十四个人分散在十四个地方，她——加上男护士小卜只有两个人，怎么照顾得过来？尤其分得这样散，要找到他们都困难……不过这些话，柳明只在自己肚里嘀咕，看着老院长憔悴、衰老的脸，她什么也没有说。但老院长好像已经明白她的心思：

“你怕太分散不好照顾吧？可以跟小卜每人分管七个伤员。你管重一点的。七个人分三个、四个地方就可以了。定个暗号，实在找不着，你就学个鸟叫、学羊咩咩，听见回声，你们不就找着了？”

柳明几乎笑了。叫她学鸟叫，学羊咩咩，这可是医学史上从来没有过的事。

“什么时候转移？就在这夜里？”

院长摸着花白稀疏的头发，四处张望一下，谛听一阵，低声说：“这会儿炮声又远了。我看，明天拂晓再把他们分散吧。不过，柳主任，每天天黑时，还得把他们背回、或者搀回这个洞里来睡觉。天冷了，外边风大霜重，伤员衣裳又薄，可受不了！唉，听说你还有个警卫员，有匹马，你怎么没有带来呢？有人有马就顶大事了……”说着，老院长转身要走。

柳明没提小艾和马的事，急忙追到洞口，说：

“院长，您放心吧！您还留在这山上么？有事上哪儿找您？”

“我就在这附近。我会常来看你们的。找不着你们的时候，我就学三声乌鸦叫。你听见连着三声哇、哇、哇地叫唤——那就是我。”

柳明对老院长忽然滋生了一种信赖、景仰和敬慕之情。这是个言语不多、却脚踏实地地干着极端艰苦工作的知识分子。在根据地，这是个多么难得的老医生呵！……她睁大由于缺乏睡眠、熬得发红的眼睛，望着老院长的步子消失在巉岩背后，这才急步走回洞里来。

整个夜晚，柳明都在时断时续的炮声中，在单调烦躁的黑暗中挨过去。每当炮声紧了，柳明和小卜对望一下，小卜就立刻冲出洞外去观察情况。柳明呢，就去看看伤员的绷带松了没有？问问他们有什么感觉？伤口疼不疼？柳明最担忧的还是那个张德胜排长。坐担架长途行军后，张排长发起高烧来。用听诊器听出他的肺部有罗音，柳明诊断，他除了严重的伤势，还并发了肺炎。怎么办？除了阿司匹林，没有其他任何药品。而阿司匹林对他这种高烧，已经无济于事。柳明不时给他量体温，不时给他听诊……这一切，并不能丝毫减轻她的忧虑和负担；而她的这种忧虑和负担随着那个伤员病情的恶化也越来越重。

除了打过几个盹，柳明始终守在张德胜身边，熬着漫漫长夜。拂晓前，她和小卜商量，张德胜只能仍留在这个洞里——他那衰弱高烧的身体再经受不起折腾了。待其他伤员吃过头天夜晚老乡送来的饭菜后，小卜背着一个不能动的重伤员，柳明搀扶着一个勉强能走的轻伤员，慢慢地向事先侦察好的岩洞走去。其实这些所谓“洞”，只是岩壁上伸出的一块大石块，或者一处佛龛似的凹进去的巉岩。柳明和小卜一次次把十三个伤员都分散转移好之后，天已大亮了，他们也都大汗淋淋，筋疲力尽。然后，他们又分头用割来的茅草把这些“洞口”遮严实。不知底细的，就是走到跟前，也只看到一堆蓬起的茅草，绝想不到里面有人。一切都安排妥帖——小卜就留在几个重伤员附近的草棵子里。柳明回到大洞里去照顾张排长。

午后，阳光灿烂。初冬的斜晖照在东方山头上，赭色的远峰，染上层层橙黄色、紫色、红色，宛如巨大绚丽的花朵，盛开在雾霭沉沉的天际。柳明从遮掩洞口的茅草堆旁挤出身来，掸掸身上的碎草，迎风站在洞旁的一块岩石上，竟对着这美妙的景色凝视起来。半晌没有听到炮声了，不知外面的情况有什么变化……她在思考着，突然，全身一颤——那是什么？在斜对面的一座山峰上，在巉岩边，在小径上，在杂草中，一个个钢盔，正在阳光下闪烁着耀眼的亮光……绚丽的花朵，一下子变成了滚滚乌云。她急忙从岩石上跳到草棵里，蹲下身，心几乎要跳到嗓子外边来。

“日本兵不声不响地在搜山了！那边山上有伤员么……要是搜到这个山头来怎么办？”想着，柳明又探出头向对面山峰上望了一眼。真的，日本兵在搜山。他们端着步枪，蹑手蹑脚地在山间的小路上爬行，在岩石边搜索，甚至用刺刀挑起一堆堆的茅草。

没有看错，这是千真万确的——敌人在搜山！她正惊愕间，对面山上的机关枪忽然“嗒、嗒、嗒”地震响了。柳明不再在草棵里躲着，不知被一股什么力量驱使着，她的双手变成了耙子，几下子就抱起捆捆茅草把大洞口盖严实了。仔细地看了几眼，她拔腿又飞快地朝山上的草丛中奔去。她没有想到，敌人如果发现了她，会顺着她的足迹追下来——会因此而暴露这座山上全部伤员的隐蔽地点。她缺乏经验，又过于急躁，全然没有思考这些问题。

"喳！喳！喳！"她学起了喜鹊的叫声。

"咕！咕！咕！"一条嶙峋的石缝中传来了斑鸠的回答。

柳明赶快奔向石缝，对隐藏在那里的小卜叮嘱几句，就急步走了。她检查了几个藏着伤员的岩穴后，仍又回到大洞里去照顾张德胜。

昏暗的大洞里，空荡荡的，只剩下张排长一个人，呼吸短促地躺在铺着厚厚茅草的地上。

柳明急忙给他数脉搏——心跳快到每分钟二百次。

"怎么办？他快完了——又没有药救他。"望着那张双目紧闭、昏迷不醒的脸，姑娘一行泪水顺着苍白的脸颊流淌下来。

她无计可施。只是半跪在这弥留的战士身边，手握住战士的手，嘴里喃喃地喊着"药——药……"渐渐地，她似乎也陷入一种昏迷的状态中。

机关枪什么时候停止的，她不知道；张排长什么时候停止呼吸的，她也不知道。当洞口射入了手电筒光，脚步声杂沓地响起来时，她才从麻木状态中清醒过来。她的手仍然握着张德胜那只已经冰冷的手。

"呵，小柳，你怎么啦？"一个熟悉的声音响在她耳边，并且把她的手从张德胜的手里挪了出来。

"呵，是你，常政委……呵，老院长，你也来啦！"柳明孩子似的，一下蹿到老院长身边啜泣着，"老院长，我没有尽到责任——他、他已经死啦！……"

"不能怪你……"老院长用慈祥的声音抚慰着柳明痛苦的心，"我们已经有七个重伤号因为没有药……这两天都先后牺牲了……"

“小柳，别难过！我给你们送药来了。还有棉衣——山上风大霜重，还有些战士没有穿上棉衣，真是糟糕！”

一种异常的喜悦攫住了柳明的心。她扭过身，一把握住了常里平柔软、肥胖的手掌：

“谢谢你，常政委！太好了！药在哪儿？我要去看看。”说着，就往洞外走。

“小柳，慢着！外面已经大黑了，山路很难走。你干嘛这么着急呢？”常里平紧紧握住柳明的手，生怕她跑掉似的。

柳明站住了，慢慢抽回自己的手。

“天大黑了？敌人退走了么？我们的损失大不大？”

“敌人用轰兔子的办法，人偷着爬上山，然后堵住山口打机关枪。藏在草里洞里的老乡和战士沉不住气的，一乱跑，他们就这样杀害了我们一些人……因此，领导布置，今夜要把伤号全部转移。我就是来帮助你们转移的。”不知怎的，常里平又趁昏黑来握女医生的手，却被柳明一下子甩开了。

第四十四章

睡到上午十点多钟，梅村才懒洋洋地从卧榻上坐了起来。卧室里很热，她只穿着一件粉红色的绸子睡衣。玫瑰色丝绒窗帘拉得严严实实，虽然窗子上已经洒满了耀眼的阳光，屋里却依旧黑洞洞的。梅村随手把床栏上的开关一揿，屋顶的一盏大吊灯亮了，床对面嵌在墙壁上的大镜子里，立刻映显出一张卷发蓬松、黄中透青的女人面庞来。看见镜子里的那个女人，梅村仿佛不认识似的吓了一跳。她急忙跳下床来，拖着锦缎绣花拖鞋，冲到大镜子前，一下扭亮镜子上的电灯，靠近镜面仔细地端详起自己的面容来——那双眼睛虽然还美丽，微笑时仍荡漾出一股迷人的媚态，两个眼圈却黑得像画上去的墨圈，而且眼睛外侧那两条隆起的青筋被嵌在许多细小的皱纹中，仿佛一条条大小蚯蚓。再看看自己嘴角的皱纹，看看没有敷粉的黄中带青的脸色，她对着镜子发呆了。

"我怎么变成这副德行啦？以后生活要有点节制——要克制一点儿，不然，青春会很快消失……"想到这儿，她快快地按了一下手边的电铃，扭身走进了洗澡间。

不一会儿，年轻貌美的使女小吉芳子走进了梅村的卧室，敏捷地整理起床被和房间来。

十一点钟，梅村梳洗完毕，因为不准备外出，随便穿了一套米色西装，头发松松地向上挽起，卡了一只也是米色的大发卡。她刚刚把一双肉色丝袜穿上，起居室的门轻轻敲了两下：

"小姐，收拾好了么？秘书先生说，松崎机关长要求见您。"门开了一条小缝，使女芳子在门外柔声请示着。

梅村没有料到松崎会在这个时候来看她——这家伙为什么不事先联系就找来？有什么紧急事情不成？梅村不想见他，可又怕有重要事情耽搁了。于是，缓步走到小会客室。

松崎今天全副武装：身上挂着金鵄勋章，双手拄着装在皮套里的军刀，凝然端坐在沙发上。

梅村进到门里，一见松崎这副打扮，眼珠一转，咯咯笑道：

"松崎机关长，您走错地方了吧？这副阅兵装扮，怎么到我这儿串门来啦？"

松崎依然正襟危坐，翻起眼皮对站在门边的梅村看了一眼，用沙哑的声音，一字一板地说：

“梅村小姐，请宽恕！鄙人没有打招呼，就来打扰了。”说完，微微一欠身，算是见面礼。

“欢迎！欢迎！”梅村随便坐在一只沙发上，从茶几上的烟盒拿出两支纸烟，把一支轻轻向松崎手里一扔，拿起打火机先把自己唇上的一支点燃了。看松崎手拿纸烟却不点火，这才又把打火机向他手上一扔，笑道：“机关长，今天怎么做起不速之客啦？不过我还是对您表示欢迎——欢迎！请吸烟吧，不必客气。”说完，一边吸着烟，一边把两只不笑也不恼的大眼睛，滴溜溜地在松崎那张难看的扁圆脸上转悠起来。

“小姐，现在贵特遣组事业发达呀，特来恭贺！”松崎低头吸了几口烟，然后把头一抬，黑脸上露出一丝笑意——看不出这笑是恭维呢，还是讥讽。

梅村早就看出松崎来意不善，可特务的职业本能使她仍然咯咯地笑着：

“机关长，这是哪儿的话呀！我们特遣组事业有何发达之处？还请阁下见教。”

“听说，你们破获了一起替八路买药的大案件，还逮捕了重要的案犯，是这样的吧？”

“哦，您说的是裕丰药房的事吧？平常！平常！只是，我军进驻北平时候遭到狙击的这起大案，至今还未破获，我很着急呀！机关长，您身负维持北平治安的重任，您的心境如何？不觉得有负大本营对您的信任么？”梅村开始进攻了。

松崎因为梅村越过他，逮捕了裕丰药房的经理陈裕贤，还查封了这个大药店，心中有火，今天本来是想向梅村兴师问罪的。不料，她倒来个先发制人，先向自己责难起来。此刻，松崎心里虽然怒火中烧，但面部表情却反而和善起来。他轻轻摸摸漆黑的鼻胡，露着金牙笑道：

“梅村小姐，你说我是北平特务机关长，身负北平治安的重任么？小姐说得很对！只是鄙人能力薄弱、难以胜任，所以，我看，这个重任已经由小姐和你的部下全部承担起来了。我松崎三郎不过徒有虚名，所以鄙人特来向你恭贺呀！”

梅村听了这些带刺的话，微微一笑，曼声说：“松崎将军，您的权力很大呀！怎么会是徒有虚名？这点倒真要向您请教了。”

“小姐，你逮捕了裕丰药房的人，查封了这个药房，事先和负责北平治安的鄙人打过招呼么？还有许多事情也是如此……所以，我今天特地来恭贺你——恭贺你已经兼任了北平特务机关长……”

“松崎将军，请你住口！”听松崎说到这里，梅村的怒气压不住了。她跳将起来，用一个指头指着松崎说，“正是因为你这个宪兵司令、你这个特务机关长不负责任，对不少重大案件侦破不力，我们特遣组才不得不如此为天皇效劳！请问你，你们捉到过一个狙击我军入城式的要犯么？你们捉到过一个替八路军大批购买药品、器械的共党分子么？你们无能，你们什么事也做不了！我们做了，你反倒怪罪起我们来，你这不是故意寻衅么！”傲慢自负的梅村越说声音越高，说到后来，几乎想破口大骂。但她却又微微一笑，打住了话头。

不料这时候，松崎转身向沙发上一仰，露出金牙哈哈哈地大声笑了起来。笑罢了，又点燃一支纸烟吸着。然后，才对仍旧木然站立抿紧嘴唇瞟着他的梅村，龇着大牙笑道：

“小姐，这就是我来恭贺你的原因呵！看来，小姐你——你和你的部下，一定已经把这些要犯都捉到了。鄙人甘拜下风！”

梅村又一次把怒火压了下去，款款地坐在沙发上，望着松崎龇着的金牙，微笑道：

“谢谢，谢谢，谢谢松崎将军的恭贺。我们虽然还没没有捉住全部要犯，不过——没有必要对您隐瞒，这两件案子的主要犯人都已经掌握在我们手里。不久之后，案情就可以全部大白……”

“请问小姐，请把所掌握的材料告知鄙人一二如何？今天，我是特来向你求教的。”

梅村点着纸烟吸了几口，瞟着松崎，仍然微笑道：

“松崎将军部下耳目甚多，我们掌握的这点材料，何足挂齿。刚才，您对我们过问了这些案件，似乎有点儿不满，怎么忽然又向我们求教起来啦？”

“哈！哈！哈！”松崎仰在沙发上一阵干笑，“梅村小姐，你以为你掌握的这些材料价值连城么？你以为它们可以使你荣邀天皇、军部恩宠而一举成名么？恐怕小姐有点儿高兴得过早了！其一，你以为有了曹鸿远的照片就可以捉住此人？而此人就是入城式狙击战的指挥者和购买药品的要犯？你这样想，恐怕是中了那个白士吾的圈套了吧？据我所知，狙击我军入城式的那支游击队早已离开北平城郊远去了。小姐，你是找不到他们的踪影了。其二，你们抓了一个小伙计华兴和裕丰药房的经理陈裕贤——请问，有什么证据？小姐，你能够证明他们与入城式狙击战和为八路购买药品有关么？这恐怕也是小姐过于聪明了，过于听信你手下的那伙人——尤其那个花花公子白士吾的报告了！”

梅村不由自主地愣怔了一下，盯住松崎的眼睛，歪着脑袋诡秘地一笑：

“机关长，您的情报倒挺灵通呵！那么以您之见，有什么证据能够证明曹鸿远与入城式狙击战和购买药品无关呢？”

“小姐，你认为曹鸿远与这两大案件有关？是主犯？这是从哪里得来的情报？哦，你不说，怕我们抢了你的功劳？其实，都是一家人，何必相瞒！这情报，无非是白士吾，还有一个地痞吴永给你们提供的吧？”

“是他们提供的又如何？难道他们不可以给我们特遣组提供可靠的情报？”

“当然可以！”松崎拄着手里的军刀，冲着梅村龇牙一笑，“不过，那个曹鸿远和白士吾是什么关系，小姐你是应当知道的——他们是情敌！白士吾心上的女人被姓曹的夺去了，他因此才投入小姐的麾下，以图报夺爱之仇。如此这般，小姐，请问你，他向你提供的关于曹鸿远的神话，又有多少价值呢？‘公报私仇’这个字眼，梅村小姐不会不知道吧？”

“就算您说的‘公报私仇’有几分道理，那么，吴永提供的材料呢，难道他跟那个姓曹的也有争风吃醋之嫌？况且，我们还另有许多线索……”

“哈！哈！哈！”松崎又发出几声干笑，那胖墩墩的身子在沙发上一颤一颤地摇晃着，“那个吴永提供的材料么？无非他在十三陵干游击队的时候看见过曹鸿远一次。请问小姐，他提供这个材料，是在他认识白士吾之前？还是在这之后？”

“什么在先、在后的！将军有话干脆明说，别拐弯抹角行不行？”梅村对于松崎如此了解她手下人的情况，不禁暗暗吃惊这老家伙真够厉害的！……同时，她又暗暗想道：是谁向松崎告的密呢？查出这个该死的家伙，立刻枪毙他！

松崎接着说：“小姐，不必气恼！据我们了解，那个吴永是在认识了白士吾之后，才向你提供了这个材料。吴永是个有奶便是娘的流氓、兵痞，白士吾家中有钱，他只要送给吴永几串银元，叫他说什么他就可以说什么——这还不了如指掌？所以，小姐，今天的拜访，我也是特来向你衷心劝告的。”

“依您的看法，曹鸿远是个不相干的人物啦？可是，我们捉住的华兴和陈裕贤都承认了——他们都是受曹鸿远指挥的。”

“好吧，结论还是小姐自己去下好了。至于华兴认识不认识曹鸿远？陈裕贤——连同裕丰药房的所有店伙认识不认识曹鸿远？这还都值得梅村小姐认真研究——认真研究！”说到这儿，松崎似乎口干了，把话停下来，左右望了一下，却不见有可以喝的水。只好咽了口唾沫，转动着那双诡谲的圆眼，东瞧西看像是找水，又像是窥视梅村津子的客厅布置。

“松崎将军，有件事想向您请教——最近，盐野义、兵库长两家制药株式会社在北平开设一个代销支店。听说阁下收到了一份重礼，并且当了这个支店的保证人。是么?”梅村两眼微微眯着，嘴角含着掩饰不住的得意微笑。

松崎听了梅村的话，惊愕的表情一掠而过，立刻笑道：

“有一件事，我也正要向小姐报告，或者也可以说是请教：你派人到热河去做的那批买卖，一共得了多少红利？这可是发财的生意呀！鼎鼎大名的梅村小姐正在圣战中贩卖鸦片烟土……”

梅村的脸这下真变了颜色——变成了她刚起床时的那种灰白色。她用双眼盯住松崎，连声冷笑道：“松崎将军，请不要血口喷人！什么人做这种生意？这和我梅村津子毫不相干！假如，我也随便找个证人，说您贩卖鸦片烟呢？在这个世界上，诬陷好人的事还是不少的。”

松崎不认识似的瞪了梅村一眼，站起身来，把军刀向腰间一挎，向梅村点点头表示告辞。接着，迈开罗圈腿，咔、咔响着大皮靴子，头也不回地走出了会客室。门在他身后砰地关上了。

松崎走了好久，梅村还呆呆地坐在这间铺着猩红地毯的会客室里，望着屋子一角插着的一面很大的日本国旗，心神不安地想着、盘算着：“贩卖烟土的事当真叫这头老狗熊掌握啦？这可不是玩的！他到底从哪里探听到这些情况的呢？那些贩卖烟土的人，是不是已经叫他抓住了？不行！看来——有他没我，有我没他！哼，向大本营告他！也得告佐佐木正雄——他支持这头老狗熊，这家伙才如此得意、如此猖狂！可是，白士吾的话究竟可靠不可靠呢？果真有那么个曹鸿远在活动么?”一转念，梅村又想到了白士吾：“这小子一身纨袴气，不是个成材的料。得想办法考验他——必要时干掉他！不能叫他戏弄我梅村津子……不，现在还是得先对付松崎，要想办法把这头老狗熊整下去！整下去！”想到这儿，猛一转身，立即蹿到隔壁的小办公室里。这是一间机密的、只有梅村一个人有钥匙的办公室。任何人——包括她的秘书都不得入内。

就在这间挂着厚厚窗帘的阴暗房间里，她扭亮了台灯，埋头在一叠公文纸上，用流畅的日文疾速地写了起来……还没写完，又把笔一扔，自言自语地说：“要亲自审问陈裕贤和华兴——要从他们身上打开整掉松崎的缺口！不行，就毙他一两个……不，还得赶快抓住曹鸿远这个共产党，不然，这盘棋不好下……”

第四十五章

曹鸿远坐在一辆小汽车里。汽车出了西直门，径直朝西北方向的香山疾驰而去。

暮色笼罩着光秃秃的原野。快到香山的时候，层峦叠嶂的山峰，升起雾似的层层烟霭。山头之间的灰色浮云，像被划破了一块大口子——从这口子间喷出的云雾，似咆哮的海浪，在渐渐黯淡的天幕下，涌流着，翻卷着……

鸿远心情异常喜悦，同时也有些愁闷。他刚才和苗教授见了面，知道药店的房子、人员、药物，在短短的半个月中都已经筹措得差不多了，开张在即。因此，他此刻又怀着裕丰药房开始营业时的那种喜悦心情。但是，对华兴、陈裕贤被捕后的营救，却杳无回音。因此，鸿远又不能不感到愁闷。

“小任，叫你在汽车里冻了两个钟头，怪不过意的。你累了吧？也饿了吧？”鸿远虽然心事重重，却仍然和小任说起话来。他就是这种性格：对人亲切、关怀，即使小事也挺注意。

司机任尚祖也穿着一身皇协军的棉布军服。他稍稍一回头，一丝会心的微笑挂上嘴角：

“等一等算什么！我是钟团长的副官，他命令我好好照顾您一保证您的安全，这是我的责任。”

“同志，真感谢你！”

小任转过头来，眼里闪着晶莹的泪光：

“在这虎狼窝里，听您一说‘同志’两个字，心里真高兴呀！同志，您可要保重！”说毕，顾不得擦泪，回过头去紧紧把握住方向盘。

鸿远心里也热乎乎的。但他没有再说话，在车里把身上的一套伪军官服装脱下，换成了便衣。傍黑天，车子开到碧云寺门前，他从车上走下来时，已经变成一个身着银灰色棉袍、颈围咖啡色毛围巾的学生模样的翩翩少年了。

他轻轻叩打门环。一个十六七岁、正在院子里拾柴的光头小和尚从门缝里望见是他，立刻把山门开了一小半儿。他闪身走进山门，飞快地登上了几十级的高台阶，经过瞭楼、鼓楼，越过当年的乾隆行宫，进入北面的水泉院——这是碧云寺里一处幽静的小侧院，住持和尚常把这所小院租给一些愿到这安静处所读书或养病的城里人。党的地下工作者为了躲避敌人的监视，也常把这个小院租下来，作为藏身和工作的场所。张怡从内线知道，梅村津子正命令白士吾加紧捕捉鸿远，为了鸿远的安全，十天前就把他转移到这里，并叫华妈妈陪伴他，和他装扮成母子俩——既可作他的交通员，又可照料他的生活。

鸿远刚走进水泉院，华妈妈就从屋里跑出来迎接他，一把攥住他的手。

“孩子，你回来啦！冷吧？”

“妈妈，不冷。有表哥的汽车送，哪儿还能冻着我！”说完，拉着华妈妈的手，一同走进他们居住的里外两间西屋里。

进了屋，关好门后，鸿远低头附耳对华妈妈说：

“妈妈，咱们的事情办成了。苗教授真是个好人！”

“孩子，这可好！看你高兴，我也高兴呀！明个，还有什么事情叫我进城？有事，你就说吧，可别怕我累着。”

这些日子，华妈妈常奔走于张怡、鸿远和苗教授之间。她知道他们正在办一件买药的大事，但是有关这件事的具体情况，除非鸿远主动告诉她，她从不多问半句。

“明天不用进城了。妈妈，看您多辛苦！今天上午，您又走了五十多里从城里赶回来的吧？”

“不是这样儿。我雇了头小毛驴骑了三十里呢。赶脚的到了万寿山就不愿意往这边来了，我这才用脚板儿走了二十多里地。”

老太太一边说着，一边替鸿远把做好的晚饭端上来。她好像早就掐算到了将有喜事，今天特地烙了几张东北油酥饼，还炒了一盘鸡蛋。

吃晚饭时，鸿远慢慢告诉华妈妈：

“妈妈，营救华兴跟陈经理的事，还没有消息……您别着急，也别难受！我想再托托苗教授，请他转托佐佐木正义——那个华北派遣军司令官的弟弟，请他跟他哥哥说说……”鸿远面带笑容，好像这件营救华兴的事蛮有希望。

华妈妈拿着筷子的手有点儿哆嗦。她抬眼望着鸿远，愣了一会儿，小声说：

“孩子，我知道你惦记你表弟。你的心——你们的心，我都领啦！我心里明白，你表弟跟陈经理一落到那个女特务的手里，想要活着出来可是不易呀！”说到这儿，华妈妈的声音哽咽了。看得出来，老太太在极力控制自己的情感，免得使鸿远为她不安。稍一沉默，又接着说，“孩子，就是没了华兴，我还有你——你就是我的孩子！咱们一定要替华兴、还有那么多死了的中国人报仇！”

华妈妈说着，悄悄用衣袖擦去脸颊上的泪水。

鸿远仿佛触摸到了一颗心——华妈妈胸膛里的一颗高尚的心。

“妈妈，您说得对！我是您的儿子，华兴是为了救国，也为了帮助我才被捕的。我要永远对您像自己的亲妈妈一样……”说到这儿，鸿远说不下去了，放下筷子，低下头来。

华妈妈一把抓住鸿远的胳臂，忽然发出了笑声：“孩子，你怎么真伤心起来啦？我知道你表弟一定能回来。昨儿夜里，我还梦见他来到咱这水泉院里，一进门就笑呵呵地喊妈呢……”华妈妈也说不下去了。

鸿远急忙拉住老人的胳臂摇晃着：“您怎么啦？妈妈！您刚才还笑着，还说表弟一定能回来，这会儿又……妈妈，别难受，表弟当真会回来的！”

“他能回来……那敢情好！”华妈妈抬起头来，用袖子抹去泪水。

“妈妈，您白天走了不少道儿，累了，快收拾收拾睡觉吧。”为了让老人早点休息，鸿远从火炉上的开水壶里，倒了半瓦盆开水，抢着去收拾小桌上的碗筷。

“不用你，孩子，我来！”华妈妈努力使自己平静下来，夺过鸿远手里的炊帚，洗起碗筷来。

鸿远把屋地打扫干净，又把火炉添上煤球，看华妈妈在外间屋的小木板床上睡下了，这才走进自己睡觉的里间屋里。

在一张小三屜桌前，鸿远心情沉重地坐着，两眼呆呆地盯着窗户，许久做不下事情，华兴的影子不时在他眼前闪现。“昨，儿夜里，我还梦见他来到咱这水泉院里……”华妈妈的话，又一次使他感到负疚。不管怎么设法营救，他心里十分清楚，华兴是凶多吉少……忽然，他想起今天张怡交给他的一封信——这是柳明给他写来的。立刻，他捻亮了小煤油灯，从内衣口袋里掏出一封用粗糙的黄纸写的信笺：

大表兄：

山口分袂，转眼两月。别时清秋，现已隆冬。寒来暑往，岁月易逝。不知表兄目下生意如何？身体可好？良宵深夜，常在念中。妹早已去医院习医？由于战事频繁，医院药品奇缺，重病人常无法救活，妹内心忧急如焚……盼兄生意兴隆，多予关照，以济燃眉。妹其他一切均好，尚知发愤图强，克服重重困难与艰苦，以求进步。妹决不负兄之教诲，当尽力之所及为病人做事，请兄勿念！

关山阻隔，信息难通，不知此信能到兄手中否？何时能到？真是悬挂。如有可能，亦望兄能给妹寄来片言只字，则无限欣慰、感激……大表兄，你能给我写几句话么？

万千语言，尽在不言中。望兄千万保重，保重！更盼功成早归，早归！有空闲时，亦望能去看看我的父母、弟弟。

妹明手书

十二月二日

读完了这封言简意深的信，鸿远的心情许久不能平静。一些似连贯又不连贯的影象不停地在眼前闪现、绕动——大炮轰鸣着，机枪震响着，农民的土炕上，躺着一个个满身鲜血的战士……“由于战事频繁，医院药品奇缺，重病人常无法救活……”他又把眼睛落在信笺中这两句话上，似乎看见一些已经停止呼吸的年轻战士躺在一块块破旧的门板上，流尽鲜血的脸，蜡黄蜡黄的……柳明对着这些牺牲的战士，手足无措地哭泣着……“盼兄生意兴隆，多予关照，以济燃眉……”当他眼前再次映现出这几个娟秀的字迹时，一霎间，他感到呼吸迫促，好像自己的心脏要停止跳动……

“怎么，裕丰药房发出的药品，他们还没有收到？……难道这些药物还没有运到八路军手中？还是供给部门收到了，没来得及向下分发？”他心神不安地猜想着。

“对了，山区正在进行反扫荡，很可能情况紧张，有许多想不到的结果！”他把柳明的信又拿起来读了一遍后，划着火柴，想把它烧掉——可是，拿到手里晃了晃，仍又放回到桌子上。只不过经手里这么一晃，却把鸿远的心思晃到下一步的工作和斗争上去了。他坐在桌边，支着一只手，考虑着开设支店的一些具体步骤和办法，以及再遇到挫折应当如何对付等等问题。

他想得有些疲倦了。忽然，一阵抑扬婉转的古筝声，随着山间夜晚的风声，透过窗纸传到鸿远的耳朵里。他的心不由得一动，站起身来，悄悄打开里屋的门，又打开外屋的门，站到寂静冷清的院子里，凝神屏息地听起那扣人心弦的筝曲来。

这是不远处的禅房里，住持和尚悟静在弹古筝。

鸿远住到碧云寺后，每天都会在寂静的夜晚听到和尚弹奏古筝的声音。开始，他只是被那微带悲凉而又异常优美的声音所打动。但却不知这是什么乐器，也不知弹的什么曲子。后来，听得多了，他向这个四十多岁、学问渊博的悟静和尚请教，才知道弹的是古筝。那些曲子，鸿远渐渐也都熟悉了——先弹《渔舟唱晚》，接着，是《广陵散》、《春江花月夜》、《倒垂帘》，有时还有《十面埋伏》……这几首筝曲，鸿远都非常爱听，也开始爱起古筝，爱起民族器乐来。今晚，他站在寒风中，又一次听悟静弹起《渔舟唱晚》，他的心就像随着一叶扁舟在傍晚的水面上缓缓浮游——那潺潺徐缓的琴声，仿佛把他带到一个恬静、幽美的世界，使他感到战斗后舒畅自如的欢愉。当琴声转入疾速、高亢的音调时，他又仿佛听到了渔翁与自然搏斗时的急遽摇橹声，他的心也随着橹声激昂起来……“呵，美！音乐的美！祖国音乐的美!”《渔舟唱晚》已经弹毕，传入他耳朵里的是那支《春江花月夜》。这首曲子平时只是使他感到美，感到春天滟滟的江水、朦胧迷人的月色，美妙醉人的花香……从而沉醉在只可意会、不可言传的美妙意境中。但今晚听来却另有一种感觉：好像听到的不是筝曲，而是柳明的歌声。随着歌声回荡，姑娘的倩影在他心上冉冉升起——像一株临风摇曳的杨柳，像一轮吻着江水的明月。她在望着他，那双乌亮的大眼睛，似乎在向他笑，又似乎在向他哭诉着什么……他呆呆地站着，心绪如麻，一转身不再听下去。

回到屋里，他拿起放在桌子上的柳明的信，不由自主地又仔细读了一遍——似乎想把那信上的话一字不漏地记在心里。然后，晃了晃信纸，用火柴点燃了。看着那粗糙的黄纸燃烧了，发着火光了，最后变成灰烬了，他才轻轻地吁了一口气：“连信都不能保存，不能多看一看……”

这时，他又听到随风飘来隐约的筝曲声，忽然想到，这个悟静和尚一定是个半路出家的人——他一定经过爱情的波澜，也许他的爱人死了；也许他的爱人抛弃了他。于是，他出了家……不然，一个万念俱灰的和尚怎么总弹那些富于情感、缠绵委婉的曲子呢？缠绵、委婉、缠绵……想到这儿，他的心立刻又转到柳明身上，转到他今天收到的信上——他知道这个矜持自尊的女孩子给他写了这样一封信，又托人捎给他，这是多么不容易的事！这也许是经过多少个不眠之夜，经过多少次激烈的内心斗争才写出来的……蓦然，他想起，在他打马出山时，她在黄昏的荒山上等待着他的情景——他在马上撕碎了她写的诗，就像撕碎了她的心，远远的，她趴在石头上抽噎着……鸿远心里顿时浮荡起一种又甜又苦的感觉：她舍弃了那个阔少白士吾的爱，坚决拒绝了他为她安排的舒适安逸的生活——一般女孩子们常常追求的享受生活，而毅然选择了一条艰苦的、危险的道路；同时，也似乎很喜欢他这个文化不高、出身穷苦的人……终于，鸿远第一次感到了自己对柳明的爱情——过去，他虽隐隐对柳明有好感，但从不肯承认自己是在爱她。今天，他不得不承认了，可是，随之而来的，却是他对自己的嘲笑：这是什么时候，想这些个人的事干什么！而且，而且自己随时都可能牺牲，与其将来给她带来更深重的痛苦，不如现在对她冷漠些，叫她对自己不要抱希望……对，不能给她回信！绝对不能给她造成更大的痛苦！想着、想着，忽然，在刀光剑影中，在枪炮齐鸣中，一个苗条、俊丽的身影一闪，他又心跳起来：她那么勇敢地抢救着伤员，日夜守护在那些伤病号身边，这是个多么值得爱的女孩子！拒绝她？冷漠她？不，不应该！

屋子里气闷起来，鸿远悄悄踱到屋外去。小院里，一轮明月洒着银色的清辉，山峦、树木、殿堂全都浸沐在迷人的月色中。美丽的碧云寺，此刻，万籁俱寂，异常安谧。他抬头望望那些巍峨、庄严的佛殿，和矗立在不远处高台上的玲珑别致的舍利塔，沉重地想：

“呵！为了这美丽的河山，暂时什么也不要想吧！不要去想她，不要去想爱……”心里这么想着，可眼前又明晰地闪现出那双美丽而略带忧郁的大眼睛。

第四十六章

华妈妈从张怡那里带着一封给鸿远的信，出了西直门直奔通往香山的土路。每次走到“火器营”这个小村，如有急事，她就找个熟悉的脚夫，雇一头毛驴。今天，那个脚夫赶着毛驴赶集去了，别家的毛驴也都没空儿。老太太又只好甩开两只大脚片，急急地在中坞、闵庄这条高低不平的土路上走着。也许因为老太太的步子迈得太快了，接近闵庄的时候，引起了迎面走过来的一队皇协军的注意。其中一个军官模样的人，走到华妈妈身边，喝了声：

“站住！干什么的？”

华妈妈这些时做了张怡和鸿远之间的交通员，渐渐锻炼得机警能干。她老远就发现了这队皇协军，早在心里盘算好了怎么对付他们。

“做小买卖的。”她停住脚步不慌不忙地回答。

“做买卖干嘛走得这么急？”

华妈妈掀开挎着的篮子——篮子里除了几个烧饼、油条，还有几包捆扎得整整齐齐的中药包。她指着篮子里的药，对那个皇协军军官说：

“长官，儿子病了，我上北平城里卖了一篮子新鲜鸡蛋，给儿子抓了几副药就赶快朝家走——儿子病重，我着急呀！怎么能不快着走……”老太太说着，从药包旁拿起两张“联合准备票”，悄悄塞到皇协军军官手里。那个人立刻改变了脸色：

“既然儿子病了，那你就赶快走吧。”

“长官，请问您，前面还有您的队伍么？我可真害怕再碰上他们……”老太太两眼露出恐惧的神色，“小买卖人，儿子又有病，实在艰难呀！”

皇协军军官捏紧了手里的票子，小声说：

“再遇见我们的人，你一提四团王玉德连长——他们就不会难为你了。快走吧！”说着，那个皇协军军官朝老人诡秘地一笑。

“王玉德——王玉德连长……”华妈妈再三背念着，使劲记住这个名字。她已经步行了四十里，实在累了，可想到带着的信件，咬咬牙，又甩开大步向西北方向走去。

香山一带的山峦，起伏蜿蜒。夕阳西下时，山山岭岭被艳丽的晚霞笼罩，火海似的燃烧着、缭绕着。老人双眼紧盯着对面山峰上红色的云雾，心里暗暗想道：我要像孙猴儿那样——能腾云驾雾，一个筋斗翻到碧云寺水泉院去该多好……老人急步顶着寒风走着、想着，还不时念诵几遍“王玉德”这个名字。看看四野无人，她又摸了摸脑后的发髻——华妈妈灰白色的头发又多又长，她把张怡用极薄的纸写给鸿远的信，卷成一个小卷，仔细梳在发髻里，四周用发针密密地卡好、卡紧。这时，她摸到自己脑后的发髻仍然梳得好好的，一点没有散乱，才放心了。她加快脚步向前走着，恨不得一步回到鸿远的身边。

华妈妈这次进城三天了，免不了又叫曹鸿远牵肠挂肚。

他在水泉院的小屋里踱着步，心神不宁地思虑着：“怎么回事啦？难道出了什么问题？如果没有意外的事，按规定，她昨天就应当回来了。可现在……”鸿远掏出一只旧怀表看了看——已经下午四点钟了，天色渐渐暗下来，她为什么还没有回来呢？……鸿远想着，不由得漫步走出水泉院，来到那座飞檐翘天、巍峨壮观的藏经楼。四周悄无人声，一阵寒风吹过，飞檐下的铁马，丁当、丁当地响了起来，更增添了这深山古寺的幽静、寂寥。慢慢地，他走过了弥勒佛踞坐的殿堂，来到靠近庙门的几十级台阶下的小桥旁，站在空寂无人的石桥上向红色的庙门望去——依然没有人影。

鸿远的心沉甸甸的，倚在桥栏上，又向桥下的山谷张望——虽然寒冬天气，山谷里的乱石堆中，却还有小股的溪水绕着石块缓缓流着。溪水旁潮湿向阳的土坡上，还有一丛丛嫩绿的小草在寒风中倔强地生长着……他双眼凝视着这些不畏严寒的溪水和小草，心里涌上万千思绪——多么坚韧的性格！多么强大的生命力！生命就应当像这些小草、这股溪流，默默地生长着，奔流着，永无休止地和大自然搏斗着……

鸿远隐蔽在这座古庙中。白天，偶尔还有几个游人穿过空荡荡的屋宇殿堂，发出阵阵人语笑声。每到黄昏，除了和尚们的敲磬诵经声，就是悟静和尚那如怨如诉的古筝曲，袅袅荡荡飘散在这空寥的古寺里。触景生情，年轻的鸿远不免感到寂寞和烦闷。尤其当他想到战友们正在烽火连天的战场上驰骋冲杀，而自己却独自一人隐居古寺，他就羡慕他们，想念他们。这时候，他也常常想起柳明，想到她来信中的一些话，仿佛一棵雪白的玉树在眼前一晃，叫他心驰神往——呵，柳明，你现在在做什么？在医院看病？在和苗虹唱歌？还是在反扫荡中苦斗？……不过，那双明亮的大眼睛在心上刚刚闪过，他又立即像拂去灰尘般的赶快把它驱逐掉——不，不要去想这些！今生也许再不能相见了……但如果彼此能留下美好的印象，让它化作战斗的勇气和力量，不是也很幸福么？……

想到这儿，鸿远含着微笑把视线离开潺潺的流水和青青的小草，转过头去——陡地一惊！居高临下，他看见华妈妈被两个黑衣的警察和三个黄衣的日本兵，还有几个皇协军推搡着，正向庙门口走来……他顾不得多想，急忙转身穿过弥勒佛踞坐的殿堂，奔向水泉院自己的房间——想把房间收拾一下，锁住，然后跑向后山。当他跑过藏经楼时，白白胖胖、露着光头的住持和尚悟静突然出现在眼前，拦住他的去路：

“阿弥陀佛，施主，您要到哪里去?”悟静的声音低沉和缓，却又稍露焦灼。

鸿远一愣，笑笑说：“外面来了鬼子，我不愿见他们，想奔后山去。”

“阿弥陀佛，施主，您不是常想到寒寺的藏经楼上看看经书么？现在就请进去——这比上后山好。”说着，不容鸿远回答，和尚用手里捏着的一把大钥匙即刻打开藏经楼的门锁，一下把鸿远推了进去。

“请您费心把我房间的屋门锁上。有人问，就说我进城去了。”鸿远回头说罢，向和尚笑了笑。

和尚也微笑着，对鸿远点点头。只听咔嚓一声，一把沉重的大锁又把藏经楼的屋门锁上了。

藏经楼里有一架小木梯，鸿远摸索着，轻举脚步慢慢向楼上爬着。这个楼不过十米见方。楼四周的窗子，都用木头剔成玲珑的小方格子，上面糊着厚厚的白纸，因为年陈日久，窗纸都变成了暗灰色，因此，楼内光线十分暗淡。鸿远爬上小楼后，靠在一叠叠发着霉气的经书旁，从窗棂上的破洞口悄悄向外望去。

华妈妈和那一伙警察、皇协军、日本兵这时都上了高台阶，过了阿弥勒佛殿，就要走近鸿远藏身的藏经楼了。这时，只听得华妈妈高声大喊地嚷道：

“我是个做小买卖的苦老婆子，只为儿子病了，才借住在这碧云寺里。不信，你们问问这里的当家和尚，还有你们皇协军四团的连长王玉德，他也认识我，他知道我们娘俩都是好人……”

“什么王玉德?”鸿远躲在霉气袭人的藏经楼里，听见华妈妈的说话声，不禁有些诧异。眼看敌人已走近藏经楼了，就在这时，悟静和尚穿着一件讲究的灰布棉袈裟，突然出现在这伙人的面前。只见他肥大的身躯，站得稳稳的，低着头双手合十，拉长宏亮的声音，像念经似的说道："阿弥陀佛！诸位施主，这般时候来到寒寺，不知所为何事？"

一个警官认识悟静，对他带着尊敬的神态，点头含笑说：

"大和尚，您好！驻在咱香山的皇协军有几位长官看见这位老太太总来来回回地往城里跑，听说她还有个儿子住在您这庙里，可又一直没见他露过面，今天就找上我们巡警局子，想见见这位老太太的儿子。这个人可在？请您领着我们去见见他——算是查户口吧。"

"请和尚快快的领我们去见老太太的儿子！"一个日本兵用半通不通的中国话向悟静说。看样子，他对悟静也有几分尊敬。

"阿弥陀佛。"悟静又双手合十地低头念起佛来，"这个人——老太太的儿子可是个好人。他信奉佛学，每天诵经不止，还总想在寒寺出家为僧。是小僧怕他尘心未泯，故尔尚未收他为徒。像这样不问尘事的人，诸位何必找他？有什么事，由小僧全力担保……"

皇协军中一个小军官说：

"大和尚有所不知。北平当局正在十万火急地通缉寻找一个名叫曹鸿远的共党分子，我们奉命正在各处寻找这个人。我们有他的照片。大和尚费心领我们见见这位老妈妈的儿子，我们就好交差了。"

"阿弥陀佛，他中午时刻已经进北平城里瞧病去了。今天不准能赶得回来。如果一定要见此人，明天，他回来了，小僧领他去见警官先生们吧！"

"哎呀，是不是我那儿子的病又重啦？怎么一个人就跑进城里去啦？天呀！我的儿呀！"华妈妈听说曹鸿远已经不在屋里，心里一块石头落了地。立刻把篮子往地上一扔，一屁股坐在地上拍打着巴掌嚎啕大哭起来。

那十来个敌人见老太太坐在地上大哭大喊，又见悟静和尚全力担保他们要来寻找的人，都有些不知所措。最后，一个日本上等兵把手一挥，这伙人便跟着他转身奔出庙外去。

悟静和尚仿佛相送般把这伙人送到高台阶上的石桥边。在暮色中，直到这伙人出了庙门外，又走进庙外不远处的煤厂街里，他才扭转肥大的身躯缓步回到寺里。走到藏经楼旁，左右看看，小和尚们都正在屋里敲钟击磬，诵念晚经。他迅速掏出怀里的钥匙打开藏经楼的屋门，连声咳嗽，念念有词：

“阿弥陀佛，善哉，善哉！大慈大悲的观世音菩萨保佑！施主，天黑了，经书看不清了，请下来吧。”

悟静和尚对敌人说的话，鸿远在楼上全都听见了。他不仅欣赏和尚弹得一手好筝曲——这些曲子使他深深感受到生活的美、艺术的美。此刻，他更从心底对和尚涌流出强烈的崇敬之情——这是个热爱祖国的、有头脑的和尚，他大胆、机智地保护了自己，并且似乎每时每刻都在关怀着自己。当爬下楼梯，走出屋门，看见悟静慈眉善目的圆脸时，一霎间，鸿远觉得他多么像罗汉堂里那尊善良的罗汉！忍不住伸出冰冷的双手，紧紧握住悟静的双手，声音微微颤抖地说：

“师父，谢谢您！太感谢您了！”

“阿弥陀佛，善哉，善哉！出家人慈悲为本，施主不必过谦了。”悟静不慌不忙地低声说着，挣脱了鸿远的双手，向里一指，“请回房安歇吧。老施主已经回房等候您了。”

鸿远想起华妈妈一定带来了重要消息，轻轻向悟静一鞠躬，急步朝水泉院走去。

回到屋里，华妈妈不声不响地把一张薄薄的纸片递到鸿远手里。鸿远没有说话，急忙打开纸片看起来——

贤弟：

华弟前日已突然逝世。田掌柜身体也欠佳。吾弟近日不得再见田掌柜。吾意弟应暂离平，为兄帮忙做点小事。请准备行装，明日来兄处一叙。

愚兄手书

十二月二十七日

这封短信虽寥寥数语，却使鸿远五雷轰顶般惊呆了。他拿着短信反复读了几遍，坐在凳子上，许久没有出声。华妈妈把饭做好，给他端到小桌上。他不吃，也不说话。

“孩子，出了什么事啦？”华妈妈看出鸿远的神态异常——看得出，他不是由于敌人的搜捕，而是由于张怡的这封信，才成了这个样儿。

“妈妈，咱们吃饭吧。您走了一天够累的了，吃点饭，喝点水，您该早点歇着了。”鸿远强抑住心头的悲痛和不安，端起饭碗吃起来。

华妈妈见鸿远吃饭了，心里稍微踏实点，自己也吃起饭来。不过，两只昏花的老眼总盯在鸿远的脸上看个不停。

“孩子，出了什么事告诉我一声行么？是不是华兴他……”华妈妈说着，声音哽住了。

“不是！妈妈，您放心，不是华兴的事。是苗教授叫敌人——大概就是那个日本女特务梅村津子注意了；他们千方百计地也要逮捕我。刚才您不是也看见那个紧张情况啦！”

“孩子，放宽心吧！车到山前自有路。只要你多加小心——只要人在，什么事情都好说。”

“对，妈妈说得对！明天，我就要离开这个地方进城去。以后，不知道什么时候才能再和妈妈在一起……”

“什么？咱们就要离开这个庙？”华妈妈感到有点儿意外，“那么，娘俩就要分开了？孩子，你这么仁义——比华兴对我还热乎……我的好孩子！”说着，华妈妈紧紧拉住鸿远的手，泪珠滚滚。

“妈妈，以后咱们还会在一起的。儿子什么时候也不会忘掉您这个好妈妈……再说，这里的黑狗子已经注意上咱娘俩了。刚才要不是悟静和尚，还怪悬的呢！

“对，对，孩子你说得对！走吧，你走吧！”

“妈妈，您累了，睡觉吧！我来给您铺被子。”说着，鸿远给老太太打开被子，暖起被窝。

“不用你，孩子！”华妈妈说着，又落下泪来。

鸿远毫无睡意，轻轻走出屋外去。

又是渺茫的夜空，明月高悬，清辉照人。鸿远站在这寂无人声的小院里，寒风向他单薄的棉衣砭击着，他毫不知觉，独自对着嵌在灰蒙蒙的浮云中的月亮出神。“华兴，华兴，我的好同志！你为保护我牺牲了自己。现在，你的妈妈还在等待着你——等待着你回来……呵，那不是华兴来了！就站在那云端里，笑吟吟地站在我的面前……”鸿远正要伸出双臂去拥抱华兴，恍惚间华兴却不见了……蓦然，那熟悉的古筝声，透过寒风，穿过小院，铮铮有力，婉转苍凉地传到他的耳朵里。他的心又一动，信步走到小院外靠近悟静禅房的小门边，倚在月亮门上，侧过头谛听起来。他默默地想，明天就要离开这个寺院，从此再也听不到这动人的琴声了……

鸿远感到有些奇怪：今夜，悟静不弹他常弹的那些《渔舟唱晚》、《广陵散》和《春江花月夜》等曲子，却反复弹着那铿锵有力、悲壮激昂的《十面埋伏》，而且还有琵琶伴奏着。听着这两种乐器和谐地一同弹奏，望着四周的山峦、寂静的古庙和那缓缓在天边移动的明月，鸿远的愁思更加深重了。听从张怡的命令，他就要离开这幽静的碧云寺，就要离开这可敬可爱的和尚悟静，这时，他的心头又混杂着一种依恋不舍的情感。呵，这和尚多么善解人意——平常，当鸿远心情愉快时，他弹着那些优美轻快的曲子；今天，当鸿远遇到挫折而心情忧郁时，他却弹起了《十面埋伏》这支雄浑悲壮的古曲来。他一遍遍反复弹奏着，仿佛是借着琴音谆谆告诫说："年轻人，勇敢些！不要像楚霸王那样绝望……"

"呵，是呵，我要勇敢些，坚强些，不能在困难面前低头，我要对得起华兴，对得起华妈妈和悟静这样的人……"想着想着，他周身的血液流快了，忧郁的心情舒展了。他不再听乐曲，转身走回自己的小屋里，像战士出征前一般，迅速地一件件检查起手边的文字和文件，并且把它们一件件投入到煤火炉里。最后，又把张怡的短信读了一遍，默记在心，接着也烧掉了。

一切整理完毕，听见华妈妈在外间屋里打着沉沉的鼾声，他轻轻走出里屋，站到华妈妈的床前。窗外射进的月光，水银似的泻在华妈妈的脸上。鸿远对着这张慈祥的熟睡的脸长久地凝视着……

"妈妈，我的好妈妈！华兴永远离开了您，我也要离开您了……敌区的战斗和根据地一样的残酷、艰险，可是，正因为有华兴、有您、有悟静这样的千千万万人民，有苗教授这样的爱国知识分子，我们才能战斗在敌人的心脏里。妈妈，我舍不得您！可是，我必须离开您——离开您……"想着、想着，泪水不知不觉顺着鸿远的腮边流了下来。他几乎要俯下身去在华妈妈的额上亲一亲。可是，又怕惊醒华妈妈。唯有久久地伫立着，凝视着——凝视着那张被美丽的月光笼罩着的苍老的脸……

第三部

第四十七章

淅沥的雨，潇潇不停。天像一口大锅扣在一座巍峨蜿蜒的大山上。雾蒙蒙，冷凄凄。

曲折的溪水尽头，峰回路转处，一个巉岩断壁的下面出现了一个小洞，洞不远处，还有两间棚子似的小茅屋。在这里，住着十个女伤病员，此外还有柳明。

近半年来，敌人的扫荡一次比一次疯狂。柳明随着分区医院辗转转移到这太行山的余脉一紫云峰大山里来了。女伤病员被安置在岩洞里，只有昏迷的柳明，被抬到这间茅屋里。开始，茅屋的女主人陪伴着柳明，后来，女主人却不见了。

这是个多么令人难忘、极不寻常的夜晚呵！向紫云山转移途中，傍黑时下起雨来，越下越大，山陡路滑，天像被浓墨染过，伸手不见五指。有的拄着拐杖的轻伤员滑到山沟里去了；有的担架，四个人抬着竟连同被抬的伤员一起滚下了渊底。最后院长决定原地休息，就近寻找可以避雨的地方，分头歇宿，等天明了再走。柳明被分配照顾新来的十个女病号，其中一个刚生下孩子只不过五天。

她拄着一根枣木棍子，为那十个病号寻找可以避雨的巉岩、洞穴。虽然她已有前几天爬山找洞的经验，但路太难走，她咬着牙小心翼翼地跑上跑下，找了将近一个小时，才找到一块尚可避雨的地方——这儿山峰连着山峰，巨石挨着巨石。她发现一个小巉岩从山石中突了出来，好像屋檐一样，七八个人靠到里面可以避些风雨。于是，她和民工把其中六个重病号搀扶到突出的巉岩下。旁边是高低不平的石块，她把其他人安置坐在紧靠岩壁的石头上，最后，她自己才勉强坐到靠边的一处不能完全挡住雨水袭来的地方。雨水顺着她的裤腿流着，浑身的衣服全淋得透湿，好像穿了一副重重的盔甲。疲乏、寒冷，说不出的难受滋味袭击着她的全身。但她不放心她的病号——尤其那个刚生完孩子的韩美琳。她怀抱中还有一个刚刚出世，就遭受人间苦难的婴儿。她歇了一下，喘喘气，又起来把她们的被子和铺在担架上的湿褥子，一个个盖好在这十位女同志的身上、头上。被褥尽管湿了，盖上去，却可遮雨，也还可以保点暖。母亲怀里那个初生的婴儿，叫柳明怪心疼的，她用敏捷的手，仔细把婴儿的周身擦干，然后找了一条较干的棉褥包裹起来。朦胧中，那张红扑扑的小脸蛋，似乎还在笑呢。柳明的心动了一下。人——世界上又多了一个人！也许他将成为一个非常伟大、非常有为的人物……

柳明不由得在这张小脸蛋上亲了一下，这才轻轻把襁褓放在年轻母亲的怀抱里。韩美琳似乎受了感动，一把抓住柳明的手，轻声在医生的耳边说了句："太感激你——多亏你……"

柳明不说话，替产妇仔细掖好被子，就去看别的病号。她奋力拧干一条条被子上的雨水，又去找石块压住可能会被风刮跑的棉褥。她一个人上下奔忙着，那十位女同志这么紧紧系着她的心，有一阵，她完全忘掉了自己身上越来越沉重的痛苦……

一滴，两滴，雨虽小了，却还不时滴在柳明的头上。她围着自己那条湿被子，开头觉得似乎还暖和，后来竟越来越冷——越冷。她仿佛掉到了一座冰窟里，浑身在向下沉——沉。骨头好像要被捣碎。在迷迷糊糊中，有一会儿精神忽然亢奋起来，似梦非梦地在心里喃喃着——金丝笼子，那鹦鹉多美丽——呵，那雪白的病房、白色的玫瑰……小白，也许是我害了你——假如我跟你在一起——也许，你不会变成特——务的……也许不会——看现在的苦难——从来没有经受过的苦难，露天下，寒冷天，大山上，在大雨中淋着——睡觉……你不会想得到的，你会嘲笑我自讨苦吃。想到这儿，她陡地一惊，似从梦中惊醒，心里怦怦乱跳。眼前又闪出一个人，那双像星星一样的大眼睛，默默地凝望着她。忽然，她的耳畔轰响着一种声音——软弱——自私—怕苦，中华民族的解放事业应当由什么人去做呢？你没有看见那么多殷红的鲜血么？柳明完全清醒了，她掀开被角一看，天色微明，雨也似乎停止了。可是，她感到身上更加寒冷，牙齿禁不住咯咯地响了起来。

挨在她身边的一位朱大姐，用手向她头上一摸，“哎呀”了一声：

“柳主任，你发烧啦！头怎么这么烫？”

“没什么。你们很冷吧？天就要亮了，院长会叫咱们找个地方把衣服、被子烤一烤的。或者另找一个好一点的地方。”

“哇，哇，哇！”婴儿忽然哭出声来。柳明怕这声音会被敌人听见，急忙掀开被子，跑到韩美琳的身边问孩子是不是饿了？她从背包里拿出一个玉米饼子递给小母亲：“吃吧！多吃点东西，奶就多了。”

想到孩子可能尿湿了，沤得难过也会哭的。她蹲下来，从母亲怀里抱过孩子，打开棉褥，把里面的小棉被再打开，果然，孩子的屁股下面尿得湿湿的。她用唯一的一条干毛巾把孩子的小屁股擦干净，还在上面擦了一点红药水，以防沤坏皮肤。她像母亲一样，把婴儿弄得舒适了，才交还韩美琳。可是，当她站起来时，猛可地觉得崇山峻岭一片金光，她咬紧牙关抱住一块石头，才没有使自己滚下山去……

好像昏昏沉沉地睡了一大觉，醒过来，她发现自己躺在一家像小棚子一样的茅舍里——这里，除了她躺着的一条小炕和地下一个小土锅台，还有一个不大的小窗户和一扇柴门外，四壁空空，什么也没有。她朦胧地追忆着：自己是怎么来到这个陌生的地方的？忽然，一个熟悉的圆脸，挨着她半躺着，两只圆眼像两盏灯笼似的，盯在她的脸上，几乎和她脸对脸……她猛然伸出手去，一个巴掌打在那张圆脸上，然后，脸一扭，把后脑勺留给那张脸。

“小柳，小柳，你醒来啦？”这是常里平的声音，温和、平静、娓娓动听，“你发高烧昏迷啦！好容易我才给你找了这个地方来抢救。我好担心啊，怕你呼吸停止，刚才，我离你那么近，那是进行人工呼吸呀。所以，你才终于醒来了……你不要误会，可不该动手打人！”

柳明扭过脸来，看常里平那副一本正经的神态，她感到惭愧了。她觉得身上轻松了些，就坐起身来，对常里平凄然一笑：“是你，常政委，很对不起，我误会了。请你原谅！咱们的伤病员都转移到紫云山里来了么？我那十位女病号呢？这里是什么地方？”

常里平告诉柳明，敌人这次向山里扫荡，办法很狡猾：我们边区部队和他们在外线作战，他们却探听到我们的许多伤病员和后方机关都坚壁在这太行山北面一带的大山里，就突然分兵向我后方搜索、扫荡起来。我们后方兵力单薄，又拖着大量伤病员和大批后方机关，作战、抵抗都很困难。敌人来势又很凶猛，我们的后方反而首当其冲。因此，不断受到损失。看来，更严重的情况还在后边呢……

常里平坐在炕沿上，谈论形势和战争情况，不紧不慢、有条不紊。和柳明适才醒来时所见的那副面孔，判若二人。她又在心里暗暗责备自己——那个嘴巴打得太急了。

柳明说她的病是感冒，现在已经好了，她立刻就要去找那十位女病号。她心里尤其牵挂着韩美琳和那个初生的婴儿。

常里平劝她，烧刚退，身体虚弱，需要继续休息。好在近两天这一带没有出现敌人，歇几天再去找她们不迟。再说，那十位女同志转移到了何处，他也不知道，要打听清楚才好动身。

柳明心里很着急。她那从小养成的对任何事都非常认真、负责的性格，使她一再催促常里平去打听女病号的下落。她一定要追赶她们去。说着话，她忽然发觉自己的衣服变得干干的，而且是新军衣，自己盖的被子也变成新的、干净的、软和的。她惊奇地瞪着身边的人：

“常政委，这是怎么回事？我的衣服、被子哪里去了？怎么变成这套新的？”

常里平哈哈笑了起来：

“你也成了病号嘛，怎么能叫你这有功的医务主任，昏迷之后还穿着里外全湿透了的军衣……”

“我要我那身旧的，烤干了不是还可以穿嘛！那旧的呢？我口袋里还有东西、本子，请您帮我找一下，还给我。”

这时，一个三十多岁、衣衫褴褛蓬头垢面的山村妇人走进门来。见柳明坐在小炕上，削瘦的黑脸上露出了喜悦的笑容：

“女同志，你可醒来啦！你这位女婿可整整守着你一宿没睡呵！”

“女婿？”柳明的心震动了一下，常里平怎么成了“女婿”了？真是奇闻！这一定是他向房东妇女这么说的。很可能是他把这妇女，还有她的孩子们都赶到山坳坳里去，他好一个人在这个小屋里陪伴着……想到这儿，柳明苍白的脸气得通红。她忽地把眼睛转向常里平，死死地一眨不眨地盯着他的圆脸。她咬紧嘴唇，不声不响，也不与房东大嫂打招呼。她的目光直直的像道射线，可是却像冷冷的冰雹打在常里平的身上、脸上。他张嘴刚要说什么，柳明跳下炕，找着了鞋，也找到自己的背包，背起来，头也不回就向屋外跑。腿软，踉踉跄跄，可是，她还是走。常里平似乎慌了神，急忙追出屋来要搀扶柳明，却被她用背包使劲甩过来。这位政委只好停住了脚步，眼看着柳明摇摇晃晃地走上荒草没胫的山路。

第四十八章

柳明拖着软弱的身体，三天后，终于在紫云山的一条小支脉里找到了她的十位女病员，开始过起一种从未经历过的奇特生活：每天天不亮，女战士们在一个小山坳的独户人家里，吃罢用北瓜、豆角、土豆再加上少许粮食——玉米或小米做成的瓜菜饭，就分头出去，各自在山间野草中寻找隐蔽地，分散隐蔽起来。一隐蔽就是一天。直到日落西山，敌人的搜山队回到集镇临时据点里去了，大家这才一个个回到山坳中的小屋里集中起来；再做一顿瓜菜稀饭吃，并在小屋的炕上、地上睡上半宿。

柳明每天的生活也不例外：在拂晓前吃罢用搪瓷小碗盛着的瓜菜饭——因为吃了这一顿，要到天黑后才能吃第二顿，大家都努力多吃。柳明一顿要在大柴锅里盛上七小碗才能吃饱。然后，她走出小屋，奔向草丛，独自找寻隐身地点，隐蔽起来。所不同的是每天晚上，她都要花工夫为这些女同志一个个地检查身体情况，虽然这十位同志都是不太重的病号。

敌人又向紫云山追踪而来，为了不泄露别人的隐藏地点，上级指示她们采用了地下工作的办法——单线联系。晚上聚在一起，白天，谁也不知道谁藏在哪儿。好在这十位女病号身体逐渐好转，连韩美琳和她的婴儿也渐渐壮实些了。柳明对这母子俩格外关心，每天晚上聚在小屋里时，她特地把粥里的粮食多分给小母亲一些，又怕婴儿营养不够，还每天撇出一些米汤亲自喂给他喝。韩美琳是一个二十一岁的本地女干部，原在北平上过高中，“七·七”事变后，本县发起组织妇女救国会，她就参加了工作，并且是县妇救会主任。她刚结婚就怀了孕；这次大扫荡时，因快要分娩，就随同医院转移了。她大眼睛、小嘴巴，一张好看的瓜子脸，浑发散发着一种质朴的青春气息。别看生活艰苦，每当晚上大家坐在土炕上，她解开怀给孩子喂奶时，脸上就会浮现出一种幸福的微笑。柳明看着这慈爱的小母亲形象，觉得很像她看过的一张圣母玛丽亚的油画，心里也不由得滋生了一种母性的爱。她笑着向韩美琳说：

“小韩，你们给孩子起了名子么？这孩子长得怪不错呢，像你，有双大眼睛。”

“柳主任，你为俺母子吃了大苦，还闹了场病，你给俺儿子起个名子吧！往后好叫孩儿永远记住你。”

柳明当真地思索起来。过了一会儿，说：

“这孩子生在苦难的战争年代，刚出世就遇上敌人扫荡，就逃难受苦。给他起名‘难难’好么？你爱人姓张？就叫他张难吧？”

韩美琳笑着点头。立刻紧搂着孩子，吻着孩子的脸蛋叫起“小难难”来。

其他几个女同志也都说好。年龄最大的朱大姐还说：“难”可以解释成“困难中成长”，“克难成材”。大家吻着婴儿。婴儿也给大家带来了欢乐。整个白天，面对莽莽群山引起的孤寂和怅惘，耳听声声枪炮带来的惊恐与疲劳，此刻全消失了。在窄小的茅草屋里发出了女同志们特有的尖细悦耳的欢笑声。

天上的白云飘飘渺渺多么美；巍巍的太行山脉多么

雄伟壮丽；荒山、小溪、岩洞、巨石，满山遍野的荆条，把世界装扮成一幅多么粗犷美丽的油画……我有恐惧，不时也有新奇和喜悦的感情荡漾心头……

柳明找到一个敞口的、只能容纳一人坐在里面，像个小佛龛似的岩洞。每天，她爬到峭壁上，用许多荆条围插在岩洞外，好像是自然生长的紫荆。然后，她就成天打坐似的坐在里面。即使敌人走到跟前，也不会轻易被发觉。天天这样，枯坐着太无聊，唯一的消遣就是写日记，要不，就擦拭医院发给她的一支小勃朗宁手枪。她拿着钢笔，不管枪炮声如何时远时近地发出惊人的声响，她也可以专注地在一个小本子上写——记。前面几句描述心境和自然风光的话，就是她写在日记上的。她写着，不停地写着，那个神奇的记事本，把她带到了另一个世界——她忘掉了眼前危险的环境，忘掉了残酷的敌人，也听不见枪炮的嗥叫，一心扑在写、记上，仿佛真是个坐在佛龛里就要出世的小尼姑。

小佛龛似的岩穴，可避风雨、挡日晒，更重要的是，可躲避敌人的搜索。但除了写日记，整天没有一个人可说话；除了面前的荆条和透过荆条望到天上浮动的白云，她什么也看不见；除了枪炮声，她什么也听不见。有时，她也爱遐想，但一旦回到现实来，就感到寂寞了。

寂寞中，她想起曹鸿远。

他可曾把药品买来？反扫荡后，伤病员会更多，药品、手术器械需要量也会更大。而且，他安好么？遇到危险了么？她悬心了。

寂寞中，她有时也想起白士吾。

她恨他当了特务，庆幸自己没有成为他的感情的俘虏。可是，又常有微微的内疚，觉得有点对不起他……尤其是在岩石下遭受风雨侵袭的夜晚，她怎么忽然想起金丝笼子，想起雪白的病房来？她在日记上鞭挞了这刹那的动摇，狠狠地谴责了自己的怀旧情感。

寂寞中，那个圆脸、圆眼的人，也在她心上飘浮起。把脸挨得这么近，还自称“女婿”，确实使她着恼；但那种体贴入微的殷勤，又使她有点儿感动……高烧很快退了；衣服换得干净，整夜的照顾；不是常里平，自己的病，能好得这么快？以后，应当怎样对待这个人呢……

呵，还有，反扫荡已经半个多月了。自己负责的十个女病号，加上婴儿难难，连她一共十二个人，粮食已吃得差不多了。一天两顿，原来还能吃上稠粥，随着和卫生部门、供给部门完全断绝了联系，她们的饭就越来越稀了。而敌人还在搜山，情况一直很紧张。众多的伤病员分散在这么多条山沟、峡谷中，供给人员有限，许多零星分散的伤病员都互相找不到了，只有各自为战，各想办法。要不是她看到贫苦的老乡只用少许粮食掺着北瓜、土豆当饭吃，及时动员大家学着吃起瓜菜饭，说不定早已断炊啦！现在就仗着向附近几家老乡买些北瓜、土豆代替粮食，大家的伙食才勉强维持下来。想起往后怎么当这个“家”，她手中攥着手枪和日记本，抬眼望着荆条缝隙中的白云，发呆了，忧虑了……

一个夜晚，柳明回到山坳小屋。其他九个女同志都回来了，只有韩美琳母子没有回来。天大黑了，做好了菜粥，该吃饭了，这母子俩仍不见回来。几个女同志开始担心了，尤其柳明，更加忧虑不安。是迷失了路？是掉在山沟里了？还是？她坚决不再等待了，找了两个老乡带路，随着他们举起的火把，爬山越岭，在荒沟草堰、巉岩乱石中到处寻找。

“韩美琳呀，你在哪儿呀？”

“难难，张难难！美琳的儿子小难难，你们怎么没有应声呀？”

一个中年老乡也用粗沙的声音跟着柳明喊叫：“韩同志！韩同志呀……”敌人白天出击搜山、扫荡，夜晚都回到几十里路以外的据点里去了，这时人们可以尽情地呼喊，火把在黝黑的弯弯曲曲的山上闪闪发光。

夜深沉，一弯新月，斜挂天边。山风呼啸，寒气袭人。

荒山没有回声。

峡谷没有回声。

他们又用镰刀砍去一些野草与荆条，还是没有韩美琳母子的踪迹。

天都快明了，柳明累得没有一丝力气；她忽然生出希望：也许她早回去了呢，我们却在这儿找她？

回到宿处，茅草屋里的小炕上，泥胎似的坐着九位女病号，依然没有韩美琳母子。

柳明挤坐在炕上，也不出声。昨晚的菜粥还原封不动地冷在铁锅里。大家难过得谁也没有吃饭。凌晨，应当吃过饭上山了，可是，她们谁也没有动——不吃也不动。

天大亮了，柳明悚然警觉，她是负责十位病号的生活和安全的。不能因为韩美琳，再使其他人遭到危险。于是，她忍住泪水，一个个劝说那些女同志。她们中最大的朱朋也不过二十六、七岁——一位军官的家属；最小的只有十七岁——一个刚从北平出来的中学生黎菊。其余七位，多数是部队首长的家属，文化不高，都没有斗争经验。柳明劝她们仍然到山上各自隐蔽去。不知是疲倦了？绝望了？还是过分伤心？韩美琳不回来，她们一个个都挤着倒在小炕上不声不响，不再动身。

柳明无奈，她又找来几个老乡，请他们分头去寻找韩美琳的下落。她坐在门外一块石头上，为倒在小炕上的几位女病号站岗放哨，也在等待小韩和难难的消息。这时她又展开了想象的翅膀：敢情是小韩的丈夫找到她了，把妻子接到他住的地方去，却来不及给这边送个信儿……要是这样就好了。她想象韩美琳的丈夫也是个英俊的小伙子，听说他是地委书记，挺能干的。柳明再没有心思写日记了，她的心思全被小韩母子所占据。

多么难推的时刻呵！呆坐石上的柳明，朦胧中似乎看见了圣母玛丽亚和她怀中那肥胖的婴儿。望着望着，圣母忽然变成了韩美琳。她正怀抱难难，坐在炕上给他喂奶。柳明跳起身扑向茅屋，嘴里喊着："韩美琳！韩美琳……"

屋里的人都一跃而起，齐声说："小韩回来了么……"

"没有——她没有……"柳明说着，眼圈红了。

第四十九章

午后，一个老乡喘吁吁地跑来送消息：在大狼山上的一个岩洞外面，发现了一个婴儿的尸体，已经被鬼子劈成了两半；洞外几步是一处深涧，山涧的草棵子里似乎躺着一具女尸。一切迹象表明：死难者必是韩美琳母子无疑了。

柳明和朱朋、黎菊随着老乡很快来到韩美琳母子牺牲的地方。

一个只在世界上活了十八天的婴儿呵，在一个巉岩小洞外面的石坪上，被野兽的魔爪掰成了两半——一个血淋淋的小脑袋连着半截身子；另半截身子只有一只胳臂一只腿，浴在淤血中……朱朋和黎菊都哭了。柳明没有哭，她庄严地紧闭双唇，躬下身子，一截、又一截，把小难难的两截肢体合在一起，轻轻地、轻轻地抱着，捧着，仿佛孩子还活着，生怕碰着他，生怕把他惊醒似的；然后，慢慢地把他放在一块平整的石头上。

韩美琳的尸体呢？她们跟着老乡，绕了一段路向谷里走。路几乎没有，谷似乎深不见底，只见层层叠叠的小树野藤悬挂谷中。她们艰难地踩着尖石、攀着葛藤下到谷底，在老乡的指点下，终于在一条小溪旁的大石头上找到了韩美琳。

她倒在大石头上，面朝蓝天，身傍溪水。

清秀的脸上没有血迹，小小的嘴巴紧紧地闭着，大大的眼睛微微张开，似乎还在望着她的婴儿。只是蓬乱的头发染上了血迹，身上的衣服被撕扯得条条缕缕。可以清晰地看出：敌人发现这美丽的少妇后，曾经想奸污她，但韩美琳抗拒着，搏斗着，最后，是不是敌人以杀死她的婴儿威胁她？是不是她亲眼看见敌人把她的难难劈成两半后，她就纵身跳进了这深深的峡谷？……

柳明毕竟是医生，她像个法医，把美琳已呈僵硬的尸体，翻过来，倒过去，察看她身上的伤势。她身上没有刺刀的伤痕，敌人没有来得及弄死她，是她自己不甘屈辱，勇敢地跳下了这悬崖下的山涧里，摔死在这块大石头上。她的死因是后脑碰在一块尖石上，后脑骨整个碎裂。

三个女同志，连同领路的老乡——一个四十多岁的男人，都对着美琳的尸体流着泪。孩子——妈妈，柳明的脑子里忽然又浮现出圣母玛丽亚怀抱婴儿的那张油画。呵，世界，这个罪恶的世界！你不该夺去韩美琳的生命和幸福呵！……

好容易又回到山谷上面的岩洞前。朱朋和黎菊走到洞里——一个窄窄浅浅的小洞，捡起难难的几块尿布，和一条小棉被——这就是韩美琳的全部家当。

柳明用小棉被把停放在石块上的难难的两截尸体裹着，轻轻抱起，然后招呼大家回去。两位女病号和老乡都觉得奇怪，孩子已经死了，就地刨个小坑埋上就可以了，为什么这位医生却要把他抱回去？他们用询问的目光盯住柳明；柳明却不说话，紧紧地把难难抱在怀里，庄严得像基督徒捧着圣经，大步向她们的茅舍走去。

回到小茅屋，房东女人见柳明抱回劈成两段的小难难，流着眼泪责问柳明：

“大夫，大妹子，你怎么好把这死孩子抱到俺炕上……”留在屋里的几位女同志也流着泪，惊异地望着柳明和难难。

柳明望着房东大嫂苦笑一下，仍不说话，先从背包里拿出她随身携带的、动简单手术的医疗器械，然后在炕上垫上小棉被，把难难身上的血迹用湿毛巾仔细地擦拭干净。她小心地擦，轻轻地擦。最后，孩子好像洗了一个澡，浑身没有血迹了，干净了，柳明这才拿起手术针穿上丝线，一针针敏捷地把身为两截的难难，缝成一个整体。一边缝着，一边心在绞痛。每缝一针，都像缝在她自己肉上那般疼痛。但她没有号哭，也没有流泪。一针一针，每一针似乎都有什么东西注入她的身上、心底。她想起许久以来，大家都挂在嘴边的“抗日”这个字眼。这时，只有这时，她才深切地感受到这两个字的分量，感受到它真实的价值和神圣的意义。

小难难成了一个完整的小人儿，干干净净地躺在小炕上。他没有妈妈了，却还有十个阿姨轮流在他白白的小脸上亲着、吻着……这时，柳明和其他女同志一起痛哭了。

小难难被埋在茅屋外的小草棵里。黎菊特别用一串红红的酸枣和几枝柏树叶做成一个小花环，放在难难的小坟头上。花环随着寒风微微颤抖，十个女同志久久地站立在花环旁边，不忍离去。

当这一场动人心魄的情景过去后，女同志们坐在屋里的小炕上，大家稍稍休息一会儿，又该考虑怎么给韩美琳办理后事了。

可是，一个十分严重的问题却被插进议事程序里来。

她们和卫生部已经断绝联系十多天了，粮食就要吃尽。本地人烟稀少，仅有的几户农家，他们的粮食、北瓜等也都将尽，不肯出卖。她们困在这僻峭的山峦里，再呆下去吃什么呢？难道睁眼等着饿死！

大家已经一天不进食物了。看着那越来越稀的瓜菜粥，连盐都没有的食物，个个都发起愁来。其中一位团长夫人，患着肠胃病，瘦得皮包骨。她没有文化，只当家属。这时急得不住地哭。这些天来，她很少说话，只知道哭——害怕得哭，饿得哭。柳明对她更多照顾些，百般安慰、鼓励，仍然无济于事。

柳明考虑再三。看来，敌情紧张，卫生部、供给部的人员可能已经分散转移了。她灵机一动，下了决心，先征求朱朋大姐的意见，说由她出山去找卫生部或供给部要粮食。留下朱大姐带领女病号们在这附近的山头上坚持。

朱大姐握住柳明的手，哽咽着说：

“柳主任，你不能走！你没有看见韩美琳的遭遇么？敌人的扫荡这两天虽然好像减弱些，但他们并没有全部撤退。你一个女孩子怎么好独自出山？要饿，我们几个人就饿死在这里吧，你一个人可不能去！”

“粮食没有了，药品也没有了，我不能叫大家饿死在这山坳坳里。我一个人不要紧，叫老乡指一下出山的路，我傍晚动身，这时搜山的敌人都退走了，我沿途打听，会遇见干部或老乡告诉我卫生部门在什么地方的。只要找着一个部门的同志就好办了。”

几个女同志都不赞成柳明的主张，都认为黑夜一个人走山道，又没准确目标，太危险。柳明却斩钉截铁地说：

“我今天傍晚就走。不然，大家都要断炊了。我要对你们几位负责。我想我不会遇到危险的，只要找到卫生部，我明晚就回来。”

“我陪你一起去行么？两个人可以作伴，也可以互助。”黎菊要求和柳明一起去。

柳明坚决拒绝。黎菊只得服从。

这一天没有枪炮声，敌人似乎没有来搜山。约摸下午四点钟，一抹残阳浑浑蒙蒙地挂在山头时，柳明穿好军装，身上背上几条狭长的米袋子——万一没人送粮，也可以先背回几袋粮食以济燃眉。她把勃朗宁手枪挂在腰带上，短发扣在军帽里，俨然一个英武活泼的小战士。就这样，一个人大踏步地走下山沟，进入一条比较显眼的山路。

深秋的天气，西风阵阵，落叶飞旋。当她走出山口，天色已经苍苍茫茫了。还好，她探听到二十多里外的村庄里，可能有我们的卫生部门，便加快了脚步，恨不得一下子飞到同志们的身边。夜幕即将降下，她两眼朝前，目不斜视，努力辨认着曲曲弯弯的山间小路。走着，走着，忽然被什么东西绊了一个趔趄。她停住脚步，低下头来——呵，原来是一具死尸！这是个约摸二十多岁的男人，头部肿胀得像个大斗罐，裸露的上身已经变成了黑色，浑身也肿得像个装满了粮食的大布袋——柳明的心怦怦乱跳。她明白，这是敌人搜山时打死的老乡，或者是地方干部。因死的时间已久，尸体变形了。当她怀着惊惧和伤痛的心情要离开这个尸体时，这才发现，尸体远不止这一具！她环视四周，山岩边，石块旁，柿子树下，石缝当中，到处是被害者的尸体，横横竖竖地倒在昏暗的天穹下。

柳明在医学院的解剖室里看见过不少尸体，还动手解剖过尸体。可那些全是病死的人。而眼前——夜色凄苍、群山环绕的眼前，却出现了这么多被敌寇残杀了的无辜同胞，她被激怒了——完全忘了恐惧，被一种自己也不能解释的心理催促着，竟跑前跑后寻觅起附近各处的尸体来。她掏出口袋里的小本子，记载着死者的大约年龄、性别、职业。就在这一块地方——一个小小的山口外，她一共发现了七十五具尸体。其中有八路军伤病员，有老老少少的百姓，也有地方机关的干部。

天色大黑了，山间、路上，没有一个人影，没有一点音响，只有猎猎风声，像风箱里压出来的气流，扇动着她心头的怒火。她毫无畏惧地挺立在尸堆旁，继而低头思索——思索——为什么人要杀人？为什么美好的世界却要出现这些悲惨的场面？为什么日本法西斯这么残暴、毫无人性？难道他们没有父母妻子么？

柳明终于离开这些尸体，亮着手电筒，走上另一座山头，她走，不知疲倦地走。这时，她仿佛成了一个无畏的勇士，深更半夜，到处是死尸的阴影，到处是荆棘的羁绊，还不时听到饿狼的长嗥，野兽的怪叫。她，一只手握紧勃朗宁手枪，一只手拿着手电筒，照着高低不平、崎岖难行的小路，大踏步走着。

此刻，她脑子什么也不想了，什么可能出现的敌人、野兽，全不放在她心上了。她唯一的念头是，要赶快找到卫生部，要赶快弄回粮食去接济困留在山里的九个女病号。

艰苦的反扫荡进行两个月后，终于结束了。柳明和一些伤病员仍各回到原单位。这一次奇迹似的遭遇，使柳明深刻体会了战争的惨烈，蓦地成长了。她青春的躯体里，燃烧着复仇的烈火，心灵里又似洗涤了般的纯净。就在反扫荡结束不久，晋察冀边区流行着一支动人的歌曲。人们含着眼泪唱它，千千万万的老百姓、干部、战士唱它，柳明也唱它。每唱一次，她都会想起韩美琳和小难难，想起她在山口外看到的七十五具血淋淋的尸体。她的眼泪就再也抑制不住……

这支歌子名叫《歌唱二小放牛郎》，歌词是：

牛儿还在山坡吃草，放牛的却不知哪儿去了。不是他贪玩耍丢了牛，那放牛的孩子王二小。九月十六那天早上，敌人向一条山沟扫荡，山沟里掩护着后方机关，掩护着几千老乡。正在那十分危急的时候，敌人快要来到山口，昏头昏脑迷失了方向，抓住了二小叫他带路。二小他顺从地走在前面，把敌人带进我们的埋伏圈，四下里乒乒乓乓响起了枪炮，敌人才知道受了骗。敌人把二小挑在枪尖，摔死在大石头旁边。我们那十三岁的二小，可怜他死得这样惨。干部和老乡得到了安全，他却睡在冰冷的山间。他的脸上含着微笑，他的血染红蓝的天。秋风吹遍了每个村庄，把这动人的故事传扬，每一个村庄都含着眼泪，歌唱着二小放牛郎。

也许将来活到一百岁，柳明也忘不了这次反扫荡。要不是有许许多多的二小放牛郎，她和其他幸存下来的同志的生命，早已失掉，早已消亡。

她要永远唱这支歌。她太爱这支歌了。

第五十章

反扫荡结束后，已是初冬，柳明仍又回到原来的地方——清水村的卫生部，仍旧担负医务主任的工作。小卜也调到卫生部直属医院当司药。异常艰苦的日子好不容易熬过去了，柳明的工作负担也没有反扫荡前那么多、那么繁忙了。因为新来了一位外科主任，有些大手术已不必由她亲自去做，每天上午不过查查病房，给伤员们开点药品，或者研究一下医案……平静的日子却使她觉得漫长，甚至空虚，心里总像悬挂着什么似的。唯一可以倾吐衷曲的挚友苗虹，在训练班学习结束后又和高雍雅等人留在民运队，难得见上一面……每天午饭后，伤员午睡了，她就跑到司药小卜那卧室兼药房的厢房里，找小卜去聊天。可跟他说不上几句话，她就走到药架前——这是小卜自己动手做的一个放在八仙桌上的药格子，动一动这个药瓶子，翻一翻那盒注射剂。

“来了‘铁开咕啶’，小卜，这下可以给伤员补血了。”柳明看着几盒一样的药针，对小卜高兴地说，“呵，这儿还有不少‘金鸡纳霜’，伤病员发疟疾就不怕了。”

小伙子眯着亮亮的眼睛，对姑娘神秘地一笑：

“柳主任，我真纳闷儿——有没有什么药，你问一声咱这司药不就成了？这多简单！可你不。你总得亲自一瓶瓶、一盒盒看那些药名，好像咱就认不出它们。看了药名还不算，你还得看下边——看是哪个厂出的药。不！是看哪个地方出的药。柳主任，你管它什么地方出的呢，只要能治病就行。”

“不对。”柳明一本正经地摇着头，手里仍拿着那一大瓶一千片装的阿司匹林药片，仔细端详着，“卜司药，你不高兴我看这些药瓶子、药盒子？我看一下，也看不掉一块呀！什么地方出的没有关系么？关系可大哩！上海、北平、天津出的药就好。因为这些地方的药有些是用外国货——比如，用德国、美国出的药改装成的，质量就好。日本药不如德国，不过也比中国制的药强。我看看是哪儿出的，好在开药时注意剂量，或者节省点用……”

“哦，我明白了！这可冤枉柳主任了。”小卜是个诚实的小青年，他竟被柳明瞒了过去。当柳明再来一盒盒、一瓶瓶察看架上的药品时，他就自己拿了本书坐在炕上看，再不多问什么了。

柳明常到小卜房里去看药品，这在她是一种享受，又是一个焦灼、饱受折磨的时刻。这时刻，她眼睛燃烧着，心里也燃烧着。“怎么北平的药品总不见运来？是不是事情暴露了？是不是他出了危险？”这么一想，她拿着药瓶的手，就不禁微微颤抖。这些天来，她不再像前些时那样漫无边际地想着鸿远对她是否有情，是否也在怀念她——不，她不再想这些了。她被沉重的、为他悬垂的心愁苦着。她多么盼望每天能有大批标有北平某个药房标签的药瓶、药盒拿在手上呵！这企盼、这希望使她兴奋，也使她痛苦。每当看到医院里又来了一批药品，却都是从别处——而不是从北平运出的时候，她就失望得吃不下饭去……

这一天午后出现了奇迹——

“盐野义北平支店——北平运出药品啦！”柳明来到小卜屋里，一下子把一堆药瓶紧紧抱在怀里，略显苍白的脸霎地绯红了。

“柳主任，你说什么？”小卜正拿着一杆蘸水笔在粗纸本上登记药品，听到柳明喃喃地说了句什么，惊奇地抬起头来。

“没什么，你登记吧！我是看到从北平运出药品了。”

“北平运出怎么的？怎么你见了从别处来的药，从来没有这么高兴过？”小卜眯着眼睛对柳明神秘地一笑。

“哪儿来了药——只要多来药品，我都高兴。”柳明说着，拿起一盒“葛洛芳”，“小卜，你先登记一下这盒‘葛洛芳’，我要用一下这个盒子。”

“柳主任，你要这个盒子有什么用？”小卜的眼睛睁得大大的。

柳明笑了笑，不再说什么。等小卜把药品登记了，她拿起盒子就跑——她高兴地急着要去找苗虹，向她报告好消息。这个盒子就是证明。

这天下午，她向院长请了两天假，背起一个小挎包，也不带小艾，一个人奔向六十里外民运队的驻地张村，去找苗虹。

入冬季节，山上落叶飘尽。北方多是岩石的山峦，到处一片光秃秃的。柳明走在山间小道上，不时用手摸摸小挎包里的药盒，喜滋滋地在心里反复叨念："盐野义北平支店。"尽管这是个日本式的店名，她仍然断定是地下党帮助鸿远开的……"从此以后，他会买来好多好多的药品——好多好多的……"药品，尤其是鸿远买来的药品，给了她莫大的鼓舞，也给了她莫大的喜悦。

走不到三十里地，天就黑下来了。她翻过第一座大山，来到山脚下的一个大村子里，想找村干部帮她安排个歇宿吃饭的地方。她斜背着挎包，短发随风飘拂，英姿飒爽地刚走进村子里，迎面来了一个矮墩墩的人，用喜悦的低声叫住了她："小柳，柳明同志！是你呀？"

"常政委，是您？"柳明站住脚步，露出不安的神色。

"你要到哪里去？怎么这么晚才到村里？是从山上过来的吧？山上有狼，你不带警卫员一个人走路，太危险了。"

柳明淡淡一笑：

"我对虎狼像对鬼神一样——不相信它们的存在！"

"把虎狼和鬼神相提并论，这倒是别有见地。"常里平满脸堆笑地赞扬着柳明，又关切地说，"小柳，天黑下来了，你是进村找住处的吧？你先到我房间里坐一坐，我派管理员给你安排食宿去。"

柳明摇摇头：

"我自己去找村干部，找个老乡家里随便睡一夜算了。累了，不去您那里了。"

自从反扫荡中，常里平趁她有病，自称女婿睡在她的身边之后，柳明对他的态度有了改变，他的态度也有了改变。柳明变得更加冷漠、客气；常里平也变得拘谨小心了。

"小柳同志，不要见外。你找村干部不见得好找，要费好多时间，还是到我们那里坐一会儿。反扫荡中，你表现得很好，老院长要求表扬你，你还不知道吧？"

“表扬我？”柳明心里一喜。“表扬”这两个字，仿佛有种特别的吸引力，使她对常里平的反感消失了。她想听听老院长为什么要表扬她，怎么个表扬法。于是，她改变了刚才的冷漠神态，点点头，说：

“那就麻烦常政委了。我只睡一夜，明天天一亮就走。”

“好，请先到我那里歇一歇。等吃过饭，你睡觉的地方就安置好了。”

柳明默默地跟着常里平来到一个高墙大院里的三间大北房，走进里间屋。屋里升着炭火盆，一盏煤油灯已经点好，捻小放在八仙桌上。

常里平捻亮了灯芯，对跟进屋里的警卫员说：

“小魏，叫伙房给柳主任准备一顿好点的晚饭。再告诉管理员，给柳主任安排一个干净点的睡觉地方。”

小魏答应着转身走了，常里平殷勤地说：

“柳明同志，小柳，不要客气呀！你不是累了么？快坐下休息一会儿。你怎么还挎着老沉的挎包站着？快拿下来吧！”柳明把挎包放在坑沿上，在一把太师椅上坐下来，一口气走了三十里路，她真的有些疲惫了。

常里平从一个绿色茶叶筒里倒出一点茶叶，放在一个搪瓷缸子里。这只缸子，他用开水涮了两次，然后沏了一缸子茶水放到柳明身边的八仙桌上：

“小柳，喝点茶水吧。你一定又饿又渴了。”

柳明真的口渴了。她也不客气，端起茶水就喝，也不觉得烫嘴。一气喝了大半缸，这才放下茶缸子。

“柳明同志，感谢你对我们医院无私的支援。你那种不怕苦、不怕累，对伤病员体贴入微的关怀，早在去年，我就亲眼目睹了——那位战斗英雄张德胜排长已经停止了呼吸，你还紧握住他的手不放……许多同志都被你这种高尚的精神所感动。在这次残酷的反扫荡中，你又为九个女同志冒险背粮，勇敢、顽强！真不简单！”

柳明的脸刷地红了——错怪了眼前这位热情、爽朗的同志，她的心有点儿歉疚似的不安。

“所以，老院长要求表扬你，要求你留在他们医院里。”常里平继续微笑着。

柳明很想再听听老院长和其他同志是如何表扬她的，可是，常里平突然打住话头，一口接一口地吸起纸烟来。看样子，他的烟瘾很大。过去因为见面匆匆，他没有机会多吸烟。现在，反扫荡结束了，环境暂时安定下来，他就一支接一支地吸起烟来。

“小柳，你一个大城市的大学生，来到抗日根据地的农村，对八路军战士这样无微不至、鞠躬尽瘁，大家对你的印象都很好。这不单单是因为你的医术高，更突出的是你的责任心强。”常里平面带微笑，字斟句酌地又赞扬起柳明。

柳明喝着茶水，好像漫不经意地听着。其实，她听得很入神。而且对常里平开始有了好感。

“难得，真正难得！技术和为人都是呱呱叫……”

“什么‘呱呱叫,!”听见这个词儿怪刺耳，柳明瞟了常里平一眼，脱口而出。

“对了，‘呱呱叫’这个名词不好听，应当是‘出类拔萃’呀……”常里平急忙纠正。

“‘呱呱叫’应当是个形容词，不是名词。”柳明纠正常里平。

“哈哈哈！”常里平突然大声笑了起来，“小柳，行！真行！你不光懂得医学，而且懂得修辞学。甘拜下风，甘拜下风！”常里平的神态和说话，又使柳明感到有点不舒服。

饭端上来了，柳明也不让常里平——因为她知道他已经吃过了，就自己一个人吃起来。吃罢了饭，向常里平点点头，立刻跟着警卫员到住宿的地方去。常里平只把她送到大门口，轻轻摆摆手，就扭身回到院里去。

第二天将近中午，当柳明在一户农民家里看见苗虹的时候，一把把她拉到没人的后院，悄声附在苗虹的耳边说：

"我来报告你一个好消息——北平有消息了！"

"我爸爸妈妈给我来信啦？"苗虹已有好些日子没见到柳明，这会儿，真像双喜临门似的，欢喜得满脸飞霞，紧紧地搂着柳明。

柳明摇摇头，轻轻笑着说：

"不是！是、是老曹买来药品了——这不也是你爸爸的功劳，是好消息么？"

"你怎么知道是老曹买来了药品？怎么知道这是我爸爸的功劳？""你看这个！"柳明把"葛洛芳"针剂的纸盒从挎包里掏出来，在苗虹眼前一晃。

苗虹接过纸盒，睁大眼睛望着它，口里轻轻念道：

"'葛洛芳'注射剂——盐野义北平支店。"她把纸盒塞回柳明手里，撅起小嘴巴，"这跟他们有什么关系！你怎么知道这药就一定是他们买来的？我看你是想他想着了迷啦……"

柳明轻轻打了苗虹一下，刚要说什么，高雍雅不知从哪儿溜了出来，也不和柳明打招呼，一把拉住苗虹的胳臂说：

"苗苗，半天不见你，害我找得你好苦！原来你躲在这里了……一见你明姐，你，你就不要我了！"说着，对柳明似乎嫉妒地瞟了一眼，拉着苗虹的手臂，旁若无人地摇晃着脑袋朗诵起诗来：

……请施给我一点怜悯，
我不敢向你请求爱情。
也许，为了我的那些罪愆，
天使呵，我不值得你的爱恋！
请佯装一下吧！你的眼睛，

永远能瞥出那美妙的一瞬；
唉，骗一骗我并不很困难，
我是多么高兴被你欺骗！

苗虹生气了，把胳臂用力抽回，给了高雍雅一拳：

“真不害臊……去你的！你就知道跟我胡缠。”转脸对柳明说，“你不知道，他的《社会发展史》学得糟极啦！结业时，课堂上考他——他连人类是从原始共产主义社会过渡到奴隶社会都说不清楚。连王永泰都不如！亏他还是个大学生呢。”

高雍雅伤了面子，诗兴顿消，也火了：

“什么！我连王永泰都不如？他斗大的字能认得几升？我连他都不如？苗苗，你也太把人小看了。谁不知道社会主义是共产主义的初级阶段，共产主义是人类社会的必然发展……这些老掉牙的陈旧理论，我听了都烦，有什么可学的！”

苗虹正要反驳高雍雅。这时，王永泰走进院来了。他穿着整齐的军装，戴着军帽，腰间系根宽皮带，鲁莽气减轻了，变得英气勃勃的。他热烈地跟柳明握手，问候了几句，接着，便瞪起双眼直逼着高雍雅的近视眼镜说道：

“高雍雅！我说，你这个阔少爷，当然不稀罕过渡到共产主义社会去。因为到了那个时候，你的日子恐怕比现在更不好过！”显然，他已经听到高雍雅刚才说的话。

站着的柳明，一看王永泰生了气，赶快接口说：

“王永泰同志，你不该这样说话……”柳明话没说完，王福来也跑了来，怒冲冲地瞪着儿子说：

“永泰，你这浑小子！怎么说话没个把大门儿的呀？对待同志，不是对待敌人——你对小高同志的态度可太成问题啦！快向你高大哥道歉——你说，‘我说错了。’……”

王永泰低头不吭声了。

高雍雅得意洋洋地冷笑一声：

“我不同没有文化的人一般见识。”

苗虹又恼了，连珠炮冲着高雍雅打过去：

“你是天之骄子怎么的？你这点文化有什么了不起！我看你除了会背几首洋人的诗句，什么也不会！什么也不懂！可你还自以为了不起。我、我……”苗虹说得伤心了，哭着，捂住脸扭头就向门外跑。

“苗苗！苗苗！”一看苗虹真的气恼了，高雍雅也顾不得再和王永泰争论，紧跟着追了出去。

这会儿，王福来才发现柳明来了。他用两只长满老茧的大手久久地握住柳明的小手，愣愣地望着柳明，好像有许多话要说，却又张不开嘴来。沉默了好一阵，还是王福来先开口：“小柳，柳明姑娘，你回到医院以后，还挺好吧？可是，你真瘦了——累坏了吧？我听说，你们经历了艰苦的反扫荡……”

柳明被王福来真挚关切的目光感动了，笑笑说：

“我很好！大叔，你们用不着挂念我……”这时，那次在北平公寓遇险的情景，蓦然浮上她的脑际。柳明痴痴地望着王福来那已经有了皱纹的黑脸，惆怅地想：“他、他也一定在想念王家父子，想念同志们……”这时，一种渴念的情感攫住了她的心。

“他——他有信儿吗？”出乎意料，王福来忽然向她提出这个问题。

“‘他’？您说的是谁？”柳明不愿意公开承认这个“他”。

“曹鸿远大哥呀！我不信你当真恼恨起他来了。”王永泰微微带点责备的口气。

“对，柳姑娘，我们爷俩背地里恨过他，也为他流过眼泪……可是到头来，我们还是明白了——他绝不是开小差——这些日子，他准是执行什么任务去了。”

听了王福来这句话，鼻子一酸，柳明再也抑制不住，一把拉住王福来的胳臂哭了。万千思绪，她一句说不出——也不愿说出。王家父子多日来被压抑在心里的苦恼，这时，如同决堤的水一泻而下，父子俩也都掩面哭了。

被人误解——尤其被同志、被亲人误解，是痛苦的。柳明虽然没说一句话，可是她的眼泪感染了王福来父子，也等于明白地告诉他们——曹鸿远绝不是开小差走的。

眼泪冲刷着人们心灵上的创伤。很快，王福来就用大巴掌抹去泪水，破涕为笑：

“今天是个好日子，咱们到底明白了他是个好人！可为什么还要掉眼泪呢？小柳，你还没有吃饭吧？咱们一块儿吃点去。你离开了咱们，大家伙都怪想你的。那个小苗虹，更是没有一天不念叨你几遍——就是小高……

“小高怎么啦？”柳明有点儿不安。她心里有一种隐隐的忧虑——小高和她一样是大学生，又是一同从北平出来的。如果他不争气，出了毛病，她脸上也无光。因此，对于高雍雅，她也担着一分心。

王福来笑笑说：

“没什么。这孩子有点自高自大，学习、工作都有点散漫，心思都扑在苗虹身上……走吧，小柳，咱们吃饭去。一会儿苗虹又该找你来了。”

三个人刚走出农家的大门口，忽然一匹马顺着村街疾驰而来。奔柳明身旁，马停住了，跳下一个人来。柳明吓了一跳，这不是早晨还见过的常里平么，怎么才几个小时，他又追来了？

“老常，您好！”王永泰招呼常里平。

“老常，您不是分区卫生部的政委么？我们应当叫您常政委啦。”王福来也笑呵呵地开着玩笑。

可是，常里平只冷淡地冲那父子俩点点头，急匆匆地对柳明说：“小柳同志，有件事情要和你单独谈一下。你留一下步。”

“什么事？吃过饭再谈不行么？”

“不行！这件事挺急。边区卫生部找你找不到，找到我那里。我得到通知就追你来了。我也还没吃饭，咱们一起到卫生部去吃。”王福来父子一看这光景，先抽身走了。

一看周围已没有别人，常里平附在柳明耳边低声说：“上级来了命令，要你去执行一项挺重要的任务。”

“挺重要的任务？”柳明的心怦怦跳了起来，那又黑又大的眼睛闪烁着惊异的光彩，却又不由得胡乱地猜想着。

“不要声张，你的马就在村外。赶快到卫生部去，详细情况张部长会亲自对你说。”柳明也顾不得和苗虹、王家父子以及同志们告别，急忙跟着常里平走到村外去。

果然有匹马拴在一棵树上。她二话没说，和常里平一起跳上马去。一阵尘土扬起，两匹马相跟着消失在山坡后面。

第五十一章

一九三八年冬，保定最大的迎宾旅馆里，来了两位客人，这是父女俩。他们住进最上等的两个房间——十二号和十三号。父亲刘志远，四十多岁，细长个儿，八字胡，瘦长脸，高鼻梁。不大的眼睛总细眯着，但却精明有神。他身穿灰缎子狐皮长袍，外罩黑缎子团花马褂，脚上是圆口礼服呢皮底布鞋。一看就是个有钱的绅士或者是得势的官僚政客。他的女儿瓜子脸，白里透红，黑黑的眉毛长长入鬓，好像画的，却比画的更加秀媚。睫毛很长，纷披在杏核样的大眼睛上，随着墨绿色绸子旗袍的闪动，好像大块翡翠上有两颗乌黑晶莹的宝石在熠熠闪光。这是个非常漂亮的年轻小姐。

他们似乎刚到旅馆不久，桌上摆着大暖瓶和新沏的茶水。女儿坐在父亲房间的沙发上，纤白的小手捧着茶杯，忽闪着长睫毛望着父亲轻声说："爸爸，您累了吧？您胃口不好，让我给您看看——摸摸腹部，配一点药吃吃。"

"丽贞，不必惦记我。这是老病了，弄个热水袋捂一捂，疼就止住了。"说着，这位父亲打开放在椅子上的小皮箱，找出一只热水袋。女儿急忙拿起暖壶替父亲灌了小半袋开水，放放热水袋里的水气，拧好盖子，双手捧给父亲。父亲一边往胸口放置热水袋，一边眯缝着小眼睛，慈爱地看着女儿笑道，"丽贞，我看你真是个心肠好、又听话的好闺女。叫爸爸打心眼里高兴。"

"爸爸，您别夸我了，我年轻不懂事。尤其从来没有到过保定这个地方，以后，许多事都要——都要您指点……"

"说哪里话！"父亲走到女儿身边放低了声音，"他就快来了。你们就要在保定府安个家过起小日子……"女儿惊悸不安地打断了父亲的话，声音更低了："爸爸，他是什么人？您认识他么？这个——真叫我害怕……"父亲摇摇头，似乎不认识这个人。

女儿低着头，摆弄着雪白的麻纱手绢，那海棠样娇嫩的脸儿一会儿红，一会儿白，一副惊恐忧虑的神色。

父亲看出女儿的心思。他吸着上等的三炮台香烟，坐在沙发上，颤着一条腿微笑着："俗话说，嫁鸡随鸡，嫁狗随狗。可你'老爷'给你找的这个人，绝不能是鸡，也绝不能是狗。我想，不是龙，就是凤。闺女，你就放宽心吧！"

"爸爸，瞧您说的，这么大的事，我怎么能放宽心呢！"父亲站起身对丽贞笑笑，就要出去给她办在保定居住的各种手续。他把热水袋掏出来放在桌上，按铃叫来茶房，告诉说，小姐身体不大舒服，不是姑爷来找，其他人一概挡驾。茶房对这位有钱的旅客似乎很熟悉，弯腰，打躬，诺诺连声地答应着。

傍晚时分，刘志远回来了。一进女儿房间，就笑吟吟地说："丽贞，都办好了，你在保定长住下去没问题了。连你们的新家我都去看过——一个小独院，一溜五间大北屋。"刘丽贞听了，打了个冷战："新家？爸爸，您干嘛这么急!？等那个王鸿英来了以后，再操持也不晚。"

父亲眯缝着小眼，正色地盯着女儿："闺女，你这话就走板了。咱们不是都得听你'老爷'的话么？他老人家安摆我怎么办，我就得照着办。你也得听话才行。"刘丽贞低下头不说话了。

父亲拍拍女儿的肩膀："家安置好啦，还得给你找个事干。你懂医，是把好手，保定教会医院是间大医院，院长已经答应请你当外科大夫。行啊，咱们的事儿进行得挺顺利，我挺高兴。丽贞，今个晚上要几个好菜，咱爷俩喝两盅。"说着，这位财主老爷捻着小胡子哈哈笑了。

女儿却愁容满面地嗫嚅着："爸爸，我一定听'老爷'的话——可是不知怎么回事，心里就是害怕——真害怕呀……那个人，我不认识，就跟他住在一块儿当夫妻……这真——真是……"

刘志远捻着小胡子笑了——这笑又慈祥又有几分狡谲。他伏在丽贞的耳边说：

"傻闺女，真死心眼，那是假的、装的呀！你没听说共产党里常有'住机关'的么？那是为了迷惑敌人呀！他们也许谁也不认识谁，可是，住在一块儿，就成了一家人。这是工作需要嘛，你怎么这么想不开呢？"

刘丽贞点点头。她早知道"住机关"是工作。可是，她对那个将要和她成为"夫妻"的人，总感到莫名的恐惧和忧虑，以致被这种情绪困扰得忧心忡忡，惶惶然坐卧不宁。

刘志远每天都出去奔走什么事，忙出忙进。女儿一个人留在旅馆里，推说有病，门也不出。原因是怕她那个尚未谋面的“丈夫”突然来找。

丽贞整天一个人呆在房间里，既忧虑，又烦闷。有时，站在玻璃窗前，眺望街头景色——这是保定一条繁华大街，街头上的人和车，熙来攘往。汽车、卡车、摩托车、人力车、自行车，行人——尤其是拄着拐杖的伪军伤兵，络绎不绝于途，喧嚣不已。在喧嚣中，却另有一些景象使姑娘悚目惊心：对面有楼房，也有许多铺面，在每座房与房之间的墙壁上，几乎都用大白粉涂写着足有一米见方的标语大字——“建设王道乐土!”“大东亚共存共荣!”“打倒共产共妻的共产党!”就在这些白色醒目的方块标语字当中，有时，也看见几幅什么“老笃眼药”、“仁丹”、“专治花柳五淋白浊灵药”等广告字样。不管是些什么字，全在姑娘心上，划上深深的创痕：“啊，保定，河北省的省城！中国的大好河山，如今实实在在地沦亡了!”一次，姑娘又站在窗前向外眺望，忽然一辆摩托车载着两个荷枪实弹的日本兵，从远处向旅馆门前疾驰而来。正当这时，一个拄着双拐的伤兵，正好走在姑娘窗外对面的马路旁，疾驰过来的摩托车，似乎根本没有看见这个残废者；也许看见了，然而一个残废的躯体，不过是一堆粪土，一缕尘埃。摩托车飞驰过来，猛一下子从伤兵身上撞击过去——一声悲惨的嗥叫，一摊殷红的鲜血，一堆蜷缩着的腐肉似的躯体，在姑娘眼前幻觉似的突然闪了过去。她的心怦怦跳了起来，急忙扭转脸，一下子跌坐在沙发上。

“中国人，不管怎么样，那伤兵是中国人——不知道他死了没有？我又不能去救他……”

刘丽贞呆坐着，没有勇气再到窗前去，她决心不再看这些沦亡惨象。

心头刚刚安定下来，姑娘的心思又转着的那个人身上去。他怎么还不见来呢？他是个什么样的人？他的脾气性格好么？将来怎么样和这个人一起生活下去呢？……这时候，她情不自禁地想到她心里的那个人——他现在在哪里？如果他知道我和另一个男人住了“机关”，一起生活了，即使是假的，那他会怎样看我呢？今后他还会尊敬我吗？……想到这儿，她的心隐隐疼痛起来。为了工作需要，她毅然服从组织分配，从西面抗日根据地跟着上层爱国人士刘志远来到敌占区保定城，化装成为父女，为了掩护那个假丈夫，还要在这儿组织一个家庭。这个担子压在化名刘丽贞的柳明心上，既沉重，又痛苦。但她却下了决心：服从组织分配，虽然自己还不是个共产党员……

柳明正坐在沙发上胡思乱想，忽然屋门轻轻叩响了——先是轻轻敲了三下，接着又轻轻敲了四下。柳明猛地一惊，急步走到门边，门还没有开，就听得门外有个低沉的男嗓音在发问：

“请问，刘丽贞小姐住在这里吗？”

声音温和、低缓，柳明急忙把锁着的门一拧，门开了。一霎间，门里门外的两个人全呆怔住了。

“呵！怎么是他来了？他怎么穿着伪军官服装？他怎么找到这里来了？”

“呵，刘丽贞原来是柳明！难道就是她将要和我……”穿着一身黄呢子伪军官军装、斜佩着武装带、戴着墨镜的曹鸿远也在心里惊讶着。

这时，鸿远身边一位衣着朴素干净的老太太从背后走上前来——柳明猜想，她一定就是鸿远曾经说起过的华妈妈！柳明上前握住老太太的手，把他们让进屋里来。

“请问您——您姓什么？叫什么？”柳明请客人落座，什么也顾不得说，却先问起曹鸿远的“姓名”来。

鸿远眨动着亮亮的大眼睛，对柳明调皮地一笑：“小姐，您不认识我了？鄙姓王，名鸿英，别号雅轩。”柳明心中一阵狂喜，一片红云弥漫在醉酒般的脸上。但她仍不放心，按捺住沸汤似的激动，继续盘问："您就是王鸿英？那您要找的是您的什么人？叫什么名字？"

"我要找我的妻子刘丽贞，还要找我的岳父刘志远。"柳明一听"妻子"、"岳父"两个词，刚刚变白的脸，立刻又绯红了。她不敢再看鸿远，把头垂得低低的，半晌，才又开口："想不到您穿起一身伪军官的服装。我见了它，有点讨厌，也有点怕……您真是王鸿英么？"

鸿远把军帽摘下来，把武装带解下来放在桌上，然后坐在柳明对面的沙发上。

"请问小姐，您是谁？您真是刘丽贞么？"柳明点点头，"嗯，我现在是叫刘丽贞。"

"那我也可以问您，您这一身打扮——好漂亮时髦的阔小姐，我看了又该作何感想呢？"说着，他开开门向外望望，把门关好，回头一笑，"您可以化装，我就不可以化装么？小姐，我们这是在什么地方工作，需要什么样的身份、装扮，您怎么连这个起码的常识都忘掉了？"柳明不好意思地笑了。

"老曹，原谅我。我没有经验，我怕你冒充……"

"你怕我冒充丈夫是么？幸亏，咱俩过去相识，不然，小姐可能要像苏小妹那样，考问我三天三夜呢。"

柳明笑了，她忽然觉得全身轻飘飘的，像一朵白云，飘浮在湛蓝的天空中。啊，多好！多好！他来了，他就是王鸿英——他就是王鸿英！柳明仿佛置身梦幻中，心里不住喃喃自语。

"丽贞，我'岳父'老人家是在他屋里，还是出去了？我该去看看他。"

一句"岳父"，使柳明从梦幻般的状态中惊醒过来，心又怦怦地。

她望着鸿远，半晌才回答：

“他在忙咱们的事，每天白天都不在屋。你认识他么？”

华妈妈也在这屋里。有时开门出去看望一下，有时又回到屋里来，坐在桌边的椅子上。见柳明那副羞涩不安的腼腆神色，她摸摸头上的发髻，含笑说：“你们俩早就熟识，还臊个什么呀？以后咱们就在一块儿过日子了，这日子可是艰难呀！在虎狼窝里，不论你们干什么都不容易，都得万分小心。不过，能跟着你们俩，我老婆子打心眼里痛快。”说着，见柳明不出声，华妈妈攥住她的手继续小声说，“姑娘，这可是国家大事呀，可不能真像新媳妇上轿那样。往后，我装老妈子，还得称呼你们俩老爷、太太呢。你们俩可得真像一对小夫妻，滴水不漏才行呀！”

“怎么？您要当老妈子？那不行！您应当当我们的妈妈……”柳明一把抱住华妈妈的臂膀，又羞红了脸。

“不行，那是张先生的吩咐，我得当老妈子侍候你们——给你们照看门户，买菜做饭，洗衣裳。还有，我还得替你们当交通。你们俩说话吧，从现在开始，我就要执行任务侍候你们了。”说着，华妈妈高大的个子站了起来，找出几件柳明半脏不脏的衣裳就到洗脸间里去了。柳明想抢过衣服，鸿远在一边轻轻说了句：

“演戏也要演得像嘛！”

柳明立刻改变态度，不管华妈妈了。扭过脸，和他并坐在沙发上。然后，又站起身给他倒了一杯热茶，双手捧着递给他，真像个贤惠的妻子。

“你们是从北平来的么？一定累了，先喝点水。饿么？要不要叫茶房送上饭来？”鸿远一头乌黑发亮的头发，衬着白净俊秀的面庞，凝视着柳明，似乎也有点不好意思。

“真没想到和我一起住机关的竟是你……组织上叫我在保定执行一项重要任务，单身汉不好存身，所以通过刘志远先生的关系，在这儿安个家。华妈妈被派来当助手。怎么样？这样新奇的生活，你能习惯吗？”

柳明的心又在怦怦乱跳。她时常怀念的人终于相见了，而且今后还可以朝夕相处。一股巨大的喜悦撞击着她的心。真的，她做梦也没有想到那个可怕的“丈夫”，竟是她爱着的曹鸿远。可怕变成了可喜，变成了幸福。然而，姑娘的心是复杂的，模模糊糊说不大清楚。似乎在喜悦中仍有某些隐忧使她不安——这“夫妻”怎么个做法？真的还是假的？

“刘志远爸爸——记住，你以后也要叫他爸爸。他给我在教会医院里找了个外科大夫的职位，在这里面怎么进行工作，我都做些什么工作，临离开根据地时，组织上叫我受——‘丈夫’的领导。以后，我当然只有听你的了。”

鸿远微微一笑，露出洁白的牙齿：“听我的？好吧，不过我也只能当个通信员……你听，爸爸好像回来了。我们去看看他。走！”鸿远站起身，轻轻握住柳明的一只手，一同走出门外去。柳明虽然有点忐忑不安，但在表面上还是装得挺自然。她挽住鸿远的胳膊一同走进十二号屋门。

华妈妈站在他们身后，对这两个她喜欢的人儿，投去赞许的一瞥。

刘志远没有见过曹鸿远。经过柳明的说明，知道来者确实是王鸿英，是他的“女婿”后，老头儿高兴了。他见曹鸿远俊逸沉着，虽然穿着伪军官军装，却透着一股刚毅不凡的气度，这位“爸爸”立刻分外高兴。他给鸿远斟水、送烟。鸿远不吸烟。这老头儿风趣地说：“混官面的不吸烟，好像大姑娘上轿不擦粉——这烟酒有时可是办成大事的催化剂呢。”

“那，我以后也学着吸烟、喝酒。”

“对，鸿英，我看你的脾气挺随和，也有地下工作的经验。咱们一定能合作得很好。”

鸿远也在观察这位合作者。只见他两只小眼炯炯有神，举止稳健练达，深通世故。他暗想，一个开着几座大商号、工厂，家中还有二三十顷地的大财主，竟能对我们八路军、共产党的工作如此衷心拥护，全力相助，真是位难得的爱国者。组织上叫他来帮助我们工作，一定是可靠的，经过考验的……鸿远喜滋滋地想着，他们两个稍事寒暄就谈起正事来。鸿远经过北平地下党领导的关系，就要到保定警备司令部当少校参谋。听说刘志远和伪省长兼警备司令鲁占元比较熟识，有他这层关系的关照，他们要进行的工作会更顺利些。鸿远向柳明示意，她明白了，立刻走回十三号房。鸿远和刘志远谈了好久，才转回“他俩”的房间。

站在门外，鸿远好像不敢进门，怔了一会儿，极力按捺住心里的激动，推开屋门走了进去。

“柳明，你高兴吧？咱俩又在一起并肩战斗了！”鸿远握住柳明的手，脸红了，手似乎有点儿发抖。

“高兴！真高兴！”柳明忽闪着长睫毛，把手按在鸿远的手上，含羞地说，“真没想到是你和我在一起。起初不知道要跟一个什么人在一起做夫妻，可把我愁坏了。”鸿远微微笑道：“你愁什么？怕遇见坏人么？不会的。这是工作需要嘛！假如不是我，是组织上派了别的同志来，你也必须和他在一起装起夫妻来呀！”柳明连连摇头，撅起嘴来：“要是那样，我可真成了包办婚姻的牺牲品了……”

“牺牲品？怎么能这样说呢？柳明，你可知道，大革命以来，我们已经牺牲了多少优秀的好同志，好青年，其中也包括着不少对假夫妻！”鸿远顿了一下，又语重心长地说，“如今，抗战的烽火到处燃烧，神圣的抗日事业正在吸引、鼓励我们每个有志的青年，随时准备贡献出自己的青春、热血和生命——生命都可献出，为了事业，装装假夫妻，怎么就变成牺牲品了？柳明，可不要把个人看得太重啊！你说对不对？”

鸿远的话深深敲击着柳明的心。她向他斜睨了一眼，不再出声。

第五十二章

在保定杏树坡公园附近，一条偏僻的小胡同的尽头，有一个不大的院落，院里的两棵枣树，因时值严冬，尚未发芽。满墙的爬山虎也光秃秃的，只有脉络似的枝条爬在墙上。一溜五间北屋，另加一间厨房，刚刚刷过的油漆，红艳艳、鲜亮亮的，给人一种耀眼的喜庆感觉。

北屋当中的两间是客厅。陈设着古色古香的硬木家具，也有新式的硬背沙发和茶几。此外，花瓶、古董、字画，装饰在屋里的各个角落和墙壁上，显出主人的文雅不俗。客厅两边都有门，一边通到鸿远"夫妇"的卧室；卧室里边还有个套间，现在住着鸿远的护兵小顾。客厅的另一边，有门通到"老妈子"华妈妈的卧室里；这间卧室还另有门可以通到旁边一间小厨房。警卫员小顾的屋里也有门直通院里。

刚搬到这个小院，鸿远和柳明就实行一种明合暗分的睡觉法：鸿远的屋里有一张华丽的大弹簧床，床上有垂着流苏的雪白细纱蚊帐。两对白缎子绣花枕头和三条红缎子被子整齐地叠在双人床上。一切陈设，看起来都是一对新婚夫妻的卧室。屋里有女人用的梳妆台，上面摆着各种头油、香粉、胭脂之类的化妆品。带镜子的大衣柜里，挂着女主人各种颜色的旗袍和西装。卧室的一边，还有两只皮箱，似乎是夫妻二人每人一只。甚至墙壁上还悬挂着男女主人的新婚照片。实际上，柳明并不曾在这间屋里睡过觉。自从搬到这个院里，她就和华妈妈睡在一间屋里。这间下屋有简单的两张小木板床，床上只有朴素的被褥、枕头。

柳明搬来后就到教会医院上班去了。每天午后下班回到家，她必须待在他们讲究的卧室或客厅里，免得突然有客人来，会看出破绽。鸿远常有应酬，回来较晚，但柳明一定要等到他回来才肯吃饭。每当鸿远过了钟点还未回家，她就会焦虑不安——她和华妈妈都知道他打入敌人的内部做着艰巨危险的工作——虽然做的什么工作，鸿远并没有对她们说明。但时时为他悬心的情感，使得柳明和华妈妈常常在等待他的时刻，互相用忧虑的眼色对望着。尽管老太太会用些吉利的话儿来安慰、鼓励柳明，可她还是不时打开屋门对着空落落的院子谛听、观望，仿佛鸿远就站在院子里没有进来。要是望不见他的踪影，柳明就靠坐在客厅的火炉边，对着华妈妈轻轻叹气："您看，他又是这么晚还不回来——他不会出事吧？"

"姑娘——不，我应当称呼您太太才对。您瞧我又犯了纪律。太太，您别总挂念他，您看他是个多么机灵的人，不会出事的。住机关的都像您这样，不出半年，头发还不愁白了！"

"我们能在这儿住半年？"柳明轻轻摇摇头，"不知怎么，我总是预感……"

华妈妈拉着柳明的手，一会儿"姑娘"，一会儿"太太"地喊着，但怎么也不能使她平静下来。直到鸿远带着护兵小顾坐着洋车回家来了，柳明这才活跃起来，忙替他脱去黄呢子大衣，给他打洗脸水，还常常蹲下身来替他脱去马靴。她虽然只有一个白天没有见到他，却好像多日不见似的，从心底里涌起一种久别后的欣慰和欢快。

晚上，常常是柳明感到最幸福的时刻。她呆在鸿远的屋里，谈抗日形势，谈白天在医院里的工作和见闻。也常有些不好解决的困难和问题，只要她向他提出，他就给她详细耐心地解释，和她一起考虑各种解决的办法。他还经常提醒她，别忘了她的几项任务：首先是当好医生，赢得周围的人——病人和同事的尊敬和欢喜，做好争取敌占区医务人员和知识分子的工作；二是要做好从根据地来就医的首长们的安全和医疗工作；再一项任务是——"你别说了，我知道。当好你的'夫人'。"每当说到"夫人"二字，柳明脸上总不禁一红，也忍不住低头一笑。

"对，这个工作也很重要。柳明，你在掩护我——冒这么大的风险，我是感谢你的。"

当着外人的面，鸿远对"妻子"总是流露出十分恩爱、百般体贴的样子。到了只剩下他俩在屋里的时候，曹鸿远就变成了另一个人，对她显得淡淡的。除了谈工作，谈问题，从不涉及个人的事，甚至像在大成公寓那次会面中谈及的个人身世之类，也没有成为话题。他虽不时也在关心她的身体，关心她的情绪，但不知为什么，柳明总觉得他反而比过去对她冷淡了。这不能不使她感到隐隐的失望，甚至痛苦——莫非他一点也不喜欢我么？听说许多一同住机关的同志，假夫妻都变成了真夫妻。可是他——难道他是个木头人？难道他一点感情也没？

每晚，当谈话结束，"妻子"不得不离开这间实际上只是"丈夫"一个人的卧房时，柳明总忍不住向那张华丽的双人床，向那本来也有她一份的双人枕，偷偷地、也是恋恋地望上几眼——"呵，假如我能够和他在一起……"她不能多想下去，只有把迟滞的脚步向门外移动。但还没有移到门边，又常常像忘了什么似的跑回来，俯在床边替鸿远把被子铺好——也把自己的假被窝铺在旁边，还把另一对枕头挪动得离鸿远的枕头稍远一些。鸿远常常拦阻她，不叫她做这些事。她却执拗地定要做完这些铺床叠被的事儿，才肯回到华妈妈的屋里去睡觉。

夜阑人静，寒风不时敲打着窗纸。华妈妈已打着鼾声睡得正香。柳明难以入寐，她情思激荡，一颗心依然留在对面那间屋里。有时还仰起身来向那边谛听，心里喃喃自语：“他睡着了么？睡得好么？他在想什么？是不是也像我一样，他也在想着我？但他为什么冷得这样怪？他是喜欢我的呀——我们已经作为夫妻住在同一个屋檐下了。这个人哪！怎么能够对着他明明知道在爱着自己、长得也不坏、而且是他的革命同志的姑娘，一点也不动心呢？他是神仙？是圣人？还是冷血动物？他可曾想过，我们的相聚是多么地不易！在敌人虎口里生活，谁知道哪一会儿就会分离，就会——也许永远分离……”想到这儿，柳明的眼泪竟不知不觉落到枕头上……

一个夜晚，月色清朗。柳明透过窗纸，望着水银似的洒满屋里的月光，又忍不住情思纷乱起来——她总怕失掉了鸿远，总怕不知什么时候他就会不翼而飞……一阵冲动，她悄悄披上紫红色的睡袍下了床，悄悄地通过客厅走近他俩卧房的门边。一片朦胧的月光从房里映照出来。哦，房门还没关上——奇怪，平常他都是关起屋门睡觉的。她忍不住轻轻掀开门帘向床上一望——想看看他睡熟没有？他睡觉的姿势是什么样儿？可是，床上没有人，却见一个人披衣坐在窗前，一颗年轻的头，在月光下低低地垂着，口里还喃喃地发出梦呓般的语言：

“……我要找你去——明，我要去——找你……不行！不行——绝对不行！”

柳明战栗了！这仿佛天外飞来的声音，一下子使她捕捉到一颗蕴含着深深热恋的心。她不顾一切地冲进屋里。猛地抱住了鸿远的双腿，眼泪刷刷地流到那双仅穿着睡裤的腿上。

“你？柳明，是你？”他吃了一惊，仿佛从梦中醒来。浑身在轻轻颤抖，“起来，柳明，起来，你怎么哭啦？”

她顺从地松开了他的双腿，站起身来。突然，一双有力的臂膀把她拥到了怀里，两片灼热的嘴唇，同时碰到了她的唇边，一刹间，一种巨大的幸福把两个年轻人冲击到忘掉一切的境界中……突然，鸿远像被什么螫了一下，立刻松开双臂，离开了温馨湿润的嘴唇，站到屋地上愣住了。不一会儿，一种声音，又像从天外飞来似的传入柳明的耳鼓："柳明，对不起——你能原谅我吗？"

"原谅什么？"她的声音像游丝般软弱无力。

"原谅我的鲁莽。"

"不，不，我不能原谅你——你不该这样自己苦自己……"说着，柳明伏在床沿上不再出声。

鸿远坐在椅子上怔了一阵，然后拉过柳明，让她坐在自己的身边。月光下，他清楚地看见那张美丽的脸异常苍白，甚至在轻轻抽搐。他极力镇定自己，半天，才小声继续地说：

"我知道——你对我的感情；也知道你了解我的心——早在刚一认识你，我就无法忘掉你。可是，我非常矛盾：我早就暗暗立下誓言——战争不胜利，不谈恋爱，不结婚。因为我怕它影响工作，也怕它害了我心爱的姑娘——柳明，原谅我，行么？残酷的战争，紧张的地下工作，我不得不作好最坏的精神准备……不过，自从和你'住机关'，我内心的矛盾更加剧了。我承认我是个平凡的人，是凡夫俗子。这些天，为了你，我夜里总睡不好觉，我们的床上有你的枕头、被子，我只要有勇气找你来，我相信你会过来的。可是，我在克制自己，我也在诅咒自己。今晚，我坐在窗前被你发现了，其实，我不止一次地这样坐着……"

柳明一下子抓住鸿远的一双手，用那双大手擦着自己簌簌滚落下来的泪水："你为什么这么迂？为什么要这么自己苦自己？难道你要做个苦行僧么？"

"不、不！我不是做苦行僧，我是在执行一个党员应尽的责任和义务。组织上给我们的任务是做'假夫妻'，是为了完成艰巨的使命。两边的同志，"他向两旁的小顾和华妈妈的房间努努嘴，"他们的眼睛都在看着我们，假如我们真的沉醉在爱情的漩涡里，这不仅会影响我们的工作，而且，同志们将会怎样看我们？我们如果能够很好地完成预定的任务还好，一旦发生意外，任务完不成，那时，即使领导和同志不把这种过失放在恋爱——同居的问题上，我们能问心无愧吗？柳明，我不知说清我的意思没有？我只有恳求你的原谅——因为我深知你对我的感情……”鸿远说到这里，嗓音沙哑了，似乎也有泪水在他的眼里闪光。

“那你说怎么办呢？我一切服从你的意旨。只要你高兴，也就是我的幸福。”柳明不哭了，她的眼里闪着灼灼的光焰，她的心头忽然涌起一种激越的情感。

“假夫妻——仍做地地道道的假夫妻。什么时候环境许可了，那时候再看情况。当然，我们的心会永远在一起。无论天涯海角，无论你在哪儿，我都会去找你的。我一定会去——找你，找你的。”

“好吧，我尊重你的意见，服从你的意见。但愿我们有一天真能够变假为真……看你穿的裤子多单薄，天都快亮了，你快去睡。我走了。”说着，柳明毅然站起，向华妈妈的屋里走去。走到客厅，她又站住了，忍不住回过头来悄悄掀开门帘的缝隙，向鸿远的床上偷偷望去。啊！他还没有睡，像一尊石像，仍然站在屋地上，呆呆地望着窗外。他的脸色庄严刚毅，却又浮现着深深的痛苦……

柳明的心翻扰着，她不敢再看下去，急忙钻回华妈妈小屋的床上，用被子紧紧包住了身躯和头颅。

第五十三章

柳明到保定教会医院上班之前，刘志远告诉她，医院有位护士长名叫杨明晶，是协和医学院护士班毕业的。虽然出身资本家，信奉天主教，但同情抗日，也同情八路军。叫柳明设法和这个人多接近，有困难可找她帮忙。

“爸爸，没想到愿意抗日的人，在敌区里也是这么多！我知道您就是这方圆百十里有名的大财主、大绅士。可您对抗日是多么热心——您冒着生命危险为我们奔走，您拿出自己的钱帮助我们，您实在是一位少见的人物……您是怎么变成这样的呀？”柳明被好奇心驱使，向“父亲”询问起来。

摸着八字胡微微一笑，刘志远说：“闺女，你只知其一，不知其二。想当初，我对抗日，对你们——”他伸出两个手指头比成一个“八”字，“也不是那么热心，那么了解的。我有点爱国心，认为实业可以救国。从英国留学回来后，一心想当个实业家。我把祖上留下的大宗产业投放在天津，也有一部分在保定。我经营过猪鬃、大豆、美孚油、药品、棉纱好多种生意，天津有我开的纱厂，保定也有我开的几个商号……可是我的实业救国的理想，在国民党的统治下，在半封建半殖民地的中国，只能是大鱼吃小鱼，小鱼吃虾米，最后全成了镜花水月。尤其日本人打进中国以后，国民党不战而退，纷纷南逃。眼见无数同胞惨遭日寇杀戮，我一颗中国人的良心渐渐醒悟了……”

刘志远慢慢地简略地谈着他的经历，说到这里，他把纸烟放在烟灰缸里压灭掉，抬起头来直直地望着女儿，眼圈有点发红，“闺女，我真拿你当自己亲闺女一般疼爱——因为我打心眼里爱上这个了。”他又用两根指头比成了八路军，“不知怎么的，咱们边区政府有一位领导人知道了我，竟然像三顾茅庐一样来看望我。闺女，你还没有去过咱们的家——它在靠近山边的平原上。自从‘七·七’事变，一看日本要灭亡中国，我的心气全凉了，什么也不想干了，发财有什么用，身外之物！于是就在家中呆下来了。这时候我时常想起的是文天祥、岳飞、史可法这些爱国者，又常想着‘国家兴亡，匹夫有责’这句话。说实在的，我那实业救国的理想，在日本人的屠刀下面完全变成了一堆泡沫，心里当然是难受的，为了不当亡国奴，不看那些亡国惨象，我也想过到国外去逃避现实。正当这时，八路军过来了，一场平型关大战，对比着国民党溃不成军的南逃，我慢慢儿看出谁是真抗日、谁是假抗日了。接着，边区的那位领导同志亲自来看望我。他对我讲了许多抗日的道理，讲抗日民族统一战线，讲中国必胜的道理。很器重我，鼓励我参加抗日工作。‘士为知己者死’。我遇见了知己，我找到了一条报国之路，好比从阴沟里走到太阳底下，心里好痛快呀！”说着，刘志远又点燃了一支纸烟，一口口吸着。那双小眼睛，一刹间从黯淡中闪耀出熠熠的光芒。五十上下的人，仿佛变成二十多岁的小伙子。“闺女，你能了解我么？我视金钱财物贱如粪土，我看国家存亡重如千钧。我的决心一下，绝无动摇。因为我看了一些马克思、列宁的书，懂得一点共产主义的道理，也相信共产党目前的政策是正确的。现在我所以要装成这么个半糟老头子，就是因为咱们边区领导信任我，重视我，把许多重要的任务委托给了我。为了完成任务，我得像孙悟空一样，时常要七十二变——别看我现在是袍子马褂，可是一去天津、上海，我就是西服革履，满嘴洋文的半洋鬼子。”刘志远说到这里，得意地笑开了。

柳明听着这些直率而质朴的语言，一股暖流沁透全身。心里暗暗想："共产党真有办法，连这样的人也能团结……"

"以后，作为你的爸爸，我会常来看你们。给你们准备的那几间小房，是我的一个亲戚的，他一家都搬到北平去了，我就把这房子借下来给你们住。闺女，我通过关系，给教会医院的头头送了一份厚礼，又有杨护士长的保荐，你能去当个外科大夫是最好的了。我听鸿英说，咱们那边有的领导同志患了重病，根据地里医疗条件太差，就想到这个医院，想到有你和杨明晶配合，就可以把他们送到这里来治疗。我已约定好，不久就会有位军分区司令员要来这个医院。他病很重，你要尽力把他的病医治好。"

柳明听了悚然一惊："这艰巨的任务，自己能够很好地完成么？"不知怎的，她忽然想起反扫荡中的韩美琳和小难难来。首长来到保定这块凶险的地方，她能够保证他们的安全么？虽然，鸿远和她谈过这个任务，但经刘志远具体说来，她才感到压在自己肩上的担子是多么沉重！

"对了，你既然是一个大财主的女儿，服装上就得比别人阔气点，何况你的'丈夫'还是省警备司令部的参谋呢。这是件小事，可也得注意。所以，我这儿给你准备下一千元，你自己去挑选合体的漂亮衣裳，能多定做几件更好。"说着，刘志远掏出一卷钞票放在茶几上。

柳明的心又是一热。她不肯接钱，委婉地说："爸爸已经给我做了好几件合体的衣裳啦，用不着再做了。"

刘志远似乎生了气，眯缝着亮晶晶的小眼，瞪着"女儿"："不听话，还能干得好工作！到时候，说不定你还得常跟那些阔太太、大小姐们应酬呢。得学会打麻将牌；得想办法叫跟你接触过的人都喜爱你这位年轻漂亮的太太；更重要的是，你所处的环境是复杂的，你必须应付好各式各样的人！"

柳明原来对这位财主还不甚信任，甚至有些警戒心理。此刻她似乎看见了一颗忠于祖国的心；一颗出于污泥而不染的洁净的灵魂。这使她陡然增长了在龙潭虎穴里搏斗下去的勇气和力量。

果然，第一个考验降到柳明身上。

她来到教会医院的第五天，一个胃大出血的病人要作胃切除手术。医务主任交给她做。开始，她有些惶惑。听说院长、外科主任和一些外科医生都要到手术室来看她的第一次操作，她的心反而沉静下来。她在根据地早已为八路军战士做过不少手术，做胃切除手术也不是第一次，只不过是时间、地点不同罢了。在手术室里，她首先严格地给自己消毒——仔细地反复地刷洗双手、十指、指甲、直至双臂……趁着病人被抬到手术台上的那一刹间，柳明露在大口罩外的双眼向周围迅速一瞥，只见手术台边几个年纪都比她大的医生、护士，包括院长——一个外科专家，一个个全向她投来不信任的、甚至轻蔑的目光。柳明知道病人是个拉洋车的。医院叫她做这台手术，是拿活人来试验她。她压住气忿，严肃地不动声色地站到手术台上。在无影灯下，小小的手术刀操在她手上，立刻就活起来了——似春燕剪水，灵敏轻捷，施展自如。胃部的病灶很快被割除下来。她那只戴着手套的纤手，又向腹腔内部各处认真地探察了一番，确定病人内脏没有其他病变后，才开始用手术针——那弯弯细细的比绣花针粗不了多少的针，给病人缝合伤口。她的动作又轻、又快、又仔细，就像绣女在锦缎上绣花似的。护士、助理医生帮她剪掉一个个缝合的线头时，相比之下，都显得拙笨，迟缓。

围观者的眼光全都变了。柳明两只纤细的小手，似乎有一股魅力，把这些入都吸引住了；两只露在口罩外面的大眼睛。虽然它的睫毛只比一般女孩子的黑些浓些，可是在十分专注的神情下，它却像寒夜的星星，像湖中的涟漪，闪烁着一种迷人的光彩。难怪柳明刚刚走下手术台来，几个年轻的男医生就立刻抢着向她伸出手去，抢着向她投去带着异样神情的目光。女医生感到这些目光是友好的、钦羡的，甚至有的还带着某些爱慕之意……

“刘大夫，没想到您这么年轻，手术就做得这么好。”五十多岁的老院长伸出手来紧紧握住柳明的手。这时，她已经把大口罩摘下，那张白里透红的美丽的脸，绽出一缕庄重而又温和的微笑，向周围的人轻轻地吁了一口气。

从此，柳明的医疗技术在教会医院里轰动了！整个医院的医生、护士们，除了个别之外，都对新来的刘丽贞大夫投以青睐。那位杨明晶护士长也逐渐和她熟识了，而且很快成了好朋友。

这是一位二十五六岁的未婚老姑娘。个子不高，显得有些瘦小，却精明利索、走路如飞。柳明借着业务关系，一看左右无人，便和她攀谈起来：

“杨护士长，您的工作效率真高——一等病房、二等病房，还有三等普通病房，就您一位护士长来照顾，真不容易！怪不得走路像飞一样呢。”

杨明晶两只精明的眼睛盯在柳明的脸上看了一会儿，微笑着说：

“刘大夫，想不到您也这么能干——一天能做三四台大手术，这是我们医院从来没有过的事。连院长，内、外科主任都夸奖您，说咱们医院来了一把好手。”

柳明连连摇头，害羞似的拉住了杨护士长的手。

“杨姐姐，您这么一说，我都害臊了。您这一套工作，比我的复杂多了，以后，我得多跟您学着点呢。”

杨明晶闪动着细长的眼睛，俯在柳明耳边说：“您的父亲刘志远先生和我父亲认识——他们一起在英国留过学。刘老伯常偷偷跟我说，中国人要爱中国。这个人真好。我喜欢他，佩服他。他有您这么一位有出息的女儿，够幸福的。这是上帝的恩赐……

我能认识您，也得感谢主。以后有什么为难事，您就找我，在这个医院里，我说话还顶点用。”

一天，刘志远陪着一位病人来到医院，住进头等病房。这病人似乎很有身份，还带来一个年轻的仆从。他不过二十五六岁，脸色焦黄，身体削瘦，肚子却坚硬得像装满了石头块。因不能进食，身体十分衰弱。这人刚住进病房，躺在床上，柳明就被爸爸领了进来。女大夫遵照爸爸事先的嘱咐，低声向病人招呼道：“表哥，路上辛苦了！先喝点水好吗？”

一位穿着洁白外套、头戴修女式白布帽子的年轻护士，走进来殷勤地照护病人。

柳明俯下身来，轻轻地摸摸病人的脖颈，又摸摸那坚硬的肚子。护士小姐刚转身出去，病人突然紧紧握住医生的手，嘴唇轻轻翕动着：

“表妹，见到你真高兴！以后要多麻烦你了。噢，在山里我就找你看过病了，你还记得么？”

柳明认真地看了看病人，认出来了：这位叫李彦祥的司令员确曾几次到她的住室找她看过病。不料在这个敌占区医院里，她第一个接收的我军病人竟然是他，她的脸刷地红了。

“记得您，司令员，不，表哥，等内科主任来给您检查，确定是什么病就好进行治疗了。放心，这个医院的水平还是不错的。内科主任那个人也不错。”

“表妹，在这种地方看见你，真、真是……”看得出来，李司令员由于激动，说不下去了。

病人虽然衰弱，两眼却灼灼有神，他望着柳明，露出欣喜的神色。

不一会儿，四十多岁的内科主任来了，后面还跟着一位内科医生和杨护士长。内科主任在病人腹部敲打了一阵，听诊了心脏和肺部，又问了病情。病人自述今年春天一次发烧后开始厌食，时常大量流鼻血，自觉肚子里有硬块，腹部渐渐胀大。到现在，什么东西都吃不下，勉强吃一点点就胀得难受。柳明站在一旁默默听着，断定病人的脾脏极度肿胀，影响胃的消化，可能肝也肿大了，引起严重贫血。病因是一种利什曼原虫传染所致……她在暗暗背诵课本上关于黑热病的症状，心里焦虑，又不便插嘴，只等着看内科主任的诊断。问诊完了，病人用微弱的声音要求主任告诉他得了什么病时，内科主任看看跟随他进来的内科大夫，又看看柳明和护士长，只轻轻说了句，还要作些化验才好确诊，便偕医生和护士长一同走了出去。

病房里的空气，像谜一样令人困惑。

刘志远倒还显得平静，他把病人的仆从介绍给女儿，说是司令员的警卫员小靳；又吩咐小靳有什么事就找柳明。小靳在敌人巢穴里见到了自己的同志，黝黑的脸高兴得红涨涨的。他紧紧握住柳明的手，傻笑着却说不出话。这时，躺在床上的李司令员说话了，他对围在身边的三个人轻声说："我要喊一声同志——同志们啊……"他的眼圈红了，"我是坚决不愿来敌区治病的。可是边区党委领导十分关心我，非叫我来不可，我只好来了。在这里，我不单是来治病，也同时是和大家在一起战斗呵！刘志远先生虽是上层，但你的表现却和我们的同志一样，所以……"下面话，说不下去了。

刘志远紧握住那只筋络突出的消瘦的手，眼睛湿漉漉的："首长，您放心！我在保定这一带——包括一些上层和敌伪官员都有关系。无论如何，我想尽一切办法保证您的安全。不要怕花钱，花多少钱都在我身上，一定要把您的病治好。"说着，六只手又紧紧握在一起了。

从此，柳明虽在外科工作，只要有点空，就跑到内科头等病房来看李司令员。李司令员被确诊为黑热病，并且开始服用斯的黑锑，还给他输血、输液。柳明觉得内科主任很负责，也慢慢放下心来。

第五十四章

刚平静了几天，生活中又起了波浪。

柳明正在李司令员的房间里，刘志远来找她，说有个皇协军团长，出去扫荡时被打伤了一条腿，住到陆军医院，溃疡很厉害。那里的外科主任主张把这条腿锯掉。刘志远认识这位团长。团长夫人听说他的女儿在教会医院做事，是个高明的外科医生，就求他让柳明给丈夫看看，想办法保住这条腿。

“丽贞，你去看看行吧？看能不能把这位团长的腿保住？”

“爸爸，不，我不能去给敌人治伤。”柳明毅然拒绝。

刘志远不吭声了。

李司令员劝柳明：“刘大夫，要给这个敌人去治伤。你考虑一下，如果你能把这个人的伤治好，那就有希望把他夫妻俩争取过来——至少团结住他们。这对咱们在保定一带的活动是有好处的。”

柳明沉思一下，望了望李司令员的脸色，又提出了困难问题：她是教会医院的医生，跑到陆军医院去给人看病，那里的人——尤其是那里的外科主任会高兴？关系弄得不好，会不会影响她在教会医院的存身？而且，伤者的腿要是真该锯掉，她去了，反而不好下台。怎么办？

刘志远摸着小八字胡，慢条斯理地说：

“闺女，你想到的，我早想到了。那位团长可不是个等闲人物，他的夫人又是省长的外甥女，他们想找一位高明的大夫保住这条腿，别说皇协军里的外科主任，就是陆军医院的院长，又有谁敢说个‘不’字！如果治不了，我会替你好好解释，也不至于坏事的。”

柳明没的说了，虽然不愿意，当天午后，仍随着刘志远来到陆军医院的上等病房。一位二十多岁的少妇迎了上来，一把拉住柳明的手，气喘吁吁地说：

“大夫，刘大夫，您救命来啦！行好来啦！谢谢您赏光啦！这医院要是把我们团长的一条腿锯掉，我们一家子还怎么活呀？别看他平时还挺有人缘，各方面都挺器重他，到那时候可就完了，没事由干了。什么亲戚朋友，哪个靠得住！我们一家子就该拿着打狗棍子沿街要饭去啦！”这位精明俏丽的夫人唠叨着，禁不住泪流满面。她拉着女大夫的手，把她领到丈夫床边。那团长叫吴蔚仁，年纪不到三十岁，方面大耳，脸白白的，长得有点像个泥菩萨。见了柳明，没精打采地看了她两眼，似乎不相信这位年轻的女大夫真有什么本事。确实，他是拗不过妻子缠着，闹着，才姑且要柳明来试试的。

柳明打开了那只溃烂的腿，仔细地观察了一阵。大腿上部被一颗爆炸性的子弹打穿，看样子还没有伤着骨头。只因消毒不好，伤口越烂越深，已经烂到骨头边了。大概这个医院的外科主任看到溃疡面深而且大，红肿的腿开始发紫，认为如不锯掉，万一并发败血症，就要危及生命，才主张把腿锯掉的。

“大夫，小姐，您看他这条腿能不能保住呵？”团长夫人一直在注意女大夫的脸色，嘴里还在念叨着什么。

“团长没有发高烧，还没有感染败血症的迹象。依我看来，这个医院的消毒操作好像不大严密，如果你们相信我，以后我必须亲自来给团长换药。他的创面很深，一定要用彻底消毒的药棉、纱布，配合服用大量消炎药品……吴团长的腿，我看是可以保住的。”

柳明口里这么说着，心里却产生了一阵难以抑制的愤懑。那一堆堆的尸体——那曾绊了她一个趔趄的无辜被杀者；那横横竖竖地倒在昏暗的天穹下的死难者；还有韩美琳和小难难……霎时都在她眼前浮现……她呆呆地想着——你这个跑到根据地去扫荡的汉奸、刽子手，现在，倒要我来治愈你的伤，治好你的腿，好让你再去根据地杀害我们的战士和百姓……柳明沉默了，目不转睛地盯着吴蔚仁。

团长和他的夫人张玉梅，也呆呆地望着她，脸上露出喜疑参半的神色。那位夫人嘴快，立刻喊道：

“大夫，刘大夫，听您说的真叫我们高兴透啦！要是这样，那我们索性住到教会医院去，由您亲自治疗我们团长的腿，不是更方便啦！”

没等柳明开口，刘志远答了话：

“吴太太，我看你们不用搬了。我家丽贞每天下班回家，都路过这里，叫她顺便进来给吴团长治伤就是了。”

爸爸的主意真多。他为了叫更多的皇协军伤兵看到女儿的本事，好扩大她的名声，就主张女儿到陆军医院来替吴团长治伤。柳明领会这层意思，轻轻点了点头。

回到家里，鸿远已先回来。柳明解掉围巾，脱下翻毛大衣，轻轻坐在鸿远身边，像交了试卷的考生找到老师似的，把自己生怕做得不好的试题，向他诉说求教。

“柳明，你长进了。你能果断地处理这些棘手的、不愿意做的事情，很不简单。”鸿远平日很少赞扬柳明，今天，意外地褒奖起她来。柳明一高兴，脸又红了。

“有你这位老师成天教导，我不进步行吗！”柳明说着笑了一下，接着又提新的问题，“对怎样处理吴蔚仁那条腿，我还比较自信。就是李、李——司令员，我、我真不知道怎么处理才好。”

鸿远睁大眼睛，盯着柳明的脸不出声，那眼神是叫柳明继续说下去。

柳明什么事都不愿隐瞒鸿远。她说，李司令员住院以来，健康日见好转，便时常对她表示出一种不平常的感情。有时拉住她的手，两眼呆呆地望着她；有时又说很喜欢她，向她诉说自己的身世……这使柳明感到非常为难：跟他疏远些吧，这是位需要很好照顾的重病人，是领导，又是患难中的同志，她不忍心这么办。对他随和些吧，他似乎得寸进尺，感情流露得更加明显，甚至表示愿意和她长期相伴。柳明一天不到他的病房去，他就叫警卫员到处找她。弄得她远不是，近也不是，十分为难。

鸿远听罢，微微一笑，露出洁白的牙齿，忽然轻声诵起诗来：

“还君明珠双泪垂，恨不相逢未嫁时……”

“去你的，你这个小嘎子！”柳明在鸿远背上轻轻擂了一下，脸又红。

“柳明，我发现你有两个特点。”

“两个什么特点？”

“一个是爱脸红；再一个是爱哭鼻子。你又不是诗人、作家，一个搞医学科学的，怎么科学味不大，诗人味倒挺浓——很有点像多愁善感的林妹妹。”

柳明的脸刚转成白色，立刻又绯红了。

“许多学医的也是诗人、作家！像郭沫若、鲁迅、契诃夫。文艺作品是解剖人的灵魂的；医学是解剖人的肉体的。二者很接近。比跟你这个搞政治的还接近！”

柳明的话也使曹鸿远脸红了。他想起那个夜晚，柳明突然来到他的住室的情景——缠绵而又凄苦，特别是自己感情暴露的神态，使他感到很不好意思。

柳明见曹鸿远的尴尬样子，笑笑说：“不说这些闲话了，我问你的棘手问题，你看怎么办好呢？快指点吧！”

“关于李司令员？我以为你还要当他的表妹，还要拿他当可尊敬的同志，尊敬他，关心他。因为爱一个人并不是罪过。况且柳明小姐也确实值得爱……”

“你又嘎了！嘎子，嘎子！以后不许你再说这些！”两个人欢快地笑了起来。两颗互相信任的心，如此紧密地联结在一起。人生中能被知己理解的幸福，在他俩心中悄悄流荡。

柳明尤其激动，一把紧握住鸿远的胳膊，眼圈红了，嘴角哆嗦着：“老曹，你真好！你这么宽宏大量——这么信任我……”

第五十五章

又出现了新的情况。

那天，刘志远走进李彦祥的病房，正巧柳明也在这里。小靳随即拿着一本《七侠五义》出去——大凡首长在房里同自己人谈话，他就坐在门边看书；见护士或医生要进病房，便立刻站起来把门弄响，给谈话者发出警报。

刘志远轻轻凑到李司令员和柳明身边，压低嗓门说：

“刚才杨小姐告诉我，可能透了风了——一个日本商人指定要住头等病房，而且还要住在咱们隔壁——八号房间。他打着商人的招牌，谁知是干什么勾当的。院长们开医院为的挣钱，不能不答应……你们看怎么办好？要不要给外甥你挪个医院？”

几个人一时全紧张起来，沉默着。病房里悄然无声。

李司令员躺在枕上沉思一阵后，慢慢说道："不能马上挪动。那样会更加引人怀疑。在敌人统治下，换个医院照样有人跟踪——看来，保定的特务机关还挺活跃呢！"

"我也认为表哥现在不能挪动——第一，他的病刚好一些，还要在这儿继续治疗；第二，如果突然挪换医院，不但敌人会发觉，会跟踪追寻，连医院里，像院长、内科主任这些人也都会怀疑？那——我以后的工作就不好做了。"

刘志远连连点头，两只小眼睛盯着"女儿"和"外甥"不住地眨动着。这似乎是他在考虑事情时的老习惯。

"我说说我的意见：我在这里住院的一切手续都是合法的。我虽是江西口音，可是我的母亲——舅舅的姐姐是嫁到江西去的媳妇，我来北方投奔舅舅找事情，生了病，住了院，怕它什么！那个日本人来了，我就——他不找我便罢，来找我，我就和他打太极拳……"李司令员说到这里，喘了一口气，再说话时带出骂声来，"娘的！老子十三岁参加革命，什么阵势没见过，他要想找死，叫小靳给他一刀子！"

刘志远眨着眼，盯着"外甥"看了一会儿，轻轻点点头：

"只好先照你说的办。看看那个日本人是什么来意，弄清情况再想对策。可是，万一有事，二等病房里还有我们三位同志呀……"

柳明插话说："杨小姐这个人很有正义感，也有胆量，还带着我去拜望过院长和各科主任。他们对我的印象还都不错。那位内科主任，甚至可能看出了表哥的身分——他的医学知识告诉他，一般有钱人，营养好的人，是不会得黑热病的，但他却细心给表哥治病。从他的言谈中，我看出了他对我们的关心和掩护。院长这个人也不坏。教会都有英美后台，对日本人并不那么害怕。何况爸爸和英美派也有关系……"

刘志远好像已经胸有成竹，捻着小胡冲着女儿笑道："闺女，现在多说无用，到时见机行事吧。你表哥累了，天也晚了，我送你回去!”

一种责任感沉重地压在柳明身上。组织上给她的任务是要掩护好曹鸿远，也要保护好从根据地来治病的领导同志。现在曹鸿远那方面好像还没有什么问题，华妈妈每天下午都要到医院去看看“太太”，问问晚上给“老爷”做什么菜吃，有什么事做。一看“太太”这里平安无事，她悄悄说一声家里没事儿就走了。所以柳明对他们那个“家”，分心不多。倒是在医院里掩护同志的工作，常叫她牵肠挂肚……

柳明忧心如焚地跟着“爸爸”回到家里，鸿远已经回来。刘志远立刻跟他谈起医院里新发生的情况。

鸿远听了，沉思良久，才对着志远、柳明，还有华妈妈轻声说起保定当前的形势，和他们面临的处境：“保定这个省城，是北平、天津的门户。敌人是下了大力来保卫的。伪省长鲁占元兼警备司令，外号朱麻子的皇协军司令也驻在这里。不过皇协军和鲁占元不对头。他们这摊子里有情报组专搞特务活动。总头目是日本顾问岗田。此人明着指挥这些组织和军队，暗中还掌握着另一摊特务组织，网撒得挺宽。那个住院的日本人究竟是一般商人，还是哪个窝里派来的？我们应当弄清楚。怎么保卫好那几位首长，更是我们当前的紧迫任务。爸爸，丽贞，现在你们两位肩上的担子更重了！这个阵地你们必须守住，牢牢地守住。不能叫敌人破坏掉!”

刘志远“父女”望着鸿远，只见他面色庄严，双眉紧皱，眼睛盯着墙上一张郑板桥的竹子，似乎在苦苦思索着什么。

柳明闪动着长睫毛的大眼睛，轻轻点头，微微叹气。

刘志远捻着八字胡，只慢慢说了句：“鸿英，放心！我会尽力的。天不早了，我该走了。”说着站起身，这个小院里的四个人，都把他送到大门口。

第二天早上八点，柳明刚上班，杨明晶找到她，说：“刘大夫，内科主任正请你呢。他叫你和内科梁大夫一同去看看八号病房住的那个日本人。”

“我又不是内科大夫，去干什么！”其实柳明心里倒很想去摸摸底，不过嘴里故意这么说。

“哎哟，姑奶奶，人家也许有外科病呢。这省城里，自从你治吴团长那条腿有了疗效，都在传说你是‘华佗再世’。女华佗，去吧，去吧！是那个日本人亲口点名叫你给他看病的呀！”柳明心里突地一惊。怎么日本人都知道她了？这是怎么回事？但她没有再开口，陪着内科主任和主治医师，一同走进了日本人的病房。

病人名叫西村正人，长圆脸，白白胖胖，戴着一副玳瑁眼镜，没有留胡须，一头浓密的黑发光溜溜的，年纪似乎还不到三十岁，样子倒也文雅。他见几个大夫一同走进屋里，不理别人，却对柳明特别垂青，用一口流利的中国话说：

“刘小姐，不，应当称呼您刘大夫。刘大夫，请坐，请坐。”他热情地给柳明让座，对那两位大夫却傲慢地看也不看，只把手一摆，算是请他们坐下。然后就问起柳明是哪里人？在哪里学的医？怎么来到保定的？等等。

内科主任不高兴地坐在一把软椅上，主治医师坐在一张小凳上，只有柳明和这位病人挨近坐着。她避开这个来路不明的日本人的询问，向他介绍说：“西村先生，这位是我们医院的内科主任，医术高明，富有经验，您是不是请他替您先检查一下身体？”

“我有什么可检查的！我没有别的病，身体壮得很。就是神经衰弱，头痛失眠。刘小姐，不，刘大夫，只请您每天给我按摩治疗一阵就可以了……”

柳明霍地站起身来，气得满脸涨红，两眼直盯着西村，说：“西村先生，你也有母亲和妹妹吧？或者早已有了妻子吧？难道对你的母亲、妹妹、妻子也是这样的不尊重？请你清醒点！中国的外科大夫，不是供人玩弄的日本艺伎……”说罢，她几步奔向门边，昂头向门外走去。

内科主任和主治医师都站了起来，脸上吓得变了颜色。他们都替年轻漂亮的刘大夫捏着一把汗。

西村见柳明恼火了，倒没有生气，反而伸出两只胳臂拦住她，脸上露出歉疚的笑容："刘大夫，刘小姐，对不起，太对不起了！请恕我唐突。鄙人听说您医术高明，所以才住到这所医院，想请您替我治治病，实在别无他意……对不起，请原谅！请多多原谅……这位是内科主任吧？那就有劳阁下替鄙人检查身体，谢谢!"

这场交锋，柳明没想到是这样开始，又是这样结束的。从此，她就借故躲着不见西村，只通过杨明晶和其他人了解这个日本人的面目。但是，以后几天，每当她抽空去看望李司令员时，总见那个白胖脸在和李司令员或谈天或对弈。为了保卫"表哥"，她不得不在这个时候留下来，细心地观察这个日本人的一举一动。

西村一见柳明进来，立刻非常客气地站起身来。他穿着绸料和服，颜色总是鲜艳的米色或棕色。一口流利的北京话，使柳明以为这是个"假鬼子"。

"刘大夫一定很忙。鄙人自从住到这个医院以后，病情大有好转。这里的内科医生确实高明、高明！不过，以鄙人的看法，我的病如果是由刘小姐亲手治疗，那就会好转得更快了，因为您的医术更加高明。"

柳明又气红了脸。但她想起鸿远和"爸爸"都批评她遇事容易激动，要学会沉稳、冷静，不管对方使出什么姿态和花招，都应当以不变应万变。于是她尽量改变态度，说话缓和了：

"我学历浅，经验也很少，谈不到'高明'二字，西村先生您过奖了。"

西村并不知趣，接口说：

"从皇协军那边传出来，您保住了一位团长的一条腿。现在全保定城都说教会医院里来了一位女华佗，怎么能说不高明呢！鄙人确是为此才特地来这个医院求医的。"

李司令员看出柳明在努力克制，急忙接过话来，打着哈哈，半真半假地说：

"西村先生，你这个人真怪。你得的是内科病，或者也可以说是属于神经科的病。我表妹医术再高明，可她是动刀子的，你总想找她看病，是不是走错了门坎？你想叫她给你割一刀子才痛快么？丽贞，那你就把西村先生送上手术台，试试看。"

"是的，我一天不上手术台就觉得手发痒。西村先生如果嫌盲肠多余，我可以亲手替您把盲肠割掉——其实这是个极小的手术，刚开始学动手术的人就可以做。不过为了尊重贵体，我愿意亲自为您操刀上手术台。"

那个圆盘样的白脸有点发红了，那半真半假的笑容也收敛了。日本人的声音变得吞吞吐吐的：

"这可不敢，不敢！我的头痛、失眠已经好多了。只不过因为敬佩刘小姐，希望能常常见到您，向您多聆教，这对我的病，比动手术割盲肠更能发挥小姐的专长……"

"专长？"李司令员和柳明听了这两个字都不禁暗暗吃惊。什么"专长"？这专长二字和他割不割盲肠有什么关系？柳明尤其气忿，这明明又在侮辱她，拿她当艺伎……但她压下了恼恨，装起糊涂，沉着地不露声色。李司令员仍然打着哈哈，叫小靳说：

"医院应当允许头等病房里的病人喝点酒。病闹得我已经许久没有喝酒了。认识西村先生很高兴，趁表妹在这里，你上街买瓶上等酒来，我要和西村先生喝两杯。"

柳明趁这机会站起身来："表哥，在我们这医院里，不管你们多有钱，也得守院规。病人是不许在病房里喝酒的。"说着，向西村微微一点头，转身走出了表哥的病房。

这时已是午后四时多，柳明急忙找到杨明晶，说西村这个人鬼鬼祟祟，对她显出一副露骨的又似调戏、又似崇拜的模样；而且每天都到他表哥房里去胡聊——也许在窥探什么秘密。她问护士长有什么好办法？不然，她真怕很快会出乱子。

杨明晶知道这个刘丽贞在医院里是有任务的；她也清楚这个教会医院里已经住进了几个八路军的“首长”。西村的住进，早已使她平静的心悬了起来。听了柳明的叙述，她也担心会出事。她猜不透，西村是因爱慕刘丽贞的漂亮而来呢？还是哪个日本特务机关派来的？记得有一天，西村就曾向她打听刘丽贞结婚了没有？家住在什么地方？是什么人介绍她进这个医院当大夫的？等等。精明的杨护士长都回答得模棱两可。至于刘丽贞的家，她更没有透露分毫。不过她担心，也许这个家伙早已探知，有意找她核实一下罢了。那么，这又是谁透露，怎么透露的呢？他会暗中派人盯梢吗？这告密者是谁？会不会同西村住进这医院的事有联系呢？这西村也怪，一味盯住刘丽贞，对别的事似乎不太关心，又不像是个特务……

杨明晶思考着，没有立刻回答柳明的问话。午后，护士长办公室里已静悄无人，杨明晶警觉地到门外看了看，才睁大亮晶晶的眼睛对柳明说：“刘大夫，你放宽心。咱们有办法，绝不能叫那日本鬼子对你怎么样。只是你表哥和另外三位病人，我心里有点不踏实——我怕当真有狗汉奸告密。”

“杨姐姐，你说得对。”柳明放低声音说，“杨姐姐，我倒不担心自己，一个小小的医生，死了算什么！我最担心的也是那几个人，尤其我表哥，那西村指名要住在他的隔壁，是不是冲着他来的呢？他真有个好歹，我，我……”

杨明晶紧紧握住柳明的手，忽然趴在她耳边说：“我有办法了。我父亲跟保定的军界、政界，还有日本人，也像你父亲一样，都有联系。他现在还担任着商会副会长呢。为了保险，最好把你表哥转到我家去住。我爸爸最近去了上海；我母亲每天只知道吃斋念佛，什么事也不管。叫他搬到我家后花园里，那儿从来没有人去。只要把你表哥安置好了，二等病房那三位病人似乎还没有暴露目标，暂时不动，看看情况再说。丽贞，你看怎么样？”

“这个，我要和爸爸商量一下，还要征得表哥同意才能决定。杨姐姐，你真好——真是好人，认识你太叫人高兴了！”说着，柳明情不自禁地抱住了护士长的脖颈。

杨明晶的白脸绯红了。她也抱住柳明的脖子，伏在她耳边说：“我真想到抗日根据地里去呢。在这儿成天跟大鬼子、二鬼子打交道，太没意思！”

柳明使劲握住杨明晶的手，用深情的目光望着她。为了李司令员的安全，她已经到了心力交瘁的地步。幸得杨明晶见义勇为，仿佛一条负荷过重的船在险滩上遇到风浪，危急中，一叶飞舟，从上游劈波斩浪赶来，伸出了救援之手。此刻，柳明多么急切地想马上跑回家去，把这个好消息告诉鸿远，征得他的同意啊！但今天她格外小心，她怕那个西村派人跟踪。下了班就东拐西弯地绕行了好一阵，才绕到家里。门楣上，一块“吉庆”二字的小牌，一如平日，向她绽着笑脸——这个暗号，说明他们的“机关”平安无事。她高兴极了，像孩子般蹦跳着跑进了大门。

第五十六章

半个多月来，柳明每天下班回家时，都带上经过严密消毒的纱布、药棉、药布条、镊子和药品到陆军医院去，替吴团长冲洗、敷药、换药。那条据说必须锯掉的腿，居然奇迹般地日见好转起来。逐渐地，那位吴团长对丽贞的目光换成了钦佩与感激。他的夫人每天都在医院守候，简直把柳明当成活菩萨般膜拜，只要一见那个身材婀娜、服装考究、仪态大方的身影走进楼道里，吴夫人就急忙迎出来，一把抓住女医生的胳臂，高兴得上气不接下气地说：

“刘大夫，不，我的刘大妹子呀，我真要给您磕头啦！您看他的腿——肿全消啦！那个要命的大窟窿，越来越浅啦！要不是遇上您这位女神医，我们团长的一条腿还不早长了蛆，成了一堆烂肉……”

柳明不说什么话，只对这两口子温和地笑笑，就仔细地开始操作。不久，吴团长可以下地走路了，就出院回家，柳明也改为隔天上门给吴团长换一次药。一天，吴夫人拿出三百元现钞和许多绫罗绸缎送给女大夫，柳明坚辞不受，红着脸对她说：

“您总叫我大妹子，您就是我的姐姐啦！妹妹替姐夫治治病，那不是应该的吗？你们叫我收礼物，这就见外了。我一定不能收。这年头兵荒马乱的，以后您妹妹、妹夫遇到什么三灾六难，或者有人欺负我们的时候，姐姐、姐夫能帮帮我们，那就是对我们最大的关心了。这不比礼物、钱财贵重得多!?”

两口子听了柳明的话，有些诧异，问女大夫是不是有什么人欺负她了？柳明趁机把日本人西村对她的态度，向他俩叙述了一遍。最后，她说：

“现在还看不出多大来头，可是我总有点担忧，觉得这个人来意不善。以后，这个日本人真要欺负我的时候，姐姐、姐夫不会坐视不救吧？”

张玉梅听罢，狠狠地向痰盂里唾了一口唾沫，瞪了丈夫一眼，口若悬河地对丈夫说：

“我早就不愿意你给日本人卖命了！好容易混上个团长，还不是拿命换来的。这回枪子打在你的大腿上，差点给锯掉一条腿。要是打在你的脑袋瓜上，还不早就见了阎王爷……你看，咱大妹子是个多老实、多规矩的人，小日本也欺负到她头上来了。可恨，可气！大妹子，你放心！要是有人欺负你，姐姐豁出这条命去，也要报答你的大恩大德……”见丈夫不出声，快嘴夫人又对丈夫继续开炮，“你呀，你装什么聋，作什么哑呀？你还没有听见老百姓背地里骂你们这帮子皇协军是什么东西吧？‘皇协皇协，认鬼子当干爹，早晚得见阎王爷’……”

“我说太太，你一个人就够唱一台戏了。嘴里穷叨叨什么？谁愿意当汉奸！这年头，咱肩不能挑，手不能提，干啥去？能喝西北风活着么？”

“干啥不干啥，以后走着瞧。现在我得先问你——咱大妹子救了你，她要遭个什么灾难，你救不救她呀？”夫人竟向丈夫逼起宫来，“这荒乱年头，她长得又那么俊，活脱脱的大美人儿，就是容易出事儿。到那时候，你可不能袖手旁观呀！”

“咱不许空愿。到时候，咱是不是忘恩负义的人，你们看吧！”吴团长见女大夫灵巧的双手不停地在他的伤腿上细心地操作着，终于说出这句话。

柳明觉得这夫妇俩似乎还有点民族意识，并不甘心事敌，就趁机向他们讲了些日本人侵略中国的累累罪行。她不说空理论，以教会医院里住着的伤兵的悲惨遭遇为引子，委婉地叙说日本侵略军如何惨无人道，如何在扫荡时劈了小难难，以及无辜百姓被残杀的惨象。她自然不会说那是她亲眼所见，只说是从医院的伤兵那里听来的。见那夫妻俩听得挺入神，又随便说了些八路军如何英勇善战的事迹。柳明似乎无意地说着，沉稳的丈夫不多说话，妻子心直口快，又接上话茬来：

“妹子，你知道的事真多呀！那小日本跑到咱中国来杀人放火，我就看不惯。我姨父虽说当了个省长，那有什么荣光！还不是个大汉奸，我有个姐妹就常跟我讲中国人要爱中国，跟着日本人长不了……为这个我更不愿意他——”她忽然指着丈夫长叹了一口气，“听天由命吧！阎王叫你三更死，难留一命到五更。”

柳明那天回到家里，和鸿远在一起时又有了新的话题。鸿远听罢，忽然笑嘻嘻地对柳明一躬到地，涎着脸儿说：

“夫人辛苦啦!”

一见鸿远穿着一身黄呢子伪军官服装，却学起京戏中的小生模样，柳明笑得弯下了腰。她歪过身子指着鸿远喘吁吁地说：

“你——你，这么个大人了，还——还这副模样。淘气鬼——嘎小子!”

“现在早顾不上淘气啦。尤其和你这位严肃而又多情的夫人在一起……”鸿远没有说完要说的话，轻轻把还在笑着的柳明扶了起来，“柳明，你真大有进步了！能够见缝插针做工作了——你这一大摊工作，实在不简单呵，所以小生才给你行礼。”

“去你的!”柳明直起身来推了鸿远一下，“你好多日子没有这么高兴了，有什么可喜的事么？告诉我!”

鸿远不回答她，只拉住她的手，走近饭桌，并向屋里的华妈妈喊了一声：“华妈妈，一块儿吃饭吧！今天不会有人来的。”

华妈妈腰里系着围裙走进客厅，瞅着两个年轻人，笑道：

“老爷、太太，看见你们高兴，我也高兴。可是吃饭呀，还是你们两个一块吃，我跟小顾一起吃好。要养成习惯。”老太太说完，又回到厨饭端饭去了。

吃过晚饭，鸿远提醒柳明说：“为了对付日本人西村，你向吴团长夫妇求援，我同意。但那个伪团长同各方面的关系很复杂，他的妻子又嘴快，对他们你还得多留神，不可轻信——你说对不对？当然，他们对你治好那个男人的腿确是十分感激的，我们以后可以利用这个关系。只是我的任务不允许我和这对夫妇接触，你也不能在家里会见他们。这一点只有请你原谅了……”

柳明咀嚼着这番话，脑子清醒了许多，心里对鸿远也更加歆慕——但随之而来的又是一种难以言说的苦涩……

这会儿，鸿远和“妻子”在客厅的一张小圆桌旁吃晚饭。柳明兴奋地告诉他：李司令员已于昨天深夜偷偷出了教会医院，转移到杨明晶家中去了。

“那个日本人发觉了没有？”鸿远在节骨眼的地方，总是特别细心。

“哪能呢！杨明晶可有办法了。”

……半夜时分，李司令员按铃找来护士，说他腹部剧痛，于是被抬到 X 光室透视。透视完了，就从那里出了医院，坐上杨明晶父亲的汽车到了杨公馆。离开医院之前，她让李司令员和小靳全换上讲究的西服，对家里人就说是遇见了外地来的同学，接到家里来住几天。家人以为是她的男朋友，连家里的司机也被她瞒过了。

“你也真有办法！”鸿远又夸奖起柳明来，但语气平淡，并没有显出特有的兴奋。渐渐，他的脸色变严肃了，一双浓眉紧锁，眼神凝重，似乎陷入沉思中；手中的筷子，也不知什么时候停了下来。

“你怎么啦！”柳明放下饭碗，默默地望着鸿远的脸，不安地问，“是不是遇到什么困难或者危险了？我知道，你的事我不该过问，但我不放心呀！你能够告诉我近来在忙些什么吗？难道你对我还不放心？”

鸿远放下饭碗，站起身，轻轻叹了一口气：

“柳明，我当然信任你。虽然想把什么都告诉你，可是，你又该说我迂了吧？像我们做假夫妻一样，我的义务是：党叫我做什么就做什么；党叫我怎么做就怎么做。为这个，我内心并不是没有矛盾，也不是没有痛苦，因为我对你有些话都不能够说，你说能不感到遗憾么？柳明，我常担心完不成党交给我的任务，我也怕我们在一起的时间长不了。”

听了鸿远的话，柳明心头仿佛被一层厚厚的乌云笼罩着，顿时黯然神伤。他是为他俩的命运担忧吗？不，他所想所虑的只有革命工作，绝不会为个人的什么事在苦恼。但究竟是什么事呢？她拉着鸿远的手，两只大眼睛，也像罩上了厚厚的云层，从这云层里，透出几丝愁郁的光：

“老曹，一看见你不高兴，我心里就难受。假如能够把你的一切困难、愁苦都给了我，叫我一个人来承受，那多好！可是，你不会给我，我也无力代替你——我的命运就是这样么？”见鸿远不出声，只用那双沉郁的眼睛望着她。她想起一件事，便征询鸿远的意见，好缓解一下这令人窒闷的气氛：

“告诉你，那两口子为了感谢我治好那男人的腿，要请一些朋友在他家吃饭祝贺。听说多半是皇协军里的人。还有那女人张玉梅的姨父——河北省伪省长鲁占元也要来。我应该去吗？”

鸿远点了点头：

“这是你第一次参加这样的社交活动，我相信你能应付自如的。我不能陪你去，记着替我多解释一下。事实上，最近几天我要外出——要到比较远的地方去。”鸿远顿了一下，忽然动情地说，“柳明，我们住在杏树坡，附近就是个公园。你多次想叫我跟你一起到公园去散散步，我都没有去。今天，咱们去转转吧。天已经黑了，我换上便衣，咱们松散一下去，好么？”

“呵，你要跟我去逛公园？这是太阳从西边出来了！”柳明高兴得忽闪着长睫毛，大眼睛里发出晶亮的光，使长睫毛像流苏一样，荡漾在两块晶莹的黑宝石上。

第五十七章

杏树坡一带的环境很幽静，在往昔和平的日子里，倒是年轻人幽会的好去处。在这里，鸿远和柳明“同居”两个多月了。他们白天分，夜间合。合的时候也是谈工作，谈问题，谈各人的理想。生活节奏紧张，却又单调枯燥；逛公园、看电影等娱乐，更是从来没有的事。今夜一听鸿远邀她同去公园，柳明心头的愁云顿时一扫而光，高兴得像个孩子，急忙帮鸿远找出便衣——蓝绸子夹袍，灰呢子礼帽，还换上一双礼服呢布底鞋。她自己也打扮得格外漂亮——紫红色锦缎旗袍外面，罩上一件火红毛衣，脚上是双黑漆半高跟皮鞋。乌黑的卷发上还歪戴着一顶紫红色的绒线小帽。亭亭玉立的颀长身材，衬得那张荷花样的脸，似乎更加光彩照人。

鸿远叫小顾持枪远远地跟在他们身后。他轻轻挽着柳明的臂膀，一同走进公园。在长长的柳堤上，鸿远心头忽然一阵激动——他虽然每天都可以和柳明见面，甚至追溯到以前的多次来往，也只有今天晚上，他才仿佛第一次发现她是这样的美，这样的使人目眩神摇——这美，不仅是外形的，也是内在的。她的躯体和她的心灵一同在他眼前闪耀着一种异样的光泽，使他情不自禁地半搂着她的细腰，轻声说：

“柳明，你现在觉得快乐么?”

“快乐。快乐极了！只要你在我的身边，我就觉得非常幸福——幸福……”

公园的山坡上，排排杏树已绽出艳丽的娇红。夜，雾蒙蒙的，月色如纱。朦胧中，有一股春天的气息弥漫在他们的周围，潮湿的空气，散发出阵阵醉人的馨香。这气息使得他们长久处在战斗环境的紧张神经一下子松弛下来。二人默默无言地漫步着，似乎被这游人稀少的幽静，和大自然的美色所陶醉了。

“柳明，我知道你对我的感情。我非常珍视它。不是我悲观，历史的使命恐怕很难让我们长久相处在一起，离开你——我是难过的。”很少表露感情的鸿远，今夜一反常态，忽然说出充满离情别绪的话来。

柳明紧紧搂住鸿远的胳膊，生怕他跑掉似的，声音微微颤抖着：“鸿远，我们不分离行么？我多么害怕离开你！只要和你在一起，就是做假夫妻我也感觉非常幸福……告诉我，你要到哪里去？留下我一个人在这虎狼窝里，真有些害怕……你什么时候才能回来？”柳明说话有些前言不搭后语了。

“说不准。如果情况没有变化，十天半月就可以回来；如果发生意外，那就……至于到哪儿去？我还是不告诉你好。”

“你回来，你一定要回来！”柳明把鸿远的胳膊搂得更紧了，“我等着你，等着你回来！”

曹鸿远缄默不语。半天，他忽然说：

“柳明，我向你背点我喜欢的诗——不，这不是诗，这是罗曼·罗兰写给玛尔维达夫人信中的一段话，好么？”爬上一个土坡，他俩都靠在一棵树旁，鸿远用带着感情的低声说，“柳明，你听着，我念给你听：‘我不会和你分离的，在巴黎或罗马，我都在你身边……无论你在哪儿，无论我在哪儿，你将永远和我在一起，你是我的一部分——最好的一部分。’我很喜欢他们那种崇高、真挚的感情，所以，背下了他们通信中的一些句子。柳明，记住！无论我们分离得多远、多久，我们也都是在一起的。

是永不分离的——你说对不对?”

“曹鸿远，你的记忆力真好。这些文学家的话，你会记得这么清楚。你说得对，我们不会分离的，永远不会！可是你要走了，我真怕，真怕你不再回来……”说着，柳明伏在鸿远的肩头上不出声了。

鸿远把柳明的头轻轻挪开。拉着她穿过树林，走上凸凹不平的小道。

“咱们该回去了。柳明，你这个人表面看起来还冷静，可你性格中却蕴蓄着过多的感情成分。我们是在敌区战斗，你这种性格不太适于在这种环境中工作啊！冷静些，为了事业，我们只好牺牲个人的情感——事业第一，爱情第二，你说对不对?”

“那你刚才还给我念罗曼·罗兰的信……”

“我承认我也有脆弱的时候，也有动感情的时候。但最后，我还能控制自己，叫理智占上风。你已经体会到了，我们这对假夫妻，需要我们付出多少痛苦和自我克制的毅力，尤其是我。”

“这点，我向你学习……”说着，柳明的眼泪簌簌地滚向腮边。

夜色，无边的温馨，无边的宏伟，无边的美。它并不黑暗，它是使万物休息、生长的摇篮。夜，这样一个美好的夜，将永远留在鸿远和柳明这对爱人的心灵中，使他们更加感受到生的喜悦。

回到家里，两人都换了衣服，鸿远似乎话兴未尽，又坐在沙发上和柳明继续倾谈：

“柳明，我走后，你有什么事，或出了什么问题，就叫爸爸赶快去找‘老爷’。爸爸的身份不易暴露，你通过他和‘老爷’联系，听‘老爷’的指示办事。当然，你还得掩护我，还得掩护和保证那几位病员首长的安全。好在有杨护士长帮助你，我看这个人还可靠。对那个日本人，你得分外留神，最好先不要回这个家住了，留下华妈妈看家。你能不能跟杨护士长商量，让你和她住在一起。有什么事——万一发生什么事，就叫她赶快去通知爸爸。爸爸还住在迎宾旅馆里，他们又很熟，这很有利。”

柳明频频点头。心里有千言万语，半句也说不出。忽然，她跑进自己的小屋里，从枕头底下拿出一个精致的小本子，羞涩地把它放在鸿远的手里。

“这一分别，也许再也见不到你。偶然翻着这首词，它很贴合我现在的心境，我把它抄在这个小本子上了——我什么也没有写，只抄了这词。这样，你可以随身带着。假如你想念我的时候，就拿出来看一看、念一念，或者，把你的感想也写在上面，这样，当咱们还能再见面的时候，你也给我看……”

鸿远没说话，打开本子，轻声念着：

“鹧鸪天——辛弃疾

唱彻《阳关》泪未干，功名余事且加餐。浮天水送无穷树，带雨云埋一半山。　　今古恨，几千般，只应离合是悲欢？江头未是风波恶，别有人间行路难。”

鸿远念完了，把小本子郑重地放进内衣口袋里，对柳明微微一笑：

“和你常在一起，我的感情也变得复杂了，丰富了——我能够算个知识分子了么？你说我够不够格？”说着，两人都苦笑了。

第五十八章

清晨，柳明来到教会医院。一进大门口，杨护士长就偷偷把她拉到没人的地方，悄声附在她耳边说：

“你认识一个叫白士吾的人吗？”

柳明心里咯噔一下，赶紧问护士长：

“怎么样？这个人来找我啦？”

“可不是！昨天夜里这姓白的就来了，就住在你表哥住过的房间里。他认识那个日本人西村，一来就打听你。”

“他打听我什么？”

“他问刘丽贞是不是在这个医院当外科大夫？还问你家住在什么地方？说和你是同学、朋友。”

柳明低声告诉杨明晶，白士吾是个日本特务——虽然他们过去是同学也是朋友。现在他忽然找上门来，必然来意不善。

“杨姐姐，”柳明紧紧握住护士长的手，“我不能回家去住了。我想和你住在一起，万一我出了什么事，你好赶快告诉我爸爸。还得请你想个办法，今天就去告诉我丈夫王鸿英，叫他赶快走远点，躲开这个坏东西！”

杨明晶两只眼睛紧盯在柳明的脸上，那张姣美的脸虽然有点焦虑不安，但还算冷静、沉着，心中不禁暗暗钦佩。她问柳明：

“那你怎么办？你是躲开那小子，还是跟他见面？……至于帮助你，那还用说！从今天起，咱们都住到我在医院的房间里。

回我家去不好，怕给李……惹事。”

二人心照不宣，同时都想到隐蔽在杨家的李司令员。柳明不由得佩服杨明晶的考虑周全。

柳明思量了一会儿，对护士长说：

“我要以攻为守——先找那家伙去。我把情况随时告诉你，你想办法——或者打电话告诉我爸爸。”柳明没有把他和白士吾的关系向杨明晶细说——也没有时间说。二人匆匆谈了几句就分开了。

上午有两台手术，柳明用最大的毅力，或者说是忍耐力，认真地做完了。吃过午饭，她在旗袍外面罩上白大褂，慢慢地走上二楼，敲敲她熟悉的、李司令员住过的头等病房的房门。

门很快开了。一张白中透青的熟悉的脸出现在柳明的面前。

一见柳明，白士吾的脸微微一红，他穿着缎子睡袍，高兴地把手一张，轻轻喊道：

“柳明，果然是你！我是来看你的呀！”

柳明随着白士吾走进屋里，向沙发上一坐，端庄、友好地问白士吾：

“小白，好久不见了。你怎么啦？是什么病？怎么老远跑到保定这地方来治病？”

“我的身体是不大好。但是，还不是为了你！你还记得我过去常为你念的那句诗么——‘曾经沧海难为水……’我接到西村先生的信，说你在这个医院里当大夫，我就赶快来了。我还没有结婚，我还在等着你——柳明……”

“等着我？可是我已经结婚了。小白，过去的事还提它作什么！我和我的丈夫感情很好，他和你一样，也是给日本人做事的。”

“柳明，你不要胡猜，我可没有给日本人做事。你的丈夫是谁？是曹鸿远么？”

“胡说！我早就和他断绝来往了。你看我是在什么地方做事？那姓曹的敢到这地方来么？”

白士吾搬把椅子，靠近柳明坐着。那白中透青的脸依然挺俊秀，大大的眼睛不停地转来转去。

“柳明，怎么回事？你怎么叫起刘丽贞来了？怎么没跟苗虹在一块儿？怎么到这个医院当起大夫来了……”

“是梅村津子派你来逮捕我的么？”柳明脸色一变，向茶几上用力擂了一拳，对白士吾声色俱厉地说，“听说你住了这个医院，我看在过去同学、朋友的份上，挺高兴地来看看你。好，你这个不识抬举的人，倒一个劲盘问起我来了。怪不得听人告诉我，你倒在大特务梅村津子的怀抱里，当起特务来了。怎么样，是来逮捕我的么？好，那我立刻就跟你走！”

白士吾急忙站起身，想用手去捂柳明的嘴。被她狠狠一推，那瘦长的身子一个趔趄，就势向柳明身边一倒，双手一环，要去拥抱她。

女医生噌地站起身，怒目盯着白士吾：

“你放尊重些！我已经是结了婚的人了。你住在这个医院里，要想我还来看看你，以后就不许你再胡说，更不许动手动脚的！”

白士吾乖乖地挺起腰板，把绸子睡衣外面的深黄缎子睡袍裹紧些，歪着脑袋苦笑着：

“小姐，别着恼，我听你的，听你的还不行么？我问你这些事，无非是因为关心你，也是想——想念你……”说着，那双疲惫的眼睛，竟有泪光在闪烁。

柳明的心动了一下。他——毕竟是自己曾经爱过的人，如今堕落成这种样子，怜悯、憎恶、恐惧的感情同时交织在心头。但她清楚地知道，他已经变成一只鹰犬、一只豺狼，她必须调动自己所有的高级神经来对付——来周旋。为了使自己平静下来，不要露出内心的情感，她趁势笑了笑，对白士吾说：

“小白，不管怎么说，咱俩是一块长大的，从小又是同学，你对我的感情我知道。不过这都是‘明日黄花’，不要再提了。我问你，你到保定来，而且住在我们医院里，到底是为了什么？是不是有什么特殊使命？”

白士吾矢口否认。至于和梅村津子的事，他不承认也不否认。只说他跟西村是在北平认识的，是朋友。有一回西村到他家来，见了柳明的照片，说这姑娘长得真漂亮，爱不释手，竟要了一张她的照片去。后来，西村在保定教会医院里，偶然看见了刘丽贞大夫，发现这个大夫非常像柳明。他着迷了，就住到这医院里来，一心想和这位漂亮的姑娘接近，可是碰了钉子。于是他写信给白士吾，说他发现一个很像柳明的人，叫白士吾来看看是不是她。白士吾见了信就赶到保定来了。没想到，刘丽贞大夫果然是柳明。

柳明虽然幼稚，和敌人打交道也不多，但她并不相信这套鬼话。她想自己已经被敌人发现了，无论如何绝不能让曹鸿远再被发现，否则后果是不堪设想的。不过，这白士吾似乎还摸不透自己的底细——因为她是以自己和丈夫都在敌人手下工作的面目出现的。也许白士吾不相信，他会侦察。趁这机会，她也要和他——还有那个西村打打太极拳。对于曹鸿远，她真希望他赶快远远走开，不要回来。此刻，缠绵的情感已被严肃紧张的敌我斗争代替了。她的心，她的全部神经只想着怎么能够战胜这两个用爱情来向自己进攻的特务；怎么样能叫还在保定工作的鸿远，不致陷入敌人的罗网；保定的组织不会遭到破坏。

正说着话，门开了，一个听差模样的年轻人，捧着一些烟酒、水果之类的东西走进来。他放下东西，向白士吾躬身说道：

“少爷，您身体不好，要不要叫护士小姐替您打打针？”

“打什么针？吗啡针么？”柳明一下子就猜到了。

白士吾满脸通红，支支吾吾地回答说，他因为身体不好，长期失眠，最近有时打一点吗啡刺激一下。他以为说了这些，柳明会骂他没出息的。谁知女大夫只轻轻一笑：

“你呀，你这个大阔少，我早就料到你会走上这条道路的。我倒劝你，趁现在住在我们医院里，我帮助你戒掉这种瘾头，怎么样？”

“我——我并没有什么瘾，用不着戒。柳明，从你这句话，我就觉得你比世界上任何人都好，都关心我……”白士吾见听差出去了，嘴里又想说些带感情的话。这时，门轻轻敲了一下，那个白胖的西村走进房间里来。

他一见柳明，满脸带笑地向她说：

“刘大夫，你的朋友白先生来了。听说你们过去是很要好的朋友哩！或者叫爱人……”

“西村先生，请你放尊重些！我们过去好不好与你何干？”柳明用大眼睛紧盯住西村，目光凛凛然、森森然。那个日本人马上收敛了轻浮的笑容，连忙对女大夫道歉：

“小姐，大夫，鄙人失礼了。好在白先生也是我的好朋友，请多原谅，多多原谅！”

白士吾向西村说：

“刘丽贞小姐宽宏大量，为人善良正派，大家都是朋友，我相信她是不会见怪阁下的。”

“是的，刘小姐为人正派，医术高明，鄙人钦佩得很！怎么，您的表哥忽然出了院？他的病好了么？”

柳明躲开西村的话题，转而问起白士吾究竟是什么病？为什么不住旅馆住医院？她说住医院规矩很多，病人不能随便乱走，更不能在这里面喝酒。至于打吗啡嘛，她可以向医院说明，白先生住院是来戒除毒瘾的。

“不要说戒除毒瘾。柳明，用不着戒，用不着！我是因为神经衰弱、失眠头痛才来住院的。”

柳明看看白士吾，又看看西村，脸上浮起一丝讥消的笑容：

“你们二位倒是难兄难弟，同病相怜——一对神经病患者。不过西村先生比你有出息，人家不扎吗啡针。小白，我劝你，以后还是要戒掉。不然，一扎上了瘾，你这辈子就算完了。”

柳明站起身，说该上班了，白士吾急忙问她：

“柳明，听说你的父亲名叫刘志远，你这个父亲是怎么回事……呵，你家住在什么地方？我想拜见一下你的丈夫，想跟他认识认识。”

柳明的心又是一震，但她却玩笑似的回答：

“白士吾，你忘了你在我脑子里已经是个什么人啦——你是个特务！我可不能告诉你我丈夫在哪儿做事；也不能告诉你我们在哪儿住。因为我怕你对他下毒手——害死他。”

几句犀利的揭底话，又使得白士吾有些不好意思，他讪讪地说：

“我怎么会害死他！柳明，你怎么变得这么多心了？一张小嘴比过去能说会道了。”

“对你，我不能不多心呀！因为直到刚才你对我还不安好心。你还没有斩断情丝。”一向有些拘谨、腼腆的柳明，此刻，为了完成神圣的使命，她变得泼辣、大胆，脸皮也厚了。

但是，一离开那间在她看来像战场一样的病房，她立刻浑身瘫软，无力地倒在杨明晶的小床上。喘息了一会儿，才找了个熟识的护士叫来了杨明晶，向她谈了和白士吾见面谈话的经过，叫她把这些情况赶快告诉刘志远。

“叫你爸爸晚上装作探视急病人，我带他到病房里转转，再找个僻静的房间和你见面。你们当面细谈，商量对策，不比我传达什么好多了。”

“杨姐姐，你真机灵！爸爸有保护色，不要紧。我顶担心的是我们那位——告诉你杨姐姐，白士吾爱过我，直到现在他还不死心。我真怕他害鸿英……还有，我表哥还好么？你今天回去看过他没有？他用的药品都不缺乏吧？你那个地方可千万不能泄漏——我也为表哥在担心。”

“你放心吧，有你杨姐姐呢！孙猴子就是不怕牛魔王，一切会逢凶化吉的。”杨明晶安慰着柳明，并在那张焦虑的脸上亲了亲，说了声“愿主赐福给你”，便急忙走开了。

半夜里，当刘志远和柳明在医院里的一间小屋见面的时候，他第一句话就是：

“丽贞，不能不告诉你——鸿英出事了！”

“啊……”柳明呆住了，长长的睫毛忽然紧闭起来。出水芙蓉似的脸，变成一张白纸——洁白，有几星光点在闪动。

第五十九章

刘志远忙把柳明扶到小床上躺下。过了一会儿，女儿忽然一跃而起，睁大两只惊恐的眸子盯着刘志远，轻声说：

“爸爸，情况怎么样？他真的落到敌人手里了？”

这个“爸爸”总是那么沉稳、镇定，好像天塌下来，他也会不慌不忙地接住它。

“闺女，你又沉不住气了。我还没有把话说清楚，你就那个样儿——这在敌区工作怎么行！鸿英不要紧，他是叫皇协军的情报处扣住了，我正在各方面托人一我已经找了杨护士长的父亲——他是省长兼警备司令的朋友，来保鸿英。”

“他是怎么被情报处抓去的？他不是说要出差远行么？”柳明迷惑不解地问。

刘志远向女儿讲了下面一些情况：曹鸿远打入伪警备司令部当参谋，主要是跟那儿的军需处长做工作，争取他给咱们根据地批运各种重要的物资。这人有点爱国思想，但又贪图厚利。近两个月，刘志远和曹鸿远通过他的关系，不止一次地把棉纱、棉布，主要是药品和医疗器械从各种渠道运到根据地去，一直比较顺利。昨天，他们从一条新的交通线运出去十几辆大车的物资。鸿远探知途中要过铁路西边的汪庄，那里的岗楼由皇协军三团的人驻守。因为警备司令部下面的警备队常跟皇协军闹矛盾，遇到运输线路要经过皇协军把守的岗楼时，鸿远怕出毛病，常常亲自押运。这次，鸿远因为到山里根据地有事，又亲自押着这批物资出了保定向西走。到了汪庄，凑巧皇协军的情报组有两个人正在那儿，一盘问，听说是警备司令部军需处的，就找起岔来，一口咬定这些东西是运向山里给八路军的。鸿远拿出证件和他们交涉。那两个家伙不买账，硬把物资扣在岗楼里，叫十几个皇协军把鸿远押送到皇协军司令部去了……

“情况这么快就能知道了，确实么？”柳明焦急地问。

“那些赶大车的，都是咱们的人，小顾也很机灵，一看情况不妙，就急忙脱身溜回来给我报信。我立刻找那位军需处长商量——他是警备司令的大红人，也是他们的财神爷。今天午后，他们已经向皇协军司令部提出抗议了。看样子，只要花一笔钱，鸿英放出来是不成问题的。倒是听说你认识的一个大特务白士吾来了保定。这家伙突然出现，对我们很不利。他在北平不是到处要抓鸿英么？冤家路窄，如今两个人撞在一起了。也许姓白的就是为抓鸿英才跑到保定来的？所以，目前的关键是，无论如何不能叫这个姓白的跟鸿英碰面——他们一碰面，事情就麻烦了。丽贞，你有什么办法叫姓白的一两天内不出医院的门，想办法盯住他。只需一两天工夫，鸿英一放出来，叫他立刻离开保定，这场灾祸就算过去了。”

柳明听罢，一阵心慌意乱，头昏、脑胀。刘志远说得轻巧，谁知鸿远能不能释放出来，能不能逃过这场灾祸呵！不过，她极力克制自己，平静地对刘志远说：

“爸爸，您分析得很对。可是我认为，光叫姓白的不出医院的大门还不行，还得叫他躺在病床上昏迷不醒，什么事也不知道。不然，他在医院里依然会出坏点子。爸爸，这坏蛋要扎吗啡针，我当医生的有办法叫他糊糊涂涂，昏迷不醒。”刘志远面露喜色，频频点头眨眼：“那好，那好！叫那狗东西昏睡两天，事情就好办多了！还有，你不妨去找吴蔚仁夫妇俩帮帮忙。吴蔚仁在皇协军里有股力量，皇协军的一些军官都暗中听他指挥。他肯出面救鸿英，事情就更有希望。”

“对，爸爸，您想得真周到!”柳明感激地说。

“你弄昏那姓白的要多加小心，别叫人抓住把柄。但愿不要节外生枝，尽快把鸿英救出来。”

“那当然。给他扎一针冬眠灵就行了。那家伙会自愿上钩的。”

银汉西斜，夜色深沉。柳明柔声地催刘志远快回去休息。忽然，她又像想起什么似的，急切问道：

“爸爸，您说救出鸿英还需要一笔钱，那……钱打哪儿来?”

刘志远摸着小胡子眨眼一笑：

“闺女，你不用操这份心。爸爸在保定还有几个大商号。明天，我倒卖它一个不就有钱了么!”

柳明用双手握住刘志远的手，握得紧紧的：“爸爸，爸爸……”她喘息着，喊着，激动得想哭，又想笑，极力平静一下，才说道，“爸爸，真难得遇见您这样的好人——您太好了！现在天不早啦！您奔跑了一天，真该回去休息了。明天，鸿英如果出来了，您快告诉我。您叫他放心，不要管我，自己一定要赶快离开保定……”说着，一阵心酸，赶快扭过头去。

柳明一大早就来到白士吾的病房，他还没有起床——吸足了白面，正睡得像条猪。柳明轻轻推醒他，微笑道：

“你这个家伙，以后我得天天来喊你起床。你得遵守院规，早睡早起。怎么样？这儿的生活还过得惯么？”

“过不惯也得过呀。还不是为了多看你几眼……柳明，你怎么这么早就来看我？”躺在床上睡眼惺忪的白士吾，一见柳明站在床边，就歪起身子，想伸手去拉那只白嫩的手。柳明用力一甩，白士吾扑通一下，又摔回到枕头上。

“你呀！快成稻草人啦，还要扎什么吗啡！我就讨厌这个。今天午后，我有点空，想找你聊聊，你要扎吗啡，我就不来了。”

“不扎！不扎可以，就是有点难受……”白士吾期期艾艾地说。

“我怕你扎了吗啡，那个兴奋劲变成了讨厌劲。反正今天你要扎我就不来。”

“来吧！来吧！我不扎……”

“骗人，你才受不了呢。这样吧，为了咱们俩谈谈话，现在我给你打一针安眠药，你好好睡上半天，下午不扎吗啡也就有精神了。”

“我还有事呢，现在不能再睡了。”

“你有什么事，要出门吗？那可得经院长的批准才行。”柳明和基督教徒的院长关系不错。白士吾一到，她就告诉院长，要用院规限制这个人的活动，并请求医院对她加以保护。院长连声答应，并为她祝福。

“没事儿，想出去看个朋友。”白士吾打着哈欠说。

“不行！白士吾，我不许你出去！我怕你给我使坏。你是不是还怀疑我是共产党？是不是要去找日本顾问，跟他报告我的行踪?”

白士吾苍白的脸突地红了，急忙分辩：

“你别胡说了！心眼真多。你现在明明跟我站在一块儿，我怀疑你什么!”

“你要想叫我信任你，你要想保持咱们的友谊，你就不要出门，谁也别找。听我的，我给你打一针睡觉的药，下午你好有精神跟我聊天了。”

白士吾忽闪着两只昏沉沉的眼睛，玩笑似的说：

“你要打针害死我呢？我也怕你使坏呀!”

“你是大特务梅村津子的大红人，你旁边还有好朋友西村保护你，我——一个小小的大夫，敢害死你？我还没有活够呢。现在只有你害我、我害怕的份儿。你是日本人的上宾，谁敢惹你，你怕什么！快决定，你下午愿不愿意跟我聊天？要愿意，今天就不许扎吗啡!”

“哎呀，小姐，当然愿意跟你聊天呀！好吧，我听你的，你就给我打一针睡觉针吧。‘万种相思梦里寻’，这也好——不过我要你亲自给我打。肯不肯？你的手一挨着我，我就高兴。”

柳明白了白士吾一眼，心里厌恶，脸上却微笑着。

就这样，柳明给白士吾打了一针浓浓的冬眠灵。这家伙稍清醒了一会儿，很快就甜甜地睡去了。一直到中午、下午都没有醒过来。

这时候，柳明早已找到吴团长家。吴团长不在，她就向那位精明的夫人，说起“丈夫”被皇协军情报组无故扣留的事；也说了白士吾怎么追来保定，纠缠不休的情况。这位团长夫人一听，把双手一拍，激动地喊道：

“没有妹子你，我一家子全得要饭去——哎呀，你的苦就是咱全家的苦，你的难就是咱全家的难！我姨父就是保定警备司令，我跟你立时去找他。叫他跟皇协军要人去！再说，还有你姐夫，他跟你说过，他不是忘恩负义的人。过会儿，我得跟他算账，他要不想法子跟朱麻子司令要出王鸿英妹夫来，我就跟他拼了！”

见这位夫人真有点儿挺身而出的劲头，柳明心里一阵欣喜。看来，那个西村似乎只注意了刘丽贞而没有注意王鸿英，所以白士吾也似乎没有找到曹鸿远的踪迹。但她还是担心“丈夫”的问题不像爸爸说的那么简单，他要是被敌人识破，出不来可怎么办？自己要是也逃不出白士吾的手心又怎么办？她忧虑着，心事重重地拉着团长夫人的手，轻声在她耳边说：

“姐姐，这件事您要偷偷地办，叫姐夫也偷偷地办。别叫那个姓白的日本特务知道鸿英的下落。他要知道了，还不趁机落井下石，趁机把他害死？好姐姐，还求求你们，想个办法快把那个姓白的坏蛋赶跑，他要老在这儿装病耍赖，我还怎么上班？我更怕他把我抢到北平去……”

“妹子，你说得对，情敌见面分外眼红。他既然这么喜欢你，说不定真的在打坏主意，把你弄到北平去。”团长夫人沉思着，大眼睛滴溜滴溜在柳明的脸上转悠着，“妹子，就因为你长得好看，这才招惹是非。那个西村不是也在打你的主意么？走，现在咱们就找我姨夫去。”

柳明摇摇头：

“姐姐，您一个人去吧，我还得去上班。听说您姨夫——警备司令已经知道这件事了。运东西往外边卖，大伙儿都有过好处，他会帮忙的。您是不是先找姐夫去，告诉他这件事，叫他跟朱麻子赶快要出鸿英来。我怕夜长梦多，叫日本顾问知道了这件事，咱们大伙儿可就都跟着倒霉了，连您姨夫也逃不了干系……”柳明已经能够调动一切力量，也调动一切矛盾来进行战斗。她用“以毒攻毒”的办法，隐约指出警备司令与向外运货的事不无关系，以及叫日本顾问知道此事的严重性。

“好吧，我听你的，这就去。先找你姐夫，咱们一块儿走。还有，妹子，你在家里或在医院里都住不了的时候，就搬到咱家来。姐姐给你撑腰，绝不能叫那姓白的小子把你抢了去。对，我想起了一个好主意，你看行不行?”团长夫人说着，附在柳明耳边低声说了几句什么。

女大夫想了想，点头说：

“姐姐，您真有这么大胆子？我怕给您添麻烦。要叫那小子抓住把柄——姐夫可还在日本人手下做事呢。”

“我有办法。你姐姐可不是等闲之辈！这事儿跟你无关。完了，你就装作什么也不知道，一切有你姐姐承担。”

柳明回到医院，看看白士吾还在大睡，就急忙找到杨护士长，打听爸爸那边可有消息？见杨明晶摇摇头，柳明的心更加忐忑不安了。鸿远的公开身份是敌人方面的军官，一向受到敌人重视，还没有露过破绽。怎么自从白士吾一到保定，他立刻就出事了？而自己似乎也处于白士吾的监视之下，别看他对自己还是含情脉脉，可这是他的拿手好戏……柳明坐在护士长的屋子里，一个人对着窗外吐着红蕊的榆叶梅，呆呆地思虑着。她极力镇定自己，反复思考，估计着各种情况：爸爸没有消息，证明鸿远还没有被放出来，而且随时都有被识破的危险。此刻，柳明的精神状态改变了：那种对鸿远恋恋难舍的儿女情似乎消失了，摆在她面前的，是尖锐复杂的斗争，是你死我活的斗争，是一个同志正处在极端险恶境况中的生死存亡问题。她心里思念的是鸿远如何能够从敌人的罗网中迅速跳出来；如何能够利用各种关系，迅速消除不利因素。她冷静而又焦灼地反复琢磨着，完全忘却自身的危险。“冷静，一定要沉着、冷静!”柳明在心里暗暗叮嘱自己。她的血液流快了，一种战斗的豪情充溢着全身。她没有怯懦，没有恐惧，生怕失掉鸿远的忧伤也消失了。她觉得自己就像一只凌空飞起的小鹰——她要和暴风雨搏斗！

傍晚，爸爸仍然没有消息。柳明的心更加惶惶然。杨护士长出去了一趟，回来告诉柳明说：刘志远已经找了省长兼警备司令，警备司令也在出马营救。但问题似乎比较复杂，不知卡在什么地方？她安慰柳明，并为柳明和丈夫的安全虔诚地向主祈祷。

二人正说着话，忽然，头等病房的值班护士急匆匆跑来找护士长，说白士吾那个病房里出了事，叫护士长快去看看。

杨明晶和柳明赶到白士吾的病房时，一幕奇怪的景象呈现在她们的眼前：七八个打扮得花枝招展的少妇，一个个柳眉倒竖，怒冲冲地手拿棍棒，边吼叫着，边向躺在床上的白士吾劈头盖脸地打去，一边还尖声大骂：

“你这个狗东西！癞蛤蟆想吃天鹅肉！我们的刘丽贞大夫已经有婆家啦，有丈夫啦，你又跑来插一杠子是什么居心?！你想狗仗人势抢走刘大夫呀？大白天作梦！没门儿！先打死你这个不要脸的狗东西再说！”

白士吾在梦里被乱棍打醒。见一群年轻女人对着他狂呼怒骂，弄得他糊里糊涂。他想爬起来反抗，甚至想摸枕头底下的手枪，可是那些棍棒早已打得他鼻青脸肿，连头都抬不起来。只得连忙用棉被盖住脑袋，一边呻吟，一边喊着：

“别打，别打！你们是干什么的?”

“我们都是皇协军军官的太太，你小子别小瞧人，我们都是太太，太太！太太的病、老爷的伤，都是仗着刘大夫的好医法给治好的，她是我们的恩人，恩人！你小子住在这医院里赖着不走，原来是为了调戏、欺负我们的恩人。你这狗娘养的，今天非打死你不可！”说着骂着，夫人们又是一阵棍棒齐下，打得白士吾喊爹叫娘。隔壁的西村跑了过来，一看这阵势，怕自己也挨打，急忙溜走了。

病房的里里外外，此时已经围满了人——有病人，有医生，有护士。一看是一伙怒气冲冲的军官太太在打白士吾，谁也不敢靠前，只站在一边看热闹。柳明和杨明晶混在人丛中看了一会儿，觉得真解气。这时，忽听白士吾气急败坏地喊了一声：

“我要到日本顾问那儿去告你们这些军官老婆！你们要反对日本皇军怎么的?”

话音刚落，却叫团长夫人张玉梅狠狠一棍子打在脑袋上。白士吾登时眼冒金星，差点儿没有晕厥过去。昏乱中，他听见一个尖厉的女声高喊道：

“你上日本顾问那儿去告我们？好哇，姓白的小子你跑不了啦！我们——你祖奶奶们早上日本顾问那儿把你这小子告下啦！你小子是干什么的？你打北平来没有公事吗？怎么你公事不办，成天价躺在医院里扎吗啡、找刘大夫动手动脚的！这就是你小子的公事啊？日本顾问听我们一说就火了，大骂起你这狗东西……走，咱们一起找日本顾问去！你这坏蛋狗仗人势吓唬人——吓得住谁!”

白士吾听着这个尖嗓女人的喊声，轰一下子，比挨棍棒打在头顶更觉眩晕。他心里忽然感到一阵恐慌。这些女人都是这地方的军官太太，他们如果真向日本顾问告了自己，回头被梅村津子知道了，那可就吃不了兜着走……

这时，一个男人沉重的声音又响在白士吾的耳边：

“白士吾，你听着，我代表皇协军众军官，特来警告你：限你立刻离开保定府，滚回你的老窝去！你在本军官所属地盘胡作非为，扎吗啡、调戏妇女，有伤风化。滚，快滚！你滚不滚?!”那个年轻军官说着，猛地掀开了白士吾的被子，圆睁双目，狠狠地瞪着那张红紫青蓝像图案一般的肿脸。

白士吾知道自己在这人地生疏的保定孤掌难鸣。看样子日本顾问也被这伙皇协军们蒙糊了，就算闹到那儿去，自己能辩得过人家？对于柳明，他虽发现了一些疑点，但要把她带走，这些娘儿们分明是来保驾的，猛虎不敌地头龙呀！于是，他咽了口唾沫，用微弱的声音向那军官低声下气地说：

“朋友，诸位同仁，我走，我今天就走！我求求你们——诸位夫人可不能再用棍棒打我了——咱们往日无冤，近日无仇……”

“你这个坏蛋！你狗仗人势作尽坏事，就是要打！”说着，那七八个花枝招展的女人又高高地举起了棍棒。

白士吾吓得急忙又用被子使劲蒙住了头。

“白士吾，只要你走，我保证太太们不再打你。快起来收拾你的东西，我们立刻把你押送走。”说话的就是那位被柳明保住了一条腿的吴蔚仁。他在一群女人大打白士吾的闹剧高潮中出现了。

柳明拉住杨护士长的手，二人脸上都露出会心的微笑。吴团长和他的太太张玉梅早就看见自己的恩人站在屋里的一个角落，但她们没有跟她打招呼。军官太太们呼喊着，叫骂着，几个皇协军拉着扯着，很快就把癞皮狗一般的白士吾，押解着离开了这所教会医院。

柳明和杨明晶刚回到她们的住室，刘志远穿着长袍马褂——一派阔老的样子走了进来。

杨护士长一见他来就走了出去。

柳明把白士吾挨打被撵走的情况告诉刘志远。老人摸着小胡子点头笑了笑，没说别的，只告知女儿：这个地方不能呆了，“老爷”叫她赶快回老家去。李司令员等人也要撤走，这事已另作安排，柳明就不必管了。然后，这位沉稳异常的父亲又告诉女儿，因为送给皇协军司令朱麻子的钱一时没有凑齐，耽搁了一些时间，现在，鸿英已经被放了出来。不过，他有重要任务，上级马上就调他到别处去工作了。

柳明怔怔地望着刘志远，一种从未体味过的又喜又忧的情感，像条小虫在她心上爬行……

“闺女，我知道你难受，你挂念他——可是，抗日需要这样，你们就暂时分别吧。”

“爸爸，非常感谢您把他救了出来。不是您挺身而出，见义勇为，事情不知会闹成什么结果呢！您放心，我不难受……”柳明说着，忽然觉得异常疲乏，好像一场鏖战过后，浑身瘫软得没有一丝力气。她没有问鸿远将到什么地方去，因为她自知无权过问；而且刘志远也不一定知道他要去的地方。她只在心里不停地喃喃自语：他到底出来了！又一次绕过灾难，平安无事了！假夫妻的生活，从此留下一个温馨的梦……今生今世，什么时候能够再见到他呢？

杨护士长回到屋里，听说柳明要离开医院回根据地去。她一把抱住柳明的肩膀，激动地说：

“丽贞，你要走？以后不再来了？那，让我跟你一块儿走吧！”

“明晶，你不能走。”刘志远仍然不慌不忙、慢条斯理地说，“以后，老家还会常有病号上这医院来住，丽贞走了，你的担子更重了。你愿意承担这副重担么？我相信你会愿意的。”

杨明晶没有说话。那双亮亮的大眼睛一会儿看看刘志远，一会儿又盯在柳明的脸上。忽然，那白净温和的脸上，浮现出一股刚毅、虔诚的神色——不过这已经不是对上帝的虔诚，而是对人世的纷争、对两国战事的理解的虔诚了。

刘志远动身要走，柳明也准备跟他走。此刻女医生忍不住紧紧抱住杨明晶的胳臂，强忍住心头的激动说：

“杨姐姐，再见了！以后，我会常常在心头为你祷告的……”说着，柳明又转过身紧紧握住刘志远的手，“爸爸，您真是我的好爸爸！我永远不会忘记您的。我希望在‘老爷’那儿能常常见到您！”

从来没有动过感情的刘志远，这时，变了一个人——他的眼圈红了，两片嘴唇哆嗦着。半晌，才断断续续吐出了几个字：

“丽贞，好……好闺女！我永远……永远忘不了的好……好闺女。”稍停，又对柳明深情地说，“走吧，丽贞，在抗日战场上，我们还会相见的……”

第六十章

早晨八点整，全副戎装的日本华北派遣军司令官佐佐木正雄，已经来到他的办公室，坐在大写字台后面的转椅上。侍从恭敬地送上一个卷宗夹——那是一些等待批示的公文。

佐佐木正雄把公文翻了几页，不耐烦地向桌子上一扔，对站在一旁的侍从说：

“拿走！现在不处理这些公文。你马上打电话给松崎特务机关长，请他到我这里来。”

佐佐木昨晚接到梅村津子的电话，说她今天上午十点钟要来找他。这引起他的十分不快——他最近才从东京回到北平。在东京时，就听到了她控告松崎的消息。控告松崎自然会牵扯到他这个华北派遣军指挥官。半夜里，又接到大本营给松崎的训斥令，训斥松崎对侦破狙击入城式一案不力，并限期侦破。无疑，这是那个有通天本领的女人干的。佐佐木正雄的桀骜性格，哪里受得了！在日本军队里，除了护士、随军妓女这些没有军衔的女人外，从来没有女兵、女军官。而这个梅村津子凭着她的聪明、狡诈、美貌，竟从一个满清王爷的郡主，摇身变成了有日本军衔的高级特务。她有许多行动竟可以不通过他和松崎而恣意横行，甚至还胆敢暗中监视他这个华北最高指挥官的行动和计划。松崎三郎在佐佐木手下任职多年，对他忠诚，他信得过。可是，如今这个梅村却要搞掉松崎，好换上她自己的亲信来当北平的特务机关长。这一点，愈发激起佐佐木的恼怒……虽然这个梅村也曾经以她的容貌和风骚换取过佐佐木对她的支持，可她那一贯以肉体赢得的胜利，如今只能使他格外感到厌恶、鄙视和忿懑。

佐佐木司令官衔着雪茄烟，在贵重的地毯上踱起步来，脑子里不停地思索着：她今天突然找上门来，到底为了什么事情？莫非大本营的指令她也接到了？

“报告司令官，松崎机关长已经离开宪兵司令部到您这里来了。”侍从轻轻走进来报告说。

佐佐木正雄板着阴森的面孔，颤动着灰黑的唇髭不说话，门外传来一声“报告”，松崎到了。

“报告指挥官，有急事来报告！”松崎向佐佐木敬礼之后，转过头看了侍从一眼，侍从会意地退了下去。

“什么事这样急？”佐佐木挥手让松崎坐下，气冲冲地问。

松崎不坐，用一双圆圆的小眼睛盯在佐佐木脸上，谦卑地问道：“司令官想来已经看见大本营对卑职的训斥令了。”

“看见了。我正为此事请阁下前来。”佐佐木的声音中有一股压抑不住的杀气，使得松崎都不禁微微战栗，“阁下也已见到这个指令？”

“今天清晨才接到电报。”狡猾的松崎不多说话，他要先看看佐佐木的态度。

“岂有此理！”佐佐木正雄猛地把手掌向写字台上一拍，瞪着松崎——仿佛他就是那个使他如此恼怒的梅村津子，“为去年我军的入城式被狙击，我们已枪杀了二千多名北平人……难道这还不是对天皇的效忠？呵，松崎阁下，你说这还不能证明吾辈对天皇的矢志不渝么?”

松崎连连点头:

“司令官所说极是。可惜特遣组的梅村小姐为了——为了她自己的权势，竟连司令官都不放在眼里……”

“她的眼里哪有我佐佐木正雄！她向阁下开刀，就是向我开刀！我们堂堂大日本男子，竟然受起这个支那女人——而且是那么卑贱的支那女人的气来！不击败这个女人，我佐佐木正雄还算什么英雄豪杰!”佐佐木说着，那双浑浊的眼里闪烁着一股饿狼将要吃人时的光焰——凶残、狠毒、可怖。他在地毯上疾速踱步的姿态也像是一条饿狼，“我在东京时，已经听到风声——那个恶女人竟先告了我们的黑状!”说毕，点燃一支雪茄，一屁股坐在松崎旁边的大皮沙发上，默不作声地狂吸起来。

“指挥官，事态如此，我们将如何对待呢?”松崎接到训斥令后，他的恼怒当然比佐佐木正雄大得多。但这个诡计多端、城府极深的老牌特务，深知梅村和佐佐木正雄的特殊关系，所以绝不轻易露出对梅村的恼恨与不满。他把我们将如何“对付”二字故意说成“对待”，意在窥探佐佐木的神态反映，以便逐步实现他的预定方案。

“什么‘如何对待’！‘来而不往非礼也。’她梅村要置你我于死地，难道你我就该引颈受戮不成?”佐佐木话说得很激动，但声音却反而平静下来，“松崎阁下，这大半年我在北平的时间不多，这里发生的事件，现在请你向我叙述一下，这样，我也好对付那个女人……不过，要讲得简要，她十点钟要来见我——恐怕和这个指令有关。”

“梅村就要来见指挥官?”矮墩墩、戴着眼镜的松崎摇晃了一下圆脑袋，似乎有点儿吃惊地露出了金牙。但稍一迟疑，就开始禀报，“北平入城式遭到的狙击，据事后侦察，是一股临时拼凑起来的游击队打的。打完后就分散了。梅村的特遣组不知从哪里捉到了一名叫吴永的人。此人自称参加过狙击皇军入城式的战斗。说还有一个名叫曹鸿远的人，也参加了狙击战，并且是个指挥官。此外，梅村还收买了一名支那大学生参加了她的特遣组。此人名叫白士吾，他也说认识曹鸿远，说曹一向替八路军购买药品。梅村于是如获至宝，到处捉拿起曹鸿远来。凡是所谓曹鸿远去过或经过的地方——即使是传闻，梅村也不加分析，立刻下令捉人、查封。去年，有个商人陈裕贤开了一家裕丰药房，这药房里有个店伙华兴。有一天，梅村不知从哪儿听说曹鸿远到了华兴家中，就立刻派人包围了华兴的家。结果，那个姓曹的连影子也没有看见。梅村却大动干戈，逮捕了药房的经理陈裕贤，逮捕了华兴，后来还处死了华兴。同时，还把这个药房封了……这样毫无根据地乱抓人，大大打乱了北平特务机关的部署。即使这个药店真与八路军有关，也被梅村打草惊蛇，吓跑了真正的案犯……”

“这些活动，梅村与阁下商量过、研究过没有?”佐佐木听到这里，侧过头盯着松崎冷冷地问。

“和卑职商量？和卑职研究？……”松崎肥厚的嘴唇不由得浮上一丝冷笑，“她哪里把我松崎放在眼里——连您这位华北派遣军最高指挥官都不在她的话下，何况于我！长此以往，卑职这个特务机关长也应当由她兼任了……”

“哼……”佐佐木霍地站了起来，用阴沉、仇恨的目光盯在松崎的脸上，“像她这样胡来，我华北防共亲日满政权如何得以稳固?”

“司令官难道不知道，早在华北建立防共亲日满政权之前，这个梅村就插手了。李汝民不是因为与她关系密切，经她去大本营那边极力推荐，才得以出任‘华北政务委员会’委员长的要职么?”

“这个恶女人事事擅作主张，哼……”佐佐木摇着头，不再说下去。

松崎接着说道：

“卑职跟随司令官多年，蒙司令官栽培，方得有今日之荣。卑职尽忠帝国，亦尽忠司令官。为此，大胆报告司令官一秘密消息：梅村小姐不但要向我松崎开刀——这个训斥令已经证明了；还要向司令官的弟弟佐佐木正义博士下手——此亦即是向司令官下手。卑职本不该多言，但蒙司令官多年栽培之恩，故不得不先来禀告司令官。”

“什么？她要向我弟弟下手?！这是为什么？”佐佐木正雄吃了一惊，一下子坐到沙发上。

“在您第一次回国述职期间，佐佐木正义博士为了研究传染病学，因为缺少经费，就约同当年与他在日本同学的苗振宇教授——这个人也许您知道的，开了一个兵库长和盐野义两大制药株式会社的华北支店。为了支持令弟的研究事业，卑职还自愿做了这个支店的保证人。几个月后，梅村小姐又听信她那个姘头白士吾的谗言，说什么苗振宇教授也认识那个神秘人物曹鸿远。于是，这个支店又有了问题。令弟是这个支店的经理，如果按照梅村的想法，令弟也要成为一个供应八路军药品的罪人了……”

狡猾的松崎其实也知道梅村抓住有关曹鸿远的线索不放，并非全无根据。但为了击败梅村，在佐佐木正雄面前，他故意把曹鸿远说成是个梅村臆想中的人物——子虚乌有的人物。

“那么，她今天来找我，很可能是为了佐佐木正义的事情了。来吧，让她来吧！如果舍弟果真有背叛帝国之罪，就应当惩办他！”佐佐木正雄脸色变了，一股怒气遏止不住，又在室内前后左右疾步踱着。

佐佐木正雄和佐佐木正义虽然不是一母所生，而且也不喜欢这个弟弟的狷介、自负、不肯亲近他的乖僻习性，但毕竟有手足之情，何况这件事还关系到他个人的利害得失？于是，他对这件事不仅仅恼火，还有些担心了。

“那么，曹鸿远这个人，阁下认为究竟有没有呢?”佐佐木正雄突然瞪大小小的眼睛，对松崎问道。

“这很难说。但据卑职手下人侦察，确有个姓曹的曾经和白士吾是情敌——白士吾有个女朋友被姓曹的夺走了。这样一分析……”

松崎刚说到这里，只见侍从敲门进来，立正报告：

“大本营北平特遣组组长梅村津子到。”

“用不着称全衔，以后只要报告人名就够了。请她进来。”佐佐木正雄现出很不耐烦的神态。

“哈依!”侍从答应一声出去了。松崎站起身来，说：

“她来找司令官，我在这里是否合适?”

“正需要阁下在这里。”

于是，两个人默默地坐着，一言不发。

“咯噔、咯噔、咯噔……”随着一阵高跟皮鞋的响声，梅村津子来到门边，口里喊着“报告”，却一推门就走进了佐佐木的大办公室。

今天，梅村的衣着举止都是一副欧洲贵妇人的派头，头戴一顶有羽饰的宽边呢帽，身上是一套淡青色的西装裙衣，左手提着一只精巧的和衣服颜色一样的小皮包。她好像没有看到松崎在屋子里，径直轻盈地快步走到佐佐木面前，微笑着说：

“司令官先生，您好!”

说着，梅村并不向佐佐木鞠躬，却伸出一只手，不是要握手的姿势，而是手背向上，一直伸到佐佐木的嘴巴前。

佐佐木站起身来，只得用那蓄着小胡子的嘴巴，勉强在那只雪白的手背上吻了一下。然后，昂起头来，微微带着笑意说：

“梅村小姐，您越发漂亮了!”

梅村露出洁白的牙齿点头笑了笑，这才转过身来对松崎微微一鞠躬，娇滴滴地说：

“松崎将军早！想不到您也在这里。”

松崎站起身来，也向梅村一鞠躬：

“梅村小姐早！”

一见梅村满脸得意的微笑，松崎心想：“这女妖精一定已经知道我受到大本营的训斥了——正在以微笑向我松崎示威呢！”于是，已经克制下去的怒气又涌上来。他矮墩墩的身子一屁股坐在沙发上，眯起眼睛盯着梅村的脸，默不作声地等待着事态的发展。

佐佐木伸手示意叫梅村坐另一只单人沙发，他自己一人却坐在当中的大沙发上。

梅村闪动着两只长睫毛的大眼睛，看看佐佐木那张阴森的面孔，又看看松崎那毫无表情、肃然端坐的神态，微微一笑道：

“二位将军有什么不愉快的事情么？也许，我来的不是时候……”“不，你来得正好！”佐佐木坐在沙发上，两眼凝视着对面墙壁上用黄绫绸幔遮盖住的天皇御影，嘎声嘎气地回了一句。

“那么，我就说说我的来意好么？我是来找指挥官的。”她又把脸转向松崎，“我是向您二位求援来啦！”

“小姐神通广大，还需要我佐佐木帮什么忙？”

“需要您军事行动的配合。”

“啊，军事行动的配合？”梅村的一句话，不但使佐佐木出乎意外，连松崎一动不动的胖身躯也扭转过来，瞪着梅村愣愣地望着。

梅村坐在沙发上，不慌不忙地慢慢从手袋里掏出一面小镜子，又拿出口红和梳子，对着镜子把口红顺着嘴唇的边缘轻轻涂抹一层。在扑鼻的香气中，本来已经鲜红的双唇，变得越发娇艳了。接着，摘下帽子用梳子慢慢梳理着那欧洲式的、蓬松高耸的卷发。对着小镜子照了又照，直到满意了，才把那顶有羽饰的淡蓝色宽边呢帽往头顶上一扣，脑袋一晃，冲着佐佐木正雄和松崎莞尔一笑。

“这哪里是梳妆打扮！这明明是向我松崎示威挑战！”松崎心里忿忿地想着，把两只圆眼移向门口，就像这个女人根本不存在似的。

佐佐木正雄在梅村笑过之后，用冷冰冰的声音问道：

“小姐，恭贺你深得大本营的信任，东京一定又有什么重要任务交给你了。请说吧，有什么军事行动需要我们配合的，当尽力为小姐效劳。”

“是为帝国效劳！”梅村见缝插针地顶了佐佐木正雄一句，“难道二位将军还没有接到大本营的指令么？一年多前，北平入城式遭到了共军狙击，大大损害了大日本帝国的国际声威，至今该案还没有破获。我们特遣组已接到东京指令，要克日行动——进剿狙击我军入城式的敌军，将案情全部侦破。所以，我才特来向你们求援。”

松崎把矮胖的身躯从沙发里慢慢抽了出来，站立稳了，然后，两眼直视着满面带笑的梅村，用沙哑的低声不慌不忙地发问道：

“梅村大佐——不对，我说错了！听说您已经晋升为少将了。那么，梅村少将，我请问您——敌军有多少？现在驻在什么地方？装备如何？我们应当出多少兵力去进剿？”

“这、这您应当完全清楚！您是北平的特务机关长，这些问题应当由您自己来回答。”

“哈！哈！哈……”松崎忽然鸭子似的发出了嘎嘎的笑声，把个佐佐木笑得皱起了眉头；梅村也闪动着长睫毛，惊愕地望着松崎。

“小姐，不，梅村少将，对不起！您说的话太令人可笑——故尔我忍不住笑了。我军入城式被狙击这一案件发生时，我尚未来北平就职。彼时，是您和李汝民去协力侦破的。据说，您的侦察很有成绩，有了重要线索。我为帝国祝贺，也为梅村小姐——不，为梅村少将祝贺！可是遗憾得很，这件要案，直到此刻，您从来都没有和我松崎——和我这个北平特务机关长透露过半句真实情况。我以为东京有指示，这件案子就由小姐——不，由少将您越俎代疱全部包揽了呢，故尔，我一直不便多问。今天，您要进剿这股共军了，我从何知道敌人的数目、装备，以及敌人所在的地点呢？这个，恐怕还是要小姐——不，要少将您来回答吧！”因为摸到了佐佐木正雄的态度，激怒的松崎就大胆地向梅村进攻起来。

梅村怔住了。她大出意外——想不到松崎挨了训斥还这么猖狂。

屋子里霎时沉默了。

佐佐木又在屋里踱起步来。好一会儿，还是由他打破了沉默。他以一种日本高级将领特有的目空一切、骄横自负的姿态，谁也不看，炯炯的双目直视天皇御影——虽然那只是一块黄色绫绸，一本正经地说：

“梅村小姐，恕我直言！东京交给尊驾的任务是力争南京政府同意和平谈判——经过法国的居间调停诱使蒋介石早日归顺，并建立华北反共的日满华一体的政权……这些任务已经够你大本营特遣组繁忙的了！而你又自告奋勇地包揽起松崎少将的职责来——像这个我军入城时遭受狙击的侦破任务，早就应该完全交给他处理。”佐佐木转过身用手一指仍在怒目斜视着屋门的松崎，“全部交给松崎少将才是……现在，你既已得到确实情报，那么，过去的事情就不必再提了。目下，我们一定奉命协助。如果需要立刻进剿，我以军人对军人的身份对你说，你制定了什么作战方案？需要多少兵力？是一个联队，还是一个师团？是装甲兵，还是坦克兵？要不要空军助战？这一切，我都可以立刻调拨给小姐——归小姐亲自指挥。”

“梅村少将需要多少宪兵助战，鄙人也愿意立刻调拨！”佐佐木刚说完，松崎立即附加了一句。说着，他立刻奔向电话机，拿起听筒，面对着梅村，仿佛立等梅村说出数目字，他就即刻打电话调人似的。

“咯、咯、咯……”梅村跳起身来，发出几声响亮而又清脆的笑声，“我说二位将军，何必这么认真、这么着急呀！我今天主要是为一粧重要案子——和佐佐木指挥官有关系的案子才来的。是为了关心我的司令官……”梅村用手轻轻在佐佐木的肩膀上拍了一下，“才特地来拜访的。至于狙击我军入城式的共军数目、他们的装备和所在地点，我还以为您这位华北最高指挥官和您这位北平特务机关长早都了如指掌。既然你们都还不清楚，那就共同调查一下吧。调查清楚后，咱们再拟定进剿计划，好吧？哎呀呀，松崎少将，您还对我生气么？哈！哈！真有意思，真有意思……”

梅村告了松崎的状，得知大本营训斥了松崎之后，她急忙来找佐佐木——原想在佐佐木面前再下些功夫，以便取得他的同情和支持，逐步把松崎打下去。却没有料到，松崎已先她而到，还不知对佐佐木说了些什么……她一看势头不对，只得把入城式这件事用开玩笑的方式遮掩过去，然后，话锋一转，把另一件事提出来。

“什么？梅村小姐，什么与我有关的案件？”佐佐木故意问道。他把怒气压在心头，侧过头对着梅村直直地瞪了一会儿，又肃穆地端坐到写字台后的转椅上，摆出一副法官审理案子时的架式。

“也不是什么大事，不过手下的人得了情报。今天，正好松崎机关长也在，我就向二位将军报告一下吧！”梅村脸上浮现出和悦的微笑，把话说得很轻松。得到佐佐木的同意，便微微一欠身，面色严肃地看着指挥官，一字一句地说，“最高指挥官，令弟佐佐木正义博士自本土来华以后的行动，您都清楚么?”

“梅村小姐，他有什么有损帝国的行为么?”佐佐木的神情更加严峻了。

“我是为了对指挥官尽责，所以直言不讳。”

“梅村小姐，为了帝国的尊荣，为了大东亚圣战，不要说是我的弟弟，就是我的父亲，或是我本人，如有违反帝国利益的行为，也都应当按军法严惩！这一点，请相信我的军人品德。”

“梅村小姐——不，梅村少将!”每一次提到“少将”之前，松崎必定先来个“小姐”——这个似乎是无意的误称，其实，谁都知道他是故意的——什么“少将”，这条毒蛇！还不是在满洲时因和一名苏联将军睡觉的丑事败露，就向大本营告密反诬铃木机关长是苏联间谍，结果杀了铃木，这才被提升上来，才被特许穿上军装的……松崎心里虽然不停地怒骂着，口里却慢慢说道：“梅村少将既然如此关切指挥官，那就请直言。我感谢您允许鄙人也有幸恭听这桩要案。”

“司令官，是这样：令弟佐佐木正义博士和医学院一位名叫苗振宇的支那教授，今年春天在北平合开了一个华北支店——名义上是为兵库长、盐野义两家日本最大的制药株式会社代销药品和各类医疗器械。实际呢，我已经了解到——他们批发出的大批药品、器械，都供应了华北各地的八路军和游击队。”

“证据呢？小姐!”佐佐木正雄坐在转椅上，双目直视墙壁，不动声色。

“有!”梅村立刻打开皮包，拿出一张写得非常整齐、清晰的字纸，念道：

“华北支店于一九三八年五月二十日至三十日运往山西阳泉一地的药品器械中，计有奎宁两千镑，阿司匹林一万镑，显微镜五台，军用手提X光机三台，以及化验室各类试剂一应俱全。还有从眼科到骨科的各种手术器械十套，外用贵重药品——德国拜尔厂出品五克一瓶的黄碘五万克，手术麻醉品葛洛芳五千支……”梅村念到这里，轻轻喘了一口气，抬起头来望望两个默不作声的男人，走过去把清单往佐佐木面前的写字台上一扔，笑道，“指挥官，请过目吧！”

佐佐木突然站起身来，把单子掷还给梅村，冷笑一声：

“这个单子能说明什么？怎么能够证明这些东西已经落到了八路军手中……小姐，请再拿出证据来！”

梅村又笑了起来：

“这个嘛，当然有！可是……”梅村狡黠地笑着，不往下说了。

“是不是可以请佐佐木正义博士马上来一趟？当着梅村小姐——不，梅村少将的面谈一谈？”松崎故意抢先提议说，以激起佐佐木正雄对梅村的恼恨。

“也好。只要指挥官批准，就请佐佐木博士来一趟，当面谈谈也好。”梅村正希望这时候能把佐佐木正义找来，以便给他来个措手不及——因为她不便、也不敢不经这位司令官的允许，就去私自审问他的弟弟。

“只要梅村小姐认为必要，我当然支持。如果佐佐木正义果真是帝国的叛逆，作为大日本帝国的军人，我将以大义为重，亲手将其处死！为天皇陛下，也为我佐佐木家族除去一不肖子孙！”佐佐木正雄神情严肃、态度坚决地说出这几句话后，就接连用力按了几下写字台上的喊人电铃。

侍从迅急地推门走进来。

“把佐佐木正义立刻给我带来！”佐佐木司令官怒视着侍从，大声发着命令。

松崎立即补充并解释说：

“请把司令官的弟弟佐佐木正义博士接来。他现在在东单三条新成立的传染病研究所里。”

侍从“哈依”了一声，遵命下去。

约摸过了二十分钟，佐佐木正义由侍从陪同，走进了司令官的办公室。

佐佐木正义进屋之后，先向他哥哥鞠躬行礼，然后又向松崎行礼。当他转身望着梅村的时候，佐佐木正雄站起身来替他介绍道：

“这位是东京大本营北平特遣组的组长梅村小姐——是她有事要问你……”哥哥毕竟向着弟弟，趁介绍之机，先打了个招呼。

佐佐木正义见过梅村，也早从苗教授那里知道她是个日本侵华急先锋——日本军国主义的忠实走狗。所以，只冷淡地向梅村一点头：

“我十分荣幸地见过这位小姐——是在北京饭店跳舞的时候。”

梅村站起身来，突然做出一副地道的日本妇人的姿态——双手恭敬地平放在膝前，向佐佐木正义弯下腰去深深鞠了一躬。然后，柔雅而谦卑地说道：

“博士，今天能够见到您，真是高兴！请坐，请这边坐。”她俨然以主人自居，伸手让佐佐木正义坐在她身旁的沙发上。

佐佐木正义今天穿着一套深灰色的西装，雪白的衬衫打着素花领带，皮鞋闪亮，浑身上下一尘不染，手臂间还夹着一个黑色大皮包。清瘦的白脸上，一双眼睛虽然不大，但和他哥哥那双枭桀的眼睛截然不同——它刚正、和善，闪耀着智慧的光芒。

“家兄刚才说，小姐有事要问我。有什么事情就请提问吧。”佐佐木正义顺从地在梅村身旁的沙发坐下，彬彬有礼地问道。

梅村瞟了一眼坐在大沙发上的松崎和佐佐木正雄，微微一笑，用轻松的语调随便问道：

“博士，请问，您是在北平开了一家‘兵库长’和‘盐野义’的支店么?”

“是的，我和我的同学苗振宇博士共同为兵库长和盐野义两家日本大制药株式会社在北平开了一家代销店——称之为华北支店。”

“那么，请问，二位医学博士为什么忽然想起要经商——开起药店来了呢?”

“这个么——”佐佐木正义的脸上立刻露出激忿的神色，冷冷地说，“小姐提的问题很奇怪——好像我佐佐木正义有什么不道德的行为……”说着，倏地站起身来，面向他的哥哥和松崎，提高了声音，“二位都是帝国军人，我犯了什么国法？你们要请这位大本营特遣组的特务小姐来审问我?”

梅村的白脸微微发红了。

佐佐木正雄怒目望着他的弟弟，仍然没有出声。

松崎却趁机说道：

“博士，请不必发怒。问您一些事情，是梅村小姐——不，是梅村少将职务上的需要。为了把问题查清楚，以免令兄和您蒙受不白之冤，您应当冷静清晰地回答梅村小姐——不，梅村少将提出的一切问题。”

“博士，请不必多心！只是有些事情牵扯到您的身上——我声明，这和佐佐木司令官毫无关系……我才不得不来打扰您，这点，请务必多加原谅!”梅村的话说得又轻松、又委婉。

“好吧！那么我就告诉你吧。我们为什么要经商？很简单，为了钱。我们为什么要钱？很简单，我们要研究传染病学。但是，我们缺少经费。一句话，为了医学研究上的需要。我们就替日本这两家大制药株式会社当了出售药品的商人。”佐佐木正义并不是个书呆子，他有丰富的生活经验，尤其当他的自尊心受到损害时，他是善于还击的。

“再请问一句，你们卖出的大量药品——还有大量的医疗器械，都卖到什么人的手里去了？博士，您可以回答我这个小小的问题么？”

“我们既然是商人，我们既然是为了赚钱，那就是，哪里向我们订货，我们就向哪里发货——这有什么奇怪的！我不明白，小姐您问这个做什么？！”

听到这里，梅村心里一喜——这个书呆子快说到点子上了，快要露馅了！于是，急忙接口问道：

“博士，请原谅，再请问您，您们曾经往山西阳泉批发去大批药物和大批医疗器械么？”

“那完全可能。因为我们开的是药店……”

“不，你们开的不完全是药店！你们给反对帝国的敌军——八路军帮了忙……”

佐佐木正义听到这里，猛的跳起身来，绷着脸、咬着嘴唇，极力压抑着怒火，先向他端坐不动的哥哥和坐在一旁微笑的松崎扫了一眼，然后双目盯在梅村的脸上，厉声喊道：

“小姐，您说这种话有什么根据？您也是帝国军人，应当有军人的品德怎么可以血口喷人！”

梅村听了佐佐木正义的话，并不恼怒，反而微露笑容，把那张适才曾给佐佐木正雄和松崎念过的药品单子递到佐佐木博士的手里。

“博士，不必着急！请把这张清单过目一下，咱们再进一步研究情况好么？”

佐佐木把梅村递给他的清单仔细过了目。然后，抬起头来，举着单子摇晃着，双目直视着梅村说：

“小姐，我才疏学浅，不明白这么一纸药品单子有什么值得研究的奥秘？请小姐见教！”

“博士，您不是外人，对您实说了吧。这么多的药品和医疗器械，不可能是供应私人商店的。我的情报人员已获得确实消息——从您们支店发出的这些药品，都卖到八路军手里了！”

松崎狐疑地看了博士一眼——他的担心是双重的，因为他还是这个支店的保证人。此刻只见佐佐木正义咬紧嘴唇，愤怒的目光落在梅村的脸上：

“小姐，请问，是什么人卖给八路军的？是我们华北支店么？”

“这个，就是今天有劳大驾光临的原因了。我们获悉，您们这个支店批发出的药品、器械，不仅卖给阳泉一地的八路军，而且唐山、保定、张家口等一些城市附近，甚至北平附近的八路军手里，也发现了有贵店标记的药品、器械。请问博士，这是什么原因？”

佐佐木正义沉思了一下，扭过头，异常严肃的脸上忽然露出一丝笑容：

“小姐，您的发现，对于帝国的对华战争确实很有价值！可惜，您对中国的医药卫生情况还缺乏必要的了解——中国工业落后，药品生产得很少，成本高，质量更差。‘兵库长’的代表告诉我，战前，国民党军队就大量用他们的药品。战争爆发后，销路断绝，他们现在正想办法通过香港，向华南、华中的国民党中国地区继续打开销路……”

“这是不能允许的！”梅村盯着松崎厉声说，似乎也给他这个保证人一个警告。

佐佐木正雄依旧一言不发，坐在沙发上吸着雪茄，默默地观察事态的发展。

佐佐木正义喝了两口茶水，继续他被打断了的话：

“至于我们这个支店，从来没有供给八路军什么药品和器械！我们和八路军从无来往。不知供给药品之说从何谈起？”

“那么，八路军野战医院里所用的贵店销出的药品、器械，这又怎么解释呢？博士，我要提醒您，您的支店已经完全被支那人掌握了！这一点，请您不要过于天真……”

“梅村小姐，我也要提醒您，您做的那些勾当很不光明，很不正派！我早就发觉您派了爪牙在监视我们的支店，在跟踪我和我的同事苗振宇教授。您对每一个好人、正派的人都怀疑！您就是用这种卑劣的手段来达到升官晋爵的目的！”说到这里，佐佐木正义忽然打开黑色大皮包，从里面拿出一卷发货票样的单据，向梅村怀里一甩，正气凛然地说，“小姐，您不是一定要查询我们支店都向何处、何人批发了大批药品、器械么？就请过目吧！”说完，佐佐木正义满脸涨红，激怒地夹起大皮包，连他哥哥和松崎都不招呼，拔脚就要向门外走。

梅村的脸上火辣辣的，但她并不出声，只把佐佐木正义扔给她的单据急速地翻阅着。这些单据都是发货票——由火车站向各地运出药品、器械的单据。每张单据上面都清楚地写着收货的单位名称——“张家口蒙疆皇协军第三师军医处”、“保定驻屯军辎重队”、“石家庄顺昌大药房”……忽然，她发现了一张发往“阳泉日军警备队军医处”的货单，那货单上各种物品的名称、数量，竟和她手里的那张清单一模一样。梅村的身上忽地一阵发凉，头上的冷汗也涔涔流下。她捏着这些单据望着佐佐木正义的背影，轻轻喊道：

“博士，何必急着走！咱们还有事商量呢。”

“博士，梅村小姐——梅村少将还有事商谈，请留步，谈完了再走吧！”松崎此时明明看出梅村已经被佐佐木博士手里的确凿凭证击败了，他还是把已经走到门边的佐佐木正义拉了回来，想看看梅村究竟还有多少招。

“还有什么疑问，请小姐快点审问！对不起，我忙得很，没有那么多时间供您差遣。”佐佐木正义虽然回来了，却坐在离梅村远远的一张靠门的椅子上，好像他随时都准备拔脚就走。

梅村点燃纸烟，喷吐着烟圈，仰着头靠在沙发上，若无其事地问道：

“博士，您刚才提到的，和您一同合开支店的那位苗振宇教授，您了解他么？”

佐佐木正义听到梅村这句问话，看到她那双虽然笑着、却喷射着毒焰的眼睛，又被深深激怒了。这是对他朋友的侮辱！也是对他佐佐木正义的侮辱！他真想拔脚就走，再不回答这个女人的问话。可是，他看到了他哥哥的目光，也看到了松崎的目光，他们都在劝他冷静。于是，他忍住气恼，冷冷地回答道：

“了解，十分了解。他是一个正派的并且很有学识的教授。怎么样？小姐，是不是您认为，是他在向八路军供应药品呢？”

“没有，没有！博士不必多心！不过，听说他有一个女儿名叫苗虹的，去当了八路军。这一点，博士是否知道？”

“梅村小姐，请您自重些，不要草木皆兵好不好？苗教授的女儿明明是到巴黎学声乐去了。怎么？这些都是小姐职务上必须了解的么？您还有什么要问的？快请问吧！”

“哦，原来是这样，那太好了！”梅村仍然若无其事地微笑着，又随手打开手里的小皮包，从里面拿出一张照片，站起身款款地走到佐佐木正义的身边，举着这张照片问道：“博士，还得打扰您，您见过这张照片上的本人么？这个人到您的支店里去过么？”

这时，佐佐木正雄和松崎都不由得站起身来，走到梅村和博士身边探着头看起照片来。

佐佐木正义随便瞟了照片一眼，那张照片还擎在梅村的手上。他啪地把照片打落在地，忿然说道：

“小姐，请您不要再和我开玩笑了！是您手下的人吧，几个月前就拿过这张照片向我们店里的人探听过了——他叫什么……叫什么曹鸿远对不对？我们已经领教够了！告诉您，我从来没有看见过这个人！怎么？您还想把我、把苗教授跟这个所谓的‘共产党、八路军曹鸿远’联在一起么？甚至连松崎将军也要牵连进去么？小姐，您未免欺人太甚了吧！?”说着，佐佐木正义夹起大皮包，一把夺过还捏在梅村手里的那些发货单据，头也不回地冲出屋门外。

松崎目送佐佐木正义走出屋外，从地下捡起曹鸿远的照片，一边假惺惺地端详着，一边咧着嘴露出金牙，微微笑道：

“梅村小姐——不，梅村少将，您太聪明了！如此草木皆兵，佩服！实在佩服！”

梅村狠狠瞪着松崎，一把抢过曹鸿远的照片，放回到皮包里，咔一声关上了皮包。她刚要对松崎说什么，只见佐佐木正雄翘着唇上的小胡子，毫无表情地说道：

“梅村津子，尊敬的小姐，这出戏是不是到了应该结束的时候了？你不觉得有些疲倦么？”

梅村一改刚才那副佯作冷静的姿态，霍地跳起身来，提起她的皮包，使劲地甩了几个大圈圈，然后，拔脚就向门外走去。一边走，一边回头瞪着佐佐木正雄和松崎，连声冷笑道：

“这出戏呀，刚刚开始敲打锣鼓点，好戏还在后头呢！”说着，颤动着帽子上的羽饰，砰地一声重重地关上了屋门。

屋里的两个日本男人忍不住相视一笑。松崎知道司令官疲倦了，立刻鞠躬告辞。握别时，忽然笑道：

“司令官，没想到，令弟很不简单呢！这个梅村小姐可并不是好对付的。”

佐佐木正雄仰头微笑：

“舍弟嘛，为了他的研究事业，是什么也愿意牺牲的。不过，放着大事业不做，竟当起商人来……成不了大器！”说着，摸着唇髭惋惜似的叹了一口气。

第六十一章

阴历年要到了，华北支店的业务繁忙起来。苗教授每天下午都到支店处理进货和销售的大批业务。佐佐木正义见苗教授最近特别忙，抽空也常到支店来帮助教授处理些业务。其实，主要是想尽一点保卫好朋友的义务。

这天，已经下午四点多钟，两个人都感到有点儿疲劳，离开写字台，都坐在靠墙边的沙发上吸起烟来。一个练习生见他们休息了，就端上两杯热咖啡放在他们面前的茶几上。吸了几口烟，喝着咖啡，佐佐木还顺手拿起一本美国新出版的药物杂志翻阅。看着，看着，扭头望着苗教授，清瘦矍铄的脸露着喜色说：

"苗桑，你看这篇文章介绍一种能够杀死细菌的新药——这种药如果普及的话，多种由于细菌引起的疾病就可以控制了，就是医治战伤的面貌也会改观的。日本的医药由于战争的缘故渐渐落后了。这种药现在美国和瑞士都在生产，日本还没有研究呢！"说着，佐佐木皱起眉头叹了口气，"战争——战争——为什么要进行这场毫无道理的战争？"

苗教授接过杂志看了一下，说：

"这真是患者的福音。那么，叫两大制药株式会社代我们向美国去订购一批这种新药如何？"苗教授心里在想，如果能够把这种新药用到八路军战士身上，那会救活多少生命！

"当然可以。不过，苗桑，那个女特务怀疑我们的药品供给了八路军，这些天我都在考虑一件事……”

“你考虑什么事？”

“我把心里话只对你一个人讲。从这一年多的中日战争看起来，真正强有力地抵抗日军的，我看还是华北的八路军——他们在山西、河北都战胜了日本军队……这不是件很容易的事。日本士兵的武士道精神我是了解的。所以我想，如果真的是八路军请你卖药给他们，我看不妨多卖给他们一些……”

“呵，佐佐木桑，你怎么这样想呀？”苗教授吃惊地打断了佐佐木的话。虽然和佐佐木是好友，但他毕竟是日本人，苗教授不愿他知道开这个药店的真正目的。

佐佐木喝着咖啡，沉思着：

“苗桑，你的思想何必瞒我！中国有句话叫‘心照不宣’吧？我们就心照不宣好了。我虽是个日本人，但我在年轻时，也曾由朋友介绍读过一点论及帝国主义的书。现在，日本的军部，德国的希特勒，意大利的墨索里尼，都成了世界上最可怕的帝国主义——法西斯主义者……你对我还有什么顾虑么？”苗教授望着佐佐木，沉默不语。

佐佐木放下咖啡杯子，站起身来，把双臂伸出活动一下，微微笑道：

“苗桑，我看你有些事在瞒着我，是不是不敢信任我？你主张向华北各个作战地点发运药品，我就猜到了，我很赞成！我恨法西斯的不义战争，可是，自己又无力参与抵抗……前天，梅村那个女人突然把我找去，我看这是一种信号，幸亏你准备了各种发货票，狠狠地打击了她的气焰。而且有松崎的支持，我看这个女人以后会老实一点的。”

“朋友，你的话很使我感动。不过，我对梅村还是很不放心。这个女人诡计多端，她是我们这个店最大……最大的……”苗教授没有说出“威胁”两个字。

“苗桑，你神经过敏了。那个妖精似的女人梅村么？一个下流的妓女式的人物，有什么了不起!”

“我的朋友，你和我过去一样，太过于天真了……我不和你争论。如果万一我发生什么不幸，你一定去找松崎——他会想办法去对付梅村的。因为他们两个大特务彼此很不和……”

“你怎么想得这么奇怪！你是堂堂的大学教授，又是我的好朋友，我不相信有什么人胆大包天敢来欺侮你。”

佐佐木正义刚说到这里，进来了一个练习生，向苗教授报告：

“苗经理，外面有位皇协军十五团的军医要见您。”

苗教授站着不语。正在考虑来者是什么人，是不是和梅村有关，应当如何应付的时候，佐佐木却对练习生用不太熟练的中国话说：

“外边有人找苗教授么？请那位先生进来。”

“不是先生，是个穿皇协军服装的军官。还开来了一辆大卡车，车上坐着四个拿枪的皇协军。”

苗教授按捺住心头的惊悸不安，把这些话重复翻译给佐佐木听。佐佐木仍然坚持自己的意见，说：“他们也许是化装的八路军，不然何必带枪？”苗教授只好点头同意：“请他进来吧!”

进来的这个人，穿着整齐的皇协军军服，走进经理室后，先对苗教授鞠了一躬，转身又对佐佐木正义行了个举手礼，彬彬有礼地用日语问道：

“您就是佐佐木正义博士么?”

佐佐木站起身来，鞠躬还礼，伸手让这个人坐在旁边的小沙发上，问道：

“您会日文？在哪里学的？贵姓大名?”

“我叫乔国玉，是满洲军医大学毕业的。所以会说一点儿日文。”

“您现在在哪里供职?”苗教授在一旁默不出声，还是由佐佐木发问。

“我是皇协军十五团军医处的军医。我们非常需要药品。今天特来请您们二位帮忙。”乔国玉说着，从口袋里掏出一张纸片，双手递给苗教授。

苗教授拿起纸片一看：上面是一纸购买药品的公文，后面附了张药名单子，购买量相当大。他不由得眉头一皱，把公文和单子往桌上一扔，对乔国玉说：

“乔先生，我们这个店不能供应你们这些药品和器械。”

乔国玉带着恳求的神情，低声说道：

“教授，我们有困难，急需要这些药品。您是个热心人，也是中国人，您不该拒绝我们的要求……”

“不行，我们跟你们素无往来，不能跟你们做这么大的买卖。”苗教授站起，转身要向外走。

佐佐木一把拉住苗教授：“来，苗桑，到这间屋里跟你讲几句话。”说着，把苗教授拉到隔壁一间小屋里。关紧屋门后，他小声在苗教授耳边说：“还是把药品卖给那个人吧，你不要太固执了!”

“为什么一定要卖给他们?你清楚他们的来路么?”

“我看这个人口口声声说‘中国人’，很可能是抗日方面的人，我们应当支援他们。就算不是，卖了也不要紧嘛!”

苗教授的圆脸涨红了，接着嘴角哆嗦起来。沉默一下，握住佐佐木的手，声音颤抖着：

“我的好朋友，你对中国的命运如此关心，真使我感动!可是，你不知道斗争的复杂——卖给他们?弄不好会出事的!”

“不管他们是好人还是坏人，反正我们开店就是经商卖货的，谁要买都可以卖给他——如果真是坏人，我们不卖给他们，不是更糟么？我看，还是卖一些吧！他们把卡车都开来了，还有枪，不卖我看是不行的。”

苗教授听佐佐木一说，心里也矛盾起来——就是梅村津子派人来买药，不卖给也不行。况且他们还穿着皇协军的军服，拿了公文，带着枪。

“好吧，就卖给他们一些。但是，药品数量必须大大削减。”苗教授说罢，看佐佐木点了头，两个人就打开屋门回到经理室。

乔国玉坐在沙发上吸着烟，正想着什么。见佐佐木和苗教授出来了，急忙站起身恭敬地说：

“二位经理商量好了吧？外面卡车上还有弟兄们等着。请苗教授批个字，我们就交款提货吧！”

苗教授拿起桌子上的购货单子，在一些药品名称下都填上比原来少了三分之二的数字。填完了，签了字，递给乔国玉，冷冷地说：

“很对不起，我们这里存货不多了，只能卖这一小部分。”乔国玉接过单子看了一下，没有再多说话，向苗教授、佐佐木行了个举手礼，就转身到外面提货去了。

乔国玉走后，苗教授的心情极不平静。他为发现佐佐木如此关注中国的抗日斗争而深深感动和高兴；又因这个支店已经引起梅村的注意而焦虑不安。乔国玉把卖给他们的药品拉走了，下面会不会有什么意外的事情发生呢？他心里没有底，感到茫然，也感到烦乱。吸着烟，在屋地上来回走动着。

佐佐木看出苗教授的不安和不快，笑着安慰他：

“苗桑，你怎么忽然胆小起来了？我们是药店，把药品卖出去是合法营业，谁来买都应当卖。你何必这样不安呢？现在已经五点了，天气很冷，我送你回家去。”

苗教授点点头，从衣帽架上拿下帽子、大衣穿戴好了，看看佐佐木也收拾好了，两个人相随着走出了经理室。

他们刚走到店铺门前，忽听得门外有汽车急刹车的声音，从玻璃门里望见一辆黑色小轿车停在店外的马路边。同时，一辆大卡车也跟着开到了店铺门前的马路上。那个乔国玉和另外几个穿皇协军服装的人都被捆绑着站在卡车上，几名身穿便衣、手持驳壳枪的人，把被捆绑的人包围在当中。

苗教授一看这情景，知道事情不妙，急忙附在佐佐木的耳边说：

“恐怕要出事！你快去报告松崎。千万要想办法保住我们这个店！”

佐佐木摇摇头，推着苗教授，打开玻璃门就向外走——他想赶快把朋友送到自己的汽车上，迅速开走。

这时，从黑色输车上走下两个便衣来，拦住了佐佐木和苗教授的去路。其中一个黑胖子，举着驳壳枪，对苗教授点点头，问道：

“您就是苗振宇先生么?”

“是的，我是苗振宇。你们要干什么?”

苗教授话刚说完，他身边的另一个便衣趋前一步，举着一副手铐，拉过苗教授的双手，熟练地一下子铐上了。

“你们这是干什么?”站在旁边的佐佐木正义一见苗教授被戴上了手铐，勃然震怒。他赶前一步拦住两个便衣，厉声喝道，“他是堂堂的大学教授——是我们华北支店的副经理！你们为什么要逮捕他？你们是什么人?!”

那两个便衣似乎什么也听不懂，只轻轻把佐佐木一推，说了句“这与您无关”，便架起苗教授奔向那辆黑色轿车——车门没关，来到车前，两个人把苗教授用力往车里推去。

苗教授在车门前挣扎着，对跟到他身边的佐佐木正义，睁大眼睛深情地看了几秒钟，然后，大声用日语喊道：

“佐佐木桑，先不必告诉我的妻子！这个支店你要继续经营下去！一定，一定！”

“走，少说废话！”那个黑胖子没等苗教授说完，又使劲把他往车里一推，另一个已坐在车里的便衣也使劲把他往车里一拉——苗教授被推拉着进了车里。车门砰地一声关紧，汽车立时开动马达飞驰而去。

佐佐木脸色铁青，两手发抖。他仿佛意识到自己的错误，顾不得多想什么，猛地奔向自己那辆停在马路边上的汽车，跳上去，急促地对司机喊道：

“快去追赶前面那辆车子！”

苍茫的暮色中，东长安街的马路上，两辆小汽车、一辆大卡车首尾相随，飞也似的疾驰着。行人都不由得惊异地停下脚步，不知发生了什么事。

第六十二章

雪过天晴。巍峨庄严的香山碧云寺，层层屋脊都覆盖上晶莹的白雪，闪耀着珍珠、宝石般璀灿夺目的白色光芒。松柏、玉兰、菩提树上的白雪，更像盛开着的梨花，纷纷叠叠、朵朵片片簇拥着挂满了树梢。多么洁静的、一尘不染的琉璃世界呵！这世界出现在红墙碧瓦的山间古刹里，在美丽精巧、矗立山巅的舍利塔下，更增加了炫人心目的美感。

瑞雪过后，阳光灿烂喜人。将近中午时分，有些观赏雪景的人，不畏严寒，三三两两来到了碧云寺里。这时，一辆福特牌小汽车沿着上坡路开来，在碧云寺的红色山门外停住。从车上走下三男一女。那个女人年纪二十六七岁，面庞清秀俊美，穿着碧绿碎花锦缎夹旗袍，外套灰色海虎绒厚大衣，脚登一双黑色半高跟皮靴，双手笼在和大衣一样颜色、质料的灰手笼里。她跳下车来，娉婷地迈着碎步，直奔寺里走去。走在她身后的三个男人，也相随着迈进了山门。三个男人模样各不相同：那个黑苍苍的大高个子，身穿灰色哔叽棉袍，头戴礼帽，脚着黑皮鞋，约摸三十岁出头，动作威武刚健。第二个男人也是三十岁上下，中等个儿，面容苍白清秀、文质彬彬。第三个，则是个身材细高的老头儿。老头帽，脸上一副黑眼镜，身穿肥大的深灰色布棉袍，脚上是纳着云头好像小船般的黑缎棉鞋。因为帽子、眼镜的关系，模样看不太清楚，只有两撇小胡子有点引人注目。看那蹒跚、迟缓的步履，总有五十岁开外。四个人微喘着气走上几十级的台阶，来到站着巨大的哼哈二将雕像的殿堂外。这时，悟静和尚穿着一领灰布棉袈裟，腕上挂着长串念珠，双手合十稽首相迎道：

阿弥陀佛！几位施主远路来到寒寺赏雪，小僧十分欢迎！已经备下素斋，请施主赏光。”

那个文质彬彬的细条男人似乎是主人，也双手合十对悟静笑道：

“有劳大住持亲自出来相迎，十分不敢当！还给我们准备了素斋——一片诚意，实在感谢不尽……现在，请大住持领路，内子和我的两位亲友到里面再行介绍。”

悟静伸出光光的秃头，垂下眼睑，向另三个人合掌致意，然后含着微笑在前领路。

悟静把四个客人领到罗汉堂前的槃若堂。在一排三大间的外屋里，一溜排着几把太师椅，几个镂花瓷凳，挨墙是硬木书案和条儿。墙上挂着字画。条儿上还有几样古色古香的香炉、铜盘、佛手之类的摆设。这房间真个是窗明几净、纤尘不染。进屋后，还没落座，那个细条个儿，含着微笑向悟静依次介绍道：

“这位是皇协军十二团的团长钟怀——我的表弟。这位是内子方芳。这位是朱子介先生……”最后，他用手一指那个戴老头帽的男人。

“感谢大住持的招待！”那三个人几乎同声恭敬地说。

悟静捻着佛珠又双手合十地低下头来：

“诸位光临，寒寺生辉——素斋已齐备，天不早了，诸位施主请入席吧。”说着，打开门帘，把这四个人领进里间屋里。这儿，还有两个小和尚正在端菜盛饭。悟静看四个人围着一张八仙桌坐下后，又一次向客人们低头合掌致意：

“小僧失陪了。诸位施主请用饭吧。有什么事，叫这两个小和尚呼唤一声，贫僧随即就到。”说着，领着两个小和尚退出屋外去。

文质彬彬的瘦个子正是张怡。他今天领着打入敌军的地下党员钟怀、妻子方芳和化装成老头儿的曹鸿远——来到碧云寺里讨论当前的紧急任务。

四个人各自拿起筷子吃起清淡可口的素食来。

摘下帽子、眼镜的鸿远——虽然还有两撇小胡，却立刻恢复了他那青年人的勃勃朝气。他瞥了对面的张怡一眼，低着头，说：

“老师，您又把我调回来了……下一步怎么办？”张怡没夹菜，手里举着筷子和馒头，凝视着鸿远：

“你说说我为什么在这个时候调你回北平？”

“苗教授是由我单线联系的，他被捕了，他的夫人非常痛苦……这个时候——正当他们处境困难、危险的时候，如果我不再露面——这不是我个人不再露面，人家会认为是共产党不敢露面了。这是调我回来的第一个理由……”

“嗯，说下去！”张怡不动筷子，眼神更加专注。

方芳忍不住捅了丈夫一下：

“边吃边说嘛。干吗光举着筷子不动嘴?”

“我饿了，不客气了。难得吃一顿这么好吃的和尚饭——今天开素啦!”钟怀大口吃着用豆腐做的素鸡、素什锦，一伸大拇指，豪爽地笑起来。

鸿远捏着筷子什么也不吃，面容严肃，忧形于色地接着说：

“为了救出苗教授，为了保存住华北支店，老师和老钟同志暗地里做了许多工作。没有你们的领导，根本不可能有这个支店。可是，处在第一线的是我，一直和苗教授、苗夫人保持联系的也是我。苗教授被捕后，通过苗夫人和佐佐木正义，也还有许多工作要做……换个同志就有许多不便，所以你们叫我回北平来了。”

张怡听罢鸿远的话，没有出声，微微一笑，用筷子敲了鸿远的筷子一下：

“老头儿吃吧！悟静和尚给咱们准备的这顿素餐可不容易。别说你在山里见不到，在保定也难尝到呢！吃吧，饭菜都凉了。”说着，又用筷子一指旁边的香案，“你们看，他不光给咱们准备了吃的，还给咱们准备了烧的呢。”

三个人向香案上一望——大包黄烛、几封细香，用黄表纸包着，

整齐地摆在香案上。望着这些供神的香烛，四个共产党员的心里都不免有些激动——仿佛那些香烛就是悟静和尚，望着它，个个眼里流露出崇敬的神情。钟怀一口把一块素火腿吞下肚去，喘着气说：

“老张，你真行！能争取看破红尘的出家人为咱们工作。不简单，真不简单！”

张怡没有回答钟怀的话，低头默默吃了一个小馒头，沉思一会儿，抬起头望着钟怀和方芳说：

“小曹的想法有道理。我们就批准他的方案，进行苗夫人和佐佐木正义的工作吧。”

“我不同意！”钟怀说着，放下筷子，从内衣口袋里掏出一个硬纸袋，从纸袋里掏出一张照片，往鸿远的面前一放，“请看看这个！”

鸿远随便拿起一看，果不出所料，又是白士吾替他照的那张半身侧面头像。他把照片放回钟怀面前，苦笑着说：

“我已经和它会面多次了。怎么样，梅村小姐又委托你来按图索影’捉拿我么?”

“不错。自从逮捕了苗教授，梅村这婊子对捉拿你更加上劲了，她甚至把我找去，当面把你的照片交给我，委托我务必想办法捉住你——当然，她绝不止委托我一个人干这件事。所以，你的处境实在太危险！我们当然要想办法救苗教授，保存支店。可是，把你调回，并且留在北平，我不赞成，这太危险了。”

“请问诸位，你们能够用什么办法救出苗教授并保存支店呢?”鸿远把筷子向桌上一扔，神情坚毅、果决，同时流露着深深的痛苦，“我这个人算得什么！你们这样关心我的安全——我的生命，可是……”他说不下去了，站起身，慢慢踱到一壁粉墙前——上面悬挂着一轴十分挺拔、遒劲的毛笔条幅。他抬头望着字轴。

这是一首题咏碧云寺的诗——署名清朝王士祯。

入寺闻山雨，
群峰沐夕阳。
清泉自成响，
林壑坐生凉。
竹复春前雪，
花寒劫后香。

溪流何处去？
空望碧云长。

鸿远眼望着字轴，心里想着当前严重的状况。

“喂，你怎么啦？”张怡拍拍他的胳臂喊了一声，“过这边来，我们细谈谈。”说着，把鸿远拉到八仙桌边。四个人又拿起筷子边吃边说。

钟怀歪着脑袋对鸿远小声说：

“你不要生气。我不主张你留在北平实在是不得已。我主张杀死梅村。这样，苗教授可以救出来，支店也可以保住。我的副官任尚祖主张抓住白士吾，提条件跟梅村交换苗教授。这两个办法老张都不赞成。现在，只好听听你的意见。你有什么具体办法扭转目前的局面？”

鸿远仍然不吃东西，只是举着筷子做做样子。半晌，才用沙哑的低声慢慢说：

“我的中心思想是利用敌人之间的矛盾，加深敌人之间的矛盾，然后为我所用，救出苗教授等人，并长期保存住支店。我已经去看过苗夫人，她说佐佐木正义同意卖药给八路军——结果落到假八路军手中，这才中了梅村的毒计。看来，佐佐木正义这个人很值得我们去多做工作——他现在正因苗教授被捕，松崎这老狐狸又不肯出面，自己又想不出别的营救办法而十分苦恼。所以，我想请求组织批准，由我亲自去找他——”

“你要去找佐佐木？”张怡、钟怀和方芳三个人同时露出惊异的神色，也几乎同时说出了这几个字。

“要找！只有找他才能扭转局面！”鸿远声音坚定，胸有成竹。

沉默。四个人都放下筷子沉默了。

已经午后一时多了，钟怀这才打破沉默说：

“我认为找佐佐木的时机尚未成熟。我还有一个想法：先收买白士吾。这家伙花天酒地欠了一屁股债，又不敢对梅村说。可叫他的好朋友任尚祖当中间人，就以佐佐木正义和苗夫人的名义送给这家伙一笔钱，以设法放出苗教授和保住支店为条件。他不怕苗夫人，可是惧佐佐木几分——诱之以利，施之以威，恩威并用，也许有希望……”

“我不赞成你这个办法。”复杂情况下的艰苦磨练，使鸿远变得老练、成熟多了，“这个办法，一是要花大笔钱，我们的经费本来就困难；再则，白士吾这小子太不可靠，更不是狡猾、阴险的梅村的对手。还有，怎么才能说服佐佐木和苗夫人用他们的名义去收买白士吾呢？我看他们两位都不见得愿意这么办……”

“诸位施主，吃过素斋了，味道还可以么？”悟静在门外轻轻咳嗽一声，掀开门帘，露出光亮的圆头，双手合十，跨进门槛来。

张怡站起身向悟静抱拳笑道：

“太好了，太好了！有劳大住持费心，十分感谢！”

“阿弥陀佛！出家人慈悲为本，不劳施主谬奖。怎么样？饭用过了，是贫僧陪着诸位去观赏雪景，还是到贫僧禅堂喝杯清茶，下盘围棋，助助雅兴？”

四个人都围在和尚身边。鸿远早在悟静进门之前，就迅速戴上眼镜、帽子，又变成个老头儿了。他心里热烘烘的，多么想对悟静说几句话，倾诉别来一载的怀念之情。可是，此刻只好装着不认识。

“我相信您的禅堂一定十分幽雅安静。听说您藏书很多，而且弹得一手好筝和琵琶……我们一路上来已经赏过雪景了。现在就到您的禅堂喝杯茶，听听您的弹奏——”方芳用手一指钟怀和张怡，“这两个是棋迷，叫他们下棋。我喜欢咱们的民族乐器，今天一定请大住持叫我们饱饱耳福！

和尚稽首道谢。他那白白胖胖的圆脸，露出几分欢喜的笑意：

“罪过，罪过！出家人未能忘怀尘世，仍然喜欢以声乐自娱。今天一定为夫人献丑……”说着，扭过身子，甩着肥大的袈裟，摆弄着手上的念珠引路前行。后面跟着这四位“善男信女”。

他们迤逦绕过佛祖殿，来到后面的香积厨——也就是悟静的书斋兼卧室。

一进门，香烟缭绕。一尊释迦牟尼的佛像悬挂在雪白的墙壁上。佛像前的香案上，摆着黄澄澄、光闪闪的香炉和烛台。烛台没有点蜡，香炉里插着的香，正袅袅飘着青烟，散发着幽香。香案前的砖地上，放着一个编织得厚厚的草蒲团——这里当是悟静参禅诵经的地方。

悟静不叫四个客人烧香拜佛，却径直把他们领进里间屋里去。一到这里，天地迥异——再没有庙宇佛堂的痕迹，而是一大间极洁净、极朴素又极富有艺术特色的书斋。满满三墙壁的玻璃书柜，里面摆满了各类书籍：有佛经，也有大量的古籍，更有不少中外古今的文艺作品……墙上不再有佛像，却悬挂着郑板桥的竹子、黄宾虹的《龙湫飞瀑图》等一些名画。屋角上的紫檀木琴架上摆着一架古筝，墙壁上挂着琵琶。一张大书案上则是古朴精美的文房四宝。甚至，一只花瓶里，还插着几枝绽开着的腊梅。

四个人都在竹椅上坐下。小和尚沏了一壶茶来，给每人面前倒了一杯。茶水刚倒在杯里，立刻有一股沁人心脾的清香——不知是茶香呢，还是花香。房间里，顿时充满了清淡的香气。

悟静一进屋就从书柜上拿下棋盘、棋子，摆在一张小圆桌上。看小和尚出了屋，笑着对张怡说：

“在这个房间里，出家人和诸位施主可以以诚相见了……你们喝过茶——愿下棋的下棋；愿听琴的，跟我到这边来。”说着，他走进旁边相通的一间屋里。

这间房较小，却像个客厅，摆着几张沙发、桌椅。钟怀和张怡留在书斋下围棋。鸿远和方芳就跟着和尚进了这间屋子去听琴。小和尚搬过筝和筝架，悟静在白白的右手拇指上戴上一个化学指甲，端坐在十三弦的古筝前，拨弄几下筝弦，还没弹出曲子，立刻就响起悦耳的淙淙声。

“施主，您们愿意听什么曲子?”

“请您弹弹《渔舟唱晚》。”鸿远顺口而出。

“施主?您……”悟静扭过头去望着鸿远——显然在奇怪，这个半老头儿怎么知道我会弹《渔舟唱晚》呢?

“唔……”悟静没有多问，铮铮地弹起《渔舟唱晚》来。

鸿远听着，心潮一阵澎湃。蓦然间，一个秀丽的影子在心上一闪，他想起了柳明。自从得知苗教授被捕后，他再没有顾得上想念她。可是和尚的筝曲又唤醒了他深埋心底的那美丽的身影……不过，他没有心思多听筝曲，抽身走到张怡身边来。

好像他们已经商量妥当了，鸿远过来后，张怡立刻拉住他的手，仰脸望着他，轻轻说:

“小曹，你进步了，已经能够周密而又切实地考虑问题了。我们了解的情况不如你多，感受也不如你深。所以，在营救苗教授的问题上要多听你的意见。不过，梅村刚捉住苗教授才几天，她想从他身上捞到许多东西，一时还不会杀死他。而你的处境确实很危险。不仅是梅村这方面，而且——”他微微叹了口气，“谁知道这位教授能不能经受住毒刑的考验呢?小曹，苗教授只认识你一个共产党员……可是，你又要去找他的夫人，又要去找他的朋友——这样，你冒的险不是太大了么!”

鸿远低下头来。张怡的这些话——语重心长的话，深深打动了他。他完全理解张怡的用意，理解组织上对他的关心。可是，作为一个党员，他要不畏艰险地挑起这副担子，他要竭尽全力挽回目前的被动局面。

“那么，老师，同意叫我去找佐佐木正义了?”

“你可以去找佐佐木——但是要观察事态的发展，要等待时机。”“我一定服从组织的决定！”鸿远用力点了一下头。

这时，美妙、悦耳的古筝声从隔壁房间里有如清风流水般幽幽地飘过来。屋子里又弥漫着淡淡的茶香和花香。

第六十三章

一间宽大阔绰的办公室里，吊在绿色天花板上的菱形吊灯，发着柔和、迷离的光影。垂着流苏的墨绿色丝绒窗帘，长长地垂在地板上，遮住了整个大玻璃窗。梅村津子穿着一套可体的绿色毛料西装，坐在大写字台后面，支着一只肘子，忽闪着眼睛望着墙壁上的天皇御影，似乎在思考什么；一张小圆桌上放着一架装饰考究的收音机，她又似乎在听新闻广播。

有人在办公室门上轻轻敲了一下。随着梅村的一声“进来”，屋门开了，两个便衣男人挟持着苗教授走进屋里来。

梅村抬起头，一看是戴着手拷的苗教授踉踉跄跄进来了，赶忙站起身，向那两个便衣厉声斥道：

“叫你们去请苗教授，怎么给教授戴上手拷啦？快取下来！”

两个便衣向梅村深深鞠了一躬，“哈依”了一声，立刻把教授手上的铐子取下来。然后，又向梅村鞠了一躬，转身退出。

苗教授仍然穿着那件深灰色厚呢大衣，高大的身躯，挺立在门边。收音机里用日语又一次广播了那段报道“中华民国临时政府”成立的新闻——苗教授完全听清了。他不由得一阵怒火攻心，但却咬着嘴唇、皱着眉头没有出声。他认识眼前站着的这个女人——就是曾在北京饭店看见过的那个梅村津子。

“教授先生，您好!”梅村伸出手来，涂着脂粉和口红的脸上，现出妩媚的微笑。

苗教授瞪着梅村，直直地挺立着，不伸手，也不出声。

“对不起，教授先生，叫您受惊了!”梅并并不因为教授的冷漠而生气，反而更加客气地伸手让教授坐在沙发上。

苗教授迈着沉稳的步子走到沙发边上坐下了。他昂着头，一声不吭地瞪着墨绿色的大窗帘。

梅村坐在苗教授对面的小沙发椅上，烫得弯弯卷卷的长发披散在肩上，闪着乌亮的光泽。不知从她身上的哪一部分还散发出一种似浓郁，又似清淡的香气。她露出洁白的牙齿，带着迷人的微笑，用温和的声音继续对苗教授说：

“教授先生，请不要误会！今天把您请来，是想向您请教……”

“请教什么！这是逮捕，不是请教。请问，梅村津子，你为什么逮捕我？我犯了什么罪？你凭什么给我戴上手铐弄到这个地方来？”苗教授是个自尊心极强、素以清高自持的知识分子。被戴上手铐，他认为这是对他人格的极大侮辱。因此，怒不可遏。

“教授不必恼火。这是下面人的不当。其实，即便这样做了，也只是一种程序。”梅村仍然微笑着。

“什么程序？是法律程序么？既然讲法律，就必然有法庭。你这里是什么法庭？梅村津子，你没有权利审问我！因为你不是法官!”

梅村脸上的笑容消失了，觉得眼前的这个老家伙还真有点不好对付。她正在思考怎么进击的时候，苗教授又说话了：

“我如果犯了法，那自有法庭拿拘票来逮捕我，然后开庭审讯，我还可以请律师申辩。你是什么人？你有什么权力逮捕我、审讯我？”

“我们是遵循日本的法律请您来的。这不能算是逮捕。”

“什么？梅村津子，你是遵循日本的法律来请我？笑话！明明给我戴上了手铐，把我绑架来了，却又不承认是逮捕。岂有此理！真是岂有此理！”当苗教授被戴上手铐推进汽车之后，开始，他的心还有些慌乱、迷惘，不知所措。渐渐地，他冷静下来，已经暗暗下定为中华民族的解放，为神圣的抗战事业牺牲自己的决心。

“小姐，你刚才说，你遵循的是日本的法律。我在日本住过十年，也懂得一点日本的法律——自从明治维新以后，日本的民事法规定，在没有判刑之前，对被审问的人是不得戴刑具的。”

梅村津子忽闪着一双大眼睛，听罢了苗教授那套书生气十足的话，忽然拍着手咯咯地笑了起来：

“教授先生，请您不必纠缠那套法律程序了。现在是非常时期，为了完成大东亚圣战，一切都要服从战争的需要……好了，您不必生气了。这么晚了，您一定饿了吧？请先吃点东西，咱们再细谈好么？那边餐厅里已经为您准备好晚餐。现在，我就陪您去吃一点便饭。”

“我不饿，也不吃！”苗教授把圆圆的脑袋仰得高高的，盯住屋顶的一角，一动不动。

“您要不过去吃，就叫人把饭端到这间屋里来。咱们边谈边吃怎么样？”

苗教授被一种厌烦和憎恨交织的情绪激怒着，懒得再张嘴，高高地仰起头，望着天花板上的一角，仍然一声不吭。

梅村津子按了按写字台边的电铃。一个二十一二岁，长得十分美貌的女人立即走进屋来。她穿着大花和服，梳着乌亮的高髻，迈着轻盈的步子走到梅村身边，把两只手平放在膝前，低低地弯下身来。

“芳子，把那边餐厅里的饭菜——还有咖啡和点心，都端到这间屋里来。”

年轻女人又向梅村津子鞠了一躬，并向端坐在沙发上的苗教授望了一眼，走出门外去。

不一会儿，一张圆桌上摆满了香喷喷的中国饭菜。梅村站起身，走到苗教授身边，客气地再次邀请他吃饭。苗教授扭过大脑袋，毫不理睬。

梅村皱起描得弯弯的眉毛，微微叹了一口气。大概她自己肚子饿了，就一个人坐在圆桌边吃起来，还对苗教授道歉说：

“对不起，教授。您一定不肯吃饭，那么，就请喝一杯咖啡提提神吧！”

她一按电铃，芳子又进来了。端来了两杯冒着热气的咖啡，便退出屋去。

梅村一边吃着一条鸡腿，一边望着苗教授笑道：

“教授，咱们不谈那些法律、法律程序之类毫无意义的话了。我想向您请教点事情，请您回答我好吧？”

“既然被你们逮捕来了，就问吧。”

“听说您和佐佐木正义博士开了一家‘兵库长’和‘盐野义’制药株式会社的华北支店，松崎司令官还是你们的保证人，对吧？”

“是的。松崎司令官是我们支店的保证人。怎么，你连他也信不过么？”

“松崎只应个名义，并不管你们的业务，是这样吧？”

“当然是这样。怎么，小姐，你连松崎司令官都怀疑上了？”教授又重复地问。

“我只是随便问问。”梅村扔下筷子，坐到沙发上，点燃了一根纸烟。

“你们支店的经营方式是以批发为主的，对么？”

“是这样。难道批发药品就有罪么？”

“那么，外地那些代销店和经销人都是谁给你们介绍的？”

“没有人介绍。”

“没有人介绍？那你们之间怎么往来经营呢？”

苗教授扭过头来，瞪圆了眼睛，冷笑一声：

“小姐，你大概不看报纸吧？所以你没有看见北平各类大小报纸上都登着我们支店推销药品的广告。你也不听广播吧？通过广播电台，我们也在招揽主顾。所以，我们的买卖很兴隆，可以说应接不暇。”

“你们往阳泉、唐山、石家庄、太原等地批发过大批药品和医疗器械吧？”

“批发过。”

“你们把药品和医疗器械都批发到什么人的手上，您知道吧？”

“不知道。”

梅村津子端起咖啡慢慢喝着，向苗教授瞟过一个十分自信的眼神，微微笑道：

“教授，您怎么能够不知道！您是完全知道的。我有确实的情报——你们发往唐山的药品，供给了冀东抗日游击队；你们发往石家庄的药品，供给了河北平原上的人民自卫军；你们发往阳泉、太原的药品，供给了冀西的八路军；甚至还有些药品运到了延安……”

“梅村津子，你住口！”苗教授小伙子般霍地站起身来，怒容满面地冲着梅村喊道，“你为这件事情已经盘问过我们的经理佐佐木正义博士了！难道他不曾给你看过那些发货单么？那里面有一张是‘抗日游击队’、‘人民自卫军’、‘冀西八路军’的订货单么？不许你血口喷人！你得拿出证据来！拿出证据来！”

“证据就在您身上！就在您和——十分可能是您的后台老板

的曹鸿远身上！”

苗教授听到这句突然袭来的话，心里陡地一震，幸而他早有精神准备，不但没有慌张，反而侧过脸去，睨着梅村津子那张忽然变得狠毒奸诈的脸，冷笑一声：

“小姐，你似乎被那个什么曹——曹什么远迷住了吧。你向佐佐木正义博士要过这个人，向我们支店打听过这个人，现在，又跟我提起这个人来。这究竟是个什么人呀？真是怪事一桩！他与我有什么相干？怎么是我们的后台老板？日本法律也是讲人证物证的，请你给我找出证明人来！”

梅村津子看着苗教授坦然自若、毫不惊慌的神态，不禁有点儿气馁。

“您说你们没有向八路军、游击队批发过药品，那么，那些药品、器械怎么会大批地落到八路军和游击队手里的呢？这不是怪事一桩么！”

苗教授忽然哈哈大笑起来，使梅村津子吃了一惊。笑声刚落，只听他侃侃说道：

“小姐，干你这行的，不会不知道：你们日本人拼凑起来的那些什么皇协军、保安队、杂七杂八的反共军都是些什么货色——他们只会吃喝嫖赌，毫无战斗力。遇上听说很能打仗的八路军和游击队，他们还能不丢盔弃甲大败而逃么？打了败仗，他们手里的枪支弹药——包括大批药品还能不落到八路军的手中么？你们打了败仗，丢了药品，怎么，小姐，你都怪到我们这个小小的华北支店头上来了？再说，你们拼凑的那些军队，既然要吃喝嫖赌，就得花钱——你能担保不是他们自己把那些药品器械、甚至枪支弹药都倒卖给八路军、游击队的么？据我听说，这种事情不在少数！”

梅村津子的脸红一阵、白一阵，被反问得哑口无言。可是，顷刻间她又恢复了那副自信的神色，向苗教授开了一炮：

“教授，既然贵店大登广告、招揽生意，怎么有一位乔国玉向您请求购买药品，您却不肯卖给他们呢?”

“那个乔国玉自称是皇协军十五团的军医，听他说话的口气，又好像是什么抗日的人。你想，这种情况，我能卖药给他么?”

“那后来怎么又卖了?”

“他带着军队，开着卡车来。我们怕事情闹大了，只好卖一点打发他走了。”苗振宇有意不说那是佐佐木正义的主张。

“那个买药的乔国玉承认是‘冀热辽第一支队’的军医。我们已经逮捕了他。你们把药品卖给这支抗日的军队——苗教授，您犯了供给抗日军药品、反抗皇军的罪行，您知道么?”

“不知道!”苗教授终于明白乔国玉来买药，确是梅村津子设下的圈套，他深深地被激怒了，忍不住瞪着她喊道，“这是你们玩的鬼花招!”

“苗振宇，我们对你客气，你不要不识抬举，自讨苦吃!”梅村突然把脸一变，凶相毕露地吼了一声。

苗教授确实被梅村那毒蛇般的脸色惊慑了一下，但随即平静下来，缓缓地说:

“小姐，我苗振宇既落到你们的罗网中，就准备听凭你们的处置。你想利用我的供词吗? 哼，办不到!”

苗教授说这些话的时候，感觉一阵恶心——梅村身上散发出来的香水气，仿佛是一股难闻的恶臭，直冲入他的鼻孔。这温暖、舒适的大房间，一霎时，变成了一座阴森、寒冷的魔窟……他身处魔窟，闻着这股恶臭，心里恶心，头脑眩晕。他真想倒下去，从此闭上眼睛，什么也不再看见，什么也不再听见……

梅村两眼死死盯着苗教授，听他讲罢，狠狠地把脚一跺，用尖厉的声音狂叫起来:

“不知死的老鬼! 跟你好说你不听，叫你尝尝我梅村刑具的味道，你就老实了!”说着，梅村连连向写字台边上的另一个电铃重重地按着，一阵警铃似的紧张尖啸，立刻急骤地响彻了整个办公室……

第六十四章

冬天的拂晓是一天中最冷的时刻。尤其在怪石嶙峋、巉岩叠嶂的山岭上，北方狂烈的朔风仿佛可以把石头吹跑，把树木刮倒。此刻，东方刚刚显出鱼肚白，柳明已经爬出热被窝了，一个人跑到村边的大山上去了。她挂着手枪，迎着寒风，跑到一块高高的大岩石上，挺着身子，直着颈脖，任狂风吹拂着军帽下的秀发，双眸一动不动地凝视着东方。忽然，东方的群山后边闪现出一个桔红色的火球。火球一点点升高，天空渐渐由红变白。柳明仿佛第一次看见刚刚升起的太阳，高兴得望着旭日微笑。望了一会儿，她跳下岩石抱住一棵小核桃树，摇晃着，微笑着，甚至忘情地哼起自撰的歌儿：

“我的 X 光来了！呵，日夜怀念的朋友来了——来了！”

“X 光来了——我的好朋友来了……”从保定回根据地后，柳明仍当着医务主任。昨天傍晚，她和院长、科室负责医生商量治疗问题——最伤脑筋的，是医院没有 X 光，许多伤病员的手术该不该动？治疗方案如何进行？全都感到棘手。正当人们一筹莫展，连晚饭都没有顾得上吃的时候，几匹骡子来到院部，驮来了大批药品和器械。来人中有个瘦瘦的老头儿首先走到柳明跟前，一把拉住女主任的手：

“大姑娘，你还认识我么?”

“啊！爸爸一志远同志您来了……”柳明不顾一屋子人惊奇的目光，一把拉住刘志远的手，激动得满脸绯红，“您来了！想不到我又见到您了！您身体好么？……”

刘志远见到柳明也很动情。紧握住她纤细的手指，两只慈祥的小眼睛凝视着她的脸颊，轻声喃喃着：

“姑娘，可想你哩！你瘦了，累的？……你一定高兴，这回我给你们医院运来一台X光机。”

“呵！X光机?”

“X光机，已经运到根据地来了!”

“呵，我们有了X光了!”

屋子里的医务人员一听说运来了X光机，全都惊喜地欢呼起来，一下子围住了刘志远。

刘志远仍然穿着狐皮袍子，戴着狐皮帽子，一副绅士派头。院长急忙请他坐下，问他是怎么把这台X光机运进来的，刘志远抱拳一笑：

“有十几位弟兄掩护过的封锁线——其他回头细说。请院长准备点吃喝，招待招待他们。顺便告诉大家，我还把一位杨明晶小姐从敌区带出来了，她会使用X光机。”

“她在哪儿?”柳明听说杨明晶也来了，高兴得连连摇晃着刘志远的手，急着要去找杨护士长。

“她骑马摔到沟里，腿受点伤，坐了担架，晚点儿才能到。很不容易啊！为这台X光机，还有两位战士牺牲了……”

“牺牲——”柳明和一些医生低头沉默了一会儿，然后走到院里，围着骡驮子左看右看了一阵，就跑到村外接杨明晶去了。

刘志远的出现，使柳明感到异常的喜悦。这是一个真正的人，大写的人。他虽然是个资本家、地主，可是，他背叛了自己的阶级。他的资本，他的土地，包括他的生命，他都随时准备贡献给祖国伟大的抗日战争。这使她感动，也使她感到似真有个这样的“爸爸”的温暖。还有杨明晶，也是个从资本家家庭里出来的阔小姐，而且是个天主教徒。她毅然舍弃了舒适的、安定的生活，来到了艰苦的抗日根据地。这两个人，连同X光机的出现，都使柳明的心情激动、欢快。人，都是人，可是，在人生的道路上，每个人可以走上多么不同、多么迥异的路呵！

这个夜晚，战友重逢，柳明的话可多了。她先和刘志远像父女般促膝详谈；后来，和杨明晶睡在一条炕上，两人又谈到深夜。言谈中，她总想探问一下关于曹鸿远的消息。自从和他在紧张的情况中匆匆离别后，再没有听到过有关他的消息，但又不好意思张嘴。而且刘志远既然没有和她谈到鸿远的去向，估计杨明晶也不会知道。这些天来，朝朝暮暮，她时常思念着他，也时常回味着在保定“同居”的日子。虽说是假夫妻，然而，他们之间的心灵却比真夫妻似乎贴得更近、更紧、更无间、更融合得浑然一体。想起鸿远对她念过的罗曼、罗兰写给马尔维达夫人的信——“你是我身上的一部分，最好的一部分”，她就感到世界上最珍贵，最崇高的爱情是两颗心灵的契合，是绵绵情意的凝聚，是彼此无私的信赖。她知道残酷的战争生活也许永远使他们不能共同生活在一起，但他们间的爱情早已冲出了世俗的樊篱，升华到神交的境界。为此，她想念他，却不悲戚，不哀怨，甚至得不到他的任何信息，也常常感到他仍然伴随在她的身边，给她带来快乐与慰借。这个夜晚，刘志远趁屋里没人的时候，曾偷偷告诉她：这台X光机和其他一些重要的药品器械，都是在“盐野义”和“兵库长”两家日本大药店的华北支店买到的——在保定时，她终于得到证实，这家药店的开设，确是鸿远做好了苗教授的工作立下的汗马功劳；但直到现在，她才亲眼看到、亲身感到鸿远出生入死的战斗硕果……呵，X光！可爱的X光！这架X光机怎么忽然变成了曹鸿远？它是这样紧紧地抓住了她的心，熨帖了她的心，鼓舞了她的心。她兴奋得浮想联翩，几乎通宵未睡。曙色刚露，她即飞奔山头，她要对着东方日出的地方，呼唤着鸿远的名字，把她的快乐告诉他；把她的尊敬、怀念、神往与感激之情，也向苍茫的山巅，向温煦的朝阳一齐倾泻出来……

白天，在杨明晶的指挥下，一架小型X光机，很快在一间净洁无尘的房间里安装好。柳明立即请杨明晶给几位急待诊断的伤员拍了片子或做了透视。当X光机证明了伤员的确切症状后，柳明竟快活得涌出了眼泪。她一手拿着伤员的片子，一手抱住杨明晶的脖子，说话的声音也哽咽了：

“杨姐姐，您……您真好！您来到我们的医院真——真是雪中送炭啊……”

杨明晶还是那么明快、爽利。她已经换上八路军军装。能和柳明一起工作，她也感到高兴；但对柳明溢于言表的赞美，却感到不好意思，便另找话题，悄悄附在柳明耳边问道：

“你的那位——先生呢？他哪儿去了？”

柳明的脸颊泛起一片红晕，轻轻在明晶耳边说：

“他不是我的真丈夫——我们是假夫妻。自从保定分别，我再也得不到他的消息了……”

“假夫妻……”杨明晶第一次听说这样的事，感到异常惊奇，“住在一间屋子里，怎么能当‘假夫妻’？我不信！”

“信不信由你。”柳明不多解释。她甚至隐隐希望，人们都把他俩看成真夫妻才好呢——唉，尽做梦……

近在咫尺的X光机在柳明心中引起的欢乐，倒是真切而又实在的。每次，她拿起伤员们拍的片子细细察看时，心上必定像电光一样，闪过三个人影——曹鸿远——苗振宇——刘志远。好像是他们发明了这种神奇的机器。没有他们，就不会有X光机，伤病员的许多病情就不好诊断，不好治疗。如今好了，好了，柳明到根据地里从医后，这是第一次这般忘形地狂喜——喜悦中，她眼前更不时浮现出那镂刻在心上的形象：他如果知道我使用了这台X光机的欢乐，他一定会更加欢乐——欢乐，他会多么欢乐呀……

过了几天，刘志远就要离开根据地了。他忽然忧形于色地小声对柳明说：

“姑娘，我不能不告诉你了——苗教授已经被捕，鸿英去了北平，正在那儿设法营救他。”

“什么？您说苗教授已经被捕了？那，这台X光机又怎么弄出来的？”

“这X光机正是苗教授用被捕、甚至要用生命的代价换来的呵！”刘老头儿的神情更加凄怆了，他轻轻吁了一口气，不再多说话。

“那，鸿英呢？他能救出苗教授吗？他本身恐怕也很危险吧？”

刘志远点点头。

“敌人逮捕了苗教授还不甘心，当然一门心思也要逮捕鸿英。……闺女，我知道你会为他们难受。尤其他，你们的感情我知道。但是不得不告诉你，因为我还想要你办一件你大概不愿办的事——”

“什么事？爸爸——现在没人，允许我还叫您一声‘爸爸’吧！您叫我做什么，我都会答应的。”

“都会答应？”

“嗯，答应？”

“那你给白士吾写封信，和他说点好话，叫他帮忙放出苗教授。这个，你答应么？”

“给白士吾写信？”柳明的两只眼睛像滑稽演员似的，黑眼仁完全不见了，只有一双白白的眼仁定在刘志远的脸上。

“怎么样？你不是说，我叫你干什么事，你都答应么？”

“可是，白士吾——他是大特务……”

“正因为他是大特务，他是梅村津子的大红人，我才想起叫你写信的呀！他是堕落了，但看样子还没有忘情于你。他恨你，也还爱你……你写封信求他从内部帮忙，我再托人送份厚礼给他，叫他想办法放出苗教授，也许能有点效果。”

柳明不出声了。她的心在急剧地跳动。的确，她很不愿再理这条走狗。可是，为了救苗教授，也为了救他……她矛盾极了。

终于，她还是写了。生平第一次写这样似乎像写小说一样的信。她问他好，问他戒了白面儿没有？一片关心之后，她才提到请他帮忙救出苗教授的事。她暗示说，他如果能救出苗教授，她还打算亲自到北平去感谢他……

这真是一封极难写的信啊！柳明写了又改，改了又写；刘志远在一旁替她出点子。这样反反复复，几乎折腾一个通宵，累得她大汗淋漓，信才写成了，天也大亮了。她像走完了一次百里急行军，一下子倒在坑上昏昏睡去。

第六十五章

还是拂晓，还是那么寒冷，还是那嶙峋的怪石，还是登在石上眼望东方——眼望着太阳冉冉升起的地方，还是直直地望着由红变白的染满朝霞的天空。然而，今天柳明的脸色却是阴沉的、痛苦的。再没有几天前，独自欢唱“我的 X 光”那种喜悦的情绪了。她的双颊冻得发紫，头发被风吹得散乱，像一团落叶在飞卷。她的双目失去了光泽，痴呆地望着东方，也许又是一夜无眠，才使得明亮的眸子变得如此黯淡失神？

刘志远走后的那天午后，柳明忙着为一个病人作胃切除手术。手术刚完，分区卫生部政委常里平找她来了，并把她引到一个没人的屋子里。一坐下来，常里平就睁圆眼睛，神色紧张地盯着她的脸说：

“小柳，你很忙，恕我来打扰你。因为实在有事……”

“常政委，有什么事就说吧。一会儿我还要讲课。”

“小柳，你惹了祸了——你知道么？”

柳明吓了一跳：

“我惹了什么祸？作了什么错事？”

“你给白士吾那个特务写了信，是么？”

“写了。那是工作需要。”

“小柳，你真太幼稚，太天真，太不懂得党的原则了。你懂得，‘划清界限’这个党的原则么？界限——就是敌我界限——当然有时也包含着是非界限。这白士吾，我知道你们过去是好朋友，或者说是爱人关系。可是，他后来叛变投敌了，这个，你是知道的。给一个投了敌的敌人写信，并且求他帮助你办事，你想想，你是不是犯了原则错误？”

柳明愣怔着，心里立刻翻扰起来：“怎么？犯了原则错误？但这不是我要犯的，苗教授面临死亡的威胁，刘志远出自一片好心，想利用白士吾这个关系救他，才叫我写了这封信。刘志远是听党的指挥的统一战线人物，我们都是为了救苗教授和保住华北支店，有什么大错呢？”她忽然想起那位戴眼镜的江怀曾叫她交待过和白士吾的关系，如今不是火上加油了么！认识这么一个白士吾，想不到惹出这样多的事……柳明喟然不语，坐在椅子边上对着窗户发怔。

“小柳，恕我再问你几句话。”常里平对柳明说话，总是彬彬有礼，和蔼异常，“你和那个刘志远看来很亲密，你们是什么关系？怎么这样信任他？是在保定那段工作中建立起来的感情吧？”

柳明忽然想起地下工作的原则：她去保定工作这一段经历，鸿远作为她的领导，曾严肃地告戒她不能告诉任何人。如今，常里平探询起这件事来，告诉他，还是不告诉他？柳明心里更加烦恼了。但她对曹鸿远的信任，远远超过常里平。于是，沉了一下，慢慢摇了摇头：

“常政委，您不是对我讲党的原则么？据我所知，按党的原则，您不该问我这件事。”

常里平碰了个软钉子，不但不尴尬，反而哈哈笑了起来。他向柳明解释，他是政委，是党代表，他可以问柳明的经历，她也应当对他说。

“不对！您不是我的直接领导，我没有必要向您说。”柳明的倔劲又上来了。

“我不是边区卫生部的政委，但是我是分区卫生部的政委，是边区卫生部的党委委员呵！小柳，你还没有入党，不懂得党的这些原则。好了，你不愿意说，可以不说，我收回我的问话可以吧？不过，由于关心你，我特地来告诉你，你给叛徒大特务白士吾写信——据说还写得相当亲热。这，你就犯了原则性错误了！我就是为你担心，才特地来和你谈谈，了解一下究竟是怎么一回事。”

柳明只得把苗教授被捕，曹鸿远正在设法营救，刘志远热心抗日，认为可以利用她和白士吾的关系，写信叫白设法帮助救出苗教授，他本人也准备给白士吾送去重礼的事，全向常里平说了。柳明一边说，心里一边嘀咕：“向常里平说了这些，我是不是又犯了错误？呵，错误！错误！我想把全力献给革命，献给抗日，却怎么招来了这么多可怕的错误——错误呢？”

常里平对柳明的坦率表示满意。他说，不论是谁，只要肯把事实真相交待出来，就可以得到组织的谅解。他叫柳明写一份交待材料，把写信给白士吾的经过，如实写出来交给他。再由他转给组织。他还建议柳明能认真地写个自我检讨，那就更好了。

一听“交待”二字，柳明陡地又是一惊！上次江怀就叫她“交待”和白士吾的关系，她没有写，就被调到保定工作去了。如今，一听常里平又说写“交待”，她心里不但厌烦，而且痛苦。她如堕五里雾中，想当初满腔热情参加抗日斗争，何曾料到革命阵营里，还会有这么多想不到的麻烦来缠人，来使人烦恼呵！……

说着话，小艾进屋来了。他暗中窥望：见常里平来了后，柳主任立刻愁容满面，神色不好。他有点急了，也不顾常里平还在屋里，便说：

“柳主任，您该吃饭去了。刚做完手术多累！也得注意身体，休息休息。”说毕，转脸对常里平说，“常政委，您在这儿吃饭么？我通知伙房给您做点好吃的。您是政委呀，理当照顾。”

柳明没有出声，双眼仍然呆呆地看着窗纸。常里平吸着纸烟，笑着对柳明说：

“小柳，你这个小警卫员可真灵巧呵！”转脸又对小艾笑道，“你叫艾信儿对吧？你问我吃饭么，我不吃。我还得赶回去开会。小艾，以后，你来跟着我好么？你们的柳主任总是单枪匹马，不带警卫员。有几次都是我给她当了警卫。”

“我不跟您去。柳主任像大姐一样，对我可好啦！当然，您常政委也和气，也好。可是，我得暗中保卫我的首长。柳主任，快去吃饭吧，要不，我给您打来——今天是小米干饭，熬白菜里还有点猪肉片呢。”

柳明摇摇头，叫小艾出去。小艾不高兴地看了常里平一眼，转身一蹦，出了屋门。

“小柳，你人缘好，技术也高，就是政治上太幼稚。我对你很敬慕，所以什么话都愿意对你说，你明白我的用意么？今天我来——这么着急来，就是因为听到你给白士吾写信的事。我一方面替你向领导解释；一方面赶快来给你报信。是怕你出问题呀！你不会怪我太冒昧吧？”

柳明不说感谢话，反而诘问道：

“常政委，您从哪儿得到这个消息的？怎么知道我给白士吾写了信？敌区工作不是保密的么？”

常里平哈哈笑了几声，并不回答柳明的问题。只是说，有他的关心和帮助，她只要写个交待，写个检讨，就保准没有问题了。柳明对常里平的话将信将疑，郁郁地看他骑马走了，回到屋里，便倒在小炕上，连晚饭也没有吃。

写有关白士吾的“交待”，这比写什么都为难、都痛苦。她要忘掉他，永远忘掉他，永远把这个曾经在她心目中占有过相当位置的人连根挖掉，尤其当她想象到他正和那个罪恶的、卑鄙的女特务梅村津子鬼混在一起的情景，她就像吃了苍蝇，要呕吐。但偶然间又有一个多情的、似乎纯挚的翩翩少年在她心头掠过——他的影子在她心底尚未完全消失；她甚至有过负疚的刹间——她如果跟他一块儿去了日本，他也许不至于被那个梅村拉下水；也许不至于变成这等卑鄙的恶人……总之，她太不愿想起他了。不论何时，一想起他，就像一根根尖针向身上扎。如今，要写交待——要写白士吾，要拨动这一根根刺在身上的针，她真有点儿受不了。她很后悔，悔不该听刘志远的话给白士吾写了信。可是，当苗教授关在黑牢中鲜血淋淋的形象在她眼前闪过时，她又不后悔了——应当救苗教授！应当千方百计地救这个人，只要有一点点办法，都应当利用。想到那台已安装好、而且已经为伤病员作了不少透视的 X 光机，她更增加了自信。要不是苗教授的见义勇为，我们山沟里的医院哪能有什么 X 光机！这是教授用他的鲜血甚至生命换来的呵！记得受命到保定工作前夕，领导上同她个别谈话，不也提到要善于利用敌人的矛盾么？她给白士吾写信，只是一种利用，有什么大过？出了什么恶果？要她写交待，交待什么呢？还有他呀？——一想到曹鸿远，她立刻闪出一个不祥之念：说不定他也被梅村津子这伙人捉住了；也鲜血淋淋地倒卧在冰冷的水门汀上……柳明想到这儿，浑身好似瘫软了，拿着笔的手不住地颤抖，眼泪流了满纸……冷静一会儿，她又为自己适才的软弱，为怕写白士吾的交待材料而自责……

辗转反侧，她几乎一夜没有睡。不管怎样为苗教授担心，为曹鸿远难过，她就是写不出交待材料来。

天色朦胧，她又悄悄爬起身。冒着凛冽的寒风，一个人又跑到村边大山上去。她仍旧望着东方——东方那边有苗教授，有曹鸿远……那天上红彤彤的彩云，一缕缕、一团团在白茫茫的天宇上浮动，那是他们！是他们涌流出的殷红的鲜血，是他们绽开着的玫瑰般的心，是他们在层层乌云包围中，喷射出来的一股正气呵！旁边还有那一块乌黑色的云，也在浮动……那是白士吾！一想到白士吾，一想到还要写和他有关的“交待”，柳明悚然惊醒似的，用力一把抹掉已经冻在面颊上的泪水。

第六十六章

苗教授身上血迹斑斑，倒在一间阴冷昏暗的屋子里。他不知已经昏迷了多长时间，有几次都是刚一苏醒，刚要睁开眼睛的时候，就又昏迷过去。最后，他终于从昏迷中醒过来，发觉自己躺在铺着稻草的水泥地上。

这是间地下室似的房子，从高高的顶窗上，透进了淡淡的一缕阳光——这是天快亮了？还是黄昏时分？他模糊的意识分辨不清。于是，习惯地抬起左手看看时间，腕上的手表不见了。一阵寒颤，他用抖索的手摸摸身上，厚呢子大衣没有了，棉衣也没有了，盖在身上的却是一条发着腥臭的破毯子……这时，在他朦胧的意识中，断续出现了一幅幅好像连环画又好像电影般的骇人景象——他被头朝下捆绑在什么硬东西上，他看不见人，只见有些穿着皮靴的腿脚在身旁转来转去。同时，带着钢针的鞭子之类的东西，向后背、颈部、头部猛烈地抽击过来……那疼呵，刺骨的疼！针扎般地疼！他紧紧咬住牙关，然后咬住嘴唇。嘴唇咬得流出了血，疼痛才似乎减轻了些。接着，不知什么东西又重重地猛烈地向腿部压了过来——一霎间，他觉得心脏要停止跳动了，立刻便失去了知觉。

没多久，他似乎被一种冰凉而潮湿的东西弄醒了，听到一种十分遥远、又似近在耳边的声音阵阵呼啸——像一股凶猛的狂风在呼啸：

“是谁指使你开的华北支店？”

“是谁指使你把大批药品和医疗器械供给了八路军、游击队？”

狂风呀，随你呼啸吧！恶魔呀，随你咆哮吧！只有一个意念十分清醒而牢固地钉在苗教授的心头：

“什么也不能说！什么也不能说！就是死了——痛死了，也不能说！”想着，想着，他又昏迷过去。

当他又一次清醒后，似乎被捆绑在一把奇怪的椅子上。他不愿——也没有力气睁开眼睛去看四周的一切。只觉出有人似乎按了一下电钮，接着，一阵难忍的震颤，一阵火烧似的灼烫，一种电流通过全身时使心脏发生剧烈的颤抖、又使心脏麻痹得难以忍受……他又昏厥了。

当他稍稍清醒过来时，已经离开了椅子，倒在冰冷的地上。这时，耳边又响起那种狂风般的时远时近的嗥叫声：

“呀、呀、呀！你这老家伙比共产党的骨头还——还硬呀！说，说出你的后台——说出你的幕后指使人！那个曹鸿远在什么——地方？他是怎么跟你——联系的？”

迷糊中，他只听清了——十分清晰地听出“曹鸿远”三个字。这三个字像电流般在他心头一闪……可这次，他仿佛闻到一股沁人心脾的芳香，他的心脏霎地舒展开来……

“他——他——他没有被捕——他没有被捕——”苗振宇歪扭的嘴角露出一丝几乎难以察觉的微笑。接着，他又人事不省了。

现在，在冰冷的地上，他完全清醒了。他又想起了曹鸿远，也想起自己倾注过全副心力的华北支店……“支店一定要存在下去！要存在！——可不能再叫它出事……”这么一想，顿时，疼痛难忍、软弱无力的身体，痛苦减轻了，也有了些力气。他觉得口渴——一阵难以忍受的干渴，使他不自觉地舔了一下浮肿干裂的嘴唇：

“水——水！一点——儿——水……”他稍稍转动一下不听使唤的身子，不知不觉轻声呻吟着。

电灯亮了。像迷离的梦境，又像透过厚厚的云雾层，眼前忽然出现了一张女人的脸——一张年轻、美貌的脸！苗教授吓了一跳，下意识地赶快闭上了眼睛。

“先生，看您伤得这样重——我来给您——敷药——好么？”这是一个日本女人的声音，她说的是标准的日本九州话。

苗振宇不哼声，也不动弹。

寂静——屋里死一般的寂静。

过了一会儿，苗教授以为那个女人走了，难忍的口渴又使他睁开了眼睛。可是，那个年轻女人仍然端坐在他头边的稻草上，手里还捧着一只水杯，默默地望着他。奇怪的是，她那两只黑黑的大眼睛似乎噙着泪花。

看苗教授睁开眼了，那个女人又轻声说：

“先生，您口渴，这是水。”

苗教授口渴难忍，就是毒液也想喝下去。于是，他咬着牙，忍住浑身的剧痛，伸手夺过女人手里的杯子，仰起头，“咕冬、咕冬”，一杯温凉的水一气喝光了。不等女人伸手来接，他把杯子顺手一扔，又闭上了眼睛。

喝过了水，过了一会儿，当苗教授感觉浑身轻快一些、神智也更加清醒一些的时候，他又睁开了眼睛。奇怪！那个女人还没有走——坐在离他不远的角落里，双手捂着脸，抖动着双肩，嘤嘤啜泣着。

苗教授更加奇怪了。怎么回事？这是个什么人？为什么跑到这个阴暗的牢房里来哭泣？莫非这又是梅村的什么鬼点子……

苗教授用力睁大浮肿的双眼，盯着坐在角落里的女人，看她哭下去。可是，没过几分钟，那个女人不哭了。掏出手帕擦擦眼泪，端起一只小药箱，半跑着来到苗教授的身旁跪下，柔声说：“先生，让我把您的伤敷上药吧！”

苗教授不说话，两眼直愣愣地盯着她。

那女人红着眼，改用哀求的口吻说：

“先生，请您做做好事——叫我给您上药吧！不然，我要挨打的……”

苗教授惊奇起来了，冷冷地问：

“为什么不给我敷药就要挨打？噢！”

年轻女人站起身来，打开关着的屋门向外望了望，然后关好屋门，返身回来跪在教授身边的稻草上，凝视着教授，用凄婉的低声说：

“我叫小吉芳子。请您相信，我不会害您的……”说着，竟又抽搭起。

苗教授瞪眼望着身边的芳子，《聊斋》里鬼狐女人出现的情景恍惚来到眼前……是耶？非耶？真呢？假呢……他迷惑了。既然这女人要求给他敷药，他想，应当叫她敷，争取治好伤，活着出去。于是，他从喉咙里迸出几个字：

“你可以给我敷药，不过要消毒——你知道我的伤该上什么药么？”

“我在日本当过看护。我会帮您治好伤的……”说着，芳子不好意思地低下头来，“您被打坏的皮肉都粘到衣服上了。要把这些衣服剥下来，才能给伤口消毒、敷药、打绷带——我来帮您剥下衣服好么？”说着，抬起头，两只美丽呆滞的大眼睛，怔怔地望着苗教授。

“你可以帮我剥掉上边的衣服。”

“那会很痛的。您忍受一下……我来帮您脱……那会很痛——很痛的……”芳子的声调中带着同情、怜悯。她用力把教授扶坐起来，先替他把毛衣脱下来，又替他剥离那件血迹斑驳、肉和衣服已经紧紧粘在一起的白衬衣……一阵寒颤，教授接连打了两个喷嚏。伴随剧烈的疼痛，他的额上沁出了大粒的汗珠。

“先生，忍受一下！您冷吧？我把您的棉袄找来了，我来替您披上吧……”芳子说着，替上身已经光着的苗教授披上他那件丝棉短袄。

芳子打开药箱，拿出药棉、酒精、碘酒、镊子、绷带和一些外伤药膏等物品，摆在旁边一个白搪瓷盘子里，然后用镊子夹着蘸过生理盐水的药棉，仔细地轻轻擦着苗教授背部、腰部、肩部等处的伤口。擦背部时，她把棉袄披在苗教授的身前；擦前身时，又把棉袄披在苗教授的后背。这时，她不再像个年轻美貌的女子，却像个慈祥的老妈妈。仔细观察着这女人的动作，苗教授心里暗想：这样好心的人，能是梅村派来的下流女人么？下流女人能做出这样诚实的动作么……

教授身上的伤口，经过女人仔细地擦拭、消毒、敷药并打上绷带之后，觉得轻快多了。

“你为什么来给我治伤？”教授发问了。

芳子收拾起药品、用具，用日本女人特有的温存、柔和的声调低着头小声回答：

“教授，是梅村叫我——叫我来的……”芳子吞吞吐吐地说着，抬头望了教授一眼，那双哀怨的大眼睛又有泪水在闪光。

“她叫你来还要干什么？”

“教授，请原谅！你是个好人，我不能那样做……”

“做什么，卑鄙勾当？”教授心里暗暗思考，“梅村想利用这个年轻女人来干什么？”

“先生，这个地下室很冷，您会生病的。您如果同意，我去对梅村说，说您态度好，那她就会立刻把您搬到一个暖和的房间里去住。那儿还有床，有干净的被褥，食物也好。您先把伤养好要紧。您看我这样去说，可以么？”

“不行！你不必替我这样说。我什么也不知道！绝不会说出她叫我说出的事情——我的态度绝不会好。”苗振宇陡地警觉起来。

小吉芳子站在地上，默默地望着倒在稻草上的苗教授，望着他那张憔悴苍黄的脸，轻轻地叹了一口气：

“过一会儿，我再来给您的下部敷药。现在，老人家，您应当休息一下。”芳子说着，放下药箱，关了电灯，转身走出屋外去。

阴暗寒冷的地下室里只剩下苗教授一个人。

在朦胧的神志中，他的心里涌起万千思绪——蓦地，他的眼前闪过那个已经死去、却还手握缰绳骑在马上护送药品的战士……接着，像在云雾中，眼前又出现了曹鸿远那镇定、和悦、机智、勇敢的形象——从被捕以来，这两个形象不断在他心上盘旋；虽然，也不断会出现佐佐木正义和妻子儿女的影子……

“您已经是个战士了！”他耳边又一次响起鸿远对他说过的话。战士！我要像那个护送药品的战士那样活着或者死去……因为我已经是一个战士了！想到这儿，苗教授浮肿、苍黄的脸上，不自觉地露出了一丝笑容——这笑容像孩子一般天真，像初恋一般喜悦……

“起来，给你搬个地方！”正当苗教授沉浸在回忆中，神游在一种饮了醇酒、微带醉意的境界中的时候，忽然，三个男人抬着一副门板闯进门来。接着，把他放到门板上，把那条破毯子向他身上一盖，不容分说地把他抬出了地下室。

他被安放在一间小屋子里的一张小床上。这屋子暖和、明亮，小床上的被褥也很清洁。苗教授刚躺到床上，小吉芳子就出现了。那三个男人，立刻抬着门板走出屋外去。

小吉芳子给苗教授盖好棉被，又把端来的饭盒打开——里面立刻散发出香喷喷的饭香和肉香。

“先生，请吃一点饭吧。您已经两天没有吃东西了。”小吉芳子的大眼睛闪烁着，那里面有忧伤，也有羞涩。苗教授瞪着惊奇、疑虑的眼睛观察着这个女人，他又动了疑心——她究竟是个什么人？梅村津子派来的人，会有什么好东西！这时他把心一横：管她是人是鬼，我现在需要的是把身体养好，要准备经受更残酷的毒刑，还要准备活着出去……于是，他歪着身子用小勺吃起小吉芳子端来的盒饭——这里面有热腾腾的大米饭，还有两个荷包蛋，几块火腿肉。他慢慢地吃着，费力地吃着，时常把饭菜掉到枕头上。芳子几次要来喂他，都被他拒绝了。

吃罢饭，芳子替他把撒落在枕头上的饭粒收拾干净，拿走了饭盒。不一会儿，她又回转来，敏捷地打开药箱，收拾一下，拉开被子的下端，想替苗教授脱去裤子。

“你们这里就没有一个男医生么？去找男人来！我不要你再替我敷药！”教授说着，怒冲冲地甩开腿，几乎踢了芳子一脚。

小吉芳子站在床边愣了一下，只好转身出去。过了约摸一个多小时，这才进来个穿着白罩衣、戴着眼镜、留着一撮小胡子的日本男医生。他不耐烦地扯下苗教授的毛裤、衬裤、裤衩——动作那么粗鲁，表情那么冷酷。苗教授忍着剧痛，尽管额上、脸上、浑身沁出了豆大的汗珠，他却咬住牙关一声不哼。最后，那个男人总算给苗教授洗了创面，敷上药物，打好绷带，绷着脸不声不响地转身走掉。

男医生一走，小吉芳子又进来了。她没有说话，只把苗教授的被子盖好掖好，似乎怕他冷，又替他盖上那条破毯子。最后，才站在苗教授的床边，俯下身，不好意思地小声说：

“先生，对不起了。我对梅村说——说您有希望……”

“有什么希望！你替我说这些鬼话做什么?!”苗教授的头部束了绷带，只有两只眼睛露在外面。他狠狠盯着年轻女人那张惊惶的脸，气忿地叫着。

“先生，请不要误会！我怕您再吃苦——再受刑……所以我才说——说您有希望改变态度……所以，您才能搬到这间优待室里来……所以我还能够继续来——来照顾您……”

“不用你照顾！你这个无耻的女人给我滚出去！”苗教授气得浑身打颤，用尽全身气力吼叫着。

“先生，请不要误会！……我同情您，我愿意尽力帮助您……”说着，这个美丽的年轻女人坐在一只小凳上，用双手捂着脸又低声哭了。

苗教授不再理会这个女人。他把自己思想的闸门开得大大的——他在思考，竭尽自己的智慧思考着面临的许多问题，思考着怎么对付这错综复杂、迷离恍惚的境遇。他首先想到的是，绝不能上梅村的当，绝不能因为这个年轻貌美的女人的温存、哭泣而动摇。可是，如果他不说出梅村所需要的材料，那么他还会受刑，还会经受那种种极难忍受的酷刑，甚至很快被处死……想到这儿，教授嘴角露出冷冷的微笑——肉刑！用肉刑来征服人的灵魂，这是对人类文明的亵渎，是对人类尊严的摧残，也是对一个人最大的人格侮辱……意志薄弱的人，没有理想和抱负的人，自然会在肉刑的恐怖和死亡的威胁面前屈服，而我——我是一个战士！我要——保持——保持战士的崇高荣誉；我要做——做一个中华民族的——优秀子孙！想到这儿，苗教授的眼里盈满了泪水……他受刑时，忍受着种种极难忍受的痛苦，始终没掉过一滴眼泪。此刻，当他的心头涌起满怀豪情的时刻，反而流出了眼泪。

“呵，先生，您怎么哭啦？……您是在惦念您的夫人，还是……”小吉芳子发现苗教授在流泪，用疑惑的目光，站在床头凝视着他的肿脸。

苗教授闭上眼睛不出声，听凭泪水汩汩流下。

“先生，请您不必难过——我知道您是好人。您和佐佐木正义博士还是好朋友。佐佐木正义博士在东京的时候，救过我的母亲——我家里穷，母亲病了没钱医治，是佐佐木博士免费给我母亲治好了病……他心地善良，真是个好人。现在，听说他到中国来了。梅村告诉我，您和他合开了一个药店，说你们把药品供给了抗日的八路军——她要害您，还要害佐佐木博士……她叫我来引诱您——每次抓到重要的犯人，她都逼我这样做……我是个不幸的人啊！为了到中国来寻找丈夫，谁知道会被骗到她的特务机关里，做她的下女，受她的毒打……先生，我尊敬您和佐佐木博士，我真为你们担忧。我绝不会害你们的……”小吉芳子断断续续说到这儿，又把头垂下，哭了。

这一切，苗教授都清清楚楚地听在耳里。他不由得睁大了眼睛，透过模糊的泪眼望着芳子——从那张虽然美丽，然而却充满忧伤的脸上，他开始有些相信芳子的话了。“如果她是个有意来诱惑我的女人，何苦要说这些呢……况且，她对佐佐木时常帮助穷人免费治疗疾病的情形知道得这么清楚……”这么一想，一个念头忽然闪过苗教授的脑际——试一试她！看她究竟是人，是鬼——而且，正好和佐佐木通个消息。想到这里，苗教授的声音放和缓了，用探询的目光望着芳子：

“你如果认识佐佐木，你可以帮助我给他送封信去么？”

“可以，先生。我愿意做。这样，我还可以见到佐佐木博士，我要向他道谢……不过，您没有纸笔——让我去给您找来。”说着，小吉芳子急忙转身走出门外去。

“奇遇！真是奇遇……不过，这个女人究竟是好人还是坏人，我还得加意提防……”想着，苗教授拿起芳子放在床头小几上的水杯，又喝了满满一杯温开水。

第六十七章

傍黑时分，纷纷扬扬飘起了雪花。地上，树上，屋顶，渐渐积满皑皑的白雪。烟尘滚滚、污秽肮脏的北平城，顿时变得清爽洁静。

佐佐木正义回到自己家里的时候，天已大黑。他下了汽车，踏着院子里的积雪大步走着。晶莹的雪花，片片向脸上扑来，他没有理会这平素使他赏心悦目的雪景，径直大步走进日本式的卧室里。

他在门口脱掉鞋子。菊子接过他的大衣和帽子，挂在衣帽架上，温存地笑道：

“你回来晚了，饿了吧？今天特地做了你爱吃的鸡素烧。看，天下雪了，喝一点苗桑送给你的茅台酒，暖一暖身体。”

“随便吃一点什么算了。我不饿……”佐佐木洗罢手脸，打开隔屋门，向铺着厚垫子的“榻榻米”上一倒，无精打采地问菊子：“嫂夫人呢？今天她的精神怎么样？”

菊子跪坐在丈夫身边，稍稍沉默了一下，说：

“她今天没有哭，只是饭吃得很少。她挂念苗桑怎么没有一点消息……你能够想办法打听一下么？她总担心苗桑已经不在人世了……”

佐佐木没有出声，默默地躺着，半晌，忽然长长地叹了一口气：

“我向谁去打听呢？我对不起苗桑呵！”说着，痛苦地扭过头去。

菊子跪在丈夫身边，悄悄流下眼泪来。她是这样爱着丈夫——丈夫的喜就是她的喜；丈夫的忧就是她的忧。丈夫因苗教授被捕，整日陷在抑郁忧伤中，她也跟着丈夫忧郁不安。为了减轻丈夫的愁苦，也为了他的身体健康，她只有每天费尽心思，设法弄些丈夫爱吃的饭菜、酒肴叫他吃喝，而且软语温存，千方百计地体贴着他。

菊子悄声劝道：

“吃饭好么？还给你准备了几个你爱吃的中国菜，这是嫂夫人亲自给你烧的。你要打起精神来，不然，她见你这般忧郁，就会更加绝望……”

“对，菊子，你说得对！”佐佐木听妻子说得有理，急忙从卧榻上坐起身，勉强露出了笑容。

“菊子，你不该累着嫂夫人，她已经够难过了。我们要多想办法宽慰她……好，现在就吃饭。雪夜饮酒很有诗意，你快请嫂夫人来，我们一同饮上几杯中国的茅台酒。”

苗教授被捕后，苗家已变成敌人诱捕革命者的陷阱。一个星期前，曹鸿远曾深夜冒险去看望杨雪梅，安慰她，鼓励她。告诉她：他们正在设法营救苗教授。最后劝她暂时离开家里，搬到佐佐木家中暂住。她听从鸿远的劝告，搬到日本朋友家中。佐佐木夫妇对她十分关切，菊子更是百般劝解、安慰她。苗夫人得到友情的温暖，心情稍好些。她知道佐佐木也正在煞费苦心去营救自己的丈夫。为了免得他俩过于担心，她强打精神，把痛苦压在心底，每天还帮助菊子做些家务，绝不主动向他们提起苗教授。

佐佐木住着一所中国式的前后两个院子的平房。前院正房里间是日本式的卧室，隔扇门外就是两间通连的起居室，也是吃饭、休息的地方。

饭菜摆了满满一圆桌，苗夫人坐在佐佐木夫妇当中，佐佐木两个十岁左右的孩子也进到屋里一同吃饭。

佐佐木举起酒杯，站起身敬苗夫人道：

“嫂夫人，外面的雪景美极了。这场雪，不仅可以杀死细菌、虫害，减少人类的疾病，还可以把这个肮脏的北平城，装点得洁白美丽。为了庆贺这场瑞雪，我敬嫂夫人一杯酒！”

杨雪梅站起身，举着酒杯，微微露出笑容：

“谢谢你们，佐佐木好朋友——振宇的异国手足。我见了这雪也非常高兴。你们知道，我的名字叫雪梅。因为，我要做雪中之梅，不畏严寒，在冰雪中锻炼傲霜之骨……好，我也正想喝一点酒。中国有句老话——‘一醉解千愁’。让我们都喝得醉些，心里的愁闷也就减轻了……”说着，轻轻和佐佐木夫妇碰碰杯，把一小杯茅台酒喝了下去。

菊子把自己的脸颊在苗夫人的脸颊上轻轻贴了一下，用微微颤抖的声音说：

“嫂夫人，你真好！这样大量，这样体贴佐佐木和我的心意……你说得对，‘一醉解千愁’，我们今晚都多喝一点。下着雪，天气很冷，喝着苗桑送给我们的酒……”话头一碰上苗教授，菊子知道自己说走了嘴，急忙改口，“喝吧，佐佐木，你也喝吧……今天晚上可以多喝一点。”

三个人强打精神互相慰勉着。忽然，大门上的电铃急促地响了起来，铃声几乎是连续的——

三个人互相望了望，不约而同地放下筷子。

佣人去开了门，领进一个年轻女人来。她穿着一件翻毛皮大衣，头上围着一条驼色毛围巾，手里提着一个小包袱，身上的雪花已开始融化。她向主人们深深鞠了一躬后，却愣怔着没有开口。

佐佐木、菊子和杨雪梅也愣怔地望着眼前这个陌生的女人。终于，还是佐佐木先开口，用中国话问道：

“这位小姐，您找谁？”

“我找佐佐木正义博士。您就是佐佐木博士吧？我认识您——您救过我的母亲。”年轻女人面向佐佐木，说着纯正的日本九州话，同时，又深深向他鞠了一躬，也向菊子和苗夫人躬身鞠躬。

屋里的三个人都吃了一惊，怎么一个化装成中国女人的日本女人闯到这里来？莫非又要出什么意外的祸事？

佐佐木镇定地对这个女人点点头：

“请问小姐，您有什么事情来找我？”

“这里没有外人吧？”那女人犹豫地小声问。

“没有。有什么事，请说吧。”佐佐木伸手把年轻女人让在沙发上坐下。

“我替苗振宇教授给您送信来了。”说着，那女人站起身，扭头疑惧地看看菊子和苗夫人。

“啊！替苗——送信？……”佐佐木、菊子和苗夫人都出乎意外地又惊又喜。杨雪梅的心立刻怦怦地激跳起来。三个人几乎同时喊出了这几个字，也同时向那女人探出头去。

“是的，我是来替苗教授送信的……”

那女人放下手中的包袱，把头上的毛围巾解了下来，菊子拉着女人的衣袖，让她坐在一张靠近苗夫人的椅子上。

那女人也显得很激动。立刻，从贴身衣袋里取出一张薄薄的纸片，站起身，双手捧着，恭敬地递给了佐佐木正义。

佐佐木打开纸片一看，果真是他熟悉的、苍劲有力的笔体。他用微微发颤的手捧着，读起那张不过三寸宽、四寸长、用铅笔写的小纸片来，杨雪梅和菊子也都围在佐佐木的身边。

吾异国同胞之弟：

吾受冤入狱，梅村逼吾承认通八路之罪，且逼吾承认松崎君与此事有关。然吾何罪之有！诬陷吾等小人亦难屈吾就范。吾虽死亦不能出卖朋友、连累弟等无辜之人……望弟务必妥善经营支店，此乃我二人研究事业之财源，千万不能使之毁于一旦！还望告吾妻勿忧！吾无罪，彼无证据，吾终将与弟等团聚也。

苗振宇

一九三九年二月二十日

“呵！他还活着！”苗夫人读完丈夫的信，泪流满面地惊呼了一声，一下子拉住菊子的手，“佐佐木，菊子，他还活着——他还活着——活着……”说着，把纸片拿在手里又仔细地重读着。一边读一边仍在喃喃，“他还活着——他还活着……”

佐佐木心情也很激动。他点燃一支纸烟吸着，望着面前这个局促不安的女人，问道：

“小姐，您叫什么名字？您怎么能够见到苗教授的呢？”

“我叫小吉芳子。被人拐骗到梅村津子手下当了使女。她逼迫我去引诱那些重要的犯人……”说到这儿，芳子低下头，不出声了。停了一小会儿，抬起头来含着眼泪说，“苗教授是好人。佐佐木博士您呢，救过我的母亲……我感激您！我尊敬苗教授——他受着残酷的毒刑，却什么也没有说。我现在正给他治伤，每天都能见到他……”

“啊！你是梅村手下的使女？……”佐佐木吃惊地问，“那你怎么能够出来替苗桑送信的？这不会有危险么？”

“梅村常叫我出来替她买东西、办些杂事。今天，我趁替她到裁缝店取衣服的机会，找到您这里来了。我还得赶快回去。你们有信给苗教授么？我可以带给他。”

“呵！振宇他还活着呀！”苗夫人反复说着这句话，忍不住一下子握住芳子的手，泪水簌簌地洒落在衣襟上。

“啊，您是教授夫人？”芳子发现这位太太神情异常，顿时猜到几分。于是，急忙又向苗夫人深深鞠了一躬，“教授现在很好，请您放心！”

苗夫人也向芳子鞠躬还礼。看芳子急着要走，不便向她多问丈夫的情况，而且心情过于激动，也不知问些什么好。

佐佐木沉思一下，又和苗夫人附耳商量了一下。

“芳子小姐，请等一下，我马上给苗教授写封回信。”

信很快写好了——

吾异国同胞之兄：

信悉。感佩之至。兄善自珍摄。吾当竭力为兄伸不白之冤。支店营业仍兴隆，兄勿念！嫂现居吾处，一切尚好。情况有何变化望速告知！

佐佐木　即日

佐佐木写完这封短信，并请苗夫人看过。小吉芳子接过信来，刚把它揣在内衣袋里，苗夫人忽然用日语问道：

“请问小姐，你是怎么来到中国的？”

小吉芳子凝视着苗夫人，那双大而黑的眼睛立刻又闪烁着泪光：

“我是九州人。结婚不满半年，丈夫就被征兵来了中国。从此，我一个人要负担婆婆和我自己母亲的全部生活费用。有人告诉我，到中国来当随军看护可以挣很多的钱。我为了寻找丈夫，也为了挣钱养活婆婆和母亲，就被招募到中国来了。不知怎么，那个女特务梅村津子发现了我，就把我弄去侍候她。而且，还要我，还要我……”芳子说不下去了，浑身颤抖着，低声啜泣起来。

“你刚才说过，我救过你的母亲，这是怎么回事？”佐佐木看芳子哭得伤心，插问了一句。

“博士，您不记得了？三年前的冬天，有一个患急性大叶性肺炎的老太太送到您的医院。恰巧，被您看到了。是由您担保——而且后来是由您代付了医药费，这才救活了我的母亲。她叫千代子，额上有一块被工具打伤的伤疤。”

佐佐木记起来了——有过这件事。立刻，觉得这个女人的面孔是熟悉的。他疑心顿释，转头对苗夫人说：

“芳子小姐说的是事实。我确曾奇迹般救活过一位患大叶性肺炎的老太太，她是叫千代子。”

苗夫人忽然想到了什么，急切地伸出手说：

“芳子小姐，请把佐佐木博士的信给我。我也要在上面写几句话。”

芳子立刻站起身，从身上掏出信。

“您写吧，写吧！我把它交到苗教授手里以后，他会多么高兴啊！”说着，把佐佐木的信，双手恭敬地送到苗夫人手中，“您在背面写吧，字迹要小些。我会把它藏好，绝不叫梅村找到。”

苗夫人拿过佐佐木写的信，就在这张薄纸片的背面，用铅笔写了几句话：

> 宇：我安好勿念！虹儿好友也好。他处处关切我们。你要顶住一切诬陷，顶住！如此方有生还之日。切切保重！
>
> 你的梅

写好了，交还芳子。芳子把它折叠成一个极小的纸团，仔细地放在内衣的什么地方。然后站起身来，围好围巾，提起带来的包袱，向屋里三个年长的人一一鞠了躬，就转身走出屋门外。

佐佐木夫人和苗夫人送她，她们站在飘着雪花的院子里，脚踏在厚厚的积雪中。芳子拦住她们，低声说：

“你们都不要出去了。外面有一辆雇好的三轮车在等我，我很快就可以回去的。我以后还会再来……”说着，摆动着轻盈袅娜的腰肢，转瞬在雪花纷飞中不见了。

苗夫人和佐佐木夫妇在屋子里又低声议论了一阵这个奇怪的芳子，并庆贺获得苗教授还活着的好消息。三个人把他的信反复念了几遍——这封信给三颗痛苦的心，带来多么巨大的欣慰呵！

说了一阵话之后，苗夫人回到她住的西厢房。这时候，菊子对丈夫说：

“你写信答应替苗桑伸冤。可你怎么去伸呢？有办法么？”

佐佐木双眼凝视着妻子的脸，半晌，不动，也不说话。那冷峻的神情好像她是个陌生人——甚至是仇人……菊子扭转脸，不敢再看丈夫那双悲痛而又愠怒的眼睛。原来，芳子走后，他对苗夫人表示的欢快是做作出来的——其实他心里仍然充满着悲愤与绝望。

“不要这样难过。我看，还是去找大哥想想办法……”

“已经找过两次了，他不管。他叫我去找松崎。”半天，佐佐木才从喉管里挤出一句沙哑的嘎音，懒懒地打断了妻子的话。

“那你就再去找松崎……”

“不要说这种废话！我很不喜欢听！”佐佐木和菊子结婚二十年了。他不像一般日本男人，常常把妻子当奴仆对待——他对她温存、体贴、尊敬。像今天这样叱责她，是从未有过的。

菊子睁大眼睛痴痴地望着丈夫那张因为烦恼而扭曲了的脸，不敢再说话。

沉了半晌，佐佐木的情绪似乎平静些。看见妻子在落泪，感到自己刚才的态度过于鲁莽。他吸了几口烟，把声音放和缓些，说：

“菊子，你不要难过，我是在想办法。只是一时想不出好办法来。刚才，你说到找松崎——我原来也想过他和梅村很不和睦，想叫他出面干预一下梅村的行动。可是，我发觉这个人很滑头，甚至我还有些担心他因为怕担干系，会退出支店或弄垮支店呢！那我们的景况就更加不妙了……所以，为这件事我也很苦恼……战争！战争！这个侵华战争何日才能完结？中日两国同文同种，本可以相亲相睦，何苦这样互相残杀……”佐佐木说到这里，长长地叹了一口气，无限感慨地在屋里踱起步来。踱了一会儿，忽然问菊子：

“苗桑的那封信呢？是你拿着么？”

“我没有拿……噢，是嫂夫人拿去了。丈夫写的信，她当然要珍藏在身……”

菊子刚说到这里，苗夫人穿着厚厚的大衣走了进来，轻声说：

“你们俩还没有睡觉？该睡了。我睡不着，想到我弟弟家里去看看，告诉他振宇有了消息，叫他也高兴高兴。今晚，我就住在弟弟家里了。”佐佐木愣了一下，点点头：

“你去也好。我叫司机用车子送你去。”

苗夫人默默点点头。抱住菊子，在她的脸颊上亲了一下。

第六十八章

已经夜里十一点多了，苗夫人突然来到弟弟的家里。杨非还没有睡觉。这位画家很喜欢文学。他正躺在床上读着法文原版的《悲惨世界》，一见姐姐来了，急忙跳下床来，想脱掉睡衣换上绒衣。苗夫人制止他说：

“非弟，怎么跟姐姐客气起来！你姐夫从狱里送出信来了，我特地来告诉你。”说着，苗夫人把苗教授的信从内衣口袋里掏出来，交到弟弟手中。

“啊，姐夫有消息了，那太好了！”杨非虽然四十岁了，身上却还带着一股孩子般的天真气质。他高兴得紧紧握住姐姐的双手，不看信，先唠叨起来，“姐姐，他还好么？没有生命危险吧？你该高兴了吧？”

“非弟，你看看信就知道了。”

杨非用手把长发向后一掠，低头仔细看完姐夫的信，瘦长的脸上，忽然露出似喜似怒的复杂表情。他举着信对姐姐说：

"姐夫受了刑，依然与那些恶人在斗争，毫不气馁。真令人钦佩！可是，我在为他的生命担忧……姐姐，你是怎么想的？"

深夜，惨白的电灯光，照得苗夫人的脸色也是惨白的。她看了弟弟一眼，许久没有出声。

"这信是姐夫写给佐佐木博士的。他一定会想办法救姐夫的吧？"杨非看姐姐不出声，又问了一句。

苗夫人坐在弟弟身边，小声回答：

"佐佐木是个好人。他很想帮助——可至今也没有想出什么好办法……"

"他哥哥是华北的最高司令官，难道就一点不管？"

苗夫人凄然一笑：

"华北最高司令官嘛，在他的眼里，一个中国人的生命算得了什么！他们天天在屠杀成千上万的中国人，再多加上一个苗振宇又何在话下！"

杨非低下头不出声了。半天，他抬起头问姐姐：

"姐姐，我可以帮助你们做点什么么？在侵略者的铁蹄下讨口饭吃，我感到羞耻……你了解我的痛苦么？我没有苗苗那样的勇气——我怕到八路军里面发挥不了自己的才能，也怕吃苦……可是，我的胸中却还跳动着一颗中国人的心……姐姐，如果需要我，我可以帮助你们……"他似乎了解姐姐和姐夫都在秘密干着抗日工作，但却不说破它。

苗夫人把苗教授的信折叠好了，放进衣袋里。拍拍弟弟瘦削的肩膀，亲切地说：

"非弟，我理解你……天不早了，你睡觉吧。今晚我就住在你这里——我睡在华妈妈屋里，这样可以不必另外升火了。看，你这个炉子该添煤了，你睡吧，我给你封上炉子。"

"姐姐，和华妈妈住在一起？不好吧？你睡在我这屋里——我不怕冷，可以睡到画室里去。"

华妈妈自从离开保定回到北平，张怡就把她安插到杨非家里当了佣人。这样，鸿远既便于和教授夫人联系，也便于和张怡及时联络。

苗夫人一边替弟弟捅火添煤，一边说：

“我和华妈妈睡在一起好。她屋里多安了一张床，就是准备我来睡的。”

“随你便吧。”杨非打了一个哈欠，把姐姐送到华妈妈屋里，自己就回屋睡觉了。

苗夫人半夜突然到来，华妈妈料到有紧急事情，早已穿好衣裳坐在下屋里等着。

苗夫人一进屋，她就用粗糙的大手，紧紧握住苗夫人的手。自从苗教授被捕后，她对苗夫人仿佛有了一种特殊的感情。是同病相怜么——她失去了儿子，苗夫人也可能失去丈夫。可又不仅仅如此……此刻，不等苗夫人张嘴，她就小声问道：

“苗教授有了信儿啦？”

“对，华妈妈，您猜对了！”

“教授的信上怎么说？他老还好吧？”

“还好。总算还活着……华妈妈，又要劳您的驾了。我想很快叫曹先生知道这封信——叫他看见这封信。我还要把老苗的事情详细对他说说。您看，今夜我能见到他么？”

华妈妈想了一会儿说：

“我这就去找他。您在这儿等着。我看您那位兄弟也是个爱国的人，他不会坏咱们的事儿……”说着，华妈妈立刻从褥子底下找出一张治急症的药方子，穿上件老羊皮袄，戴上老太太戴的黑绒遮耳帽，又围上一条黑毛围巾，还在腕上拎着个布口袋。穿戴好了，对苗夫人笑着说：

“太太，您就在这屋里睡一觉吧。我大概不出一个钟头就回来。”

“华妈妈，天下着雪，您，您这大年纪……”苗夫人抱住华妈妈的肩膀，激动得不知说什么好。

清晨，张怡家花园的后门外响起了汽车喇叭声。鸿远穿着一身皇协军中尉军服，踏着积雪，响着咔咔的皮靴声走了进来。张怡一见鸿远，清秀苍白的脸上立刻露出微微的笑容——他已经从鸿远那双兴奋得闪闪发光的眼睛里，看出了可喜的兆头。

方芳笑着说：

“小曹，好早呀！看你乐呵呵的，是不是有什么好消息？”

鸿远笑着，从靴筒里掏出苗教授的信，递到张怡手里。

张怡和方芳一同反反复复地把信读了三遍。然后，张怡问鸿远：

“这封信是怎么送出来的？”

“一个奇怪的日本女人——梅村津子的使女送出来的。这件事很有戏剧性——”鸿远把从苗夫人口里听到有关小吉芳子的事，叙述了一遍。

张怡听鸿远说罢，歪着脑袋问：

“小曹，据你看，这个小吉芳子的行动是真的呢，还是梅村又在使什么诡计？”

“据苗夫人观察，小吉芳子见到他们的时候，对佐佐木流露出很真诚的感激之情……那样子不像是装出来的。而且，她装样子给佐佐木送来这样一封信，有什么意义呢？这封信是苗教授亲笔写的，里面的话只对我们有利，并没有可供梅村利用的地方。老师，这个分析不知对不对？”

张怡坐在椅子上，用一只手把头支着，靠在写字台上许久没有出声。后来，他又拿起苗教授的信反复读着，甚至用手轻轻地抖动着它，好像这薄薄的纸片里面隐藏着什么奇妙的东西。“且逼吾承认松崎君与此事有关。然吾何罪之有……”张怡读起上面这两句话，甚至读出了声音。忽然，把纸片往桌上一放，跳起身来，拉住鸿远的手，笑道："小曹，我估计，这封信八九不离十是真的！就是说，这不是梅村的诡计。这个小吉芳子很可能是在真心帮助苗教授和佐佐木正义……佐佐木正义给苗教授写回信了么？"

"写了。他信上表示要设法救出苗教授。可是，据苗夫人说，这位博士只是着急、痛苦，除此一筹莫展。"

张怡听罢鸿远的话又不出声了。方芳走到窗前把淡绿色的窗帘拉开。窗外，晨光熹微，树梢上积压的白雪，好似盛开的梨花，显出一种朦胧的、仿佛一座座遥远的雪峰似的美妙。张怡默默地望着，又把玻璃窗也打开——立刻，一股凛冽而清新的空气冲进室内。一夜不眠的鸿远打了个哈欠，伸出手臂舒展一下疲倦的身体，深呼吸几下。好像闻到了醉人的花香，顿时，又精神焕发起来。

忽然，鸿远像个调皮的孩子，摆着手，睁大了眼睛，轻轻走前几步，把脑袋挨在张怡的眼皮底下，神秘地小声说："老师，我找佐佐木正义的时机到了。我去帮他出点主意——说服他去找松崎。叫松崎听从咱们指挥……"

"说说你的设想和办法。"张怡沉思有顷才张口。

"不入虎穴，焉得虎子。何况佐佐木还是个同情中国抗战、甚至同情八路军的人。他主张把药品卖给乔国玉，就是认为乔国玉可能是个八路军的缘故。"

"可你怎么能够说服佐佐木正义，叫他放下架子，再去找松崎呢？"

鸿远拿起桌上苗教授写来的小纸片，举着，抖动着，还是一副调皮的神态：

"我们不是有了这封信么！目前，要救出苗教授，要保存支店，最好的办法就是以毒攻毒！老师，不用我说，你一定明白我的意思。”

对鸿远的话，张怡既没有表示反对，也没有表示赞成。只是带着苦苦思虑的神情，望着窗外一片白茫茫的雪景，好一会儿，才开口：

“小曹，你的这些想法是对头的。只是，由你去做这件事，有危险性，也有很不利的地方。是不是先由苗夫人去找佐佐木？”

鸿远笑着回答：

“我去说服佐佐木这位博士先生，当然会有一定的困难，还不敢说有十分的把握……至于苗夫人，我们倒是应该抓紧再做些她的工作。可是，叫她去做佐佐木的工作，她不是已经做过了么？结果呢？效果并不大。我想，现在该我去了——这次，我打算向佐佐木正义公开表明，我是共产党、八路军的代表，鼓励他为了正义的事业，为了帮助千千万万受苦难的中国人民，站到我们这方面来！”

“佐佐木已经找过松崎了。这次就是你动员他，他同意再去找松崎，又怎能保证把他调动起来跟梅村去斗法呢？”张怡又向鸿远提出新的问题。

鸿远轻轻抖动手里的小纸片，笑着说：

“苗教授的这封信就是调动松崎的法宝！这里面提到梅村竟审问到松崎的头上去。松崎知道这件事，那老家伙必定火冒三丈！所以，我必须亲自去见佐佐木……”

“你以共产党、八路军的身份去找佐佐木，这样做的效果如何？不会引起他的顾虑和恐惧么？”

“老师，你又考我了……他既然坚持卖药给那个假八路乔国玉，怎么就不敢和我这个真八路接触呢？”

“他已经上了一次当，还敢再接触你这个八字号的么——虽然你是个真牌货。”

“老师，我有充足的理由叫他愿意接触我这个真八路。第一，我要请苗夫人带我去见他，佐佐木很关心苗夫人的不幸；第二，过去佐佐木对苗教授说过，梅村津子曾把我的照片给他看过，他对我似乎不厌烦；第三，我找他的目的是为了救出他的朋友苗教授——他正在为这件事很着急、很烦恼。这样，他当然愿意我去帮助他，虽然我是个八路军。”

太阳出来了，室外那晶莹洁白的缕缕银纱，在朝阳折射下，变成一个红妆素裹的琉璃世界。张怡的心情顿时开朗起来。望着鸿远那种坚毅、自信、非要这么办不可的神气，他微微一笑，说：“好，我批准你去找佐佐木。不过，白士吾这个卖国贼对我们的妨碍和破坏太大了！你和佐佐木谈话时，也要谈到这家伙——要想办法叫松崎把这家伙弄起来。这样，梅村就会失去一只臂膀，也许还会从他嘴里得到什么机密消息。这样做，会有困难，但必须这样做！小曹，你有办法调动松崎去这样做么？”

“呵，老师，你批准我去找佐佐木啦？太好了！太好了！对，白士吾这家伙，这回一定得收拾他……”鸿远高兴地拉住张怡的胳臂，“不管有多少困难，你就放开手让我去试试吧！回头我就把作战方案给你送来。我会完成任务的！”说完，把那件皇协军军大衣一披，转身走出屋外去。望着鸿远的背影，张怡不禁喜悦地点点头：

“嘎子！可爱的小嘎子……”

午后，佐佐木新建立的一个研究所里，来了两位客人。男的穿一套灰色毛料西装，外面是一件合体的灰呢子大衣，头戴深灰色呢子礼帽，神态潇洒、安详。女的也打扮得很华贵：一套藏青色西装，外面罩一件翻毛狐皮大衣，苍白的脸上还敷了一点脂粉。两人被领到二楼一间不大的会客室里，少顷，主人才推门进来。

佐佐木正义头戴白布帽，身穿雪白的罩衫——显然，他刚才还在实验室里忙着。他先向女客人含笑点头招呼：“嫂夫人，对不起，失迎了！”然后，定睛朝那位男子看了一下，鞠躬伸手，用日语说：

“欢迎您！请坐。”

那一位也一鞠躬，握了一下佐佐木的手，彬彬有礼地回答：

“佐佐木博士，十分对不起！您很忙，打扰您了。”说着，用日本人的礼节，又向佐佐木深深鞠了一躬表示歉意。佐佐木也赶快鞠躬还礼。女客人用流畅的日语替两个人翻译完毕，对佐佐木说：

“佐佐木桑，我们是不是到你的实验室里去谈一谈？”佐佐木一见那位男客，便觉得眼熟，立刻，他想起了梅村给他看过的照片……微微笑道：

“我的实验室里充满各种各类的细菌，你们不怕么？”说着，扶扶眼镜，又对面前这个英俊、文雅的小伙子打量了一眼，“不过，今天，我请你们去的那间实验室是无菌的。请吧！”

“太好了。我们就去吧！”苗夫人怕万一有外人来，主张赶快到实验室里去。

那是经过曹鸿远和苗夫人周密计议的一次会面。苗夫人事先跟佐佐木协商好——她要带一个能够救苗教授的朋友来找他，最好能到他的实验室里去谈话。佐佐木虽然感到有些惊讶甚至不安——因为他弄不清苗夫人带来的是什么人，但这个谈话关系到救出苗教授的事情，他毕竟救朋友心切，也碍于苗夫人的情面，于是答应了。

三个人走出客室，走廊里悄无人声，异常清静。佐佐木领着鸿远和苗夫人走过两条装上铁门的过道，来到一个过道式的房间。这里的木板墙壁上挂着几件洁白的布大褂，一张长凳前，放着几双白布拖鞋，一个小柜上的盘子里，还放着几顶白布帽。不等佐佐木发话，苗夫人先笑道：

“要进你的无菌室了。我们也要变成实验人员，该换上消毒衣帽吧？”

佐佐木笑着点头。鸿远和苗夫人立刻脱下大衣、鞋子、围巾，罩上白大褂，穿上白拖鞋，戴上白布帽。佐佐木也把自己的白衣和鞋帽另换了一套。等三个人都换好衣服，佐佐木才拿出钥匙打开墙边的屋门。门一打开，这才看见整个实验室的情景——围绕着三面墙壁都是相连的试验台，宽约两尺左右，一色洁白的瓷砖铺成，明光光、亮堂堂。这些白色长条试验台上放着用铁丝框子装着的一瓶瓶培养皿。靠另侧墙壁摆着离心机、恒温箱和烤箱等各种仪器。屋子当中还有一个大试验台，台上放着几架显微镜和各类试管、试剂、烧瓶、玻璃片、吸管等。这些器皿散放着，好像正要做试验的样子。实验室虽然不很大，却一尘不染、十分整洁，给人一种庄严肃穆的感觉。这时曹鸿远忽然想起柳明——要是她也一起来到这儿，一定会说是走进医学科学的殿堂了。

佐佐木看看室内仅有的三个小白凳——圆圆的好像玩具似的，就对苗夫人摆着手笑笑：

“嫂夫人，你要和客人坐这种小凳了。对不起，在实验室中待客，只好坐它。”说着，把三个散开放着的小凳子移得相近些，三个人靠近大试验台坐下。

刚一坐定，居中坐着的苗夫人用日语替两位男人介绍说：“这位佐佐木博士是振宇的要好朋友。这位朱光年先生虽然年纪还轻，也是振宇的要好朋友。朋友的朋友，彼此都应当是朋友。佐佐木桑！”苗夫人用手指着鸿远，对佐佐木笑道，“你会喜欢这位年轻的朋友的。他也很钦佩你的为人。今天，我特地把他领来，叫你们两位朋友的朋友也成为朋友。”

鸿远趁机站起身来，向佐佐木恭敬地点点头，笑着说：

“佐佐木博士，中国人的口头客套爱说‘久仰’这个字眼。而我却在内心深处蕴藏着对您‘久已景仰’四个字。今天能够有机会当面向您求教，我感到非常高兴！”

苗夫人把鸿远的话婉转地给佐佐木翻译完毕后，佐佐木睁大眼睛凝视着鸿远，微微惊讶地说：

“朱先生，您与我从未见面相处，怎么说出‘久已景仰’这样的字眼呢?”

不等鸿远回答，苗夫人接口答道：

“佐佐木桑，你怎么忘记了？振宇那张嘴，对他信任的好朋友能够守口如瓶么？你作为一个日本学者，同情中国对日本侵略者的抵抗，愿意把药品卖给坚决抗战的八路军——甚至很钦佩华北八路军作战英勇……这些，他都对他的年轻朋友朱桑讲过。所以，朱桑自然非常尊敬你这位主持正义的日本朋友了。他今天所以敢于来看望你，就是因为你是中国民众的可靠朋友……”

“呵！呵！”佐佐木严肃地望着苗夫人那双激动的眼睛。然后，扭头望着端坐在小白凳上含笑不语的鸿远。沉默了几秒钟，闪动着深沉的目光，低声说道：

“既然我的真实思想都已被朱先生了解，而且得到理解，那么，我们就可以作为真正的朋友敞开心扉来谈话了。今天，您来找我有什么事情？就请直言吧！”

苗夫人准确地翻译着。佐佐木和鸿远都同时点头，互相会意地一笑。

佐佐木这种直率而诚恳的态度，既在鸿远的意中，又在他的意外。他没有料到，佐佐木刚和他见面，没说几句话，只由苗夫人机敏而适时地捅开了这层窗户纸，他就毫不犹豫地承认了自己的真实思想，甚至请战似地向鸿远要求“直言”。

鸿远富于表情的眼睛闪耀着喜悦的光彩，又一次握住佐佐木的手：

“中日战事正在激烈进行中，出现您这样高尚的、有真知灼见的人物，这是日本人民的光荣和骄傲，也是中国人民的光荣和骄傲。今天能够见到您，我太高兴了！在中国抵抗日本帝国主义侵略的战争中，您坚持真理正义的精神，是很令人钦佩的。”

不等苗夫人翻译完，佐佐木连连摆手说：

“朱先生，您太过誉了！不过，我要对您说心里话，自从苗教授被那个日本女特务梅村津子捕走以后，我精神很痛苦。我对不起我的老朋友，也对不起中国人民……”说着，佐佐木看了苗夫人一眼，负疚似的垂下头来。

“博士，您的心意我和苗夫人都很理解——您是没有责任的。您不要有这种负疚的心情。因为苗教授的被捕，都是梅村津子阴险的预谋——她的目的不仅要在苗教授身上下毒手；很快也要在您、在松崎特务机关长身上下毒手，甚至连令兄——华北派遣军最高指挥官也在她狂妄的目标之内。这个女人的政治野心很大。她想要打败松崎，邀得日本大本营的赏识，以便更快地扶摇直上——这个女人就因为在东北诬陷了另一个大特务，甚至把那个人害死，才能够爬上现在的高位……这些情况，博士，您大概不大知道吧？”

佐佐木用惊异的目光盯着鸿远白帽子底下那双明澈机敏的大眼睛，心想：这个人对于日本各派系特务之间的情况也知道得很清楚，倒是不简单——他显然是梅村拿着照片到处追捕、而又追捕不到的曹鸿远无疑了。今天，他却以朱光年的化名突然找上门来。认识这个人，也是有幸呢……想到这儿，佐佐木点头说：

“朱先生的分析可能是对的。只是，我每天在这种用多重屋门与世隔绝的实验室里过生活，日本特务之间勾心斗角的事情，我虽听说过一点，但是并不清楚，因为我从来不去探听这种卑鄙的行径。今天，朱先生既然提到他们，就请把尊意直说了吧！”

等苗夫人把佐佐木的话翻译过了，鸿远趁势单刀直入：

“现在，要救出苗教授，要保住你们的华北支店，包括救阁下自己——当然，这里面也还包括救我和苗夫人，甚至救松崎在内……”说到这儿，鸿远微眯着眼睛朝佐佐木笑了一下。他这一笑，显出他在老练当中，还带有一股纯真、朴实的青年气味，“我有一个粗浅的想法不知对不对——就是要叫松崎知道他目前的处境——包括令兄，也要提起他的戒心。就是要激起他们的忿怒，赶快回击梅村，打破梅村快要得逞的阴谋诡计。这件事情，只有博士您可以做到。别的人，是无法见到松崎和令兄的……”

听了苗夫人的翻译后，佐佐木正义立刻紧皱双眉，连连摇头：

“有些话我也对松崎他们说过了，但是没有用……”

鸿远刚要说什么，却被苗夫人抢了先：

“佐佐木桑，你上次去找松崎，也许还不是时机。如今，振宇写出来的信证明梅村从他嘴里什么口供也没有捞到。尤其是他信里提到，梅村甚至向振宇逼问你们同松崎的关系。现在，你如果拿着振宇的这封信去找松崎，我相信……”苗夫人说到这里，稍稍喘了口气，用手指指鸿远和自己，加重了语气，“松崎一定会火冒三丈的！朱先生原来就估计过，松崎开始不愿意帮助你救出振宇，是他留了一手——他怕振宇在梅村的严刑逼供下说出什么对他不利的话。所以，他要看一看、等一等。现在振宇被捕已经十三天了，他的信证明梅村什么也没有捞着……松崎不会不明白，梅村整振宇也就是想整他松崎……所以，按照这种情况，你再去找松崎，把振宇的信拿给他看，他的态度一定会和过去不同的！佐佐木桑，你仔细想想，是不是这样的？”

鸿远看佐佐木没有立刻答话，接着苗夫人的话说：

“博士，您知道，松崎和梅村之间矛盾是很深的。这两个人势不两立。松崎一定也在打主意击败梅村。说不定他已经做了安排……如果您现在再拿着苗教授的信去给松崎看，估计他一定会采取有力的措施——至少可以救出苗教授来……还有，梅村手下有条走狗名叫白士吾，不知道您听说过没有？他认识苗教授的女儿苗虹。就是他，用了各种手法给梅村提供情报——包括华北支店的情报，都是这条走狗向梅村提供的。您如果去见松崎，可以建议他先捉起白士吾来。那不仅斩断了梅村的手臂，还会从他嘴里了解到梅村的许多阴谋诡计……”

听到这里，佐佐木面容严峻地打断了鸿远的话：

“你们二位的意见我明白了。为了救出我的朋友苗振宇，我不惜个人的任何牺牲，包括我的生命。只是，人的尊严比生命还重要——中国有句古语：‘士可杀，不可辱。’我觉得受辱比死还痛苦……因此，我不向松崎之流——甚至我的哥哥在内，向他们卑躬屈膝地去乞求帮助……因为没有救出我的朋友，我的心比他在牢狱里还痛苦……”说到这儿，佐佐木的眼睛潮湿了，沉痛地扭过头去。停了会儿，他扭过头来继续说，“假如你们认为有了苗桑的这封信，松崎的态度会有变化，不再对我兜圈子、拿架子——那么，我愿意去试一试。我也知道有个姓白的中国人，投在梅村手下，做了不少坏事。我真为这种没有人格的卑鄙小人感到可耻！朱先生，你认识这个人吧？听说就是他把你出卖给梅村的……嗯，我看过你的照片——你不叫朱光年，你叫曹鸿远……”

听到这里，苗夫人有点儿吃惊。吃惊的倒不是怕佐佐木认出了日本特务正在大力缉拿的曹鸿远，而是惊讶这位博士先生还有一副如此锐敏的眼光——他只看过一次鸿远的照片，见面后竟立刻把他的真人认了出来。于是，苗夫人迅速把佐佐木的话翻译给鸿远听。

鸿远立刻爽朗地笑了起来，又一次握住佐佐木的手：

“博士，您这双经常察看细菌的精细的眼睛，见了我这个六尺高的人，当然一看就清楚了！不错，我就是那个梅村到处追捕的曹鸿远。我冒昧地来看望您，也给您带来危险，我很抱歉和不安。但现在情况紧急，为了挽救苗教授的生命，所以不得不亲自来拜见您。请您原谅！”

听罢鸿远的一席话，佐佐木也用力握住了鸿远的手说：

“曹先生，当梅村拿着您的照片问到我认识不认识您的时候，我就知道您是个什么人，我就喜欢起您这个中国青年了！恕我冒昧问一句，您是共产党、八路军么？”

鸿远微笑着，并不直接回答他的问话：

“佐佐木博士，我也是从了解您那天起，就深深地喜欢、深深地敬佩您这位日本朋友了！现在，在中国广大的土地上，千千万万的中国人民正在遭受日本帝国主义的屠杀、奸淫、抢掠……战争还在残酷地继续着。您的哥哥正在指挥华北的侵略战争，正在干着屠杀中国人民的罪恶行径；而您，能反对这种不义的战争，您正在努力帮助中国人民做种种好事——包括您和苗教授从事的研究工作。所以，不仅我感谢您，中国人民——包括共产党、八路军也是感谢您的！将来，战争结束之后——中日战争虽然是持久战，但总有一天会结束的——中日两国人民还会友好地往来。博士，您一定知道中国大诗人李白和贵国的晁衡曾有过很深的友情吧？”

“‘日本晁卿辞帝都，征帆一片绕蓬壶。明月不归沉碧海，白云愁色满苍梧。’——这是李白在晁衡回国时，听信传闻，以为他半路死了，写诗怀念他。可是后来，晁衡不是又返回贵国了么？”佐佐木念了李白的诗，激动地说，“我时常读这首诗，曹先生，我盼望这一天早一点到来！”

苗夫人看两人谈得那么投机，使她几乎翻译不过来了。她也兴奋得两颊绯红，笑着对佐佐木说：

“你和曹先生把怎样去找松崎的事，再仔细地研究一下好吧？时间不早了，我们不宜呆得太久。你说是么？”

“对，对！嫂夫人说得对极了！”佐佐木忽然像孩子般，对苗夫人频频点着他那戴着白布帽子的脑袋，站起身又一次握住鸿远的手，“有你们来救我的朋友，我也有了信心——我们有希望和苗桑欢聚一堂了……”

说着，三个人忍不住相视而笑。

第六十九章

上午十点钟了，白士吾还躺在席梦思床上睡懒觉。忽然，屋门外传来一个娇滴滴的声音：

“小白——起来了么？”

朦胧中，听到这熟悉的声音，白士吾像弹簧人似的，蹭地蹦下床来。一边揉眼、掠头发，一边答道：

“梅村小姐，您来了！我刚要起床。您不嫌脏，请进屋里坐……要不，在外面沙发上等我一下，我换好衣服就来……”

“瞧你这个懒鬼——还做大事业呢……一睡睡到太阳晒屁股还不起床！”梅村穿着翻毛貂皮大衣，袖着貂皮手笼，推开屋门，袅袅婷婷地走到白士吾的卧榻边，搬把椅子坐下了。

白士吾披着件紫红缎子棉睡衣，也不敢去洗脸，坐在床边小声问：

“您突然大驾光临，有什么紧要事情？”

梅村站起身，突兀地在白士吾发青的脸颊上吻了一下，紧紧搂住他的脖子，小声说：

“有点急事要跟你商量——苗振宇的事情闹大了！东京那边都知道了。昨天，那个老松崎还向咱们要开了人……所以得赶快想办法处理好这件事……”

白士吾愣愣地望着又坐回到椅子上的梅村。这时，她已把大衣脱掉，露出淡蓝色镶着精美花边的锦缎绣花旗袍。梅村见白士吾望着她不说话，又说道：

“这件案子都是听了你的报告，才办成了这个样儿——你总是说苗振宇跟曹鸿远有关系，说他替共产党、八路军代买药品……可是，你清楚，这苗老头硬得很，动了多厉害的刑，他也不承认。再说那个曹鸿远，除了裕丰药房的一个司药承认看见过他，说他到过裕丰药房之外，其他人，包括枪毙了的华兴，谁也不承认认识他……你看，现在，这盘棋该怎么下好？”

平常，梅村很少到白士吾家里来。这次，因为松崎联合了佐佐木正雄，向她发起了猛烈攻击；她虽然瞧不起白士吾这个只配当玩物的角色，可是，心腹毕竟太少，她只好再次找到白士吾家里来，这么一本正经地向白士吾介绍情况——其实，这些情况白士吾都早已知道。只是，为什么梅村今天这么激动？为什么急匆匆地来找他？莫非东京方面真的出了什么事情？梅村说话向来真真假假，难以相信。因此，白士吾猜不透真实原因，只怔怔地看着梅村不答话。半天，他才领悟了似的趴在梅村耳边说：

“依我看，赶快销赃灭迹——趁早把这些家伙们全……”白士吾用手向自己脖子上一抹，嘴角闪过一丝狞笑，“既然这些家伙都不想活，干脆送他们见阎王爷去算了。”

“看你这小子说得多轻巧！”梅村津子款款一笑，“那苗老头是佐佐木正义的好朋友，佐佐木正义的哥哥是什么人？难道你不知道！”

“当然知道！可是，几个中国人——就算是苗振宇那样有点来历的中国人，杀他千儿八百的算个什么！咱们特遣组杀的中国人头串成糖葫芦，够全北平人吃的啦！”

梅村用高跟皮鞋的鞋跟踢了白士吾的脚丫一下，眉毛挑得高高的：“小白，我说你是个雏儿，你还真是个没长全毛的小玩意儿。干咱们这行的，哪能够不处处留神，多长十个八个心眼儿……今天跟你商量事儿，我没有把你叫去，却自个儿大冷天跑来了，为的就是除你我之外谁也不知道这件事。我现在当然想干掉这几个为八路买药的中国人，可怎么个干法，得动动脑筋，不能叫他们抓住把柄，不能叫他们看出是我梅村把他们杀了……你还不知道吧？佐佐木正义又去找了老松崎。松崎这几天对我的行动更加注意了。不干掉这家伙，我梅村的日子不好过！”

“佐佐木正义又找了松崎？那还不是为了救姓苗的老家伙。可梅村小姐，那个‘他们’是谁呢？”

梅村用手指头在白士吾额头上用力戳了一下，笑道：

“别装糊涂了！松崎那头老狗熊，联合了那位最高指挥官，恨不得一口吃掉我。你还不知道，昨个夜里我已经得到可靠消息：他们在东京大本营那儿告了我的状……所以，必须立即干掉苗振宇！还不能露出是咱们干的——要借别人的刀下手……”

“怎么借刀？”

“咱们公开放出苗振宇，半路上叫‘游击队’给截击，趁乱打死老家伙。”

“那又该借用皇协军了？”白士吾探出头来问。

“你认为任尚祖这个人怎么样？”梅村忽然问起白士吾的好友来。

“我看他忠于大日本皇军，忠于大东亚圣战。和我一个样——死心塌地！”

“可是，我听说，他跟松崎有过来往。”

白士吾忍不住笑了：

“松崎不也是天皇陛下的股肱之臣嘛！他对我说过，松崎拉过他，想叫他当北平宪兵司令部的情报员。他因为跟我知心，才不愿意给松崎干……他跟我是莫逆之交，什么事儿都不瞒我。我看这个人是信得过的。”

“你认识钟怀这个人么？他是十二团的团长。”

“我看，您对这位年轻的团长很垂青，怎么又问起我来了？

“别瞎扯！干咱们这行的，对什么人也信任，也不信任。小白，我还得警告你，你的行踪可得注意——松崎那老家伙不是好惹的！你一个人别到处瞎乱跑。要多提防宪兵司令部那伙人……皇协军的人倒是可以利用。”

说着，梅村站起身对着镜子梳了梳卷发，又涂了点口红。然后，转过身——看白士吾站在穿衣镜旁，也斜着眼睛盯着她看个不停，就歪过脑袋，露出一副媚笑：

“小白，我还漂亮吧？听说，任尚祖给你介绍了一个漂亮女朋友，是真的么？”

白士吾吃了一惊。怎么，这件事也叫这个女妖精知道了……

“给我介绍女朋友的人多着呢。可有你，我谁也不要。你一个人我还侍候不过来呢，哪有闲心再找别人。”

“好，不谈这些了。”梅村仍坐回椅子上，小声对白士吾说，“目前，共产党、八路军在华北后方活动得挺厉害——根据地越搞越大，游击战越打越凶……为了配合军事上的围剿，更为了除掉老松崎这个心腹之患，在城市里咱们就得加紧搜捕镇压这些亲共分子！现在苗振宇这件事，我看必须这么办——你过来，我跟你说……”

白士吾心里早就有些痒痒，趁势一下子斜倒在梅村怀里，两眼直勾勾地盯着她的脸……听到最后，梅村推了白士吾一下，叫他起来，然后，咯咯地笑着，提高了声音：

“要快下手！就在明后天——”

白士吾频频点头。愣了一下，猛地用双臂抱起梅村，把她扔到自己的床上，气喘吁吁地说：

“过去，都是我在你的床上——今儿个，你也在我的床上——玩一玩！”

下午，白士吾正要带着两个人去找任尚祖——他最近升了皇协军司令魏登榜的副官，经常住在北平城里。还没动身，办公室里的电话铃响了。

“喂！谁？是你——尚祖！我正要去找你……噢，噢……我明白啦！那我就自己去——吃饭、喝酒？那不必了……好，好！盛情难却，我六点钟一定到。”

五点半钟，白士吾一个人走到特遣组的大门口，坐上他的包月车，直奔任尚祖约他去的地方——东单苏州胡同而去。到了一座红漆小门的住宅前，任尚祖穿着一套整齐的皇协军军服，戴着大盖帽，正站在街门口等他。两人手拉着手，一同往院里走去的时候，任尚祖笑嘻嘻地说：

“罗小姐在这儿等着你呢！她对你还真有点儿意思……”

白士吾拍拍大衣上的尘土，小声说：

“咱们先到一个僻静地方谈点要紧事，回头再见罗小姐——她在这儿等我么？大哥，那太感激你了！”

任尚祖没有领白士吾走进灯火辉煌的正房，却把他领到一间厢房里。

两个人关好屋门，摸着黑说起话来。

“尚祖大哥，梅村小姐给了你一个重要差使——说实在的，这个差使还是我推荐给你的。事成之后，大哥你又得高升了！”

“感谢你提携——什么重要差使？我能干得了么？”

“没问题。只要把苗振宇……”白士吾贴在任尚祖的耳边低声说了几分钟。

任尚祖迟疑了一阵慢吞吞地说：

“特遣组杀人是常事。干嘛费这么大劲，还要把他们弄到城外去杀掉？”

“咱们俩是知心朋友，我都告诉你——苗教授不是一般的老百姓，他是咱们最高指挥官兄弟的好朋友，他开的那个药店还是松崎特务机关长当的保证人。放了这个人，绝对不行；杀了这个人，梅村又怕最高指挥官跟松崎三郎找她的毛病，还怕社会舆论……所以她才想出这个金蝉脱壳巧连环的主意。大哥，你明白了么？”

“唔，是这样儿……”任尚祖沉吟一下，“总这么装着抗日游击队干这个那个的，有什么好处？我还是不明白梅村小姐的意图。”

“当然有好处！我告诉你，你可千万别往外说——这都是梅村为了整掉老松崎出的点子……她还要上大本营去告他——他这个负责北平治安的宪兵司令，总叫抗日的八路军、游击队在北平城里横冲直撞——她要叫老松崎吃不了兜着走。”

“可这，还得去找我们皇协军那位魏司令来调动军队吧？”

“当然啦。我看魏司令还得调钟怀团长跟你去执行这个任务。”

“唔，什么时候动手？我好做好准备，等候你们的命令。”

“暂定明天上午，也许是后天。你听我的电话好了。”

“除了你的电话以外，我还听谁的电话？都有什么人知道这件事？还有谁指挥这件事？”任尚祖仔细询问着。

“除了听我的电话，你就听梅村的。还有她那位机要秘书木村的。除了我们三个人，你可谁的命令也甭听！”

“好，我一定尽力去办。不过，还得问一句，这几个要杀的人，我都不认识。到时候，向什么目标开枪呢？”

白士吾笑着，捏住任尚祖的手：

“苗振宇坐在佐佐木的汽车里，你们到时候，派辆汽车跟在他们后头……然后……”白士吾的声音又放低了。

“行，我明白了。现在，该去看看你那位日思夜想的罗小姐了吧——她也许已经等烦了。”

“对，尚祖，这件事全仗你成全啦！”

“你不怕你那位梅村小姐吃醋么？”

“她现在很忙——正忙着成立华北的各种反共组织。成立什么新民会，顾不上管我了。我看透了这个妖精——反正她玩我，我也玩她……走，咱们快看看密斯罗去。”

说着，任尚祖打开厢房门，领着白士吾直奔北上房，却不见罗小姐的踪影。白士吾急了：

“怎么？她到哪儿去了？”

“小白，等一下，我去找找看——她也许到后院张太太家串门去了。”说着，任尚祖扔下白士吾，出了屋门，走过一个穿堂门进到里院去。不一会儿，他又回到屋里，向坐在屋角、心神不宁的白士吾说，“罗小姐的母亲管她很严。等了你一会儿，见你总不过来，她回家吃饭去了。小白，这可真对不起你……”

白士吾掏出手绢用力擤了一下鼻子，皱着眉头，说：

“见这位小姐真比见九天仙女下凡尘还难……既然这样，我回去了。”

“你就在这里吃饭吧，咱哥俩好好痛饮几杯。”

“不吃饭了，我得走。一会儿，梅村还叫我派人把乔国玉护送上火车站去，叫他赶快离开北平城呢。”

“干么倒叫他赶快离开北平？”任尚祖小声在白士吾耳边问。

“梅村这浪娘们鬼花招多着呢。还不是怕乔国玉给她泄密。尚祖，后天，我想亲自到罗小姐家里去一趟，亲自向她母亲提亲——你知道我为什么这么喜欢她？因为，因为她长得像我那个失去的柳明……噢，前些天在保定我还见到她呢。可惜……唉，不说了。尚祖，别忘了明天的重要任务。”

“好，明天我一天不出屋，专等你的电话。”

两个人说着来到大门口外，任尚祖目送白十吾坐上带棉篷的三轮车，一直到车子消失在胡同口，才转身走进自己家里，把两扇街门紧紧关上。

对于白士吾这条走狗，不仅共产党的领导张怡想收拾他，连那个老谋深算的特务松崎，也意识到要想击败与他争权夺势的梅村，也必须捉住白士吾。松崎断定这个梅村的心腹，又是梅村的情人，一定知道不少梅村的阴谋诡计。只要对白士吾略施苦刑，这个阔少出身又吸起白面的家伙，一定会吐出一些重要的情报来，那么击败梅村就大大加重了砝码。于是，他派人突然逮捕了白士吾。

刚吃过晚饭，佐佐木家的电话铃响了。苗夫人拿起话筒一听，心里立刻紧张起来——电话里是曹鸿远的声音，说有个急病人恳求博士给诊治。万望博士答应，以便及时把病人送到博士家里。

苗夫人听罢，用微微发抖的声音回答：

“请等——一下，我去问问博士，看他是不是有工夫……”

苗夫人望望站在电话旁边的佐佐木，放下听筒，把佐佐木拉到离电话稍远的地方，小声说：

“曹——来电话了。好像有紧急事要见你——你看怎么办？”

“我去把他接来！”佐佐木毫不犹豫地回答，“你问他病人住在哪里，我去车子把病人接来。”

半个小时后，华妈妈扶着一个身穿棉袍、头戴呢帽、用厚围巾把整个脸部包得严严实实的男子下了汽车，走进了佐佐木的家门。

为了保证不出意外，佐佐木是亲自去杨非家接来这个“病人”的。平时，他也曾做过这类事情——把求到门上的病人，亲自接到家中或送到医院。在他家中，也有些必要的检查设备，好像一个小门诊所。

今晚，佐佐木亲自去接这个“病人”，心里很不平静。他虽曾接受曹鸿远的意见去找过松崎——这次见面，松崎的态度也果然变了，表示要帮助救出苗教授。可是几天来，苗教授音信杳无，佐佐木十分不安。如今，曹鸿远突然要求登门造访，他猜到一定有紧急情况，心里就更加忐忑。

鸿远坐到诊室里，华妈妈在外边“守候”。不一会儿，佐佐木穿着白罩衫进来了。苗夫人也进来了，她还得担任翻译。

鸿远解下大围巾，摘下帽子，见屋门关好了，忽地，两手分握住围在身边的佐佐木和苗夫人，眼睛直直地望着他们，压低声音说：

“情况有点紧急。梅村要下毒手了！”

“呵，下毒手——要向振宇下毒手？”苗夫人忘了当翻译，直接向鸿远惊慌地发问。

佐佐木也沉不住气了，着急地用中国话问：

“你是说——苗桑危险了么？”鸿远仍然紧握住两个人的手，点点头：“刚才得到确实消息——梅村在两天内就要处死……而且是用阴谋……”他没法说出“苗教授”三个字，这三个字会使苗夫人经受不住，也会使佐佐木悲痛难忍。所以，鸿远踌躇着，只是越来越紧地握住他们手。

苗夫人挣脱了鸿远的手，倒在一把椅子上，双手蒙住脸，要哭出来——也许要昏厥过去。鸿远紧跟在她身边，扶住她，小声在她耳边说：

“伯母，不必着急！我们已经有了布置，一定要救出教授来……现在，必须请佐佐木博士马上找到松崎。”

苗夫人听了鸿远的话，慢慢站起身来，走到佐佐木身边——这位博士因为听到这不祥的消息，也坐在一只小凳上，双手抱住低下的头。

“佐佐木桑，要救振宇，只有请你再次出马去找松崎，告诉他这个消息——请他想办法打破梅村的阴谋。”

佐佐木用沉痛的目光望望苗夫人，又望望鸿远，正想说什么，只听鸿远用镇定的声音说：

“今天傍晚，松崎派人秘密逮捕了白士吾，他也许已经知道了梅村的阴谋……不过，您还是应该赶快去找他面谈，把苗教授的危急处境告诉他，要求他赶快想办法制止梅村的阴谋实现。您要揭露梅村，这个阴谋是针对他松崎来的。这样，便会激起松崎更大的恼火。这对于救苗教授是有利的，也是必需的。”

苗夫人做了翻译后，佐佐木仰起脸问鸿远：

“松崎要问我这个消息从何处来，我怎么答复他？”

“您就说梅村身边的使女小吉芳子告诉您的——芳子本来就和您有来往嘛！”

佐佐木仍然忧虑着：

“松崎真的会愿意去救苗桑么？”说着，转身对苗夫人低垂下头——他的头发已经有些花白了，此刻这花白的头微微颤动着。它表示佐佐木的内心是激动？是悲痛？还是愤怒？忽然，他仰起头来，似乎下了决心：“嫂夫人，请安心。我现在就去找松崎。如果他不在，我就一直等到他回来，把苗桑的危险处境告诉他。这次一定要请他出马。他不答应救出苗桑，我就不回来！”

苗夫人握住佐佐木的手，握得那么紧。

“佐佐木桑，你去吧！我们等待你的好消息……”苗夫人拭去滚在腮边的泪水，看看鸿远，继续说，“叫曹在这里等你好么？他想知道松崎对这件事究竟是什么态度。”

佐佐木点点头，刚要走出诊室的门，抱着帽子、大衣、围巾、手套的菊子夫人悄悄走了进来。她一言不发，默默地帮助丈夫脱下白罩衣，替他穿上大衣，系好扣子，戴上帽子，围好围巾，甚至连手套都替他戴好——好像丈夫是个病人，又像丈夫要出远门、长期别离似的。她用饱含忧虑的深情目光望望丈夫，又望望苗夫人和鸿远，最后一把抱住苗夫人的肩膀，用柔婉的低声在她耳边说：

“嫂夫人，请安心！他会尽力的……”

菊子的动作和短短的两句话，给了苗夫人——也给了不懂日文的鸿远多么深沉的慰借呵！多么真挚的友情！多么深切的关注！人生——在短促的人生里，尤其在两个不同的民族中，能够有这么深厚绵长的情谊，这是幸福，是人生中最大的喜悦！

佐佐木一个人坐车走了。菊子总是那么乖觉，当丈夫一走，她就回到自己的卧室去了。

苗夫人心如刀割。可是，她已经有了一些锻炼，对于即将发生的事变也已有了一些精神准备。她用默默含愁的眼睛望着鸿远，许久说不出话来。后来，忽然像才想起来似的告诉鸿远：佐佐木已安排她代理苗教授在华北支店的工作，而且为了掩护她，每天下午他都要抽出一点时间到支店看看，然后用汽车把她接回自己家中。苗夫人沉了一下，又低声说：

"你叫发往正定的药品——磺胺噻唑、磺胺嘧啶各二百磅，金鸡纳霜二百磅，红汞五万克，千片一瓶的阿司匹林一千瓶……前天和昨天都如数发走了。"

在这般危急时刻——在心爱的丈夫即将丧失生命的危急时刻，苗夫人忽然说出的这些药品的名称和数目……刹那间，像大海的滚滚波涛，猛烈地冲击着鸿远年轻易感的心，他再也忍不住自己的泪水……半天，他抬起头，发红的眼睛闪耀着尊敬、感佩、悲痛——同时也掺和着喜悦的光焰，投向苗夫人的身上。他深深感到，在这个平凡的女人身上，已经出现了一种不平凡的东西……她觉醒了，随着丈夫的觉醒，她站起来了。"群众——这就是群众动员起来后的伟大力量么？"他激动地想。渐渐地，他平静下来，对陷入沉思中的苗夫人说：

"伯母，您的工作做得很好。我们常说，一个人倒下了，千万个人又站了起来。教授遭了不幸，您立刻代替了他的工作。可见，我们抵抗日本法西斯的力量是巨大的……您可以放心，就是松崎不肯去救教授，我们也会有办法救出教授的！"

"你们有什么办法？可以对我说么？"苗夫人早就想问的话，

直到这时才张嘴。

“当然可以。我们已经掌握了一部分同情抗日的武装力量，到时候可以把苗教授救出来……尽管有些冒险，也绝不能叫梅村的毒计得逞！我们的做法是将计就计……”

“呵，你们都是好人！都是多么可爱的人……”苗夫人，异常激动地说着，泪珠儿雨点似的刷刷流下。

约摸夜晚十点钟的时候，佐佐木的汽车喇叭声在大门外一响，屋里的几个人——苗夫人、鸿远、菊子，以及华妈妈都像听见巨雷轰响般的一惊，个个不由自主地站起身来。苗夫人和菊子立刻向大门口奔去。

佐佐木迈着大步走进客室。大家都不出声音地等待着他说话。这情景非常像犯人在法庭上等待法官的宣判，又像后方的人们在等待前线传来胜利或是失败的消息。

佐佐木进屋后，摘下帽子先向鸿远和苗夫人点点头。几个人同时仰头望着他。他却不露声色，任由菊子帮助他把大衣、手套脱下、放好，随便往鸿远身边的沙发上一坐，打火点着了纸烟，慢慢吸着。

“见到松崎没有？你怎么不把消息赶快告诉嫂夫人呢？”菊子善解人意，看出苗夫人和鸿远焦急的神态。

佐佐木皱紧眉头，轻轻吁了一口气，缓缓地说：

“怎么告诉诸位好呢？我向松崎说了从芳子口中听到的紧急情况以后，这位先生只是点头微笑——好像他已经全都知道了。我向他要求一定要保全苗桑的生命，不能叫梅村这个坏女人害苗桑——我还说这也就是害他松崎和我的哥哥……而他呢，奇怪，这个人平常急躁暴戾，今天反倒那么镇定自若、不慌不忙。只对我说：‘佐佐木桑，你放心好了，叫苗夫人也放心。苗教授不会被害的……’除此之外，他再也不说别的，一句如何确切行动的话也没有——空空洞洞。为此，我很不安。因为他过去也说过类似许诺的话……”

沉默。世界好像顿时消失了。

“嫂夫人，你看，我所做的结果就是如此。我对不起你和我的挚友……”半天，佐佐木又说了这两句话。

苗夫人作完翻译后，忽然喜形于色地说：

“佐佐木桑，你做得很好！松崎既然这样对你说了，我看，振宇会得救的。那个老狐狸当然不会把他的打算先告诉你。你想想，他是干什么的？和梅村还不都是半斤八两！”

鸿远许久没有出声，大家的眼睛都望着他。

“苗夫人的看法有道理。佐佐木博士，您不必失望，苗教授会得救的。估计一两天内，他就可以和我们在一起了。”

鸿远的话真挚、诚恳。可是，佐佐木仍然像个考试没有及格的小学生，强作笑颜说：

“请原谅我的——过于多虑的心情。听了嫂夫人和曹先生的话，我改变了看法——我十分希望苗桑一两天内就能和我们相聚在这个房间……”

大家都又沉默了。

多么难熬的漫漫长夜呵！几个心儿紧贴在一起的中国人和日本人，就在这隆冬寒冷的夜晚，一起围着火炉坐着，一起等待着——等待着黎明，等待着拂晓的到来。

第七十章

天色刚蒙蒙亮，菊子夫人就起了床，悄悄地做起家务来。她先把卧室外面的起居室打扫干净，往几盆花草上浇了水，又把丈夫的烟灰缸——一个贝壳做的三弦似的烟灰缸擦拭得干干净净。因为佐佐木非常喜爱这个烟灰缸，这是那个为了他而跳海自杀的歌伎枝子送给他的纪念品。等把这间屋子打扫完了，天已大亮，她就轻轻走到后院去。

佐佐木家的后院，还有三间北屋、两间西屋。佐佐木租了这所有前后两个小院的房子，正是看中这个后院的三间北屋环境清静，可以做书房；两间西屋，则布置了一个小实验室，也兼做私人诊室。他常常一个人在这个小后院读书或搞试验直到深夜。有时就睡在书房角落里的小铁床上。菊子习惯了，也从不去打搅他。

现在，苗振宇教授就躺在佐佐木博士后院书房的小铁床上。菊子刚走到门前，苗夫人就从屋里走出来，迎住她说："他好一些了，你们不必过于担心。你又来问他想吃什么吧？有一碗稀饭就可以了，他不想喝牛奶。"

"好的，我就去准备。佐佐木待会儿要来看苗桑。"

昨天，梅村突然被佐佐木正雄叫去训斥，因为松崎联合了司令官驰电东京大本营控告梅村贩卖鸦片和越权横行的劣迹，东京大本营特委派佐佐木正雄负责审理。松崎随即拿着大本营的命令把苗教授从特遣组里要了出来。佐佐木正义亲自到松崎那里接回苗教授。他怕再出什么意外，就把好朋友接到自己家中，安置在后院的书房里。这里既安静，又不必担心梅村下毒手——不管怎么样，他的哥哥佐佐木正雄司令官毕竟是一堵挡风的墙。

苗教授躺在这间洁净、安谧、温暖的书房里，从清早起，他就盼望着什么似的，在小床上辗转反侧，心神不宁。挨到午后，日影渐渐在窗子上移去，屋里的光线也变得有些昏暗了，一直闭着眼睛似睡未睡的苗教授，忽然睁大那双因为有点发烧而显得亮晶晶的圆眼睛，对围在他身边的妻子和佐佐木夫人说：

"你们都坐下呀！干什么都围着我站着……我问你，"他把头微微抬起一点，双眼盯在妻子的脸上，"我问你，小曹在哪儿？他怎么还没有消息？我心里总在惦记着他！要是没有他，没有我的朋友佐佐木，我今天怎么能躺在这张小床上！我不相信上帝——可是，要是没有他们，我、我老苗一定要到上帝那里去领圣餐了！"说着，苗教授孩子似的，声泪俱下。

"瞧你说的什么！"苗夫人摇摇头，赶忙拿一块洁白的手巾替丈夫擦泪，"他会来看你的，你等着吧——他一定会来的。哦，自从你被抓走以后，柳明的父母常来向我打听你的消息。刚才他们又打来电话，一定要来看望你。我说，你睡着了，叫他们过一会儿再打电话来。振宇，你说，能让他们到这里来么？"

"来，来，当然可以来！佐佐木夫妇都是极好的人，一个教书的老头儿来看看我，有何不可！哦，我是多么惦记着小曹啊！要是他也能来看看我多好……"

看得出来，苗教授心里一直在惦记、关心着一个人——他就是曹鸿远。这个年轻人的形象已经深深镂刻在他的心中，在他的灵魂深处，以至他全部的生命里。这两个一老一少的生命，经过一场同生死、共命运的搏斗，似乎已经融合成一个整体。苗教授非常清楚：他之所以能够得救，能够从梅村津子的虎口里逃生，是因为有共产党在暗地里做了大量的工作。而代表共产党在他面前出现的，却只有一个曹鸿远。于是在老头儿的心里，忽然滋生了一种异常强烈的情感——一种他从未感受过的情感。他爱共产党，更爱曹鸿远。这是两种爱，又是溶化在一起的。他觉得他深深爱着曹鸿远，就是深深爱着共产党。这种强烈的爱，两天来，一直在他心里像一团火焰似的燃烧着。他等待着曹鸿远的到来，像年轻人等待情人那样地焦灼不安、望眼欲穿。

忽然，他询问妻子：

"你们接到小吉芳子给你们送来的信么？"

"没有。怎么？你后来又叫她送了信来？"

苗教授告诉妻子：小吉芳子探到梅村佯作释放他，然后把他弄到郊外处死的消息，就急忙向他报信，叫他赶快写信告诉佐佐木正义。苗教授当时只给佐佐木正义和妻子各写了一封遗书，交给芳子送出。不想从此不见回音，更没有再见芳子出现……

菊子夫人插话说：

"松崎告诉佐佐木，小吉芳子已经被梅村杀害了。似乎是梅村故意透露消息给芳子，看芳子果然去通知苗桑，等她从苗桑的囚室出来就把她抓捕了。他们搜她身上时，她已经把苗桑的遗书吃掉，只搜出她自己写给梅村的一封信。在信里她大骂梅村。看来，她早已准备就义了。"菊子夫人说到这里，长长叹了一口气，"多么可爱可敬的姑娘呵！"

苗教授听说小吉芳子已为他而牺牲，眼泪忽然泉涌般流湿了枕头，不住用手捶胸呼唤：

"芳子，芳子呀！是我害死了你——是我，是我——我不该为了自己不顾你的死活呀……"

苗夫人陪着流泪，极力劝慰丈夫，渐渐地，老头儿才安静下来。他说，今后他一定想办法找到小吉芳子的母亲，尽力帮助她的生活；他将永远像对自己的女儿一样，记住这个善良纯洁的姑娘……

已经是下午了，仍不见鸿远的踪影。苗教授真急了，忽地瞪圆眼睛，对妻子命令似的说：

“雪梅，你一定要赶快把小曹给我找来！我要见他！我要见他呀……”说着，老头儿夺过妻子手里的小毛巾，捂在眼睛上，又无声地哭了。

苗夫人见丈夫又一次这般激动，不由得也流下眼泪来。站在一旁的佐佐木夫人虽然对苗教授的一些中国话听不太懂，但她看得出来，苗教授的感情很不寻常——他急着要找一个什么人。于是，悄悄地问苗夫人：

“我能够帮助苗桑去寻找那个人么?”

苗夫用力握了一下佐佐木夫人的手：

“一个到你家来过的年轻人……他很想赶快见到他。不过，这年轻人自己会来的。”说着，走到床边，拿下捂在丈夫眼上的毛巾，轻轻在他耳边说，“瞧你，成了老小孩儿了，怎么总是哭个没完呵？他会来的。再等会儿他还不来，我就去找华妈妈……”

其实，苗夫人已估量到了，当前的斗争仍然是激烈的，对苗教授安全的威胁并没有完全解除。菊子也不能随便走出大门外——她只有默默地盼望着，盼望着丈夫到研究所或者华北支店处理完了事务，早些回家来，叫他想办法去找曹鸿远。

天大黑后，佐佐木正义没有回家，也不见曹鸿远的踪影。不但苗教授夫妇忐忑不安，连菊子也焦急起来了。她走进书房，问候了苗教授的身体后，转身向苗夫人说：

“雪梅姐姐，怎么佐佐木到现在还不回来？饭菜都准备好了……”确实，自从佐佐木正义卷入和梅村津子的斗争之后，菊子就陷入到时常为丈夫担心的忧虑中。

苗夫人刚要对菊子说什么，门外的汽车喇叭声响了。听到这熟悉的喇叭声，菊子扭身就向前院跑——一边跑，一边喊道："他回来了！他回来了……"

苗夫人也跟在菊子后面向前院跑，好像有什么喜事从天而降，她们口中同时喊着：

"回来了！回来了……"

佐佐木正义穿着厚厚的呢子大衣，皮鞋沉重地踏在砖地上，发出咔咔的响声。他不是一个人，在昏黑的院子里，紧挨他身边走着的还有另一个人。那人也穿着呢子大衣和皮鞋，可是步履轻捷，走路响声不大。这两个人听见街门已被佐佐木夫人关好的声响后，就径直向后院书房走去。

在书房明亮的灯光下，苗教授正穿着睡衣坐在小铁床上，瞪圆了眼睛望着进来的人。他一见佐佐木正义，便喜悦地叫起来：

"我的老弟，你可回来了！"

佐佐木笑笑没有出声，闪在一边。当苗教授看见进来的另一个人时，忽然像弹簧似的，一下子蹦到屋地上，笔直地伸出双臂喊道：

"我的小老弟，你可把我想坏了！"说着，老头儿的眼里，又盈满了泪水。

进来的正是曹鸿远。他事先给佐佐木打了电话，请他天黑后到一个胡同口接他。这样，就可以很安全地来看望苗教授。

"伯父，听说您有点发烧，现在好一点了么？"鸿远脱下大衣，里面穿着一套西装，他几乎是半抱着把苗教授放回到被窝里去。

"小曹，你可来了！不然，这个老头子可要把我折腾坏了。"苗夫人搬过一把椅子，让鸿远坐在床边，"你坐在这里，让他好好看个够吧，他惦记你，弄得连药也不肯吃，饭也吃不下……"

鸿远坐在床边椅子上，紧紧握住苗教授的双手。此刻，他从心底里也对苗教授涌上一股儿子对父亲般的深情。他看屋子里除了苗夫人，别人都不在了，才低声说：

“伯父，您终于出来了，真叫人高兴！不过您一出来，我又要走了……”

“啊！你要到哪里去？”没等鸿远说完，苗教授浑身哆嗦了一下，发出颤抖的声音。

“您会高兴的——我要回到苗虹所在的那个地方，就快见到你们的苗苗了……

苗教授、苗夫人都瞪大眼睛瞅着鸿远，流露着又喜又惊又忧的神色。苗教授用力握住鸿远的双手。两个人的手都在微微颤抖，半晌，谁都没有出声。

“伯父，我有一件重要的事要和您商量。”鸿远终于打破了沉默，“松崎和佐佐木正雄联合起来打败了梅村，梅村津子一下子不可能为所欲为了。看来华北支店在一个时期内不至于再出事，因为梅村一时翻不过身来，松崎又得了这个店的许多好处……”

“松崎得了什么好处？”苗教授有些不解。

“您不知道，在您被捕后，佐佐木博士为了救您，叫兵库长、盐野义两家制药株式会社的董事长们，又给松崎送了一份厚礼。如今，梅村倒了，松崎掌握了北平的全部特务大权，这对我们很有利。以后，就由佐佐木和您来继续经营华北支店。我走了，更有利于您的工作……所以我一两天内就要离开北平。刚才，佐佐木博士告诉我，我也从别的方面得知，梅村不甘心失败，又布下了罗网，命令白士吾和她的其他爪牙拼命捉我呢！叫她捉吧！梅村这家伙很聪明，也很愚蠢。她总以为捉住我，就可以邀功请赏，转败为胜……其实，就是真的捉住了我，也是水中捞月一场空。”

苗教授频频点头：

“对，对！你的人品，我已深知，梅村想从你身上得到什么，那才见鬼呢！她对我都无可奈何，何况你呢！”

“伯父，在这场斗争中，您表现得很好，真是宁死不屈。您不愧是中华民族的优秀子孙，也不愧是一位坚强的战士……”

“战士？我是战士？”苗教授对于“战士”这个名词分外敏感，他高兴得眉飞色舞，竟忘掉了就要和鸿远分离的苦恼，仰起头兴奋地连声发问，“小曹，我真的是个战士么？”然后又天真地缠着妻子，“雪梅，你说我够战士的条件么？”

“对。伯父，您真的是战士。而且是坚强的战士。所以，华北支店今后一切业务要全部由您负责。向我们八路军各个战场源源地输送药品，这个担子也要由您长期挑起来。您不会觉得太沉重吧？”

苗教授瞅着鸿远好一会儿没有出声。鸿远也瞅着苗教授那张有些消瘦的大脸，心里微微不安，好一会儿，才微笑着说：

“伯父，您怎么不说话？您对我还有什么话不好说么？”

“小曹，他不愿意离开你！”苗夫人说出教授的心里话。

“小曹，我想跟你一块儿到根据地去……”教授说着，脸涨红了，两眼求告般地望着妻子。

“伯父，您愿意到根据地去的心情，我完全理解——我知道您热爱中国共产党，也不愿意离开我……可是，您如果走了，谁能够代替您在华北支店的工作呢？没有一个人可以代替您！因为再没有一个人具备这样的有利条件——和佐佐木博士是要好朋友。现在，战争更加复杂激烈了，敌人占领了武汉、广州之后，就回师敌后。因为他们体验到敌后八路军、新四军的厉害，是对他们企图占领中国的巨大威胁。所以敌后根据地的环境就更加严酷紧张，其中药品来源更是个极大问题。我相信您会理解——您担负的任务是多么重要，这比您到根据地去，意义要重大得多，您说对不对？”

苗教授默默地望着鸿远，他的思想在激烈斗争——他多么想能跟鸿远一块走，多么渴望到根据地去和心爱的苗苗生活、战斗在一起；当然，他也知道北平的工作离不开他。

突然，苗教授用手掌向鸿远手上轻轻一击，说：

“小曹，我服从工作的需要！既然需要我留在北平，那我就留下。我有许多话要对你说，还是先说最要紧的吧——如果你走了，以后谁来领导我呢？”

“以后将有一位刘志远先生来跟您联系。各地需要的药品、器械数量和转运办法，都由他和您商讨。总之，今后就由他代替我和您联系，而且还有华妈妈替您当交通，帮助您工作。”

“我不认识刘志远，他有什么特征？”

“一个五十多岁的绅士，瘦长脸，两撇小胡子，人很精明。他会拿着我的亲笔信来找您。这个人很有办法，熟人又多。这样，您可以放心了吧？”

苗教授两眼一眨不眨地盯在鸿远的脸上。似乎雕刻家获得灵感的一刹那，又像是照相机揿下了快门似的，他贪婪地吸吮着鸿远这个形象的每一部分——他的深邃动人的大眼睛，他的笔直端正的鼻子，他的线条分明的可爱的嘴唇……他都想永远地镂刻在心上。这时，门外响起了人声，苗夫人走出去，随即领着两位老人走进屋里来。

鸿远一见进来的是柳明的父母，心里微微一动。他不好意思地迎上前去：“伯父，伯母，你们近来可好？”

“啊，小曹，这，这多日子不见你了，一定很忙吧？”这次没等柳明妈开口，柳清泉结结巴巴地先说了话。

“唉，小曹啊，可又见着您的大驾啦！”柳明妈接着大声说开了，“你知道我们老两口天天都惦记着你，为你悬着个心么？可不是，自从教授叫那个臭娘们逮捕走，我们为他发愁，就更加替你担心啦！”

“是呀，真叫人悬心！”柳清泉一边附和着妻子的话，一边拉过鸿远，来到苗教授的床边，低下头说，“教授，您受惊啦！自从您叫那群狗特务抓走之后，我真是日夜挂心……这回好啦！您又恢复自由啦。”接着，他又扭头对鸿远说，“小老弟，我那闺女最近有信来么？幸亏你们把她带走啦，要不然，那姓白的狗东西能饶得了她？她走得对，对！我柳清泉赞成，完全赞成啦！”

柳明妈也站到苗教授的床边来，瞥了老头子一眼，说：“小曹啊，我那丫头什么时候才能回家来啊？这兵荒马乱的年头，当爹娘的放心不下呵！”

鸿远笑笑，看着这对老夫妇，说：

“打败了日本，她们就回来了。伯母、伯父，您们的身体都还结实吧？要多保重。一两天后，我就要回到柳明、苗虹那儿去了，您们有信捎给柳明么？我可以替您们带到。”

“啊，你要走？”柳清泉稍稍惊讶地透过深度近视眼镜望着曹鸿远，“我写信，我就写——我要叫她坚决抗战到底！”

“我们也写信——叫苗苗也要抗战到底！”苗教授夫妇也同声说。

这时，佐佐木夫人匆匆从前院走到书房里来，看了一眼屋里的几个人，对苗教授用日语说：

“松崎特务机关长要来看望您，现在佐佐木正陪着他在前面会客室里……您看怎么办好？”说着，她把目光停在鸿远的身上，神色有点紧张。

“松崎来看我？这是怎么回事？”苗教授一惊，从铁床上跳下地来。

鸿远先也一愣，略一沉吟，转而微笑着说：

“这是好事嘛！他来看望您，愿意和您交往，这对您的买卖会大有好处。您就去见见他吧。何况，还有佐体木博士在座。”

教授目视着鸿远，连连摇头：

“我不愿见这种人！”

苗夫人见佐佐木夫人露出为难的神色，对丈夫说：

"振宇，你穿好衣服——穿暖和点儿，去见见这个人吧。这是非见不可的人呵！"然后，扭头转向佐佐木夫人，"我们把这几位客人领到起居室去怎么样？免得那位宪兵司令万一要到书房来……"说到这里，她看着鸿远会心地一笑。

"好的，好的！"菊子立刻如释重负般低声地说，"松崎今天显得很高兴，说以后一定要好好保护佐佐木和苗桑的安全……对，你们几位请到我们的起居室去坐坐吧！"

当松崎走后，鸿远和佐佐木夫妇、苗教授夫妇，以及柳明父母，大家都轻松异常，个个满脸喜气，一起吃着可口的日本烤生鱼片，喝着中国的茅台酒，谈到很晚。这个夜晚，鸿远就住在佐佐木博士的家中。

第七十一章

夜，黑沉沉，阴森森，树木发出呜咽的响声，朔风凛冽袭人，街头冷冷清清。可是，前门车站的拱形门里，却还有黯淡的灯光照在往来不绝的旅客身上。站台一边，一列开往太原的列车就要开车了。列车上用日文播讲了乘客应当注意的事项后，接着又用中文播讲。这时，在二等车厢里进来了一个年轻乘客。他穿着藏青色呢子大衣，戴着礼帽，手提一个小旅行包，在靠近车门的一个不大引人注意的角落里坐了下来。这个人面目清秀、脸色苍白，金丝眼镜后面的一双大眼睛，显得忧郁而阴沉。他斜靠在弹簧座位上，刚一上车，就一根接一根地猛吸着纸烟。他不时对周围的旅客似乎有意无意地瞥上一眼，接着，又夹着纸烟茫然地陷入沉思中……

这个人是白士吾。

松崎捉了他，得到了所需要的情报后，又把这个没用的废物放了。虽然梅村对他仍像过去一样亲昵，又给他放送了《樱花之泪》。可她越是这样，白士吾却越感到恐惧。他不由得想到，像梅村这样心毒手狠的人，绝不会轻饶他这个叛卖她的人。他心里明白：松崎和佐佐木正雄所以能够击败梅村，其中一个原因，是他向松崎提供了炮弹——承认了替梅村贩卖鸦片和做了种种坏事。这天，他正在恐惧和忧虑中，忽然任尚祖找来，说自己没完成梅村交给他的任务，也很害怕梅村追究，想逃走。这一下，正中白士吾的下怀。他一边喝着白兰地酒，一边问任尚祖：

“你也想走？……咱俩想到一块儿去了！我也怕那个臭货饶不了我……你打算上哪儿去？”

“我还没想好……总得找个梅村没办法捉住咱们的地方。”任尚祖满面愁容，斜躺在白士吾卧房里的小沙发上，一边吸烟一边叹气。

“你别发愁，我父亲的门路多，回头我跟他商量，他准同意我走。他能把我这唯一的宝贝儿子往鬼门关里送么？等决定了去向，我打电话告诉你——咱们可以用暗号联系……你要愿意，咱们就一起跑。”

两人商量一番，任尚祖高兴地走了。

白士吾把他近日的遭遇对父亲说了。老头子对儿子的处境自然十分担心，只好同意并给儿子安排了逃跑的计划：先逃到太原，那里有他们的亲戚；然后再从太原转到内蒙古的喀拉沁王爷那里——这个蒙古亲王是他的姨父，正在替日本人筹建蒙疆反共政府。白士吾到了那里，改名换姓，既可逃避梅村的追捕，又可在他姨父手下得到官职。于是，两天来，白士吾在梅村面前大献殷勤，装出一副要卖力去捉曹鸿远的样子。

他把这个计划告诉了任尚祖，并约他在前门车站碰面。在这个黑沉沉的夜晚，他没有坐自己的包月车，只在街头雇一辆三轮车来到车站；在大门外等了好一会儿，不见任尚祖来，火车快开行了，他只得一个人悄悄溜进二等车厢里。

列车已经开动了。他暗暗向车厢各处扫视一周，见没有可疑的人跟踪他，这才放下心来。因为仓促间没有来得及买卧铺，他只好半仰在周围都空着的座位上，沉闷无聊地在黯淡的灯光下吸着纸烟，并偷偷地往纸烟里放上白面儿。

车到丰台，二等车厢里上来了三个男人、一个女人。其中一个中年人，头戴礼帽，身穿灰色哔叽棉袍，外套深灰色呢大衣，戴着茶色眼镜，唇上留着一撮黑胡。那个女人穿着华丽，和那个中年人好似是一对夫妇。另两个人年纪轻些，穿戴也挺整齐。车厢里的旅客不多，这四个人却都挨着白士吾身边坐了下来——他心里不禁暗暗嘀咕：这些人是干什么的？是不是梅村派人追下来了……白士吾正在心神不宁地想着，坐在对面的中年男子却彬彬有礼地说了话：

“今儿个天气真冷，风也大。这车厢里也不暖和。这鬼天气出门办事，真是受罪！”

白士吾听这人一口重浊的山东口音，神情挺和善，又像是跟自己说话，只好回答道：

“是呀，这数九寒天出门就是受罪。”因为心烦，他没有心思对这个陌生人多说话。只不过因为那个人衣着阔绰、气派不凡，不得不应酬一句。

想不到那个人又跟他搭讪说：

“先生，是公出么？您在哪儿下车？”

“嗯，公出。在石家庄下车。”

白士吾见这个素昧平生的人总跟自己絮叨，心里更加厌烦，鼻子里哼了一声。黯淡的车灯照出他的脸煞白、灰暗。他又点燃一支纸烟，倚在软椅的靠背上闭目养神，不再出声。

见白士吾摆出这副样子，那个爱说话的中年男人也不出声了。他斜仰在靠背上歇憩片刻，对他身边的人说：

“王良，把提包里那瓶泸州老窖拿出来。天挺冷，我想喝上一杯。喂，宋主任、桂秀，你们也来喝一杯。”

一听说喝酒，白士吾立刻睁开了眼睛。自从跟梅村混在一起，他学会了喝酒，而且酒瘾挺大。今晚因为要逃跑，饭都没顾上吃，浑身感到发冷，就更想喝上几杯了。见对面边座上一个二十多岁、穿着棉袍的人，把放在旁边空位子上的手提包打开，从里面拿出一瓶酒，并在桌角上磕开瓶盖，然后拿起供旅客用的茶杯，给似乎是主人模样的中年男人和那位宋主任、还有那位名叫桂秀的女人，各斟上半杯酒，把盖子盖严。接着，又从提包里拿出一大包五香酱牛肉放到小几上。酱肉包上还别着四双用完就扔的日本式筷子。

中年男子和那位宋主任开始吃喝起来。那个女人却不喝，把酒让给了王良。白士吾饥肠辘辘，闻着扑鼻的酒香和肉香，就差涎水没有淌下来了。这时，他主动和那个中年男子打起招呼：

“二位先生，你们到哪儿去？”脸上露出一副讨好的笑容。

“我们到保定去办点公事。”中年男子笑着回答，“先生，您也有点冷吧？‘烟酒不分家’，您要是能喝，就请同饮一杯如何？”

“那太好了！谢谢，谢谢！”白士吾一听有酒喝了，精神立刻活跃起来，“天气这么冷——喝点酒能够暖和身体，还能够解除烦闷……”说到“烦闷”二字，白士吾觉得不妥，赶紧刹住话头。这时，他猛地一惊，发觉对面坐着的那个女人十分面熟——她、她怎么跟柳明的模样儿那么相象——就像柳明的姐姐。他心中似喜、似忧，愣愣地有些呆住了。

那个女人似乎体会丈夫好客的心理，亲手拿过酒瓶，给白士吾的杯里，斟上几乎满满一杯酒，双手捧到他的面前。白士吾接过酒来，一边双眼望着那女人，也忘了这四个人是不是梅村派来跟踪他的，一仰脖子，咕冬咕冬一气喝了几大口酒，然后放下杯，喘了口气：

“谢谢小姐！”他对那女人殷勤地道谢，又转脸对中年男人说：

“这泸州大曲的味道真挺不错！我平素就爱喝这种酒——这酒柔中有刚，别有一番滋味……啊，打扰你们几位了，还没有请问你们的尊姓大名，在哪儿恭喜？”

那位宋主任二十多岁，穿着一身西装，外套一件皮大衣，坐在对面那个女人的身边。这时，他不卑不亢地说：

“我们这位曲先生是上海有名的怡和洋行的副经理。我姓宋，是他手下对外部的职员。哦，先生，您贵姓大名？在哪里恭喜？”

白士吾接过曲先生递给他的一大块酱牛肉，大口地嚼着，又喝了几口酒，支支吾吾地说道：

“贱姓金，是北平朝阳大学法律系的学生……我有个女朋友在石家庄，我去找她……”白士吾酒喝得过猛，晕晕乎乎的，说话有点答非所问。

“啊，去找女朋友是乐事啊！怎么我看金先生有点面带愁容呢？”没等白士吾说完，那位像柳明的女人笑着问他。

“啊，啊……”白士吾一时不知如何回答。好一会儿，才说，“我是有点儿犯愁啊！因为、因为那个女朋友近来跟我疏远了。所以，我才去找她……”

那几个人都笑了。曲先生风趣地说：

“想不到金先生还是个多情种子——贾宝玉式的人物呢。‘一醉解千愁’，您要是想喝酒，我还带着一瓶呢。甭客气，您尽管喝！”

“不用了，这一大杯足够了。谢谢，谢谢！”白士吾一大杯酒已快喝尽，连连摆手，叹了口气，“唉，‘借酒浇愁愁更愁’！我不喝了，不喝了！……”他忽然清醒过来，意识到现在这种时候可不能多喝酒。于是，把杯子一放，斜靠在靠背上吸起烟来，闭着眼睛，像在想什么心事。

那位曲先生不吸烟。宋先生吸着烟和白士吾搭讪说：

“看来，金先生，您是位有钱人家的子弟啊。怎么出门不带个听差呢？也省得这一路上冷清清地没人侍候。”

白士吾睁开眼睛凄然一笑：

“偷着从家里出来的，怎么还能带听差！我父亲不赞成我跟这位小姐要好，可是，我却对她……”这时，他忽然想起柳明，也想起他对柳明吟过的那两句诗。于是，带着几分醉意，皱起眉头，双眼又盯在像柳明的女人脸上，轻声哼道，“曾经沧海难为水，除却巫山不是云……几位先生，你们可体会不到这种失恋的痛苦心情吧？”

“哈哈！老了，我们都老了，哪里还能像您这位少年公子风流多情……”曲先生的半杯酒也已喝尽，倚在靠背上打着哈哈说。

也许是职业病。白士吾虽然沾光喝了酒，却对坐在自己身边的四个男女放心不下。尤其是那两个自称姓曲的和姓宋的，虽然穿得阔气，态度从容，连他们的听差都穿着整治的黑市布棉袍，戴着礼帽。可是，白士吾却不断在心里嘀咕：是不是梅村派他们跟踪我来了？还是松崎派来的人？还是共产党曹鸿远那方面的人？这二等车厢里空位子不少，为什么这四个人从丰台一上车，就都坐在我的身边，包围着我？渐渐地，他恐惧起来，也戒备起来。对那个十分像柳明的美人儿也顾不得多看了。在火车向前飞奔，发出轰隆隆的震响声中，趁着那四个人都在闭目养神的工夫，他偷偷地把特遣组发给他的左轮手枪从西装裤袋里掏出来，放在厚呢子大衣口袋里。一只手还紧紧握住枪柄。他心绪不宁，不时用失神的眼睛偷偷向身边的几个人窥视一下——见他们似乎都睡着了，并没有注意他。不过越是这样，他越是放心不下。“三十六着，走为上着”——干脆躲开他们换下趟车再走。这样想着，他就注意起停车的站牌来。天快亮了，火车停在徐水车站。他看到，在徐水车站的站牌上，黑色指标的下一站是漕河。心想过了漕河就是保定了——那儿车站上会有梅村和松崎的眼线，不能在保定下车……嗯，干脆在漕河车站下。这个车站小，停车时间短，说不定这节二等车厢还停在站外。再说，他的座位紧挨车门，下车很方便……

微明的曙色中，前面的漕河车站已隐约在望。列车速度减慢了，越来越慢。白士吾按捺住紧张不安的心情，先向整个车厢扫视一遍，见绝大多数的乘客都在打盹或熟睡。他又向身边的四个人看了一眼——那个曲先生正打着鼾；另两个男人，因睡熟而失去控制的脑袋，随着火车的摆动摇晃着。只有那个女人神态端庄，似睡着了，又似闭目养神。这时，列车停了下来，但却没有驶进站内。他正奇怪，只见路旁一个铁粧上的白底圆牌上，有四个红色字体映入眼帘：“一旦停车”。白士吾知道，这“一旦停车”就是中国话的站外停车。他心头一喜，这正是下车的好机会！于是，也不管那女人睡着没睡着，他拎起身边的小提包，轻轻地站起身来。正巧，一列由南而北的快车挟着飚风似的隆隆驰过，使得车厢里变得更加昏暗。趁此机会，他几步蹿到了车门旁，站着装作观看车外的景物。接着，一声震耳的汽笛声响起，列车震动一下，就徐徐开动了。这时，白士吾由右侧车门一纵身跳了下去。这里没有检票口，也没有别的障碍物。他刚想朝一条小道上奔去，突然，像有把老虎钳子猛地钳住他——两只有力的胳膊把他紧紧抱住了。还没容他回头，一只手同时攥住了他正要从大衣口袋里掏枪的手，下了他的枪。直到又有一个人用绳子反绑起他的双手后，白士吾才看清楚——正是与他同车的三个男人俘虏了他。

曲先生握着白士吾的手枪，说：

“白士吾，你想逃跑么？我们奉了梅村少将之命，特来追捕你！”

“啊，曲先生，你们是特遣组的人？怎么我不认识您们？”白士吾又惊又怕，疑惑地问。

“不必多问，跟我们走！”那个宋先生用手枪抵住他的后背——白士吾感到有个硬邦邦的东西顶着他，不得不顺从地跟在那个名叫王良的后面，朝着前面一片野地走去。另两个男人一边一个夹着他；只有那个女人随在他们身后，殿后似的快步跟着他们。

走出几百步，白士吾忽然站住脚不走了。

“啊，曲先生，既、既然是梅村小姐派、派你们来捉我，那、那你们应当把我押、押回北平城里啊！怎、怎么不在车站等火车？”清晨的严寒，再加上恐惧，白士吾浑身颤抖，说话哆哆嗦嗦。

曲先生紧挨他走着。见他不肯走了，微微一笑，说：

“我们这次的使命，不光是来追你。梅村少将得到确实情报，那个共产党曹鸿远已经叫咱们逮住了。十分凑巧，捉住曹鸿远的地方就在漕河附近，离铁路线不远的望乡镇上。就算你不在这儿下车，我们也得把你弄下车来——听说你认识曹鸿远，是真是假还得请你帮助我们弄清楚。白士吾，你也可以借此机会戴罪立功嘛！”

白士吾又是一愣。奇怪，他追捕了一年多的曹鸿远神出鬼没，一直没有捉住，怎么能够被人在这么个地方捉住了？他不相信！可那姓曲的说得头头是道，而且，看样子不跟着他们走也不行。于是白士吾把心一横，继续跟着这几个人沿着一条乡村土道走下去。

走着走着，一队日本兵迎面朝他们走来——像是在铁道附近巡逻的。白士吾一见他们，浑身一颤，像要喊叫似的，宋先生的手枪立刻使劲在他背上一捅，轻声喝道：

“你这个逃犯，不许出声！你敢喊，立刻毙了你！”

白士吾战战兢兢地垂下了脑袋。

那个曲先生快步走到这队日本兵面前，先从大衣口袋里掏出一张硬纸证件，递给一个军曹模样的人，又用半日文半中文的话讲了几句什么，并且用手指了指白士吾。那个军曹一边看证件，一边连连点头。白士吾被两个人像把老虎钳子紧紧挟着，又有一段距离，听不清姓曲的讲的什么。最后，只见那个军曹把手一挥，让这五个人顺着一条小道走了过去。

太阳升起来了，朝霞灿烂地映照着广阔的原野。他们一行人背着太阳，不停地往偏西方向走着。

白士吾更加疑惑了。他的双手被反绑着，又酸又疼，已经非常难受，再加上宋先生不断用手枪捅他，逼他快走。他浑身无力，气喘吁吁地又停住脚步不走了。那位面含微笑的曲先生，在旁边给他打气说：

“白先生，你不必害怕。再走一段路就到望乡镇了。只要一捉住曹鸿远，我们立刻给你松绑，立刻用捆你的绳子去捆那个姓曹的。现在，你再委屈一会儿，就快到了。”

说着，一个农民从他们身边走过。曲先生问这农民：“老乡，这儿离望乡镇还有多远？”

“不远，再走十五里就到了。”老乡一边回答，一边惊奇地打量着这几个奇怪的人。

约摸上午十点多钟，终于到了望乡镇。

一瘸一拐、好像瘫了一般的白士吾，刚一迈进这个镇子，不禁浑身颤抖起来——原来在这个镇子里的许多墙壁上，都用白粉写着十分醒目的大字标语：

“打倒日本帝国主义!”
“中国共产党万岁!”
“拥护抗日民族统一战线!”
……

一下子，白士吾好像掉进了万丈深渊。本来已经煞白的脸，顿时变得面无人色……

他们往村里走着，成群的小孩和大人跟在他们身后，好奇地望着、喊着。白士吾定了定神，对身边的曲先生低声问道：

“曲先生，这、这是共产党占领的地方吧？咱、咱们怎么到这个地方来了？”

曲先生没有理他，向一个老乡打听了村公所所在地之后，三个男人一齐推搡着白士吾往一座临街的高房走去。进到这座高房的院里，曲先生先进了正房；宋先生和王良把白士吾的绑绳解开了，挟着他坐在院里的台阶上。由于捆绑的时间久了，白士吾的胳膊已经麻木，一松绑，他把双手挪到胸前，一阵轻快之感，使他绝望的心里，又浮上了一缕希望：莫非曹鸿远真的在这儿？莫非那姓曲的真是日本方面的人？他想着，就从衣袋里掏出纸烟，抽出三支，想叫宋先生和王良两个人也各吸一支。就在这时，从北屋里走出一个人来。他的衣服没有变——还是曲先生穿的哗叽棉袍、呢子大衣和皮鞋。可是脸变了，口音变了，脸上的胡子、墨镜也不见了——那双炯炯有神的大眼睛，那张端正俊气的长圆脸，猛地使白士吾打了个寒颤。接着，他就筛糠似的哆嗦起来。

“呵！曹、曹鸿远！”白士吾喃喃着，突然觉得两眼漆黑——几乎晕厥过去。原来，那个曲先生就是曹鸿远装扮的。宋先生是钟怀手下的一个参谋，王良则是钟怀的随从兵，他们被派来护送曹鸿远回根据地。那个女的名叫路芳，因为北平存身不住了，组织上派她和曹鸿远一同回到根据地去。

鸿远身后还跟着一位三十多岁的农民。他们一齐来到白士吾的身边。鸿远恢复了他原来的北京口音，指着白士吾对那个农民说：

“村长，这就是那个日本特务。我们吃完饭还得赶路。麻烦村长给我们弄点儿饭吃，并给我们找一个向导领路。”

村长瞪着眼没有说话，却猛地蹿到白士吾坐的台阶前，“啪！啪！”两个嘴巴狠狠地抽在白士吾瘦削的脸颊上。接着，指着白士吾的鼻子忿忿地骂道：

“你这个该千刀万剐的狗汉奸特务！我那老娘就是叫你们这些狗东西们杀死的！”

村长一带头，院子里的农民群众像炸了窝的蜂群，一拥而上，喊着，骂着，哭着。拳头、巴掌，雨点似的向白士吾的头上、脸上和身上打去……把个白士吾吓得双手抱头，魂不附体。曹鸿远急忙拦住愤怒的群众，高声喊道：

“父老乡亲们，不要打了！留着这个人对咱们八路军还有用处。先叫他活几天，把他交给咱们的抗日政府去发落吧！”

村长也怕打坏了白士吾不好交待。就协助王良、宋先生和曹鸿远前后护着把白士吾带进了西屋。

群众慢慢散去了，屋里只剩下两三个村干部和鸿远等人，大家围着一张八仙桌坐下。这时，村长笑着对鸿远说：

“前天区长就来告诉我们，说有位曹鸿远同志和一位女同志要从北平回根据地，要经过咱村里，命令我们好好照顾。没想到您还把一个大特务也给捎带来了。哈哈……”村长和两个村干部都高兴得大笑起来。

鸿远指着宋先生和王良说：“多亏这两位同志冒着危险护送我们。他们现在仍要回到北平去。麻烦村长派人护送他们到铁路边上。另外，还得派个带枪的自卫队员押差儿。”说着，鸿远用手一指耷拉着脑袋的白士吾，“这个家伙很坏，不老实就毙了他！”

鸿远从敌占区北平又回到了根据地的边缘，又见到了日夜思念的抗日群众和干部，不禁神采焕发，欢快异常。

可白士吾呢，他昏昏沉沉恍若隔世似的听着人们对他的怒骂。“啊……”他闭着眼睛，心里喃喃着，“曹鸿远——曹鸿远呀！我捉了你多日，不但没捉住你，反而被你捉住了——我、我将是死是活呢……”这时，只听曹鸿远对旁边的女人说：

“路芳同志，你也辛苦了。我想因为你长得很像一位名叫柳明的女同志，所以这家伙……”他用手一指白士吾，“所以这个坏蛋就盯着你看个不停。想你一定很生气。”

“生气？这种人能活捉住就好。生什么气？只是柳明和他……”她用手一指白士吾。

“他们曾经是朋友或者说恋爱过，柳明差点儿跟他去了日本。后来他们还是分道扬镳了。”

路芳在“七·七”事变后就认识柳明，也知道她后来去了抗日根据地。因为她长得和自己相象，就对她印象很深。当听说她和特务白士吾曾相爱过，道静忽然想起曾经和她相爱、同居了几年的余永泽。这个人顽固、落后，也许早已堕落成了汉奸？心头不禁涌上一股“世事沧桑”之感。她为柳明挣脱了情感的桎梏，走上了革命道路而欣庆；也为自己跳出了余永泽的爱情牢笼，毅然走向广阔人生之路而暗喜。人的命运常常由于某些机遇而变更，变得南辕北辙，大不相同。所谓失之毫厘，差之千里。柳明如果不是遇见曹鸿远，她也许成了白士吾的妻子，过起纸醉金迷的生活来；而自己呢，若不是遇见了卢嘉川，那么，也许永远成为余永泽的附庸，在那狭小的天地里，碌碌无为地了此一生……屋里人都出去了，道静呆呆地望着白士吾那张苍白、憔悴的脸，忽然，那张脸变成了余永泽瘦长的脸，他含着眼泪向她哀求：

“回来吧！回来吧——我不能没有你……”道静心里一动，慌乱地想：“他现在在哪里？”但她又立刻像驱赶苍蝇似的叱斥自己：“去你的！……”她悚然一惊，怎么现在忽然想起这个人来？他应当早在自己心里死去了，永远地死去了。可是，他却死而不僵。……道静有些厌恶自己，怎么在这么紧张的时刻，却忽然想起了不该想起的人和事。难道这就是知识分子的特点——多愁善感？应当怀念的是卢嘉川和江华，“他们现在在哪儿？”这么一想，她的心情才好受了些，对卢嘉川并没有牺牲而感到异常的喜悦。

林道静在北平帮助地下党张怡做学生工作和统战工作，渐渐暴露了，日本特务注意起她来，组织上决定她和曹鸿远一起撤离北平，回到根据地去。他们刚进入根据地，精神一放松，她立刻就浮想联翩……“人呀，人呀，你真是的……”她嘲笑起自己来。

第七十二章

呵——呵——我的——喀秋莎，
你还记得——那往事么？……
捉迷藏在——丁香花下，
我跌倒泥坑你把——我拉，
——我吻了你满脸红霞——
你遮羞去——摘紫丁香花……

呵——呵，我永远忘不了你——

可爱的——喀秋莎……

千山万壑中，一抹夕阳照在一条峭壁嶙峋的山沟里。不畏严寒的小溪，越过乱石，穿过树丛，潺潺地流着，仿佛一个调皮的、不怕冷的孩子，光着身子在寒风中欢蹦乱跳。

柳明拿着一篮子带浓血的绷带，在这条从山上流下的、没有结冰的小溪边洗濯着，和她同来的还有一个小女护士。她俩一边在小溪里洗着绷带和战士们的脏衣服，一边唱起当时在根据地非常流行的《复活》中的插曲——这首歌子是苗虹最近教给她的。不知怎的，柳明非常喜欢起这支感情真挚、优美动听的歌子。她几年前就读过托尔斯泰的这部小说，女主人公喀秋莎的命运，曾深深打动过她的心。这首爱情歌曲，虽然和当前的战争环境有点不协调，然而和柳明的心境却是吻合的。每当工作完了，每当潇潇细雨，每当深夜、黎明，她就怀念起曹鸿远——这时候，她就想唱歌——甚至唱起电影《夜半歌声》中那些充满缠绵之情的爱情歌曲。

绷带、衣服都洗完了，手和脸全冻得像红红的玫瑰，柳明挎着篮子，跳过一块块岩石，绕过弯曲的小溪，出了山沟，向村里的后方医院走去。忽然，远远地一匹马顺着山路奔了过来。老远就听见喊声——山谷间传来的回声：

“小柳！柳明！你们洗完东西了么?”

这是常里平的声音。一听见这声音，柳明的神经就有些紧张。他那种过于殷勤的关心，使得柳明说不清是高兴还是恐惧。

快和柳明走到对面时，常里平跳下马来，眯着圆眼笑道：

“天快黑了，怕你们遇见狼，我来接接你们……柳明，我是专门来找你的——告诉你，我们就要到平原去了！”

“什么？到平原去?”柳明吃了一惊，挎着沉重的篮子，停住脚步。

“是呀，我昨天接到北方局的命令，调我到平原去工作。有一批你们一起从北平出来的学生——民运队的学员，还有王福来父子，也都一起到平原去开辟根据地。我想，连你的好朋友苗虹都要去平原，怎么能把你一个人留在这山沟医院里呢！所以，我向上级要求，已经得到批准，你也一起去平原。”说到这里，常里平颇有得意之色，“小柳，听到这消息，你一定高兴吧？”

“嗯，去平原……你怎么知道我一定高兴呢？我喜欢做医务工作，我不愿离开医院！”柳明斜睨着常里平，脸上毫无喜色。

这个回答，有点儿出乎常里平的意料。不过，天色黑下来了，旁边还有个护士，他改变腔调，换了话题：

“小柳，你们的篮子里装了这么多东西，多沉。一会儿，都得冻成冰垃子了。快拿到马上来吧。”

“用不着！”柳明冷冷地回答，头也不回，挎着篮子快步向村里走去。常里平只得牵着马和小护士一起跟在柳明后面。

听到要去平原的消息，柳明心里很乱。她已经对这里的医院、对老院长以及一些伤病员有了感情，她喜爱这个工作。在不断的实践中，她觉得不但在学校里学到的医学理论有了提高，更可喜的是，还得到了丰富的临床经验。另一个隐秘的原因也使她不愿离开山区。她想到，如果曹鸿远在北平的任务完成了，他一定会回到山里来。那时，他回来了，可自己又走了——天涯海角，何年何月才能相见？

不过，组织上已经决定。而且，苗虹、高雍雅、王家父子，还有闻雪涛、吴华林这些一同从北平出来的熟人，全都要去平原。最后，柳明还是服从分配，离开了后方医院，来到民运队所在的村庄，准备和大家一起过铁路到平原去。常里平是他们的队长。

她又和苗虹、王家父子、闻雪涛这些熟人在一起了，心情渐渐开朗起来——平原是个什么样儿？平原游击战争是个什么样儿？以后会经常处在战争生活中么……一些新鲜事物、新奇情景、富有传奇性的生活，开始魅惑着她，在她心里模模糊糊闪现出种种梦幻般的景象来。

晚间，民运队员都在学习的时候，柳明被一个警卫员叫到江怀的房间里去。

江怀的瘦长脸，和在根据地里不多见的黑边玳瑁眼镜，总给柳明一种阴沉不祥的感觉。可不是嘛，每次见到他，总没有叫她愉快的事。她在心中暗暗想道——莫非他是只乌鸦变的？但是，她又立刻自责：他是首长，是共产党的高级干部，她不该讨厌他、轻视他……

今天江怀的态度出乎柳明的意料，和蔼、亲切，一改过去见面时的阴沉冷漠。他站起身让柳明坐在一张椅子上，并且和她握了手。

"柳明同志，听说你在反扫荡斗争中表现得很不错呵！城市里的知识分子能够和群众打成一片，经受了战争的残酷考验是不易的呀！"

柳明的脸红了。从江怀嘴里说出的这些话，更加出乎她的意料，她坐在椅子边上，小声说：

"首长，您过奖了。我做得还很不够——咱们死了许多伤病员……""这哪里能够怪你！战争嘛，哪里能够不死人。反扫荡结束前，因为伤病员断了粮，听说你还主动背着米袋子，一个人爬大山，冒险走黑路，去找卫生部搞粮食给伤病员吃。你的这种精神是可嘉的。怎么样？现在又到民运队里去了，就要去平原了，你的意见如何？高兴去么？"

"我是搞医的，咱们边区缺医生，我是愿意留在山里的。"柳明拘束地回答。

江怀吸着烟，那副玳瑁眼镜后面的眼睛，闪动出微微的光亮。沉默了一会儿，出乎柳明的意外，江怀却谈起了李彦祥司令员。说这位首长在保定教会医院住院期间，多亏柳明和其他地下工作人员的保护，才得以恢复健康。他很感动。不久，他也要分配到平原去。江怀一再强调说，他是个在“秋收起义”前就参加了红军的老干部，文化不高，可是战斗经验丰富，为人正派，党性强。他很爱慕柳明，对她早就一往情深。江怀自称是搞人事保卫工作的，所以他很关心李司令员的这桩婚事，如果柳明能够跟他结婚，“那么、那么……”江怀说到后来，连说了几个“那么、那么”，使柳明有点儿莫名其妙。看江怀不说话了，她才低下头，轻声答道：

“江怀同志，共产党不是讲男女平等、婚姻自由的么？我非常尊敬李司令员，可是，同他结婚——我不能从命。我年纪还小，不想结婚……”江怀扔掉手中的烟蒂，清清喉咙向地上吐了一口痰，睨着柳明那副拘谨不安的神态，不以为然地冷笑一声：

“我替你们介绍，这也是婚姻自由呀！我一个老布尔什维克，难道能够强迫你一个知识分子、大学生的婚姻自由？笑话！不过，柳明同志，正由于你是知识分子，文化高，你的思想感情就不是无产阶级的；小资产阶级思想、资产阶级思想在你身上还严重地存在——所以你和李司令员如果结合了，这对你思想意识的改造……”

柳明霍地站起身来，她的脸由红变白，又由白转红，突然似有一只乌鸦在她眼前掠过。她努力压抑住心头的恼火，一句一顿地说：

“您说我的身上还存在着严重的小资产阶级和资产阶级思想，这表现在什么地方？刚才您还夸我在反扫荡当中表现不错呢，怎么一转眼，一不同意您的主张，我立刻又变成资产阶级了?!”

江怀不说话，用细长的手指打开一个抽屉，从里边拿出一封信，举起来，在柳明眼前晃了晃：

“这封信你一定认识的，你看看。”

柳明举目一看，正是她为了救苗教授而写给白士吾的那封信。为这件事，常里平已经批评过她了，并叫她赶快写检查交待。可是，她没有写。她一提笔就想大哭。她懊悔自己的幼稚无知；她也恨自己的灵魂深处，还留给白士吾那么一点点情感的粉末，还幻想他会为她出力……

“这封写给你过去爱人的信，不正是你资产阶级、小资产阶级思想的证明么？柳明，我们共产党里是讲批评、自我批评的，白士吾是个什么人？日本大特务！你竟然写了这样一封带着感情的信给他，你的立场站到哪里去了？你究竟是革命的人，还是反革命的……你要好好想一想。”

这又是一个意外！好家伙，这位江怀竟要把她推到反革命那一边去！她虽然感到惊惧、不平、冤枉，但此刻，她那倔强的脾性上来了，居然撕破情面，和江怀大声争辩起来：

“您想把这封信当成我是个反革命的证据来打击压制我么？我看呀，办不到！苗教授被捕是件大事，他的生死关乎我们根据地大量药品的来源。刘志远是位很正派、忠于祖国的进步人士，为了支援革命，他不惜花掉个人的大量财产；为了营救苗教授，他不辞劳苦去北平奔走。他送X光机来根据地，知道我和白士吾过去的关系，才一再劝我给白士吾写封信，他自己也准备送给白士吾一笔钱。这样做，我们全是为了救出苗教授。怎么，您一点也看不出我的写信动机，看不出这件事的来龙去脉，就拿大帽子压人……”柳明越说越激动，不但口不择言，而且一气之下，站起身就想走。

江怀威严地摆了摆手，要她坐下。然后摘下眼镜，用手帕慢慢擦拭着镜片，似乎为了把柳明的模样、神态看得更清晰，才利于有的放矢，把对方压服。

“柳明，你真是个典型的资产阶级知识分子，自视高人一等呀！仗着你有点技术——会动手术，就更认为自己了不起了！可是，共产党是讲阶级斗争的，你学过没有？人类的历史就是一部阶级斗争史；离开了阶级斗争，你就会迷失方向，就会陷入罪恶的泥潭。那白士吾是什么人？一个满清王爷的后代，一个花花公子，一个大特务！你当初跟他要好，就证明你不像一个穷小学教师的女儿，早就失掉阶级立场了。不过，那时，你还没有参加革命，你跟他好还可以谅解。可是，现在，你是什么人了？你已经参加了革命队伍，参加了抗日的八路军，这一点，你已经不同于一般老百姓。为了李彦祥司令员的病，也因为北平方面的要求，我们才把你派到保定去工作。听说你在那儿就跟一个伪军团长的老婆拜了干姐妹，要好得很。这个，你又严重地失掉了立场。还有，你在保定还见到了特务白士吾，你们的关系也很暧昧。试问，你的行为还有多少革命者的味道？你不是跟反革命靠近是什么？说到刘志远叫你给白士吾写信，那刘志远又是什么人？地主、资本家嘛！不过是个我们的利用对象。你就那么信任他？而且写了信，也不向领导上请示报告。柳明，我不得不警告你，你已经站在万丈悬崖的边上了！或者说你已经站到敌人那方面去了……常里平同志曾去警告你，叫你写个检查交待，我们的政策是坦白从宽、抗拒从严。你如果写了，好好认识了自己的严重错误，我们一定挽救你，对你的问题宽大处理。可是，你，你，据说你就是不写。柳明，你这样下去是很危险的呀！现在，我是在苦口婆心地挽救你，你明白么？”

江怀一口气滔滔说了这一大套话，柳明听着，似明白，又似不明白；似理解，又似不理解。她真不明白：给白士吾写一封信，利用他救出苗教授，怎么问题就这么严重，严重到好像犯下滔天大罪了……而且，那封信又怎么会落到江怀手里呢？很可能是刘志远也被怀疑了，被搜查了，所以这封信就落到了乌鸦的手里。想到这里，柳明心里非常难过……“呵，爸爸！”她心里喊着口里又想跟江怀争论。可是，她忽然觉得浑身瘫软，心乱如麻。争什么呢？他那大套革命的、阶级的、斗争的大道理，小小的柳明怎么说得过他？他一家伙就给她扣下来那么多的帽子，今后将会怎样对待自己呢？……她终于醒悟到，这次叫她离开医院——尽管医院里多么需要她，实际上是撤了她医务主任的职；叫她到平原去，叫她回民运队去，可能都和江怀对她的态度有关。这么一想，她的心立刻沉到深渊里，凉彻了骨髓——她不再出声了。她又想起来刚进屋门时，江怀对她的态度还是不错的。因为不听他的话——和李司令员结婚，他的态度才陡地变了。“顺我者昌，逆我者亡”！在她十分崇敬的共产党里，怎么也有这种事情出现呢？她愤懑，但更多的是悲哀、是失望。她觉得人与人之间是那样难于互相了解；甚至感到了互相倾轧的可怕……

柳明坐在椅子上，忽然望见屋里墙壁上贴着几个醒目大字，这是一对条幅，用毛笔写得端正、遒劲。

一联是：“明辨是非”。

一联是：“大公无私”。

望着这八个大字，柳明顿时泪如雨下。

江怀看柳明哭了，立刻把口气和缓下来，轻轻敲击着桌子，慢条斯理地说：

“柳明，我知道你已经感到内疚，现在你可以回去了，回去后要好好反省，不要一味固执，自以为是。三天内你能写出交待书么？”

“不能！我处事虽然不一定妥当，可是，我是要革命的青年，是坚决要抗日的青年！和反革命毫不相干。您要叫我交待和白士吾的关系么？我恨死他了！一个‘白’字也不能写！”

玳瑁眼镜突然摘了下来，瘦长脸突然拉得更长，这个也是充满知识分子味道的江怀，忽然神秘地向柳明说：

“你明白么？日本已经把中国的托派收买过去了。这些人都是口称革命的知识分子，日寇把他们派遣到抗日根据地来，据我们了解，为数还不算少。这是根据地里的心腹大患。柳明，你是不是先参加了托派，然后才到根据地里来的？”

轰地一声，柳明像被电击了一般，耳边轰隆隆，头昏昏然。她觉得好像刚做完一台大手术，累得满眼金星，屋内屋外的颜色全变了样。

“托派？怎么我又和托派有关系了？”她立刻想起了曹鸿远，挣扎着、喘息着说：

“我是曹鸿远同志介绍来根据地的。他参加过红军，也不是知识分子出身，难道他也是托派么？”

江怀微微一笑，点燃一根纸烟吸着，慢慢地说：

“凡是到革命阵营里来的人，凡是共产党领导下的干部、党员，甚至公务员、勤务员，全都要接受革命的审查——这次不审查，下次也要审查。不管你是什么人介绍来的都一样。尤其知识分子，社会关系复杂，思想更复杂。这样庞大的抗日队伍，这样艰巨的抗战任务，对一些有嫌疑的人，不审查，我们如何保持队伍的纯洁性？如何保证抗日战争的胜利？所以，柳明，从今以后，你必须接受革命的审查。既然已决定你到平原去，那里也有党组织，你就到那里去接受考验和审查吧。”

柳明从江怀的院子里走到街上。一弯明月斜挂天边，她步履蹒跚，一边走，一边向冷月轻轻浩叹：“真没想到，真没想到！竟会被自己的人这么怀疑……他，他会知道我现在的景况么？但愿他不要像我——愿他平安！”

“重大的打击，绝不能击倒坚强的人，反能增强其勇气。”柳明忽然想起了这句德国民谚，心情倒轻松了。“怕什么！参加革命死都不怕，还能怕什么飞短流长的闲话！”

她的头昂起来了，步子迈得也大了。一只乌鸦似乎飞了过来，她用手向外一扬，什么也没有，只有一弯冷月伴着她踽踽独行。

第七十三章

大家都在做着过铁路的准备。

边区抗日根据地的建立和发展，使入侵华北的日寇如芒刺在背，从北平直到石家庄一带的铁路沿线，敌人都派了重兵把守。因此，要通过这条封锁线去平原，必须做许多准备工作。

就要出发了。这天上午，队部通知大家准备好过路行装：要尽量轻装——一夜之间，要步行一百多里，一气穿过铁路两旁的敌占区，东西多了，背不动，走不了。再就是要把鞋子补好——边区妇女给部队做的布底布面的黑布鞋，实在破得不能再穿，就可以领新的。

住在一个大院子里的民运队员都在纷纷整理行装。王福来不整理自己的东西，却坐在老乡屋地的小板凳上，不知从哪儿弄来了大针、锤子、锥子、细麻绳、破自行车胎、破布片，还有刀子、剪子之类的东西，补起破鞋来。他像个修鞋匠，身边堆了十几双不知从哪儿捡来的破布鞋，眯缝着眼睛专心致志地缝补着。这个闲不住的人，早就琢磨着学起这门技术，现在，民运队里谁的鞋破了，都找他修补。

王福来正用锤子钉着后掌，苗虹跑进屋来，蹦蹦跳跳地笑着嚷道：

“老少同志们，报告你们一个好消息！领咱们过路的部队首长，你们猜是谁吧？”姑娘做了个鬼脸，还对身边的吴华林吐了一下舌头。

“你这个小喜鹊，到处乱喳喳！领队的首长是谁？快说吧！别卖关子了。”吴华林瞪着苗虹，一本正经的样子。

“你这个假正经，不告诉你！”苗虹佯作生气，偏不说。

“不说？偏要你说！该喳喳的时候，你倒不喳喳了！”

弄假成真，两人竟打起嘴仗来。

这时，柳明走进屋里来。斜眼睨着苗虹轻声说：

“又吵嘴了！你这个苗苗就是任性……”

没等柳明说完，苗虹跳了起来。

“你又说我了！”她撅着嘴，斜眼瞪着柳明，“也不问问谁是谁非，你们就会欺负我！”

对待苗虹，柳明总像个大姐姐。关于苗教授被捕的消息，她怕苗虹知道了会难受，一直不敢向人透露。这会儿见苗虹那副娇惯样子，想到她的爸爸生死未卜，便抱住她的肩膀，亲切地说：

“是非有大有小，动不动就生气，值得么？细菌那么点的事儿，也当成个大毛毛虫——我就是争气不赌气。”柳明显然有感而发。

“噗哧”一声，苗虹笑了：

“你这个医学博士呀，满脑子都是细菌、原虫和病毒……”

“你们争论的事儿我都听见了。不就一句话的事儿么，怎么吵吵嚷嚷个没完！”王永泰边说边走进门来，“领咱们过路的首长，就是咱们来边区的路上遇见国民党溃兵时，救了咱们的那位岩烽同志——他现在是挺进平原七支队的支队长。”

正在低头修鞋的王福来，听了儿子的话，高兴得抬起头来，举着一只鞋子，说：

“是他呀，那太好啦！”他扭头问儿子，“他住在这村子么？回头咱们看看他去。”

“乌拉！乌拉……”苗虹拍手喊了起来，“王大伯同志，您别修鞋了，现在，趁咱们这伙人都在这儿，还有点空儿，快去看看他吧！”

大伙儿都赞成。王福来不修鞋了，苗虹拉上高雍雅，柳明找着闻雪涛，一伙人兴冲冲地向另一条街上的支队部走去。

刚一进支队指挥部的院子，苗虹就喊了起来：

“岩支队长！还认识我们吗？我们一起看你来啦！”

岩烽穿着整齐的军装，神采奕奕地从屋子里走出来。他热情地和每个来人一一握手，笑着说：“认识！认识！你是王永泰。你是王福来大叔。你是柳明。嗯，你是吴华——林。你是高雍雅。你是闻雪涛……”他一个一个地说出他们的名字，最后把头一扬，一副潇洒的姿态，瞪大眼睛盯着苗虹说，“你这个小鬼——叫苗虹，会唱歌子对吧？现在一定又学会了许多新歌子，欢迎你唱一个！”

对于岩烽的记忆力，大家感到十分惊异。他那种爽朗、真挚、平易近人的风度，使每个来看他的人深受感动。

岩烽亲热地把人们让到屋里。大伙围着他坐下来，无拘无束，有说有笑。

王永泰说：

“支队长，听说你就要带领我们过铁路，奔平原了。咱们过铁路时打它一仗才痛快哩！”

“打仗是挺有意思的事吧？我们没有打过仗，还不知那是什么滋味呢！”苗虹又开口了，而且学着岩烽的姿势——开朗，喜欢摆摆手。

“同志们有准备打仗的思想，很好。枪杆子里面出政权嘛！开辟敌后根据地，建立共产党领导的抗日政权，不打仗是不行的。然而，不光是打仗，还有比这更复杂的斗争哩。”

“什么更复杂的斗争？”苗虹睁大了好奇的眼睛。

来看岩烽的人，都惊异地注意听着。

岩烽环视众人，笑了笑，扳动着指头数落着，好像和好朋友在聊天：

“我们除了要和鬼子、汉奸作长期艰苦的斗争以外，还要和国民党反动派、地主、富农、资本家作斗争；同时，也还要和我们内部的‘左’、右倾机会主义作斗争……你们想一想，要和这么多方面作斗争，能说斗争不复杂吗？随着我们大批部队和干部挺进敌后，随着深入地发动起广大群众，随着战争的日益频繁、激烈，各方面的斗争还将会更加激烈起来——同志们都要有这种思想准备呀！”

坐在小凳上不断用手敲着脑袋的高雍雅，忽然带着严肃的神情，质问似的说：

“支队长，你不愧是老红军，一说话就一套一套的。可是我总觉得，那个岛国能有多大兵力，还顾得上敌后吗？趁这个时机我们去平原，准是一帆风顺、富有诗意的。为什么你要看得那么……”他正想说下去，瞟见苗虹正朝他努嘴儿，赶紧把话打住了。

岩烽抚摸着挎在腰间的驳壳枪，看了看高雍雅，笑了起来：

“同志，既然我说话你不相信，那我就不说了。不久，事实会跟你说话的——它比我有力量，一定会叫你相信的！”

“嗯，看看吧。也许那时候我还是不相信……”

“你们知识分子的脑袋瓜多几根弦儿是怎么的？怎么任嘛事儿都得戗戗几句……”王永泰不满地打断了高雍雅的话。

“你?!”

“支队长，给我们讲讲长征的故事吧！听说它是世界上最惊人的奇迹。”吴华林一看王永泰的话使高雍雅气得涨红了脸，急忙岔开话来。

岩烽站起身走到吴华林的身边，拍拍他的肩膀：

“小吴，现在没有时间讲故事啦。今天午后，我们就要开始行军。你们这一班人，加上另外一些干部共同组成的民运队，今夜就要跟着部队一起过敌人封锁的平汉线。铁路线两边都有敌人的‘爱护村’，所以要一口气行军一百三十多里。同志们，现在就去整理行装吧！要尽量轻装。整理好了，争取睡上一觉。今夜不光要通宵行军，说不定还要打仗呢。”高雍雅从近视眼镜后面瞪着岩烽，惊惶地说：

“过铁路真会打仗么？”

岩烽仍然面带笑容握住高雍雅的手，却把眼睛盯在柳明的身上，缓缓地说：

“带着你们这么多干部，过路的时候，我们会尽量避开敌人，绝不主动打仗。不过，仗总是要打的。过铁路时不打，到了平原总得打。不打仗，怎么能消灭敌人呢？抗战怎么能够胜利呢？”

“支队长说得太好了！”王永泰和闻雪涛兴奋得喊出了声。其他人也点头称是。只有高雍雅听不懂似的，茫然瞪大了他那双深度近视的眼睛，不知在瞅什么。

吃过午饭后，常里平把他带领的民运大队的队员——五十多个将分配做地方工作的干部，召集在一起。他叼着纸烟坐在一只小凳上，对黑压压挤满了一屋子的男女同志，慢条斯理地说：

“同志们，要把随身所带的东西减到最低最低的限度——每个人不要超过十二斤。我们这里绝大多数同志都是干部，东西带多了，过封锁线时掉了队，可就危险啦！就是这半天一夜，不带任何东西，光走一百三十里也够瞧的！所以，大家必须轻装、轻装、再轻装！尤其是女同志更要轻装……但是，每个人必须背上一条米袋子，这是咱们老红军的传统。背上它，万一到村里找不到粮秣也饿不着。还有，过封锁线时，不要掉队，不要说话，不要咳嗽……呵，还有一点，鞋子问题也很重要。每个人都要在鞋帮上缝上两根布带子，把带子在脚面上系紧、系牢，要系得结结实实的。那么，你的鞋子，无论在什么情况下都不会丢失了。”常里平说到这里，回过头来对坐在门槛上还在缝补鞋子的王福来说，“老王同志，你怎么还在补破鞋？又弄了那么一大堆，一会儿就要出发了，你真是……”常里平将头一摆，没有说完他要说的话。

会散了，各人都忙着准备出发的事儿。柳明走到街上去看老乡家一个有病的孩子——这孩子昨夜发高烧，柳明听说了，尽管心情很不好，还是去给他看了病、送了药，如今快要出发了，她不知孩子的病情如何，就抽空赶快去看看。刚走到街上，迎面碰上了常里平。

“啊，小柳，快出发了，你还要到哪儿去呵?”每次碰见柳明，只要得机会或者旁边没人时，他总要找个话茬儿跟柳明说几句。

“去看老乡家一个有病的孩子。”柳明说完，扭头就走。

“可贵，可贵!”常里平追在柳明身后，赞叹地说，“你这种精神太可贵了！小柳，你从来没走过这么远的路，经过这么长的行军，而且还要过封锁线，够累的！小柳，把你的米袋子、行李都放在我的马上吧——我有马褡子，你的东西全可以放进去，没问题。”

柳明扭头问：

“你这位队长的马褡子里，能装下五十多个人的米袋子和行李么?”

常里平一怔：

“小柳，别说笑话了。那些小伙子们的东西，当然让他们自己背着。你是个女同志嘛，又是医生……”

“我背得动！别人的东西你都不管，单叫我把东西放在你的马褡子里——我不干。”姑娘说着，头也不回地朝大街的一头跑过去。

常里平站在原地，用微微含愁的眼睛望着那苗条、倩丽的背影，轻轻叹了口气，好像吟诗似的自语道：

“艳如桃李——冷若冰霜……唉，真是、真是……”

午后三点钟，春寒中的太阳早早地压上山头。民运队随着支队出发了。

八路军战士们，个个背着漆着红色五角星的大斗笠，身穿灰色军装，打着整齐的绑腿，脚上穿着红军鞋——一种用各色布条编织成的又轻便又结实的鞋子，挎着各式各样的枪支、大刀，威风凛凛，雄壮整齐。

大队人马从依依惜别的老乡身边大步走了过去。民运队被安排在队伍的当中。当他们看见前面的战士，迤逦地拉开间隔爬上了对面的山岗时，这才开始迈步——在他们后面，还有长长的队伍。

红彤彤的晚霞，照得山头蓝一块、紫一块、绿一块、黄一块，恰似一张五彩缤纷的地毯。一条山道盘旋而上，像条巨龙似的，翻腾着，飞舞着。队伍就在这巨龙身上渐渐远去，渐渐消失在山的那一边。

队伍浩浩荡荡地行进着。

柳明穿着灰色棉军装，腰里系着一根宽皮带，腿上打着绑腿，漆黑的短发压在军帽下，轻盈敏捷地背着背包迈着大步。苗虹和她的打扮完全一样，只是打上绑腿以后显得比以前高了一些。她们两人并肩走着，苗虹一边走，一边领着大家唱歌。从前在学校时，柳明只顾用功，不大唱歌。自从到了山区后，这些参加了抗战的青年人，个个都变成了歌唱家，成天有空就唱。柳明受了感染，也喜欢唱歌了。但是今天，她却沉默着没有张口。

“明姐，今天你怎么不唱歌了呵？唱，多高兴，唱吧！”说着，她领头大声唱起来：

向前——向前——向前，
我们的队伍向太阳。
脚踏着祖国的大地，
背负着民族的——希望，
我们是一支不可战胜的力量！
……
起来！饥寒交迫的奴隶，
起来！全世界的“罪人”。
满腔的热血已经沸腾，
作一次最后的斗争！
……

歌声此起彼伏，回荡在山岭峡谷间，仿佛有千万个人在同声引吭高歌。它震撼着天宇，震撼着群山，震撼着每个青年人的心弦，使他们更加昂扬地甩开大步，学着老八路的样子，奋勇前行……

高雍雅总想挨着苗虹身边走。但苗虹却躲着他，老跟柳明在一起。高雍雅先是忍着不出声，后来忍不住了，跑到苗虹身边，歪着脑袋凝视着苗虹的脸，轻声咕哝着：

“苗苗，我为了你，已经什么都牺牲了。可是，你，你为了我——怎么连脚步都不肯牺牲一下……同我靠近一点走，都不行么……”

苗虹咯咯地笑了起来，探着脑袋问：

“小高，你为了我？我为了谁呀？快走吧，诗人！我不爱听你这些废话！”

高雍雅背着背包，汗水淋淋，无可奈何地去追赶前边的男同志。他一边走，一边还不住回头望着苗虹。

第七十四章

傍黑时分，人们已经爬过了两座大山，穿过一条狭长的山谷，来到靠近平原的丘陵地带。

在山脚下的一个村子里，队伍休息了一阵，喝了老乡送来的开水，吃了干粮，换了向导，又继续前进。

天已大黑了，队伍在清冷的朦胧月色中继续疾行着——走过绵延的山岗，走过冰冻的小河，走过起伏的沙丘……

“平原！平原!”

“平原！我们到了平原……”

人们都仿佛第一次看见平原似的低声惊呼着。有几个确实从未到过平原的人则左瞻右顾，好奇地打量着这一望无际的广漠原野。忽然，远远的乡村土道上，迎面奔来几个人影，队伍立刻放慢了脚步。作战参谋和侦察科长奉了岩烽之命，带着两个战士，迅捷地向着黑影跑去。

不一会儿，他们带着两个背着大枪的老乡和两个戴礼帽、穿大衣的青年人一起走了过来。奇怪的是，其中一个青年牵着一根绳子——绳子的一端捆在另一个青年的胳膊上。随着他们一同走过来的还有一个穿着旗袍、大衣的年轻女人。

这时，顺序传下命令：“原地休息!”走得满身汗水的战士们，立刻坐到冰冷的冻土上。

民运队员们从来没有走过这么远的路程——而且又是急行

军。听说休息了，个个东倒西歪在寒风呼啸的野地里，累得躺在地上再也不想起来了。

月亮隐没了，灰蒙蒙的天宇上，有几颗寒星在闪烁。已经是半夜时分。岩烽虽有马，却步行着，他总是把马让给因腿脚扭伤而行走困难的战士骑。当两个头戴礼帽、身穿大衣的男人以及两个扛枪的自卫队员出现在他和民运队员们的身边时，民运队的同志——柳明、苗虹、闻雪涛和王家父子都惊异地坐了起来。

“这是怎么回事？怎么这时候来了这等模样的人？”在抗日根据地里，常见的人不是穿军装的八路军指战员，就是那些和老乡打扮差不多的——短袄、布裤、布鞋的地方干部。而此刻，在这荒郊野外，又是半夜时分，忽然出现了城市打扮的人，自然格外引起人们的惊奇和注目。

岩烽站在民运队休息的那片土地上，苗虹一骨碌爬起身来，跑到岩烽身边问道：

“支队长，那两个戴礼帽、穿大衣的人是干什么的呀？”

没等岩烽回答，戴礼帽当中的一个人忽然说了话：

“刚才说话的是苗虹吧？”

“呵！你……”柳明心中一阵狂喜，猛地跳起身来，想要扑身向前……但她立刻克制了自己，站在原地用发颤的声音低声问道：

“你——你是曹鸿远？……你——回来啦？……”

站在鸿远身边的白士吾，听出了是柳明的声音，蓦然，心脏好似停止了跳动，一阵天旋地转，冷汗从全身刷地流了下来——这是柳明！这正是他爱过的那个柳明！她果然参加了八路军……如今自己当了特务，又当了俘虏，却在这个时候和她碰面，真是冤家路窄！他不敢抬头看她，更不敢说话，只盼有条地缝钻了进去。这时，鸿远把那条牵着白士吾的粗麻绳交给自卫队员当中的一个，轻轻地说了句什么。那两个自卫队员把白士吾用力一拉，牵羊似的，牵到地里一个粪堆旁边去了。

“同志们，你们当中有不少人都认识这位曹鸿远同志吧？他刚从敌占区归来，听区干部说，今夜有部队要在这一带过路，他就带着这个捉来的大特务来迎接我们，给我们边区政府送来了一份上等礼品……”

没容岩烽说完，有认识鸿远的——也有不认识的，呼拉一下子把他团团围在土路当中。

“小曹，小曹！你可回——来啦！”王福来抢步向前，一把抓住鸿远的手，眼泪流着，笑着，“你身体还好吧？是你把白士吾那个坏小子给捉来啦？太好啦！你就跟我们一块儿到平原去吧！”

“曹大哥……你好么？”王永泰想起曹鸿远因为“开小差”曾受到的指责，一时不知说什么好了，眼里饱噙着泪花。

“哎呀！哎呀！你们别把他围得这么紧呀！我——还有柳明，我们还有要紧话跟他说呢。你们让开点儿吧！”苗虹说着，一把揪住鸿远的胳臂，把他从人堆里拉到离人群远些的大柳树下。随着苗虹走过来的柳明，心怦怦跳着，一种梦幻似的感觉使她晕晕乎乎地顿时像在高烧中，似昏迷又似清醒。

“小柳，小苗，咱们又见面了。你们都好么？我还给你们带来家信呢！”鸿远喜滋滋地握住苗虹的一只手，从衣袋里掏出两封信来交给她，“苗教授曾被梅村津子抓了去，受了刑，宁死不屈。他是个真正的战士。小苗，你应该向爸爸学习呵！”

苗虹一听，登时“哎哟”地惊叫起来，连连摇着鸿远的手，追问道：“我的爸爸呀！他现在怎么样啦？”

“放心，他已经脱险了。临来的时候，你们两位的爸爸妈妈我都见到了。他们都很好。回头你们看了信就完全明白啦！”

苗虹强捺住心头的激动，看了看信封，转脸对柳明说：“给，你的！这下可高兴了吧！”

柳明用大眼睛瞟着鸿远。她有多少话要对他说，可又像有什么哽在喉头，一句话也说不出。

就在柳明和曹鸿远在夜的原野中偶然相遇时，另一双好友也意外地邂逅了——

岩烽正在队伍当中走来走去，当他又走近民运队的队伍时，忽然有人轻轻喊他：

“老卢，卢兄！你是——卢嘉川么？”

岩烽猛一回头，禁不住瞅着说话的人惊讶地喊了一声：

“林——林道静，原来是你……”

“卢兄——不，卢嘉川同志，真想不到在这里和你相遇——怎么，传说你已经牺牲了，我遇到曹鸿远，才听说你还活着，在延安工作，我真高兴！我早就改了名字，叫路芳。呵，卢兄，你还惦记着我？我太高兴了……”林道静语无伦次，看得出她激动得嘴唇颤抖，美丽的长睫毛也在颤动。

“小林——不，我也不该这样称呼你了。我没有死。一个偶然的机会，我被国民党里一位高级官员救了出来……这个，说来话长，以后有机会再告诉你……这些年，我相信你已经参加了党的行列。老江好么？你知道他的消息么？”

“卢兄，呵，现在该叫你岩烽同志。我向你汇报，我早就离开了那个余永泽，我还参加了‘一二·九’学生运动。后来又到西安参加争取东北军和张学良的工作……我以为你牺牲了，一九三五年末，我才和江华结了婚……他现在也许还留在西北军杨虎城的部队里，我们已经两年多没见面了，也没有得到他的消息……”道静的声音越说越低，话语也越乱，在原野的风啸中，后来几乎听不清她都说了些什么。

岩烽情不自禁地握住了路芳的手——那手冰冷、颤抖……他的心忽然像被一团乱麻紧紧缠住，那长埋心底的多少忆念，此刻像沸水似的翻荡起来。微明的月光下，他望着那张既熟悉又陌生的脸，不知怎的，他的眼睛潮湿了……

“这些年我一直在打听你的消息——欧，我在狱中给你写的那封信，你收到了么？”

“收到了。刘大姐转交给我了，我一直还保存着它。我非常感激你，卢兄，你的信给我的鼓舞和教育是无法用语言表达的；还有，它给我的……”道静想说“安慰、幸福”，但说不出口，只好秃秃地说，“它给我的……也是无法用语言表达的。我以为你牺牲在雨花台——你信上也是这样说的。谁知这竟是讹传，这太好了，太好了！可惜你们就要去平原，我又要到山里北方局去报到。卢兄，我们还会见面么？”

“当然，当然，我们当然还会见面的。小林，听说你离开了余永泽，和江华结了婚，而且做了不少工作，我真高兴！我一直希望你成为我们队伍中的一员，而且是很好的一员，现在这个目的达到了，我更加高兴。现在队伍就要出发，不能和你多谈。你是和曹鸿远同志一起从北平出来的吧？我的情况，你可以问问他。现在，我们只好道别了。”岩烽又一次紧握住路芳的手。林道静和卢嘉川就这样匆匆见面，又匆匆离别了。

岩烽刚转身去找队伍，路芳又追了过来，喘着气说：“卢兄别忘了，再给我写信来吧！写信来！”这次是她先握住卢嘉川的手，而且握得那么紧。

在这匆匆见面又匆匆离别的刹那间，几年相思，几多怀念，两个人再也克制不住，却又无法表现。只有四只眼睛互相凝视着，一瞬不瞬似的凝视着；两双手紧紧握着，握得忘了疼痛，还在紧握着。不知怎的，两个人的眼里，渐渐盈满了晶莹闪光的泪水，泪水顺着脸颊往下滴，滴在腮边、嘴边，却谁也没有知觉。这片刻时光，是短暂的，却又长长地甜甜地苦苦地似乎经过了半个世纪……

卢嘉川和林道静终于从梦寐似的情态中醒过来，卢嘉川轻轻推了道静一下，在她耳畔说：

“小林，我们还会再见的——会再见的，你放心！再见，怎么能够不再见呢？队伍该行军了，你也该走了，咱们暂时分别吧……”

卢嘉川和林道静洒泪而别。

“老曹，跟我们一块儿去平原吧！”苗虹又说话了，“我们今夜就过铁路到平原去。你也去吧，跟我们一块儿走吧！”苗虹说着、笑着，像小孩子拉住自己的好朋友，邀他一同去玩耍似的。

鸿远深情地瞥了柳明一眼，转脸对苗虹说：

“那怎么成！我还得回北方局去汇报。你们先走，也许，以后我也可能分配到你们那边去工作。”说着，又扭过头来望着柳明，抑制住心头的忐忑不安，低声说，“小柳，你离开医院啦？也到民运队里来啦？你到了平原，给我写信来好么？”

“嗯！”柳明不敢再看鸿远，把头垂得低低的。在这意外的喜悦中，她的心里又混和着深深的痛苦和惜别之情。“他回来了，我又走了……他回来了，我又走了……”她不说话，心里却反复喃喃着这两句话。忽然，她抬起头来，问道：

“老曹，你是怎么捉住白士吾的？他……”柳明扭过头去，望见远远的一个大蘑菇似的东西在昏暗中轻轻摆动——那是白士吾的礼帽在风中颤抖。这时，一种复杂的感情涌上柳明心头：怎么在这种时候、这种场合，却碰见了这个家伙呢？稍稍停了一下，鸿远轻声回答柳明：

“说来话长。以后见面再谈吧！你们马上就要行军，我们也要走了——小柳，小苗，再见！”稍顿，鸿远又加了一句，“柳明，你不要难受……”“呵，曹鸿远同志！想不到在这儿——在这半夜三更的野地里遇见了你。”常里平不知什么时候来到他们的身边，“祝贺你大功告成，胜利归来！我们应当向你学习呵！”他说着，望望曹鸿远，又望望柳明，那么奇怪地笑了一下。

鸿远急忙伸出手去握住常里平的手，热情地说：

“常里平同志，你好！听岩烽同志说，你是民运队的队长。这次到平原去开辟根据地，你的担子不轻呵！”

常里平摇摇头：

“哪里！哪里！将来，你也要去平原的吧？”

没等鸿远回答，岩烽走过来了，他紧紧握住鸿远的手，低声说：“小曹，可惜这次你不能跟我们一同过路了。我们马上就要出发，你也走吧——请你多照顾一下路芳。到附近村里找到村干部，找个好房东，你们好好休息一天，傍晚时候再出发。这一带，我们的群众基础还不错，不会有问题的。现在，我们只好暂时分手了……不久，希望在平原相见！”

“呵，您放心，我会好好照顾她的……”

岩烽紧紧握住鸿远的手，眼睛禁不住又在昏暗中搜寻路芳的踪影……

队伍开始行动了，在朔风呼号的原野上，人流像一字长蛇阵似的慢慢蠕动起来。曹鸿远和路芳一行则带着白士吾向西走去。

队伍按着原来的顺序加速行进着，转瞬间，离开了原来的休息地——曹鸿远、路芳都不见了，那两个牵着绳子的自卫队员和白士吾也不见了。

柳明头也不回地大步走着。虽然，她多么想回过头去，再望曹鸿远一眼。这时，在她心里忽然涌现出几句平素早已遗忘得干干净净的词句：

伯劳东去雁西飞，
我未饮、心先醉。
眼中流血，心内成灰……

这是她在中学时候读《西厢记》时，随便背下的几句长亭送别中的词句。在这战斗气氛异常浓烈的急行军中，当她遇见了鸿远之后，这些词句却像小偷儿似的在她心上跳了出来——它跳着，反复地跳着，盘旋着，使她感到一种又甜又苦的滋味。

又走了将近三十里，前面队伍又传下话来：

“快要过路了。肃静！不要说话！不要咳嗽！”

队伍加快了脚步。民运队员们跟着前面的部队也加快了脚步。气氛顿时紧张起来，个个全神贯注，准备过铁路，也准备着随时可能发生的战斗。

在朦胧的夜色中，已经望见高高的路基了。忽然，前面的人把头一扭，一个接一个地悄声传下话来：

“原地卧倒——向后传！”

那压低了的严肃、紧张的语调，使得苗虹、柳明惊慌起来。她俩大气不出地随着队伍一下子卧倒在冰冷的土地上。

天空中的闪闪寒星，大地上的模糊人影，黑魆魆的无边原野上，静悄悄躺着的雪亮铁轨，全使第一次过铁路的柳明和苗虹抑制不住地突突心跳着。卧倒了一会儿，仍不见动静，苗虹忍不住了，附在柳明耳边悄声说：

“铁路上连个人影也没有，怎么还不赶快跑过去？趴在这凉地上等什么呀？”

柳明用手捅了她一下，叫她不要出声。

就在这时，铁道上忽然亮起了四只有如野兽眼睛一般的大探照灯，射出炫人眼目的白光，从高高的路基上向两旁的野地里扫射过来——射得柳明、苗虹都赶紧低下头、闭上眼睛。接着，急促、尖利、震耳欲聋的轧轧响声，也从路基上由远而近地轰响过来。

不知是谁低呼了一句：

“铁甲车！”

柳明和苗虹惊奇地睁开眼睛——果然，两个全身虎皮似的涂着斑斓色彩的怪物，正在铁轨上缓缓地驰过来。车头上那四只大灯，像饿兽搜寻食物般地转来转去，照得黑暗的原野一片惨白。

铁甲车好像发现了什么目标，那炫目的灯光忽然停在一片伏卧在地的战士身上不动了。柳明和苗虹的手互相紧紧握住——不知是因为内心的紧张和惊惧，还是彼此关切的深情……民运队的其他同志，此刻也感到了情况的紧张，屏住气息一动不动地趴在地上。当然，也有像高雍雅那样胆小的，不由自主地浑身微微颤抖……而前边距离他们不远的路基下面，八路军的战士们，却镇定地把枪口瞄准着敌人的铁甲车，仿佛箭在弦上，一触即发！

铁甲车还停在路轨上，车灯发出炽白的光还在不停地扫射着。从车身两边探出头来的机关枪，正虎视眈眈地对准了过路的人。

忘掉了严寒，人们没有咳嗽，没有一点声息。

支队长岩烽伏在最前边靠近路基的土坎下，他的脑子里敏捷地闪动着、思考着各种可能出现的情况："如果打起来呢……也许过不了路还得返回去……但无论如何一定要保证同志们的安全！"苗虹使劲搂着柳明的肩膀。忽然觉得手上有点冷冷的东西滴在上面——

"呵，你哭啦？"

"没有。"柳明摇摇头。

"不，你在哭。为什么？你害怕么……不对！我知道了，你是为曹……"苗虹伏在柳明耳边轻轻说。

"不要说话！"柳明冷静下来，用耳语制止苗虹，"要随时做好过路的准备！"

"嗯……"苗虹把柳明搂得更紧了。

敌人的铁甲车还在铁轨上往返巡逻着。这支奔赴平原去开辟根据地的队伍，忍受着刺骨的严寒，伏在冰冻的土地上，一动不动。

一九八四年十二月二十五日完稿于广东珠海市
一九八五年六月十一日改完于北京香山

后记

提起笔，我感到欢欣，又感到异常歉疚。

这部书读者可能似曾相识，而它又面目全非。它脱胎于《东方欲晓》，而又和一次次修改过的《东方欲晓》大不相同。

从我一九七三年初开始写《东方欲晓》时起，迄今整整十三个年头过去了。这中间经过了多少次的改写、变动，我已无法数计。只有一种情感、愿望、企盼时时撞击心头，使我永远难忘，这便是，不管多少艰辛，多少愁苦——自不量力的愁苦，力不从心的愁苦，我却下定决心，一定要尽自己最大的努力把它写得好一些。我这样想，也这样做了。现在呈现在读者面前的正是我这一想法的小小果实。

由于时代的原因，更由于自己文艺思想不够明确，在《东方欲晓》中，我曾经把一个工农兵出身的革命干部写成书中的主人公；而把我很熟悉的、更有情感的女知识分子柳明，写成了次要人物，并且还大写我所不熟悉的指挥战斗的场面。我写的事件多得很、大得很，人物被挤得只剩下瘦小的骨头……可是随着时间的推移、历史的前进、思想的逐步解放，我逐渐冲出了束缚我、禁锢我的罗网。望着过去写的那一大堆稿纸，我汗颜，我惭愧。可是，我不愿在困难面前低头，更不愿在失败面前却步，我擦干伤心的泪水，又从头干起。

我把原来所写的大大修改了，更确切地说，几乎全部重写了。包括已经出版过的《东方欲晓》第一部。我把知识分子柳明变成主人公，写她的成长；写她的坎坷遭遇；写她的悲欢离合……总之，我这部书的中心——非常明确的中心是写人。人物应当成为一部小说的核心、主体、大梁。像树上的鸟儿——鸟儿鸣啭悦耳，给人美的享受。可是，树如果变成树林，鸟儿再美，唱得再好听，却只能淹没在浓密的树荫中，你看不到它鲜丽的羽毛，更听不清它美妙的啁啾。所以，在这部描写抗日战争的长篇中，我把人物——把鸟儿放在显著的地位，而时代、战争风云、大的事件，我多半作为背景——像树木作为鸟儿的陪衬来写。人物的命运，尤其主人公的命运是最令读者关注、最抓人心灵的。写好主人公，从她或他的身上，自然会体现出时代背景、生活环境以及伟大战争的风貌来。

我之所以这样写，是我从血和泪的教训中所汲得。我之所以这样做，不仅是个人希望写出一点像样的作品；更为了对万千读者——尤其对青年读者要负责任的情感和良心所驱使。我别无所长，只有一支行将毁朽的笔，只有一颗还在跳动的心。那么，我就该好好利用这支笔，奋力搏动这颗心，使它发出最后的光和热……是的，要光！要热！绝不该献给读者一堆无味无用的废纸……

还有一点要说明：

我年老多病，已无力再写《青春之歌》的续集了。这是我终身的憾事。我对不起万千企盼看到它的读者。我是失职的。为了弥补这一缺憾，我大胆地在这部《芳菲之歌》里，加入了《青春之歌》续集的部分设想——我叫林道静在这部书里出现；叫“死而复活”的卢嘉川也在这部书的结尾时与林道静又见了面。当写下一部《英华之歌》时，我将用较多的篇幅写林道静与卢嘉川之间的悲欢；写林道静在抗日战争的烽烟烈火中更加成长以及她与柳明的关系，等等。总之，我要多写可敬可爱的人物，虽然她

（或他）们各有不同的缺点。

我有个打算：想把《青春之歌》、《芳菲之歌》、《英华之歌》写成三部曲。后二部将成为《青春之歌》的姐妹作。主人公各有侧重，但他们可以互相联系、互相补充。

我这个不像后记的后记，只是一个简略的说明。

杨沫

一九八五年十月十四日

跋

经典作家杨沫同志最主要的三部长篇小说，即《青春之歌》、《芳菲之歌》、《英华之歌》，合称“青春之歌三部曲”，简称“青春三部曲”。作者生前是相隔多年陆续写成、分别出版的。1995年8月，作家端木蕻良等策划出版了“青春之歌三部曲”的缩写本，作为“中华爱国主义文学名著文库”的作品之一，全书三册共约三十万字，而一百三十多万字的原著作品“青春之歌三部曲”还从未单独出版过。

作者1995年12月逝世二十多年以来，中国作家协会、中共北京市委宣传部和北京市文联以及红色历程研究会、中国解放区文学研究会、毛泽东文艺研究院等多个团体分别举办了若干纪念活动，包括《青春之歌》出版五十周年（2008年）、出版六十周年（2018年），杨沫诞辰九十周年（2004年）、诞辰一百周年（2014年）等多种集会纪念活动和纪念文艺演出及《青春之歌》电影放映活动；杨沫的故乡湖南汨罗和母校北京四十七中也举办了纪念活动，与她有关的哈尔滨、邯郸、天津、大寨等地也以不同的方式对她表示了纪念和怀念之情。大家深情缅怀这位影响了中国几代青年成长的经典作家与老革命干部、在世界上也有广泛影响的著名经典作家。

但是，大家总感到有一些遗憾，那就是她的代表作“青春三部曲”从没有单独出版发行过，也没有拍出一部成功的电视连续剧，也没有出过全集。对于曾写出“我国当代最有影响的作品之一”和拍成“我国最优秀的影片之一”（官方印发的“杨沫同志生平”语）的作家来说，这似乎是不应有的缺憾。缩写本虽然可以让读者节省些阅读时间，但更多的精华毕竟还是在原著之中。

斟酌再三，我们决定组建一个编委会，首先编辑出版“青春之歌三部曲”，然后再考虑其他。

这是一个很费力的工程，但是，为了响应党的号召，为了弘扬红色基因，传承红色文化，促进青少年们的健康成长，亦为了这部天才作家精美绝伦的精神食粮，我们决定知难而进、勉力为之，也希望得到各界朋友的理解和支持。

在编辑出版中，我们遵循忠实于原著的原则，除非发现有个别印刷排版上的错误，否则，不作任何修改；照片等设计也尽量保持杨沫生前审定过的原貌。为了使读者更全面地了解作者，我们把在杨沫遗体告别仪式上官方印发的《杨沫小传》作为本书的附录。

众所周知，以“革命加文学”为特点的老干部、老作家杨沫，曾经是红军时期的地下工作者、秘密共产党员；在残酷的八年抗日战争战场上，她作为八路军干部曾经出生入死；在三年解放战争中，她是一手拿枪、一手拿笔的新闻战士；建国后她主要从事文艺工作，并以全国人大代表与人大常委和北京市文联主席等身份积极参政议政，为国家的社会主义建设和文艺事业的发展出策献力；她还为平反冤假错案、抵制不正之风奔走呼吁；少年时曾痴迷武术的杨沫，晚年还曾跨界兼任北京四民武术研究社社长，为中华民族传统武术的发展呐喊出力；等等。

像杨沫这样平凡而伟大的人民作家，才华横溢、品德高尚的共产主义文艺战士，的确值得人们永远怀念与深入了解和学习。

“江山代有才人出，各领风骚数百年”。

杨沫同志以青春的名义不朽！

我们相信“青春之歌三部曲”的永恒魅力。我们愿和大家携手再唱青春之歌！永唱青春之歌！唱响新时代的青春之歌！

编委会

2020 年 1 月

图书在版编目（CIP）数据

芳菲之歌 / 杨沫著．-- 北京：中国文史出版社，2020. 11
（青春之歌三部曲 / 马青柯主编）
ISBN 978 - 7 - 5205 - 2493 - 3

Ⅰ. ①芳…　Ⅱ. ①杨…　Ⅲ. ①长篇小说 - 中国 - 当代
Ⅳ. ①I247. 5

中国版本图书馆 CIP 数据核字（2020）第 212862 号

责任编辑：秦千里

出版发行：中国文史出版社
社　　址：北京市海淀区西八里庄路 69 号院　邮编：100142
电　　话：010 - 81136606　81136602　81136603（发行部）
传　　真：010 - 81136655
印　　装：廊坊市海涛印刷有限公司
经　　销：全国新华书店
开　　本：32 开
印　　张：19. 375
字　　数：480 千字
版　　次：2021 年 1 月北京第 1 版
印　　次：2021 年 1 月第 1 次印刷
定　　价：39. 80 元

文史版图书，版权所有，侵权必究。
文史版图书，印装错误可与发行部联系退换